诱入深渺

郭枋 著

天津出版传媒集团

天津人民出版社

图书在版编目（CIP）数据

诱人深渺 / 郭枋著 . -- 天津：天津人民出版社，
2024.10
ISBN 978-7-201-20210-5

Ⅰ.①诱… Ⅱ.①郭… Ⅲ.①长篇小说－中国－当代
Ⅳ.① I247.5

中国国家版本馆 CIP 数据核字 (2024) 第 083193 号

诱人深渺
YOURU SHENMIAO

郭枋 著

出　　版　天津人民出版社
出 版 人　刘锦泉
地　　址　天津市和平区西康路 35 号康岳大厦
邮政编码　300051
邮购电话　（022）23332469
电子信箱　reader@tjrmcbs.com

责任编辑　岳　勇
特约编辑　张素梅
策划编辑　苏爱丽
封面设计　马　佳

制版印刷　三河市龙大印装有限公司
经　　销　新华书店
开　　本　710 毫米 ×1000 毫米　1/16
印　　张　27.5
字　　数　537 千字
版次印次　2024 年 10 月第 1 版　2024 年 10 月第 1 次印刷
定　　价　98.00 元

诱入深渺

郭枋　著

天津出版传媒集团

天津人民出版社

图书在版编目（CIP）数据

诱人深渺 / 郭枋著 . -- 天津：天津人民出版社，
2024.10
ISBN 978-7-201-20210-5

Ⅰ . ①诱… Ⅱ . ①郭… Ⅲ . ①长篇小说 – 中国 – 当代
Ⅳ . ① I247.5

中国国家版本馆 CIP 数据核字 (2024) 第 083193 号

诱人深渺
YOURU SHENMIAO

郭枋 著

出　　版	天津人民出版社	
出 版 人	刘锦泉	
地　　址	天津市和平区西康路 35 号康岳大厦	
邮政编码	300051	
邮购电话	（022）23332469	
电子信箱	reader@tjrmcbs.com	

责任编辑	岳　勇	
特约编辑	张素梅	
策划编辑	苏爱丽	
封面设计	马　佳	

制版印刷	三河市龙大印装有限公司	
经　　销	新华书店	
开　　本	710 毫米 ×1000 毫米　1/16	
印　　张	27.5	
字　　数	537 千字	
版次印次	2024 年 10 月第 1 版　2024 年 10 月第 1 次印刷	
定　　价	98.00 元	

目录

4

引言

　　每个人都有自己的大局，国为大局，族为大局，家为大局，平安为大局，亲人为大局，健康为大局，"局"可大可小，因人而异。

　　人说，"乱世"和"盛世"就是一场轮回，决定了完全不同生存观的两种人群，围绕着主流的舞台上上下下。

　　上与下，生与死，或许是因为个人认知，或许是出于自身无奈，抑或是来自对伤痛留痕的不同理解，人们总在勇往直前与妥协之间踌躇，无论是主动而尴尬地在那个别人的舞台中坚持着自己世界中的"对错"，还是因为一个"不得不"的如此，最后，总躲不过一个"认"字，杀青了身上所有的故事。

　　乱世之中，太多颠沛流离的人将温饱视为自己的大局，却也酝酿出了许多热衷于以智谋较量的人。倘若这些人在盛世，往往会被那些"坐看云起时"的圣贤们所鄙夷，认为那引以为傲的心思只不过是狭隘的权谋罢了。

　　可是在盛世中以静制动如圣贤般高尚的人们，到了混沌的乱世中，往往因市井和战场上的乱象，而使得心中的宁静无从释怀。

　　无论什么时候，总会有一些人不屑于这个世道带来的财富或是机遇，只是想有一抔土足以静心即可，人称：归隐。

　　世间有归隐之人，但难有归隐之族，更有太多人不知道归隐也需要财富才可忘却红尘。但是也有这样一群人，为追寻自己心中的"静"而拼搏，拼搏之后以求"归隐"，不求发展壮大，只希望能生存即可。

　　孔子笔下的《春秋》，写满了战乱中的强大和弱小，遍布着联姻结盟与反目操戈，在那时，有两个并不能以国土的大小来衡量其国力的国家，一个是郯国，一个是莒国，在分割的局势中有着不同的治理之道。在小国依附于大国的时代，他们也分别依附于鲁国和齐国，然而面积有限的两个国度，在比邻接壤的地方，时而彼此互贸，时而兵戈相见，因时局的不同而无所定数。

　　此时正值郯、莒两国交恶，交界处时常不得安宁，然而就在两国边界的崇山峻岭深处，藏着一户人家，曾经历过太平时期的家族繁华，现如今于乱世之中选择了全族退隐，这户大家，外传姓"缙"。

第一章

世外文娟芳做主　窗前人影月下魂

世外的黎明，总是会有一种与乱世纷争毫不相符的纯净之美，这让隐退山林的人们从不怀疑自己的选择是错误的，甚至有着"此番宁静吾独有"的优越感。当第一抹阳光带来一天清新的时候，是绝无仅有的安静，还是对这一世孤寂的提醒，只能说是仁者见仁，各取所需吧。

这一天的早晨与平时并没有什么不同，阳光随着幔帷的轻佻滑进了姑娘的闺房，一个身材纤细的丫头来到姑娘的床前，轻挽起纱幔，探头问道：

"姑娘醒了？"

床上慵懒的弧线一动不动，只是一双还带着迷离的眼睛慢慢地睁开了一道缝，丫头轻轻地将姑娘扶起，一边娴熟地为姑娘穿衣，一边接着说：

"一大早管家就过来嘱咐，今儿姑娘就别出去玩了，昨儿个外面刚打了一仗，邻村的百姓正收拾残局呢，管家说别让姑娘闻了血气。"

"哦？想必……他也去收拾战场了吧。"阳光照透了整个闺房，让昏昏沉沉的姑娘在一片暖色中慢慢回了精神，喃喃地说。

姑娘起了，进到屋里的丫头也越来越多，她们将房中的青纱捋到一旁，启开了竹窗外面的青山绿水，鸟音瀑布，一片祥和，美得让人无法忍心将血雨腥风的残留与这样的明媚联系在一起。

姑娘来到菱花前，向后撩了一下乌丝，一丝不屑从眼中飘过：

"战场的血气怕什么，只要不是轩尧阁的人又半夜来府里探头探脑，就都不叫事儿……"

"嘘！我的小祖宗……那是跟咱家有世仇的，大早晨的，提他们做甚……"这个小丫头叫茹梅，是她们当中最谨慎的一个，姑娘对她时时刻刻的提醒早已习惯了。

姑娘调皮地向外探了探头，轻声地说：

"茹梅，你告诉我战场在哪，趁那些死人的腥气还没那么大的时候，我想去见见他。"

"赵……"

"梅儿，"这时，一个年岁较大的丫头打断了茹梅，"你去把香燃上吧。"

"诺，婉樱姐姐。"茹梅见状顺势退了下去。

婉樱是姑娘身边的大丫头，年龄也长上几岁，下面的小丫头待她也如待长姐一般，平日里，她也多庇护着底下一众小丫头们。

婉樱见姑娘洗漱妥当，便倒了杯茶来到姑娘的身边，悄悄地说："姑娘，刚刚管家来禀报，今天早晨发现咱府中院子多出了四具尸体……"

"什么？"姑娘一惊，刚要发作便被婉樱按了下来，"尸体？轩尧阁的人干的？"

"这四具尸体，不是咱家的人，"婉樱让其他人只准在外面伺候，不吩咐不许进来，"管家说，横躺在院里的四具尸体都不是咱家人，可看着也不像轩尧阁的人。"

"不是家里人就好……让姨娘赏了护院之人就是了。"

"奇怪就奇怪在这儿了，咱府上竟没有一个人知道发生了什么，问了昨日值夜的隐卫，也都说没听见什么动静……"

姑娘直愣愣地看着婉樱哭笑不得："你的意思是，这四个人不是家中的隐卫杀的？一夜之间，家里就多了四具不相干人的尸体？"

"更奇怪的是，院子里并没有什么打斗过的痕迹，可尸体却是横在院儿里。管家说，他叫人悄悄收了尸，不许下人声张……"

姑娘长舒了一口气："家里人没事儿就好……但这也太危险了，家中夜半有人跃进，全府里竟无人察觉，都死了人了却还睡得死死的全然不知情……想想都后怕。下一次，如果来的人真要杀族中之人，岂不十分容易？"

"好了好了好了姑娘，"婉樱到底沉稳些，耐心劝道，"管家那里自有安排，您要想做什么，也得先解了打的'禁'才是。今儿个正好得空，赶紧把那绢织完了吧，稍后我给姨娘夫人送去，求她免了姑娘的闭门思过，好不好？"随着婉樱的梳子轻轻地从发丝划过，姑娘陷入了沉思。

再恬静的隐居生活，也躲不过该有的衣食住行，而山林中的隐退，让本来已有的主仆尊卑显得不再那么锋利，该有的规则其实还在，只是心境的改变，让原本制度下的"锋刃"随着和风细雨，散去了些许严肃。

第二章
本是春心悸动女 —怒转身马为先

姑娘闺名"缙心"，是祖母起的，祖母缙姬，在族谱上是周天子之族的旁支，与鲁国国君同宗，出身皇家，后来这位皇族公主嫁了一位姓晋的世家子弟。

当时时局不稳，祖母缙姬并未让自己的孩子像其他人一样在乱世中求得一世功名利禄，相反，却是隐姓埋名，举家藏到这深山之中。而外界对这位公主的退隐之由，众说纷纭。

因为古时黄帝的族徽之一"夏官"名为"缙云"，公主下嫁的夫婿祖上是其中之一，于是老太太便将自己夫姓"晋"改成了"缙"，以求一时的安逸。那位老太爷早已仙逝，只留老太太缙姬氏独掌全族。

缙心压制着内心的不安坐在窗边织绢，借着窗外的花香鸟语，和着新点的淡香，倒更像是女儿家于闺房中打发闲似的。"吱吱呀呀"的声音一直响到了晌午，只有身边人才知道，她心下的那股劲，在怒烧的骄阳下都无法蒸发。

茹梅见天气的热劲儿上来了，赶紧端来了清凉的井水和几个干净帕子：

"姑娘，净净手吧。"

缙心转过身来将手润在了盆中，茹梅是个胆小的，看她这与旁时无异的样子，想必是婉樱的嘴严，茹梅等都不知道昨晚之事。

缙心故意眼神里带着几分淘气地说："替我想想，待会儿去哪好。"

茹梅一愣，噘着嘴答道："姑娘还是离那些孤魂野鬼远些吧……听门上的人说，郯国中有一些残兵是从鲁国来的，试想他们对这山里不熟，不知会混到哪去走动，着实不太安全呢。"

缙心抿嘴一笑，擦干手说："一切均为天意。人危险，兽也危险，只把他们当成一回事儿不就行了？你去让人备马吧，我……还是想先去见见他。"

茹梅看得出来，姑娘有心事，想见赵公子是认真的。"那姨娘夫人那呢，如今府里是她当家。"茹梅提醒道。

"绢织好了，让婉樱代我送去，请个情就是了。"

缙心是典型的贵族千金，守着大家风范的所有规矩，举手投足露着家族的教养，但有时也会不那么守规矩，只是火候分寸自在掌握，即便是在自己的贴身丫头面前，"主子"这两个字也常常表现在"调皮以外，气场之中"。

茹梅见拗不过姑娘，不得不出去准备姑娘出门的事情。

婉樱带着刚织好的丝绢来看姨娘夫人，如今，这位姜夫人是缙琛唯一的夫人了，虽说是偏房，但在府中也如正房一般。缙心上面还有两个姐姐，大小姐的生母也是个偏房，只是因为当初生大小姐的那位姨娘不想忍受这隐居的寂寞，便早早地给孩子寻了门不错的婚事嫁了，自己在姑爷府的旁边置了一套宅院，留在了城中。

这位姜夫人膝下也是个姑娘，虽说府中的老太太让她掌管家事，自己在府中的地位自不同往日，但她心中十分明了，老太太缙姬氏因缙心最像自己年轻时候，之前她老人家又最疼爱那已经没了的大夫人苏氏，所以姜夫人始终认为这个嫡女缙心的将来一定会影响到自己女儿缙蕊的姻缘运势。只是当前毕竟没到那个坎上，嫡女还是要有嫡女的体面，于是便顺水推舟收了绢，没有为难缙心。

缙心趁着府里午休，留下了筱菊在闺房中看家，带了婉樱，茹梅和芳竹一起牵马出来，却不想管家早已在门口等候多时，见缙心一众人要出去，赶紧上前作揖拦了下来：

"姑娘，您来了，奴想着，姑娘只要想出门是一定拦不住的，便在这里候着，没有派人去打扰。"

"你怕我姨娘怪罪你？"缙心问道。

"回姑娘，姑娘是个有胆识的人，小的就不隐瞒了，程老爷子来看过，昨天的四具尸首是郯国的兵……"说着，管家将缙心的目光引到不远处，马车上一块白布盖着四具的尸体。

缙心听了一惊，瞬间冷汗就下来了："郯国？我缙族在此这么长时间，郯国国君曾下严令不相干者不得扰我缙府，这里怎会有他们的人？"

管家继续道："姑娘说得是，但是他们是死在谁的手里，却也不得而知。"

缙心想了想，点了点头说："良夫人知道这事儿吗？她与我姨娘不同，你跟她也说一声没事儿，姨娘胆儿小，你回禀的时候慢慢说。"

"诺！"

"家中的隐卫可有死伤？"

"程老爷子检查了尸体，说是一招毙命，没有一个活口。而所有隐卫都盘查过了，竟都说不是自己干的，本来是个论功行赏之事，却觉得更加危险了。"

"你的确要严加防范了！"缙心严肃起来，无人敢多行一步，"一招毙命，所以厮杀声、叫喊声都没有？"缙心问道。

"回姑娘，他们倒地之处是在幽谷亭附近，泉水声大，想必纵有打杀之声，也几乎无人能听得见。那几个先发现尸体的隐卫，我也都嘱咐好了，他们知道规矩，不会乱说。"

虽说管家后面的安排得体，但缙心还是不禁打了一个寒战："如此周密，应该是咱们府里的隐卫，明摆着的功劳，竟无人来认？"这时，她突然猛一回头，"老太太，老太太那边可还安定？"

"小的在此等候姑娘也是想讨个示下，早晨派人去过，里面似乎没有异样，派去的人见一切如常就没敢惊动老太太，所以这……要不要告诉她老人家……"

缙心明白了，道："我去趟闻水阁看看祖母吧。"

管家听了瞬间轻松了许多，作揖道："哦，那就有劳姑娘了。"

缙心与几个丫头上了马，回过头对管家说：

"这事儿要私底下彻查，不管是府中哪房的隐卫杀的，可暗自奖赏。"

"诺！"

缙心带着丫头们改道奔向了山中的"闻水阁"。

第三章
不共戴天根已入　却要清风转乾坤

如果说，退隐中的缙府在深山中有着一番品雨听风的淋漓畅快，那么茂林中的闻水阁则自有曲径通幽的精致优雅。闻得水声而不见水，感山影之幽避却不见山之真貌。如果不是熟识这里的人，是不会找到这里的，用老太太的话说，"人老了，虽说府里的'宽敞'可以让人舒心，但这小巧的精致，更可以让人静心。"

就这样，老人家将诸事都抛给了姜夫人，自己便长住于这闻水阁中，无欲无求。

三代退隐，各得其所。

孙女来拜见祖母，老太太穿着便装端坐在帘后，虽说这里不会再有喧哗的排场，但老人家的气场从未消散，只是多了几分随意的伸屈。

缙心带着三个丫头跪于帘前：

"前些日子，轩尧阁又半夜来人，如之前几次一样只是飞檐走壁，并未叨扰到一房一院，不知近日有没有人来闻水阁惊扰老太太，孙女让姨娘多派几个身手矫健的隐卫前来保护祖母，可好？"

"不用了，他们既然没有杀人，就不必理会。缙府，还是有些张扬，张扬了，就自然不得清静了。"老太太轻松的语气不禁让缙心悄悄地抬头隔帘看了看祖母，还是一如既往的面相平和。想必昨夜没有打扰到老太太，缙心想着稍稍放下了心。

只听老太太在帘后缓缓地说道：

"如今乱世，我冷眼瞧着，什么皇亲国戚，名门望族，无非都是一时荣耀，想要如之前一样代代世袭更是水中花月。今日富贵，明日囚徒，只在朝夕之间，无非是看谁的刀更锋利些罢了。虽说咱们改姓为'缙'或可掩人耳目，但是若要全族得以善终，也非易事，更何况皇族姬氏后裔，于乱世中想万事如愿，只怕更是难上加难，如今的诸侯国，各有立场和野心。"

"老太太深谋远虑，举家远离喧嚣，在这荒野穷山当中求得一席喘息，自然少了那些杀身之祸，祖母不必劳心，如今咱们已是小家小户，身上已无利益关系，天下之乱，便与咱家无缘了。"缙心跪在那里毕恭毕敬地说道。

"心丫头，你是我最宠爱的孩子，9岁的时候，别的女孩子学习女红，我便带你随我打理府中的上上下下。你是明白事理长了见识的，现在祖母我身子骨硬朗，你在府中还可以万事无忧，但我百年之后，这府中只怕难逃外面的庸俗打扰。虽然说，一时有所作为不如一世心静无为，但你若不懂处事求生之道，只怕将来，待你不再待字闺中之日，便是你凶多吉少之时了。"

缙心听了一怔，完全没有明白老太太的意思，再加上自进门之后，就一直在下面跪着听奶奶严厉的训话，完全没有之前奶奶对自己的宠爱模样，心中更是七上八下，她不得不恭敬地回道："孙女自小得祖母辛苦栽培，是此生最大的幸事，但一介女流终究如世间凡尘一粒，真有大势所趋怕只能随波逐流，无从挣扎。亦或是……有一事祖母能解孙女的心中之惑……"

"你说。"

"众人皆说家母是落崖而亡，但入葬的是衣冠冢。祖母能否告知心儿我母亲的下落，也好让心儿有个依靠，或许将来能找到母亲相依为命，讨得依靠。"

老太太叹了口气道："丫头，你有毛嫱之姿，西施之貌，既然红颜多薄命，倒不如坦诚视之，自己活下去才是自己的本事，如果有朝一日没能活下去，便只得应了这世上的俗流，孩子，凡事……随缘吧。"

"可……奶奶的意思是……"缙心抬起头来眼睛突然闪了几下。

"心儿，奶奶不是要你保缙家全族平安，那是你哥哥缙钰的事儿，而你自己，务必要能让自己此生平安，以得善终，你如今大了，这是你要好好去想想的。"

缙心听了个懵懵懂懂："祖母，孙女……善终？"

"奶奶已经想好了，当初毕竟是缙家灭了轩尧阁阁主韩离子全族，趁我还活着，还是把这恩怨了了的好，等时机成熟了，就把你嫁给轩尧阁的阁主韩离子，促成联姻。"

"什么？"

在场众人皆惊，后面的三个丫头更是面面相觑。

缙心怎么也不相信奶奶会跟自己说……她缓了好半天的神儿，道："奶奶，您是让孙女去当人祭吗？那个韩离子，轩尧阁，与我缙府有不共戴天之仇，孙女再能干，也不能变了这刻骨的仇意呀！祖父在朝为官之时曾经灭了韩离子全族，只有此人因为年幼被藏了起来。只怕孙女嫁过去，还没过门就直接被绑到韩家祠堂，祭了他家祖先了！奶奶！"缙心哭诉着，自己是跪在地上，还是瘫坐在地上，已经顾不得了。

帘后的缙姬氏见缙心如此慌张却依然保持无动于衷，继续说道："心儿，欲灭我缙家以求财富的岂止一二？而我缙家一族自保至今，自有在纷争中可活下去的道理，

缙府是我要保的，而嫁入仇家如何活着，就是你要自保的了。"缙心刚要再问明白，老太太直接挡了回去，"好了，人老了得静养，中秋我便不回府了，你让你姨娘带着大家闹吧，需要我这里贴补的，着人来跟刘妈妈说便是。都去吧，也告诉府里的人，到那日，府中的其他人也不必来行礼了，退下吧。"

缙心见老太太说得这么决绝，深知祖母的性格强势，便只得带着众丫头磕了头，退了下来。

回来的路上，缙心骑马走在前面陷入了沉思，婉樱等三个丫头骑马轻轻地跟在后面大气不敢出。芳竹实在憋不住了，满心狐疑地悄悄地问：

"婉樱姐姐，老太太是不是疯了，让姑娘将来嫁给世仇韩离子，难道老太太真的相信这是联姻？那杀父之仇尚且不共戴天，更何况当初老太爷灭的是人家一族呢？老太太不是最疼咱家姑娘的吗？"

"不行，姑娘不能嫁过去，"茹梅道，"这个韩离子，是当初唯一存活下来的婴儿，最是知道家中无族人的艰辛，如今成了杀手，誓死要报仇的，咱家姑娘再美，可不是那个传说怀胎20年才生出来的褒姒，只怕姑娘刚到还没行礼，就直接被他……"

婉樱赶紧给她使了个眼神让她不要再提，她两脚一踢马，先一步来到了姑娘的身边：

"老太太身体康健，姑娘后面的日子还长呢。"

缙心木讷地摇摇头："奶奶老了……"

"……那，要不要请大夫……？"

缙心将手一挡："奶奶身边伺候的人不少，我们不多事，便是帮她老人家了。"

"婚配世仇之家，这与一般联姻可是不同，国与国联姻尚且还有利害所在，对方不敢造次，而两族之间夹有灭族之仇，韩离子幸存下来亲历其中的痛苦刻骨铭心，如何有化解之策？只怕姑娘一旦去了，难以生还……"

缙心心中只有一个问题："奶奶为什么会跟世仇有联系？"

第四章
云下花开无蝶舞　世间不再有彩衣

缙心骑马引她们来到悬崖边上，远望着郯国城池，道："郯国一直在咱们的身边，你们说，他们知道缙府在这里却不来打扰，而那些不在身边的诸侯国，却时常来此寻求利益，为什么？"

几个丫头相互看了看，芳竹道："说是缙府多财富，倘若能归顺一方诸侯，便可增其雄霸之力。可为什么郯国安安静静的……兴许他们也来人，只是咱们不知道罢了。"

"也可能是郯国国君见咱们的日子也就那么回事儿，所以就没把咱们放心上了呢。"茹梅说道。

"郯国国弱，就算以举国之兵灭了缙府，夺得财物，也只能让更多的人来攻打他，'有命得财，无福消遣'的事，也是常有的。"婉樱道。

缙心没有说话一直遥望着远方，良久她深呼吸了一下，回头道："咱们回去吧！"四人调转马头，回了府。

老太太缙姬氏膝下有三个儿子，大儿子缙琛娶的是世交好友家的千金苏敏苏夫人，因苏夫人的父亲在官场失意，家道中落，临终前将自己女儿委托给了这位长子缙琛照顾，成了正妻。可是谁知缙琛后来纳的两位妾室先有了孩子，生的也是女儿，所以苏夫人的嫡女缙心便成了三小姐。

然而缙琛的二女儿缙蕊因自己母亲姜氏如今在府中掌家，便下令府中所有下人均不得称缙心为"小姐"，只能是"姑娘"。缙心倒不在乎，人前都给她留面子，姜夫人觉得这么做对缙蕊将来寻个好人家也未必是个坏事，外人乍听没准以为缙心是姜氏生的呢，便没有出面阻拦。老太太对心儿的大度也十分欣慰，其他人见无人说话，便不好得罪姜夫人，也都闭了嘴。于是，缙心便成了府上唯一的"姑娘"，缙心不计较，也不让自己的丫头们计较，便默许了府中长辈或同辈们都称她为"心儿"。

人人都说，这位姨娘姜夫人是个奇怪的人，不但妩媚，而且无论老太太和老爷是否在家，这位姜夫人都会要求下面的一众丫头不但要穿戴整齐，更要梳妆打扮精致。

别家的主子夫人往往只是自己装扮妥当，是不准底下丫头漂亮的，怕会在后院迷惑了夫君，乱了纲常。但是这个姜夫人却是与众不同，每天在她面前走过的下人，她都要看是不是打扮得干净利索，精神漂亮，有的面色不好的，甚至还赏了粉黛，让旁人不得其法。

正值这位姨娘夫人刚刚午休起床，丫头们纷纷伺候梳洗。身边的赵妈妈从外面过来禀报道："夫人，闻水阁传话来中秋时节老太太不回来了，咱们这边儿也不用去问安了。"

"老太太喜欢安静……知道了。"

"而且啊，"赵妈妈上前退了其他的丫头，亲自伺候道，"听身边人讲，白日老太太见三姑娘的时候，一直就让她和小丫头们在帘外跪着，没让起身，虽说是屏退了

左右谁也不知道说了什么，但是看她们主仆四人出来的时候，个个小脸惨白惨白的，之后里面便发话，谁都不见了。"

姜夫人听了，眉头微微一皱："莫非是心儿挨训了？"

"说不好。"

"凡事配合着，别让她心情不好的时候，对我这个额娘又有什么额外的误会。"

"诺！"

回到闺房，婉樱等几个丫头变得不爱说话，筱菊见状赶紧端上新沏好的茶，一脸不解地看着众人，缙心问：

"当初我管府上的时候，府中有侍卫二百多人，府外外临街上也安排了二百多人，再往外安排了五百多人，给他们说了媳妇，让他们安家落户的同时保我府中平安，不知道现在怎么样了？"

婉樱应道："二夫人管了家之后，为了府上少些用度，又想让各位主子过得舒服些，便将侍卫散去了些，后院的丫头妇人倒是添了不少。"

缙心听了，摇了摇头，又问："府外面的呢？"

婉樱看看别人，其他人摇了摇头，便只得回应道："……这就不知道了。"

缙心坐在书案前，想了想："去帮我问问，现如今的侍卫都是怎么安排的，还有多少，包括门外的那些，谁安了家，谁还没有，给我个单子上来，我想挑几个自己用。"

"诺！筱菊，你去办吧。"婉樱吩咐道。

"诺！"筱菊想都没想就退到屏风后，往外走，茹梅赶紧挡住了她的去路，问：

"丫头，你可知道，别人要问你怎么突然要打听这些，你怎么说？"

筱菊不知道发生了什么，道："我寻思着直接去问问那些侍卫，必然能知道个详细，也绕开了二夫人。"筱菊得意一笑。

"不必绕开二夫人，否则咱们跟二夫人更容易生嫌隙。这不要过节了嘛，施点恩就行了。"茹梅笑了笑语重心长地说。

缙心拿起一个竹简佯装在读，抬头给婉樱使了个眼神，婉樱意会轻轻地走了出来，却听见茹梅继续说：

"也不用搞得那么神秘，逢年过节底下人都有恩赏，这差事就咱们去揽下来吧。你直接去找二夫人，就说老太太吩咐的中秋佳节要给他们和家人赏些衣物，尤其是那些武功高的，银子从私库里出，不走关中的账，跟二夫人请个名单来，信息详尽些，姑娘自会派人给他们量体裁衣，万事周全。如此大大方方的，多好？"

筱菊没有和她们去见老太太，以为茹梅说的都是真事儿，连声应着，高兴地去了。婉樱见茹梅说得也没有什么不妥，反正府里都知道筱菊是个没什么心眼的，说话更可信，便默不作声地笑着回到了缙心的身边。

筱菊来到上房，由丫头引上前来给姜夫人请安，将茹梅说的与她一一说了一通，姜夫人听了欣然一笑道：

"你们姑娘能干，所以老太太放心把什么事情交给她去做，我自然放心。"

筱菊见状，乖巧地福了福身，又添油加醋地说道："今儿个姑娘去请安，老太太说姑娘不懂事，不知道帮衬着夫人还添了麻烦，所以才让姑娘出来做点事情在夫人这儿将功赎罪。"

姜夫人听了眉心舒展了许多，笑道："那是给你们姑娘留面儿呢？"筱菊笑而不语，夫人接着道，"老太太偏心，替你家姑娘出银子，既然是来帮衬我的，这银子还是从关中出，但是活儿，你们姑娘替我分担着点儿吧。静儿，去找你二叔把她们要的花名册给她。"

"诺！"静儿应道，筱菊福了福身，和静儿一同出去了。

刚刚吃过晚饭，缙心便听见外面有人道："二夫人来了，夫人万安！"

"你们家姑娘呢？"

"屋里呢，刚吃过饭看书呢。"筱菊道。

缙心打开门迎道："姨娘来了。"

"过来看看你。"就这样，姜夫人拉着缙心的手，娘儿俩进屋叙话。

"听说今天去见老太太了？"

"是。"

"她老人家身体可好？"

"尚好。"缙心恭恭敬敬地应道。

"我想着，咱家虽说已经退隐，但衣食住行哪有不需要人帮衬的？所以啊，我想中秋之际，把周边村子常给咱们送菜送米的，一起请了来，也是咱们府上的一番气度，你说呢？"

"姨娘勤谨，祖母一向赏识。"缙心习惯地恭维道说。

"可是，老太太即便不在那里，安排起座位来，你也是坐在这第一手第二手的位置，"姜夫人深叹了口气，心中愁苦地说道，"即便如今是我掌管了府上事务，我的蕊儿也是坐在后面。"

"涵姐姐雅量，有与世无争的淡然。"

话虽说得舒心，但姜夫人看着面无表情的心儿，不是太能理解她心下真正的想法。姜夫人将身子倾了倾，握着姑娘的手说：

"我想着，如果你和赵家那个孩子真的两情相悦，趁着我掌家，我可以想办法成全了你们，虽说老太太一直反对，想必是觉得那个赵仪乃一介布衣，与你这个贵族千金比起来的确是相去甚远。可我冷眼看着，那是个用功的好孩子，如今，老太太

避世疗养，你若愿意，我可以助你出嫁于他，如何？"姜夫人的眼睛在烛光下清澈而明亮，缙心清楚，不管她的初衷是什么，她是真的想促成自己和赵公子，如果是之前，她必跪谢姨娘求她成全，可如今老太太的话彻底将心儿的心打乱了。

缙心听着姨娘的话，那曾经与他一起山涧水畔的种种美好全然朦胧在眼前，姜夫人见她不说话，有点心生疑惑，转念一想又似明白了，姑娘家家毕竟是小女子情怀，便稍缓了缓，轻轻地说：

"心儿，你是嫡女，不懂庶出与生俱来的苦楚，更不会体会作为妾室饱含舐犊之情却力不能及的无奈，蕊儿出嫁是她可继续拥有生活富足的机会，你若寻求的是姻缘幸福，只要不影响我待蕊儿的夙愿，为娘我都可以成全！其实，若不是老太太有家训，缙家女儿不得随侍君主，以你的美貌才情，到任何国君那里都会宠冠六宫的！"

说到老太太的家训，缙心的思绪更是复杂了，她的嘴角处露出了一痕苦笑，这位姨娘想得太简单了，对她而言，祖母的谋算，岂是她这山涧之妇能洞悉得了的？缙心转身远望着明月，嫦娥的月宫虽冷，但尚有玉兔吴刚陪伴，怎像她，众人皆得平静，独自己不行，却还不能让任何人知道。

缙心的茫然无助，无意间展露在了眉眼之中，她屏气凝神了一会儿后，回头向姜夫人福身道：

"姨娘的意思女儿明白了，还望姨娘容我考虑些时日，现在天色不早了，姨娘也早些休息吧。"

姜夫人知道，缙心这十几岁的孩子历练下来，变得不太喜形于色，之前姜夫人因此颇有几分心疼缙心，但是让她没想明白的是，今天提这事儿，缙心竟然有些黯然神伤？但毕竟不是自己的孩子，即便想亲近她，人家也未必愿意，姜夫人想着便笑颜应道：

"那我走了，你好好休息。"

"诺！"

这边静儿的二叔将侍卫召集一起便匆匆离开，去到了姜夫人的院里候着，等着回话，茹梅和筱菊拿着量尺站在一旁，只听静儿说：

"过些日子中秋便到了，咱们二夫人说服老太太给诸位添些衣物，有家人在这儿会多添一份儿，一会儿，他们两个就给你们量尺码。"

下人们一听，高兴起来，纷纷谢道："谢老太太，谢二夫人。"

静儿回头对茹梅和筱菊说："行了，后面的事儿，就看你们了。"

大户人家的上房丫鬟有着与其他下人的不同之处，就是要有自家主子当有的气度，否则底下人失仪了，就会有人在背后说是主子的样子，更何况茹梅和筱菊，她们跟着自家姑娘亲身经历了自家主子从掌管一个家族中馈事务直至跌落到受他人所管的起伏。为了不让姑娘为难，更是要注意自己此时的德行全然代表着姑娘在这种境遇中的态度，这一点她们和婉樱、芳竹都心知肚明。

两个丫头待静儿走后，高高兴兴给诸位量体，府外的便让房外的丫头去家里量。

因为缙家退隐山中，大多数时间都是平平静静的，所以隐卫们即便平时练武的时候心中会知道谁的武功会高些，谁的会差些，但都不会太在意。往往在这种"太平"时期，那些会一些待人接物的人反而混得更好。所以，一些武艺高强但不善言辞的人只要不得罪人便可稍安无事，但也谈不上被重视。

没过多久筱菊和茹梅便从里面找了五个尚未娶亲的单身侍卫，稳健但不善言谈，一个是府内的，四个在府外。

五个人选好后，婉樱问缙心："姑娘生死攸关的事儿，是否要见上一见？"

缙心摇摇头说："不必了，这五个人就都由你来安排吧，从他们身上或家人那里看看有什么可以施以恩惠的，笼住他们的衷心，后面你替我调遣就是了。"

婉樱会意，格外观察这五位，暗地里也是嘘寒问暖私下贴补，有缙心的慷慨支持，更是"雪中送炭"施了不少恩惠，没过多久，这五人深知缙心是府里重要的主子，唯姑娘和婉樱等人马首是瞻，也是尽忠，于是这几个人便神不知鬼不觉地归在了缙心的名下。

第五章
危楼之下谁是伴　黎明之前萌做台

入秋后的山野是最色彩斑斓的，各种颜色似乎都要抓住最后的灿烂，尽情将自己的秀美留在这已有凉意的风景之中。

缙心站在树下，看着阳光下的各种颜色，心中盘算着现有的人，四个丫头，五个侍卫，婉樱为长，稍显老练，但其他丫头都很年轻，筱菊单纯快人快语，茹梅胆小谨慎，芳竹虽人前不作声，但随着年龄增长却也有了几分九曲回肠的样子……

姑娘正想着，只感觉后面有人碰了一下她的脑袋：

"妹妹，愣什么神呢？"

缙心回头一看是哥哥缙钰，缙钰是祖母次子缙渊的独子，因为缙心的父亲房中没有儿子，于是，缙钰便是孙子辈男丁中的老大了。

他比缙心长三岁，是个善于文章诗词的才子，人说其父缙渊是因为一场瘟疫染病，

不治早逝，其母良夫人独自拉扯着这个独苗长大。

这个缙钰虽说酷爱读书，但受家中的影响从小也只想做个富贵闲人，不善谈论政务，与府中上上下下的关系倒都很好。

二小姐蕊儿趁着自己母亲掌管了府中的大小事务，经常有意要压过心儿，而她每次欺负缙心之后，缙钰这个做哥哥的往往会私下陪着心儿妹妹解闷儿，却从来没有为她打抱不平过。

缙心明白，他是自己的哥哥，也是蕊儿的哥哥，所以兄妹几个从小长大，竟都没有红过脸。

缙心几分羞恼地笑道："哥哥已到弱冠之年，怎么还这般淘气？"

"听说你去拜见老太太的时候被训斥了？我过来看看你，你若委屈想哭，便冲我发泄发泄，若只想安静，我便安静地陪着你就是了。"

缙心听了莞尔一笑，道："妹妹我哪会有那么娇气，自从跟着祖母在书房中学着处理家事，便少了那些小女子情怀了。"

缙钰听了轻轻地点了点头，但妹妹不知道的是，她的得意之处便是这个哥哥最心疼她的地方。

缙心坐上了秋千，缙钰陪在一旁，任凭风吹花落，心儿都无动于衷，只静静地说："祖母曾说，家母走后，我便改名为缙心，说是让我容众人之心，以求平安。每次想来，不得不佩服祖母的智慧和远见。"

缙钰并没有太听明白妹妹的话，只是以为妹妹因从小受祖母宠爱而欣喜，附和道："祖母是最把你放心上的，我虽为男丁，也未见祖母这么疼爱于我的，这理家治府的学问，却不教我分毫。"

"这家中的事本来就是女眷来管，他日你出息了，是要放到外面做大事的。况且你有母亲，二叔虽说已经仙逝，但你长大成人了，将来家中女眷是要托与你照顾的。"

缙钰惭愧一笑："妹妹高看我了，母亲说不让我到外面做事，只要将来府中安好就好。"随后，他又指着院中的花草说，"其实，这府中的主子，哪个不是跟这些花花草草一样，偷得一片静土。我们都是在这高山流水的庇佑下，才有这一番尽情尽义的万紫千红，可谁又敢说，这高山流水真就可以保我缙家几世的平安呢？"

缙心听了看了看缙钰，看来，良夫人没有告诉他刺客尸首的事儿。

缙钰以为他只是说了一番世间亘古不变的道理，可谁知这番"说者无心"，偏偏让秋千上看似轻松的美人心中无比沉重。高山流水哪里挡得住外面的刺客，而居于闻水阁的祖母让她做的，岂止是离开这"高山流水"那么简单，一个女子命不久矣，想直面仇敌以求生，个中不可能，恐怕是她这位深府中的哥哥所无法想象的。

缙钰见妹妹不说话，便也不说话，就那么静静地陪着，许久，他犹豫了一下，还是打断了妹妹的思绪，道："心儿，过会儿我要出府一趟，你有什么想要的，我给你买。"

"出府？哥哥去哪？"

"就在郯城。为兄我近日结交了一个好兄弟叫楚良，此人善剑术，我从小不会武功，对这样的侠士十分敬佩，近日我们俩一起说好去郯国城中玩。"

"江湖中人，"缙心中一紧，"哥哥结交的时候可要小心，哥哥一看便是个不谙世事的公子哥，倘若只是遇人不淑，损些钱财倒不算什么，千万别招了歹人祸及了性命。"

"妹妹放心，我小心着呢，再说，我有贴身侍卫保护，不碍事的。上次妹妹去闻水阁的时候，有人保护吗？"

"没……有。"缙心看着哥哥，眼睛开始发光。

"妹妹学医，常亲自采药，现在大了，又出落得如此美貌，没个人保护着怎么行，我去跟姨娘说，找个人保护你，如何？"

缙心见话已说到这儿了，便将婉樱选的府中的其中一个侍卫告诉了缙钰，说其为人老实，看哥哥能否帮忙。

缙钰想都没想转身便将此人说给了自己母亲，良夫人一直有心护着心儿，便开口说与了姜夫人，把人给了缙心，缙钰都安排妥当之后，他这个做哥哥的才出了府。

不多时，缙心已端坐在绣房之中，一改之前在哥哥面前娇滴滴的样子，隔着纱对帘外的人道：

"以后，我的身家性命就交给你了，如果遇事，只怕情急之下也顾不上叫你全名，以后就叫你'培风'吧！"

"诺！谢姑娘赐名，以后奴才就是姑娘的隐卫，定会护姑娘周全。"培风拜谢，由丫头们安排住在了缙心院外的一处角房中。那里与小院中的各房距离都不远，可时刻观察到院中的动静，日夜保护着院中人的安全。

第六章
月圆之夜无穷善　转身丝凉孤一人

因老太太当年大婚就是在中秋佳节以求婚姻圆满之意，所以每逢中秋，府中必要轰轰烈烈地大办一场以示庆贺。

这一年，是姜夫人掌家后第一次主持如此大宴，为尽显大气，不但府里的人都得了恩赏，连周边常有生活往来的村落中人，也被邀请来一同赏月。男子均在外院自成一席，女眷们便安排在后山的湖边楼台中，此楼台借山崖而建，临着天湖，远处的瀑布似从九霄月中一倾而下的飘带，淋着月色银光，幽美圣洁。

众人围成一圈，一人一桌，后各有屏风，虽然老太太没有回府，但威严地位还在，在上位放了一套空桌椅，摆好一应吃食，不敢怠慢。其他人按等级辈分依次坐开，中间的地段空出来，有的少夫人能歌，有的小姐善舞，好不热闹。缙姜夫人作为掌管府中之人居左第一位，而后是嫡女心儿，之后才是其他女眷，客人们都从右边按长幼顺序依次坐下，虽说与待客之道有点出入，但这是缙府，众人无不满意。待歌舞告一段落，二夫人起身举杯，道：

"老太太修身养性，让我这个粗人帮忙持家招待，好在有心儿帮忙才算舒心很多，有不到之处，烦请诸位乡里乡亲海涵。"

对面的客人多为山野村妇，桌上的菜品已经让她们开了眼，各种摆样做法更是前所未见的，众人哪里还有其他的奢望，纷纷说道：

"夫人客气了。"随即，众人一饮而尽。

坐在右手第一位的是一个村落的族长之妻田氏，虽说年过半百，但是举手投足不像是一般妇人，身穿粗布，却透着几分尊贵，一看便知是见过世面的人，田氏侧了侧身道：

"夫人说笑了，这缙府上下无不谦和待人。后辈者，"田氏示意了一下缙心，"均如姑娘这般年纪轻轻又识得大体，老太太真是有福气啊。如今夫人管家，一片和美之象，让我们这些乡中妇人不得不感慨缙家族人的修养，非一般钱权在手的富贵人家能比。"

缙心听罢，也礼节性地起来欠了欠身，道："田夫人过奖了，我们小辈的从小不知世间辛苦，论学识教养也不敢说可衬得上家中门楣，靠祖母家母一腔热情的照顾，才懂了些礼数，也得诸位乡亲指教有了点见识，我们小辈者敬诸位一杯。"说着，便与众人又合饮了一杯。

姜夫人道："这府说是退隐而居，但真要关起门来过日子也是不可能的，小到平常的吃食，大到天下的消息，都要与人有来有往。不出府做事，也不可孤立无援，将来山穷水尽之时，外人叨扰，总要有个帮衬防备，更何况身处当下乱世呢？"说罢，将目光递给了身边的弟妹良夫人。

"嫂子说的是，"良夫人道，"之前郯国与莒国修好，一切风平浪静，前些日子偏偏就打起来了，如今听说鲁国调解，才安静了一些。"

"原来这仗是他们打的啊？我竟不知道是谁跟谁。"一个村妇边吃边道，"那天仗打完了之后，以为消停了，可谁想前两天一个夜里，我家的狗半夜就闹腾了起来，惹得那公鸡也开始叫唤，吵得我那个刚出生的小孙子半夜里哭个不停，怎么哄也哄不了，不吃不喝，哭得那叫一个厉害啊！"

"是嘛，恐怕是吓着了，这山野里难免有不干净的东西挨家乱串。"她旁边另一个老一些的妇人道。

"可不嘛！天刚亮，我就去找了村南的那个师婆过来收了收，说是有没走远的魂儿，我那儿媳妇就赶紧折了些桃木系在我那小孙子身上，这才算好了的……"那妇人说得津津有味，对面的夫人小姐们听着也觉得有趣。

正在这时，良夫人的独子缙钰过来作揖道：

"孩儿给夫人们请安了，"又面向客人们行礼，"诸位前辈安好。"

这府里的村妇们见来了个相貌堂堂的公子，知道是贵人，便都不再多说话，点头回礼。

良夫人问道：

"钰儿怎么不在前院待客，到这里来好生唐突。"

钰儿倒是洒脱道："送菜的马伯伯喝醉了，我受命扶他到客房休息，绕道来这里给夫人们行礼。"

"啊！"那个刚才像说故事似的妇人一惊，赶紧赔笑道："让夫人小姐们见笑了，我家这位平时是贪酒，但是轻易不会让自己醉的，这次，哪想着劳烦了小爷了，真是不该！"

姜夫人还未开口，只听良夫人说："没什么的，这宴席要是没个喝好的，反而说明不尽兴。"那妇人本来兴致勃勃，自己家的这么一醉，自觉得没有面子，便不再多说了，赶紧离席由缙府的丫头引着去见自己的那口子去了。

缙钰坐在良夫人身边给母亲布菜，让姜夫人心中一紧，看看自己的孩子在若干人之外坐着，心中好不是滋味。

众人越聊越尽兴，聊到了亥时晚些众人都累了方安静了些，姜夫人道：

"刘赵妈妈，诸位的客房可都收拾好了？"

"回夫人，都收拾干净了。"

姜夫人回头对众位客人说："这山中比不得城里，夜深露重的回去不方便，诸位不介意的话就留一宿，等明天太阳出来，晨露退了再走，我们也放心。"

那位族长夫人田氏起身道："托夫人和府中上下的福，老身及村中族人这乡里人能在缙府休得一晚，着实感激不尽，既然已到'人定'之时，我们也只得打扰了。"诸位客人见状便也随着起身，由府里的婆子丫头带路各自去了已安排好的房间。

姜夫人一众送走了客人，才让自家人逐一离席，而她却独独叫住了心儿。缙钰有些不放心，本想要留下，却还是被良夫人一把手拽走了。无奈，露台之上，繁星之下，便只剩下了姜夫人和缙心。

二人走到露台中间，看着月色、月晕在远方微动，已经难以分清是月儿有云还是人已醉，朦朦胧胧中，缙心跟在姨娘的后面有几分飘飘欲仙的感觉，姜夫人也是兴趣未减，对心儿笑道：

"听她们说话，还真是挺有趣的。"

"是，与我们全然不同，比咱家人都更轻松些。"

姜夫人认真地看着缙心，收了笑容，几次想要说话，却实在不知该如何说起。缙心看着自己的姨娘说道："姨娘是想问我上次的事儿女儿是否想好了，是吗？"

"啊……"姜夫人看着面前的孩子，想想如果她告诉了自己答案似乎反而觉得没趣，抿嘴一笑道，"哎，算了，你去吧，我也累了，明早晚起些，不必来请安了。"

缙心福身告退，转身离开了。

结束这心不在焉的对话，缙心在绣房直接歪在了床上，斜对面的角落里，纱窗半掩着，好像故意让外面的黑暗在那里偷窥一样，缙心感到了一种窒息：

"芳竹，把那个小窗开大些。"

"诺！"

芳竹进来听话地打开窗户，一轮清亮的明月镶嵌在天际，如珍珠一般生怕污了它的皎洁让人不忍去摘。缙心愣愣地看着它，觉得似乎比刚才清晰了许多，芳竹见姑娘醉意未消，却还硬撑着精神坐在那里，便过来将姑娘身后的靠枕垫高，轻轻地说：

"姑娘困了，倚一会儿就歇了吧。"

缙心抬手一摆："我没事儿。"芳竹只得乖乖地守在旁边陪着，不再说话。

约莫安静了许久，缙心看了看芳竹，示意她坐在塌下的脚蹬上道：

"跟我说说话吧！"

"诺！"

芳竹顺从地坐了下来，缙心的眼睛却没有离开那轮明月，娓娓问道："你说，姨母会不会真的可以帮我和他有个将来？"

芳竹并不知道上次姜夫人来是何事，小心地问道："姑娘说的'他'，是赵家公子，还是……那个韩离子？"

缙心没有说话。

芳竹看着眼里无光的姑娘，此情此景，心中便猜出了十有八九，她想了想说："姑娘与赵家公子情投意合，但是在奴婢看来，却不是天赐良缘，若要说能不能有将来，也只能看造化了。"

缙心听了，将目光缓缓地移到了芳竹身上，芳竹正了正身，接着说：

"姑娘，这话芳竹不该说，但芳竹和其他姐妹都是穷苦出身，知道平常百姓的日子和苦恼。赵家公子人品虽好，但毕竟是一介布衣，对姑娘顺从有加，但远见格局都远不及姑娘，姑娘若跟了，便枉费了姑娘日积月累的才情智慧，姑娘与生俱来的优点将来在赵家怕也只能是无从谈起，老太太这些年的培养呵护便枉费了。"

"祖母当初不也是这么想的吗？"心儿喃喃地说。

"可自从姑娘去见了老太太，我们几个心里也有些犹豫，比起羊入虎口朝不保夕，只怕真倒不如委身于赵家，就算清贫，至少可得一世平安呢。"

缙心听罢，长叹了口气，刚欲说话，只听门外有人一个怯怯的声音：

"姑娘，不知睡了吗？"

芳竹赶紧起身，缙心示意她开门，原来是筱菊带着缙钰身边的丫头来了：

"少爷让身边人过来看看姑娘酒后可还好。"

"代我谢谢哥哥，都好。"缙心不想让别人看到自己此时的样子，将身子一歪躺在了床上，冷冷地应道。

那个丫头本想悄悄地看看她的脸色，无奈姑娘已将脸背了过去，只得低下头鼓起勇气说："少爷让奴婢捎话给姑娘，明儿个客人们一早拜了二夫人就走，府里会安排管家去送，姑娘待字闺中就不必去了。"

"知道了。"缙心心下觉得奇怪，哥哥从来不问府中的安排，怎么这么婆婆妈妈了起来，这种事儿哪里需要他让人来吩咐？

可那个丫头站在那里还是不动，芳竹有些不高兴了，问道：

"你还有别的事吗？"

那丫头抬头看了看，说："没，没有了，奴婢告退。"便由筱菊将她送了出去。

缙心看着她们离开，厌恶地说道："哥哥今儿个怎么了？行了，你们都去睡吧。"

"今儿个是我上夜，我陪姑娘。"芳竹说着从橱子里拿出了被褥，伺候了心儿宽衣，便在一旁搭了地铺休息了，主仆二人一夜无话。

等到第二天缙心醒来之时，已是日上三竿，那个角窗依然开着，清风飞进，缙心很快就清醒了许多，突然想到昨天和姜夫人的话，便决定不论怎样也要出府见他一趟，于是她唤来了丫头们，洗漱梳妆。

筱菊边为主子簪花，边问："姑娘今日是要去拜见师傅，还是骑马散心？"

缙心看着铜镜中的自己，平静地说："我去见见他，多少还是要与他有个商量……"

话音刚落，所有丫头都不动了，直愣愣地看着这位姑娘。筱菊的手一颤，刚绾好的青丝滑落下来，缙心透着镜子看着她，又见所有人都表情异样，便知道他们一定有事瞒她，问道：

"怎么了？"无人回应，缙心脸一沉，问道，"婉樱？"婉樱一向稳重成熟，别的丫头都看她的言语行事。

婉樱上前，低头说道："姑娘……姑娘以后……不必再见他了。"

缙心看她的脸色便知道这事不一般，低沉了声音追问："不必再见他了，是什么意思？"心儿这个曾经做过大管家的，虽说年纪轻轻但也锻炼得气场可收可放，不怒自威。

府里一般的丫头见心儿咄咄逼人的架势一摆，瞬间腿都软了，好在有婉樱，关键的时候能撑得住，只听婉樱冷静地应道：

"姑娘，赵家公子，听说……没了。"

缙心一怔："没了，没了是什么意思？"

缙心人未动，但婉樱却能感觉到姑娘的步步紧逼，有些招架不住，于是她干脆跪在地上，其他一干人等也尽数全伏了下去。

"听说前些日子收拾战场，赵公子人善也去了，后来……后来就没有再回来，生不见人死不见尸，传言说，战场的冤魂太多，估计被索了命去了。"

缙心眼睛眨都不眨地反驳道："胡说，索命也索不到他一个埋尸体的人去，他的家人呢？"

"赵家找了两天都没有找到，只找到了他的一条带血的裤子，说是赵家全家痛苦万分，后来，便将那裤子裹在席子里埋进了祖坟，就当是赵公子去了，第二天，赵公子全家就都消失了，村里人说想必是离开了这伤心之地。昨天府中有盛宴，底下人去请的时候没见到人，后来打听的时候才知道好像是这么回事儿……"

"你是说……赵家……出了人命……"缙心的声音颤抖了。

第七章
露尾情长封刀斩　隔岸不知罪已开

听说赵公子全家一夜之间消失，心儿身子一晃，瘫在了梳妆台前，从丹田挤出浑厚的声音，道："为什么，为什么没人跟我说？说！"

所有人跪倒一片不敢抬头，心儿转脸对芳竹说："芳竹！为什么你昨天不说！"

芳竹在一边吓得趴在地上，相信主子已经怒到了极点，刚要开口，婉樱赶紧抢道："这事……"

"没让你张嘴。"缙心迅速地打断她，"芳竹，说！"

"回姑……姑娘，奴婢也是今天早晨说起话才知道的，昨晚姑娘提到赵公子，奴婢便猜想到姑娘今儿个怕是要见公子，刚刚暗地里命人准备的时候，才知晓了此事……"

屋里的空气凝重，没人知道其实缙钰早已在窗外听了许久，跟在他后面的是昨晚的那个丫头，缙钰回头看了看身后的丫头，丫头悄悄地低头说道：

"昨日本想见机行事，但有帘子遮挡，怕唐突了姑娘，着实不敢造次。"

缙钰叹了口气道："我就知道会这样，所以一直不放心。"

只听里面心儿继续质问：

"婉樱，所以你是都知道的，却一直瞒着我，派人去找了吗？"

"奴婢不敢，赵公子去，奴婢们想姑娘心里更是不好受，毕竟闻水阁一行后，姑娘便前途未卜，可偏偏这个时候赵公子这边人去楼空，所以……奴婢们本想慢慢说给姑娘听，可……可如果姑娘因噩耗伤了身体，恐怕于未来不利，奴婢们想着，与其心怀叹息，不如再想想如今更需周全的事儿，方好。"

缙钰听罢，抬腿推门走了进去，佯装什么都没有听到，可这一屋子的严肃是缙心众人佯装不了的，众人皆不敢出声。

心儿坐在里面见哥哥来了，转怒气为悲，但并不起身，其他人也不敢喊给少爷请安的话，大家如僵了一般，一动不动。

缙钰走到了缙心跟前，轻轻地将妹妹搂在怀里，心疼地叹了口气，什么都没有说，只是静静地用手抚摸着心儿的头，如此几下，心儿便再也绷不住了，将脸一埋，在哥哥的怀里哭了起来，钰儿给婉樱众人使了个眼色：

"你们去外屋听候差遣。"众人福身，轻轻地退下了。

心儿将脸放入哥哥怀中几分任性地哭出了声，过了许久才慢慢地平静了许多，但依然坐在那里依偎着哥哥不愿离开，缙钰见她情绪稍微稳定了，才轻轻地说道：

"外面的荒唐言论，妹妹不必信，既是失踪，便说明他有生的希望，妹妹别太伤心了。"

心儿听了，突然直起了身子，抬头看着哥哥问道："对，他或许没死……可他为什么不来找我？"

"我，"缙钰一怔，"我也只是猜测。"

心儿一把抓住缙钰："好哥哥，你告诉我实话，他到底是失踪还是死了？"

缙钰看着她，竟不知怎么说好。

心儿见缙钰不说话，赌气说道：

"哥哥要是不说，我就刨了他的坟一看究竟！"

缙钰知道心儿是个敢说敢干之人，急忙应道："坟里无人，刚才她们不是告诉你里面只是一件他的衣服吗？"

"所以他可能真的没死。"

缙钰坐了下来，叹口气说："但是人到底在哪，无人知晓。现如今连他的家人都没了，更是无人知道他去哪了。"

心儿抓着他的衣服不放，眼睛瞪大地说："街坊四邻呢？谁家在他家旁边？"

"就一家，是给咱家送鸡蛋的，昨天喝醉了，还是我派小厮把他送到客房的。"

"是她家！"心儿松开了缙钰，缙钰的衣服已是鼻涕眼泪加褶皱，好好的一件白色新衣变得跟抹布一般。

心儿略带些埋怨地说："昨天全听她说什么夜里鸡鸣犬吠，完全没说在正事上。"

"心儿，有一点你要接受，无论他在不在，是失踪还是真的没了，一家人走得如此干净，便是你们两个人此生便是就此别过了！"钰儿心存怜悯地提醒说。

听了这话，心儿恢复了几分清醒，怪不得姜夫人在那晚对她欲言又止，她站起身来默默地走到窗前，抱膝圈在一处，看着外面，说："哥哥，我想一个人静静。"

缙钰知道自己这个妹妹执拗的脾气，只得一如既往地顺着她，点点头道："妹妹别太难过了，有什么需要哥哥做的尽管开口，只是，命数如此，妹妹就不要再强求了。"

心儿听罢，别过脸去，不再说话，眼泪一滴一滴地往下掉。

婉樱她们在外面听着，似乎已经明白了几分，缙钰出来见她们站在原地未动，对婉樱说：

"你们几个和妹妹是一起长大的，这是妹妹长大后第一次经历生离死别，你们务必看紧了，一有事，赶紧派人来告诉我。"

"诺！"

一个人留在内室的缙心在窗前一动不动，不进米水，一会儿好些，一会儿又哭，没有声音却让人心痛，如此过了许久，丫头们怕伤了姑娘的身子，便下房又重新熬了些甜味的粥，做了点清淡的糕点，由筱菊送了进来。

"我被抛弃了……"心儿喃喃道。

筱菊端着盘子，听姑娘说话，没敢动，看了看一旁的茹梅，茹梅想了想，说：

"姑娘，少爷说得也有几分道理，既然姑娘对赵家公子情深义重，我看这样，姑娘吃点东西，我替姑娘去公子坟上烧点丧物，也是姑娘一番心思，不过从此姑娘还是要向前看的。"

"他至少可以来见见我的！"

"公子是个敢作敢当之人，对姑娘用情之深我们也是看在眼里，只怕这份不见，公子是有难言之隐的，想必赵家是小门小户，穷苦人家只求世代平安，往往不敢冒着险去强求什么，很多时候强求了，他们怕是会付出更多。"茹梅说着，低下头去。

缙心想了想，拿起筱菊托盘里的粥便喝，筱菊刚要喊："烫……"话音未落，粥碗已被姑娘扔回到了托盘里。

心儿正了正身命令道："更衣，去拜见缙姜夫人！"婉樱和芳竹在一旁听姑娘对二夫人的称呼都变了，更是不敢多言，赶紧给心儿梳妆更衣，刚毕，心儿便带着丫头们向姜夫人的燕落居走去。

郯城是郯国的国都，虽然郯国称得上为一国，但是却小得如大国的一座城池，而郯国尊崇鲁国仁政，因此里面的百姓还算安居乐业，邻里之间抱素怀朴，彬彬有礼。

缙钰与朋友楚良一起走在闹市街区，二位公子的小厮在后面牵着马小心地跟着，楚良的长相虽不比缙钰秀气，但气质风采竟要比缙钰更胜一筹，身材也高大许多，举手投足间，缙钰在他面前虽说更为脱俗，但气场上全然不敌楚良半分，很难想象缙钰这个不问世事的世家公子与这位将见识化为风流的人物能见识些什么？

郯城中有一华丽高阁名曰"鸢栖台"，因国中的名人雅仕常聚于此而远近闻名。缙钰和楚良二人走到楼前，见大门口只有几个小厮站在那里迎来送往，竟不见任何女子出现，缙钰问道：

"如此风流之地，又配上脂粉气这么浓的名字，怎能没有美人在侧，殊不知'才子必风流’的道理？"缙钰调皮地看着楚良。

楚良笑了起来："你只知才子必风流的话，却不知，风流场所如果污了上层名流的清誉，便引不来这真正的风雅才子了！缙兄，请！"

随着楚良在前指引，缙钰随他一同入了鸾栖台。

二位公子找了一处角落坐下，四围的轻幔低放，一个身披七彩薄纱的女子躬身进来，手中捧了一套茶具，刚要放在两人面前，楚良问：

"什么茶？"

"峨蕊。"

缙钰摇了摇头，对楚良拱了拱手说道："峨蕊虽好，有先苦后甜的回味，但是人生不如意本就十有八九，你我又何苦要在这轻松之时顿悟这苦涩人生呢？还是换点不苦的吧。"

楚良点点头，嘱咐那女子："换太白顶芽来。"

"诺！"女子退了出去。

缙钰看着楚良几分淘气地笑道："知道楚兄不是好色之徒，但这每天有如此绝色女子花团锦簇，日夜围绕侍奉，不知羡煞多少旁人呢！"

楚良只是淡淡一瞥："这花看多了，其实自然也就不觉得了，那些向往花丛的人，反倒是些少有机会与花相语之人。"

"竟没有一朵花，让楚兄动心的，岂不辜负了？"

"看来钰兄想找一个？"

"哎，我可没有……"缙钰顿时红了脸。

"此处归我家经营，我再说自己一尘不染只怕也未必有人信，只是我自己很清楚心之所向尚未出现，便罢！"

缙钰想了想，似有所悟地转移了话题道："此楼名扬天下久已，想必楚兄家中做此'解语花'的生意很多年头了。"

却不想，钰儿的话一出，楚良顿时脸有些微红起来，道："我家祖上曾送一族中女子入宫，献给先皇，入宫不久深得宠幸，被封为美人，很快便怀了皇家子嗣。这楼就是她怀孕不久，传信于家人让建的，说要容天下贤士。"

"哦，这要容'天下之士'想必是会对腹中皇子有益的。"缙钰的眼睛清澈地看着楚良。

"是，此楼开张之际，恰是这位美人诞下皇子之时，母凭子贵，不久这美人便被封了夫人，于是亲笔赐名此楼为'鸾栖台'，自拟为'凤'。"

缙钰听了这个字，便猜出了几分其中意思，道："楚兄家的这位夫人，真是远见卓识啊！"

"现如今这鸢栖台到家父掌持已是第二代了，我虽说是这鸢栖台的少东家，但若不是招待朋友，其实是极少来此的。"

"这里的信息汇通，多来转转，结交文人雅士，即便宫中没有夫人襄助，想必楚兄一族借此也可闻达于诸侯了。夫人此举，于楚家全族意义深远。"

楚良摇摇头："想是如此。但其实，缙兄有所不知，古今帝都所聚集者，皆达官贵人，商贾市井之流，此楼傲于帝都之中，虽名为风雅之处，其实亦为是非之地罢了，恰因为这里有太多的信息往来，'解语花'这个生意真正要紧的是，掌舵者是个君子还是个小人。若掌舵者心怀公正，这里大家自然都可有有价值的消息，但如果做此生意的人心怀叵测，这里就不知被怎样奸佞之人所控制，也就不知有多少冤假错案，忠贞之士死于非命了。"

"这话怎讲？"

"一个消息，有人因在此得了，视为有用，几番经营，便可闻达于诸侯；也有人可借此扩大消息，而嫁祸于人，便会有人因他人在此处的谋划而命数全尽，消逝于朝堂或市贾生意之中。这种附庸风雅之处，纵然迎来了真正的文人墨客，即便富有经纶，怕最终难免还是为了些'俗事''俗愿'，罢了！"

"楚兄如此说，那这'鸢栖台'里的掌舵人是正，还是邪呢？"缙钰笑问。

"亦正亦邪……"楚良认真地看了看他，"正为本，是掌舵者的本分，但是做这种包罗天下的生意，如果把正总摆在明面上，少了点邪，只怕非但正不下去，连命恐怕都得丢了，又何谈保护那些正人君子呢？对付邪的办法有的时候也得用邪招，更何况还有一种办法叫作以其人之道，还治其人之身！"

"楚兄家只是经营此楼的，他们传什么消息随他们去便是，何必要参与其中，反而惹了闲事？"

"哈哈哈，缙兄想得太过简单了，虽说只是做个生意而已，但你本身就在市中，如何能佯装自己身在事外？殊不知，你再如何佯装，局势如此，怎么可能躲得过呢？"楚良意味深长地看着缙钰，而缙钰却从楚良的眼睛中全然看不出什么来，喃喃地说："这一番谈论，倒真与我缙府之人不同。"

二人正聊着，突然那位女子撩帘进来换茶，又在楚良身边耳语几句之后，方退了出去。

缙钰见状，赶紧道："楚兄若有事，只管去忙，我一闲人，本不该多打扰的。"

楚良端详了一下他，神秘地笑道："眼前的确是有一紧要之事，但是却牵连到了缙兄一族。"

楚良的严肃让缙钰不寒而栗，而他又仔细想了想，道："我缙府隐退于深山之中，与朝堂几无来往，何事会与我族牵连呢？"

"缙府是已隐于山峦之中，但贵府的上下吃穿用度，不减于任何闹市之中的达官显贵，长长久久。这流水般的财富，缙兄可知道缘由？"

缙钰一愣，他一出生便是个公子哥，从小到大，似乎一切富贵于他来讲均'本当如此'，府中也的确不像有吃紧的时候，所以他从未想过楚良的这个问题，而如今楚良突然如此一问，让他半天没说出话来。

缙钰想了想，说道：

"我家外有叔伯出门打理，内有姨娘夫人照料，族中还有奶奶掌管全局，自然一片和睦，有该有的繁华。"

"哈哈哈，"楚良一听，大笑了起来，"钰兄这么聪明的人，怎么就不懂天下本就没有'应该'二字？既然有人在外面打理，就会与世俗有牵连，这打理的本钱，往来的流水，都是有付出才可得来的，而一旦与外界有连，有些事自然也就会牵连上了！"

"那刚才这所谓的急事是指什么，还请楚兄明示。"

楚兄叹了口气，道："前不久郯国与莒国之战，钰兄可知因何而起？"

"不是说，两国因边境之事郯国攻打莒国吗？齐王、鲁王均派人调停，现如今郯国与鲁国成邦交之好，鲁国还将自己的公主嫁与郯国国君，封为王妃，世人皆知呀。"

楚良看着缙钰，果真是不问世事的公子，所知晓的无非是那些让众人知晓的，还深信不疑。楚良耐心地说：

"非也，此次战事看似郯莒两国之战，但其实乃鲁国与齐国之事。郯国乃一弱国，依附于鲁君势力已久，莒国面积虽小，但其实力可与荆、吴两国抗衡媲美，其后有齐国辅助，鲁君对齐有所忌惮，后宫又养有齐国公主，不好出手，便使计挫了莒国的士气。其实，起因乃是莒国后宫的美人'己氏'。"

"楚兄如此说，让我愈发糊涂了。方才还讲齐鲁之事，现在又说是莒国后宫美人所致，可否细细道来。"

楚兄摇头道："缙兄不必太过了解，我只告诉你，那位莒国美人乃是郯国郡主，此人与缙兄有些关系。"

缙钰一听，反倒松了口气，笑道："楚兄这就错了，我族与郯国中人并无任何关系往来，更何况人家是宫中郡主呢？"

"哈哈，不妨告诉阁下，此女乃是缙府长房夫人的嫡女……"

"更加胡闹了，我家长房嫡女乃是我妹妹缙心，尚还待字闺中，如今伯母早已仙逝，怎么又会出一嫡女，就算是我缙府有嫡女，也不会在宫中，我家早有家训'吾族后人，男子不可入前庭，女子不得进后宫'。若出于同族，我岂能不知，这绝不可能！"

"缙兄莫急，且回去问问自家长辈，府中是否出过一郡主，便可。"

缙钰看着楚良胸有成竹的样子，不像是开玩笑，正了正身，稳了稳神，道："既

26

如此说，我回去问问便是，但不知此女比我年长还是年幼？"

"都是同龄之人，哪里分的出那么细致的？"

缙钰紧缩眉头，接着问："那她又如何挑起这战争，牵连我缙府？"

"郊国与莒国一向交好，郊国国君将郡主嫁予了莒国，封为美人，美人入宫之后深得莒国国君宠幸，不久便传来怀孕的消息。一次，郊国派人入宫看望，却不知为何所派之人与那美人有了争执，待一行人走后，此美人便从宫里消失了，莒王自然不可罢休，欲找回美人和腹中孩儿，便派人暗中查访，虽无功而返，但确信此事与郊君相关，莒王怀疑是郊国掳走了美人和孩子作为人质，于是，他便屡次举兵犯我边界，郊国忍无可忍而发兵迎战，由此便有了之前两国间的兵戎相见。"

"那现如今此美人在哪？"

"无人知晓，"楚良看缙钰的眼神似乎要通过他看出什么端倪一般，便接着说，"只是这郡主出身于缙家，郊国、莒国均知此事，更有人说，郊国国君欲将责任归于缙府，作权宜之计，若如此，缙府即便隐于世外，也难逃此劫。"

缙钰听了目瞪口呆，好容易听到最后一句便早已按捺不住，起身道：

"小弟告辞！"说罢，便跑出门，催着小厮上马，快马加鞭向缙府狂奔而去。

而此时在府中，与缙钰同样火急火燎的，还有那位因赵公子一家离开而愤恨不已的缙心。

第八章
本是清高身外子　一朝踏入脚下泥

缙心带人急匆匆地走在长廊中，恰巧缙钰的母亲良夫人迎面走了过来，直接拦住了心儿的去路。

缙心知道府中这位良夫人对她是最好的，乖乖地上前施礼："婶娘万安。"

良夫人轻轻地走上前扶起她，但却不松手，轻轻地说道："心儿，今天天气好，陪我出府走走吧。"

缙心哪里有这闲情逸致，急道："今日还未给姨娘请安，侄女速去速回。"说罢便要往前走。

良夫人依然拉住她，也不让路道："心儿，我和你母亲关系甚好，今天是她的生辰，与我去看看她吧？我已和你二娘说了，今天带你出去转转散散心。"

心儿这才想起今日的日子不一般，又见婶娘抓着自己不放，不得不顺从道：

"谢谢婶娘还记得家母的生辰，我这就去换素服随您出去。"

"好，我在马车里等你。东西已经齐备，你只管过来就是了。"良夫人这才放开她，见婉樱众人扶主子向缙心的院子走去，才放心离开。

一会儿的功夫，心儿和众丫头穿着素服骑马随良夫人的车来到了湖边，换上竹筏。一个嬷嬷在上面划水，其他丫头们上了另一个竹筏，跟在其后。

在水上，良夫人转过脸来用手心疼地抚摸了一下心儿的脸蛋：

"近日，我们家的心儿瘦了！"

心儿恢复了以前的谦恭温顺，轻声道："多事之秋，有谁可高枕无忧呢？"

"你是指那四个不知是谁的莫名尸首，还是赵家公子？"

"那四个尸首，您不是要管家匆匆了事，不许再提了吗？赵家公子……哼，原来这事大家都知晓，却独心儿是最后一个知道的。"

"如果我不拦你，你是要去找你姨娘吧！"

"前些日子姨娘还说要成全我们，现在想来，更像是嘲讽我的。"

"你家二夫人先前并不知道此事。前些日子置办宴会，她一心紧张宴会上会不会又来刺客，毕竟请柬发出去了，不好出尔反尔，哪会有精力去问那些不来人的道理？昨天是我跟她说赵家发生的事的，当时她也是一惊，我也看得出来她心中亦是不快，虽说原因与你的不同，但是在这件事上，她一定是无辜的，恐怕她比你都想让你嫁去赵家！"

良夫人在缙心面前永远都是和蔼可亲的，但却不从给她母亲般的关怀，这让心儿每次在想要拥抱她的时候却不得不望而却步，对她又亲又怕，时间久了，便成了敬畏。

缙心深吸了一口气，点点头道："或许婶娘说得对，是心儿脑袋一热，差点唐突了。"而后，心儿顿了顿，又道，"婶娘，赵公子没有死，对不对？"

"你为什么说他没有死？"

"如果他死了，与他父母来讲，是白发人送黑发人的打击。他们全家没理由会将葬礼草草了事，而且匆匆迁走，想必是有比这个更重要的事情，那么，又何必要他的性命呢？"心儿看着流水潺潺，笃定地说。

良夫人一身素服在风中饶有风韵，明眸中透着婉约的灵光，让每一个人见了都心生钦慕。

她走上前娓娓劝道：

"不论是生是死，事已至此，你们之间的情，只能随波去了。心儿，他们毕竟是平民百姓，他们的来来往往会来自于被逼无奈。既然他们一家都不强求了，你总是如此，岂不是不放过他们？会事与愿违的。"

绾心看了看良夫人眼里的泪慢慢地涌了上来，她远望着青山高耸，只觉得自己渺小得是那么的无助。

丫头们的竹筏先停靠到岸边，众人上岸去便等着搀扶夫人和姑娘以免脚滑闪了主子们的身子，良夫人众人一起向山里走去。

心儿好心要上前搀扶婶娘，良夫人笑道："我不用，你只管注意脚下就行了。"心儿微微一笑，乖乖地后面跟着。

众人到了心儿的母亲坟前，丫头们把准备好的贡品敬上，心儿上前扫了扫清灰，便与婶娘绾良夫人一同跪下施礼，悼念亡灵。

待礼毕，心儿起身也将良夫人扶起，叹了口气，道：

"家有牌位，此处又是衣冠冢，便少有人来这里祭奠母亲了。"说罢，眼圈泛红。

良夫人道："你母亲走后，姜夫人一直没有扶正，便是你父亲的一份感情。"

心儿轻轻地点了点头："心儿幼时丧母，然后在祖母的庇护下长大，如今祖母也已年过古稀，本来心儿长大心中萌生了几分爱意，却感到是自己害的人家全家流离失所，而如今，我自己也都不知道哪条路上可以避免凶多吉少。心儿本该依身于父，但父亲却在外奔波多年，婶娘，您说，是不是心儿命中有煞气，凡事难以齐全？"

"去，别胡说，"良夫人一把抓住心儿的手，急忙止住了她，道："你堂堂绾家嫡女，又曾是众人皆知的一家掌事，倘若这话让别人听到，弄出了流言蜚语，岂不对绾家的名声有损！"而后又转身对身后的一干丫头侍卫道，"姑娘心中悲痛，说了胡话，谁都不许传出去，否则剪了舌头！"

"诺！"众人战战兢兢地后退了几步，尽量避嫌。

良夫人看着绾心许久，认真地说道："心儿，你母亲是生是死，在于命数，赵公子是生是死也是命数，都不重要，因为'真相'永远没有'现状'重要，明白吗？你要考虑的是在这个现状下如何处理你的事情，而不是不顾自己，却将大把的青春放在求索于真相上。"

心儿看着良夫人，许久不得平静，每逢心儿最脆弱的时候，良夫人总是会如此严肃，却不知自己想要的不是这个，但是又让绾心不得不承认自己的确太小女儿了。

二人正说着，一个老翁和一个小子牵着几匹骏马过来，来到良夫人跟前作揖行礼：

"夫人，这几匹马是训好的，性格温良，夫人小姐可以放心骑。"

心儿赶紧悄悄藏了自己的忧伤，上前福身回礼，老翁赶紧揖道：

"小姐，折杀小人了。大夫人的冢都由小儿照看，不敢有些许怠慢，只是最近多雨，故而有失体面，还望小姐恕罪。稍后，我在此多种些树，以保夫人九泉之下不受叨扰！"

"有劳翁翁了。"

随即，老翁转身对良夫人说："夫人小姐前来，我等应牵马去岸边等候，就不必夫人小姐徒步上山走这么远的路了。"

"哪里那么娇贵，我们毕竟也是在山中住着，现在出来走走，也是舒服的。这是你的小孙子，都这么大了？"

"是啊！托夫人们的福，孙儿如今也到了可为家里挣些贴补的年龄了。只不过，既然生在这深林之中，还是需用大把的时间学习这山中万物的规矩才好。"

心儿道："前些日子兵荒马乱的，翁翁一家可受了叨扰？"

"不会不会，太爷在时，我便在一旁伺候，上到皇室九卿，下到战场杀戮，何种阵仗没见过？热壶酒一喝，睡到他们打完再醒就是了，哈哈！"

良夫人回头对缙心道："程老爷子养马那是一绝，如今，想必孙子得了真传，也不会差了。"

老翁笑道："太爷生前独爱马，我便也把这个活计揽了过来，平日里照顾马驹，想太爷了，便到他老人家的墓前，斟上酒，说说话，如太爷依然健在一般，他泉下有知，也就不寂寞了！"

心儿心中很喜欢这位翁翁，开玩笑道：

"您这孙子也好酒吗？"

旁边男子赶紧拱手行礼道："奴才不敢。"

良夫人走上前认真对老人家道："把马牵远一些吧，我和心儿若在此上马，怕对逝者不敬。"

"诺！"主仆各归各位。

众人走远了一些才上了马，一同辗转取道来到了山的另一边，这里的景色少了葱郁，多了些清风和煦，虽然心儿的内心依然挣扎于真相与现状的取舍，但之前愤怒和烦闷的情绪悄悄退去了很多。

良夫人和心儿骑在马上，由老翁祖孙俩陪着，随意在山中转了一个多时辰，才回到了岸边。大家依序上了来时的竹筏，依然是良夫人与心儿由一个船娘伺候，其他人便各归各位，只是这次主子的竹筏上多了两个凳子，程老爷子祖孙俩向主子们作揖良夫人送行，道：

"夫人与小姐这半日想必是乏了，老夫特安排了小凳，二位主子回去路上也有个休息。"

"多谢，此次打扰了。"良夫人接道。

竹筏开拔，一行人远去了。

心儿疲倦地看着远山入神，良夫人用手撩拨一下心儿随风飘舞的发丝笑道：

"原来我们家一向精力旺盛的心儿，也有累了的时候。"

心儿回过头来，温婉地苦笑道："姊娘，我一直喜欢长行远路，恨不能一两个时辰在路上，总觉得有路可走，便可宽心。而现在，侄女却突然想要将这竹筏就停在水中央，哪里都不想去，不知怎的，总怕登了哪一方的岸，却还不如现在在水中待着好呢。"

良夫人听了莞尔一笑，道："心儿，你不想回府，是无心去见你姨母姜夫人，还是在介怀之前老太太对你的严厉？其实，你毕竟是府中的嫡女，只要不出什么大事，你想怎样，是无人可拦你。"

"姊娘不知，祖母已替我将我未来的路想好了。"

"哦？"良夫人一愣，"女儿家最重要的是嫁一户好人家，她给你选得是哪家公子，你可认识？"

心儿看着良夫人，却一时不知该从何说起，最后勉强说道："姊娘多虑了，并非这事儿，只是心儿自小在府中众星捧月，又参与大小事宜，身处热闹久了，现在还是不适应那突然要落在自己身上的安静罢了！"

说罢，二人无言，任由竹筏驶向对岸，待一众人等靠了岸，上了马，众人将良夫人和心儿围在中间，待快到府邸，良夫人嘱咐心儿道：

"你去给二夫人请个安吧，她上有威望不减的老太太，下有你这个得宠能干的嫡女小姐，她一个姨娘妾氏，想要在这府中立足是不容易的，老太太做得对，为你的长远打算，女孩子还是要适应这份突如其来的安静才是。"

"明白了，谢姊娘教诲。"心儿随良夫人回到府里，便带着自己的丫头径直来到了二夫人姜夫人的房间。

姜夫人一个人在房中弹瑟，长发披散下来，身披轻衣傍屏，房中的窗户都关着，让这瑟声更显沉闷。

房外的丫头见心儿姑娘来了，赶紧上前相迎福身行礼：

"姑娘福安。姑娘，夫人头痛，您稍等，容奴婢我先进去通报一下。"丫头刚要转身，却不想被心儿拦了下来，眼见着心儿让丫头们在外面候着，一个人轻轻地进了屋。

缙心在屏外静静候着，直到姜夫人手指拨到了"宫"音，房间更显空寂。姜夫人奏完一曲后，身子松了下来，她早有察觉心儿进屋，只是轻抚了一下手中的弦，道：

"按说，只有风月场所的人才需拨音弄舞，却因为儿时家中来了一个避难的远方亲戚，家父家母便逼我习乐，说女子学习女红是天职，往上必要懂音律才，再往上便是要通诗书了，如此方可出类拔萃。所以，我在闺中之时，就每天被嬷嬷耳提面命地学着，练着，读着，从不敢停歇。只知道，这样我会有好命，却从不知道，

好命当是什么样子？嬷嬷说等有一天我嫁人了，我便不必再练再学，只是在有所需的时候拿来用便是，于是，我便天天盼着嫁人，盼着那努力来的好命。"姜良夫人轻轻地说着，案上的香袅袅而上。

缙心站在原地不动，隔着屏风道：

"心儿年小，没有体会姨娘的难处，尚有姐姐在前，女儿不该有谈婚论嫁的想法，让姨母费心是心儿不懂事。"

姜夫人侧目隔着纱绢看她一会儿，关切地问：

"后来我母家命数不定，便让我入府成了姜氏，本来我心里不甘，可现如今想来，母族之中我算是活得好的，至少，吃穿不愁。这也不枉我许愿得一'好命'了。"

"姨娘睿智。"

"看来，心儿的心情好些了。"

心儿想了想，道："见了母亲后，女儿心情平复许多，又在后山遇到了守灵的程老和他的孙子，女儿正好有两匹马平日代步，现在照料的人并不懂行，想请姨娘将程老的那个孙子要来帮我照看照看。"

姜夫人仔细看着她的样子，既楚楚可怜，又深不可测，想想也没什么，道："事情倒不大，只是事关程老的人，自然要先听他的意思，你也知道，虽说有个主仆上下之分，在这府里主子们在他面前，除了老太太……其他人都要敬重他的。"

"女儿明白，所以当时不敢唐突，只得回来与姨娘商量。"

"你不是如我一样能在闺中安然等待的人，虽然我不知道你要干什么，但既然你有所求，我会着人去办，只是心儿，姨娘还是要对你说，女子就是女子，一日你特立独行，看得懂你的人少了，纵是你再对再好，终究还是会无人在畔的，因为你早晚只属于你嫁的那个人，你只是别人的人罢了。"

心儿眉头微皱，轻叹口气将话题又转了回来："心儿谢姨娘提醒，只是人各有命，心儿要接受母亲早逝，要接受族中大小艰难，要接受风雨之中的安静度日，还要接受安静之中有徒增事故……"缙心发现有些说漏嘴了，又赶紧圆道，"将来还要接受祖母百年，这命中种种……心儿，如今还能要什么呢？只是不想让自己的马儿也受委屈罢了。"说罢，心儿福身行礼转身离开了。

"知道了。"姜夫人轻抚着桌子上了瑟，静静地说。

心儿回了闺房，让筱菊把门窗紧闭，房中只点了一支蜡烛，心儿欲要屏退左右，芳竹有点不放心，迟迟不敢走，心儿看出了她的心思，笑着说道：

"没事的，今夜过后，一切就都过去了。"

婉樱过来将芳竹拉走，在面外轻轻地关上了门。

不久便听到房里的呜咽之声，让人心碎欲裂，婉樱等众丫头在外面听着不敢出声，只能静静地守着，院外有众丫头过来把头好奇的，婉樱都让筱菊将她们悉数轰走，院门紧闭，不再有任何人打扰。

第九章
深庭安乐偏楼雨　石落开封起浪苔

缙府后面的露台承载着一个家族的喜怒哀乐，像是一个戏台，上演着缙府中每一个人的故事片段，而有时它的空旷也吓走了许多故事多的人，露台上的风从来不怕任何人，自由自在地在每个人身边玩闹。

姜夫人的女儿缙蕊在露台上远眺，身边的丫头莲儿拿来了披风伺候着自家小姐：

"主子，风大了，咱回去吧。"

蕊儿一指远处："那瀑布的水柱渐渐细了。"

"细了，将来到了严冬才容易结成冰柱啊。"

蕊儿会心一笑："是啊，一切皆有准备，母亲当家也是上苍为给我一个好婚事而做的准备，"而后转身问道，"我让你去问姐姐是否有信寄来，你去问了吗？"

"大小姐没有来信，倒是大老爷派小厮来报，说老爷的马已经在路上了。小姐，我扶您还是回房吧，这地儿说话，会呛风的。"

主仆俩刚走到回廊，恰恰缙钰经过，蕊儿还未顾上打招呼，缙钰便别了蕊儿匆忙而过，蕊儿差点因此摔倒。"小姐小心！"莲儿赶紧扶住。

缙钰没有转身，径直向良夫人的房中走去。

"我这弟弟一贯沉稳，今天是怎么了？"

"不是说公子要出门住上几日吗，怎么两天就回来了？是不是公子在外受委屈了？小姐，咱们去看看您孝敬给夫人的菊花吧！"于是，丫头便扶着小姐向姜夫人院中走去。

缙钰来到良夫人房中，见只有丫头在那里擦拭家具，上前问道：

"母亲呢？"

丫头赶紧福身低头回道："回公子，夫人去大房那边跟二夫人说话去了。"

缙钰急得直跺脚，转身出来，迟疑了一会儿便去找心儿，刚走没多远又回来嘱咐丫头说：

"你告诉母亲，我在心儿妹妹那里吃饭。"

"诺！"

心儿自之前痛哭一夜之后，像变了个人似的，凡事不走脑子，脸上也没了微笑，斜坐在窗前看夕阳下湖面上的波光粼粼。

缙钰进来，见心儿在那里懒懒的，便放慢了脚步轻轻地走了过去，坐在了妹妹身边道：

"水为阴，又有风过来，妹妹在这里坐久了，小心招了风寒。"

心儿没有回头，只手将窗户关上，问缙钰：

"哥哥这时候来，有事？"

"……"缙钰刚要说原委，见心儿这样的情绪，便把话暂时放了放，道，"是有事想问问妹妹，然后，捎着把饭吃了。"

缙钰的话惹得身边的丫头们就笑了起来，筱菊给缙钰端来了茶，打趣他道：

"公子到底是捎着吃饭，还是想在这吃饭，捎着问我们姑娘事儿啊？"

心儿见缙钰两耳一直红彤彤的，脸上的表情有些紧张只是故作轻松，想必是真的有急事，便给筱菊使了个眼色，丫头们马上安静下来，便都会意出去了。

婉樱到了外面，让外房的丫头备饭，屋子里只剩下了这一对兄妹。

"哥哥，出什么事了？"

缙钰将茶杯往旁边的角几上一放，低声问心儿："你可听说，咱们府好像牵连到了之前郯国与莒国的战事之中？"

心儿先是一愣，知道哥哥不是个随意说话的人，想了想说："这我真的没有听说过，哥哥怎么这么问？"

缙钰便悄悄将楚良的话一五一十地向心儿转述了一番。

心儿眉头紧锁，越听越紧张。

随后，缙钰问道："妹妹管家数年，咱们每日的吃穿用度都从何而来？"

"奶奶说，咱们府中的财物一部分是来自于奶奶当年从宫中带出的珠宝和爷爷的俸禄，剩下的便是父亲在外的生意钱，每月入的倒是不少，院中的丫头伙计也都是签了契的，吃饭穿衣用不了多少，三年前父亲在外的生意一帆风顺，虽然府中扩建花销了一些，但还算从容。"

"那'郡主'呢？咱家可有后来消失的女子？"

"这女眷嘛……虽说我相信家母未死，但也绝不可能会生有郡主从郯国嫁入莒国后宫的。大姐嫁给了鲁国一商贾之人，还是哥哥送的亲，常有书信往来，其他的，也就没有了。"

"可是，鸢栖台关系复杂消息灵通，楚良并非信口开河之人，他又有细作遍布天下收集消息，只怕他所提的绝不是空穴来风，你再想想当初当家之时，是否有供养在外面的外戚之类，如今大了的？"

正在此时，突然外面有人敲门。

"谁？"心儿问。

"公子，姑娘，该吃饭了。"

"端进来吧。"缙钰命令道。

丫头一众将饭菜端了进来，刚要放在偏厅之中，心儿说："拿到里屋来吧，我和哥哥便聊边吃。"

"诺！"

众丫头将饭菜拿到了里间书房靠窗的案几上，窗外便是一片湖光山色，看似惬意，丫头们的表情也轻松了许多。

待众人都出去之后，缙钰赶紧过去检查门已关好，才放心进了里屋，见心儿已然拿起筷子夹菜吃饭，皱了皱眉道：

"妹妹怎么这么心宽，难道不信有大事要来？"

"哥哥先坐下来吃饭，吃完饭后，你我从后门出去，咱们一起去见奶奶。"

缙钰一听，不由分说地坐了下来，狼吞虎咽。吃罢饭，心儿从橱子里拿出一套马鞭，塞给缙钰，两人一同出了闺房。

只要心儿这边有事，便紧闭着小院大门，不让任何人进来，婉樱等丫头也已经习惯，所以心儿房中所有事情只要是不让人知道的，便不会有任何人能打听得出来。

缙钰兄妹二人从小院的角门出去，绕道到了离后门很近的马厩处，马厩里只养着五匹马，一个衣冠齐整的小厮上前拱手道：

"请姑娘吩咐。"

"程仪，这么快你就被调道府里来了？你爷爷可还好？"

"谢姑娘照顾，爷爷得知后，十分欢喜，特交代小人马不停蹄地来守护姑娘。"

"那就好，你随我和哥哥一起出去一趟，快把马准备好，咱们快去快回。"心儿道。

"诺！"程仪转身去挑良驹。

"此人是谁，我怎么没见过？"缙钰问道。

"程翁翁的孙子。"心儿道。

"哦，那位守灵的程老是他爷爷？他父亲体弱多病，这个孩子看着到事十分康健，不知会不会功夫。他叫什么来着？"

"程仪。"

"姜姨娘给你安排的？"

"不，是我要来的。"

"为何要要来程老的人……"这时，程仪已将马都准备好，缙钰没有再往下说。

最近妹妹这里似乎有些不太寻常，她要了几个隐士，赵公子离开，又多了个马夫，还是程老的孙子……除了那几个丫头以外，其他人总是来来往往，是妹妹隐瞒了自己什么事情，还是说，有人在妹妹身边布了局？

三人出后门向闻水阁奔去，一路无话。

在残阳中的闻水阁，尽显着曾是山上久弃的沧桑，但在山林之中隐约的山涧溪流声，却给这本已死的地方添了生机，似乎在这里，人既可在"死"中感受到"生"，也可让人在活泼中突然安静下来，所有种种，皆因这潺潺水声的"魔力"。

老太太说，这里的水声可以疗病，可以缓解自己因太爷去世那心中的洞，于是便常住在了这里，同时也让缙心卸下了族中的大小事务，当时众人皆不理解，但也未敢多言。

缙钰一行三人到了闻水阁外，程仪上前道：

"公子，三小姐，小人不便进去，就在这阁外的台阶下等候公子和三小姐。"

"好。"心儿与缙钰下马，步行向闻水阁走去。

程仪负责将马牵到一旁树林中拴在一起，取出一香包，在马匹的周围撒了一圈雄黄，然后自己靠着树坐着安静地等着。

心儿和缙钰到了阁中，在外厅等到祖母用完膳仆人们退去，二人才来到奶奶面前，跪地请安。

老太太微笑着起身扶起了缙钰，拉到了身边，心儿也随之站起身来，只听奶奶道：

"我的钰儿如今是越发仪表堂堂了。"

缙钰扶着缙赢氏坐回到榻上，道："自从奶奶搬过来后，孙儿就一直想来看望，但又怕自己毛毛躁躁的打扰了奶奶的清净，今天斗胆过来，还希望奶奶别嫌孙儿不懂事。"

老太太拉着缙钰的手，让他坐到了自己身边，心儿落座在奶奶的左侧，只听缙赢氏道：

"你看你们这么气喘吁吁地跑来，想必有事吧！"

缙钰与缙心对视了一下，心儿说：

"哥哥和心儿来，是因为外面有些传言不利于缙府，特想找祖母请个示下。"

"哦？何事？"老太太看着孙女。

"奶奶，孙儿斗胆问一句，我缙家在我们这一辈可曾出过年轻的郡主？"

二人皆小心地看着祖母的表情。

老太太听罢，一脸平静，反而笑了起来说："看来，我这孙子孙女真的是长大了！"

缙钰和心儿两个人瞬间紧张了起来，缙钰小心地说：

"那莒国美人怀孕失踪……"突然后院传来了婴儿啼哭的声音，心儿和缙钰顿时脸色惨白，一股冷汗从后背冒了出来。

"是……是婴儿？"缙心的声音开始发颤，孩子的声音渐小，这两个晚辈僵在了那里，许久才慢慢地缓过神来似回到了现实一般。

"你们两个在外面是听说到了什么？"老太太就像什么都没发生一样，平静地问到。

"是这样……"缙钰将之前与楚良的对话一一说了一遍，不敢落下分毫。

老太太听罢，微微地点了点头说：

"他说的全是对的。"

"那，那奶奶，咱们家岂不会招来……灭……灭顶之灾？"心儿战战兢兢地说。

老太太点了点头："这女子的确是你母亲所生，但是并无缙家的血脉，她儿时一直是养在鲁国的，后由鲁君将她送到郯国后封的郡主。"

"什么？"心儿的脑子里一片混乱。"母亲所生，却，却不是缙家的孩子！"

缙钰见心儿有些撑不住了，便赶紧接过话来："那这……姐姐……还是妹妹的……"缙钰问。

"她比你年长，是你苏伯母的亲生女儿。"

心儿在一旁听了瞪大了眼睛看着祖母："我母亲？"说罢便起身要去里屋，刚走到门口恰与林妈撞了个满怀。

"哎呦，我的小姐呀，这里面还坐着月子，您这一身的尘物，可别进去了。"林妈说道。

"心儿，"老太太道，"你母亲不在里面，你姐姐要出了月子之后才可见人。"

心儿傻傻地站在那里，不知是该往前，还是回去。

"我扶姑娘回去吧。"刘妈妈将心儿带回到老太太那里，自己又退下去了。

第十章
事随人愿无人喜　祸从天降抱婴儿

"奶奶，"缙钰心疼地看着脸色惨白的妹妹，"我们都以为大娘已走，可是怎么又多出了个私……"

"你们这次来，还有谁知道。"奶奶平静地问。

缙心冷静了一下，说："哥哥进了院之后，便关了大门，我们出来只有一个小厮，现在阁外的树林中等候。"

老太太听了放心了不少，知道持过家的心儿在这方面有她的老道，便伸手将心儿也拉到了身边，讲起了曾经的事儿：

"你母亲苏夫人其实是鲁国宫中先皇殿里的一个姑姑，她有一个亲姐姐也在宫中，被先皇看中，成了宫中的嫔妃，后来有一次先皇酒醉，错将你母亲看成了嫔妃竟将你母亲宠幸了，可谁知一个多月后你母亲便发现怀了孕，可那时，鲁王御驾亲征，对宫中的事情不得而知，嫔妃便寻了个机会将你母亲藏在了自己宫中，就在你母亲怀了那个孩子几个月之后，前线传来消息说鲁王身负重伤，生命危在旦夕。

"按照宫中规矩，若国君驾崩，所有没有子嗣的夫人美人和鲁王身边的宫人都是要殉葬的，嫔妃便跪求你母亲救她一命，你母亲当时还没有位份，宠幸于她也没有记录，所以许多人并不知道，于是你母亲便答应嫔妃，嫔妃假孕，她藏于嫔妃宫的后院小屋内待产，产下的孩子便对外说是嫔妃所生，你母亲做嫔妃的宫人，可双双免于陪葬。

"后来孩子诞下不久，前方果然传来鲁王驾崩的消息，嫔妃故意寻了你母亲个错处，将她送出宫来，姐俩便都活命了。后来的那个女婴便是你的姐姐，封为郡主。

"你母亲出宫后，因为我们和苏家世代交好，你父亲又一直对你母亲倾心不已，即便知道了她的事情，还是下决心要迎娶，但因为她第一胎难产，身子大有损耗，所以许久之后才有了你——我可怜的孩子。"姬老太太用手抚摸着心儿的脸。

"那我母亲为什么又没了？"心儿问道。

"正如你想的，你母亲没死。后来因为太后要将郡主送到郏国做质子，嫔妃势单力薄不好抗衡，觉得如果郡主离宫必会凶多吉少，便让人将你母亲接回鲁国，以宫人之名护送郡主去郏国。谁都知道，于情于理这一去只怕就是一辈子的事儿了，你父亲当初自然不肯，更不愿写下休书。情急之下，你母亲便出此下策，做了衣冠冢，也让你父亲心中有伤但却也给自己留了一份念想。"

老太太说完，看着缙心，心儿早已泪如雨下。

缙钰刚要说话，只见刘妈妈走了进来，对老太太行礼说道：

"太太，时间不早了，快让两个孩子回去吧，这山中的夜路可不好走呢！"

老太太点了点头，道："是，我竟忘了这两个孩子还有很长的夜路要走。你们两个回去吧，只是回去后，不要跟任何人说起此事，现在正是风头最紧的时候，不可有任何与平时不同之处。这普天之下，莫非王土，所以不可在风声最紧的时候逆风而行。这里隐蔽，外人不熟悉山里找不到这里来，你们两个只装不知道就好。钰儿，好好照顾你妹妹。"

"孙儿明白！"

这一次对心儿的震撼最大，但再难以接受现实，她也明白事情的严重。二人整理了一下心情便出了闻水阁，和程仪三人一起快马加鞭借着月色回到了缙府，缙钰原路来到了心儿的闺房。

刚回到房中，便听到外面芳竹和良夫人身边的婆子逗贫：

"公子过来下棋，哪次不让我们姑娘赢高兴了才走，妈妈莫非还担心我们没有十足的糕点给公子吃？"

缙钰深舒了一口气，打开窗户，故意被那个婆子看到。见到公子露脸，婆子马上眉飞色舞起来：

"我的公子呀，您这可是几天没见着自个儿亲娘了，不想啊？"

缙钰憨憨一笑："想，你回去告诉母亲，我马上过去请安，要有莲黄酥也给我留几块！"

说罢，里里外外笑声一片，好像一切都没有发生过似的。

缙钰临出门整整衣服安慰了妹妹几句，便径直向良夫人那里去问安了。

心儿打开了角窗，月色皎洁，繁星点点，婉樱给姑娘披了个斗篷，关心地问：

"老太太那里，又跟姑娘提韩离子的事了？"

心儿转过身来目光是空洞的："婉樱，你当初是怎么进的缙府？"

婉樱见姑娘这样问，有些摸不着头脑，但有件事是肯定的，那就是这一行想必事情不小，她轻声地回答道：

"咱府上原在城里设了缎云坊，家母便是里面的织娘，后来老太太疼姑娘，要给姑娘添丫头，娘就把我送了过来，一来府里对我家知根知底，二来我们家里多个人有差事儿，也就多了些填补。"

"后来缎云坊搬走了，你却留了下来，与亲人分离，值吗？"

婉樱听了，一愣，紧张道："当初我们是签了契的，便自然就是姑娘的人了，自家母亲虽然搬到了外面，但有姑娘帮衬，每年也能见上几面，而且自从我们几个入府以来，家里母亲在坊中也日益受到重用了呢！"说罢，婉樱似乎反应过来什么似的，突然一跪，"姑娘，别把我们打发了，姑娘将来如果真的要按老太太说的去投奔仇家，凶多吉少，有我们在身边也能有个照应！"

心儿叹了口气，扶起婉樱说：

"就因为凶多吉少，才不想让你们跟我受这份罪。你们毕竟有自己的家人在侧，又是青春年华，何苦跟我一个命运坎坷之人呢！"

"姑娘，离了姑娘，我们恐怕也不会有好日子，将来或也还是卖给别人，只怕再难碰上缙府这样好的主子了。"

心儿坐在床边，看着婉樱，多愁善感的神情悄悄淡了，转来一脸严肃地看着婉樱，说：

"那你有没有想好，你母亲将来如何安排？"

"母亲是府中的奴隶，自然是看府中的意思了，如果将来母亲年迈，府中若是允准，哥哥嫂子也是可以赡养老母的。"

"你哥哥嫂子在哪？"

"他们在鲁国做点小生意。"

心儿想了想，点点头，示意她下去了。

婉樱回了偏房，芳竹等几个丫头都在洗漱，见婉樱回来了，筱菊心直口快不解地问：

"今天樱姐姐上夜，怎么回来了？"

芳竹直接道："自从上次老太太让姑娘投奔死敌以求生存之后，姑娘就像变了一个人似的，老喜欢看着那月亮愣神。"

婉樱走到床前，正襟危坐，将那几个丫头叫了过来：

"姑娘一向对老太太百依百顺，所有命令没有一次不听从的，你们可有考虑过自己将来如何打算？"

另几个丫头听了面面相觑，芳竹问："姐姐什么意思？姑娘到哪，自然是我们到哪？否则还应如何？"

"你们可有想过，老太太连让姑娘投奔仇家的想法都有了，虽说我也不知道究竟是为了什么，只怕那时的缙府未必会有今日的样子，恐怕也是凶多吉少。"婉樱一脸严肃。

"那我们的母家还有亲人皆在缙府的生意上，并授以重用，如此一来，岂不全家都会没了着落？"筱菊控制着声音道。

整个屋子一片寂静。

许久，婉樱说："你们也有自己的家人，如此变故，你们有何想法……"

茹梅在一旁轻声打断了婉樱的话，道："姐姐，姑娘从小读书，老太太让咱们几个都跟着伴读，无一例外，这其中恩德就不是一般人家能给的，曾记得书中有句话说'百足之虫，死而不僵。'缙府的势力遍于天下，即便这缙府有所变化，也无非是族人散落于天下，只要不是缙家满门抄斩，姐妹们就不必过于担忧。"

茹梅这么一说，大家都觉得有理，婉樱心中的郁结也舒散了不少，道：

"茹梅不爱说话，但凡事是最走脑子的。"

"姐姐，我们必跟着姑娘，为姑娘的长久打算。"

婉樱见众人如此说，心下放心了许多，之前是从小到大，只怕以后就是同生共死了。

筱菊人前与众人一样，但吹灯之后，便躺在床上辗转，睡不着觉， 不一会儿她实在没了睡意，便起身来找隐卫培风：

"培风，你说我在众姐妹之中，可是最漂亮的？"

培风一愣，怎么也没想着这大半夜的，筱菊不睡觉会突然问自己这个，有些无所适从，硬着头皮说道：

"姑娘们都好。"

"我若打扮一番，是不是也可以有姑娘般的气派？"

培风的脸顿时红了："自然。"

"那就好，有朝一日，我这容貌或许能好好地用上一番。"说罢，筱菊转身回去了，留下培风在月下不知该如何是好。

如筱菊一样一夜未合眼的，还有心儿和缙钰。

第十一章
万里苍穹难作数 一骑轻驾女儿来

来缙钰坐在书房中，借着烛光反复翻看着手中的竹简，上面是缙府的族谱。

缙心躺在床上，想着过往发生的种种变化，奶奶突然说身体不适不由分说地搬去了闻水阁，之后便让她做好准备嫁往自己的仇家死敌。然后赵家公子全家一夜消失，母亲未死宫中产女，同母异父的姐姐突然出现，竟是从莒国逃出来的鲁国郡主，现如今闻水阁中还有了婴儿的啼哭，而母亲还留在郏国。

缙心翻了个身，叹了口气，喃喃道："如今的缙府，即便没有这些事情蠢蠢欲动，府中的人也悉数早没了什么生机，待奶奶百年之后，只怕过不了几日就要有劳燕分飞之象了，已嫁之女回母家产子坐月子，虽说被安排在了闻水阁不在缙府内，但不是婆家就不是祥兆，看来，这府中真的要有大动荡了。可是，二娘和缙钰他们将来又能否留在府里呢，"缙心翻了个身，叹了口气，"多事之秋啊！"喃喃中，她蒙眬入了梦境，只觉得身子一轻，已经走在了平静的河面上。这河四处无岸，河水随着脚步每走一步，清波泛泛，远望着青黛连绵，心儿无比畅快，私下想：

"倘若现在有马，纵横于这水面之上，何等享受！"

恍惚间，一匹良驹从她的身后长啸而来，傲于微波之上，可与爪黄飞电媲美。马儿来到心儿身边，心儿双手欲要拥抱，突然马儿开始变得朦胧，在她面前成了似云似纱的薄薄一片，缥缈于心儿的身边。

心儿用手指一挑，似碰到又似没碰到一般，自言自语道：

"如此仙境，你一定是通天地的灵物，我们同行前往，如何？"说着，轻纱引路，心儿随其后悠哉于山水之间，四周无声无息。

不知行了多远，心儿感到脚凉，低头一看，发现鞋已经不知丢在何时何处，再回头，只觉得身后的山水已经慢慢消失，只剩下几片颜色，心儿只得又继续前行，而身上的衣服也渐渐轻薄起来，粉红的衣裙，也变成了乳白色。

走着走着只见前面依稀走着一位拄着拐杖的老者，心儿将身边的飞纱向后拽了一下，恭敬地走在老者的身后，这老者虽然步伐矫健，但似乎又走得很慢。

心儿干脆立住，那老者也便不动了，只见他转过身来，虽然与心儿离得很近，却看不清样貌，只觉得应该已过了耄耋之年。

此时，两人身边的所有景致都已黯淡，唯独老人的白袍似乎有着夜明的光亮，心儿问：

"先生，这是哪里？"

"阴阳两界之间。"

"哪里是阳，哪里是阴？"

老者指向前方："前方是阴，后方为阳。"

心儿四下看了看，却觉得私下并没有任何事物，只觉得猛然眩晕，又赶紧回过神来，竟发现自己已经不知道哪里是前，何处是后。心儿只见老者将自己的手杖转了一下，身边开始出现少许景物，心儿摇摇头道：

"晚辈看不清。"

老人又转了一下手杖，身边的景物又多了一些，远一点的似乎也露出了痕迹。心儿拼命地观望，却还是摇摇头说：

"看不清。"

老人又转了一下手杖，景物比上一次又多了一些，心儿仔细看着四周，感觉景致几乎一样，更是看不出方向分别，道：

"看不出来。似乎都一样，您能直接告诉我，我该去哪里吗？"

老人笑笑摇摇头说："我乃一过客，如何可指小姐的路？天下之路，到了尽头非阴即阳，可有谁知哪里是尽头，又有谁知自己能不能走到该有的尽头？"老人边走边说，"众人皆说前行前行，可'前'又在哪里，不过是心中之寄托罢了，生死阴阳，不在于山水美景，在于心中所愿，与愿同，则为阳，与愿违，则为阴。如此罢了。"

心儿紧随在老人身后，觉得老人说得有趣，继续问道："那为何，向前为阴，向后为阳？"

"前行者，是因为不能如愿？如愿者，只怕前行不了！"

"那我该往……"还未等心儿说完，那个老人便慢慢地消失了。心儿这才想到身边的轻纱也不知是什么时候离开的，发现身边已一无所有。

此时，只听空中传来声音：

"快走吧……"

心儿便发现身边的景色在由远及近地慢慢消失，留下孤零零的她只得凭记忆找了一个方向飞跑，每跑一步，前面的景色便伸展一些，看上去似乎也没有什么不好的样子，心儿心中悄然小心地松了口气。

就这样，缮心满心好奇地又走了一会儿，前面是一个已干涸的山涧，心儿踏上了岸，虽然鞋已经不知在哪，但并没有舒服或不舒服的感觉，只是身上的衣服越来越少竟到了捉襟见肘的程度，心儿见眼前景色并不朦胧，四下也无他认，心中反而愉悦：

"衣衫如此，更显飘逸，肌肤贴近于天地精华，不错不错！"

缮心满怀期望地继续向前走着，两边高山连绵，即便没有耸立的陡峭，但看似柔美的山峦上却没有丝毫生气，一片荒芜，心儿低头一看，顿时感到脚下也是焦硬的土地。

她越向前走越觉得一种孤独的恐惧油然而生，想要叫喊，可是却一个字也说不出来，心儿暗自思忖道："这样也好，山中尽是如妖如魔似的灵物，万一唤了出来，福祸难料。"于是便继续前行。

又走了一段，突然觉得地动山摇，心儿站在那里，只见洪水汹涌地从面前呼啸而过，或许与自己离得不算太近，竟没有一滴水珠落在心儿身上，只觉得那水高心儿一倍之多，源源不断。心儿转身向后一瞧，身后的景色依然愈渐隐约。

心儿仔细观察身边的高山，发现里面暗藏山石嶙峋，她看看自己的双脚似乎已不是自己的一般，全然感受不到脚下的路是冷，是热，是硬，还是软。

"如此太危险，我得到顶峰避险。"

想罢心儿赶紧来到山下刚要伸脚攀岩，一把明晃晃的利刃"歘"地一下伸了出来，缮心一个冷战脚下一空，"啊……"喊叫了一声竟醒了过来，身上的汗水已经浸湿了被褥。

帘外的筱菊听见姑娘突然叫了一声，赶紧过来掀开了帘子，心儿身上的衣服都湿透了，她急忙将被子给她裹紧了一些，说：

"出了这么多的汗，等汗落了再起身吧，现在出来会着了风寒的。"然后她用手摸到被子里面帮姑娘将湿了的衣服脱下来，又递进去了一套干净的。

缙心缓了缓魂，方才意识到这原来是一场梦，"向前为阴，向后为阳。"她身子一软，体内的汗便像少了防范一般，又涌出了许多。

"还有谁在呢？"

"茹梅在外屋忙着，婉樱姐带芳竹去看刚送来的时蔬瓜果。"

心儿将换下来的衣服扔了出来，舒了口气："好在只是梦！"

筱菊笑道："姑娘虽卸了管家的重担，但还是劳心劳神的，也该让自己的精神歇歇了。"

缙心坐起身来，似乎那梦的意境也都被那一身汗水带走了一般，留下的印象愈渐模糊："你说，梦见山水，是好是坏？"

"好事啊，水为财啊！看来我们姑娘要有发财的好事儿了。"

"傻丫头，闺房中人一不做官，二不经商，你我哪来的财。"

"那可不一定，今天老爷回来，说不定给姑娘带好东西呢！"筱菊笑着说。

心儿看着她，一脸的严肃，筱菊发现自己说错话了，赶紧改口说：

"奴的意思是说，自古婚假，都是父母之命，虽说老爷对老太太百依百顺，但毕竟他是姑娘的亲生父亲，又在外面大世之中，如果老爷把姑娘安排了，总是会比那投奔什么仇家好上千万倍。"

缙心换好衣服，只觉得头沉，身子无力，任由茹梅赶来和筱菊一起伺候自己洗漱，心儿看着桌上的早饭，一点儿食欲都没有。

这时，缙钰的母亲良夫人派了个嬷嬷来送了一个匣子，乐呵呵道：

"姑娘起来得早啊！"

"呦，嬷嬷坐。"缙心热情地让了让。

"不敢，这是夫人命我给姑娘送来的。"说罢将手中的盒子放在了桌子上。

"呦！什么东西看着挺沉？"

"是呢！"

众人打开一看"哇！"众人惊叹不已，是一大块温润的鸡血玉摆件，这鸡血玉白色部分温润，红色部分十分艳美，一看便知是上佳之品。

"这石头需悬空用专门的架子架起方可，如此放在桌子上，恐怕显笨了，嬷嬷辛苦了。"缙心道。

茹梅听罢，将玉石抬起，在书架上找了个地方，暂时放了起来。

"婶娘怎么想着把这个送给我，她是最喜欢石头的，我岂不夺人所爱？"

嬷嬷一脸严肃，看了看身边的丫头们，缙心屏退了左右，却只见嬷嬷突然跪了下来，说道："姑娘，救救我们吧，大房的二夫人要将我家夫人孤儿寡母赶走……"

缙心一愣，想了想，道："有什么事儿，你起身慢慢说。"

嬷嬷没有起身，向缙心说起了前一天的事儿："昨天从姨娘夫人府中回来后，我家夫人就把自己关在卧房里，只有钰儿少爷回去后才有所好转，我家夫人念叨着现如今老太太也不在府里，只怕离开是早晚的事儿，而如果夫人和公子娘俩在这一日，姜夫人便会一日不安，所以……"

心儿坐在那里，有些迟疑，一来觉得自己估计得没错，树倒猢狲散是早晚的事儿，二是奇怪姊娘不是个沉不住气的人，怎么会突然是她先有了这个想法？

缙心不动任何声色，轻轻地说："你先起来说话。"那位嬷嬷见姑娘虽然嘴上说着，但却一点要来扶的样子都没有，也不知道这姑娘是向着谁的，便不敢多说，只能默默站起身来。

心儿道："你们公子呢？"

"回姑娘，一早便骑马出去了。"

"那姊娘呢？"

"夫人她晨起后，便让我把这个给您送过来，说适合您，镇宅压惊，似乎是昨天公子说要送与姑娘的。"

心儿点点头："你回去吧，我知道了，你说的事儿，我也记下了。"

老嬷嬷见心儿没有其他要说的，便只得福身退了出来，出了角门回头看了看缙心的院落自言自语道：

"真是十六岁的样子，六十岁的心，琢磨不透。"她深叹了口气，怏怏地走了。

缙心在屋里将她看得一清二楚，随后派人叫了婉樱过来：

"随我去走走。"

"姑娘可要骑马？"

"不骑，能走多远走多远，累了再说。"缙心说罢，便带着婉樱从后角门出了府。

婉樱在后面，派人叫来了侍卫培风，让他在后面远远地护着，不到万不得已，不得近前打扰，培风躬身应道："诺。"

就这样主仆几人悄悄地来到了后山，山后有一棵别具特色的大树，主干的高比不上树冠的茂，缙心和缙钰儿时常喜欢在树下嬉戏打闹，心儿总说这棵树与自己有缘，因为每逢来到这里坐坐，回去必会睡个好觉。

婉樱知道那个嬷嬷的来意，便轻轻地走上前：

"姑娘，二夫人和公子真的会离开缙府吗？"

"不会。"缙心毫不犹豫地说。

"是因为钰公子是咱府的独苗，谁走他们都不能走？"

45

心儿摇了摇头：

"对于婶娘来说，能不能留下来不是别人决定，是她自己决定的，他们孤儿寡母在府中的地位低过谁？婶娘要是没有些本事，哪至于会体面到今天，那边的日子她自有经营。"

婉樱想了想点了点头，而后转移了话题对缙心说道："姑娘，奴婢斗胆问一句，府中的那四具尸体，与老太太要将姑娘嫁给仇家，是不是有关联？"

缙心转身看着婉樱："你也觉得蹊跷？"

婉樱下跪道："奴婢不敢猜疑主子，只是担心府中安危罢了。"

"死的不是家里人，杀人的也不是家里人，可现在要把家里人嫁给世仇，这里面一定有我们不知道的事情发生在闻水阁。"

"姑娘，"婉樱又似乎意识到什么，小心翼翼地说道：

"老太太还是最信姑娘的，其他人，她未必……"

"别胡说……"缙心赶紧给她使了个眼神，婉樱会意，转移了话题：

"只是，今天这鸡血玉……太……有点瘆人……这血腥……"

"就算她提醒，我也无法脱身了。"

心儿想起鸡血玉的那份艳丽，如人与人之间厮杀时喷涌而出的鲜血，不禁有些恶心。

心儿从身边的树枝上随手摘了一个酸果，放在嘴中，一股酸水下咽，才好了许多。

第十二章
千里云飞无根入　蓬莱在侧雾里埋

两个女孩儿坐在阴凉下，阳光从叶丛中透过照得心儿在树下懒懒的，可婉樱依然皱着眉头，时刻保持着警觉，但因为自己毕竟就是个小丫头而不得法，正在这时，筱菊骑马赶了过来远远地喊道：

"姑娘……快回去吧，老爷到家了……"

"……姑娘……快回去吧，老爷到家了……"

心儿和婉樱听了赶紧站了起来，待筱菊到了跟前，心儿立即骑上筱菊的马，飞奔了回去。筱菊看着婉樱在那愣神，不减兴奋地上前一拍肩膀：

"姐姐你怎么了？老爷回来了，没准姑娘的婚事有转机呢，天下那么大，让老爷给姑娘找个富足悠闲之家，岂不和和美美了？"筱菊似乎看到了希望。

"良夫人送来的鸡血石回去收起来吧，看着不舒服。"

"知道，刚才姑娘说什么了吗？"

婉樱看着筱菊合不拢的嘴，哭笑不得："没有啊，姑娘在这里经常是一个人想事情的，咱们都是远远地跟着。"

"哦，刚才姐姐那样，我以为又出什么事儿了呢！"筱菊笑了笑。

"咱家姑娘，婚姻大事都被安排到仇家去了，还有什么比这个称得上是'事儿'的？"

"老爷回来，姑娘的事儿想必就有喘息了，"筱菊挽着婉樱边向缙府的方向溜达，边聊着："你说，姑娘是个怎样的人物，就这么在后院里空待着，咱们那位姨娘夫人整天见忙了东就顾不了西，那位庶出的二小姐除得了姨娘那上好的面容外，也就只能做个徒有外表的贵族丫头，书没读上几本，正经事儿更是什么都干不了，老太太当初怎么就不让姑娘管家了呢？现在这样，咱们也都落了个闲。"筱菊说。

"你觉得咱们现在不踏实了？"

筱菊一怔，顿时觉得自己刚才说错了话，话锋一转：

"哦对了，刚才有一个府外的护卫找姐姐，说晚上过来。"

婉樱听罢点点头："知道了。"

缙心回到府中径直来到了中厅，见父亲端坐在上，赶紧上前行礼：

"父亲万安。"

"心儿，来，到父亲身边来坐。"大老爷把心儿拉到身边，语未出，便出了一声长叹。

缙心本来似乎看到希望一般，可这一叹感觉有些奇怪，又或许父亲知道了奶奶的安排？但因为身边的人多不好直问，便一拉缙琛的衣角勉强一笑："父亲，心儿很好。"

缙琛屏退了左右："你们都下去吧。"

知父莫若女，缙心待大家走后平静地问道："父亲是有话对心儿说吧？"

"儿啊，为父有意让你进宫。"

"进……哪、哪个宫？"

"你，是都知道了？"缙琛看着自己的女儿。

"父亲，我……"缙心不知道父亲到底知道多少，知不知道她知道的事情，有些不太敢说，"那个姐姐……现在……在闻水阁。"

"唉！看来你已经知道了，那为父就直说了，"缙琛刚欲说话，却不知该说什么，长叹了口气，缓了缓，道："你母亲如今还在郯国宫中，前些日子与我书信，要把你

送进郯国王宫为妃，趁着消息还未传开，你入郯国后宫可解了当下府中之急。"

"可，可是那位……姐姐……与缙府并无关系，当真有定论了？"

"因为这个孩子逃出了莒国，这对莒王而言大损颜面，莒国发难，郯国国君虽说为人忠厚，但在万般无奈之下，总不好牵连鲁国，听说如果莒国发难太甚，郯君便要将缙府上下悉数诛杀，以慰莒王。"

"……知道了……"

"蕾儿不如你聪慧，为父怕她坏事。毕竟，这关乎缙府安危。"

"我去拜访的时候，姐姐的孩子尚未足月，林妈妈不让我进，所以还不算相认，更没问明白姐姐为什么要跑出来？明明不是缙家的人，却不明白为何要来我缙府避难，牵连我全族上下？"

"可她毕竟是你母亲的孩子，你母亲的心血。"

缙心心中一痛，同是母亲的孩子，一个是心血，另一个便要搭上自己的幸福。

"如果莒王本来就要找缘由发难，总会找到理由的，既然选中了她，无论如何都会从她身上找，再说了，虎毒不食子，父亲，要搭上女儿的幸福……"

缙心心存狐疑。

"莒王在最后关头或许会将孩子收留，但，那些其他揣度莒王心思的人，是不会在一开始就对一个未出生的孩子手下留情的。"

心儿听说过王宫中有着各种见不得人的手段，却头一次感到这其中厉害离自己有这么近："那现在莒国国君就没想过寻姐姐母女回去？"

父亲冷笑一声："一个借口罢了，他的子嗣不少，但缺的是城池。"

心儿明白了父亲的决心，说道：

"听说那郯国国君不是昏庸喜爱女色之人，父亲要献上女儿解围，恐怕也不是什么好办法。"

缙琛说："最起码，有个人可以在郯王面前说句话，这次的事是灭顶之灾，而你若进了宫，可有一位儒士国君庇佑，即便将来救不了全族，想必于你自己也是好事。"

"所以，即便女儿答应进宫了，父亲也并没有想好后面女儿要如何来做，才能保众人万无一失？"

"里面有你母亲，她会保你的周全。"

心儿没有说话，若有所思地站起身来，走了出去，一路上虽然有花花草草在侧，自己却像丢了魂一般，暗自思忖：

"缙府有事，祖母想将我送往仇家，说是为了我以后的生存。父亲要将我送往郯国，说是为了救全家性命，至少能护我周全。看来我这个嫡女，是到了要尽嫡女职责的时候了……"

"不过，"心儿转念又想，"祖母和父亲之间像是没有通过气的。这……是要想清楚的，这两条路倘若我真的毫无头绪地去了，只怕都会是自身难保！"

心儿想着，转弯来到了露台上，看着眼前的峻岭巍峨中间那条孤独的瀑布，不禁心生感慨，如此的一枝独秀，年复一年，就算水流变细了，又有谁能来帮忙呢？

这时，婉樱和茹梅过来为心儿披上了一件湖蓝色的落地斗篷：

"姑娘，这是老爷差人送来的，正好现在穿上挡风。"

"婉樱，"缙心抚摸着身上的一片素雅，轻轻地说，"我们要离府了。"

"离府？姑娘，莫不是……姑娘不必去仇家韩离子那里九死一生了？"茹梅几分激动地说。

"或许吧！"心儿长叹了一声。

"这是好事儿姑娘，只要不是那个与咱们不共戴天之仇的人，去哪咱都愿意。"茹梅兴奋地说。

"父亲的安排是，让我入宫。"

"入宫？"婉樱和茹梅面面相觑，"哪个王宫？"婉樱问道。

"郯国。"

婉樱想了想，道："姑娘，咱府中有家训'男子不可入朝为官，女子不可嫁入后宫'。老爷的这个想法，只怕过不了老太太那一关。"

"有的事情没有告诉你们，是不想让你们害怕。"心儿关切地看着她们两个。

"姑娘啊，如今这个时候，姑娘未来都生死未卜了，还有什么是会让我们害怕的？"茹梅道。

心儿见她们如是说，便将郯国与莒国就郡主逃亡而牵连缙府的事情一五一十地说了，说得婉樱和茹梅胆战心惊，傻傻地站在那里，半天没说出话来，随后她说道："事关缙府生死，哪里还管什么家训。"

良久，茹梅缓了缓，道："姑娘的意思是，长夫人，没死？"

"在郯国宫中。"

"比起嫁入仇家，自然是姑娘进宫更好！母女团聚，君王庇佑，再好不过了！"茹梅兴奋地差点跳起来。

婉樱虽说不至于向茹梅那样近乎手舞足蹈，但也觉得这是条有利无弊的好路，深深地觉得这是自家姑娘苦尽甘来的好事，道：

"虽说如今外面都是弱肉强食，郯国国小势微也只能在天下间得一隅，但是外面人都说那郯国国君为人正直，是一代明君，只可惜生不逢时入了乱世诸侯家，否则一定是个翩翩君子，是位良人。"

心儿沉默了良久，道："婉樱，你去请公子来，另外，外面的卫士要能够做我的隐卫，就必须试试他们的本性和衷心。"

"诺。"婉樱福了身，离开了。

少许，缙钰公子随婉樱来到了缙心身边，心疼地看着妹妹："听母亲说，诸多事情都放在妹妹一个人的身上，我觉得确有。"

"哥哥的书看多了，办法只要有用，便是好的，公与不公也是事后评说，若开始便这么想，只怕连好的办法都丢掉了。"心儿莞尔一笑。

"那妹妹……我当如何帮妹妹？"

缙心没有理会接着说："第一个说起这些的，是你的一个朋友，我想见见兄长的那个朋友。"

"我的朋友？"

"就是那个第一个告诉你郯莒两国交战与缙府牵连的人。"

"哦，你说的是楚良？"

"对，还有他的'鸾栖台'。"

缙钰看着心儿一脸的平静，所有的喜怒哀乐都隐藏得连他这个哥哥都不让知道的程度，他便明白，在这个妹妹面前只有她要求自己答应的份儿，缙钰点了点头，应道："我去安排。"

"有劳哥哥了。"

第十三章
云飞风起阁楼角　花瓣未开蕊先抬

傍晚，婉樱悄悄地穿着便服出了门，来到了山外的一个小茶舍，挑了一处雅室刚坐下不久，小厮便带上来了一个身着武服年龄不过 20 岁的男子。婉樱示意小厮退下，对这名男子说道：

"上官蔚？坐吧。"

"谢姑娘。"

待上官蔚坐定，婉樱亲手给他倒了杯茶说：

"韩离子那里可有什么消息吗？"

"禀姑娘，韩离子乃轩尧阁阁主，行八种生意，黑白通吃。"

"这些生意，可有与缙府的买卖相交的？"

"农耕之地因地域不同自然各不相干，但市中的医馆，金铺，镖局的买卖，两府倒都在做。"

婉樱想了想，问道："那这些生意所处的地域呢，两家可有重复的？"

"几乎一致，各地招牌虽有不同，但细查下来，背后都能追溯到这两家上。"

"很容易追到吗？"

"其实倒不那么容易，毕竟牌子各不相符，好在在下在府里呆得久，很多生意是府里派的人，即便在下不熟识但也能找到看着面熟的，所以属下能打听出来。"

"那他们的呢？"

"他们的很好认，对自己是轩尧阁的生意毫不避讳，甚至说自己是轩尧阁的生意，反而生意会更好做。"

"的确，缙府不能在外面那么大张旗鼓地做生意。"

"不过，"上官蔚道，"有一处，在下觉得蹊跷，就是轩尧阁做歌坊的生意。这生意咱们不做，所以起初在下没有在意，后来不经意中发现，他们每个歌坊均开在咱们府设立的金铺附近，无一遗漏，甚至有些店铺在当地与他们的关系极好，彼此照应。"

"这歌坊……做什么？美人？"

"是。"

婉樱喝了口茶，又问道："有什么生意是这两家之间互通有无的吗？"

"回姑娘，有四处，轩尧阁给咱们的茶馆供茶。"

"我们世仇，为何要收他们的茶叶？"婉樱看着自己手里的茶杯，有些不敢喝，"这要是在茶叶里放些手脚，那咱们茶馆的名声毁了不算，恐怕还得搭上性命。"

"姑娘放心，小的去查访一番，这些茶叶都来自明路，也是上好土壤里出来的，各方面规规矩矩的。再说了，他们供茶叶的茶馆在咱缙府生意中九牛之一毛，就算做了动作，缙府割舍了就是，出不了风浪。"

"不进贡到宫里吧？"

"不在其中。"

婉樱微微一笑："前段时间你们几个走南闯北，没让兄弟们捎带着回家看看？"

"我们这几个兄弟，有两个人是因战乱而失了家人，还有一人曾是个'江流儿'后来被缙家镖局中的一个镖师从水中抱出抚养成人，那个镖师在一次走镖中遇到山贼死在了对方的刀剑下，现如今，也只剩下他自己了。培风，一直守护姑娘，尽职尽责。"

"那你呢？"

"在下的家中尚有老母和哥嫂居于上党。"

"去看过了吗，家人可好？"

"抽空去了，一切都好，多谢姑娘。"上官蔚拱手行礼道。

婉樱看了看眼前这个人，突然又似想起什么说道：

"你们几个前些天以采买为名出去，可有被察觉出什么？"

"姑娘放心，我们是三个人跟着采买的队伍去的，未露端倪。"

婉樱点点头："那就好，你去准备几只鸽子，以后，我们就以信鸽传书吧。"

"诺！"

二人一前一后从茶馆走了出来，看似并不相识一般，随后便各自分开了。

回到府中，婉樱恰见到筱菊和茹梅正在给姑娘准备第二天的衣服，看似比平日出门的裙子还要郑重些，色彩典雅而不张扬，想必是姑娘特地交代的。

"是谁要来吗？"婉樱上前问道。

茹梅摇摇头说："姑娘明天要和钰公子出门。"

"那为什么不穿男装？"

"明天不骑马，姑娘说要坐车去，而且一定要穿这身去见……"

"婉樱。"缙心从里屋打断了她们几个话。婉樱赶紧进去请安，并将从上官蔚那里听到的所有消息一五一十地讲给了缙心。

"姑娘，"婉樱问道，"茶和美女，应该不会对缙府造成什么影响吧？"

"原来，奶奶和韩离子是这样互通消息的。"心儿嘴角微翘，"你可有了解，咱们医馆生意的药材来自哪里？"

婉樱一听便愣住了，赶紧行礼，轻轻地说："是婢子疏忽了。"

姑娘摆摆手说："给上官蔚笔钱，让他在上党买块上好的地，要大一些需雇人照看的才可，然后将此地送给他的家人，是对他办事得利的奖赏。"

"诺！"

"让那个江流儿去上党帮他的家人打点上下，好让上官蔚在外办事无后顾之忧。"

"只这些信息，姑娘就这么照顾这个上官蔚，是不是有些过了？"婉樱惊讶地说。

"再给他一笔钱，"心儿没理她，接着说，"让他或成商人，或成仆人，或为武林中人都行，但要只身给我做一件事情。"

"姑娘您吩咐。"

"是成为韩离子的身边人，不必是心腹，只要入他身边即可，安安稳稳地留在那，日后我找他有用。"

"诺，奴婢会让他去想方设法成为那个死敌身边的可信之人……"

"心腹的位置，我要留给我自己，进入到那样一个危险之地不可怕，但如果一开始就要想方设法地去担当一个危险角色，往往会弄巧成拙，切不可贪。你告诉他，不准他冒进，在那里好生待着即可，若有需要，我会告诉他怎么做的。"

"诺！奴婢也让人去打探一下草药之事。"

不一会儿，筱菊和茹梅将熨烫好的衣服拿来给缙心看，心儿点了点头便示意大家都退下了，留她一人独自在榻上打了个盹，双眼微闭慢慢地睡熟了。

好久没有这样感觉了，当初她做府上二当家的时候就是这样，每逢晚上，安排好后面的事情后便叫大家领命退了，她才如释重负地睡上一觉，十分充实倒也不觉得辛苦。

第十四章
拈针引线闺中坐　女儿出府艳红妆

第二天，缙心早早地醒来，外面似乎还是暗暗的，她见四下无人，便起身自己披上了小褂撩，挑帘走了出来，心儿轻轻地打开角窗，只见外面天空刚刚泛白，方知时间尚早。

因为窗前有山，虽然不能亲眼看见远处旭日东升，但随着天色变换，也不难想象此时朝阳的喷薄欲出，心儿深吸了一口气，感叹道：

"好久没有这样的神清气爽了！"

正值此时，芳竹端水走了进来了，向旁边一看姑娘不在榻上，不禁打了个冷战，她瞪大了眼睛四处去寻，才看到角落里姑娘纤瘦的背影：

"我的天啊，姑娘您这是要吓死我呀！"

心儿转过身来，莞尔一笑："你这不是很冷静嘛？"

"腿都软了……"芳竹责备地说道，放好水盆，"姑娘既然起了，奴婢就伺候姑娘敷面吧。"说着，芳竹拿了湿帕上前伺候。

"我若真的不在，你当怎样？"心儿任由芳竹伺候，不经意地问。

芳竹一愣，道："自然不能声张。只能径直去找婉樱姐姐，好一起拿个主意。"

"那要是别人问起来呢？"心儿追问道。

"无论谁来都要挡在外面……姑娘这么做一定有姑娘的原因。"

"那我院中人若问起呢？"

芳竹看了看姑娘，"扑通"一下跪在缙心面前，不由得眼泪涌了上来：

"姑娘，您别吓奴婢了。现如今多少是非都牵连到了姑娘身上，咱们几个是姑娘身边的，心里自然向着姑娘，只要姑娘需要，芳竹虽说不是府中长得最好看的，但奴婢愿意顶姑娘之名出嫁给韩离子那个仇人，只求姑娘平安！"

心儿看着芳竹笑笑，道："我跟你开玩笑呢，哪里至于，没准姑娘我还入宫为妃呢。"

"姑娘是走是留，无论去了哪里，奴婢求姑娘务必带上我们几个，就算是不带上，若是看在我们主仆一场，也求姑娘留句话，千万别说走就走，让人提心吊胆的，若能如此便算是姑娘对我们几个的恩赏了！今儿个说句忌讳的话，有朝一日，万一姑娘凶多吉少了，芳竹一定随姑娘同去，不会让姑娘黄泉路上孤独无伴。"

说罢，芳竹伏地哭了起来。

缙心明白如果自己再如此我行我素地任性，反倒是辜负了她们这几个丫头，心儿不禁心中一颤，转而佯做轻松一笑："是我错了，辜负了你们对我的情谊，以后，便再也不开这样的玩笑了。"

芳竹听自己主子说了这话，才轻松了许多："我去拿盐伺候姑娘盥漱。"

"好！"

这边，缙钰也起床洗漱齐备，赶紧来到良夫人的房中请安，良夫人正在梳妆，见儿子来了自然十分高兴：

"我让他们煮了莲子粥，你陪为娘一起用吧。"

"诺！"

众丫头布好饭，姜夫人拉着缙钰坐在桌前，退了左右，道："我儿今天是要出门吗？"

"正是，妹妹要出去逛逛，我陪妹妹出去。"

良夫人顿了顿，说：

"心儿若是出门，很少是自己散心，想必是有别的事情吧？"缙钰怔在了那里，刚要说话，只听良夫人接着说，"钰儿，心儿做事自有她的道理，行事上也稳扎稳打，我本是放心的，但是她毕竟是深闺之人，见外面的人不多，为娘的心里其实一直不踏实。"

"母亲这话说的，妹妹若有危险，自然是我这个当哥哥的会出头护她周全。"缙钰道。

良夫人摇了摇头："若只是几个莽夫出现，自有侍卫相佐，而且人各有各的命数。所以提到保护二字，你必须先从大局出发，才能顾全他人，不可莽撞。"缙钰听得似懂非懂，有些没了主意，良夫人见状，感到自己或许说得太过严肃，便笑道：

"没事儿，出门在外你帮你妹妹参谋着就是了，别让她错信了人就好。"

"儿子知道了，儿子定会尽长兄之责的。"

缙钰用完膳，披上披风，拜别了姜夫人向心儿的院子走去，路上恰碰到出来散心的大老爷缙琛，缙钰赶紧上前行礼，缙琛问道：

"哪去？"

"今天天好，要带妹妹出去玩，正欲往容芯园去。"

缙琛听了有点吃惊，悄悄问道："只带你缙心妹妹一个人去？她，是有什么心事？"

"妹妹心情尚好，尤其大伯回来之后，见妹妹眉心舒展了许多。"

缙琛闻听此事，想必是心儿想通了，心中大喜，便让人给缙钰塞了个钱袋：

"你陪你妹妹好好玩儿，有什么喜欢的，随她买就是了。"

缙钰倒也不客气，接过钱袋，作了揖便要走，缙琛又突然叫住了他，说，

"哦对了，告诉心儿，等她回来我带她去见老太太，别玩儿得太久。"

缙钰一听，当即吓出了冷汗，又马上故作镇静地说："是！晚辈这就去找妹妹。"说罢便头也不回地出去了，此时的缙心已在车中等候，缙钰带着几个小厮前后护送，几个人来到了鸾栖台。

楚良给他们安排了一个穿戴清雅的婢女在外迎候，缙心带着白纱，依然难掩其中隐约的俏丽。

缙心众人被引到阁中早已准备好的一个雅间，楚良已在里面恭候多时，见缙钰带着妹妹进来，上前寒暄：

"想必这位就是缙府三小姐了，小姐妆安。"

心儿没说话，只是福身还礼。缙钰抱拳作揖道："楚良兄，叨扰了。"

"钰兄，请入座。"

三人入座，待下人们将瓜果备齐，房门紧闭，楚良嘴角一翘对缙心说：

"心儿姑娘，若有事但问无妨。"

心儿将头纱撩开，楚良见后心中一震，普天之下果然有这样的妙人，顿时感觉一股热流向上涌。

心儿欠了欠身，道：

"久闻鸾栖台消息通达天下，缙府一个小户人家，不想也未能隐在鸾栖台之外。"

"姑娘说笑了，这世间种种，难说谁在其内，谁在其外，鸾栖台隐于市中，所听所见是'事'，而由'事'牵扯到了'人'，与我们讲来，都是'事'先于'人'。"

"而现实之中，往往是先有'角'，才有'戏'，按照鸾栖台的道理虽说'事'先于'人'，但最终是说'事'是为'人'。"

一个闺阁女子说出这么明白的话，楚良暗笑这个妹妹比她哥哥可强多了。

楚良道："通透。事中之人，往往为成事而先以事看人，再依人办事，成败有各种原因，但许多办事之人却忘了一个关键。"

"什么关键？"

"姑娘说的办'事'为'人'，最终定事情成败、定人生死的，不是事故道理，而是人的一念之间。"

"鸾栖台收天下故事，想必早已把很多分道扬镳，怨天尤人看淡了，最不会入戏的，"心儿听了，冷笑一声，"如此这般，世间要少些'君子'，往往更擅长看人办事的是小人。"

"哈哈哈！如果不能顺应局势，连活都活不下来，又哪里能谈得上君子和小人呢？有些君子，还不是先有了寄托之所，方才有了做君子的资格？这寄托之所可是有价格的。"

心儿不得不承认楚良的话有些见识，不说外面，就说这缙府如今的干净和高风亮节，便不知道是付出多少才换来的，但这话，谁也不能对外面说。

"既然公子已将这世间的规则看透，不知公子觉得，缙府如今当如何过此难关？"心儿问。

"这件事情原委再清楚不过，莒国的美人跑了表面受辱借故开战，郯国遭人诬陷不得不应战，缙府就在两国交界之处，难逃'牺牲品'的厄运，姑娘应该知道，莒国的背后是齐国，郯国依附鲁国，这其中他们真正的目标其实只有一个，便是缙府，这美人出逃，无非是给他们祸及缙府一个理由罢了。"

缙钰一听，脸色马上白到了极致，刚欲说话，只听心儿问道：

"这是现实，我们都明白，但不知可有何解吗？"楚良收了笑容，严肃而又略带同情地看着心儿，没有说话。心儿嘴角一翘，笑道："就算是美人计，楚公子认为当献送于哪位国君的后宫呢？"缙心此话一出，楚良和缙钰全愣在了那里。

楚良轻轻地叹了口气，道："姑娘希望将自己献于何处？"

心儿动了动身体，道："姐姐是鲁国出生，后送往郯国为质子以示修好，后从郯国嫁到莒国。郯国依附鲁国，倘若这事儿，是派使臣的话，当先去哪里呢？"

两个人想了许久，缙钰道："郯国，郯国若可挡住莒国，便可从长计议……妹妹离家，也可近一些。"

楚良看了看缙钰，没有附和，摇了摇头："如果挡急了，莒国会搬出齐国，到时候齐国和鲁国相较，只怕不但白白搭进去了姑娘，缙府会更危险。"

心儿笑道："杀我缙府，是为了其城池还是为了王室后裔？"

楚良摇摇头："都不是，是图缙府什么在下也不知，但是有一点，郯国守护缙府这么久，天下知道缙府价值的就那么几个，自然也知道郯国守护缙府的态度，这次郯国很显然是被动应战，无非也是给自己和莒国一个体面的'台阶'。但是，如果大国出马，就不是那么简单了。"

"所以，还得知道为什么目标是我缙府。"缙钰喃喃道。

"那得看奶奶瞒了我们多少。"缙心和缙钰对视了一下，"如果奶奶不想说，只怕我们也问不出来了。"

"那该怎么办？"缙钰又有点着急了。

"我还不能出嫁，还有事要办。"缙心边想边喃喃道。

"什么？"楚良和缙钰惊讶地看着心儿。

缙心没有理会他们，起身拱手谢道："叨扰楚公子了。"

"哦，缙府不是一般府邸，虽隐世已久，但智慧不减，小姐，还是要多照顾好自己才好。"

缙钰见心儿要走，无奈也只得一起拜别楚兄，随妹妹车驾一起回了缙府，一路无话。

第十五章
女儿已成三分玉　拨开山色自成颜

车驾到了山间，已然天黑，奴才们熟练地拿出灯笼，掌灯继续前行，突然在这时：

"谁？"一个侍卫突然一叫，众人停了下来四处查看，但身边静悄悄的，除了山影和天边划过的飞鸟，没有其他动静。

"不可吓到姑娘。"缙钰皱着眉头说。

"哥哥，我没事儿。"缙心在车中轻松地说道。

"继续走吧。"缙钰骑马带着众人往前走着，缙心撩开旁边的车帘向外张望，空寂无人。她让旁边的程仪悄悄地将培风叫到车旁，吩咐道：

"培风，你先一步回府，想必有人今晚会潜入府邸，你只需找到跟着即可，只要没有杀人，不能让他有所察觉。"

"可是姑娘的安危……"

"无妨，还有其他隐卫在我身边呢，你去吧，别让别人觉察出来。"

"诺。"培风调转马头消失在深林中。

心儿和缙钰回到府中，缙琛在书房听说他们回来了，赶紧笑盈盈地来到女儿的

闺院，却不知心儿心中已有了别的想法。

缙心慢慢地给父亲倒了杯茶，缓缓地说："父亲为了女儿前途考虑，如此安排我自是愿意的，既尊贵又衣食无忧，只要女儿安守本分，便可长久。但是……若要过去，还需给女儿些时日，女儿这还有些安排未完。"

缙琛见状哪里有什么心思喝茶，赶紧问："心儿，事情关乎全族性命，你还有什么其他安排呀？"

缙心正襟危坐道："女儿要先去趟鲁国，祭奠婳妃。"

"按照辈分，鲁国的婳妃是抚养姐姐长大的，缙府便是婳妃母家，母家族人祭奠婳妃，不无道理啊？"

"……额……"缙琛磕磕巴巴地说，"可是这鲁国…… 没有咱们的人……"

缙心一笑："郯国毕竟是一小国，依附的不就是鲁国吗？"

缙琛看着眼前的孩子，不由得心生怜悯，他跌坐在凳子上，深叹道："孽缘啊！"

"父亲，如今缙府的案子似乎已定，女儿只能能解多少解多少……明日，女儿便去拜别奶奶。"

"不许去！"第二日，缙琛和缙心依然跪在闻水阁的帘外，奶奶在帘后的话铿锵有力。

姬氏由嬷嬷扶着走到缙琛面前，指着缙琛大骂：

"糊涂东西，外面的世面没让你开拓视野，倒是这种下三烂的伎俩学会了不少，拿着自己女儿去为全族挡剑？你老婆如果不是因为宫中的遭遇又不得不收场，怎会与你至今不得相见？"

缙琛一听，跪伏在地，痛哭流涕道："母亲息怒，孩儿也有不得已的苦衷。"

"你不得已，缙家没人了吗，让这唯一的嫡女去救？是我无能，生了你这个废物！"老太太越骂越气，越气越骂，直到浑身哆嗦的程度。

缙心听到奶奶这话，心中有些奇怪：难道奶奶让我嫁去仇家不是为了救缙府，真的是她所说的让我自救？

"母亲息怒，母亲息怒！"缙琛苦苦哀求。

心儿见状，在一旁宽慰奶奶说道：

"奶奶，心儿是缙府嫡女，从小受奶奶眷顾，所学所用都是缙府最好的，现如今缙府有了杀身之祸，心儿不能上前庭陈冤，但总要力求一搏，哪里管得了男女之别，若天要亡了谁，也不会考虑男女脸面之事的。"

缙嬴姬氏怒气未消，指着心儿说："你把我的家训说一遍。"

"祖母有训，男子不得入前庭为官，女子不得入后宫。"

"当初我和你祖父选在这里栖身，其实并不是图那所谓长长久久，只希望各国君王将我与你祖父淡忘干净，心灰意冷之际可借此处修身养性，当时你们都小，也需要一个安静的成长之所。

现如今天下战乱更多，虽说这方净土的四周也时时遍染鲜血，但你们几个小一辈的如今也已长大成人，各有本领，缙钰温良，将来继承了家业之后也必不会为难了其他人，此处依然可得一片安静祥和。可是心儿啊，如果你进了宫，我们全族就会重新回到过去，那当初又何必走着一遭呢？而且，我和你祖父之前的种种努力，可就全然大白于天下，只怕又是一番杀身之祸呀！"

心儿听着糊涂，如果奶奶这样说，那当初让我去投奔韩离子到底是怎么回事？但见祖母在气头上，又不确定父亲是否知晓此事，便不敢提及。

良久，缙心见父亲没有说话，壮着胆子向前移了几步，说：

"奶奶，心儿此去并非为了入宫为妃，而是希望游走于各国，想方设法解开这个结。"

"自从你母亲成了人质在郯国，就是一枚棋子，在势力中无从选择，难免有此劫难，你能如何解？"

缙心一愣，母亲在郯国其实是人质？这……突如其来的消息让缙心有些乱了思路。她缓缓神，继续说：

"奶奶，郯国与莒国交恶，却只在缙府周边骚扰，孙女虽不知道意欲何为，但相信屠杀缙府一定不是他们所想，所以孙女可以一试其中。"

"既这么着说，那也当由男子前往说服，你一个丫头除了将自己献出去，还能做什么？"老太太的怒气还是未消。

"奶奶，家中男丁本来就少，府中上下还需父亲哥哥庇佑，孙女不才，愿意一试以分忧。"

"唉！我知道你有这份心意，但外面种种，哪是你想要如何就可以如何的！女子姻缘只有一次，你来往于男子之间，要败坏了自己的名声不成？"老太太苦口婆心，更是眼泪都快掉下来了。

"孙女此去自知是凶多吉少，倘若孙女这一去可救了全府，也不枉奶奶培养一世了。"缗心说着，跪地深深地磕了一个响头。

老太太和缗琛一听，眼泪落了下来，缗琛道："母亲，现如今也只能让心儿去试试，或许真能结了此劫呢？蕊儿庶出，又才学不到，钰儿作为男丁也还是要留在府中，尽他的责任呢。"

缗嬴姬氏听着直摇头，却又无可奈何，便起身慢慢地走出了房门：

"传我命令，缗心和奴婢上下，不守家规，不尽孝道，从今日起闭门思过，无我命令，不得任何人出入，更不许人探望！"

心儿附身于地，含泪轻声道："谢祖母。"

缗心回到了自己的院落：

"婉樱，告诉程仪准备马匹，明日一早我们一同去鲁国。"

"啊，哦，是！"众人面面相觑，却只得从命。

第二天，众人趁着天还没亮便离开了，院门上了锁，培风寻了个机会将晚上夜查缗府的事告诉了缗心：

"的确有人暗入缗府，但没有伤人便走了。"

"可有去闻水阁？"

"没有。"

第十六章
嫦娥蜕去春羞雨　自取轻妆入尘埃

去往鲁国这一路上，缗心等众人每日白天能赶则赶，等到了晚上便是遇到哪里就在哪里休息，即使露宿在外也无不可，更是无所谓客栈之间有天壤之别。

这天，缗心几人来到了一个河边，河面上飘着荇菜，河对面几个女孩正在水里采捞，筱菊看到这一幕，不禁想起了缗府的河边也常是这样的景色，不由得泛起了几分愁思，她走近婉樱悄悄地说：

"婉樱姐姐，我们停下来饮马休息吧。"

"也好，我去跟姑娘说。"

缗心下了马坐在河边，看着对面的女孩们摘着荇菜，笑语欢声，不由得自己吟道：

"参差荇菜，左右采之……"

婉樱在旁边，顺口接道："窈窕淑女，琴瑟友之。"说着，递给了缱心一片荇菜，自己也咬了一口。

而就这一句，缱心原本坚强的心顿时化了下来："不论是琴瑟友之，还是钟鼓乐之，多与我无关了。"

"姑娘是累了！"婉樱静了下来。

"是不习惯。"缱心看着手中的叶子顿了顿，道："我在家，曾亲自掌管缱家全族，欣赏过府中的阳春白雪，也接触过外面的下里巴人，看见过婚丧嫁娶，也体会过五味杂陈。将所有悉数送给了姨娘，只是想求得一份轻松，原本以为几匹轻骑离府远行，途中必会身轻如燕，却不想，这离开后的轻松，享受起来，远没有自己想象的从容。"

"姑娘毕竟是千金之躯，如此感慨，不算什么，但千万别自惭形秽，众人跟着姑娘相信逢事必会化险为夷！咱们出来了，千金还是千金。"婉樱斩钉截铁地说。

"不会自惭形秽，"缱心一笑，"只是还在习惯着。"

"不过话说回来，茹梅有些不服气，"旁边的茹梅几分打抱不平地说，"自从姑娘出生，就似乎有了使命一般，虽说龙生九子，各有不同，故而有不同的使命，但似乎这整个缱家内府虽说有大有小，却反倒让姑娘千金成了顶梁柱一般，会不会有失公平？"茹梅小心地看着缱心的脸色。

"缱府一族，人数众多，有的事情知道的人多了起的只能是议论，非但解决不了什么难题，难免还让人乱了分寸，更是雪上加霜，还不如如此这般，尊老太太教诲，也不错。"婉樱边说边给茹梅使眼色。

"姐姐，话不能这么说，记得儿时给姑娘伴读，有首诗叫《螽斯》，姑娘可还记得？"茹梅没有理会，"……宜尔子孙，振振兮；……宜尔子孙，绳绳兮；…… 宜尔子孙，哲哲兮。"

"是呢，那虫'螽斯'，子孙众多，不但要家丁兴旺，还要谨谨慎慎，安安静静，虫尚且如此，更何况人乎？"

缱心听着，心中泛起悲凉："茹梅，我是事中之人，人在事中，自有其角色，事情发生了，我能做的只能是做好我的角色。"她想起了楚良的话，鸾栖台果然不同凡响。

"可是，事情真来了，姑娘似乎是要连别人的角色都当了，岂不会被掣肘？"筱菊快言快语道。

"婉樱斗胆，"婉樱忙跪下，磕了个头道，"姑娘，请恕她们的鲁莽之言，在府中姑娘似有自己的角色，可是，府中其他人在这件事情上是何角色，的确让我等心存疑虑。姑娘调令我们几个，我们自是一团，可是，姑娘这一层，有老太太调令，又

与何人一组，可以彼此照应呢？"

缙心认真听着婉樱的话，孤独地体味着婉樱带来的惆怅，是啊，其他的人呢？

想这几年，倘若没有她们的周全，自己执掌的缙府哪里能有四方的平静？便从心中将她们看作自己的知己，已超越了一般的主仆关系。

缙心让婉樱和其他几个丫头起来，轻轻地说：

"这件事，并不是我个人能全权解决的，只是身先士卒为府里后面的人争取些机会罢了，倘若有他们当有的角色出来，府中之人自然会出现的。"

众人听了不再多言，只是一门心思想着姑娘的安全和不易，更是尽心尽力地彼此照顾，径直来到了鲁国国都。

一行人进了都城，缙心转身对茹梅说：

"缙府在鲁国的生意，都由一个叫桡谦的人统管，你去到桡府，通报一下吧。"

"诺！"茹梅骑马向桡府奔去。

"樱姐姐，这个桡谦是什么人，可统管咱们在鲁国的所有生意？"筱菊在后面轻声问道。

"咱们缙府每在一处的生意都有一个总管，这样的人要么是缙府的家丁派出去的，要么是在当地找有广泛人脉的，这个桡谦据说是在当地找的。"

"那这样的人，会死心塌地地帮咱们吗？"

婉樱没有作声，跟着姑娘往前走。

一行人到了桡府，门脸狭窄，只够一个人入的，茹梅和桡谦一起出来相迎，而后缙心这一行人便被引到前厅。大家坐定，桡谦拱手道：

"姑娘远道而来，我已安排好了房间，姑娘有什么需要的，只管吩咐即可。"

"桡总管客气，这次来我是想祭拜一下楠太妃，她是家母的亲姐姐，不知桡总管是否有宫中的关系，可以疏通一下的。"

"这祭拜太妃，本身也不是什么大事，我找人到宫中请个旨意，想必宫中也没必要难为姑娘。"

"那多谢桡主管了，我等静候佳音。"

"诺！"

缙心主仆都在后院安顿好，婉樱仔仔细细地将众人所在的房里屋外都看了好几遍，筱菊来到婉樱的身边道：

"姐姐，说到底这只是一届商贾私宅，自然比不上缙府的舒服。"

婉樱叹了口气："姑娘何等的尊贵，如今却要寄宿这种地方。"

心儿一行人安顿好，桡总管派人去宫里请旨，宫里的太监将心儿的身世仔细地盘问了一番后，便进宫禀报到了太后那里，以待求懿旨。

文太后刚用完午膳，听了这事觉得有趣道："自我入宫，从未听说有母家后辈派未出阁的女子去陵前祭祀太妃的，这攀附权贵的，连这种办法都用上了？"

身边的太监上前为太后捏腿："若是奔着大王去的，用这种办法只怕有些牵强，的确是挺有趣的。不过说到底也不是什么大事儿，太后何不来个顺水人情，以显太后您的风范啊？"公公说。

"让她进宫来，让我瞧瞧。"文太后不在意地说。

"诺。"

宫里很快就传出旨来，让桡谦有些不置可否，而缙心心中早已胸有成竹。

到了规定的时候，缙心一身素服来到了鲁国王宫，下了车辇，随着公公辗转来到太后的惠承宫，恰巧此时王妃携众美人正在宫中陪太后说话，心儿低头不敢直视，与公公一起进了内室，公公说：

"跪下！"

心儿赶紧下跪行礼，只听一个夫人声音洪亮但略带低沉，道：

"这就是那个叫缙心的？"

心儿伏地不敢抬头，一旁公公应道说：

"回夫人，这便是缙家嫡女缙心。"

"民女缙心拜见太后，王妃，诸位夫人。"

"起来吧。"太后道。

"谢太后！"心儿站了起来，但始终深含着胸，绝不抬头。

太后示意宫女撩开珠帘，走进了她，道：

"把头抬起来。"

缙心想了想将头缓缓抬起，脸上未施粉黛，但这大家闺秀的干净和气质不逊于在座的任何一位贵人，甚至更加地清新脱俗。

太后仔细端了想了一番道："按说……不过是有几分神似嫔太妃。"

王妃上前给太后递茶道："缙心姑娘远道而来尽份孝心，依儿臣之见，还是早些安排了，让她早日回去的好。"

"嗯，那你们去准备吧，我和这小丫头说说话！"

"诺！"众人行礼退下，有几个后宫贵人离开之时，还偷偷地看了看心儿的样貌。

待大家都退去，太后一改刚才的面无表情，拉着心儿坐了下来：

"嫔太妃女儿的事，哀家听说了，想必你来是为了此事吧。"

心儿一听跪下道："民女全族危在旦夕，还求太后……"

"大王驾到！"只听外面公公话音刚落，便听到了外面的脚步声。

"来人，带姑娘去后厅。"太后示意旁边的公公将她带走。

于是，心儿随一名宫女从后门离开，转一回廊，来到了一个偏厅中。

前堂，鲁王一身便装来到了太后面前：

"儿臣拜见母后。"

"吾儿下朝了？"

"是！听说嫱太妃母家来了一个丫头，要来祭奠嫱太妃？"

"还不是你那个逃跑的郡主惹来的？"

"那，母后准备如何处理这个丫头？"

太后给鲁王向里递了个眼神，悄悄对鲁王说道："哀家想着如果这个丫头有几分姿色，我可安排将她献与莒国，制约莒国威胁郯国，我们在其中又可多一细作。"

"那个宫中看惯利益的郡主尚且不能有所作为，更何况这么一个不食人间烟火的丫头呢？"

太后身边的公公上前一步几分谄媚地说："太后，这个女孩看似没有郡主的娇滴滴，如果她为主公所用，其母在郯国后宫更会乖乖地做事，不但郯国可重新听命于我们，缙府上下也都可攥在咱们手里。听说，这个女孩曾经帮忙打理府中上下，美貌，聪明，又不苟且，是最合适的人选了。"

"放肆！"鲁王厌恶地看着这个宦官。

"来人，把缙心带出来。"太后转身回了座位。

不一会儿，宫女便将缙心带到了太后和鲁王的面前，缙心伏地请安，公公得了授意将她扶了起来，鲁王仔细一看，心中不由得一颤。

虽说眉眼与郡主有相似之处，但这眼前的姑娘似生于天宫，而郡主也只能是地上民家之女罢了。

太后见鲁王看她出神，微微一笑道："把缙心安排在邀月台吧，不日便去祭奠太妃。"

宫女领旨，缙心便随着出来。这一切，都在心儿的意料之中，却不想这么快便可见到太后、鲁王甚至其他后宫贵人，太快了。

鲁国宫的邀月台临湖，与家中相比，少了群山峻岭的自然，多了人为的造作，缙心回到房中将晚膳用完，自己对坐花菱，重新梳洗打扮了一番，而后便对门口的宫女说："我想出去走走。"

"回小姐，出去走走固然是好，但不能随意走动，万一冒犯了哪个贵人，是会有杀身之祸的。"

"这湖中可能行船？"

"可以。"

"烦请姐姐帮我寻个小船，我在湖中自然不会冒犯到任何一位贵人。"

宫女想了想应道："也好。那请姑娘稍等，待奴婢将船引来了，您再过去。"

"有劳了。"

不一会儿，宫女果然带姑娘来到了一艘小舟旁，心儿独自撑船到湖心便停了下来，独坐在小舟中，夕阳西下任小舟飘飘荡荡，缙心那一身奶黄色的绸面披风映上了水波粼粼，一缕清发嵌在光影里，随风飞舞。

心儿从怀中拿出早已准备好的埙，自言自语道：

"奶奶，孙女如今要做那些脂粉女人的事儿了，这算是长大了吗？"

当埙用浑厚的声音打破四周的宁静时，一首在鲁国早已家喻户晓的曲子突然让人有了一种久违的新鲜，慢慢地醉了月色。

此时，鲁王用完饭后茶，正歪在书案前看书，慢慢地被外面的曲子吸引，这份本该有的宁静，却轻轻地拨弄起了鲁王的心思，竟不知从什么时候开始，他便随着曲调想起了儿时带郡主玩笑时的样子，阵阵心麻。

他招人拿来披风，由侍奉的公公掌灯，顺着乐曲找到了湖边，很快便看到了湖中央船上的倩影。

公公在一旁见鲁王看船中美人愣神，似会意了一般，派人再撑了一个小舟过来，请鲁王上船。鲁王走到小舟前，刚要起脚，突然又迟疑了半刻，没有上船，正思忖着，忽见另一处有一叶扁舟已经向湖心漂去，鲁王借着月色，隐约地看到了站在船前的那个人的身形，微微皱眉地自语道：

"竟然是他？"

"回大王，这位心儿姑娘乃关雎淑女，自有好逑君子围绕。"公公在一旁笑着对鲁王说。

只见那人，将船靠近，也不行礼，毫无迟疑地上了心儿的船，直直地站在心儿面前。撑橹的公公们将公子送到，便将小舟往后退，将足够的花前月下留给了那独舟上的两个人。

第十七章
浓墨重彩宫中事　一路人马自成排

"如此丽人，应是美人计吧？"上船的人借月色端详着缙心道。

心儿停了桨，抬头看了他一眼，就这一眼，那人心里一颤——果然是一绝色妙人。如此便俯身坐下，刚才的傲视之势瞬间少了大半。

倒是缙心略起了起身，道："我与公子从不相识，既然认我这是美人计，又为何来此叨扰，不怕中计？"

那公子一怔，又想了想，笑道：

"你意在鲁王，何谈我会中计？"

不是鲁王？这深宫之中为何还会有别的男子？缙心有些慌张但很快就控制住了。

缙心扬眉偷偷地打量了他一番，这位公子通体低调的气派加上眉宇间的气宇不凡，尽显独有的风流倜傥，一看便知，他没有一般世家公子的几分循规蹈矩或桀骜不驯，哪怕是兄长缙钰在他面前，恐怕也显不出如此独有的风采，即便是楚良在他面前恐怕也只是五分潇洒、三分气质的市井小儿罢了。

缙心心中揣度着，表面上依然平静，道：

"那看来，公子来此是坏我好事的。"

"我也是今日入宫，只是比姑娘早来了几个时辰。"

"你到底是谁，先报个名儿？"

只见那公子嘴角一翘，凑近说："鄙人姓韩，与缙家世代有仇。"

缙心听了身上一抖："韩离子？"

"呦，姑娘知道在下？"

缙心猛然站了起来，那小船也随之一时失衡剧烈地晃动了起来，那韩公子赶紧要拉心儿在身边坐稳，但心儿却机敏地绕开了他的手，迅速地坐在了韩离子的对面。随着船慢慢地稳了下来，缙心的眼里对那位韩公子充满了警惕和敌意。

"这么灵敏，看来常用竹筏代步，让姑娘身轻如燕了不少？"韩离子笑道，心儿也不接话。

"你怎么知道我在这儿？"缙心机警地看着他。

"我以为姑娘，出身皇族名家之后，栖身深宅大院之中，虽作为年轻晚辈，但在族中懂得进退大方，在族外亦是有勇有谋。即使见到我这个仇家之后，也应当处变不惊，眼中空透才对，怎么竟如此行事鲁莽，好恶全放在了脸上？"

"你为什么知道我这么多的事情？"

"我一直在你……你们身边啊，只是不曾想，入府的人竟然是姑娘你，一来说明我没看错人，二来缙府果然人丁寥寥。"

"那天晚上入府的，是你？你意欲何为？"

"坏姑娘好事呀！你我仇家，我不坏你好事，岂不不务正业？ 而且我没有族人在世，更不会有亲眷在王宫中显赫，所以，要想来到这里，我只得向鲁王进贡些金银财宝，鲁王见我不是个山野莽夫，便愿意留我在宫中多交谈几日。如果我不了解你和你的族人，我韩离子如何报仇？"

"那你今天来此，是杀是剐？"

"没那个必要，杀你剐你有辱我江湖英明，就像我可以在缙府来去自如，但却从不动你们分毫，当初，缙家光天化日在众人面前斩杀了我的全族，如今我却以暗杀报之，岂不说明我韩离子还不如你们缙家人？"

"那你今天来此……"

"扰了你和鲁王今晚的花前月下呀，然后，再把你带走！"

"就凭你，想带我走？"

"哈哈哈，如今缙府，皆因为老夫人的一个退隐，让你们这些晚辈少了世间历练，把你们保护得庸庸碌碌，也就是你，要不是掌管内外，还算有些见识稍比他人强点儿。而你家府大，为了流水的花销，令尊又不得不回到市中，遵循着各种待人接物的规矩，堂堂皇亲贵胄，为了这份隐退而成了商贾。你这个名副其实的千金小姐，因为此辈府中只有一个男丁，让你不得不撑起了你缙府的半壁天下，尊贵的身，劳苦的命，只能大胆地做事，却又得顾忌女儿身的规矩，一番才情，最后除了做家中的影子，又能怎样呢？退隐不退干净，入世不能外传，最终耽误了你们后世子孙的才干锻炼。不过，话又说回来了，现在不能，可不表示你们将来不会，我现在不伤你缙家，但不等于说我不会对您这位缙心姑娘有所戒心啊。"

"常来缙府深夜扰我府中安宁的是你？"

"唉，深夜入府，是我，但是我可没有扰过你府中安宁，相反……算了，说了你也不信。"

缙心一脸鄙夷地瞟了韩离子一眼，不理会。

"你可以与鲁王见面，但是一定不能在晚上，需在光天化日之下，大庭广众之间，才可。"韩离子说道。

"你觉得你说得算吗？"

韩公子露出了鄙夷的笑容："你在找真相，然后寻求机会救你的家族，我也在了解情况寻找一举灭了缙家的方法，看看最后是你如愿，还是我更胜一筹，如何？"

韩离子说罢，招手唤来了远在一旁等待的小船，驾舟离开了。

缙心看着他慢慢离开，气得一时说不上话来。

远处的鲁王虽不知他们都说了什么，但看到两人散了，深叹了口气吩咐道：

"回宫吧。"

"不知今晚王上去哪位夫人那？"

"去王妃宫吧。"

"诺！"

第二天清晨，缙心早早地起来收拾好装束等待着宫中后面的安排，直到过了正午，一个宫人由宫女引了进来，传话道：

"按大祭司推算，三日后是可祭祀的日子，祭祀礼节自有公公来教姑娘，走何路，在哪拜，供奉什么均有定数，这两日请姑娘仔细学习便好。"

"是去陵上，还是祠堂？"

"回姑娘，王妃说，请姑娘去陵上为好，虽说远，但可尽表孝心。"

"谢王妃恩典！"

宫人转身回去复命了，留下了一个嬷嬷教心儿礼数，自不必多说。

到那日，心儿依照宫规先要去给王妃请安，同时，恳请道：

"民女来时给嫔妃带了些祭品以表孝道，还请王妃准许民女途中去府中取。"

王妃想了想，道：

"也是，东西当然是要带上的，另外哀家也准备了一些，你记得帮哀家也祭上。再者，你毕竟是皇亲贵族出身，身边哪能没个人伺候。只是宫中的规矩不是谁都可以自如出入宫门的，太后恩典，等你祭祀完了，可带个贴身的丫头回宫，你要记着，王室祭祀都是有时辰的，可不能耽误了。"

"诺！民女叩谢王妃。"

宫外早已准备好了车驾和随行的宫女太监和侍卫，拿着宫里准备的东西，与心儿一同前往，途中车辇绕道来到了之前他们落脚的地方，接了婉樱一同随行往王陵处走去。

走在半路，心儿在车中挑帘向外瞄，突然发现，旁边骑马陪同的不但有几名侍卫，还有一翩翩书生混在其中，心儿定睛一看，顿时紧张起来，而那书生与她一个对视，一笑策马来到心儿车旁，笑道：

"有我为姑娘保驾护航，姑娘不必担心刺客。"

"哼，世上的刺客，哪个比你厉害？你不当刺客，我就安全了。"

"姑娘这么想最好，驾！"那位公子大笑将马驱到了车架的前方引路。

辗转两个时辰，车驾一行到了王陵，心儿按礼数扫墓祭灵礼毕。但是，礼毕了许久，众人都欲起身，心儿却还跪在那里，一动不动，呆呆地看着嫡妃的碑文：

"嫡太妃，之前发生的事情与您已埋于这风水之中，而我的事情却似乎才刚刚开始，百年后我当带着怎样故事入土，族人如何说来，仇人又有何感呢？"

久而久之，旁边一位领头公公按捺不住了，起身刚要上前催促，便被韩公子拦下，公公无奈地说：

"韩公子，这时辰已过，杂家一众人还要回去复命呢，再说了，咱也不能让大王等急了不是？"

韩离子一听，嘴角露出一丝邪恶的笑容，道："公公稍安，我这就劝她动身。"说罢，走到心儿面前，俯身道：

"姑娘，来鲁国还有更要紧的事情要做对吗？"

缙心不由打了一个冷战，她未动声色只是侧目于他，毕恭毕敬地回道：

"多谢韩公子提醒。"便随婉樱伺候出来上了辇，离开了王陵。

出了王陵，大队人马往回行着，转了一座山，到了一个山涧之中，两边悬崖，心儿似乎在哪里见过这样的景象，却又想不起是什么地方，只觉得是谁曾在这里告诉过自己不得向后看，身边的婉樱见心儿紧张，问道：

"姑娘，您怎么了？"

"你看那个韩公子在哪？"

婉樱四顾看了一下，回道："在姑娘右前方，姑娘怎么来此几天就认识了一位公子？"

"他是韩离子。"

"韩……"婉樱差点叫出声来，心儿赶紧摁住，不让作声。

"这几日，姑娘，跟，跟韩离子在一块？他也在鲁国……宫中。"

"是啊。"

"那、那岂不，凶多吉少？"

"奶奶要让他娶我，你觉得他会不知道吗？生意都做到一起了，你觉得他会杀了我吗？"心儿冷冷地说。

主仆俩正说着，突然后面传来马蹄声，只听身边有侍卫喊道：

"有刺客！"

第十八章
本是刀下出没鬼　堂上公子是诸侯

一时间，祭祀的车驾四周乱作一团，大家都紧张起来，而缙心随即挑开车帘紧盯着那位韩公子。他受到感应，回头冲心儿笑了笑，从容下马，直接窜到了心儿的车上，拽了马，驾着车向前奔去，众人皆惊，只有心儿心中一紧：

"这么快？"

婉樱对帘外若隐若现的背影早已经脸色惨白：

"姑娘，一个天下第一杀手为了避刺客驾咱们的车……我怎么觉得更可怕啊？"

车马到了一处寂静的竹林中停下，婉樱实在受不了那马车的颠簸，见马车停了，强忍着跳下车，跑到一旁吐了起来，然后眼睛一直警惕地盯着韩离子，强忍着恐惧故作镇定地扶心儿慢慢地出来，让她靠着马车，叮嘱姑娘小心。

过了一会儿，几个看衣着似鲁国侍卫的人赶了过来，婉樱马上意识到，这些人不是之前随行的人。

"拜见公子。"

"那些人都怎样了？"

"已被乱刀砍死，一个未留。"

众侍卫上前行礼。

弑杀皇家侍从，还盗用宫中侍卫衣物在外掩人耳目，缙心仔细地看着韩离子，这人对天下灭九族的大罪这么不在乎吗。

婉樱见状不知道这厮的深浅，只觉得头重脚轻："姑娘，我们赶紧逃吧！"

"逃得了吗？"缙心没有看她，冷冷地说。

"难道……难道姑娘……"

70

"我们已然是他的人质了。"缙心认真地对婉樱说，婉樱彻底将自己交给了这辆马车，否则早倒下了。两人正说着，韩公子走到缙心面前，看着心儿惨白的脸色却又故作镇定自若的样子，十分好笑：

"姑娘不害怕吗，我可吓死了！"

"除非韩公子自己找死，否则谁能动得了韩公子一根头发？"

"哈哈哈……看来，缙府对我也颇有些了解嘛！"

"韩公子如此大费周章地使我为质，不会仅仅是为了要彰显公子要钱有钱，要人有人吧？"

韩公子转身让人从马上取下一个锦包，里面包着两个木盒，来到缙心身边，耳语道：

"你要见鲁王，还想与他秘密相见，就不得让任何人知道，包括鲁王身边的人，对吗？"

随即将锦包塞到身边婉樱怀中，对婉樱说："去，回到车里给你家姑娘好好梳妆打扮一下，这种狼狈样去见贵客，可不太像话。"

婉樱浑身一颤，不敢多动，也并不知后面会有什么样的安排，只是直愣愣地盯着姑娘看，但见缙心似乎一脸平静，自己身边又全是这位韩公子的人也不敢多言，便扶着姑娘回了车上。打开盒子，一层是水粉胭脂，一层是首饰细软，皆为上品，好不精致。

心儿与丫头补了妆，重新缕好发髻，便让婉樱隔帘对外喊道：

"姑娘已经准备齐全，烦请韩公子引路。"

韩公子在外一听"扑哧"一笑，不得不感叹，到底是豪门大府出来的丫头，刚才那么大的动静吓成那样，这才多大会儿的功夫就又恢复得不卑不亢了。

韩离子带着一行车驾继续往前走，车里的人也自知已不能做什么，只好安安静静任车前行，只觉得走了不到半个时辰，车慢慢停了下来。

韩公子亲自上前掀帘道：

"到了，还请缙心姑娘下车，要见的贵客就在前面的茶馆里了。"

缙心由丫头搀扶着下了车，迎面果然有一茶馆，简单但不简陋，门口站着两个穿着便衣的侍卫，提着剑，警惕地看着来往的人群，缙心边走边压低声音对韩公子说：

"恐怕这些侍卫也是韩公子的人吧？"

韩公子一笑："姑娘高看韩某了。"

到了门口，侍卫认得韩公子模样随即侧身将他们让了进去，里面的一个宫中穿戴的人将心儿和韩公子两人引到了茶楼最里面靠窗处的帘外，他先独自进去与屋里那人小语了几句，便在里面为缙心和韩离子撩开了竹帘。

缙心紧随韩离子进去，只见一位三十左右肤色略黑的男子坐在中央，虽说穿着便服，但看衣着，香囊和玉佩皆出自宫中巧匠，绝不是民间工艺可比，心儿断定这必是鲁王。

韩公子上前作揖：

"草民拜见主公。"

心儿也福身道："民女拜见主公。"

鲁王整了整衣袖，淡淡地说："免了吧。"

韩离子起身在鲁王身边入座，缙心本不喜欢那种随王伴驾的感觉，但一看韩离子给她使眼色坐在自己身边，便大方地在鲁王的另一侧坐下，韩离子一愣，但不敢多言。

<h1 style="text-align:center">第十九章
青缕悠悠香难尽　转身一曲已入霾</h1>

坐在鲁王身边的缙心表面上镇静甚至在韩离子面前还有几分挑衅似的不屑一顾，但心中仍有躁动，第一次见到如此位高权重之人，缙心直接感受到了自己久不谙世事的短缺，但一想到身边这人就是鲁王，而自己举手投足之间身系一族生死，之前存有的力量竟顷刻间荡然无存了，生怕自己造次唐突反而弄巧成拙，正犹豫着，韩公子亲自给缙心斟了杯茶，却不看她，直接对鲁王说：

"缙心姑娘孝顺，此来鲁国一是为了祭奠楠太妃，二是还有一事要求助主公，只因一个他国长大的郡主惹下大祸，牵连了缙府，故而来请陛下襄助缙府逃此一劫。"

缙心听了紧皱眉头，怎么都觉得别扭，明明是要害我缙家，如今却如此表演，竟把自己准备想说的话全都说了。

韩公子对缙心的惊讶早已胸有成竹，冲她善意一笑，接着说："姑娘，主公在此，你有何难处尽管说，主公有仁爱之心，必会帮助姑娘的。"

缙心的脸更加阴沉了。

"唉！"只听鲁王长叹了口气，"韩兄与寡人说了你的来历和处境，本王也是颇为为难啊！郡主已被莒国国君封为美人，嫁做人妇都怀了骨肉竟还逃离出宫，只怕在莒王看来，这是一国的体面全伤了。"

缙心听罢，赶紧起身跪在了鲁王的面前，道：

"主公郡主其实并非缙府血脉，与民女有母族之情，如若莒王不嫌弃，民女愿意代缙家全族受过，以保缙家平安。"

鲁王微微一笑，道：

"杀人容易，这丢掉的一国体面，如何挽回啊？"

缙心听了鲁王的话一时语塞，竟不知该说什么，心中暗骂自己太无能。

鲁王接着说："本来，寡人考虑你或许是能解此结之人，便想着将你收入后宫，或因你祖母乃王家公主，把你认作御妹，而后借我鲁王身份出言，强行让莒国他们退了兵，了了此事。但若如此，恐怕世间将寡人说成了那贪恋美色之庸君，所以想了又想，还是先与你见上一面，再商量！"

缙心顿时明白了，这韩公子为了让自己成为人质，前期真是铺垫了不少啊，抿嘴一笑，道："让主公费心了，心儿年轻，对这个姐姐知之甚少，能否请主公赐教一二。"

鲁王看着杯中热气袅袅，娓娓讲道："当年郡主离开鲁国先是前往郯国为质。那个时候她还小，当时寡人也只是世子，身边就这么一个妹妹，听说父王要将她送走为质，心中不忍，再三央求却又无济于事。她走后，母妃说，她再也不会回鲁国了。

"为此寡人心中不快称病了数日，但后来听说郯国国风正统，不是个粗野之地，那郯国世子学富五车，在众国的世子中算得翘楚，便以为她长大之后便可留在宫中，委身于书香之君，倒是好的归宿，便书信劝其在那边入乡随俗，以求后来的前程。可谁知，自古王亲贵族，哪里会有如愿以偿的。"

鲁王说着，鼻子有些发酸，他深吸一口气，继续言道：

"因为她是王家出身，用于联姻便经得起推敲，又因为后来嫔妃在宫中失势，便注定了她在他国宫中只能任人安排，所以表面联姻，实为细作，她是鲁郯两国最好的人选。就这样，她没有如愿嫁给后来贤明的郯君，却被送到了莒国，被封为美人，也正式成为了鲁郯两国的细作。"

隐在山林中的缙心顿时明白了奶奶为什么立下"女不得入莒"的家训，原来联姻良配的背后，是细作。

她听完鲁王的话，起身跪在鲁王面前道："大王掌管鲁国天脉，郯国守护缙府至今恰是因为大王相托，可与齐国制衡，区区莒国岂能难为得了大王？我缙府上下生死均在大王一念之间，还请大王念在郡主儿时便陪伴陛下的份上，救救缙府，如此，也可顾及郡主安危。"心儿说罢伏在地上，苦苦恳求。

"我已遂了她的意……"话音一出，鲁王自己都怔在了那里，但随即藏起了自己的表情。

缙心一愣。

"若没有合适的理由，寡人无法要求莒国退兵，更无阻止郯国那边要献出缙府以平莒国之愤的缘由，即便是将你送到莒国，能不能让莒王泄了愤，也是没有定数的。"

缙心抬头看着鲁王，问道："郡主逃走，主公一定想到会有此劫，那大王为何要帮郡主？"

"……"鲁王看着心儿沉默了良久。

缙心道："大王悲天悯人，姐姐本就豆蔻年华嫁做人妇，少女之心却是不知道在夫家和母家之间当托付于谁？有温情之时，本应倾心而随，却因为自己是细作，亲生母亲还在郯国宫中，而不能将纯情倾之享有，即便没有被发现，在宫里没了恩泽，便更难说自己这一世命运如何了。主公，如今她的母家因此而备受连累，倘若因此而全族被灭，只怕姐姐从此便永无所依了。"

面对缙心的苦苦哀求，鲁王没有半点反应，轻轻地说：

"她的宿命早就已定，如果不知书识礼，便不得恩宠，莒国见她通晓诗书，自然甚是喜欢，但凡是君王又都不能深宠于她，因为她的身后有他国，凡事都有两面，身后母国既是后盾，又是威胁，所以即便她不是细作，莒王对她也不会有所信。"

"所以即便郡主没有出卖莒国，但凡有点风吹草动，她也是百口莫辩的。"心儿像泄了气一样，深为这个姐姐的命运不值，本以为自己命苦，又岂知姐姐虽然富贵却永远命悬一线。

"你明白就好！"

"主公，"心儿再拜，"如果缙府有事，只怕郡主也永无安身之地了，毕竟如果郡主在外没有了栖身之地，缙府看在母亲的面子上也会慈悲收留郡主的。主公，还求主公救救郡主与缙府平安，奴婢愿粉身碎骨，担下所有……"缙心道。

"嗯，郡主和缙府……"久不说话的韩离子突然点了点。

鲁王将身子向缙心倾了倾，认真道："男子主事于外，但此事发生于内堂，最直接的办法，便是姑娘入得那莒国后宫，姑娘貌美，若能让莒国国君改了心思，便可保你姐姐无忧，本王可保证你不必成为我鲁郯两国的细作，或许，莒王自会以王妃难产母子双亡的理由将此事草草了了。如此，姑娘全家也可平安于世，汝觉得，这可是万全之策？"

缙心心中一叹，原来鲁王也未想出更高明的计策。这时，她发现一旁的韩公子默不作声，只顾喝茶，但又不时地偷瞄自己，便转身将其一军道：

"如此一来，缙府便可得鲁国、莒国庇护，不知韩公子意下如何？"

韩公子刚拿起茶壶倒水一愣，好机警的丫头，他看了看她，又看了看鲁王，好吧，那就让你如愿一次。

韩公子压着心中不快，向鲁王拱手道：

"主公所言极是，但是如果将缙心献过去，莒王将她一剑杀了以泄愤还好，可要是将她留在宫中，但凡有些许错处，反而使郯国和缙府罪上加罪，就算鲁郯两国说与她毫不相干，但齐国会因此而出兵，到时候大王就更被动了，毕竟，缙心曾经被留在宫中过。"

缙心听了心中有些得意，她知道韩离子要报仇，必不能让缙家得如此隆恩而显赫于天下，否则动起手来岂不难度更大，在这上面韩离子必会有所帮助的。

鲁王问："那依韩公子，此事该当如何？"

韩离子本想说什么解铃还须系铃人的话，但又一想，如此估计会需要这个丫头配合，这样，不知这个缙心又会出什么幺蛾子，韩离子顿了顿说：

"缙心姑娘，莒国毕竟是齐国的一个小小的附属国，为了一个小国的后宫之事让鲁国一国之君出面调和，的确不合适，说起来这也是人家的家事。但主公心怀仁爱，并从小与郡主感情深厚，虽说不能明帮，却可以暗助，姑娘不如去郯国想想办法，韩某刚好有笔生意也要去郯国，可与姑娘同去。"

鲁王想了想：如此最好，脱了干系，人还在手中。他便点点头道："毕竟是郯国想要借缙府息事宁人的，如果你有更好的办法，想必郯国也并不想赶尽杀绝。"

心儿明白，韩离子是不会允许她接触鲁王，在鲁国久留的。想于此，缙心欠欠身道：

"大王对郡主和心儿尽心至此，我们姐妹已是感激不尽，不敢太过。韩公子深谋远虑，心儿不及，只是，心儿有一事相请，不知可否？"

韩公子刚到嘴边的茶停了下来，仔细听着这个缙心后面又在打什么主意。

只听鲁王回道："请说。"

缙心看了看韩公子，又看了看鲁王，道："如若韩公子愿意送民女去郯国，自然是感激不尽，但这路上难免花销甚大，让韩公子破费，民女实在于心不忍……"

"哦，姑娘不必担心，寡人可赠些钱财供韩公子和姑娘一行人路上作盘缠使用。"鲁王笑着看了看韩离子。

"民女多谢大王。"

"郡主安危一直让寡人寝食难安，你们走时，带去几笼信鸽，随时与寡人相商，倒也方便。"

这是不让自己做细作？心儿俯身谢恩，不再多言。

鲁王心中无比畅快，本来事出缙府，而自己不方便帮忙，现见到缙心要财要物，如此轻易地就打发了，韩离子帮了自己大忙啊！

鲁王唤来宫人下旨凡是姑娘索要之物，均按照多一倍的量准备，不得怠慢，另赐韩公子良马一匹，先居于驿站，待算得吉日，再派宫人给二位送行，安排罢了，三人便散去了。

韩公子将心儿主仆一同送回到她们宫外的住处，并派人在外看着，他自己也奉旨回了驿站，等待吉日与她同行。只是回来后有一点心里疑惑，这毕竟是皇家之后，缙府嫡女，大家闺秀，怎么还带伸手要东西的？

第二十章
他乡美景他乡赠　笑语和颜笑语开

缙心带着丫头回了总管事桡谦的府邸，到了后院便赶紧将门关好，众人聚在小厅中，筱菊嘴快，上前奉茶问道：

"姑娘，这些天在宫中，可还好？"

婉樱谨慎地看着缙心，虽说她自己没有跟着主子入宫，但刚刚与韩离子如此之近，让人毛骨悚然。

"都还好。"缙心淡淡地回答道。

"缙心姑娘，不知，事情可办好了？"桡谦心里清楚这位姑娘在府中的地位，突然来鲁国说是祭祀，但谁都明白不会那么简单，可不管他怎么从这些丫头那里打听，却都问不出所以然来。

再加上这几天，缙心进了宫竟没有一丝消息出来，弄得这个桡谦在外面竟不知该如何向缙府飞鸽传书禀报，后又见她出宫去王陵的体面，这个总管事以为姑娘就此留在宫中作了美人，如此对自己在鲁国的生意定会大有裨益，正是心中得意非常之时，姑娘竟然回府了？这让桡谦有些措手不及。

"桡叔，"缙心恭敬地说，"我的事情都办完了，这些日子还要多谢桡叔的安排。不过从今日起，府外或许会多些好事之徒，恐怕还要烦请桡叔帮忙让人留心一下，如有异动，烦请桡叔告知。"

"诺，皆听姑娘安排！"桡谦见状不好多问，便行礼退了出去。

缙心见身边皆是自己从府里带来的丫头，转头问婉樱：

"除了咱们几个女眷在这院里，其他护卫呢？"

"对桄叔说他们回去了，但其实都在周边守着呢。"婉樱回道。

"你让他们准备下马匹，咱们今夜离开。"

"今夜？刚才鲁王不是说要下来赏赐安排……"婉樱还未说完便被缙心摆手打断了，"路上会告诉你的。"

"诺！"

几人正在屋里说着，突然听屋外桄叔急匆匆赶来，边跑边叫："姑娘，姑娘，宫里来人了，姑娘……"

筱菊打开大门还没看清楚，桄谦就已经夺门而入，气喘吁吁地跑了过来："……姑娘，缙心姑娘，大王身边的段公公来了，传……传大王口谕，请……请姑娘去前厅接旨。"

"知道了，我换身衣服这就去。"桄谦一愣，赶紧震了震气，出来了。随后，换了便装的缙心带了一众人等来到了前厅，下跪听旨，只听段公公道："大王下旨，明日便是吉时，特准缙心姑娘与韩公子一同于驿站出发，钦此。"

"谢吾王！"缙心叩首行礼后起身。

段公公道："缙心姑娘，明日一早，咱家就带人过来体体面面地将姑娘和公子送到城外，这后面的路，就要让人家韩公子照顾姑娘了！"

"公公辛苦了。"

"哎呀，姑娘呀，哪是咱家辛苦，是咱们大王，大王用心了，这短短几天，王上如此隆恩，那对姑娘和韩公子，可谓是关怀备至啊！瞧瞧，姑娘要的东西，您看都带来了，还请姑娘过目，这每一样呀，都足足添了一倍呢！"

"谢段公公！"缙心回头给茹梅使了个眼色，让她从盘缠里拿了一些直接塞在了段公公的手里，"公公辛苦，这些留着喝茶。"

"那……咱家也跟着沾光了，多谢姑娘了。您看，这些您用得着的财物，让他们给您搬哪合适？"

"啊，既然明天我们都从驿站走，不知，韩公子可知道了？"

"没呢，这不头一站咱家就赶到这来了吗？等把这些东西安顿好了，咱家就去那边传旨。"

"那就烦请公公直接替我把这些交予韩公子吧，我这一介女流自己送去……也不方便，"缙心故作害羞道，"……另外，我们自己也有些衣物行李，也请公公给那边带过去，省了我这些女眷劳累了，可好？"

"哎呦，这……"段公公着缙心一脸的羞涩之笑，顿时就明白了，"呵呵，

明白，明白，韩公子品貌堂堂，绝对是一良人，成嘞，那咱家就辛苦辛苦成全一份姻缘，好事儿啊，哈哈哈！还请姑娘快派人将东西拿出来，在下好去驿站传旨的时候一并捎过去。"

"先谢谢段公公了，烦请稍等片刻，"心儿转身对婉樱说，"你们只留下贴身的东西，将其他的都整理好拿来。"

"诺！"婉樱带了丫头们到里面将行李都准备好搬了出来。

缙心指着这些行李堆说："公公，这些是我们这些女眷的衣物用品，烦请段公公先转交给韩公子，并让他将明日路上之物都代为准备好，我们闺阁中人极少出门，难免想得不周，待明日我们到了驿站，便可启程。"

"哎哟哟，姑娘放心，咱家一定将姑娘们的东西和这份心意呀给韩公子交代得妥妥的。"说罢，公公笑嘻嘻地转身走了。

桡谦在旁边看了个莫名其妙，这是个什么韩公子，怎么姑娘在宫中住了几日，反而会对一个姓韩的公子似有暧昧？

送走了宫里的人，缙心便派婉樱出去买些明日路上要用的东西，然后称自己要早些休息，便让大家都散了。

段公公随后又来到驿站，韩公子正在屋内看书，见段公公到来赶紧跪听公公传鲁王口谕，接了赏赐，便将公公请到里间品茶休息。

"段公公从桡宅来此，不知缙心姑娘可休息好了。"

"哎哟，我说韩公子，可巧了，姑娘也问候您呢！"

"她……问候我？"韩公子尴尬一笑。

"可不。不是咱家多嘴，我看那缙心姑娘可是天下难得的妙人，韩公子这一路上有美人在侧……呵呵呵，这得是多大的福分呐！"段公公兰花指一翘，用手绢捂嘴笑了起来。

"公公说笑了，人家缙心姑娘那是要去郯国王宫的，岂是我这一介草民能配得上的。"

"嗨！这可就说不好了，她进了趟鲁国后宫，不也没怎样，不是两手空空地出来的？就那天晚上在湖心中央吹的那曲子呀……哎哟哟……那可是只有鲁国之人才会的民谣，这样的努力，老奴心里跟明镜似的，可结果呢，还不是没有留下来，白白用了那份心……唉！这命中注定的，就是注定，谁都强求不得。"

韩公子陪笑："那小女子伎俩，岂是能入得了大王的眼？"

"可是我的韩公子呀，咱家在那边的时候，人家姑娘可说了，鲁王赏的所有均交予公子保管，瞧瞧，人家连自己那闺房中的私房物也都给你搬来了，嘿嘿嘿，这是人还没来，东西就先过门了……"

韩离子听了满心的狐疑，但又不好多说，继续听段公公在那唠叨，"不但如此啊，人家姑娘还让咱家嘱咐公子，将她明日路上所需之物一应准备齐全，瞧瞧瞧瞧，这是什么意思，啊？呵呵呵，你说，是不是要便宜了你小子了？"

随着公公那小嗓出来的笑声，韩离子心里直盘算，这丫头又出什么招呢？

"那这么说，倒是我韩某的桃花运来了？哈哈哈……"韩离子笑着，可心里这个想哭啊……

"可不是有桃花运嘛，人家的曲子一起，你就屁颠屁颠地过去了，你小子呀，早憋足了劲儿想着人家姑娘了吧？"

"哈哈哈……段公公见多识广，果然什么都逃不过公公的眼睛啊，韩某……早就把那个缙心放心上了！若人家姑娘有心，必护她在我这里，必不会出一点儿事儿的。"

"哎呦呦，听听，若这喜事真成了，你们小夫妻俩可别忘了今日咱家也算是半个红娘呢！"

"定不忘公公提点韩某之恩！"韩离子说罢起身行礼，说笑着将段公公送了出来，自然也没有让这些宫里人空着手离开。

送走了段公公一行人，韩离子回来问身边人：

"缙心那边可有异动？"

"回公子，没有，只是她身边丫头去过药房买了些治风寒的药，买完就回府了，其他的别无异动？"

"哼，"韩离子冷笑一声，"果然是千金之躯，弱不禁风。好，让大家今日早些休息，明日一早，你安排几个人去桡宅将她们接过来，随咱们一同启程。"

"诺！"

到了第二天鸡鸣，韩公子便早早地派人去敲桡宅的府门说要接缙心一众去驿站。桡谦见状赶紧安排人去后院请，可没过多久后面的小厮就匆匆回来悄悄禀报，缙心众人均已找不到了。桡谦听后顿时冒大惊失色，但此时有外人在侧，还是面不改色地将众人请到了厅内，然后自己到后面去看，发现果然已人去楼空。

桡谦想了想，自言自语喃喃道：

"看来姑娘已是平安出城了！"

第二十一章
蜻蜓点水落花意　随风转瞬已入云

"主子，"一个小厮在旁边轻轻地打断了桡谦的思绪，"您看……这，如何收场？"

"我看前边坐着的人似乎不都是宫里来的，那这事儿……就好办多了。

"把难题扔给他们就是了。"

"可这'人去楼空'的，又唱的哪一出啊？"

"你去，把里面领头的叫过来。"

小厮听罢，赶紧将韩离子派来的一个小头头单独叫到了桡谦面前。只听桡谦道：

"我家姑娘昨夜已经走了。"

"啊？那你们姑娘如此，便是欺君之罪！"

"哼，"桡谦冷冷一笑，"我们姑娘虽然住在桡府之内，可韩公子的人一直在我府外日夜照看，无不是兢兢业业，如今人没了，只怕你我两家都脱不了干系，你要将我们告官说是欺君之罪也无不可，无非是抓了我桡某而已，再加上你们韩家一起牵连，咱们两家的鲁国生意就都不必再做了。而缙府乃是皇家贵胄，你以为，鲁王就这点小事儿能动得了我家谁呢？"

那人看着桡谦半天没有说出话来，谁心中都很清楚，桡谦这人在鲁国的人脉势力不容小觑，况且如此耽搁下去，只怕更是寻不来缙心，而回去无从向公子交代，干脆暂且识相一些比较好，便笑脸施礼道：

"桡老板，我们都是鲁国人，凡事自然不能做到如此地步，且等我回去回了公子再谈。"

"请！"桡谦礼貌地着人将他们送了出去，急匆匆地回了驿站。

韩公子听说缙心这个人质已经跑了，心头一紧，派人尽快四下暗寻不许声张，但却毫无所获。

正值他心中不快之时，段公公带着人笑呵呵地来了，韩离子无奈，只说心儿身体不舒服，正躺在车内休息，又私下使了些钱财便将公公蒙混了过去。

段公公想着闺阁中人自然不必一定要见，只要把两人都送走就行了，他便凡事走了个过场将韩公子的车马送到了城外，不在话下。

韩离子的车辆里藏了两个顶数的丫头，透着后车帘，悄悄地回头见公公一众人转身回了，便让车马转进了一个树林中停了车，给了些钱放了她们。这时，韩离子身边亲信上前道：

"公子，人可放，可这满车的行李和钱物……"

"哼，"韩离子这个气啊，"为了拖住我，这丫头还真是个什么都舍得，给我添了这么多的累赘！"他用余光瞟了一眼，皱了皱眉头不耐烦道："你们几个将这一车的……都都都，都拉缙府去，其他人随我轻装出发！"

"诺！"

于是，韩离子亲自率一道轻骑向远方飞奔而去，而另一队车驾，便由侍卫护送改道而行。

然而，走远的他们却不知道，此时的缙心几人其实并未走远，就在近处躲着，仔细地观察着他们每一个动向。待程仪见韩公子一行人奔向了郯国的方向渐行渐远，其他人也改道离开了之后，缙心众人这口气才算松了下来。

"我的妈呀，这些祖宗们总算是开拔了，头一次觉得让别人走在前面，竟是一件这么累的事儿，从子时等到了现在。"筱菊坐在地上道。

"姑娘，喝点水吧！"茹梅将水壶给心儿递了过去。

缙心喝了一口又递了回去，道："大家都喝些吧，一会儿咱们也准备出发了。"

"姑娘，后面咱们去哪啊？"婉樱问道。

缙心嘴角一翘："谁'委屈'，咱就去看谁去。"

"莒国？"茹梅瞪大了双眼看着姑娘，"姑娘，您是真有好的计谋了，还是，要自投罗网啊？"

"姑娘，还是去齐国吧，毕竟莒国依附齐国，如有齐国照应，这事儿就解了。"婉樱拦道。

"齐国善战，去了只怕是死路一条，况且，让姐姐顺利从莒国逃出而发难缙府的，很有可能是齐国的主意。"缙心说道，"到了莒国，再见机行事吧！"

就这样，众人休息了一会儿便策马向莒国奔去，桡谦听说韩离子众人已经出城，便放了信鸽告诉缙府："姑娘未等宫中之人相送，便自行离开鲁国，暂不知行踪。"

第二十二章
何人作牛谁是马　肩挑升米无心猜

平静的缙府内，主仆和乐的轻松氛围因为缙心的"禁闭"一夜之间变成了层级分明的压抑，远方信鸽带来的字条被小厮递到了缙钰的手中，缙钰打开一看，是妹妹的事儿，不禁紧张了起来，赶紧将字条的意思告诉了刚用过膳的母亲良夫人。

入夏之际的缙府，在山水之间，倒还清爽，良夫人当初生缙钰的时候本来就有伤元气，山中的湿气和后来夫君的骤然去世，桩桩件件对良夫人的身体无不是雪上加霜，所以之后的每顿饭都要有滚烫的粥暖身调理才算吃得舒服。

缙钰的话并没有打扰到母亲，良夫人吃完饭漱了口，如一切都未发生一般屏退了左右，转过身来平静道：

"上次桡谦来信，说你妹妹已入了鲁国王宫，这次又说她已离开鲁国，却不知所踪，看来你妹妹在外果然谨慎，连桡谦这等精明之人都瞒了过去。钰儿，不必担心。"

"就不兴是被人抓了去的？"缙钰有些着急。

"她是带着隐卫走的，一明一暗，若有异动，他们都有可能传话回来，现在既然都没有消息，就说明你妹妹平安无事。"

"那，可要告诉大伯，或者奶奶吗？"

"你既得了字条消息，自然是要悄悄告诉的，实话实说就行了。"良夫人来到案旁继续弄香。

"只是，家中吾辈有我这个长男在，却让妹妹奔波如此，这让儿子深感无地自容。"缙钰低着头将心中的愧疚说了出来。

良夫人在安静中娓娓说道："你是孙子辈中唯一的男丁不错，所以将来全族自然要由你庇护，如果事事都让你去，倘若有了不测，岂不是缙府堪忧了？"她瞟了儿子一眼，叮嘱道，"切记，若有人办事，你便保留实力，越是身负重任，越不可急功近利。"

"急功……母亲，母亲是说妹妹是能成功的？"缙钰有些兴奋地问。

"为娘不是说一定能成功，但是，有的功业是主子去建的，而有的功业是臣子去建的，你是这个府中的主人，这一点要分得清，主子建的功可挽救一族，臣子建功是为了保护一隅，明白吗？"

"妹妹，妹妹不就是在挽救我族吗？"缙钰有些糊涂。

"傻儿子，这只是一个在外面出现的危机，而一个家族的兴衰与否，往往是在于

82

内，而不在于外，外面事儿让他们解决就是了，你若要成为一族之主，可不是解决个问题那么简单……"缙钰哪里听得进这些话，心里想得都是缙心的安危，刚想多问，却被母亲打断了，"你回去吧，该告诉谁告诉谁就行了。"

良夫人的冷漠让缙钰有些无奈，只得行礼退出来了。   .

缙琛听说缙心一行人一夜之间在桅谦府中消失，竟都不知行踪，当即顿足气道：

"桅谦这个笨蛋，这么多人都丢了，要他何用？如今女儿不知去向，这要有个三长两短，我，我如何向你母亲交代啊！"

姨娘缙姜夫人见状，赶紧走上前递了杯茶，轻声附和道："心儿在府中做事一向沉稳老练，可这一出府，就看出这山野出来的孩子见识有限了，如果缙家派女子嫁与郯国国君，于缙府定是好事。可这个孩子偏要自己去找鲁王，那鲁国乃是数一数二的大国，宫内更是美女如云，心儿再美，只怕也不是鲁王会看上的！当下心儿这一消失了踪迹会不会是不好意思了？要不多加些人手去找找，小姑娘家家的，别想不开了……"

"心儿是我一手调教的，哪里会如此小女孩状。"众人寻声转过身来，老太太由林妈扶着推门而入，缙钰赶紧扶奶奶上座，其他人站在两旁行礼问安。

老太太侧脸问缙琛道："当初你要让你女儿嫁与郯国为妃来救我缙家，殊不知，如果郯王见了她，一怒之下有了杀心进献头颅于莒国交差，此时恐怕你就要再准备个衣冠冢了！"

缙琛听了，赶紧率众人跪下道：

"母亲，莒国威胁郯国国君杀我缙家，这……只能出此下策……儿子……这也是迫于无奈啊！"说着，缙琛伏于地上不敢起身。在场众人听了脸都白了，很多人知道这位姑娘被禁足之后突然间没了，以为是老太太纵着她出去，却从来没有听说缙府有杀身之祸，府中上下人等都屏住呼吸听着究竟发生了什么。

老太太的手重重地"啪"的一声拍在了案上，怒喝道："混账东西，虎毒不食子，你却遇事拿自己的女儿挡剑，毫不顾忌骨肉死活！你生生地把心儿逼得在府中待不住硬是跑了出去，如今以桅谦在当地的势力都未能找到我这孙女的踪迹，好啊，你这个儿子，我也不必要了，你说，今天是我打死你，还是你一剑杀我？"

众人听了，赶忙上来纷纷劝老太太息怒，替缙琛求情，老太太何等的强硬，直接全部驳了回去：

"都给我闭嘴！"瞬间厅里鸦雀无声，老太太继续言道："想我缙家，也是皇室一脉，贵胄之族，祖上均是心怀天下之人，怎么就能有你这么个遇事就会想到拿自己的亲生女儿去使美人计的畜生？我想你在外历练，虽不指望你可踏行天下，但多少也应有些智谋才是，如今可好，竟缩在家里，毫不及自己女儿的一半，简直是个无勇无谋之蠢材，你自己问问，你与那坐井观天的鼠辈有什么区别？"

"母亲，羞煞儿子了！"缙琛伏地浑身哆嗦。

姜夫人见自己丈夫在众人面前如此被数落，实在有些受不住，但又想自己如今在府中只是个姨娘，人微言轻，便悄悄给良夫人使了个眼色。

良夫人在一旁也的确有些难受，见姜夫人苦苦哀求的样子，鼓起勇气上前道："请母亲息怒，如今缙府危难之时，全仗母亲主持大局，还请母亲看在我们这些子孙的份上，保重身体。"

"老太太，"姜夫人见状也赶紧言道，"如今大家都在担心心儿，倘若能知道她在哪里，一定唤她早日回来，以免让众人烦忧。"

缙琛一听想了想，跪着上前对老太太道：

"母亲，儿子不孝，但既然心儿在外并无其他消息，说明她那边应是安全的，儿子愚钝觉得如今当务之急还是要想想咱们一家上下当如何配合心儿，解了缙府的围才好。"

老太太看着自己的儿子，感觉是那么的熟悉，又头一次觉得那么陌生。皇家之后在危难来临之际，考虑的是谁有用，而不是保护谁。因为对于他们这样出身的人来说，谁都不是大局，而自己先活着，然后其他人再活着，便是大局。这一点，缙老太太十分清楚，但是她万万没曾料到的是，她的儿子也深谙其道，甚至不惜自己的儿女，之前，她竟然从未觉察到过。

老太太平静了许多，问道："我问你，鲁国那边的字条，你怎么看？"

"依儿猜想，心儿怕是在那里见了谁，故而声东击西甩开了身边的眼线。"缙琛道，"既然连鲁国王室派去的人都扑了空，恐怕心儿要躲的人，非同小可。"

"莫不是鲁王对她有想法，而她不愿意？"姜夫人上前猜道。

"那鲁王之兵是送心儿出城的，又不是入宫。缙琛示意她退下不许再插话。

缙琛的话让良夫人在旁边有些色变，轻轻地念道："莫不是他……""想必是她从韩离子的手中跑了。"当老太太缓缓地道出那三个字的时候，众人都不寒而栗，气氛瞬间凝固。

良夫人赶紧来到老太太面前跪下，道："母亲，儿媳以为，当告知缙府所在城驿当地的所有人，不论她去哪里，务必全力护她周全，与之呼应才好。"

"母亲，"缙琛作揖道，"心丫头没有见过什么世面，想必在外多凶险难免小题大做，母亲多思无益。"

"韩离子是我说出来的，你跟我打什么马虎眼？"老太太怒斥道。

"母亲……"缙琛跪在地上不敢起来，"母亲，我们的确需要外面有个人活动，心儿自小受您调教，自然要比其他孩子强些，还请母亲任她去吧，再说，说句儿子不该说的，倘若弄得四处皆知咱们府中派了个闺阁中人出去，于府中也不好看，所以此事，不好声张。"

缙钰听了，心中和脸上都愧疚难当，上前对老太太说：

"都是孙儿无能，还望奶奶允准让孙儿出去将妹妹换回来，后面当如何来解，孙儿愿意肝脑涂地，为我整族申冤。"

老太太静静地坐在那里半天没有说话，最终深叹了口气："我的心儿啊……"众人皆不敢说话。

过了一会儿，缙老太太对林妈说：

"你且传书去郏国，心儿如若到了那里，一切听她安排。"

"诺！"林妈福身道。

"你个孽障也起来吧，良夫人留下，其他人都散了吧。"老太太的心情平复了许多，她很清楚，缙琛的话没有情义，但不无道理。

"诺！"众人安静地退了。

待大家都离开了，良夫人将门关好，回来向老太太请罪道：

"都怪儿媳，一时鲁莽，险些搅了一家上下的安静。"

"算了，你接着说。"

"儿媳以为，韩离子复仇无非三种可能，要么借此次缙府祸起萧墙之故，以他人之手灭缙府而后快。要么，干脆派人暗杀了全府，还有就是，借缙府内乱，扰了生意的往来，断了缙家的钱粮后以灭之。

"据儿媳所看，韩离子若要派人暗杀，只怕不会等到今天。可见他并非一般莽士，相反或许还是个九曲回肠之人，儿媳想着，这种人如是在战场上，恐怕会更像个善于以谋致胜之人。

"既然他现在已经盯上了心儿，说明是为了第一种可能，而我们能做的，是要考虑如何牵制了他，就算是帮心儿了。"

"哦，依你的意思当如何牵制？"老太太问道。

"韩离子于心儿来讲，是暗处；而我们于韩离子来讲，也是暗处，他的轩尧阁便是他的后院。"良夫人道。

"我们两府实力相当，天下商贾来往于各国，市场上的行情几乎都是透明的，倘若我们有所动作，恐怕最先受影响的将先是咱们，到时候，只怕会弄巧成拙……"老太太说道。

良夫人道："韩离子身边有个人叫上官蔚的……"

"上官蔚？"老太太紧紧地看着良夫人。

"是，听说他是心儿临行前安排到韩离子身边的人，那人不负所托，专去管韩家

药材生意的账目，大哥如果能压低价格，那上官蔚便可谏言购买其他土地种药，缙府为皇族，曾经的恩赏和采买置办的土地不少，而且可看情况买卖，如此，那韩离子的药材来源便是咱们缙府说了算的了，还怕牵制不了他们？”

"那药材一种一收可是按年份算的，可如何解得了近渴？况且，这生意上的事情，除供花销的那部分外，其他的于轩尧阁和缙府都不太关乎痛痒，用生意生变，只怕如同与蜈蚣相斗，就算断其一足，又能如何呢？小打小闹罢了！"老太太试探地说。

"轩尧阁是蜈蚣，我们也是蜈蚣，直面冲着轩尧阁而去，自然会伤了缙府的元气，恰是这边边角角的事儿，做到让他理也不是，不理也不是，才会对他韩离子有所牵制。"良夫人道。

心儿身边看来真有良夫人的人，不过，老太太心中也很明白，良夫人对心儿没有恶意。缙府对韩离子而言，有着比复仇更重要的价值，只要这份价值通透了，便可常保太平，老太太始终认为，缙心去到韩离子那里，一定是双方都好的事儿，而且不会给缙心带来杀身之祸。

老太太思量了一下说道：

"既然心儿提前安排了人进去，很多事情就好办多了。但你们不可轻易让那人身陷险境，否则后面的更难办事儿了。"

"诺。"

婆媳俩说完话，老太太却没说要准备车架回闻水阁，而是径直来回到了自己在缙府常住的院子"卷耳堂"。

府里，这几个主子之间的气氛，更加凝重了。

第二十三章
凤凰于飞悄相落　林中探木做新台

自从老太爷去世，姬老夫人便将两个人曾一起生活的院子取名为"卷耳堂"，众子女都知道，诗经中的《卷耳》是妻子思念远行丈夫的诗句，便每每提及太爷，晚辈们只用类似于远游之类的词，以免让老太太想起旧事而伤怀。

这边缙心等一行人在树林里见韩离子带人向郯国的方向奔去，便改道往莒国赶路。

这天傍晚，一行人来到了一个客栈，他们让小二开了三间上房住下，稍作休息并在房间内过膳，茹梅问道：

"姑娘，在这里有个庄是咱们缙府的一个下人置办的，可需要去联系？"

"现在不比在鲁国，这么长时间过去了，咱们缙府如今面临的事情只怕大家都知道了，姑娘出现露面，只怕有人会心怀鬼胎。"不爱说话的芳竹摇摇头道。

"韩离子估计已经到郯国了，两天不见我的动作，恐怕会猜出来我没去。过不了多久估计这边的眼线已经有消息给他了。"缙心说。

"那咱们怎么办？"筱菊问，"如果没有搭桥的，咱们与那平常百姓无异，如何进的了宫？"

"进宫不难，只是如何用最短的时间近到大王的身边以求索，是难事。"缙心斜靠在椅座上有了几分懒意。

缙心的话让众人没了主意，芳竹悄悄地看了程仪一眼，对缙心道道：

"姑娘，咱们或是逃命，或是救缙府全族，来到这里是必然的，众人在此讨论恐怕也无济于事，不如明日让程仪出去走走，或许能发现些什么。"

心儿面露微笑，道："程仪，你可知从哪入手？"

"额……这……"

"呵呵，他没有想好便不能擅自行动。"缙心转身对芳竹说。

"依奴才看，程仪出去之后，别光走街上，小巷也要去，听听这莒国里大概的情况，当下，有没有皇家贵胄最头疼的事儿？不必急于求成，拿不准的，回来咱们一起商量即可。"婉樱道。

"说得不错，程仪，先不要打扰缙府在这儿的人。"缙心嘱咐道。

"诺！"程仪领命转身，刚欲离开……

"等等！"婉樱叫住了他，"买些当地的衣服。"

"诺！"程仪欠了欠身，退出去了。

茹梅见他走了，转身突然跪在了缙心了面前。红着脸说：

"姑娘，如果实在不计，茹梅有一计！"

众人见茹梅突然行此大礼，不禁一惊，只见这丫头俯身在地上，头也不抬道："如果姑娘不嫌茹梅丑陋，奴婢愿替姑娘先尝试入宫，算是给奴婢一次攀龙附凤的机会吧。"

众人听罢皆大惊不已。

缙心心中一疼，瞬间感到胸口憋闷喘不上气来，她终于明白前面这丫头为什么会那么说了。

缙心看着茹梅将头埋在自己的臂中，或羞或悲或坚持，许久不愿抬头，她最终叹了口气，道："芳竹，扶她起来。"

芳竹赶紧伸手将茹梅扶了起来，之后茹梅满脸通红。

缙心让众人都在一旁坐下，缓缓道："不是我舍不得自己，而是如此做了未必能解决此事。莒王乃一国诸侯，灭一族于他来讲有什么用呢，就为了换一个人进去？就算可让一个人入宫，缙家之事是急事，缓不得，后宫深如宏海，哪里是一个女儿家可以就这么进去便能轻易救下家族的？色诱，得宠，还要在众美人当中护自己周全，这里外里的，只怕缙府早已都人头落地了。"

"姑娘，那咱们怎么办？"婉樱忧心地问。

"你没听明白我让程仪做的吗？来往于王亲贵胄之间，我们得先看咱们能做什么。"

"王上头疼的事儿，恐怕就是郡主离宫……其他的，咱们一个外来的也无能为力啊……"筱菊还要说，见芳竹偷偷地瞪了她一眼，赶紧闭了嘴。

"与其将赌注放在女儿身之上，倒不如，先用用你们的脑子。"

众人见姑娘如此说，便都不说话，只待程仪回来再看。

程仪从一个店铺出来，身上已换上了当地贵族的外衣闲散地路上溜达。路旁茶室的小二见了他，无不殷勤地笑脸相迎，程仪随意找了一处走了进去，被安排的自然也尽是上等的座位。

程仪此次随缙心出府，见了些世面，虽然甚少说话但在内心很享受这外面的热闹。他在闹市中走走看看，慢慢地溜达着，不知不觉中来到了一个奴隶买卖的市场。

程仪环视着身边的低着头等待购买的奴隶们，脏兮兮的样子由衷地让他反感，刚要绕道而行，突然听见一个买家和卖家在那里闹哄哄地吵着：

"哎呀，你放心，没事……"

"得了！这丫头要是被我买回去了，右丞相那还不定用什么等着我呢，我家主子还不得杀了我，不买不买，再好也不买。"

"一个小丫头片子而已，怕什么啊？你不说，谁人能知道？"

"不行不行不行，"那买家使劲地摇着头，一侧头看到在一旁看热闹的程仪，便直接招呼他说，"哎，你来说说，这邵家一族得罪了那么大的官，在这京都中，他们家的人，谁敢买……"

"哎哎哎，你这……让我还怎么做生意啊？"卖家瞬间急了起来。

"本来就是！得了得了，我是有命买，没命养……"买家说着就要拂袖而去，一把被卖家拉住：

"别啊，便宜点儿，我便宜卖你行不行？总不能老让我养着她吧？"

"我命要紧，先走一步了啊。"那个买家挣脱了他的手，摇着头离开了。

这卖家看着买家离开了满脸的沮丧，但见程仪站在那里不走，又赶紧笑盈盈地凑上前道："这为公子，您，过来看看货？"

程仪也不理他，径直走到那个头发凌乱衣衫褴褛，一看是受了好多虐打的丫头身边，道：

"邵家？"

女孩一听自己的母家，咬咬牙，保持着自己的面无表情，可这时，她身边一个20岁左右的男奴隶上来将她往自己的身后拉了拉，程仪能感觉得出来他虽手戴脚镣，但在尽力保护着这个女孩儿。

程仪看了看那个个大的，粗手粗脚，上前问道："这个，是你妹妹？"

那个男孩不敢看程仪，小声地说："她是我主子。"

"啊，呸，这哪里还有主子，不把你们卖了，我就是你们的主子，真是晦气！"卖家直接上脚就踢，那个男的只是受着却默不作声。

程仪看着眼前的女孩儿，心下想：果然是落魄的凤凰不如鸡啊！

那卖家回身仔细端详了一下程仪，看这穿着不像是一般大家的管家，但谁家的主子会自己来市场买人啊？反正像是个有钱的主，管他是谁呢，于是这位卖家便上前十分殷勤地说道：

"我说这位贵人，呵呵，其实啊，这邵家已经倒了，剩这么一个苗是成不了气候的，您买回去在府中使唤着，不会有人知道，那个下人，是个能干粗活的，你若愿意，买下那个大的，小的嘛，稍微添点，就算我白送你了。"

程仪看看这个邵家男仆，默默地欣赏他的衷心护主，便转过头来对那个人贩子道：

"这两个我都要了，给你币。"

"成嘞，贵人啊，好眼力！"人贩子欣喜不已，接了币，解了绳子，"那，这二位，就是您的了！"便将二那两人的卖身契给了程仪。

程仪皱着眉头将他们头上的稻草拿了下来，领他们到了一个卖衣服的商铺，一人买了一身衣服换上，便已入晌午。

第二十四章
天下风雨本无序　留下聪明做旁观

程仪带着他们来到了一座饭店，找了个雅间三人坐定，程仪看着跪坐在对面的男仆，只是稍换了一身衣服便可见此人来自大家，虽说之前也是奴仆，但想必是见过世面经手些事情的。男仆很清楚程仪的用意，拱手行礼娓娓道来：

"如今的右丞相乃是莒国大王的岳丈，是莒国妓王后的父亲。我们邵家的老爷乃是前任的左丞相，是太后的弟弟，也曾是显赫一时的家族。只因为后来太后病逝了，左右丞相的朝堂之争便愈演愈烈，邵丞相的势力都在前堂，后宫无人相应，不像人家右丞相之女是当今王后，又生了公子，邵丞相的势力又被大王忌惮功高盖主，在朝上屡遭压制便日渐不如右丞相。后来，邵丞相心灰意冷，便想着退一步辞官让贤告老还乡，全家本以为只要堂上应允，丞相便可全身而退，全族就此相安无事。可谁知，那天，我们大王真的下了一道旨，让全家迁居到城中赐了一道宅院养老，而并不让回乡，说是恩赏，实为软禁。后来，邵老丞相去世了，右丞相便找了一个莫名的理由，将老丞相一家抓了起来，男子砍头，女子充为了官奴。"

"莫名的理由？"

"说宫中一位怀孕的美人逃走了，而此人入宫联姻就是当初邵丞相一脉办的，大王大怒，邵府就这么全都倒了霉。"

女孩静静地坐在旁边，看着饭菜，木讷地一动不动，似乎泪已哭尽一般。

程仪给那女孩的碗里夹了点菜道："你吃点吧！"

女孩不说话，只是摇头，直愣愣地待着。

"世家出身的千金难免有几分气节，但你现在已经被我所买，你的命便是我的，我现在让你吃，你就必须要吃！"

那个女孩转头看了看程仪，目光里充满了复杂，但是没有高傲、愤怒和感激，反却多了很多不屑。她低着眉狼吞虎咽地往嘴里倒。

程仪不理，只跟对面的人接着聊："所以说，现在朝中执掌大权的是那位右丞相？"

"正是！"

"你可知如今他府中可好？"

程仪的问题让这个邵仆觉得愚蠢，而又似有内涵，此人不悦道："哼，邵丞相一倒，他如今更是位高权重一人之下万人之上，哪还有他不好的地方？"

"我说的不是这个，"程仪摇摇头，喝了口酒，道，"这人都是有价格的，比如说你们，你们明码标价，我可直接买来。可有的人，看着没有被明码标价，但只能说，他的价格不是普通金银能付的，而凡事都是有突破口的，比如说，当今大王就有一处不好。"

"哦？"那邵仆愣了，女孩听了轻轻地放下了手中的碗筷，仔细听程仪后面怎么说。

程仪道："你自己都说，大王的一位美人逃了，那大王的面子何来啊？所以说，连大王都有不好，更何况他下面的臣子呢？"

两个人都明白了程仪的意思，陷入了深思。许久，那个邵仆自言自语道：

"这种官家头疼之事，无非几样，是否有后，家人身体是否安康，朝中势力是否强大。现如今，这右丞相奴家有三子，除了最小的儿子外，其他的均在朝中为官，女儿入宫为王后，生了长公子，无病无灾，十分顺遂。更没听说丞相府中谁得了什么怪病之类的……这朝中势力嘛，自然是如日中天，众星捧月，都好得很呢！"

"那现在宫中是什么情况呢？"

"听说，大王如今膝下一子四女，除了奴王后是我们莒国的人，其他几位夫人都是联姻来的。太后仙逝，举国吊念之后便都恢复正常，没听说有什么奇闻逸事出来。"

虽然这邵仆说了许多，但没有一处正中要害，这让程仪有些失望。他看着旁边的女孩虽低着头吃着但其实却听得十分仔细，便决定吃完饭就将他们一起带回去，应该对缙心有用。

三人没有再深聊，吃了饭程仪带着他们来到了缙心住的地方。

正当程仪只身进了姑娘的堂屋之际，芳竹和筱菊远远见到程仪带回的两个人站在院内不动，便赶紧围了过来。

缙心正在竹简上写东西，身边婉樱、茹梅伺候着。程仪向姑娘讲了自己的所见所闻，也将邵仆的话说了一遍，道：

"此二人奴才已经带回来了，相信于姑娘来讲有用。"

"知道了，我想想再见他们。"缙心说。筱菊在外面仔细端详这两个陌生人有些迷惑不解，在一旁和芳竹小声嘀咕：

"我说芳竹姐，咱们这次出来，应该轻装上阵啊，怎么人越来越多了？男的便罢了，还带个小女孩？"

"我也没明白这程仪是什么意思，想必他有他的道理，而他们……"

筱菊走到女孩面前，端详了一会儿，那邵仆下意识地将女孩往自己的身后拉，筱菊见状想必是自己的举止吓着这个孩子了，便赶紧后退了一步，笑着解释道：

"你不用担心，我没有伤害她的意思，你们，是一起买来的，还是，分着买的？"

"回小姐，我们是一起的。"邵仆道。

"唉，别别别，我可不是什么小姐，我们府上，小姐是称呼别扭的人的。"筱菊的话音刚落，芳竹在旁边"扑哧"笑出声来，筱菊向她耸了耸鼻子，回头嘱咐他们两人道，"里面的，是我家主子，不过，当面叫姑娘。"

"哦，谢谢姐姐提醒！"那邵仆瞬间脸红了起来。

"你比我大吧。"筱菊有些不悦地说。

"人家是敬称，难不成，还叫你妹妹啊？"芳竹哭笑不得。

"你放心，我们缙府从来不欺负刚买来的人。不用害怕，啊！"筱菊苦笑着，扭头冲芳竹吐吐舌头，离开了。

不一会儿，程仪出来对他们说："你们随我进来。"二人乖乖地跟着来到了心儿面前，程仪让他们低头跪下。

心儿起身来到女孩面前，伸手将女孩的手领起，问："你叫什么名字？"

女孩低头道："罪臣之后，为姑娘好，姑娘还是不知道的好。"

心儿一听这话，不由一惊，看来一场劫难，女孩小小年纪该有的天真烂漫，一夕之间便荡然无存了。心儿看着她转而一笑，问道：

"多大了？"

"年方二六。"

"可有订过亲？"

"曾经有过，只是后来家里遭难，便不会有人敢认了。"

"我这里有几位姐姐在身边，她们会照顾你的。"

那女孩抬头看了看姑娘。

缙心道："你刚刚脱了人贩子的手掌，如今我让你做事，管你温饱，自然是再正常不过的事了。但是你曾是丞相千金，只怕，这温饱是满足不了你一世所求的。"

女孩抬头看着姑娘，含泪跪了下去："奴家不敢！"

"不是你敢不敢，而如果我是你，只怕我也不愿意苟且。"缙心说着平静，但其实已经有些伤感。

女孩不知心儿是何意，又怕这一家与右丞相有着千丝万缕的联系，不敢说话。

缙心见她低头不语，转头看了看那个邵仆，说道："从此你们不能再说你们是从邵府出来的了，所以之前的姓氏都得改了，"她看着低着头的女孩，道，"你原姓邵，以后改姓赵，就叫赵昭吧，而你，就叫赵耳吧。"

女孩和邵仆行礼："谢主子赐姓赐名。"婉樱见缙心给她使了个眼色，伸手将那个跪地的女孩扶了起来。

"你们两个可明白这名字的意思？"缙心坐回到案几前。

"奴才明白。'召、耳'乃是邵字。而昭儿的名字是带'日'的，愿……重见天日。"赵耳说。

昭儿听了激动万分，脸上终于有了表情，跪地磕了几个响头道："谢恩人，谢姑娘！"

缙心一脸严肃地说："昭儿，我收了你，并不等于说，在左右丞相的问题上我与你有一样的立场，更没有理由为你的家族负责。其实，我不在乎谁在朝上，我只在乎谁能为我所用。所以，从今往后你家中的事情，是你的事情，而你到我这里来，要办好我让你办的事情。"

昭儿听了有点不寒而栗，赵耳在一旁很明白这外来的主子并不会去趟那个浑水，又自知自己是奴仆身份有今日已经很不容易了，强求更不会尽如人意，便赶紧跪在昭儿身边，对缙心说：

"我二人以后定以姑娘马首是瞻！"

缙心扭头看了看程仪，对他带回了个明白人十分满意，程仪会意，便将他们带出去安顿好，又介绍给大家认识，这赵耳和赵昭二人便与婉樱她们一同成了缙心的人。

婉樱让昭儿做些女红，也常让她给众人讲些莒国女子的礼仪规矩。程仪将赵耳带到外院，与他细谈莒国的大大小小，但并不让他知道缙心身边还有隐卫的事儿。很快，两个人便融进了这一行人中。

自那日之后，缙心与众丫头白天带上帷帽外出，来往于大街小巷，晚上回来，便各回各屋，也不提后面将要如何，就连店家都心存疑惑，这些年轻人来此地住了这么长的时间，到底是干什么的？

没多久，城中便人口相传说外来了几位曼妙少女，身材纤美，因带着帷帽，所以面貌只是浅露更显神秘，久而久之，人们将这几个女子的美丽说得神乎其神。

程仪和那赵耳在城中寻找宅院，两人合计不能靠那右丞相府太近，却也不能太远，便找了几套回去请姑娘定夺，缙心在内院听了直摇头，道：

"锦上添花不是上策，人贵在雪中送炭，那右丞相如今运势最胜，只怕不该是我们的目标。"

"那姑娘的意思是……？"

"有人胜，就会有人衰，你觉得如今右丞相最旺之时，是谁所不想看到的？"

程仪看了看赵耳，赵耳想了想，摇了摇头，一脸茫然。

程仪无奈道："还请姑娘明示。"

"想必是莒国国君自己。"缙心认真地说道，"现如今，右丞相一人之下，万人之上，其女妓王后更是执掌后宫，太后一走，这妓家的外戚自然是国中最胜。试想，莒国国君自己的日子真就好过吗？有句话讲，奴大欺主啊！"

"可是，我们如此就是为了接近国君，这要是绕开……"

缙心摇了摇头，说："如果我们接近右丞相，莒王只会更有忌惮，怕离国君更远了，一定不能考虑向他'借'道。"

"那，我们该找谁？"程仪问道。

"知道莒王是派谁去找那失踪美人的吗？"缙心问道。

"莒王派人去找那美人了吗？"赵耳惊讶地问道。

程仪道："是暗中找的，没有声张。"

"哦……"赵耳的表情有些复杂。

"回姑娘，听说是一个叫襄义的将军。"程仪道。

"那去他家附近找找吧。"缙心说。

"诺！"程仪和赵耳遵令很快在襄将军府不远处买下了一处宅院，心儿让他们挂匾为"赵府"，不久缙心一众人便都搬了进去。

第二十五章
燕雀勤于风霜战　纵是天宫亦为柴

韩离子离开鲁国后，越走越觉得缙心一行人不像是到了郯国，否则岂不刚脱离虎口又自投罗网？经人打听之后，果不其然，便知道自己上了当，韩离子遂派了亲信在郯国找到了缙心在宫中的生身母亲，暗中监视。

郯国君上朝会，郯王手中拿着一封信对众臣道：

"周先皇之女姬公主与缙府隐居于山林之中多年，前些日子她书信述说她与寡人同是皇家宗亲的旧事。此事让寡人十分为难，论辈分姬公主为长，论身世，她是皇家正脉，于忠于孝，皆不是寡人可善动的。诸位爱卿，可还有其他计策？"

"大王，"一个臣子站出来，禀道，"姬公主早已下嫁外姓，如今莒国屡屡来犯，鲁国又不愿意出面调停，反逼我郯国骑虎难下。吾王效忠的是周天子，而并非一个下嫁于外臣的公主。"

"但是天子曾下旨于天下，缙府的所有商贾收入皆不纳税，"另一个大臣走上前来反驳道，"可他们住得是我郯国的疆土，为我郯国的贡献还不如一普通白丁，如今让缙府为咱们郯国牺牲，便是舍生取义，理所应当，也不枉郯国一直以来对他们的庇佑。最重要的是，如此，是郯国牺牲最少的了。"

"大王，姬公主年迈，家中后辈并无栋梁之材，既然是同宗，何不借此以扶持同宗为名而让缙府对郯国能有所出，不但是我国之福，也是姬公主护天下安危之责，将来，大王协周天子为姬公主一家举哀，也算是孝道仁义齐全了。"另一个臣子也站了出来。

郯国国君想了想，道：

"姬公主身份尊贵，哪能如此草率顶罪，此事再议，众卿还是要好好想想其他退敌之策便好。"

"大王，与莒国的仗再打下去，只怕于郯国而言更是劳民伤财，而缙府无半分支持。将来就算缙府无恙，恐怕吾王也难再庇护公主。如今之事皆源于郡主出逃，就算咱们联姻莒国再送人过去，只怕莒王脸上也挂不住，恐怕这事儿，只能借缙府才能泄莒国之愤，而姬公主一家的分量足……足够……除非……"臣子小心翼翼地说。

"除非什么？"郏王问道。

"如高大人所说，因有周天子的旨意缙府不必纳税，这日积月累的财富如今已经让这隐居山林的人富甲天下了，不但在各国都有良田数顷，而且还生意遍布天下。既然已有人觊觎缙府的实力，郏国就算可分一杯，那也是千载难逢的机会，望大王千万不要动摇啊！"臣子的话让朝上众人都纷纷赞同，一个个纷纷表示，唯有如此才可将缙府的财物逼出，以充国库。

郏国国君静静地听着朝上的议论纷纷，待他们吵了一段时间之后，郏君摆了摆手，道：

"只怕有命收那钱财，无命消遣，反而迎来了杀身之祸啊。好了！此事以后再议吧……"说罢，郏王一挥手便离开了。

众卿不好再说什么，只得作罢，退朝后，几个臣子私下商议道：

"姬公主的一封信，至少这半年，全族能免了血光之灾，真不愧是天子公主啊。"

"要他们的性命有什么用，是借此要了他们富可敌国的财宝才是正经，郏国境内的大家，如果让别人抢了去，才是大耻呢！赶紧收了，于咱们郏国而言才是正经。"

"呵呵，听说，那个韩离子在鲁国出现了，只怕这事儿，有那个公主忙的了。"

几个臣子边走边聊，一同出了王宫。

这天夜里，韩离子只身悄然来到缙府，这里于他来讲早已轻车熟路，按府中规矩，外人男子不得进入后堂，所以上次没有到后院，而这次，缙心不在府中，他便反其道行之，一身好武艺直接攀入了后院。此时的缙府上下已是关门闭户都歇下了，他趁着月光随意溜达着，眼观六路耳听八方，隐卫多藏于哪里护卫家宅，这些韩离子都熟，洒脱与严谨同出一处早已是他深入骨髓的习惯。

走着走着，韩离子来到了一处小院，院门虚掩着，韩离子有些狐疑：

"这样的大户人家往往按时作息，下人什么时候锁院门什么时候开院门都是有定时的，怎么这里反而有虚掩？"

韩离子悄悄地推开院门，里面是一处别致而又幽静的小院，山泉水流到了院落中的小湖，湖型像一轮弯月，与天上的清月遥相呼应，其中的几尾灵鱼让月光变得更加扑朔迷离。

韩离子从院门进来走在沿湖的斜廊中，上面的紫藤用余香点缀着夜色。

韩离子顺着斜廊轻手轻脚地走到一个阁楼处，匾额上没有写字，他推了推大门，发现了在外挂的锁头，心中窃喜：

"这估计就是那缙心的绣房了。"

于是，这位韩公子纵身跳上阁楼二层，撬开门，悄悄地进了心儿的绣房。韩离子划开火石，绣房在昏暗的烛光中慢慢地揭开了自己的"面纱"，整个房间通透起来。韩离子巡视着缙心的绣房，偌大的房间用幔纱隔出了几间，不像其他雍容华贵的豪门之地，反倒是这一分清雅，让这位韩公子感到这个缙心既清澈，又神秘。

恰巧此时，缙钰睡不着觉在后院溜达，看到远处妹妹的绣楼中有荧荧星火的样子，便好奇走了过去。他来到门口轻轻地推开半掩的院门，见里面果然有烛光，心下想：莫非是杳无信息的妹妹悄悄地回来了？

"妹妹，可是你回来了？"

韩离子听到了动静赶紧将火光瞬间熄灭，然后悄然躲到了暗处。

缙钰的手里拿着缙心绣房的钥匙，缙心临走时在钥匙上缠了一缕锦带交给了缙钰，让他时时过来给自己的绣房透透气，自从听说妹妹离开鲁国，便日日想着心儿是不是已在回来的路上。

缙钰开门进了绣房，脑子里想着妹妹经常不按常理做事，难免可能会瞒着家人回来，或是差了底下人回来也是正常，更何况此时无人知道她在哪里，偷着回来更是合理，只要让他能见到妹妹一面似乎可以死而无憾了。缙钰越想越激动，甚至不在乎任何动静直接推门走了进来，毫无顾忌地大声问：

"妹妹，是你回来了吗？我是缙钰，是有人回来了吗？"

他悄然地移到了心儿的绣榻边，他屏住呼吸没有作声。

缙钰大方地点了一盏灯烛，拿起来四下看看，一层无人便又上了二楼，依旧问道："谁在这里，是心儿派来的吗？没事，我不会把你交到府上的。只求你能够告知我，妹妹可好？"

等了一会儿，还是无人应答。

缙钰有些疑惑，刚刚明明见屋内有灯火，为何此时反而无人了？缙钰一侧身，发现窗外月光皎洁，一缕"银纱"透进房内，好不美丽。缙钰走到窗前，将窗子开大，月光便像被释放一样，肆无忌惮地冲进了绣房。

缙钰站在窗前向外望着月盘，又看看这里空无一人，不禁叹了口气，喃喃道：

"妹妹啊，何时能有你的消息啊！"

躲在暗处的韩离子，在榻边的角几上看到一个半开着的竹简，借着月光，上面写着：

"谁谓鼠无牙？何以穿我墉？谁谓女无家？何以诉我讼？虽诉我讼，亦不女（汝）从！"

韩离子瞟了一眼，一阵凉意在心中划过："一个世家千金，深闺中读这么烈的诗，真是没个温柔贤淑的样子。"转念又一想，"叫她妹妹，这位想必就是缙府的公子缙钰了，有了他，不信缙心不上钩。"

韩离子心中暗笑，悄悄起身，他趁其不备，突然一把从身后将缙钰的嘴捂住。缙钰一惊刚要叫却早已无处发声，他使劲地挣扎，要努力将烛火打翻，只听后面的人说：

"老实点，否则杀你全府，这样的话，你妹妹的努力就都毁在你手里了。"

缙钰只感到脖子上一丝冰冷，便不敢再动，任由后面这黑暗中的人将他拉到了案几前。

第二十六章
自古娇艳难长久　有时身份落平阳

韩离子见他听话了不少，便小心地放开了他的嘴，只是匕首还不曾离开缙钰的脖子，韩离子转到了他的面前，上下打量了一下缙钰，心中暗自感慨：

"不愧是缙家的后人，来到这山林之中待久了虽少了豪府的气派，却平添了几分优越的从容。倘若当初我韩家没有那场的灾难，我又何尝不是今天的他？现如今，世人皆因我爪牙势力而惧我，怕我，他身上所有的如此贵气，只怕在自己从小摸爬滚打中早已荡然无存了！"韩离子越想越气，更是为自己丧失的"本应拥有"而心痛不已。

缙钰站在那里，仔细看着眼前的这个陌生人，看年龄和举止均与府中众人所说的韩离子大致相似，想必是他，缙钰不禁倒吸一口凉气，壮着胆子小心地问：

"这位仁兄，想必是韩、韩公子吧？"

韩公子一愣，冷笑道：

"仁兄？哈哈哈，我这个现状还真是拜你缙府所赐。"

缙钰小心抬起胳膊，向韩离子拱了拱手："韩缙俩家是有恩怨，作为吾辈后人当然不敢旁观，韩公子有复仇之责，我有护家之任，这于你我都是责无旁贷的。只是倘若公子真要血洗缙府，只怕早在上次公子来的时候，就已然动手了。所、所以，缙钰斗胆猜想，公子是个做事光明正大的，哪里屑于做让江湖笑话的苟且之事。此次公子前来不进前府主院，想必是另有所谋，不知在下能否帮到公子？"

"哼，你倒好心，"韩离子将匕首收了起来，"这话里话外的道理都让你一个人说了，看来你们深宅大院的家教十分了得，连你一个小小晚辈，半夜遇上刀剑，还不忘揣度人心，有风范啊！"韩离子挖苦道。

"不敢不敢，只是在下也有事想向仁兄打听……"

"说你大气，你还真没心没肺啊，这刚收了匕首，就找我打听事儿了？什么事，我先听听。"

缙钰见韩离子一副无拘无束的样子，便撞着胆子继续说，"在下的妹妹心儿……缙心……不知下落如何？"

韩离子一听，面露冰冷道："她逃了。你这个妹妹是天下第一个敢耍我的人，为了耍我，是什么都敢扔啊，就差再给我几个丫头了。"韩离子压着肚子里的火气说道。

缙钰心中暗笑，但不敢显露出来，依旧谦卑道："妹妹做事一向不知深浅，韩公子不必自减气度跟一个小女子计较。"

韩离子仔细端详着缙钰，按说一府之中，独孙往往是最受宠爱的，可今天看来似乎缙钰不像是那个被宠坏的一般，而且，这个男子身上竟没有一丝他妹妹身上的傲气，这让他感到有些吃惊。

他问缙钰："你妹妹没有回来过？"

"没有，府里也在找她。"

"那如果我也很想见她，你看我该怎么办？"韩离子脸上露出一丝阴笑，让缙钰不禁浑身发颤。

"这……"

"所以啊，就借你一用吧。"

"什么？"缙钰还没反应过来，只觉得自己的手被韩离子一把抓了起来。

"给家里留个条，就说你与我一起找你妹妹去了！"韩离子扔了一块白帛在桌上。

缙钰见状自知如果将缙府全部唤醒，恐怕会让缙府与韩离子玉石俱焚，便只得遵照韩离子的要求写了几句，只说是因为思念妹妹非常，所以决定去找心儿，却未提及韩离子在此之事。

之后他带着韩离子将白帛放到了自己的房中，便与韩离子一同翻墙离开了缙府。

第二十七章
同是山中金裘雀　只是风来命已拆

韩离子离开的当夜全府寂静一片，院内无人知晓究竟发生了什么，直至第二天早晨，丫头们将字条递到了良夫人的手中，良夫人看后哭倒在了老太太膝下，众人见状也只有叹气的份儿。

老太太安慰儿媳良夫人："他们兄妹情深，也是府中之幸。"

"可、可是，这不是钰儿做事的风格，莫非，莫非是有人逼他……"

"别乱想，钰儿长大了，是该历练历练了。"

"老太太……"良夫人哭声更大，但老太太话已至此，众人只得将她拉到一旁宽慰几句了，谁料良夫人倔强不是个顺从的人，之见她全力挣脱了众人，"扑通"跪倒在了老太太面前，哭道：

"老太太，钰儿出去历练为族人效力，自然是理所应当，只是，这次只身出门没有隐卫护着，万一在外有所不测，恐怕家中也无处得知。求老太太派人找找钰儿，就算他十年二十年不回家，总也能知道他在外安全，我这个做娘的即便有一天走了，也便瞑目了。"

良夫人泪如雨下，越说让人越是动容。

老太太将她扶起，只是让她坐在自己身边，默默地屏退左右，却不说话。

直到她的情绪稍稍稳了，老太太才轻声地在她耳边说道：

"媳妇，你的钰儿从小是我这个老太太看着长大的，在你的庇佑下虽说不比心儿的魄力，但总算是个处事稳妥的，自家的孩子你自己得有信心，且不可自乱了阵脚。"老太太边说边用手抚摸着儿媳的背。

"母亲，钰儿是个中规中矩的孩子，与心儿不同，这次突然的不辞而别，难道，真的如字条那么简单吗？……"良夫人抓着老太太的手不放，边抽泣边说。

"所以啊，你更得沉得住气了。钰儿的字你也看到了，说明他走的时候不浮不躁，暂时是安全的，你这个做母亲的就更得稳得住才是，你慌了，别人都慌了，一旦外面有人得知缙府的独苗身陷危难，府里府外将会是怎样的混乱？既然钰儿要去办事，我们要做的就是注意身体，切勿分了孩子的心，方才是大局。韩离子那里有心儿派去的人，倘若兄妹俩真的遇到了，他也可以与心儿相互照应，所以你猜测种种可以，但不可慌乱，府里要瞒着外面的事儿越来越多，你这要是弄得尽人皆知了，只怕钰儿就真的回不来了。"

良夫人见老太太如此说，一时实在无法将自己的孩子想象成可独当一面的大人，但又不知该如何说起，便只得收了情绪，起身行礼道："儿媳听母亲的，倘若府中有了钰儿的消息，还望母亲多疼惜几分，儿媳别无所求！"

"那是自然，我就这么一个独苗，哪能放之不理，你也得照顾好你自己，不定什么时候还得用上你这聪明的脑袋瓜呢！来人，送夫人回房休息。"

"诺！"

良夫人赶紧拭干了眼泪，整了整衣服，福身退下了。

此时缙琛的妾室姜夫人早就回到了自己的屋里，派人将自己的女儿缙蕊叫到了身边。

缙蕊虽说身居阁中，但已有日子不见缙心和缙钰，一直好奇府中发生了什么事儿，可每次想找母亲打听都被随意糊弄了出来。

这天，姜夫人让人将蕊儿叫到自己屋里，按捺已久的缙蕊进屋便要发作，不想姜夫人迎上来一把握着女儿的手，脸色苍白朱唇哆哆嗦嗦的却半天出不来一个字。

蕊儿不知道上房那边发生了什么，见母亲脸色发白一时也没了主意，只等姜夫人的手握得稍稍轻了些才慢慢地问：

"母亲，最近是不是太劳心了，出什么事儿了？"蕊儿扶着母亲坐了下来，姜夫人尚未开口姜夫人泪先行。蕊儿见状，将手贴着母亲的脸颊用手心的温度让姜夫人镇静了许多。

随着眼泪一滴滴地落下，姜夫人慢慢地终于把话说了出来：

"女儿啊，为娘我，我不知道该如何是好了！"

蕊儿给母亲慢慢地拭着眼泪，温柔地说："母亲，您慢慢说。"

"儿啊，本来为娘想着，这府中只要太平，大大小小的事情都没有我女儿的婚事重要。所以，为娘我争做了这一府的管家，就是想趁着为娘在府里还有些能力，给女儿找个好人家，嫁妆也可安排得体体面面，好让我的蕊儿这辈子有着落了！"

缙蕊听了，原本窝在心里的气瞬间化为乌有，对娘有的更多是心疼："娘，女儿有自己的命数，娘为女儿操心，女儿感激不尽。只是，既然些许事情强求不来，凡事还是要放宽心的，来日方长。"

"来日哪里方长啊我的闺女，你看看你那妹妹也是待字闺中，到现在都没个着落，如今你那嫡亲的哥哥……也不知去向了。这偌大的府长男和嫡女都尚且没个福气，你这庶出的女儿家……还能有几日的安稳呀！"说着，姜夫人的眼泪便不自主地往下掉。

缙蕊虽然说自己并不很清楚到底发生了什么，但这些日子府中的变化她也是看在眼里，她想了想，安慰道：

"娘，你先别急，大事儿是急不来的。其实女儿有时也在想，既然有家训在那，那与我缙府门当户对的府邸又会是谁呢？只怕女儿最终就是个往下嫁的命。"

姜夫人几分打抱不平地说："你大姐虽说也是那个妾室所生，也没有入后宫，指婚嫁给了士大夫，你也可以啊！"

"大姐，大姐出嫁的原因娘也是知道的，如果没有利害关系，府中遇事为何就没有人想到姐姐的夫家帮忙呢？"

"什么时候你出嫁了，这个缙府，我也就不在乎了，什么管家之事，到时候就让良夫人费心去吧。"姜夫人越说越坐不住，在屋里踱起步来。

在缙蕊的心目中，母亲是个极为聪明并懂得如何步步为营的人，而今天的母亲却像个没有经历过事的妇人，缙蕊起身安抚着母亲道：

"女儿谢谢娘，但现在娘还是要操持好这个家，否则你我娘儿俩在这府里就更没有人看得上了。所以母亲……到底……到底出什么事了……"

"你提醒到我了，"姜夫人突然似乎想到了什么似的，打断道，"对对对，士大夫，我女儿成不了君王的女人，怎么也能做个士大夫的夫人，你让为娘想想，我得好好想想把你嫁到你姐姐身边去，或许你姐夫能为你准备个好亲事……"

蕊儿看着自己母亲全部心思都在自己的婚事上，根本没有心思听自己说什么，她心中一紧只得宽慰了姜夫人几句，退了出来。

离开了母亲的院落，缙蕊深叹了口气，莲儿见状，赶紧过来扶小姐问道：

"小姐，您这是怎么了？"

"看来，这府里是真遇着事儿了，连母亲都慌成了这样。"

"这咱不都猜到了吗？不过，咱缙府也不是谁都可以随便碰的，不是吗？"

"可是，那个缙心和哥哥为此四处奔波，都不在府上，而我竟然连府里发生了什么事儿都不知道……你不觉得，我依然不是这个府上的正主吗？"缙蕊失落极了，不管她和母亲如何努力，真到有事情来了，竟连个商量的人都不是，她这个父母双全的，还不如那个没有母亲的妹妹。

莲儿看着小姐脸色极差，尽力安慰道："小姐，上次夫人还说呢，天塌下来有他人顶着，姑娘不用如此劳碌，这是命好！姑娘有老爷和太太庇佑，将来嫁了人，只要有缙府撑腰，姑娘在婆家的日子就差不了。"

莲儿的话让缙蕊的心里好受了很多，她长舒了一口气："是呢，这是我命好……我现在也只能管自己和母亲了，安排好自个儿的事儿就行了！"

"是，姑娘。"

主仆二人说着一起回了房，而缙蕊私下想着，还是决定让人安排笔墨，给姐姐缙汐写了一封家书，希望能去缙汐家"探望"。

缙钰随韩离子一起骑马走在路上，来到了林中的一个分叉口，几个身着灰色短袍的武者突然出现在他们面前，中间领头一人见那二人过来直接策马上前，缙钰几分慌张地往后退，时不时地看韩离子的反应，心里不知这些人是什么来路。

只见那个领头的人下马单膝跪地道：

"报主人，我等前来护送主人，和缙公子。"

此人的"小聪明"让韩离子轻蔑地一笑，说："缙公子？"

"……"

"也好，你们几个前面开路，我们不去莒国，一起去齐国。"韩离子几分挑逗地故意说给缙钰听。

缙钰在一旁一惊，道："刚才你还说倘若猜得不错，我妹妹应该在莒国，现在为什么又要去齐国？"

"哈哈哈，你妹妹是妇人之见，你怎么也小家子气起来？莒国是齐的附属国听从于齐，齐国发话，比莒国的圣旨还要管用。我若在齐国占得先机，她缙心在莒国如何游说，岂不都无济于事？哈哈哈……驾！"

"诺！"一队人马调转马头，随缙钰一同向齐国飞奔而去。

缙钰心中早已生恨，但又考虑大局不得不忍气吞声，他自知以当下自己的处境反抗无益，便只好随他共赴齐国。

第二十八章
一路飞雀聪明路　甘棠树下知音来

话说，缙心众人给新府提的匾额为"赵府"，就在襄义将军府宅的旁边，赵耳为管家安排人手将一切都打扫干净，众人便都搬进去了。

这天，婉樱按照缙心的吩咐安排了酒菜，遣筱菊给将军夫人递去了一张请柬，邀请夫人到新宅小聚，宴席就摆在了府中的甘棠树下。

将军夫人将夫君刚刚寄到的信和缙心的请柬放在了一起看了又看，笑道：

"在夫君面前，这个小丫头就算背靠公主，又能怎样呢？"便着人应下了缙心的邀请。

这天，襄义将军夫人如约而至，缙心一众出府迎接。

二人寒暄一番之后，缙心携将军夫人一同来到树下，心中不禁心中暗自感叹，缙府中要说风韵最好的当是姨娘姜夫人，而这位夫人看来比姜夫人风韵更胜，更比姨娘多了些贤良的温柔。

借着风轻瓣舞，将军夫人娓娓道来：

"我是南国人，后来因襄将军曾是我母家的救命恩人便嫁进了襄家，第一次见他的时候我还是个小姑娘呢！当时看着将军那是英雄般的威武，做梦都没想过将来能与他相伴。将军他为人忠厚，待我也好，至今不曾娶妾，我也愿用己一生以报其恩。"

缙心给夫人续上酒，指着这甘棠树，道："那，夫人对甘棠一定是颇有感情的。听说，在南国，众百姓不让砍去甘棠，是为思念召伯？"

"是啊！这种树我家院中也有一棵，其实这树是再平常不过的，儿时父母给我讲说，此树是先人召伯在时，为了传文王之政，曾在甘棠树下歇息断案，百姓颇为拥戴，便自发不让砍去此树，以思念召伯为百姓而劳苦。"

"蔽芾甘棠，勿翦勿败，召伯所憩。"缙心看着树轻声吟着。

"姑娘小小年纪，怎会念我家乡的诗？这是市井小儿之作，登不了大雅之堂！"

"怎么会呢，这市井之中，往往藏有大智慧呢。"缙心亲近地说，"召伯为民兢兢业业，为众家传颂，可谓人臣表率，可惜我是女儿身，否则也愿修得一身本事，出将入士为民办事，以报效皇恩。将军能有如此大气的夫人，想必也是尽享其福。"

将军夫人听了，并没有如缙心所想的高兴，不禁哀愁地深叹了口气，好像有话要说却还是将话咽了回去，只是马马虎虎道：

"慢慢来吧。"

缙心有些失望，但还是勉强地继续说："如今将军在朝中的威望日盛，宫里连自个儿的事儿都交给了将军去办……"缙心凑近将军夫人说，"说明别人是朝臣，而将军，是君王的自己人。"说着她拿起酒敬了将军夫人一杯。

缙心故意的这么一敬，戳中了将军夫人的心，这又一杯酒下肚，夫人的话便一涌而出：

"哎，按说我一后院女子不该参与前庭之事，如今也只能与你说说。我夫君能征善战又是鼎盛之年，这个时候我夫君当是上阵杀敌，建功立业。可谁知，大王却对此不以为然，竟让我夫君，堂堂一国将军，去找，找一个已经跑了的后宫美人？这，这就算找到了，给了恩赏，对外何谈立了功？一不是保国家太平，二不是为百姓造福，更谈不上留名于世间……"

缙心听了，窃喜自己找对了人，深宅中的夫人往往只要不跟她抢夫婿，便全无大脑，毫无城府。

缙心笑着应道："是啊！如今各国彼此虎视眈眈，将军如此国之栋梁参与到这后宫的儿女私情，的确有些荒废了自己一世壮志。"

"所以说啊妹妹，"将军夫人拉着缙心的手说，"我倒宁可他是去叱咤于战场，而实在不想让他做这种好说不好听的差事。"

"夫人，大王若能将自己的私事交托将军去办，说明襄义将军深得大王器重，与一般臣子不同，不怕将来没有建功立业的机会！"缙心宽慰道。

"妹妹呀，待你婚配，你便知道了，这做妻子的一切随夫，不在于夫君有多优秀，而是不忍看夫君不快。"

将军夫人这么一说，心儿收了刚才的爽朗，只能会心一笑。

"妹妹多大了，可有安排好的婆家？"缙心一愣，却又不知从何说起只能低头不语，将军夫人以为心儿只是女孩害羞，一笑莞尔。

缙心歪着头看着树说："我今年芳年二八，家中似乎……安排了婚事。"

"哦，看来已经在安排了，那对方的公子，你可隔帘见过？"

心儿的心情顿时没了，快快而又苦笑地说："见过了。"

"可还满意？"

心儿的失落随着夫人的问题一层一层地落到"谷底"道：

"不满意，可又能如何呢？"

将军夫人听罢，原本前倾的身体缩了回来道："妹妹说得是，我母家本是书香门第，我却嫁入这武官世家，虽说一开始不习惯，觉得府里满是粗糙，但后来多少还是适应了，也让他们改了不少。"

缙心道："妹妹这命恐不及夫人，只怕夫不必我来相就成那武者的刀下之鬼了……"

将军夫人拉着缙心："妹妹别浑说，武将可不是都好动手惹人的，相反啊，恰恰是这些往来于生死的人，才更疼家里人呢！"

缙心苦笑了一下，端起酒杯，自呡一口，而后让夫人酒道："夫人，此酒叫作'黄流'，是和了郁金香酿成黄如金色而得名，夫人尝尝。"

"所谓'瑟彼玉瓒，黄流在中'就是指这酒吧？"夫人端详着，看着新鲜。

"是！夫人要是喜欢，我派人送上一坛到将军府中。"

夫人用袖口遮杯品了一口，感觉甚美："妹妹，这酒真好。"

"婉樱，准备一坛到将军府上，待将军回来，夫人和将军可共享。"

"诺！"丫头应道。

那将军夫人听罢，脸红起来。恰在这时，一阵风吹来，更像是提醒了缙心一般，她起身邀请夫人在府中闲逛。

心儿挽着夫人，故作随意地问道："现在将军去找那后宫美人，不知如何了，是不是快回来了？"

"据说呀，那美人回了自己的母家，按日子，肚中的孩儿应该诞下来了，不知道这母子现在如何。"

缊心浑身一哆嗦，婉樱赶紧上前搀扶，心儿将她挡回了笑道："既然知道在哪，直接抓来就是了，早交了差早回家。"

"哎！妹妹年轻，这朝廷之事哪是那么容易的？"

"哦，怎么说？"

"她呢，是郯国送来联姻之人，她逃走，莒国国君便可以借此对郯国发难，一切都是顺理成章的，倘若能吞了郯国，以扩国土，于国主来讲岂不是大功一件？"

"夫人的意思是？"

将军夫人，凑近心儿，轻声道："这便是君王之心不可揣摩了，这美人不可硬找。这美人的母家乃是周君之后，又身怀六甲，倘若她诞下的是一个男孩，以其母家之尊贵便可制衡王后和右丞相全族。若是个女儿，虽说不像王子一般尊贵，但莒王就此可以扩土兴国，更是不亏。再不济，听说郯国为了保住自己要将那美人的母家献出来，那个母家可不得了，当初周先王一道圣旨，各国均不得对其征税，所以养得那个家族可谓富可敌国，如果郯国真把他们献出来，即便后面有周天子和齐国，莒国小得一隅也可以国富民强了。所以说，这个美人离开，生男生女于莒王来讲，都是好事儿。"

缊心听了，顿时明白了莒国与郯国总在缊府旁边打打停停的缘由，而莒国迟迟不真正下手的原因，其实是远不是丢了一个美人挽回面子这么简单，那每一次的兵戈相向，其实都是各怀鬼胎。

"所以说，"缊心道，"找美人和孩子，只是……"

"放长线，钓大鱼！"将军夫人将缊心点通了。

缊心听罢脸色惨白，于是强忍着眼泪，故意看了看别处吩咐道：

"婉樱，那边的灯怎么还没挂好，你让人都仔细一些啊。"

"是，姑娘和夫人莫怪，我这就安排人去弄。"

缊心转回来一如既往地与将军夫人聊着："让夫人见笑了，前段时间我们住客栈，人多眼杂还不安静，就自己寻了个府邸，现如今却让底下人这么欺负了。"缊心半开玩笑地说，"我这初来乍到的，不懂这里的风土民情，有的时候的确不像在家里从容。"

"妹妹这样已经不错了，偌大的府邸让姑娘收拾得这么秀气得体，将来嫁人了，一定是个持家有道的贤妻良母！"将军夫人笑着，仔细端详着缊心，弄得缊心反而不好意思起来：

"夫人惯会拿我开玩笑的。"

众人说笑聊着家常，不觉得天色渐晚，夫人握着缊心的手道：

"好了，时间不早了，我也该回去了。"

"夫人若得了闲，妹妹可随时陪夫人一起逛逛。"

"这是自然！反正我在府中也多是清闲，只要妹妹愿意，咱们姐俩结伴而行。"

"多谢夫人。"

几番寒暄之后，缙心让茹梅将准备好的酒给夫人带上，主客众人一同出了府门，心儿等依礼目送夫人回了府。

将军夫人回到府上后想想觉得哪里不对，问身边的丫头道：

"今天是不是我的话说多了？"

"没有啊夫人，"丫头道，"今天夫人见她不就是为了让她稍安勿躁，踏踏实实地住下来为夫人所用吗？"

夫人远望了邻家院里参天的甘棠树，自言自语道：

"夫君啊，妾身实在不想让夫君这一身报负，为那后宫儿女情长荒废时间，妾身或许可以为你做得更多。"

送走了将军夫人，缙心任由丫头扶着回了院，府门紧闭。婉樱随其快步来到了一个偏室，缙心的汗顺势流淌了下来，婉樱赶紧一边用手帕去拭，一边用手去顺姑娘的气，悄声劝道：

"姑娘，今日咱们还能在此吃喝说笑，就说明还没到那么坏的地步。"

"你不觉得奇怪吗？夫人自始至终都没有问我从何而来，为何来此，意欲何往，所以她知道我们是谁，我得好好想想，好好想想……"缙心站了起来便开始在屋里踱步。

缙心抬头看着窗外不由得深叹了口气，一股暖泪刚欲流出，可她还是强忍着没有让它掉下来：

"婉樱，我是不是该补补妆了。"

婉樱见姑娘如此慌张，上前安危道："姑娘，您看着都好，况且这么晚了，就别补了。"

心儿的情绪稍稍缓和了许多，她与婉樱又回到了甘棠树下。缙心稍稍坐定见树下自己那杯还有半杯残酒，拿起便一饮而尽。

心儿说道："缙府身边的眼线，有郑国，有韩离子，还有莒国将军……"

"是，姑娘。"婉樱小心地在旁边陪着。

"现在我明白，韩离子为什么不对我缙家下手了。当初他对我说，如果他用暗杀来血洗前仇，是胜之不武，我听了多少心里敬他是个君子。弑族之仇可以隐忍到现在，不愧是贵族之后。现在看来，恐怕他也是被莒王掣肘，那么，上次府中多出的四具尸体，很有可能是郑国、莒国和轩尧阁之间发生的事儿，都是因为缙府，却相互掣肘。"

第二十九章
阴阳相替谁为上　只是一念生死间

缙心向前走着，突然想起身后静静地跟着其他几个丫头，回头看着一个个都愁眉不展，勉强笑道：

"这都怎么了？"

众人低头不语。

缙心看了大家一会儿，突然轻松道：

"哎呀，有莒王掣肘，韩离子还是下不了手的，只是之前咱们把他高看了，现在不高看就是了。更何况咱们知道了各种利害，他之前不下手现在也不会轻易如此，所以只要莒王不下旨，他必不敢动手。放心吧，咱们只是把事情看清而已，这是好事！"

众人抬起头来，看缙心在月光和灯笼的光晕下笑得十分轻松灿烂，好像真的是遇到好事似的，反倒让众人心里更不是滋味，却也不知所措，只得愣愣地站在那里。

婉樱在一旁似乎明白了什么，回身对大家说：

"行了行了，事情明朗了咱们也就知道该怎么办了，好事好事！都散了吧！"

众人见状，觉得说得有理便些许轻松了一点，纷纷行礼福身俱都退下了。

缙心保持着笑容让婉樱也退下了。而她自己面带苦笑继续毫无目的地向前走着，边走边笑，笑自己在韩离子面前用计，放肆，当时哪里会想到，如果自己的小聪明激怒了韩离子，顷刻就是全族的杀身之祸啊！

缙心转弯回到自己的闺阁刚上台阶，突然一只飞镖"嗖"地一下恰射在心儿旁边的木柱之上，心儿一惊，四处张望，见屋顶一身影瞬间不见，定睛一看上面系着一个白色布条。

茹梅不放心心儿，在后面远远跟着，恰将刚才一幕尽收眼底差点叫出声来。她见那人消失于墙外，赶紧跑到缙心的身边：

"姑娘没事吧？"

心儿哪里还顾得上她，走上前将那飞镖拿下打开一看，上面是写着：

"妹妹可好？"

"是哥哥的字。"缙心打了一个寒战，又看了看飞镖，上面赫然刻着"韩"字，"哥哥和韩离子在一起？！"

缙心和茹梅对视一望。

茹梅小心扶姑娘回屋后便一个人退了出来，又想了想，便回身去找婉樱将刚才

的一幕细细说给了她。

缙心坐在床榻上不知想到了什么，遂取出一个空竹简，在上面洋洋洒洒从头写到尾，而后将其卷好，对外喊道：

"何人在外？"

赵耳隔门应道："姑娘，赵耳在外听姑娘令。"

"叫程仪来。"

"诺！"

一会儿，一个人影在外越来越近，只听外面道：

"姑娘，程仪在此，请姑娘示下。"

"进来。"

"诺！"

程仪应声进屋与缙心一帘之隔。

"程仪，你安排一个隐卫将这个竹简快马送往缙府。"

"诺！"

"另外，我身边还有几个隐卫？"

"若安排出去一个，还有两个守护姑娘安全。"

"家都快没了，单护我安全有什么用？"缙心严肃反驳道，"派一精明能干的去齐国，韩离子应该在那里！"

程仪一愣："姑娘，他，不应该在郯国吗？"

"他的野心可装九州，我尚且会临时改意，更何况他？"

"诺！"

程仪拿着竹简领命出来，按姑娘的意思做了安排后与婉樱商量了一番决定还是亲自怀揣竹简快马出城向缙府奔去。

婉樱送走了程仪，便过来请缙心的安，问道：

"姑娘，还没睡呢？"

"正想休息。"缙心答道。婉樱如往常一样为缙心铺床叠被，为她宽衣。

"姑娘，我们是否要去齐国？"

"不去，我们在莒国的事，还没办完呢。"缙心躺在床上懒懒地说。

"那公子他……"

"就因为他和韩离子在齐国，我才要先于他们让莒国改变心意。"

婉樱见姑娘已经闭了眼，似乎心中已有些定夺一般，便不敢多言，熄了灯退下了。

齐国的繁华远远超乎缙钰的想象，但城中的喧嚣叫卖在缙钰看来，似乎恍如隔世，与自己毫不相关，韩离子溜达着倒是心情不错，指着一处十分别致的地方对缙钰说：

"你看那个茶楼，宫中的茶品都是从他家选的。回头我带你过来品品，看比你家缙府如何，哈哈哈。"

"韩公子如此雅兴，不怕让我这个人质给搅没了？"缙钰没好气地说。

"哈哈，若一两个人就能左右我的兴致心情，那我韩某在这世上能干的成什么事儿啊！"

韩离子的洒脱并没有让缙钰悟出什么，依旧道："倘若你我对调一下，你是我的人质，不信尊驾能有现在的雅量。"

"钰兄啊钰兄，你这算什么啊？"说着韩离子将胳膊搭在了缙钰的身上，这让缙钰更加地不舒服，"我问你，你这个人质，是缺吃了，还是少喝了？连柴房马厩都没待过吧。浑身的锦绣体面，更是没有多一点的辛苦，你这个人质可比街上的这些平民百姓强多了。当年我韩离子初长成的时候，便遇到了当地府衙抓壮丁，我这还没顾上找我那养母要瓜吃呢，就也被抓了去。当时我走的时候，全村老小，被抓的和没被抓的，哭天喊地在了一起，唯独我没事儿。我那养母疼我，抱着那个官兵的腿不放只求能放了我，但明眼人谁都能看清楚，她再怎么闹其实也无济于事，反倒会被那当兵人手中的鞭子伤到。你猜，我当时怎么着？"

"怎么着？"缙钰看韩离子的手还在自己的肩上，便壮着胆子拈着他的衣袖将他的手放了下来。

韩离子并不介意，继续饶有兴趣地说："于是啊，我便上前去劝说了我母亲一番，又说了许多有这个兵大哥护佑，孩儿自有周全母亲尽管放心的话，我母亲虽说心疼但也自知无法，便只得撒了手，任我随大伙一起走了。

那一路上啊，所有人都垂头丧气，独我喜看风景，头一次出村子，自然什么都新鲜。当我们到了一个客栈，我趁机跑到官兵的桌上，倒了一碗酒，敬了那个没有将鞭子抽到我养母身上的士兵，以示感谢，那是我第一次喝酒，哈哈哈哈……"

"后来，你便成了他的小弟，他对你也就尤为照顾了吧！"

"不，不不不，后来他被我杀了。"

缙钰一怔站在了那里：

"你，你说那时你还是个孩子……"

"对啊，"韩离子笑道："但是凡事总要一码归一码，我被抓壮丁是一码事，他对我母亲手下留情是一码事，我要逃生又是一码事。"

"怎，怎么说？"

"我被抓壮丁，此事危及我安全，所以相时而动干脆顺着他们。但我心中不是那么想的，我真正想的是，就算要抓也是只有我抓别人的份儿，不能让别人抓了我。他对我母亲手下留情，我以酒相敬，谢他不伤家母之恩。而我若要生存必须逃走，

任何人皆不可挡我的路否则自是必死无疑。我与他交好，让他把眼睛更多地放在了那些硬骨头上，倒是帮了我逃跑，只是他发觉后却要挡我的路，那也就只能杀了他了。"

缙钰看着一脸无可奈何的韩离子后背直发凉，听起来似乎合理，但原本一件事情却被眼前这人拆成了几份，真不知那个官兵是该死还是冤死。

韩离子拉了一下他的胳膊，缙钰只得乖乖地继续跟着他往前走，他看了看韩离子低声说："你处心积虑要引我妹妹出来，是要杀她？"

"处心积虑倒也不至于，不过你这个妹妹啊，她的确是在坏我好事……"韩离子回头看了看他答道，"所以我不能任由她这么肆无忌惮地满天下折腾。"

"她，她挡你的……路了？"缙钰脸色惨白。

"是啊，"韩离子对他冷笑了一下，"不过，你妹妹机灵，当初要不是我低估了这个深闺中的丫头，能让她甩了我自己跑到了莒国去？"

"她只是一个手无缚鸡之力的丫头。"

"她虽说手无缚鸡之力，但你这个妹妹够美丽，够智慧，够能吃苦，一个有见识的女人若能同时占此三样，那可比有缚鸡之力的男儿可怕多了！"

"可怕，你说我妹妹可怕？"

"这样的女人是可以成为那些拥有力量的男人的主人的。"

"我妹妹正直，不是那种女人。"缙钰警惕地看着韩离子。

"不是哪种女人？你可见过你妹妹那月下船中的妩媚？"

韩离子依然面露轻松在前方引路，这时，从一个颇为气派的院落里跑出了两个小厮，抱拳行礼：

"主子。"

"把后面的都安排妥当吧。"

"诺！"

韩离子直接入府，缙钰无奈只得跟在其后。

韩离子在齐国的府邸不是一般的气派，虽说规格不能与王侯将相相提并论，但很明显，已是集天下珍品于一室了。

"怎么样缙兄，比贵府如何？"韩离子回头问道。

"我家安在穷乡僻壤，自然不敢与天下大户相比。"

"哈哈哈，不必赌气……"

这时，进来了一个小厮，跪地行礼道："禀主子，缙心姑娘一行人，已在别院安顿。"

"什么？！"缙钰差点跳了起来。

"缙兄不必担心，缙府小姐在莒国自然需要一个合适的住处，总不能老是住店里吧，恰巧我韩某在那里有一处别院想必能入令妹法眼，便折本卖给了她们，位置上，她们应该满意才是。"韩离子故弄玄虚地说。

"你是说，我妹妹已经……"

"我跟你说过了呀，我不杀令妹，可不等于我不控制她吧，万一她又坏我大事呢？"

"你……"

"放心，有我保护你还怕她出事不成？只要我不让她出事，她就不会出事！"韩离子认真地对缙钰道，"放心，我也不会让你出事的！"

缙钰腿一软，差点跌倒，韩离子手一抬将他扶好，示意身边的丫头道：

"将缙公子扶到后面去，好生伺候。"

"诺！"

几个丫头过来，将缙钰搀扶到早已收拾好的卧房中斟茶递水，给他压惊，缙钰只是坐在那里面无表情不作声，领头的丫头见缙钰没有什么吩咐了，上前福身道：

"公子好生休息，我等在外听候差遣。"

说罢，几个女子都恭恭敬敬地退出去了。

第三十章
几分相逢敌是友　谁人知我冷中莲

待丫鬟们将缙钰的房门关好，缙钰的汗才如细雨般从每一个毛孔喷出，他用帕子拭干了汗，小心地走到窗前扒了扒头，院中空无一人，只是在门口的廊上坐着一个十分娴静的小丫头在那里做针线活，再有的也只是鸟语花香，十分安静。

缙钰在屋里踱了几步想了想，便鼓起勇气打开了门，那个丫头见状赶紧上前福了福身，问道：

"公子，有何吩咐？"

"你，你叫什么？"

"公子是贵客，奴婢的贱名不敢辱公子尊耳。"

丫头的谦卑与缙府的丫头们全然不同，让缙钰反而有些语塞，他支支吾吾地说："我，我想出去走走。"

"公子，我家主人有话，若公子想四处逛逛便给公子安排，奴婢这就去帮公子禀报。"

"这……这也需要告诉韩离子？"

"公子，主人待客之道如此，还望公子海涵。"

"'海涵'，怎敢不涵，哼！分明是软禁。"

"公子稍安，公子想去哪，奴婢为公子安排方便，如何？"

缙钰看这丫头也就十五六岁，纤弱间，柔中带刚，还知进退，缙府众丫头为人处世相比之下可是要莽撞得多啊。

"这江湖人府里的丫头，果然不一样啊！"缙钰说罢转身回了房只独自在屋中徘徊。丫头也不见怪，重新回到廊下继续安静地做着自己的针线活。

韩离子安顿好了缙钰，对身边的近卫道：

"要做正事了！"

"主人，字条已经送到。"

"那边什么反应？"

"很快，府里就出了两个男丁，一个去了缙府，一个奔齐国而来。"

"来齐国，保护他家主子呀？哼，真是愚钝，她奶奶都要她嫁给我了，她还担心什么？"

"主人，轩尧阁的几个主事的联名来信说，想请主人借此机会逼缙府就范，咱们轩尧阁吞并缙府生意，如此轩尧阁的势力便可独立于天下，富可敌国。"

"他们是想让轩尧阁成为第二个缙府，让天下诸侯吞并吗？"

"主人……"

"安排一下，明天我去拜见齐王。"

"诺！"

第二天，韩离子算着齐王下朝的时候快到了，便换上齐国正装。本就是公子盛年，这一身素雅更是让他显得气宇轩昂。他乘车来到齐宫，一个公公出来笑脸相迎，韩离子上前拱手施礼：

"陆公公安好？"

"韩公子好，杂家有礼了，请。"

"请。"

两个人往前走着，韩离子随便聊着天：

"上次送来的几个人，齐王可喜欢？"

"上次韩公子的五个美人大王十分喜欢，选了两个绝色的留在了宫中，两个乖巧的分别给了两个王爷，还有一个赠予了别国。三个男宠，留下了一个，剩下的两个安排在了行宫，以备不时之需，呵呵呵。"

"大王喜欢就好！"

下朝后的齐王一改堂上的威风庄重，身边莺歌燕舞美人围绕，齐王半卧于中间，衣冠不整，闭目养神。

正是恍惚之时，一宦官来报说韩离子来了，齐王眼睛微睁轻蔑一笑：

"这小子不是说在鲁王那忙前忙后吗？现在想起寡人了，这次来，又带了什么来了吗？"

"这……韩公子这次是一个人来的。"

"嗯？看样子他这次是有正事喽？来，给我更衣吧。"

"大王，这一个江湖中人，能有什么正事，要不，奴家去把他打发了，别让一个乡野村夫扰了大王的兴致。"

"去你的，"齐王马上坐了起来，"你个老奴才，越老越不知道这殷勤怎么献了。他韩离子是谁啊？那是江湖第一人，多少事朝堂之上不方便办的，都得指着他呢。"

"那是那是那是，只要能让大王开心的，就是他有福气。"

"哼，眼眶子浅，你不懂，为君者就得什么人都用，明的，暗的，他从寡人这得点好处，寡人用他好办事情，这来来往往的，就都尽收眼底了！行了，让他到花园候着，给寡人更衣。"

"诺！"

一时间，歌舞都停了，几个美人匆忙为大王束装。待衣装齐整，齐王便带人来到了御花园，韩离子已在那里等候多时，回头见远处大王仪仗走来，前面的齐王依然不改从前的身宽体胖。

韩离子赶紧上前作揖：

"草民扫了大王的雅兴，请大王恕罪！"

"哎呀呀，哪里哪里，韩卿请起。听说你从鲁国而来，那里如何啊？"

"鲁国秉承仁义治国，女子娇贵附庸，男子尚文，其次为武，最末为商贾，相比之下可见齐王治国有道，英明神武。"

"哈哈哈！如今各诸侯国各自为政，若要强大，仁义道德？哼，那只不过是不让老百姓闹事罢了！"

"大王英明。"

"你小子这次来，是有什么事吗？"

"莒王的美人出逃，已查出行踪。"

"嗨，一个后宫女子跑了，下道旨说她暴毙就是了，这莒王也真是，如此轰轰扬扬的，面子往哪搁呀，真是自取其辱，为了个女人没气量，哼！"齐王坐在亭子里，随心看着桌子上的瓜果。

"是周天子放不下公主和缙府！"

一句话，齐王的脸沉了下来，一声叹息："这位公主当年，美貌震惊全国，'手如柔荑，肤如凝脂，领如蝤蛴，齿如瓠犀，螓首蛾眉，巧笑倩兮，美目盼兮。'才华更不在那些

男子之下，多少诗赋出自她手，可惜了……当年下嫁卫国，没过上一天好日子，唉！"

韩离子见齐王顾左右而言他，只得继续说：

"如今公主隐退于山林，本不该被牵连于尘世之中，那逃跑的美人其实也并非公主之后，只是因为美人之母是公主的儿媳，听说她又逃到了公主的私宅当中，得公主庇护，所以……草民不得不为公主这一身委屈抱不平啊。"

"哎呦，你说一个女人而已，跑了也就跑了，他莒王怎么就这么小气呢？"

韩离子见齐王只说莒国不言其他，也不好再往下说了，便给他身边的宦官使了个眼色，那公公会意：

"大王，韩公子从青州带了些蟹胥，这可是美味啊，要不大王与韩公子先用了膳？凉了，就不好吃了。"

韩离子赶紧转移话题："大王息怒！草民来此，就是为了替公主她老人家鸣不平。"

齐王在亭中踱了几步道："行，咱们先吃饭，吃了饭再说。"

"诺！"韩离子作揖，随齐王一同去后殿用膳。

偏厅里宫女和宦官布好菜都退了出去，韩离子见齐王吃了几口心情好转，小心地上前劝道：

"草民想，那美人是美人，公主是公主，不为一处，莒国向来与齐国交好，还请吾王劝劝莒国保护公主，别让鲁国和郯国发难缙府了。"

"其他人就算了，各有命数。本王不像那鲁王，鲁王呢，天子的自家兄弟出来称的王，和皇帝是自己人。寡人祖辈上是'臣子封王'，此事，不可乱管。"

"那，缙府遍布天下的生意和耳目势力……"

"那是周天子要收网了，我是外臣之后，那边是人家族亲之后，我跟着掺和什么呀？再说了，普天之下也不是只有它缙府可富甲一方，耳目遍于天下，你轩尧阁屈居其二，低调而不简单吗？"

韩离子故意表现出一副感叹不已的样子，毕恭毕敬地拱手行礼道：

"大王……"

"行了行了行了，寡人的心思呀，是要帮扶你轩尧阁的，你明白就行了哈，你这个蟹胥不错，哈哈哈！一会儿吃完饭，你派人帮我办件事。"

韩离子起身道："请大王示下。"齐王擦了擦嘴，说道："我这个姑母的诗赋，于女子之中当属天下第一，听说她的诗赋有几百首之多。虽说我们这几个都知道她其实在哪里，但毕竟是对外不可宣的，自然也就不好大张旗鼓地将我这姑母的诗赋整理好留于后世。这事儿，就由你来做吧，但切忌，既然是不能宣的，那就不能让天下人知道，更不能让人去追根溯源借题发挥成了市井小人的谈资。"

"大王孝心，若公主知晓，必感动不已。"

"行了行了，去吧！你知道该怎么做了就好，明年我这边供奉，还从你轩尧阁买办！"

"谢大王！"

韩离子躬身行礼退下了，留下齐王皱着眉看着韩离子的身影，喃喃道：

"'先君之思，以勖寡人。'德才女子，空寂寥啊！公主，又要委屈您了。来人……"

"大王！"

齐王一指远去的韩离子，吩咐道："派人把这猴子给我盯紧了，不打扰，但也不能让他胡闹。"

"诺！"

第三十一章
天降祥旨新装去　岂知误语旧人归

这天，襄义将军府派人传话到赵府过来，说宫中的一个小公主三天后要过生辰，王后懿旨让官员携家眷一同入宫庆生，只因将军在外，将军夫人觉得自己一人去没什么意思，便想着邀请缙心姑娘同去，只说是娘家妹妹。

缙心身边的丫头们听了高兴不已，这段时间大家为了想见君王都愁眉不展，倘若能借如此机会可入宫行礼闲聊，倘若能寻得一名贵人相助，又是那么的顺理成章，真的是天衣无缝，绝对的良机！

缙心想了想，问将军府来报信的丫鬟道："你可知进宫之后是何规矩？"

"这个，奴婢不知。"丫鬟低着头不敢多言。

"好吧，你去吧！"

那丫鬟听罢赶紧退了出来，不一会儿将军夫人便到府中来了。

将军夫人见了，一把拉住缙心的手道：

"将军不在府上，我一个人真真应付不来，所以还要请妹妹不要拒绝才是。"

"姐姐玩笑了，我一乡间民女怎敢肆意入那金碧辉煌之处？"

"哎呀，去那里人数多了，谁管你来自何处？再说了，还有我呢！"

将军夫人的一片诚恳，让缙心实在无法拘在那了，她给筱菊使了个颜色，筱菊会意转身向偏院走去。

心儿问道："公主多大？"

"不满十岁。"

不一会儿，筱菊手捧着一个精致的木盒站在了夫人的身边，并为其打开，将军夫人转头一看，里面是个不规则的石片。夫人见了不觉眉头微皱，缙心见状，解释道："夫人不要小看了这个石头，这是众石之首——磐石。"

将军夫人伸手将石片拿起，浑厚的石壁透着墨绿色的雨润，在阳光下磐石上白纹纵横，筱菊递上一个小锤，轻轻一敲，只听声音清越，余韵悠长。

夫人将石片捧在手上：

"这到底是玉，还是石啊？"

"是一种奇石。"

"真好！"夫人越来越喜欢，爱不释手，"这样的磐石浑厚而又韵味绵长，最适合赠与王家，真是绝妙的礼物。"

筱菊便将木盒递给了将军夫人身边的丫头，夫人的心事方才了了，说了几句客气话，便携了东西回府了。

之后，将军府又派人送来了一套衣裙，是为缙心入宫时准备的，心儿看后一笑：

"收了吧！"

"诺！"

三天后，缙心穿戴整齐与将军夫人相约坐同一驾马车入宫，一路上缙心低头默不作声，由任夫人将自己带到了一处厅上，只听宫人唱到：

"襄义将军夫人到！"

夫人携心儿入殿几步下跪行礼，道：

"民女赵氏，拜见大王王后，公主妆安。"

"免！"一旁宫人道。

夫人便起身由人引着退到了旁边，二人刚就座，只听前面一个男子低沉的声音说道："慢！"将军夫人赶紧立在了那里，不敢出半点差池，只是低头不敢再动，此时缙心觉得所有人都在看着自己这边，不由得心头一紧，是福是祸，就此开始。

许久，心儿并没有感受到那个男人在向自己靠近，好奇地稍稍抬头轻瞄了一下，只见那上面坐着人正紧紧盯着自己却一动不动，空气就这样凝固了许久，只听那人说道：

"将军不在，府中辛劳夫人了。"

将军夫人听罢赶紧回到前面，双手伏地道："奴家能为大王分忧，乃是我府之福。"

"赐座吧！"

"谢大王。"将军夫人一身冷汗，回到座位上，缙心坐在了夫人身边。

随着各位官宦家眷一一到齐，宫中开始传歌舞，开宴席，而唯独莒王在上面闷

116

闷不乐，不论后宫佳丽如何争相献媚，只是冷冷地凝神，不看任何人。

一旁的王后第一眼便见到了缙心，心中不由一震，想到当初那个贱人魅惑大王，如胶似漆，已扰得后宫众人心中如刀绞一般，如今见一相仿的人来，心中十分不安，但转身看大王虽时不时地往那个女孩儿那看，可眼神充满了憎恶，这让王后心中反而徒增了几分忐忑，王后端起酒杯向莒王敬酒道：

"大王，今日公主生辰，大王当高兴才是！"

"寡人似乎又看到了那个贱人！"莒王的话让王后一颤，之前从未见过莒王憎恶过谁到如此地步。

王后瞟了一眼缙心，回头轻声道："那女子是将军夫人的妹妹，与之前的那位只是有几分相似罢了。大王要是觉得碍眼，本宫着人打发了她便是。"

莒王抬眼看了看王后，而后借着酒劲猛一站起，大喝道："来人！"原本欢愉的气氛瞬间严肃了起来，只见莒王一指缙心："送美人回寝宫！"

莒王此话一出，众人皆惊，所有人将目光投向了缙心，心儿为之一震。一旁的将军夫人也大惊失色，王后以为莒王醉了也怕王上这一举动搅了公主的宴席，赶紧上前制止道：

"大王，她不是……"

"放肆，寡人的枕边人如何不认识？"莒王一抬衣袖差点掌掴了王后。

将军夫人见状，赶紧上前伏地道：

"大王，大王明鉴，这位……"

莒王一摔杯子，冲着缙心喝道："贱人，还不赶快回宫！"

几个官兵冲进殿中，缙心被大王当庭一喝，吓得不知所措，但她转念一想看来该来的还是会来的，便硬撑起几乎已经瘫软的身子，未等他们来抓，便走到堂上，面向大王将发簪摘下，上盘的青丝一泻而下。随后，心儿又当众解下腰带，将将军夫人送的外裙褪下，只留着一席自己的衣裙在内，在众目睽睽下转身随众官兵离开了。将军夫人一时跌坐在地上，顿时开始后悔自己的自作聪明，本以为送去缙心，便可让莒王消了气唤丈夫尽快回家，如果这个缙心能依据美貌在宫中得宠，锦衣玉食，她不但可与丈夫团聚，还能在宫中有个人照应着，怎么想都是件皆大欢喜的事儿。

可是谁成想，大王竟在这宴上勃然大怒，甚至不考虑这是公主的庆生宴……倘若此人被治罪，恐怕别说将军回来，只怕整个将军府都会被治罪。

众人皆对缙心的举止惊诧不已，第一次见到一个女子在官兵前，面无惧色不算，更不跪地求饶，相反却宽衣解带，镇定自若。有些妇人看不下去，扭身掩面，只有莒王端着酒杯紧盯着这个外来姑娘的一举一动并任官兵将其带走后，才将杯中酒一饮而尽。

"上歌舞！"莒王道。

中止的宴会又似乎恢复了刚才的祥和，而莒王直接拂袖而去了。

"恭送大王。"

将军夫人摊坐在一旁，几乎快倒在了身边婢子的怀中。

宴席虽说有王后坐镇还在继续，但是气氛已失了大半，最终还是草草了事众人散尽。

婉樱等几个赵府的丫头在宫外久等不见姑娘出来，而将军夫人也是迟迟在下人的搀扶下快快地走了出来，婉樱赶紧上前躬身问道：

"夫人万安，不知我家姑娘何时出来？"

夫人见是缙心的人，几分回避道："你家姑娘，被，被人带走了。"

"什么，带走了？出什么事了？"婉樱紧张地问道，可还是不好直接阻止人家夫人上车。

将军夫人坐在车驾中故意对婉樱说："我，我也不知是哪里出了问题，大王将你家姑娘错认成了逃出宫的那个美人，生生地让人把她带走了。你们再想想别的门路吧！只是我这一片好心，还望你家姑娘不要牵连到我才是，"夫人说完便放下帘子慌张地催促车夫道，"走吧走吧，回府吧！"

婉樱身上一颤。如果真被如此以为，会有两种情况，要么直入后宫，要么迁怒于自己身上银铛入狱，看来，不管怎样都是凶多吉少。

婉樱转身上车往回赶，回府与众人商议后备之事。

第三十二章
对月难言心中敬　转身一泪做新灰

比起宴席的热闹，牢房的寂静似乎更能匹配缙心此时的心境，可这深夜的凄凉并没有让心儿觉得这就是结果，她很清楚，杀死自己应该不是这个莒王大动干戈的目的，所以她一人坐着，也静静地等着。

这时，两个官兵来到牢房，狱卒照吩咐打开了缙心的狱门，只听一个官兵喝道：

"你，随我们走。"

缙心没有着急起身，抬头轻轻地问道：

"二位军爷，请问去哪？"

"告诉你也无妨，宫里传话出来说你犯了上面的忌讳，这就要将你送去乱坟岗了。姑娘，走吧。"

随着一个官兵阴阳怪气的长音，缙心整个身子凉到了透，她皱着眉喃喃地说："原来，王上真的只是恨郡主……"两位军官见她不动，不禁对视了一下没有催促，缙心稍稍平复了一下，起身行礼道：

"二位军爷，我去后可否劳军爷去襄义将军府报个信，烦她安排人替我收尸。"说罢从右手取下一只手镯塞给了其中一位，二位对视一下，叹了口气，默许了。

几人一起走出了狱所，便见一个简陋的车驾在月下等待，上前的是一位公公：

"上车吧，咱家是专门来送姑娘去姑娘该去的地方的。"

"乱坟岗。"缙心道。

"唉，这事儿啊正愁没个顶罪的呢，姑娘你就自己送上门了，这命也怪不得别人。"

缙心看着眼前的车，即便自己也曾做过最坏的打算，却从未想到，最终竟会是这么匆忙地连夜结束生命，未能上表莒王，更不必说临终前见家人了。想罢，缙心无奈上了车。

公公笑着见她上了车，而后转身看着那两个军爷，他伸出了手来说："拿来吧……"

二人一愣，其中一位马上明白了什么意思赶紧将缙心送的镯子放到了公公的手心里，公公冷冷一笑："有些人的小恩小惠，可拿得，可有些人给再多的金银珠宝，只怕也是有命拿，无命消受。"

二人一听，多少感受到了其中的深浅，赶紧言道："不敢不敢……"

缙心的车驾飞奔了许久才停了下来，只听公公在外面道：

"出来吧，咱们到了。"

缙心乖乖地撩帘出来，那两个军爷站在公公身后一脸严肃。

缙心向四周看了看，果然是片坟地，她深知自己真的命不久矣。

公公上前，阴阳怪气地问：

"姑娘，瞧见这满山满地的坟头了吗？"缙心侧了侧脸，没有说话，公公接着说，"在这里死的人都是没人知道的，其实也没人在乎他们是谁，更不用说什么有理的，没理的，是应该死的，还是不应该死的……死了就是死了，呼，没了！呵呵呵，咱家呀，来过几次，也送过人，有曾经尊贵一时的，也有来了不知道怎么回事的，这背后的原因明白还是不明白，其实不重要，拉来挨上一刀，那速度，认什么道理对错，全都变成了个屁，这啊，就是命。"

"公公是说，缙心心里明白了，就已比这些人强出许多了。"

"呵呵，姑娘悟性不错。其实这人啊，真没必要把自己拘在那条条框框中，到头来，明不明白的，不都是个死吗？闻闻，哎呀这气味，那是邻近奈何桥的味道。姑娘啊，就

这味道，还有那些个走得快的……没福气闻到呢！"说罢，公公拿了块手绢，掩嘴而笑。

缙心早已泪如雨下，仰天对月哭道："奶奶啊！心儿无能……"

"哎呦呦，姑娘啊，小点声儿！"公公突然打断了缙心，然后东张西望了一番，笑眯眯地说，"姑娘，小心把鬼招来呦。"

缙心环视了一下身边，侧脸看了看公公道：

"公公，要送我上路了吗？"

"上路，呵呵呵，是要送你上路的，你也不会武功，容易！"公公说着，向身后的人示意，其中一人便走上前来，刚欲向心儿靠近时，缙心本能地倒退了几步。

"慢着！"公公叫住了他，说，"没看出来吗？姑娘这是害怕了，呵呵呵，都这时候了，谁能不害怕呢？明白，这样，姑娘你呀，把身子转过去，就一下，很快，就成了……"

心儿看着眼前此人目光犀利，怕此劫是过不去了，便随公公那么一拨，轻轻地转了过去，眼睛一闭，只觉得后脑一沉，瞬间没了知觉。

第二天，一道圣旨传遍了整个都城，美人昨夜从大昭寺回鸾，但因在外染疾，今晨殁了，择日以礼厚葬，念襄义将军夫人护送美人有功，赐南珠一斛。

第三十三章
生死何人无人故　只凭生者臆断飞

公公将旨意传到将军府后留下了心儿的镯子，将军夫人见了心中忌讳，便赶紧命人将其送到了赵府。

婉樱芳竹她们一看，果然是姑娘的手镯，才意识到心儿昨夜恐怕已遭遇不测，都瘫坐在了一旁。全府上下悲痛欲绝，赵耳和培风更是心如刀绞一般，便强忍着将几个受惊的丫头搀扶着进了后院，赵府紧闭大门不见外人。

婉樱和茹梅众人到了后院已经哭得死去活来，芳竹含泪取了条白帛默默地走回了屋，昭儿在远处见了，小心地跟着，透过窗纱见芳竹将白帛挂在梁上，欲要自缢，昭儿大喊着闯进房间：

"不可，快下来！"一把抱住芳竹，"不可以，千万不能寻短见！"

芳竹被昭儿抱下摔在了地上痛哭起来：

"姑娘走了，是奴婢照顾不周，从小咱们都是跟她一块从未分开过，现在走了，也不能让她孤独地走啊！"

昭儿的声音惊动了其他人，大家纷纷寻声来到了芳竹的房间，见状也明白几分。

芳竹如此更是让众人又全都痛哭起来。培风在旁见此状，想了想，上前道：

"昨日姑娘被送到了乱坟岗，在下知道地点，可去寻寻姑娘的尸身是否还在。"

"昨日，怎么没有寻回来？"婉樱一惊，问道。

众人的眼睛全都盯着培风。

"因为，因为几个宦官将姑娘的尸身带回了宫里。"培风轻声道。

"所以会有一种可能，姑娘会被重新入殓，如圣旨说的厚葬？"筱菊。

"在下愿意去宫里找姑娘。"培风请命道。

"我也可同去，"众人开门一看，是回来的程仪。程仪在路上听说美人回宫便殁了，就猜想那兴许是自家姑娘，便赶紧回府。

"培风带上你恐怕不方便。"芳竹道。

"莒王做事一定是全套，在下混入宫去只要看一下棺椁即可。"培风道。

"要不，告诉我乱坟岗的所在，我再去看看。"程仪有些按捺不住。

婉樱听了有理，再怎么说也得活要见人，死要见尸，便吩咐他们同去了。

"那，那如果找不到尸身是不是也可以说明，姑娘没去呢？"赵耳轻声说道。

"你说什么？"筱菊看着赵耳，那份期盼让赵耳有些承受不住。

"我，我也是，猜，猜的……"

培风乔装入宫，果然看到一处宫殿布满了白布，但无人看守，看似也只是潦草摆着。他趁人不备，悄悄地凑近了棺椁，他往里一探，里面果然躺着一个女尸，富贵衣着，白布蒙面。

培风深得缙心庇佑，心中一痛，颤抖地掀开了那块白布——不是姑娘。培风一看，长吁了一口气。

"哎，你，过来，还有你，你们几个都过来。"一个叫声打破了培风的欣喜，让他恢复了小心。

"公公……"

"你们几个都站过来。"一个年长的公公将院内的宫人们男男女女都招了过来。

"正好，明儿个送走了这位，西殿那边有个半主子半奴才的缺人伺候，你们几个挪那去吧。"

"啊，听说那是个舞伎贱婢，公公啊，给我们换个地儿吧，这位我们就差点掉脑袋了，让我们去伺候正经主子吧。"

院内一众人纷纷乞求着管事公公，还有的上前塞钱给他，只有培风直愣愣地站在那里，心下想着：姑娘兴许没死，但，那个舞伎应该也不是她，那姑娘在哪呢？

婉樱和茹梅见程仪和培风空手而归，心中五味杂陈，既希望姑娘没死，又感觉姑娘似是连尸首都没有留下更是悲从中来，程仪缓缓地对婉樱道：

"缙府还在！我和赵耳合计着，这事儿还是蹊跷很多……"

茹梅强忍着泪追问道："你说说？"

"如果姑娘只是以一个'替罪羊'论处那么简单，那莒王一开始为什么不随便找一女子便是，用得着这么大费周章吗？更何况，莒国国君一直在拿这后宫之事为难邾国，其中还牵连了鲁国和齐国，如果真想草草了事，怎会等到现在？赵兄也曾是在丞相府中做事，见识不像平常之人，还要请赵兄帮忙想想办法。"

"如果我是大王，是绝不会杀了心儿姑娘的。"突然此时，传来了一个女孩儿的声音。众人循声看去走来的是前丞相的女儿赵昭。

自从这个丫头被缙心收留后，虽说同为姑娘的奴婢，心儿也曾经吩咐道："千金就是千金，即便落魄也是千金，众人不可欺辱她一分一毫。"

程仪听了昭儿的话似乎看到希望一般，赶紧道："愿闻其详。"

"之前，郡主代表缙府是大王的筹码，如果我是大王，会将心儿姑娘当第二个筹码，而这道圣旨，只是用于为自己在众人面前挽回颜面，正好换人罢了，郡主与缙府的联系多少牵强，但是，姑娘可是缙府的嫡女，这个筹码可比之前的强多了。至于之前为什么没有换个人顶罪，是因为如果不施压，怎么会引缙府入瓮呢？"

"所以，这一遭是将军夫人故意为之。"芳竹恍然大悟。

"姑娘，看来我等要赶紧回趟缙府，让老太太和夫人们拿个主意了。"程仪道。

"赵府这边有我和昭儿照顾，诸位姑娘公子不必担心。"赵耳道。

众人正说着，一个家丁从远处跑上前问道：

"姑娘，不知府中可要挂上白帘？"

几人对视一下，昭儿道：

"走的是莒国的美人，赵府为什么要准备丧仪？"

众人听了有理，便让那个家丁退下，之后给了些钱币，将那人打发出府了。

赵耳和昭儿退下后，桎仪和婉樱商议还是赶紧回趟缙府再做打算，此时，培风犹豫了一下，上前说道：

"在下不放心，想回宫去找姑娘，尽奴才守护之责。"众人觉得合理便留下了培风。

莒国离宫夫人暴毙的消息很快便为天下人所知，自然也传到了韩离子和缙钰耳中，韩离子听了线人来报感觉有些突然，追问道："回宫，暴毙？"

线人道："回主人，前两日出的殡。听说，是在公主生辰之日，襄义将军夫人将美人带回宫的。"

"那此案，结了？"缙钰在一旁按捺不住自己的喜悦道。

韩离子想了想，问道："可曾说孩子的事？"

"这……不曾有人提孩子的事，据宫中人说，美人当众脱下外服，是穿着便装被俘的，未听说有人见美人身怀六甲。"

韩离子一缕阴笑露了出来，摆手道："我知道了，你去吧。"

缙钰听了心中一沉，韩离子回头看他一脸疑虑，冷笑了一下："你妹妹进宫了！"

"你是说，我妹妹……"说到一半，缙钰已经身体发软，不敢再说下去。

韩离子藐视地看了看这个弱不禁风的富家公子，道："你大小也是未来执掌缙府的人，怎么这么禁不住个事儿？"

"心儿，心儿是我最重要的妹妹，缙府的嫡……"

"那又怎样，偌大的缙府，让个小丫头出来找出路，出来了，她的贵重有起到什么作用吗？再说了，还不是你没用……"

"你把我放在身边，到底是要杀要剐？"

"我把你放我身边，是要书信告知周天子，缙府与轩尧阁交好了。否则你妹妹进了莒国宫中，我轩尧阁如何占有一席之地啊？"

缙钰听了，愤然将自己关回在房中，悲痛不已。

韩离子并不理会，凝神想了一会儿，唤来了身边一个隐卫：

"赵府那边可有办丧事的样子？"

"据回报，并没有，只是，消息刚出府中的几个男女便离府往缙府的方向去了。"

"这就对了，他们和我们想得一样，到底是缙府的人啊，有见识。可惜了那个缙心，一场聪慧，却还没明白男人真正的想法便飞蛾扑火，只怕要葬送了自己的美貌青春了……"

隐卫见公子只是在那里喃喃自语，便行了礼，自顾忙去了。

"回来。"

"公子。"

"准备车马，带上那个不中用的公子哥，咱们也去缙府凑凑热闹。"

"诺！"

第三十四章
昨日盖棺天下表　山中一簇雨来催

程仪众人快马向缙府的方向奔来，刚到山下，一只飞箭向筱菊"嗖"地飞了过来，射到了旁边的树上，筱菊一惊跌下马来，众人赶紧停下，婉樱和茹梅两人下马扶筱菊慢慢起身，发现她已经崴伤了脚踝，众人警惕地四下观望。

程仪举手作揖，凭空喊道："不知是哪方好汉，若有误会，可否现身一会儿？"

筱菊强忍着疼痛，气狠狠地说："缙府的人在家门口还没受过这般凌辱，今天真是要会会，看是谁敢在此造次？"

"哈哈哈，姑娘好气魄，襄某在此恭候多时了！"此时，树林中走出一队人马，领走的一席长袍，袖口紧束，玉树临风。

程仪走上前将其他人护在身后，拱手行礼道：

"襄义将军，程某有礼了。"

襄义拱手回礼："襄某受莒王所托要拜见缙老太太，还要请公子和诸小姐引荐！"

"听说襄义将军奉命寻找出逃美人，现如今听说美人已经在宫中找到，襄义将军是不是可以退兵了？"

"美人走时已身怀六甲，有王家血脉在此，莒王如何放心？"

"那与缙府有何关系？将军在此地已经不是一天两天了，若是发现蛛丝马迹，恐怕早已上山了。"

"不敢，谁不知道缙府地位，怎敢冒犯，所以还要烦劳程兄帮忙带路为好。"

程仪见襄义如此执着，听语气想必也知道到那"死"去的一定不是真正的美人。婉樱从程仪身后走出来，给他使了个眼色，程仪便退后了半步，婉樱道：

"襄义将军是贵客，既有所求自然要从命。只是缙府的府邸小，老太太喜静，人多不便。"

"这位姑娘不必在意，襄某只带一名随从即可。"

"只怕刀枪剑戟难以登堂入室呢？"

"我这边卸下盔甲武器，着轻装拜见。"

"既然如此，请襄义将军随我们一起吧。"

"姑娘请！"

说罢，婉樱、程仪等人便重新上马，襄义言而有信，更衣卸甲之后只带了一个卫士在后面跟着，众人一同上了山。

一行人马辗转山路到了一处庭院墙门外，众人将马匹牵入马厩，然后徒步继续往上走直到缙府门口，只见一位相貌脱俗的女子在门口迎上前道：

"婉樱姐姐远道回来辛苦了！老太太在雅厅等姐姐众人呢。"

婉樱上前悄悄问道："老太太精神可好？"

"只是坐着，面无表情。"女子轻轻回道。

婉樱没有说话，带众人进了府。转了几处回廊，众人来到了一个小厅，侍女将绢帐卷起，只留一个珠帘清荡，老太太和夫人们坐在帘后，婉樱和程仪等人带着襄义将军来到厅中，众人跪地俯身，道：

"老太太万福。"

"你们出去跑了这么长时间，缙家生意怎么样了？"姜夫人问道。

"回老太太，夫人，缙家在外的产业都好，今年想必能过个好年了。"婉樱应道。

"后面的是谁？"良夫人继续问道。

"回夫人，是莒国的襄义将军。"婉樱道。

襄义接话道："莒国之臣襄义拜见大公主。"

有珠帘隔着，无人能看出帘后的夫人们的脸色，姜夫人沉了沉气，道：

"襄义将军，请起。"

襄义听罢站起身来，上前拱手道：

"襄某唐突，路过宝地特来缙府拜见太太和夫人们。"

"襄义将军辛苦，请坐。"姜夫人道，"婉樱，你们暂退左右。"

襄义将军被安排在一旁坐下，婉樱众人起身侧立于雅厅的左右。

良夫人问道："襄将军从莒国而来，不知是何事？"

"哦，莒国出逃的美人，也就是郡主已经找到，可惜入宫当日就殁了，这美人与缙府也算是有关系，故而特代吾王来府上拜访，以示慰问。"

"美人出生在鲁国王宫，其母是嫡太妃，将军应取道鲁国才是，跑缙府来慰问，有点说不清吧。"

"夫人说得是，只是鲁国、郯国莒王都找了，均没有美人的迹象，而缙府深居山中，又有防御，是最佳的藏身之处。"

"可是，你们莒国国君已经昭告天下说美人回宫，这个案子也就结了，襄义将军为该早些回去建功立业才是。"

"夫人，美人离宫之时，已身怀六甲，但那美人回宫之时却翩翩如少女一般，莒国之君想让在下来到她的母家接回王室骨肉，好回宫团圆。"襄义说着透着珠帘偷瞄着诸位夫人的反应。

众人听襄义这么一说，料定那个被顶替的"美人"定是心儿，但襄义在此，皆不

能露出不妥，所以都控制着自己的情绪，不敢让襄义将军看出半点不同。

"那后面，襄义将军准备到哪里找孩子？"姜夫人问道。

"缙府所住之处山洞景色秀美，也十分适合藏身，在下想借道缙府，也可免了我家大王对缙府的猜疑。"

"无稽之谈，缙府是什么地方，这山上岂是任何人都能来的？"

只听老太太平静地说道："你可以到山里逛逛，但要是敢冒犯我缙府，小心你们的那个莒国，就可以直接没了！"

襄义心中一颤四下看看其他人也都无所动，他自感无趣又不敢造次，只得拱手道了句：

"襄义只是看景，不敢造次，但属下会在外继续寻找我王家血脉的下落，老太太若有消息，还请府中告知一二，在下告退。"

说罢便转身离开了。

出了缙府大门，襄义与随从往山下走了几步，随从道：

"将军，大王终于让咱们上山查看，但这么大的山，从哪里开始查起？"

"狡兔三窟，肯定有，想必那个呼应之处也会在此附近，走，随本将军转转。"

就这样，两个人便没有下山，辗转向另一个方向走去，他们的行踪早已在缙府的眼线之内，但府中下令，只记行踪，护其周全，不得生事端，所以襄义及随从在深山之中一直没有感受到任何不同。

以他们在外征战的经验，凡是有路，尽头必有新景而待，也必有人影。

第三十五章
天下布局天下定　曾经仇家成亲家

襄义和随从两人在山中转着，韩离子与缙钰的车马也到了山下，山中隐卫见此二人出现，赶紧来报缙府。

良夫人含泪对老太太说：

"母亲，钰儿……"

"不可乱了阵脚！"老人扬起声音，更加威严。

"妹妹，"姜夫人道，"韩离子若要对钰儿动手，恐怕也不会与他一起回来，先看

126

看韩离子他们怎么说吧。"

姜夫人的话虽然有些理智，但良夫人更喜欢老太太那命令的口吻来得干脆，在悲伤与不安即将达到顶峰的时候，谁还会有耐心去听那些"审时度势"的话？

就在此时，韩离子与缙钰已有人引道入了雅厅，两人在珠帘前拱手行礼，良夫人壮着胆子说道：

"钰儿，来，到为娘身边来。"

缙钰见状，不敢动，韩离子微微一笑，将身一侧，给缙钰让开了路，起初缙钰还吓了一跳，但见他给自己使了个眼色便鼓起勇气从韩离子身边走过，向良夫人走去。

缙钰来到帘后，"扑通"倒在了奶奶的怀里，道：

"孩儿在外贪玩，让奶奶和母亲担心了。"

"去陪陪你母亲吧。"老太太道，缙钰便退到了良夫人的身边，良夫人用手抚摸着自己的孩子，强忍着情绪不敢发作。

"缙老太太，韩某有礼！"

"韩公子在外名声显赫，来我缙府，蓬荜生辉啊！"老太太铿锵有力的声音让韩离子心中深知其分量！

"不敢当，韩某是代齐国国君而来。"

"哦，这小子找我何事啊？"老太太问道。

"齐王心念公主才华，预让韩某将太太才华之作收集成册，以不埋没了公主的满腹经纶，使其流芳百世。"

"我的诗作，不了解其中故事的恐不会理解，就算抄得人手一份只怕也是对牛弹琴，如何谈得上流芳百世。"

"公主谦虚了，纵是世间可谓知己者无一人，但有才华者，当为世人所知，方才不辱没了自己的勤奋。"

"如今，世风日下，都是些投机倒把苟且偷生之人，即便立于朝堂中者，也无非是为了荣华富贵不辱祖上。所以，即便是那屈指可数的几个王公诸侯，也无非是争权夺利之辈。乱世中谈诗词歌赋者，不是昏庸之人，便是疯子。你将我的诗作收集，是看我是昏庸之辈，还是疯子呢？"

韩离子被老太太的话逗笑了："公主说笑了，越是乱世，满腹才华之人才可谈得上择明君而投，一展宏图。一家昏庸，世间才子还有他家可选，对治世者也是一种公平，如此一来，天下虽分，但强者更强，弱者更弱。如今世道对于强者来说，便是天赐之机。公主之才，放在男子当中都可堪为翘楚，齐王爱才，孝心于公主，也是情理之中。"

"既然齐王心系太太，当派朝中之人前来，为何让你一个江湖中人来做此事？"姜夫人问。

"亲情与国事，不可同日而语。"老太太道，"我缙姬心中明白。"

"公主聪慧过人，在下拜服！"韩离子作揖道。

"韩公子此次来，还有别的事吗？"

"实不相瞒，韩某在鲁国有幸一睹缙家嫡女缙心的芳容，一见倾心，不知，能否再次请将小姐出来一续？"

良夫人道："缙府有缙府的规矩，未出阁的千金是不方便出来见人的，韩公子是不是看错了？"

"小姐拜访鲁国嫡太妃，总不敢谎称自己为旁人吧？"

良夫人被韩离子驳得哑口无言，回头看了看老太太。

老太太笑了笑，问道："心儿在外不知是不是冒犯了韩公子？"

"哈哈哈，实不相瞒，小姐身份尊贵，在鲁国的时候，韩某只算得上是小姐的贴身卫士，故而，前些日子差人将姑娘的所用之物都送了过来，但考虑姑娘名节，没有以轩尧阁之名送来。"

良夫人偷瞄了一下站在旁边的婉樱，婉樱会意，没有否认。良夫人赶紧接道："那当初就劳烦韩公子了。"

"韩某对小姐一见倾心，所以今日前来，是来提亲的。"

此话一出，缙府上下瞬间变了脸色。只有老太太面不改色地用拐杖顿了顿地：

"韩公子，你一向与我缙府有不共戴天之仇，后又虏了我的孙儿，今日，又开始打我孙女的主意……"

韩离子起身道："太太，缙府的富甲一方依托的是周天子的恩旨，如今莒王借美人之事发难，想必公主已经猜出来，是周天子要收网了……"

"你们几个丫头都退下吧。"老太太打断了他。

"诺！"婉樱带着丫头和程仪等众下人退了出去。

"能翻动四国关注、两国交战的，除了周天子，还能有谁？"

"周天子是要收了已经养大的缙府，要将缙府的财富和遍天下商铺背后的眼线大网，收于自己麾下，如此，周天子便可有另一条通路，巩固皇权了。"

"那韩公子呢？是借此机会，帮齐国分一杯羹，与我谈个条件？"老太太问道。

"非也，如果公主不愿意再将自己和全族送回那周天子的朝堂之上，韩某愿携轩尧阁与缙府联姻，以江湖之势，远离朝堂是非，不为各诸侯所贪图。"

"我缙府藏龙卧虎，无论是救人还是自救，委托给一个世仇，岂不让天下人笑我。难道，你就不想杀了缙家，为你们全族报仇？"老太太这一问，让韩离子不得不感叹这个女人字字切中要害。

"灭了缙府，周天子和各国便有了理由灭了轩尧阁，而轩尧阁便会是下一个缙府。"

韩离子的话一出，老太太嘴角露出了一丝笑意。

第三十六章
鹰入广寒嫦娥怨　只是天地自有为

"也罢，如果韩公子不嫌弃，就请公子在书阁住下吧。"老太太道。

韩离子拱手作揖道："多谢公主！"随后便随下人引路去了书阁。

送走了韩离子，良夫人一把将缙钰搂在了怀里，四下抚摸，上下急切地瞧着："我的钰儿，他有伤着你吗，伤哪了？"

"孩儿一切都好，都是孩儿无能，让奶奶、母亲担心了。"

"钰儿，你怎么就和韩离子在一起了？"姜夫人问道。

"唉！回姊子，侄儿……侄儿是被韩离子掳去的。孙儿想，有我在韩离子手中为人质，莒国就算想搭上齐国对付咱们，也不敢轻举妄动了。"缙钰道，老太太微微一叹："长进了，都下去吧。"

众人无话，都散去了。

程仪与婉樱一众回到了心儿的绣院，将门关闭，到了中庭，大家东倒西歪地倒在了地榻上。

这时，一个小丫头从里屋冒了出来，是一直在下房伺候心儿姑娘的云儿，她见了众姐妹兴奋不已，赶紧过来问好，又是哭又是笑，彼此关切，等大家都冷静一些了，芳竹问：

"姑娘之前把你留在家，之后可有人来过？"

云儿道："你们走后，二大人就让我白天过来打扫房间，晚上以回去当差为名在她那里住，好有个照顾。白天这里甚少有人来，倒是老太太有时会路过。有的时候，我来得晚一些，会看到钰公子常在这里徘徊，能看得出来，公子是想念姑娘的。"

"那天韩离子掳走了钰公子，你可知道？"婉樱问道。

"那天这院内有动静府中是知道的，也有隐卫在暗中跟着，可听说老太太的意思是不打草惊蛇，所以一夜无人不让声张，更是瞒着夫人们，说是怕伤了主子。"

"所以一时之间，各隐卫都暗中去保护了她们的庭院。"筱菊道。

"我就说嘛，韩离子如此来去缙府怎么会无人知晓，否则就太奇怪了。"芳竹说。

"韩离子的功夫了得，他来之后，先保所在之人安全，是对的。"程仪道。

正值这时，院门打开，众人向外看去，韩离子已站在了院中，几个丫头瞬间脸色苍白，但毕竟从小在大户人家长大，所以还都沉得住气。程仪站在前面，有意识地护住大家，婉樱上前，轻声道：

"在这里，他装也得装成个君子，不敢动手，放心吧。"

程仪听罢，才侧身后退，婉樱走出屋子，与韩离子对视，施礼道：

"韩公子，就算公子是缙家未来的女婿，只怕大婚之前，姑娘绣房还是不方便进的。"

"我还未进，你不就已经出来了？"韩离子的言语让众丫头听着总觉得多了太多的江湖风流，让人有些不舒服。

婉樱下了台阶走了几步，面带微笑，从容淡定，一直直视着韩离子，韩离子也不回避，心中暗自感慨，不愧是缙府，主子有主子的胆识，连一个丫头都有气场。

只见婉樱行礼问道：

"韩公子有何吩咐？"

"我奉命抄录公主的诗词，但听说缙府书阁有三层楼之高，韩某初来乍到想找个人引一下路。不知姑娘能否帮帮在下。"

婉樱欠了欠身，道："公子客气了，奴婢不像公子会飞，要不，您先在天上看看？"

婉樱的话让韩离子明白这些人对他的抵触，笑了笑道：

"既然我站在姑娘面前，便不会有失于缙府，不必担心。"

婉樱知道，也就嘴上可以怼一怼他，毕竟是客，待客之道还是要有的："还望公子的江湖，是讲信义的。"

"有劳。"韩离子拱手行礼。

婉樱转身便带了程仪，茹梅和芳竹一同与韩离子去了缙府的书阁，留下筱菊与云儿重新打扫姑娘的房间。

缙家依山而建，府邸里面也因地势的原因而千回百转，每个小院各有各的别致，与中原的豪门府邸的宽敞截然迥异，可只有这书阁，威武大气，是当初缙老爷子和公主花重金修建的。

曾有旁边村子里的人说，缙家搬迁，来了50辆车，有35辆车装的是竹简和帛书。缙家主子男子要读多少，女子要学哪些，包括仆人家丁甚至是隐卫，要学会什么，在这书阁之中均有定数要求，这也是缙府世族与其他王公贵族府邸的不同之处。

韩离子和程仪婉樱等人来到书阁，开门进去，四壁都陈列着书简，韩离子心中一震，好大的书架，自己从未见过这么多的书，更不用说读，这是他曾经的梦想，曾经他是多希望自己可以多读书，出将入仕，可最终为生活所迫，让自己不得不混迹江湖。

他深吸了一口气，环顾四周，浏览着书简上的名称：

"你家姑娘从小就是读这些书长大的？"

"公子错了，这一层楼的书都是缙府的下人看的，而缙家主子们真正要看的都是上两层楼的书。"

韩离子惊愕地环视了一下，勉强一笑，与众人上了二楼。

此处与一层不同的，帛书见多，而依然以竹简为主。韩离子随手从书架上取下一卷简书看，是秦文，回头道：

"缙家真是揽天下众家啊，连荒蛮之地的秦书都有收藏。"

"老太太是周朝的公主，皇家宗室，自然要心系天下了。"婉樱道。

"既然要心系天下，又为何要在这世外隐居呢？"韩离子反问道。

"姑娘说，'隐居世外'是'心态'，'心系天下'是'格局'。"婉樱不卑不亢地说。

"难得啊，主仆之间尚有所传承，缙府女流，不容小觑！"

随后，众人又到了第三层，婉樱本能地紧跟在韩离子后面，韩离子有所察觉，料定这第三层是缙府正主们读书习字之处，便放慢脚步，仔细观摩。

第三层与下两层不同，书架没有那么密集，参差摆设，桌椅器具也典雅极致，韩离子在下两层只是逛逛，没有向深处走去，而到了第三层楼，韩离子顿时觉得流连忘返，他绕过交错的书墙，向深处走去，发现书阁的四角，各落有四个雅室，两个屋门紧闭，两个却没有门，只是薄纱挂着，随风轻摆，一间屋是蓝色，一间屋是黄色。

韩离子看了看，问婉樱：

"这四间雅室，想必是缙府四位重要的主子的私处吧？"

"正是。"婉樱答道。

"让我猜猜，那其中有一间带门的当是老太太的。"

"是。"

"这两个挂薄纱的，想必其中一个是你家小姐的。"

"是。"

"可为何，有的是门，有的是纱呢？长幼有别？"

"不是。"

"尊卑有序？"

"不是。"

"那我猜想，这挂黄纱的雅室，是你家姑娘的。"

"不是。"

"那莫非，这挂黄纱的，是钰公子的？"

"是。"

"这挂蓝纱的，是你家小姐的？"

"是。"

"这颜色有些奇怪。那另一个带门的雅室，是缙家长子缙琛的？"

"是。"

"这蓝色往往是给男子用的，黄色适合女子，怎么在这反而颠倒了？"

"黄色乃是皇家之色，家有男丁，岂可用于女眷？"

"哦……"

韩离子恍然大悟，这缙家不愧是皇家正统，果然事事讲究，凡事都要有个出处，而那蓝色，想必是这位心儿姑娘性情所至，她自己选的，不过这缙府上下这么多人，子孙满堂，而这四间屋子会给一个女眷留着，可想而知这缙心在府中的地位，绝非是平常嫡女千金能相媲美的。

韩离子想到这里，心里又想起当初缙心跟她耍聪明的样子，不禁一笑，便掀帘进了缙心的雅室。这雅室屋内明亮清雅，桌上还有一幅绢画，被一个手绢盖着。韩离子轻轻将手绢掀开，婉樱一眼便认出，画的是姑娘自己站在后山的那棵繁枝大树之下的情景。虽说画上只是姑娘迎风而立的背影，但婉樱猜得出，此时画中的姑娘是她得知赵公子全家离开之后心中无尽悲凉，而这其中的故事，也只有她能明白。

韩离子看着画入神，如此妙人的身影怎不叫人如痴如醉？在场的其他人见他们二人看着画入神也不敢说什么，没有作声。

良久，婉樱见韩离子看画入神久不想离去微微皱了皱眉头，她上前道：

"韩公子，您要的老太太的诗词在另一处，还请公子移步。"

韩离子看了看婉樱，微微一笑，将手绢轻轻地盖好，随婉樱一同离开了心儿的雅室。

婉樱引众人来到了一处书架前，婉樱在下层取出一个小木匣，里面是折好的帛书："韩公子，这些是太太自己还算满意的诗词文章，请公子过目。"

"好，你先放在那边桌案上吧！"韩离子随便指了一处桌案，茹梅接了木匣，放在了橱子旁边的桌案上。婉樱又命人取来空白的书简，对韩离子说：

"既然要广传天下，还是竹简好些，公子就在此择其优者抄录吧。"

"有劳姑娘了。"

"这边就让程仪在此伺候了，我等还要回去收拾一些姑娘的东西，公子切勿见怪。"

"好，有劳姑娘安排。"

于是，婉樱便带着茹梅和芳竹回了缙心的小院。

韩离子坐下来，眼睛仍然环视着四周，享受着这里的书香惬意。倘若家族当初没有遇害，想必自己也能享受上这样的书阁，如此饶有章法的教义，就这样，韩离子想着想着，心中的嫉妒油然而生，压在心底的义愤开始不听话地往外冒。

他想着缙心和缙钰两个与自己差有千万，又不禁冷笑了一下：造化弄人，如此好的家教传承，聪颖天资，却被老太太这一念之差，让他们在山林中少了时间该有的历练，所以，该吃的苦，该有的力不从心，他们只能系数补上，家族之颓便是老太太这一决定的代价……

第三十七章
一边鹰落桃花下　那里雄鹭已贪杯

这边，襄义将军和随从往山中越走越深，左边是高耸的山墙，右边便是悬崖，一望无底，襄义刚要扶崖继续前行，随从赶紧阻拦道：

"将军，这都传蜀道难，只怕此地更要难于蜀道。缙府家中多是女眷，恐怕这样的路缙府的人并不会常去，将军我们当真要顺崖而行吗？"

"你太小看他们了，随我走吧。"

就在他们小心翼翼地往前走着，对面岗哨的隐卫自己观察着，待两个人即将过来之时，便安排一人掉头向树林深处跑去，不一会儿又跑了回来，告知身边的人说：

"府中有令，不要惊动他们，让他们过来。"

"万一让他们发现怎么办？"

"咱们按命令办事。"

此二人身在山中不知，这山林之深，深不过缙府，虽在世外，恐怕是朝中之人所无从猜测的。

襄义带人小心翼翼地走过悬崖山路，来到了安全的平底。此时，随从的腿已经抖得几乎无法自控：

"将军啊，那简直就不是人走的路，身子贴着山壁不怕，一半脚在崖外，你我习武之人过来都费尽，那锦衣玉食的公子千金根本不可能，这要是再抱个孩子，就更不可能了。"

"少废话，最好的藏身之处，要么是最危险的地方，要么是藏在危险的背后。"

"这……这个危险，是会失去半条命的！"

"往前走吧！"

襄义根据太阳的位置判断方向向右走，虽说山路百转千回，但襄义相信，只要有路有脚印，就一定有"故事"。

两人转道绕过一座山峰，抬头看到山涧中隐隐露出一角屋檐。

"这种地方，果，果真有人？"随从在旁惊叹道。

"'考槃在涧，硕人以宽。'好地方啊！"襄义吟道。

两人顿时有了劲头，径直向上走去，那楼阁越来越近，直到二人走到门前，他们抬头见匾，上面用的是金文。随从不认识，问道：

"将军，属下是莒国人，这上面写的是什么？"

"闻水阁。"

"这是，郊国的文字？"

"不，这是周朝的文字，目前也只有皇家贵胄会用了。"

"那，那这，岂不是缙府……"

"走！"

襄义带着随从直接推门就进，两处丛中的隐卫见襄义如此粗鲁，便知道来者不善，刚欲杀出去却看到领头的给他们使了个眼色，让他们稍安勿躁。

二人走到院中，这里与缙府的精致迂回不同，这个院落方方正正且毫无点缀，只比那些荒废的庭院干净一些罢了。

"是奴才们住的地方？"随从道。

襄义没有说话，二人绕过院落当中的一个石亭，迎面的是一个看似民舍一样的房屋，粗糙，但不俗气，襄义和随从向里走着，刚到门口，正欲伸手，门突然打开了，二人吓了一跳，而站在门口的是一位慈眉善目的老妇。

老妇见到二人，并不吃惊，道：

"二位恐怕来错地了。"

"老夫人，"襄义拱手作揖道，"不知此处是何地？"

"这位老爷要找谁？"

"我是闲散之人，见这里景致不俗，特来此一观，听说这里藏着赫赫有名的缙家……"

"这里的确是缙家的一处别院，但是缙家人已不在此居住了，这位客人还是请吧！"

老妇人说话铿锵有力，面色从容，襄义一看便知这不是一般的乡野村妇，又作揖道：

"我等从远道而来，可否进屋讨杯水喝？"

老妇看看他，说："请！"便转身将二人引了进来。

襄义二人走进屋里，虽说在外面看着房屋不显眼，但里面的陈设均都是上品。老妇人请二人坐下，倒了水，不温不火地任他们在这里张望观察。

襄义四周看了一下，见这老妇人还在旁边坐着并不介意他们的东张西望，便赶紧起身作揖道：

"襄义失礼了。"

"客人过谦，请用茶！"

"夫人先请！"

那老妇人没有再让，稳稳地坐在了那里，襄义正了正身子。

"客人来此，就是为了观景？缙府所在之处，可不是让人能够随意游山玩水的。"

"夫人明鉴，襄义奉旨前来拜见缙家，也是为了能够破一桩案子。"

"是莒国美人的案子？"

襄义上下打量了一下眼前此人，小心地问道："不知，夫人是缙家的什么人？"

"仆人。"

"看夫人气度不凡，想必与缙家沾亲带故吧。"

"谬赞了，我是老太太身边的一个女奴，跟老太太久了些而已。"

襄义心中一惊，这缙家的奴仆都有如此气度，想想自己经常出入莒国王宫，都未曾见过这样的宫人。

"客人此来是找那孩子的吧？"

老妇人的一句话将襄义的思绪拉了回来，赶紧回来说道："正是。"然后吃惊地看着眼前的妇人如此坦白地一语中的，让他有点猝不及防，而更让自己吃惊的是，匆忙中的应答竟这么容易就亮出了自己的底牌。这堂堂一国将军的威严，瞬间在这个妇人面前荡然无存，这么一会儿的功夫，襄义和他的随从顿时有些无所适从。

"那客人准备在这里找找？"

"额，这……"

"倘若客人在此处感兴趣，看看无妨。"

襄义想了想，看了看这妇人，干脆起身道："那就恭敬不如从命了！"

"客人请便！"

于是襄义和随从便一同四下查看，老妇人坐在那里从容地喝着茶。

这两个人许久在屋里没找出什么，老妇人说道：

"这院子后面还有一个屋子，你们绕过去便可看到。"

襄义一愣，见过从容淡定的，没见过给搜查人指路的，他们向那妇人行了礼便按那妇人说的，来到了后面的小屋。

这两个人没有马上进去，只是巴了巴头，窗户是微开着的，里面挂着纱帘。襄义站在窗户旁边向内轻吹了口气，没有尘土吹起，倒是帘子轻起了一角。襄义借故向里一望，里面是空的，襄义突然大声地咳嗽了一声，随从赶紧赶了过来，襄义摇摇头，对他说：

"没事，我想试试里面有没有婴儿。"

"您这粗嗓门的一咳，别说婴儿了，满地跑的小孩儿都能被您吓尿了裤。"

"去，别瞎说，走吧！"

两个人回到前屋，发现里面已经没人了，他们绕过石亭，看到那位妇人已经在门口安然自若地等着二位。

襄义赶忙上前几步，道："襄义冒犯了。"

"是老妇请客人四下看看的，况且客人并没有进去，不妨事的。"

"襄义不胜感激。"

"客气。"

"不过，这荒山野岭，难免有野兽出没，这附近又是悬崖峭壁，夫人自己在此，若是有什么事情，岂不叫天不应？为何不去缙府住，大家在一起也有个照应。"

"客人可知，此处是何处？"

"额，这，想必是缙府的一处别院？"

老妇摇摇头："从这里出去南走，便是缙府的墓地，缙老太爷和太太的次子便葬在那里，老妇，是在此处看坟的。"

襄义一听，心中一颤，赶紧行礼道：

"冒犯了，神灵之所，却让晚辈误以为成了龌龊之处，请夫人赎罪。"

"还好还好。"

"那在下告辞！"

"请！"老妇侧身将他们二人送了出去。

襄义二人出来往南一看，果然远处落着几个坟冢，二人便转身向北走去。

老妇人关上门，一个人向后屋走去，打开门往里走，对面的墙中间的一块是错开了，远看以为是一面墙，其实这里是另一扇门可以直接出去。

出了门，一条小路延伸到院外，穿过树林便到了河边，这里便是当初良夫人缙心当初祭奠大夫人时换船上马的地方。

山林当中，人总是显得渺小，渺小到谁都懒得去了解这块石或那棵树的背后究竟藏着什么？

老妇人来到岸边一招手，一个隐卫来到了她的身边，她说：

"告诉老太太身边的林妈妈，他们走了。"

"诺！那是不是可以让小姐的船回来了？"

"可以了。"

"诺！"隐卫转身离开了。

过了一会儿，一叶扁舟从河中慢慢漂来，到了岸，那老妇人赶紧上船将舱中的母子扶了出来，孩子还在酣睡。

老妇人笑道：

"委屈郡主了！倘若他们一来，就派隐卫尾追阻拦，只怕会将事情越闹越大，倒不如让他们自己知难而退吧，两相静好，最为妥当。"

"柳婆婆在老太太身边多年，也变得足智多谋了！我和麟儿谢婆婆。"出了月子的郡主精神比之前好了很多，由柳婆婆扶着慢慢地在树林中往回走。

"柳婆婆，心儿姑娘当真为了我……"郡主不敢再往下说。

"郡主不必担心，想必，缙心姑娘是受了些苦，但在无能为力的时候学会听天由命，也不是过不了关的。听说韩离子来缙府是为了提亲，倘若姑娘真的命丧黄泉，韩离子又何必有此一举呢？"柳婆婆道。

"听说这个韩离子是天下第一杀手，轩尧阁遍布天下无人敢冒犯，就凭一念猜想便开始入仇人府求亲，真不是个简单的人，我怕心儿会被他玩弄于股掌之中。"

"咱们这位心儿姑娘得老太太衣钵也非凡类，这世上总是有了太阳光辉，才会有明月淡雅相配，有了山川的锋利，才会有湖海的包容与之呼应。"

"心儿没事就好，其实，莒国国君，也并不是个昏庸之人。"

"那郡主又为何要出来呢？"

郡主停住脚步："婆婆，如果天下不容我，我一个弱女子，当如何呢？"她看着自己的孩子，"毕竟，孩子是无辜的，我得让她活着。"

柳婆婆是个心思缜密的人：

"郡主，奴婢有个疑问不知当不当讲。"

"婆婆请。"

"郡主怎么就知道，缙府一定会容下郡主，宁可自己遭殃？"

郡主听了一怔，脸上有些不自然道："外面的目标是缙府，救了我，缙府还可以有我们，莒国血脉在手。如果下一次不是我，没有孩子，缙府就不知道要面对什么更危险的了。"

婆婆看了看郡主怀里的孩子，以礼还之：

"郡主，这天，眼看就要沉下来了，咱们回去吧。"

说罢，她便扶着郡主回了房间，没再多言。

第三十八章
谁家公子翩翩起　可惜青玉入马堆

　　襄义在山中看天色渐晚，倘若夜深里在里面转不出去，他们二人恐怕只剩下凶多吉少了，况且夕阳落得如此之快，当即便决定在彻底日落之前，过了悬崖陡壁原路下山。

　　不日，缙琛回府，听说了府中的事情，便径直来到了姜夫人屋里，虽说姜夫人比不得自己原配的高贵优雅，但有时这接地气的俗媚在昏黄的烛光下，反而让喜好清雅的人在疲惫之后有一种身轻舒心的醉意。

　　宽了衣，上了茶，偌大的府邸只有这里才能慵懒歇息，圆了缙琛的奢望。

　　"你平时点的香，怎么不点了？"

　　"家里发生了那么大的事情，哪还有闲情精细布置，回头老太太那再怪罪我不懂事，岂不白生事端。"姜夫人怏怏地说。

　　"老太太哪是那种拘泥于妇人心思的？还是你没个智谋，如果做事都有理，谁会怪罪你。"

　　姜夫人被缙琛说中了几分，小嘴一撇道：

　　"老太太说话，谁敢辩？现在府里又住进了第一大世仇杀手，人人自危。我带头点上香？说好听了，是我临危不惧，说再好听点，是威慑韩离子，让他猜不到其中深浅。但如若说得不好了，就是我对府中之危不上心，未尽该有的责任。是好是坏，岂是有理就能说清的？"姜夫人给缙琛捏着身子，"哦对了，韩离子那，咱们怎么办，自从他住进来，咱府上的人睡觉都得睁着眼，生怕早晨自己的脑袋没了。"

　　"那他可有不当之举？"缙琛微闭着眼睛问道。

　　姜夫人想了想，轻声道：

　　"这个韩离子在府中倒是安分，听说对下人也很谦和，可是他这一谦和，反让人更不知其中深浅，他那一笑，总让人觉得他是笑里藏刀。毕竟啊他是韩离子，大家……怕啊。也就是心儿底下的那几个丫头，在他面前倒是能撑起个来。"

　　"此人城府极深是肯定的，凡表面完美之人，必深藏可怕之处。"

　　"这倒是，"于姜夫人来讲，只要韩离子不灭门，只要他娶的不是蕊儿，怎么都行，"老爷，何时可以把他打发了啊？"。

　　"我回来了，三日之后再见见他罢。"

　　"三日才……"姜夫人惊讶地看看自己的丈夫，但还是收住了嘴，无奈地说，"三日就三日吧，那，老爷要跟他谈什么，还是得小心着他点儿。"

说罢，姜夫人伺候缙琛躺在床上，一夜无话。

三日后，缙琛在自己的书房里写了一封信，悄悄着人缝在一个布袋中，下人刚将东西拿走，韩离子便走了进来。

缙琛看着韩离子心下想着，此人若与我族全无恩怨，光这番仪表堂堂与缙心还真是是一对妙人，可惜命运弄人啊……

两家仇人见面还是依礼寒暄几句，便直接步入正题，缙琛道：

"心儿是我家嫡女，在缙家的地位也非一般千金所能媲美，当初家父斩了你全族，你却来向仇家提亲，如果我缙府答应了此事，只怕全族上下都寝食难安了，恐怕这亲事迟早成了丧事。"缙琛的眼睛不大但是锐利，慢慢悠悠地将话说得切中要害。

"岳父大人说笑……"

"哎，"缙琛摆摆手打断了他，"我可没有做你岳父的福气。"缙琛指指自己的脑袋，捋着自己的髯须哈哈大笑。

"缙老爷，我韩某是恨缙府，恨得咬牙切齿，"缙琛一听毛骨悚然地瞪着韩离子，"但如今于我最要紧的，是想借缙府给轩尧阁一个安稳。"

"所以，你也承认，你并不是冲着心儿去的，而是奔我缙府全族来的。"

韩离子只是呵呵一笑：

"缙老爷说得是，时至今日我韩某无时无刻不想灭了贵族。但是，缙府，好灭吗？如果只是杀人，容易。可是'百足之虫死而不僵'，若说真的灭了缙族，就不容易了。到时候，朝廷也就有了足够的理由灭了我轩尧阁，就像当下，他们对缙府垂涎三尺一样。"

"那你与缙府联姻，岂不更是危险，那些对缙府垂涎三尺的，岂不可以连你一起端了？"

"哈哈哈哈，不会，过去天下太平，大家看的是谁得天子器重，如今天下大乱，各诸侯国林林总总，大家看的是势力，诸侯朝堂如此，江湖也是如此。周天子曾经一个恩旨让缙府富可敌国，眼线遍布天下，不止一国对缙府垂涎，如果缙府和轩尧阁联手，各诸侯便不敢轻举妄动。"

"我怎么知道，你轩尧阁不会对我缙府垂涎呢？"

"如今缙府怎样，便是我轩尧阁的前车之鉴，如果轩尧阁在江湖中一家独大了，只怕便是另一个缙府，而且，我家可没有公主镇着。"

"所以呢？"

"我们仇家联手，对朝廷可共抗之，你我彼此，也可制衡，于朝廷没有半分威胁。岂不是上策？"

缙琛看着眼前的年轻人，不禁好奇地想：这是因为怎样的经历可让人有此认识？单纯的穷苦艰难，是塑造不出他如此的见识的。

他想了想道：

"年轻人，别太自负了，世上高人多之又多，你聪明，但又有多少人智谋于暗处，心儿为我缙府如今身陷莒国，你若想借她与缙府有了信任，就得先问问自己，你自己信吗？"

"灭族之仇，不信就不信了吧，呵呵呵，"韩离子狡黠微笑作揖道，"但为了这基业，联手总是好的，姑娘身陷危机，韩某自当相助。"韩离子说完，刚要脚步稳健地离开了缙琛的书房。

"且慢，"缙琛在身后叫住了他，"老夫知道，因利而聚，便会因利而散。但老夫希望，有朝一日，缙府与轩尧阁不再联手，还希望韩公子与缙府堂堂正正地对立，切勿为难小女将其送回，如有一日缙府全都灭于公子之手，公子大仇得报，小女也可瞑目于自己家中。"

"韩某，定遵从岳父大人所言。"韩离子毕恭毕敬地向缙琛施礼，告退了。

第二天，韩离子将自己这段时间整理的老太太的诗稿装上车，派人带回了轩尧阁，而自己则亲自向老太太和其他长辈家眷陈请，说要去莒国救出缙心，活会见人，死会见尸。

婉樱和程仪等人闻讯赶来，向主子们请缨要随韩离子一起去，老太太当即应允。韩离子知道他们主仆情深，也是对自己不放心，也便欣然同意了，同行者还加了茹梅、筱菊和芳竹。几人刚欲出府，一个隐卫突然出现在了婉樱面前，悄悄耳语了几句，便退下，不知所踪。

第三十九章
皇家素事花做语　几番温婉剑出鞘

一众人出了府，为了不让襄义的人发现，从水路绕道闻水阁后面下山，绕道郯国，韩离子对众人讲：

"听说郯国鸾栖台的'解语花'十分有名，咱们先去趟鸾栖台，或许会先得有些有用的消息。"

婉樱等几个丫头听说那里是个风月场所，多少有些反感，但又不敢多说，只好听韩离子安排，只是有一个要求，就是韩离子不得独自行事。

韩离子笑道：

"这么听我的话，不错。那咱们走着。"

于是，不管几个丫头有多少个不情愿，大家还是一行轻驾来到了鸾栖台。

鸾栖台的小厮一向迎来送往，自然都阅人无数，见韩离子众人过来看着眼生，虽不清楚这些年轻人的来历，但见他们通身的气派，便知道来的这几位生客非富即贵，更何况领头的韩离子还自带一番风流，这些小厮更觉得几位可谓鸾栖台的贵客了。

他们赶紧上前欠身行礼，招待着众人直接入了内室。

几位内室中的绝色美女，笑脸相迎轻声问道：

"贵客来此，不知予以何为？"

"来到这里，自然是享世外之福，闻天下之趣。"韩离子自然地应对，毫无违和感。

"公子请随奴家来。"两位美女含情以待，在前引路。

众人随之来到了一个雅室，一位清新脱俗的女子上前焚上香，放在几角，而后又倒了茶来。

"公子与小姐们来此不知是'品茗'，还是'雅谈'？"

"'品茗'如何？'雅谈'又如何？"程仪问道。

韩离子端起茶来轻轻一闻，便又放下了。

那女子见状道："这鸾栖台迎八方客来此休息，自然主要是'品茗'，只是以奴家看，'雅谈'更不辱诸位身份。"

"我就想听故事……"韩离子调戏地说。

女子笑而一躲："自古市井坊间所盛传不衰的，无非都是些名家名媛的事，可往往真假难辨对错难清，但其实最终无一例外地都被笑谈于这茶余饭后了。"

"那你可知道，我们要打听的是谁？"

"诸位心事岂是奴家敢揣度的，还请公子明示。"女子欠身道。

"我又当如何才能得到我想要的信息呢？"韩离子沉浸在与女子的交谈中，完全不顾身边缙府人的不舒服。

女子兰花一指婉樱身后的一排格柜，神秘说道："诸位想要的答案，想必都在那里！"

众人转身看去，那壁柜的古朴仿佛更适合放在书房里。

程仪起身走到壁柜前仔细地察看，一个一个罗列的小柜子上画的是各国的"图腾"，而且不同图腾在不同的小抽屉上，造型也不同。

那女子莞尔一笑，接着说："这柜中只存这一年的故事，一半上锁，一半不上锁，每次拉开一个抽屉，便不能打开第二个，贵客一回只能开两次。"

"若开三次会怎样？"筱菊几分厌恶地挑衅道。

"回姑娘，"女子并不在意，以恭敬还之，"第二次抽屉关后，柜子就全都上锁，便再也打不开了。下次解锁后，哪些是锁住的，哪些是开着的，即便是奴婢们，也并不知晓。这便是'雅谈'的有趣……"女子将最后的这句话单单送给了韩离子，韩离子一笑应之。

"你就这么肯定，我们想问的，都在里面？"程仪懒得理会，只考虑自己想要得到的。

"九州之大都在苍穹之下，人生本短，有些会自己经历，有些则与其失之交臂。贵客是否能得到自己的答案，看的不是这柜里之物全不全，而是要看是否命中有此定数。"说罢，女子退了出去关上门，然后转身对门口的小厮嘱咐道："客人要雅谈，不必打扰了。"

小厮听罢离开了阁屋。

待他们离开，韩离子和婉樱一起起身来到壁柜前上下打量，有一排画着莒国东夷鸟图腾样式的抽屉，有的展翅高飞，有的低首俯视，各种神情，无一重复。

筱菊在一旁问道："婉樱姐，你说姑娘的故事会不会在这里？"

"既然来了，就只可信其有，不可信其无吧。"婉樱道。

"女子美丽，我看这只图腾画得最美，想必姑娘的事，会在这里。"程仪道。

韩离子看了看他，微微一笑："那你就试试这个吧。"

程仪见大家没有异议，便小心翼翼地去拉抽屉，抽屉是可以打开的，程仪轻轻打开一看，面是几个小小的竹筒。

筱菊拿出一个竹筒，取出里面的锦缎打开，上面是几句藏头诗：

身尾于凤兮 凤凰如炬

炬灭羽焚兮 梦化凡薪

薪消入雨兮 何为沧土

土塞尘烟兮 无人论津

筱菊看着上面的诗，不得其解，拿给婉樱众人看："你们说，这写的是谁？"

婉樱想了想，道："莒国图腾中出来的，自然是莒国的事儿，可谈得上凤与凰的，想必是莒国后宫之人。"

程仪在一旁想了想道："这恐怕说的是莒国死去的王太后。"

筱菊又拿了一个竹筒打开，取出锦缎，上面依然是几句诗：

香中细语兮 无关真假

往来春潮兮 不羡辉煌

栖身蕉下兮 回眸朝野

  玲珑诞子兮 抛下龙光

"这想必讲得就是已美人退隐的事。"筱菊说。

"如果这么说，那心儿姑娘的事就应该在此。"程仪道。

筱菊听罢，赶紧又取了一个：

  花献红尘兮 长袖虹舞

  楚腰盈盈兮 语默眸情

  纱落君塌兮 蜷身云帐

  玉指魂消兮 不思经营

筱菊念完直接将诗扔到了地上："啊！什么女子，这么妖！"随即擦了擦手，程仪也脸红一阵，无人去捡。

韩离子慢慢把绢捡起来道："这么个美人儿扔了多可惜，只是读起来，多了几分无奈，不知是何女子。"

因为在座的诸位对莒国后宫之事都知晓不多，便不敢随意揣摩，任由韩离子草草地将它收进了竹筒。

筱菊又找了几个，看诗词都不像是写姑娘的，诸位心中都有些失望，虽然有些不舍，但还是关了抽屉。

"看来我们只有一次机会了。"筱菊道。

众人继续仔细观察着壁柜上的每一个图案，程仪刚要再拉开一个莒国的抽屉，韩离子按住了他：

"你们姑娘虽说出事在莒国，但毕竟不是莒国人，恐怕莒国之中没有她的诗。"

"那，是郯国？毕竟缙府与郯国更近。"程仪道。

"这事，是得好好想想。"婉樱道。

一旁久没有出声的茹梅，来到婉樱身边，轻声说道：

"老太太是帝王公主，太爷也是在天子脚下任职，姑娘当属周朝王室之人，出阁后，不该录在诸侯之中。"

虽说说话声音很轻，但众人都听到了并觉得很有道理，便纷纷找画有周朝王室的图腾——"饕餮"图案的抽屉，却只有为数不多的几个。程仪扫视了一下其他的，笑道：

"这个壁柜上，属齐国、鲁国的抽屉居多，我们周天子在都城中，好安逸啊！"

其他人听罢并没有理会，因为只剩一次机会，大家都格外紧张。

"姑娘是皇室血脉，与其他朝臣之事定有不同，应存在这中规中矩的第一个抽屉中。"程仪道。

"不会，"茹梅道，"老太太虽为公主，毕竟已下嫁为人妇，属皇亲国戚，但已经

离开了皇家，姑娘已是臣子之后，恐怕不会在这个抽屉里。"

"茹梅姐姐说得有理。"芳竹见茹梅也参与其中，便斗胆也说出了自己的想法，"姑娘，会不会在这里面？"

大家朝着芳竹指的地方看过去，上面所画的饕餮图案颜色柔和很多，面目威严不变但却少了几分狰狞。

婉樱看看韩离子，韩离子又看了看其他的图案，只有这一个画得还算柔和，便点了点头，同意他们试试这第二次的机会。

芳竹明白了大家的默许，便伸手去开，却怎么也打不开，茹梅见状过来帮忙发现也很难打开，刚要再使劲试试，程仪挡下了她们：

"想必这是锁住的。"

茹梅和芳竹方才想其刚才那个女子的意思。如此一来，芳竹更加笃定这个抽屉里会有自家姑娘的信息，焦虑地对婉樱说：

"姐姐，万一姑娘的消息不在这里，怎么办？从图案、花纹，怎么看姑娘的消息都应该在这里，没有他处了。"

婉樱看了看两个丫头，没有说话，韩离子在一旁说：

"一切随缘，我们还有一次机会，我们只当心儿的是在其他地方吧。"

于是众人又继续观察，但都丝毫没有头绪。韩离子走到窗户旁边，看着外面熙熙攘攘的人群，心里思忖着，缙府，缙心，已美人，妹妹，莒国国王，她是皇家血脉，在莒国被俘，但不是莒国正统，也不姓皇家姬姓，这天下大事众多，会有对这一个小女子的记录吗？

韩离子想着，转身婉樱身边问道：

"缙府为何将'晋'字变成了'缙'？"

"当初黄帝以四季云设官名，春官为春云氏，夏官为缙云氏，秋官为白云氏，冬官为黑云氏，因为太爷晋家一族曾是夏官中的一支，于是便把字改了。"

"咱们只说从老太太那一族上找，却没想过老太太已经嫁人，当从夫家找起，你们太爷祖上黄帝轩辕的族徽是天鼋，我们何不从天鼋找起？"

"恩，这就顺了，否则君不君，民不民。"于是，婉樱便与人开始找天鼋的图案，只在壁柜的右上方有三个小抽屉，而上面的天鼋式样各自迥异。

"婉樱姐姐，天鼋是水中之物，唯独这个是有翅膀的。"筱菊指着一个抽屉道。

"姑娘自出生后，就是欲飞的凤凰，现如今被人算计进入江湖，恐怕应该会在这里。"大家都听得明白婉樱是在打趣身边的韩离子。

韩离子一笑说："那就打开它吧。"

程仪立即将其中的抽屉打开，里面只有两个竹筒，打开一个，里面赋诗道：

吾卿吾妇兮 非卿非妇

　　汝女汝媳兮 非女非媳

　　夜宿蓬莱兮 凡身苟且

　　大梦归巢兮 不见家人

　　大家仔细揣摩诗中的意思，"吾卿吾妇"互道"卿与妇"，是指夫妻，"非卿非妇"却又不是夫妻。"汝女汝媳"，你的女人你的儿媳，"非女非媳"却又不是"你的女人儿媳"。蓬莱为仙境，却是平凡之身，苟且偷生，"大梦归巢"，竟没有见到家人。

　　"想必是姑娘的母亲，到如今夫人还在郯国宫中，不曾回缙府。更何况郡主是夫人与鲁国先王的女儿，只惜，夫人并未因此而享受荣华富贵，甚至不能骨肉相认于高堂之上。"程仪道。

　　大家都觉得有理。

　　于是，大家便更加急不可耐地将另一个打开，婉樱拿着诗，紧张得手里开始出汗，吟道：

　　倾城之华彩兮 倾国之智

　　丝柳之情柔兮 九州文章

　　傍水之青鸾兮 霓虹棺盖

　　过路之天鼋兮 旧账新乡

　　"'傍水之青鸾'想必说的便是姑娘了，'霓虹棺盖'莫非指的是这次劫数？那，过路之'天鼋'是指谁呢？'旧账新乡'是莒国吗？"茹梅道。

　　"可是，会在莒国的哪里呢？"程仪问道。

　　"这天鼋应该不是你家姑娘，但应该是同族之人。而这'新乡'……只怕也未必是莒国王宫，否则我在宫中的隐卫早就该来信了。"韩离子道。

　　"难道与韩公子无关？"程仪问道。

　　"不会吧，姑娘与公子之事还能有几人知，这鸾栖台怎么会这么快知道？"筱菊说。

　　"我们暂且先将诗记下，到了莒国再说。"韩离子说罢率众人出了鸾栖台，一起策马直奔莒国都城。然而他们却不知，这栖凤阁的少阁主楚良与缙钰默默地在背后关注他们许久。

　　待韩离子他们离开后，缙钰问楚良：

　　"楚兄觉得这次妹妹能回来吗？"

　　"莒国血脉却还在外漂泊，并未回宫啊？"

　　"那也是莒国的事，与我缙府何干？只要将妹妹接出来便可。"

　　"只怕此时，各诸侯国不但要看着那抹血脉，还要看你妹妹是否会入后宫，又成一番势力了。"楚良笑道。

缙钰一愣，转身刚要追问，楚良忙道："猜的猜的。"随即，便转身离开了。

婉樱等人白日里快马加鞭，但见天色已晚，便在莒国的边境找了一个不大的店家。

莒国的风一向又急又硬，但好在刚刚入秋，还不至于刺骨。筱菊下马来到店前敲门，打开门的是一个五六岁大小的男孩，虽说年龄不大，却带着男子初长成的俊秀和沉稳。筱菊刚要说话，只见男孩礼貌地拱手行礼道：

"请问诸位姐姐哥哥是要住店吗？"

筱菊先是一愣。笑道："我等赶路路过此地，想借宿一宿，不知小弟弟是否可以行个方便？"

男孩面不改色，从容淡定地将他们让了进来，道："我家小店迎来送往，各路宾客三教九流，解人之急，救人之难，是自家人的本分。只是，小店也有小店的规矩，虽说地方小，也是男女有别，哥哥姐姐要分住于不同地方，男子住在东屋，女子为西屋，即便夫妻也要分开，不知可否？"

筱菊见男孩说得严肃，"扑哧"笑了起来，一并都应允了。

"请随我来。"男孩侧身将他们都让到了里面。

众人进来却并不见有大人在，小店虽说不大，但是干净整齐，男孩关上门，先将他们带到了东屋。

门上安有一块匾额上，镌刻着一个字——书，男孩道："几位兄长今天就在这里休息吧。请几位姐姐随我来。"

于是众人又跟着来到了西屋，正在此时，只听后屋有一个老人的声音：

"印儿，水要开了。"

男孩应道："爷爷，店中来客人了，待我将他们安顿好便来，水若烧干，我再重新烧一壶便是。"

到了西屋，婉樱抬头见门口上方的匾额处也刻着一个字——诗，男孩道："请几位姐姐在此休息吧。"

茹梅见状从腰间拿出几个莒币递给男孩道：

"小弟弟，谢谢你，这些拿去给自己买点喜欢的！"

男孩倒退一步，用手挡道："姐姐言重了。我家是做生意的，待哥哥姐姐走时，自然是要结账的，但这额外的赏钱，我并未做任何本分以外之事，故而这钱是不能收的。"

茹梅听男孩如此一说便愣在了那里，而后只得以笑报之。男孩拱手一作揖，便转身离开了。

"人家火上还坐着水呢！"筱菊笑着对茹梅说。

"啊，我都忘了！看小孩一点都不着急的样子……"茹梅道。

第四十章
君子为玉瑕作掩　歌舞自行不需陪

"这个男孩真不像是一般人家的孩子。"筱菊时不时地看看外面，琢磨着那个镇静有理的男孩儿。

"战乱之世，都以勇敢谋略论英雄，就像咱们缙府，纵然太爷、太太满腹经纶，不也是隐退于山间？不同之世，不同之人，不同命数抉择罢了。"婉樱道。

"姐姐，你说，如果是太平盛世，没有战乱，会怎样？"筱菊睁大眼睛问道。

芳竹也凑了过来："我一出生就是母亲带我四处逃难，要是太平盛世，是不是就不会有逃难的人了？"

婉樱心中一颤，想想自己儿时是母亲因为与老太太有一面之缘，便将自己托付与老太太的，比起外面的人少受了许多颠沛流离之苦，命运上也比她们强出许多，安慰道：

"你们从小在外奔波，所以性格上也比我这在府上世代为奴的要开朗许多，在府里倒不觉得，但这次出来，突然觉得你们在府外应对这人和事，比我强出许多呢！"

芳竹和筱菊一听，心中舒畅许多。

这边程仪和韩离子知道这个小店规矩严谨，便客随主便没有去西屋打扰，都早早地休息了。

美人入葬，全宫上下都对此避而不谈，唯有莒王喜欢独乐，每次下朝之后，便将自己锁在西边寝宫，歌舞琴乐从不间断，后宫的夫人美人们，常聚在一处，私下议论纷纷。

这天，正值世子生辰，晌午，世子池待莒王下朝，穿戴整齐跪在莒王的寝宫之外，莒宫的公公见状赶紧通报，莒王便摆手退了歌舞将世子池宣了进来。

世子池进来后，整衣行礼说明来意，并表达了自己生辰之日便是母亲受难之时的孝心一片，这让在场之人无不感到这世子年龄不大，却仁义之至，纷纷恭喜大王，莒国后继有人。

莒王没说什么，问道：

"我儿这些日子长高了许多，不知道书读得如何？"

世子池施了施礼道："儿臣不敢说书已读好，但师傅所讲之理，孩儿已悉数了然于心。"

"哦，这宫中有一事至今无人与寡人谈起，寡人烦闷得很，要不，与我儿聊聊？"

"儿臣不才，愿为父王分忧。"

"你说，寡人是该攻打郯国呢，还是与其和谈呢？"

世子池一愣想了想，行礼道："儿臣不懂朝政，但不管是战是和都要事出有因，不知父王因何而战，因何而和呢？"

"哈哈哈！"莒王大笑，"你有个弟弟，在郯国，寡人想接他回来，可好？"莒王如此一说，众人皆惊，莒王用余光瞟了一下每个人。

世子池想了想，接着说："儿臣斗胆，父王未必想战。"

莒王听后收了笑容，懒懒地问道："吾儿何出此言啊？"

世子池突然觉得自己说多了，便小心翼翼地说："父王告诉儿臣国之战事劳逸结合，打打停停便好，切不可伤了国本，弟弟、弟弟是贵人，迟早会回到父王身边的。"

莒王听了转开话题道："你可去看过你母后？"

"回父王，母后忙于儿臣的生辰晚宴，一早便让儿臣先来给父王请安了。"

莒王道："你随你母亲去吧，本王还有事，下去吧！"

世子池见状不敢再说什么，便作揖道："诺！"退了出来。

莒王待世子池离开便让人重新关了门，里面又是一片莺歌燕舞。

"母后！"池公子出来后见妏王后在外等，上前刚欲施礼便被妏王后搂在了怀来，其实她早已在门外听得一清二楚，见世子这么狼狈地出来不禁深深地叹了口气，快快地领着世子池回宫了。

晚上，后宫的夫人们齐聚王后宫中，纷纷为世子池带来了礼物，世子池依偎在王后身边，少了白天在莒王面前的紧张和成熟，倒多了一些孩子般的童真神情。

众人落座后，女眷们很快便闲聊了起来，一个坐在王后左面第二位的美人见大家兴致正盛，说道：

"王后，今天世子生辰，何不请来歌舞助兴？"

坐在王后右边第一位夫人对她使了个眼色道："许美人，咱们许久没有坐在一起聊天了，何必叫那些琴瑟扰了咱们几个的清静呢？"

"卫夫人说得是，现如今宫中的歌舞伎都来自宫外，水平参差，那些女子都看着太过于妖媚，池儿还小，不看也罢！"妏王后道。

"王后说得是，奴家受教了！"卫夫人道。

"说到这歌舞伎，听说大王收了一个女子，封为美人，叫雏玑。"许美人道。

"可是，你说她得宠却只有封号未安排宫邸，也不见其人，无人知晓此人如何，不知妹妹可曾见过这位妹妹？"卫美人问许美人道。

"大王的宠姬，自然要在大王身边伺候。我们只要安守本分，把我们的世子照顾好就行了。"妫王后说着，给世子池夹了口菜，眉眼中毫无表情。

"王后说的是，但莒王只有世子这一个儿子，这未来的君王自然是非公子池莫属了。"许美人道。

"雒玑美人到！"只听门外传来通报，众人皆惊。这位雒玑便是被莒王藏于寝宫的美人，因得恩宠，此人一直以来从不让人见其真实面目，今天竟然主动来到了后宫众人面前……各个夫人美人无不好奇。

"请吧……"妫王后话音刚落，宫门开启。

烛灯之下，一缕红纱轻飘进来，直到飘近人们才能看清这婀娜女子的唯美曼妙，只见这女子眼帘轻挑，略带几分幽怨，这一身的柔弱，就连这一众妇人都不得不承认，唯有这番性情才能让人心生爱恋。

"雒玑拜见王后，世子，和诸位夫人。王后安福，世子康健。"这雒玑缓缓跪下行礼，身体如猫如蛇似的柔软伏地，众女子在一旁无不妒忌和厌恶。

"雒美人请起，赐座。"王后母仪天下的风范永远都不会放下。

"谢王后。"雒玑起身，被安排在最末处坐下了。

"雒玑妹妹进宫有些日子了，却很少走动。"妫王后道。

"奴家出身贫贱，不敢冒登大雅之堂，怕初来不懂规矩，反唐突了王后。"雒玑回道。

"既然服侍了大王，就不谈宫外之事了。这些日子，大王身体还要妹妹谨慎照顾着，更不能怠慢了朝政。"王后虽然说着得体，但脸上充满了妒恨。

"诺！"雒玑起身行礼，"大王虽说喜好歌舞但一直勤于朝政，从未怠慢。"

"哦，那雒美人可知道大王最近都在忙些什么？"

"母后，儿臣知道。"世子池突然打断了她们的对话，"父王在犹豫对郯国是战是和。"

"嘘，小孩不要插嘴。"王后轻声说。

"世子说的是，大王赏了襄义将军夫人，并已下旨将襄义召回了。"雒玑道。

坐在雒玑身边的芝美人一直默不作声，听了雒玑这话突然眼睛放光，扭头与雒玑对视一下后便赶紧收了回来，又稳稳地坐在了那里。

"哦，也就是说已美人的孩子是女……"卫夫人悄悄地看了看妫王后又赶紧收了嘴。

"那己美人回来的时候你们不是都看到了吗，肚子是扁的，还提什么孩子。"妫王后不悦道。

"吾王有了世子池，其他的，谁还会在意呢？"另有一美人赶紧应声缓解了气氛。

众人不敢再言其他，只是一味地恭维世子聪明，众夫人又闲聊了一会儿便散了。而世子池一直没有将父王曾问他是不是要接弟弟回家的事儿说出来。

出了王后的宫院，雏玑紧走了几步来到了刚才坐在一旁的芝美人的身边，福身唤道："姐姐安好？"

芝美人一见是她，四下看看没有旁人，便也不理会任她随自己在后面跟着。

"看得出来，姐姐是个重情义之人。"雏玑道。

"情义？"芝美人冷冷一笑，依然自顾自地往前走，"进宫数年，你是第一个在我面前说起这两个字的人。"

"听大王说，襄义将军并未找到孩子。"

"那是这个妹妹的命，也是大王的命，与我何干？"说罢，芝美人回头面无表情地对雏玑说，"当初她也是坐在我身边，你今晚的位子上。"

"妹妹不敢与那位姐姐相提并论。听说那位姐姐不但艳压群芳，而且通晓诗词歌赋。"

"但她还是没了，"芝美人回过身继续往前走着，"孩子也不找了……你知道这是为什么吗？"

"还请姐姐示下。"

"因为她与大王太近了。"芝美人道，"与大王太近了，结局往往就会比我这个哑巴还惨。"芝美人边说边偷偷地瞄着雏玑。

"雏玑明白，自进宫那日起，以自己的身份，能在这里消遣一日，便是赚了一日。也看得出来姐姐是个重情重义之人，不知雏玑是否有福气，有生之年能与姐姐在宫中相依为命？若是姐姐作哑，妹妹便干脆装聋，陪着姐姐？"

"我是能作哑，但你以为谁都是可以装聋的？再说了，这宫中，本就没有什么相依为命。你我心中还是各自安好吧，别一个人有事儿，其他人受了连累。"芝美人不屑地说。

雏玑稍稍一怔，一时不知该说什么好，只得在后面慢慢地跟着，一路跟到了芝美人的宫前。

芝美人到宫门口刚欲进去，一回头见雏玑丝毫没有要走的样子，便转身回来说：

"你只记着，我是一个哑巴也想成为一名哑巴就行了，至于你，你想要成为什么，自己想清楚即可。"说罢便走了进去。

雏玑想了想，感激不尽地行礼道："谢姐姐提点！"可此时，院门已关。

雏玑回到了莒王的寝宫，依旧夜起歌舞，而此时的世子在王后怀中已然熟睡，只是无人看得到妖王后躲在烛光中的黯然神伤。

第四十一章
旧地重游新人在　曾经笑语故是非

第二天清晨，婉樱众人简单梳洗完毕之后，便分别从东西两屋来到了小店的前厅，昨天那个男孩早已一身整齐地在那等着，见他们出来了先行了个礼：

"诸位的早饭都已准备好了。"

筱菊打心里喜欢这个男孩，专门过来跟他说话：

"我记得，昨晚你爷爷唤你印儿，是吗？"

"姐姐好记性，在下印儿。"

"这么早就起来了，不瞌睡吗？"

"今天起得不算早，只读了一篇诗。"

"这么用功啊！将来印儿是要入朝为官吗？"

"非也。"印儿摇头道。

"出山为将？"

"印儿不善习武。"

"那印儿这么用功，将来想做什么呢？"

"这外面的牲畜，饿的时候便寻食就吃，困的时候便栖窝就睡，倘若印儿也是如此，岂不与外面的牲畜无异？在这小店里，是以劳作求生，而倘若出将入相，则是以命求生。印儿不敢想。"

筱菊轻轻一笑没有再说下去，茹梅道：

"当初咱们每天陪姑娘读书的时候，不也是如此吗？只求与他人不同，却终不知为何要去学那些东西。"

众人吃了饭，将住店的钱和饭钱一同给了印儿，便骑马上路直至莒国赵府。赵府门庭的气派在整条街上算得上数一数二，但却一直大门紧闭，即便坐落在此已有数日，还是无人知道里面非富即贵的究竟住着何人，更无人知道这府中之人是什么背景。

住在对面的襄义将军夫人因为带回了美人，宫中对夫人大封尽赏，无人不羡慕，故而自那次宫中之事之后，巷间皆说襄义将军府如今是风头正盛。而夫人却一直称病，婉拒了大大小小王公贵族女眷的邀约，也不让人探望。

昭儿听说前厅来了个男宾，便跟赵耳说她不要见那么多人，转身回了自己的寝室。赵耳出来招待韩离子和婉樱众人，将他们引到了偏厅，赵耳行礼说：

"姑娘们走了这几日，城中没有异样。莒王自己美人入葬后，除了上朝依旧，剩下的，传说在外收了一位绝世舞伎，整日在寝宫中歌舞升平，如今那位舞伎被封作美人，襄义将军也已奉召回府，但将军夫人一直称病不出，而姑娘她……培风没有找到。"

众人一惊："那培风呢？"

"他没有回来，留在了宫里，他说，姑娘一定在宫中。"

"知道了。"众人听姑娘的事情毫无进展，又是一度愁眉不展。

韩离子道：

"你权且去准备点东西，明日我去拜见丞相大人。"

赵耳一惊：

"这位公子是……"

"轩尧阁阁主，韩离子。"婉樱道。

"什……么？"赵耳一惊，瞬间五味杂陈溢于言表。

韩离子将赵耳打量了一番，指着他问婉樱：

"不是吧，我韩某跟你缙府的事儿，连你们买来的人都知道了？"

"这怨不得我们，谁让公子一直在府里府外，或是姑娘身边时有时无的，我府众人不得不防。"婉樱道。

韩离子苦笑了一下，无奈地对赵耳说：

"我韩某是来救你家姑娘的，不会害她。"

"婉樱姑娘，此人怎可相信？"赵耳赶紧回到了婉樱身边，直愣愣地问道。

韩离子见状，刚想发火却又不得不忍住，一副无辜的表情看着婉樱，婉樱道：

"赵耳，此次韩离子来，或许能帮到咱们……"

"唉，我就是来帮你们的，而且，肯定能……"韩离子接着说，但见众人都用那种眼神看着自己，自觉无趣，没再往下说。

"只是，"婉樱转过头对韩离子说，"公子要去拜见丞相大人，我和程仪也得去。"

韩离子明白婉樱众人对他不放心，便无奈地点头同意了。

"婉樱姑娘，要不我也去吧。"赵耳上前请缨。

"别，你曾是左丞相的人，恐怕会有人看出来，你还是留在府里吧。"程仪道。

"左丞相之人……"韩离子看看婉樱等人，"你们的人真都是大有来历啊！"

婉樱没有理他。

第二天，韩离子带着婉樱和程仪备了一份厚礼来到了丞相府，一个小厮上来问道：

"不知来者何人？"

"在下轩尧阁阁主韩离子，特来拜见丞相大人。"

小厮听了转身入府通报，不一会儿丞相府的偏门便打开了，那小厮出来迎道：

"韩公子，丞相有请。"

婉樱看了看韩离子心下想着："果然是奸人，连人家的正门都进不了。"

韩离子众人从偏门入府，随着小厮一同来到一个别院，小厮道：

"请韩公子随我去见丞相，请这二位到偏厅休息。"

婉樱看看韩离子，韩离子心下明白，对小厮说：

"我身边总要有个丫鬟的，让她跟我过去，在门外伺候就是了。"

小厮见状，只得作罢，吩咐婉樱说：

"一会儿，姑娘只能在外面伺候。"

"诺。"婉樱知道，这丞相府是不能什么人都可以登堂入室的，客随主便吧。

韩离子带着婉樱一脸淡然地随小厮来到丞相书房门口。小厮见里面有人，便没有马上进去，和韩离子远远地站在一旁。不一会儿，里面一个公子模样的人出来直接向韩离子的方向走来。

只见小厮上前行礼问安，道：

"二公子安。"

"家中来客了？"

"是轩尧阁阁主韩公子。"

"韩某，见过妏公子。"

妏公子毕恭毕敬地回道："原来是韩阁主，久仰久仰，听说你的府衙卖了，不知现在住在哪里？"

"哦，"韩离子尴尬地回头看看婉樱，婉樱瞪大了眼睛盯着他，"回公子，卖给了自家亲戚，如今我回来了，还住那里。"

"哦，我还想如果你没处住了，就到府上来休息，上次你讲那缙府的故事，还没讲完呢。"

韩离子听了，更觉得后面似有人要杀了一般，没再接话，只是尴尬地在那里笑。

"二公子，奴才要带韩阁去见丞相了。"小厮道。

"好，请韩公子务必在此多住几日，我好与公子多饮几杯。"

"二公子客气。"

二人寒暄一番后，韩离子便随小厮来到了书房，婉樱站在门外心里那个气啊。

待小厮在外关了门，房内只留下了丞相和韩离子。

"韩阁主与缙府交恶，如今怎么听说是从缙府处来莒国啊？"

"丞相消息灵通，在下佩服。天下各国之间，反目与结盟尚在朝夕之间，更何况，

我们只是市井之人呢。"

"灭族之仇，也是小小的市井中事？可见韩阁主心胸可含天下啊，哈哈哈！来一起尝尝我府里的茶。"

韩离子坐在下侧，道："己美人回来，纵然有孩子在外，此事也当无人再提了，恭喜丞相如今高枕无忧了。"

"只要襄义将军回来没抱着孩子，便无事了，倘若真是个男婴，大王一定会将其带回来的。不过韩阁主，你现在不在郯国盯着郯君，对缙府举起'刀'落下，为何要来到老夫这里啊？现在可是借刀杀人的最好时机呀。"

"回丞相，缙府如今后继无人可堪重用，人丁有限亡族之兆，只是它亡之前，我韩某需要筹谋一下，当从中得到些什么，倘若只是几条人命，让他们自己死于山中便罢了。"韩离子的狡诈十分坦诚。

"哈哈，以韩阁主当下在天下的势力，难道还有什么是韩阁主没有而缙府有的吗……哦，"妩丞相想了想，突然似恍然大悟一样，"缙家嫡女，听说貌可倾国，智高于众，其勇敢更是胜过多少王公贵族，莫非韩阁主也脱不了情种的俗事……"

"回丞相，韩某的确有意迎娶这位缙氏，但不喜她的张扬个性，女孩子还是在闺阁里的好。"

"倘若韩家后代溶有缙家血脉，以两族之智，何愁轩尧阁不会永立于这江湖之中，你觉得你能瞒得了谁？"左丞相的眼神厉害，韩离子赶紧跪在了丞相面前。

"草民不敢。"

"你的狼子野心想必把那缙府的公主都带坏了吧？"

韩离子不敢抬头，故装作唯唯诺诺的样子，轻声回禀：

"在下惶恐。前些日子，韩某去拜访了一趟缙府，果然是皇族一脉，主子中藏龙卧虎不算，就连家奴也都要懂读书识字，对天下之事评判从容。如此一族，隐退山林，各种保全可谓无处不是用心良苦。草民想着这一族可消退，但有如此德行且底蕴深厚的一脉，消失了有些可惜，如今我韩某只是凭一己之力单打独斗有的今日之势暂可苟活于世上，但若要继续漂泊于江湖之中，应对各种危机，只韩某一人的头脑，恐怕最后也只能是昙花一现罢了，在下也尤为惶恐！"

左丞相见韩离子跪在地上一副吓瘫了的样子，转脸笑着安慰说："自古乱世之中，于国而言，是胜一时，则兴一时；于兵而言，是逃一日，便苟且一日。谁可谈及长久？"

"左丞相如今一人之下，万人之上，贵不可言。"

"妩王后生子，日后成王，暂可保我妩家多一代的世袭。而至于几代后的事儿，老夫早已归西，也就眼不见心不烦了！"

"丞相明智，还是韩某太痴了。"

"上次齐国君主来信说派你去帮公主整理诗书，老夫便知道，齐国那边儿给了你些压力。真没想到，你挺会将计就计，干脆就地联姻提亲了，如此这样，这缙府的气数就真在阁主一念之间了！"

"所以啊，在下来此也是有求于妏丞相。"

"哦？愿闻其详。"

"草民请丞相督促莒王向郯国施压，杀缙府。"韩离子一改随性认真地看着丞相。

"什么？你刚刚还说为长久计，不可灭了缙府，怎么现在要让莒国给郯国施压？"

"缙家嫡女缙心替美人赴死，草草结了这案子，但我知道莒王并未杀了她而是将此女藏了起来，丞相逼他一逼，莒王情急之下必会将缙府之女送出来，以示他不灭缙府之决心。在齐国那，他也好交代，毕竟莒国是依附齐国的。"

"你说明白点儿。"

"大王拿下缙心无非是看重了缙府这天下生意又从不交税的财富，但是，丞相与草民都知道这藏是藏不住的，为莒王考虑，齐王心中有他这个姑姑，并十分看重，倘若缙府久未等到小姐惊动了周天子和齐王，只怕于莒国来讲，便过犹不及，只会落埋怨了。"

"这个不是你我考虑的。"左丞相故意说道。

"丞相说得是，只是，草民想着，此事本身就牵连周天子，齐鲁两国，而郯国也一直守候着缙府按兵不动，最有贪心但一直隐忍，只怕莒国如此高调，手段强硬，最终只会便宜了身后等待'得利'之人啊！"

"现在最大的利益在韩阁主这里，大王再高调也高不过阁主的风头去，老夫怎能用一国之力，救韩阁主于风口浪尖呢？"丞相轻轻地拍了拍韩离子的肩膀，诡异地对他笑了笑。

"回丞相，莒王，王后和丞相都想找到那个孩子，至少想知道那个孩子的下落，在下愿帮丞相完成心愿。"

妏丞相摇摇头，道："己美人已经被宣布入葬，那个孩子就算是个男婴，在朝野内外也不会有任何势力，那个孩子不是我要的。"

韩离子一愣，说道：

"草民愚钝，请丞相明示。"

"缙府有两样，财富和在天下的情报布局，如果韩公子富贵天下，为诸侯资助粮草便可在江湖立于不败之地，但是如果轩尧阁和缙府愿意效忠齐国和莒国，有齐国之力保障，老夫敢保证，韩兄可纵横天下。"

韩离子听了，神情严肃但未说话。

"韩阁主，尊夫人就在宫中不错，老夫可保她在宫中完完整整，就看韩阁主的诚意了。"

韩离子脸色阴沉地离开了书房，回来的车驾上，婉樱看着韩离子，道：

"我听见姑娘没死，但是……是不是成了他们的人质。"

"我会让他把你家姑娘完完整整地送出来跟我成亲的。"

"成亲，你，你提亲，缙府没有正式答应……你毁我家姑娘清誉。"

"因仇而委曲求全，自降身份……"

韩离子因为丞相对他的轩尧阁起了歹心而心烦，可跟眼前这个人又说不通，无奈地说："如果不这么做，我以什么原因救你家姑娘，总不能说因为有世仇所以要她出宫，出来杀她吧？"

"说了那么一车的话，就最后几句有用。"

韩离子十分无奈地说："你这大族之中的贵家丫头，应该知道与人办事儿，自当先做铺垫，后说话……一看你缙家就没有求过人的，可现如今呢，不还得让我这个仇家帮你们。"

婉樱恶狠狠地瞪着韩离子，尽力控制着自己的脾气。如今缙府危难，的确不得不低头求人，这次出来不得不向世仇低头，众人更是觉得心里憋屈，更觉得与气节相悖。本来就是一肚子火忍着不发，现如今让韩离子这么一说，更是戳中了自己的痛点，掀帘喊道：

"程仪，把马给我！"

程仪见状，想必是韩离子欺负了婉樱姑娘，不便多问，便将自己的马给了婉樱，由着她向远处奔去。

程仪本来就讨厌韩离子，他走到车跟前，撩帘对韩离子说：

"公子，小的得赶紧回府伺候，就先借公子的马儿一用了。"说罢，还未等韩离子反应过来，程仪便不由分说地将车驾上的马卸下，自行骑上追婉樱去了。

就这样，闹事街区众目睽睽下一辆没有马的车停在了中央车上只剩下被人好奇议论纷纷的韩离子和一个驾车却没有马的小厮。

小厮本是赵府的，却见程仪将自己也丢下了着实无奈，只得对帘里人说：

"公子，要不您也移步吧，咱别让人这么看着，也不是个事儿，咱们还是走着回去。"

韩离子一看自己和一个没有马的车被晾在了大街中央，车边的人熙熙攘攘指指点点，顿感脸上火辣辣的。无奈，他强忍着将自己的衣服整理了一番，由小厮扶着下了车，在众目睽睽之下由小厮引着向赵府走去，身后言语不断。

第四十二章
一碗清茶通透曲 月下难得旧人追

韩离子走后，妏丞相在书房中来回踱着步，思忖着刚才两个人的对话……

这时，妏丞相的管家进来通禀：

"丞相，地里的东西都收拾妥当了……"

妏丞相的心思并没有回来，也不理会，这时，丞相夫人走了进来，道：

"夫君。"

丞相听夫人的声音，赶紧回了思绪过来相挽："夫人来了。"

"听说韩离子来了？"

"是啊，缙家公主的嫡孙女如今藏在宫中，他却向缙家提了亲，如此，就不好办了……"

"他们两家灭门的世仇，能这么算了？"

"这小子是这么说的。"妏丞相冷笑了一下。

"别的咱不管。那王室的孩子在后宫要是得了势可是于王后不利，依我说，正好借这个机会将她交给韩离子，别让王后烦心。"

丞相一听，呵呵一笑："夫人说得是，来坐，"丞相看了看夫人，稍皱眉头，道，"夫人最近穿戴过于简朴了！"

"丞相如今在朝内与之前不同了，之前还有那一家制衡，如今朝中除了咱们大王就是您了，越是这个时候，越得谨言慎行，人情上还是要如履薄冰的，池儿一天天大了，自那次生辰之后，我便已让府里将金银器物收了，首饰也只带些寻常的，以免过于张扬。"

丞相听了心中深感愧对自己的发妻，又与夫人商量着，派人给襄义将军府捎信说，丞相夫人心系将军夫人的身体，晚上，丞相与夫人要登门拜访，探望将军夫人。

襄义将军接到信后与夫人对视了一下，不知是福是祸，只得安排，准备迎接。

到了傍晚时分，丞相一家用了晚膳便驾车来到了将军府，将军携夫人亲自出来迎接，引众人登堂入室，几句寒暄之后，丞相与将军独坐在书房中，将军夫人便领丞相夫人来到了后院暖阁。

虽说是后院暖阁，但灯烛一片迎来了两位典雅尊重的夫人，让这里更显雍容。丞相夫人微笑着刚一落座，却不想将军夫人来到座前"扑通"一声跪在了地上，头也不抬，大哭起来，生生打破了一番刚刚开始的和谐，并说道：

"罪妇，请夫人治罪。"

丞相夫人先是一愣，便似乎明白了什么，抬手屏退了左右。

随着众人退去，丞相夫人坐在上处不上前去扶，也不让将军夫人起来，只是叹了口气道："妾家，本来也是个大家，不至于因为这点小风小浪受到影响，将军夫人不必介怀。"

"那人是赵府出来的，罪妇不知……也不想……罪妇绝无不利王后之心。"

"其实呢，我也是能理解的。丈夫在外，再明白道理的女人多少也会有怀君之意。我也常想，倘若自己能做些什么为丞相分忧，也会在所不辞，但身份所定，所想所做与身份相符才可。"

"谨遵夫人教诲。"

"但是，"丞相夫人在这些臣妇面前，从来都不只是她在后院时的温婉，"咱们是一直在深宅大院之中的人，身份再高也不会有夫君的格局和智慧，即便有些事情咱们知道了，也往往是只知其一，而未必有人会告诉我们其实有二。几年前，我也曾自作主张过，后来才明白，有时你多行一步，反而会打乱了夫君在外的苦心经营。夫人还年轻，这不怪你，想必妾王后也不会责怪的！"

"罪妇无颜面见王后和夫人。"将军夫人不敢抬头。

"那倒不必，前些日子我进宫去见过王后，其实细想想，这么一来美人从此便消失了，那个孩子无论怎样都不会影响到池儿的。所以将来即便他回来了也是自会养在王后跟前，反倒多了些稳固，所以并不是坏事儿！王后对你并无芥蒂。我这次来也是为了能让你宽了心，将来在将军身边也好更明事理一些。"

将军夫人听罢，心怀感激："民妇自当以王后、夫人马首是瞻。"

"起来吧。"

将军夫人这才起身落座，拭了眼泪和汗。

就这样二人不计前嫌地喝茶聊天，等着前院谈事的丈夫。

丞相和将军先闲聊了几句许久，丞相见襄义将军在自己面前总绷着身子正经危坐，不禁笑道：

"老弟虽说换了便装，但你看这一坐，就知道是武将出身，不像我这舞文弄墨的，在老弟面前都显得几分闲散。"

"丞相谬赞！"

"老弟不必这么拘礼，你我都是为君王分忧的，我文你武，咱们都是一家人嘛！哈哈哈哈！"

"在下一介武夫，保国护君是在下的本分，丞相面前，只是一卒而已。"

"过谦了，"丞相摆摆手道，"大王有子在外，终归不是好事，对大王的威名亦有影响，孩子不能平安回来，大王必然还会对郊国、缙府怀恨于心而无法全心于朝政。"

"在下已然尽力，但有公主在那，天子对缙府又格外施恩，的确不可太过叨扰缙府……"

"可这在外的孩子，也是皇室血脉，虽说与周天子并非同支，公主在外尚且让天子有了如此后代，倘若这个孩子长大续延了皇室的恩泽，只怕，于莒国不利啊。但如果是莒国将此孩子抚养大，便一切都好说了。"

丞相的一番话，有些出乎襄义将军意料，莫非如果这个孩子回了宫廷，对丞相而言就可以当成一个人质了，对于孩子而言，其实在缙府反而更好些。

"回丞相，在下无能，在外这么长时间都未能抱回王嗣。"

"哦，无妨无妨，不过，倘若莒王为了孩子而发难郊国，将军准备如何啊？"

襄义看了看丞相，想了想拱手行礼道：

"回丞相，此事，臣以为不宜大张旗鼓。之前，美人失踪，莒国发难郊国的理由是说郊国借美人怀有公子，掳走美人以做威胁。现如今，美人回来，未治罪而直接暴毙下葬，虽说郊国可借此扫清了部分罪名，但倘若咱们再说，孩子还在郊国而只是放回了母亲，未免会有些牵强。臣以为，关键在于缙府，如果孩子真的藏在缙府，那么是生是死未可知，大王未来有世子，那么一个在外的野孩子，只说殁了便是，只要进不了族谱，就出不了风浪。"

"倘若郊国非要说之前莒国让自己受了委屈，我莒国可就被动了，如果他们背后的鲁国进献一个孩子给到周天子去申冤，大王该如何呢？"

"这……"

"所以老弟啊，这劲儿还是不能松的，下棋还得争一先手呢不是？这保国护军之事，还是要仰仗将军了。"

"不敢当，属下责无旁贷！"

妏丞相见话已点到，便收了话题，一句"天色已晚"便差人叫上夫人回了府。而留下的这番谈话，让襄义回府这几日刚刚稳定下来的心，又泛起了波澜。

他这次回来，莒王只说是让他将养身体以备后战，却没提及任何其他事情，甚至没有问他孩子如何。襄义想当然地认为，既然美人已经下葬，此事便告一段落，想必莒王自己也不想再提此事，倒也合乎情理。

可今晚丞相这么一说，突然觉得兹事体大，鲁国不会善罢甘休，便决定明日入宫觐见莒王。

韩离子回到府上也没闲着，取来一块绢写信，书信大意是，莒国国君厚葬了美人，后又收了一个美人，天天歌舞升平，再不问他事……满篇尽是恭喜之词。

韩离子将书信放入竹筒，换来了贴身的隐卫，道：

"你去郯国，把此信给到我轩尧阁在郯国的分舵，让他们想办法将此信的内容传到郯国国君那里，看他反应。"

"诺！"

隐卫接了竹筒连夜离开了。

而就在此时，赵耳忙完了手头的事来到了后院，恰看见婉樱在湖边黯然伤神，筱菊拿来了斗篷他便半路接了过去，静静地走到婉樱身边，将斗篷给她披上，轻声道：

"月光不同于日光，是不会暖人的。"

婉樱一见有人来，习惯地将表情改回到白天一般，起身回敬道："多谢赵公子，不知找婉樱何事？"

赵耳一怔，赶紧说道："不敢，赵耳是心儿姑娘的奴隶，怎敢让婉樱姑娘如此客气？"

"公子自谦了，我们外乡之人全靠赵公子守护周全。"

赵耳一听有些脸红，和婉樱一同坐在了湖边："自从几位姑娘和韩公子一行人回来，没有提及任何缙府的事情，不知，有什么是在下可以帮忙的？"

"唉！"婉樱的愁绪混进了湖光，便更是愁上加愁了，"姑娘至今下落不明，的确人让担心，可有时我也在想，倘若真的回来了，恐怕就要嫁给仇家为妻，我替姑娘委屈……姑娘的命啊……也不知姑娘该在哪里最好。"

"姑娘吉人自有天相，况且还有缙府，且以缙府之势，就算韩府再强，也必不敢造次，婉樱姑娘宽心！"

"你不明白，'仇家联姻'的后果……"

赵耳一愣，但想想自己毕竟不是缙府中人，虽说后来随了这些人成了缙府的奴仆但毕竟时间不长，对缙府的事情，有人说便听，无人说，也便不多打听。他从小在前丞相府长大，多少也是个有见识的。他深知这其中厉害，但也有所疑虑，众人来后，对此避而不提，更让赵耳和昭儿知道这其中的深不可测。

赵耳安慰道：

"当初丞相府邸也是众人关系深似海，而活下来的，均是貌似委曲求全，之后成大事的人。姑娘身在皇室豪门，心中会明白如何应对的。"

"可最终呢，解了缙府的'大局'，却解不了姑娘自己的'局'。"赵耳的经历让无助的婉樱十分庆幸，感觉终于找到了可谈之人。

"缙心姑娘与其他女子不同，她的心愿与家族心愿一致，自然会明白其中道理，自然也就坦然豁达了。"

"唉……"婉樱叹了口气，"可是姑娘这样的品貌……"

"婉樱姑娘倒不如这么想，主子貌可倾国，才智不输朝中谋略之臣，更有胆识来往各国之间。如此女子，让她只得一心人而从此消失于江湖之中，只怕太过寂寞，久了也会让她容颜易老的！而与她才情之和的人，想必也难有那份世外的寂静，毕竟如缙府一般甘于世外的，还是少数，虽说人有命数一说，但这也是当下乱世所至。"

婉樱抬头看看他，想想姑娘第一次得知此事之时就没有任何过激反应，只是痛失家乡赵公子的时候哭过，想必也是知道老太太的用意而欣然接受。

想到此，婉樱心中舒心许多，对赵耳莞尔一笑道：

"是我小家子气了！"

"婉姑娘忠心为主，赵耳拜服，以后若有用得到赵耳的，必当赴汤蹈火，义不容辞！"

婉樱还礼："那是主子姑娘之福。"

说罢，二人便散了。

有了赵耳的宽慰，婉樱心中的郁结终于开化，顿时感到豁然开朗。原以为自己在缙府看事看得深，如今不得不承认，论见识比起这来自丞相府的赵耳相去甚远。婉樱之前所领的不是丫头就是隐卫，真到事情上却没有一个能商量的，于是她便私下打定主意，何不将此人纳为自己的"谋士"，想必遇事可更顺遂一些。婉樱在床上翻了个身，嘴角带着笑意睡着了。

第四十三章
宝献谦谦君子路　只是书下有新言

韩离子的书信到了郯国，轩尧阁的分舵主詹西见信后马上派命人将《上古三坟》的全套竹简准备出来，由他亲自护送来到了郯宫。

宫门的卫士知道此人在郯国的分量，如今见了也只是简单盘问，詹西道：

"烦请转告郯国国君，轩尧阁分舵主詹西，来此献宝。"随即又将怀中的钱袋塞给了守卫，"烦请帮忙通传。"

"詹舵主，可方便说这次又是什么宝物？"

"乃是《上古三坟》三册全本，愿我主福寿延绵。"詹西道。

"詹舵主请稍后。"

"有劳。"

守卫跑了进去通报，詹西身边的管家小心凑上前来道：

"这书如此之全，的确难得，但这位大王……会喜欢吗？"

"吾王以礼治国，喜欢孔丘的文章，给后宫送些金银珠宝之类的俗物无妨，但这次咱们是给大王献宝，《上古三坟》全本，于他来讲更为珍贵。"

"当初舵主派人收集天下奇书，想必就是为了这一刻吧！"

"我们在当地做分舵的，不但要咱们自己打点，为上面准备点东西也是必要的，将来不定会用在哪，也不至于狼狈不堪。"

"还是舵主想得长远。"

不一会儿，一个宫人出来，宣道：

"大王口谕，请詹舵主进宫献宝。"

"诺。"

詹舵主在前，管家与随从带着一车简书与宫人一同进了宫辗转来到了前庭，入了大殿。

大殿之中，郯国君主高坐，文武官员站于两侧，詹舵主带管家走上前，跪伏在地道：

"轩尧阁舵主詹西，拜见大王，愿大王福寿安康。"

"轩尧阁做的是江湖生意，而我王尚圣贤之德，你们这些乌合之众，如何能来此这大雅之堂？"一朝臣道。

詹舵主接道："大人说得有理，但无论是朝中君子，还是乌合之众，均是大王的奴才，心系郯国安危，如今得《上古三坟》原册，内容齐全，乃世间珍品，特献与大王以贺郯国之喜。"

"呈上来。"郯君给身边的宫人使了个眼色，宫人从管家手中取来了其中几册给郯君御览，郯君一看，"金文全册，字体工整，难得啊。"宫人收了书，"不过，你刚才说是贺我郯国之喜，喜从何来啊？"

"大王，想我郯国边界一直受莒国侵扰，不得安宁，只因那莒国国君心胸狭窄，误会我郯国，无凭无据，却不罢休。现如今莒国美人抱病回宫后不久便驾鹤西去，莒王念往日情分将其厚葬，也自知之前这事非我郯国所为，边境之事自然就善罢甘休。此乃我郯国之福，郯民之兴！想大王为此事隐忍的日子也终于过去了，岂不是喜事？"詹舵主道。

詹舵主的话一出，全朝一片肃静，无人附和。

这段时间，莒王为此事咄咄逼人许久，虽说郯君曾请鲁国在其中撮合，并派臣子出使齐国以求缓解，均无济于事。莒国美人回宫"暴毙"后，不见莒国有任何说法给到郯国，大家心中早已憋足了火，如果郯君说国家大事不止此一件而压了下来，不知有多少臣子以"国耻"之由而要讨伐莒国。

詹舵主来此献宝，所献之书的确是崇尚修身养性的郯君的心中所好，只是他这一"贺"，让其他众人如鲠在喉。

堂上冷了一会儿，突然有一臣子喝道：

"大胆奴才，这国家大事岂是你江湖贼子可品评的？"

"彦将军不必动怒。"郯君道，"江湖中人能有此一贺，也说明了民意。你们起来吧。"

"谢大王。"

"莒国扰我边界，百姓苦不堪言，莒国内宫之事既然已结，百姓自然高兴，江湖中人也是来自臣民，詹舵主心系朝中国事，可见其忠心耿耿，这是好事！东西收下，容寡人细读。赏！"郯君道。

"大王，"只听彦将军道，"轩尧阁势力遍布天下，江湖中威望甚高，只怕他们对莒国也会如此，大王不可尽信！"

"彦大人，"未等郯君说话，詹舵主接过话道，"轩尧阁委身江湖，之所以可遍布天下，就是因为从不染指各诸侯朝中之事，否则，轩尧阁早就不复存在了。"

"那此次你们这是……"郯君问道。

詹舵主答："回禀大王，莒国犯我边境之处，多为轩尧阁亲眷所在之处，为了能让我帮的男子效忠，其亲眷自然要保护周全。天下人皆知大王乃诸侯中的君子，对百姓亲护有加，所以将人安置到此处修身养性。如今以大王之谋略平了莒国的风波百姓感激之情便无从言表，只是众人家中清贫无宝可献，由此轩尧阁便拿出此宝，替边境百姓奉上，以遂了他们众人的心愿。"

"轩尧阁虽在江湖之中，却也有今日胸怀，对自己阁中之人，连同亲眷都如此大义，众卿家也要好好想想才是。"郯君道。

"大王，"彦将军道，"正如詹西所言，之前莒国犯我边境，民不聊生，如今发现是一场误会，莒王却黑不提白不提了，难道我郯国就此罢休不成？"

"彦将军说得是，不论是战是和，莒国还是要给我们一个说法的。"其他的武将也愤愤不平起来。

"你们几个退下领赏去吧。"郯君没有理会众臣，只是从容地派人将詹舵主带了下去。詹舵主和管家领了金银珠宝，出了宫，驾车原路回了分舵。

管家待詹舵主回了府，进了书房，管家紧闭房门，小心问道：

"舵主，是否可以给阁主发信了。"

"不，此事只完成了一半。"詹舵主道。

"哦，那另一半呢？"

"找到孩子，让郯国与此事彻底脱离关系，把缙府从暗处放到明处。这样，我们这位儒雅的郯君的委屈就会大白于天下，众人只会将矛头对准缙府，那个时候，就刚才堂上的几个火暴脾气，怎能按捺得住？"说罢，詹舵主大笑起来。

"舵主不愧是舵主，只是，这孩子……下落不明啊！"

"下落不明？怎么会，是不想打扰罢了！襄义虽不聪明，但无不傻。其他人误会的、没有误会的，委屈的、没有委屈的，从中调停的、不去调停的，谁不是想在周天子之前，就去分缙府的那一杯羹？现如今恐怕也只有缙府自己才会考虑如何了结此事。"

"那我们呢？"

"我们？正如那彦将军所说，江湖中人，不问朝廷，所以说，有时与朝廷背道而行，也属正常的……你去吧，有需要了，再叫你。"

"诺！"管家退下，留下舵主摆弄案上的花草，自己喃喃道：

"皇室的孩子，就在那里，跑不了。倒是我轩尧阁阁主的婚礼，怎能没有新媳妇呢？轩尧阁的女主人可比一个诸侯的公子重要多了，呵呵呵，这，就是江湖中人。"

郯君送走了轩尧阁的人便责令退朝，不容彦将军等人再言。

随后郯君来到了后宫，因心中不快在御花园里散步，身边的宫人道：

"轩尧阁献的书已经收进了书房，要不，大王要不去瞧瞧，听说那书是教人延绵益寿的。"

"哼！"郯君停下了脚步，看着湖水，难言怒气，"这宝献的，真是献得好啊！"

"吾王爱民如子，连这不问世事的江湖帮派都来献礼，真乃可喜可贺！"身边的宫人只是一味谄媚，却并不清楚郯君真正烦心的是什么。

郯君转身看了看他，轻蔑地说："你这个奴才是越来越聪明了。"

"奴才不敢。"

"这不是献宝，这是来挑事的。"

"这……一个江湖中人挑朝中之事，为何啊？"

"这事儿……怎么让江湖势力也掺和进来了？"郯君暗自思忖，"这书寡人就先不读了，先去看看郡主的奶娘，她人现在哪呢？"

"您是说苏夫人？自从郡主出嫁到莒国，大王不让她出宫，便被安排到王后身边，伺候餐食去了。"

"去王后宫。"

"诺。"

消息传到了王后宫中，王后率众人赶紧整衣叩拜，郯君亲自拉起王后道：

"王后怀有身孕，不必行此大礼。"

"郯国乃礼仪之邦，奴家不敢擅自做主。"

"本王想念王后宫中的炮豚了。"

王后莞尔一笑："奴家已为大王准备好了，来人，传菜。"

"诺。"

王后携郯君一同落座，只见苏夫人领头进来，随后的几个宫女各手持一碟摆在了郯君和王后的案上，苏夫人一一道上菜名，宫人试菜，确认无毒之后，王后夹了一块炮豚放到郯君面前道：

"大王请！"

"王后自己也要多吃点才是。"

"奴家遵旨。"

"苏妈妈。"郯君抬头道。

"奴婢在。"郯君上下打量着眼前的这个苏夫人，虽说已到中年，但风韵犹存，举手投足透着贵气与其他下人不同，要不是这身下人的衣服扰乱视听，很难让人想到此人出身如何。

其实，在她和小郡主入宫之时，郯君看两人相貌便知此二人绝不是主仆关系那么简单，但有道是"看破不说破"，也不便节外生枝，就没有深究。她们二人被养在宫中直到郡主出嫁，但郯君思前想后还是将这个乳娘身份的苏夫人留在了宫中，王后一开始有些不悦，但看郯君在苏夫人面前态度谦和，只是尊敬，二人不像有男女情爱的迹象，又观察这苏夫人行事低调，从不曾惹事，十分本分，便将她调到身边，让她伺候。

"苏妈妈入宫多长时间了？"郯君问。

"回大王，随郡主入宫到今，已16年了。"

"青春年华，都在这郯宫度过了。"郯君道。

苏夫人一颤，平静地说道："心愿已遂，便无其他了。"

"哦，何心愿？"

"郡主康健，择婿出嫁，与莒王也曾恩爱有加，算是在该有的年龄过上了该过的日子，我这个……看她长大的，也心满意足了。"

"听说，郡主是厚葬的，苏妈妈，你也要节哀顺变。"王后道。

"诺。"苏夫人欠了欠身低头道。

"给苏妈妈赐座吧。"郯君道。

苏夫人谢恩落座，郯王问道：

"你入宫这么久，可与家人有所来往？"

"禀大王，自从奴婢入宫之后，便少与宫外之人有来往了，有时，夫家会差人送些家乡特产，给奴婢留些念想。"

"嗯，"郯君听罢放下了碗筷，不敢再看苏夫人，轻轻地语重心长道，"如果寡人放你回家……你可愿意？"王后听了一愣。

苏夫人一听轻轻地抬头看了看郯君，而后又迅速地地下了头：

"奴婢全凭陛下安排。"

"在宫中睹物思人，倒不如回去，尽享天伦之乐。"郯君道。

王后见大王如此，便说道：

"大王，让苏妈妈也一起吃吧。"

郯君同意了。

"谢大王，王后。"

苏夫人移步做到了旁边的角桌。不一会儿，几个宫女便给苏夫人上了几个菜，苏夫人起身谢恩。

"苏妈妈，寡人知道你的夫家是缙府，只是因为你与鲁国的婳太妃是亲姐妹，又跟郡主……主仆情深，便随她来我郯国，如今，郡主魂归故里，你也回缙府享几天清福吧。"

"奴婢，谢大王！"

郯君还是没有看她，转过脸来便是对王后和腹中的孩子嘘寒问暖，苏夫人看着眼前饭菜，强忍着泪水不掉出来。

只听王后如闲聊一般说："奴家听说，今天轩尧阁来献书了，是教人延年益寿的？"

"是啊！"郯君瞭了一眼苏夫人，道，"二来是庆……说郡主之事已过，边境之民，无不高兴，前来向寡人道喜的。"

"那是大王之福。"

一听"轩尧阁"三个字，苏夫人的脸色瞬间惨白恰被郯君看见，故意问道：

"苏妈妈，你可知，你的夫家与轩尧阁的关系怎样？"

"回大王，轩尧阁与缙家有灭族之仇，曾经韩离子祖上因为犯了事而被天子满门抄斩，就是当时正在朝中当职的缙家太公揭发的韩府。"

"那如此，轩尧阁为何一直没有寻仇呢？"

"一直是天子和大王庇佑，缙府暂时无忧。"

"那既然这样，寡人就不明白了，莒国犯我边境，让寡人差点牺牲了缙府，如今，事情告一段落，缙府有了喘息之势，轩尧阁却来庆贺，这于理不通啊？"

苏夫人惊讶地看了看郯君，心中一紧，道：

"大王，缙府在郯国之地，大王尚且都有牺牲缙府而了事的心思，难道，莒国就不能吗？"

苏夫人这话一出，郯君故意恍然大悟："你是说，倘若我倒逼莒国，轩尧阁也可借刀杀人？"

"吾王英明。"

郯君不得不佩服这个妇人的冷静，道："这就讲得通了。"

"但不知，大王意欲何为？"

"自然不可上了韩离子的当！"郯君看苏夫人的眼神十分复杂，"亦或是，将计就计？"

王后见郯君如此和苏夫人说话，心有不快，想想道：

"大王，莒国依附齐国，齐国与缙府的关系非同一般，莒王如何真能杀了缙府？但是，我郯国的委屈还是要诉的。倘若陛下可以将计就计去逼莒国，而那个莒王又不能杀了缙府，最终莒王自己就不得不将此事，大事化小，小事化了，到时大王这边如何说，莒国那边都得受着。不过，如果为了了结此事，那个在外的孩子被他们找到了，那大王就少了筹码，与其让莒国先找着，不如咱们先找到，毕竟缙府所在的，是我郯国的土地。"

"如果莒王说他没有这个孩子呢？"

"于大王来讲，有，就比没有强。"

王后一说，让郯君欢喜不已："王后思虑周全！来来来，快坐下，有身孕之人，以后王后就别再行如此大礼了。来人，传丞相和彦将军到大殿，寡人与他们有事相商。"

"诺。"

苏夫人听得是心惊胆战，几次欲与郯君说话，却都被王后打断，插不上话，只得眼睁睁地看着郯君和王后用过膳，起身去了大殿。

郯君将丞相和将军叫到一处共同商讨，如何应对莒国，如何将计就计，不在话下。

第四十四章
九曲长河回身浪 江中自有暗股抬

不久，莒王就从齐国使者那里收到了一封鲁国写给齐国的信，大概是说：莒国君王不分青红皂白进犯郯国让郯国居民民不聊生，此事不能就此不提了，要莒国拿出一座城池，500石粮食于郯国，以慰苍生。

莒王看了，将信仍于地上，喝道：

"岂有此理，郯国一弹丸之地，也敢如此撒野！"

满朝文武不敢作声，许久，襄义将军刚要站出来，妏丞相抢先一步奏道：

“大王，臣认为此事不必着急，先晾晾再说。”

襄义惊讶地看着丞相，莒王问道：

“丞相，这是何意？”

“大王想，如果我们就此与之争执，郯国将如何？”

“想必又是一番兵戎相见。”

“如果郯国与此事无关，当初为何忍辱不提？现在，郯国又如此急于摘出自己，反而说明它与此事有关，臣启大王，不予理会！”

这时一个朝臣站出来，战战兢兢地说：“可是，当初郯国也曾派人来此解释，但终究无人能听得进去，现如今，已证明此事与郯国已经无关，郯君发发脾气也是正常……”

“顾大人的意思是，我们要按他们说的赔城池了？”妏丞相道。

“非也，臣以为，此事关乎鲁国和齐国之事，如此冷淡对人，恐怕会因小失大。”

“顾爱卿意思，是和？”莒王问道

“臣只是觉得，此事一不可战，二不合适过冷。”

“过冷？顾大人也是个爱棋之人，应该知道，对坐定棋最忌跟步，凡下棋者，下策是跟，中策设防，上策当是另起一势让对家不得不牵扯精力，如此自己便可转被动为主动。现在郯国，已经是先走一手了。”妏丞相冷笑一下道。

“丞相说得是，但各诸侯谋划的不是郯国鲁国，而是缙府那边的势力。如此纠缠于郯国，未免会在缙府的事上成了被动。”

“不行，越是众人虎视眈眈的时候，缙府越不能碰，否则就是下一个众矢之的。”莒王道，“缙府就是前车之鉴。”

“可大王，这……？”丞相问道。

“顾爱卿，你的意思呢？”

“臣以为，先派人出使鲁国示好，而后再与郯国联姻。”

“吾王明鉴，我国并无公主可嫁，若是临时认一个，反而会弄巧成拙。”妏丞相道。

“所以呢？”莒王道。

“臣以为可求助齐国，让齐国与鲁国交涉，而不必自己出面。”妏丞相道。

莒王听了感觉跟没说一样，要是他们之间就能解决了，这信还会到这里来？

“大王，”顾大人道，“世人只知美人归来，暴毙厚葬，此为国内之事，大王的态度当对此有悲痛之意，更何况，如今美人的孩子并未找到……此时郯国不考虑吾王感受而如此刁难，当是郯君不可理喻，但此事毕竟还是儿女之事，举一国之力示强，有损气度。”

"那依爱卿的意思，寡人就什么都不做了？"

"大王，"妧丞相继续道，"其实顾大人的想法不错，与其与郊国硬碰硬，不如想想齐国和鲁国，若他们不想打仗，那郊国也不能耐我们何。臣以为大王当对郊国示好，但不割地，只是施以金银……"

"施以金银……爱卿，大库如何，爱卿不知？"莒王不太高兴。

"大王一心为国，自然不比那些商贾之人，这种与人讨价还价之事，臣请大王派轩尧阁去说服郊国，郊国有缙府，而我们莒国，可让轩尧阁与之制衡。"

"有道理！"莒王陷入了沉思，"那依爱卿看，那寡人需不需要派人与轩尧阁同去的呢？"

"此事，臣建议请襄义将军出使。"

"我国出使他国均是文官的事，派武将，难不成要示威吗？"莒君问道。

"大王，襄义将军虽说是武将却并非一介武夫，况且，派武将过去，于齐国而言也可尽显我朝对郊国的不满之心。"

"襄义将军，那就有劳你跑一趟吧！"

"臣，遵旨。"

事情谈罢，莒王退朝。众臣出了大殿，顾大人紧走几步来到妧丞相面前拜了又拜：

"丞相大人！"

"哦，顾大人。"

"丞相大人堂上一席话，臣受教了！"

"顾大人辛苦了，自从右丞相倒了，大王自然不愿意让我在朝中独大，还是需要有人与老夫制衡的，与其大王选人，不如请顾大人帮忙，解大王心中的困扰。"

顾大人听了更是感激不已，便随丞相共同向宫外走着：

"丞相，臣愚钝，联姻是缓解两国关系的最好办法，丞相大人为何反而要派武将出使呢？"

"这火候还是要把握，美人暴毙是丧事，而联姻是喜事，我国有了丧事，却用喜事来解决来刁难咱们的人，到底这理站在谁那呢，这如何说得通？国与国之间的戏呀，真真假假，既然要演，便要演足，切不可因为他国搅扰，而忘了戏中角色该有的样子！"

丞相说罢，便乘车走了，顾大人站在那里看着远去的车驾，冷笑地说道："好一个戏子！"

将军府为了给襄义将军准备出使他国，各个忙里忙外，人来人往的恰被刚回来的筱菊看到，从将军府的下人那里一打听才得知了情况，便赶紧回来告知到婉樱，韩离子在一旁听了没有说话，手中玩弄着从朝中降下的旨意。

只听婉樱懒懒地说：

"我们只是寻找姑娘下落，又何苦在朝中搅水？"

韩离子抿了口茶，道："人走一步，能得三物者为何要得一物？"

"什么意思？"

韩离子看了一眼面无表情的婉樱，道："郯国与莒国本身想要的无非是城池百姓，兵力财宝，你以为你家主子的才貌真有那么重要吗？"

自那次韩离子被婉樱扔到街上之后，便不得不改了说话的方式，于是他几分小心地把话讲得更细致些道：

"这么说吧，如果你只谈找你家姑娘，难有其他人帮你，但如果你把你们姑娘的境况放入到这大势之中，驱动形势变化，你们家主子就不是单纯一个人回不回来那么简单了，便是该回来的时候回来，该安全的时候安全，自有人在过程中有意识或无意识地帮你一把。只是，在这个过程中，会牵扯到的人，为什么帮你，或者怎么让他们帮你，你是要替他们想清楚。"韩离子语重心长地说道，但此时，他自己心里想的是，本阁主何时对一个丫头这么有耐心了。

"哼，你们江湖中人不能堂堂正正地在朝中一展才能，只能在暗地里搅乱世局，还说得这么冠冕堂皇。"

"你们大雅之堂的人，有你们的规矩束缚，所以啊，往往就差在这里，"韩离子指了指自己的脑子，"也就是这样，江湖中人才总有立足之地，而你们还没办法。"

"韩公子倒是智慧，卷到了莒王的前堂之中，还不是要被迫出使郯国？"芳竹愤愤不平道。

韩离子看了看她们几个，不禁叹了口气道："你缙府陷入危机，是因为在这时局之中，缙府恰恰有了别人想要的。你们不想想如果缙府不安全，你家姑娘就算回来了又能如何？缙心没教会你乱世之中的生存之道吗？"

婉樱恰被韩离子怼到了痛处，鼻子一酸眼泪涌了上来，她不想韩离子看到，便紧紧地出去了。

韩离子想了想自觉没趣，不得不叹了口气，他清楚她们没有听懂，也清楚她们不会听懂。

其他缙府的人觉得待着无趣，也便告辞退了出来。

韩离子看着他们纷纷离开，叹了口气，道：

"真是没一个省事的。"

"阁主，何必跟一个丫头计较，咱要娶得是缙府千金。"

"连这些丫头都这么难搞……"韩离子还没说完，旁边的侍卫差点没笑出声来，韩离子瞪了他一眼，道，"去，告诉詹西，襄义将军出使郯国，让他这段时间不要轻举妄动，先看清了局面再说。"

“诺！”侍卫领命刚欲离开，韩离子补充道：

“回来，传话宫里，我要进宫。”

“诺！”侍卫领命走了。

第四十五章
莺歌自有飞燕舞　白玉藏进黄金牌

莒国的后宫依然莺歌燕舞，凡是有名分的王后夫人和美人，一概见不到莒王的面，王后曾几次派人传雒玑或要问罪，或要闲聊，但都被莒王身边的宫人挡了回去，其他人更是无计可施。

几个进宫早的夫人早就已经见怪不怪，泰然处之。但是年轻的美人心中早就积有怨恨，常有那暗地里骂人的，砸东西撒气的，比比皆是。可当一切都不得已交给了时间，便都没了脾气，更没什么可说了。

这天，雒玑端粥进来，道：“大王，天凉了趁热喝，好暖胃。”

“嗯。”

雒玑玲珑的眼睛看着莒王，一脸淘气地说：

“大王，这是在软禁雒美人吗？”

莒王抬手刮了一下她的鼻子道：“怎么，委屈你了？”

雒玑小嘴一噘，娇娇地说：

”奴婢哪敢，奴婢是觉得委屈了大王，更委屈了里面的那位。”

莒王笑了笑道：“唉！朕也不想，但是放了她，你猜她会怎样？“

“奴婢知道，一旦这寝宫的大门一开，只怕别说这里，整个皇宫都无她容身之地了。”

“那你还问。”

“可是大王，倘若吾王有心，既然是正途难解之题，何不放之江湖？”

“江湖？”

“奴婢入宫前所在的燕翔班，就是江湖啊？”

“寡人知道，这个轩尧阁阁主韩离子就在都城之中，据说他不问朝堂，却比朝堂中人明白得多。”莒王边看着歌舞边饮酒，好不惬意。

“大王，上次丞相来，说轩尧阁要与缙府联姻，而这联姻的新娘，恰是，恰是那真正的'美人'呢！"

"哼！谁知道那个韩离子安的什么心。"莒王将酒放下来，将手指一挑雒玑的下颚，轻轻地说，"你，是想让我把她放了，你好堂堂正正地做这个雒美人？"

"大王，奴婢哪敢这么想，"雒玑娇滴滴地噘着嘴说，"自古两国之间再大的仇怨，只要一联姻便可说什么'太平'，'相互扶持'，'暂免战事'的话，国与国之间尚且如此，缙府的皇族血脉，焉能不知此道理？上几代快入土的事儿，如今为了大局一杯酒一桩喜事，也不是不能解决的。"

莒王轻轻一笑，无心无意地说："看来，寡人要见他一见方可。"良久，他才让雒玑传话到外面，宣韩离子入宫。

不日，韩离子奉旨上殿，献上了他已整理好的公主的诗稿一份，莒王屏退左右，问道：

"听说这是齐王让你办的，怎么送这儿来了？"

"大王已有了一份，再说，齐王希望的让草民整理诗稿，必是希望公主之才可广传天下。"

"你见着公主了？她老人家身体可好啊？"莒王随意翻看着公主的诗稿，并不那么在意韩离子。

"回吾王，老太太身体康健，只是膝下子女不多，经营偌大的府邸，有些面带憔悴。"韩离子道。

"听说你欲与缙府联姻，怎么，大仇不报，祖宗不管了？"

韩离子一怔，没想到这个看似玩物丧志的莒王会把话说得这么重，他瞬间也肃然起来，拱手道："天下之事，爱恨情仇，无非是一念之间，世间之仇千变万化，自也有不同的处置方式，此仇是否有报，在于驾驭，未必全在于生死，况且，草民的祖辈想必也是希望自己后世子孙延绵长久。"

"不在于生死，好大的心啊！"

"当初缙家嗜杀我韩府，在于无驾驭之能。而如今韩某若可驾驭缙府，岂不比当初的公主一家要强太多？"

莒王仔细地看了看这个江湖众人，突然冷笑一下："你的野心只怕都可以驾驭天子诸侯了吧？"

"乡野之人，不敢。"韩离子跪拜道。

"那个缙府嫡女，你打算怎么处理啊？"

"草民感谢大王照拂，但毕竟缙心姑娘与草民先有婚约，草民自然是要先带回去尽早完婚。如此，不枉公主的托付。"

"韩离子，你在威胁寡人吗？"

"大王是在保护缙府。"

"那是郏君干的事儿，寡人只在乎莒国。"

"大王明知美人藏于何处，只让将军在缙府山下驻兵，表面看是大肆搜捕，其实是想确保美人不会在山上受到叨扰。只是那个缙心年少不懂事，护家心切冒了出来才让大王为难，大王只得出此下策，让外人看来大王是因痛失美人而消沉，宫中歌舞也似乎是抚慰大王的药。而大王让雒美人悄悄入宫伴君左右转移别人的注意力，真正想藏之人其实是草民的未婚之妻，怕被王后和臣民迫害。大王如此心思，草民感激不已。"

韩离子的一通大公无私的长篇大论，生生地把莒王架在了最高处，更是让莒王沉默了许久，莒王来到韩离子的身边轻轻地说："郏国与鲁国遇到事儿就考虑牺牲缙府，难道这就是他们所说的仁义？"

"其实，大王也知道，当初倘若美人在宫中生产，只怕也未必可有善果。"

"可是，当初寡人的确是没有横加阻拦，毕竟后面的周天子，他们要弄出点儿事儿来，鲁国，齐国都同意，寡人只能默许，可是他们娘儿俩若想周全来求寡人，寡人自然会出手，却不想，竟这样着了别人要为难缙府的道，却还得缙府庇护，真是讽刺。你说，缙府，是不是那个最蠢的？"莒王的拳头砸在桌上，瞬间外面的卫兵冲了进来，矛头直向韩离子。莒王缓了缓道：

"你们下去吧，没事！"

众将士退了出去。屋内又剩下了他们二人。

"大王，吾君后来屡屡犯境于郏国，却未接美人回宫，草民能想象得到大王心中之痛，既然大王忍了自己之辱而选择将计就计，对美人和孩子施以保护，可见大王仁义之至。"

"寡人听心儿说，美人很好，孩子也很好，是个男婴。"莒王仔细观察着韩离子。

"草民恭喜大王。"韩离子面不改色。

"寡人还是要把孩子接回来的，至于己美人，可随她心愿，但孩子还是要回宫的。"

"草民以为，吾王正是壮年，可以当下以大局为重，保全太平。待殿下成年了，大王若想唤来享天伦之乐再接过来。其实，缙府的奴婢下人都学有所长，更何况大王的孩子是千金之躯，暂时受教于缙府，将来必是人中龙凤。"

韩离子的话虽然都带着自己的目的，莒王却无法忽略对他的每一个字的分析，而且说得似乎都那么舒服，也让他不敢掉以轻心，十分费脑。

"你是说，孩子在宫外反而比在宫里好？"

"当下看来，似乎如此。"韩离子躬身坦诚地劝道。

莒王深叹了口气，转了话题："如今，寡人失掉一个爱妾，但如果因此而得一缙

府美人于身边，的确是欣慰了。想必，别说郯国一小国，就连齐国也会认为我有缙府利益在手，而可以谈谈条件。"

韩离子仔细想了想，不由得一惊，道：

"大王，不放心草民，又为何让草民随将军出使郯国？"

"韩离子，你绝顶聪慧，你与缙府联姻无非一个利字，娶了他们家的谁，重要吗？出使郯国安抚，不需要你做什么，你只要在我莒国去郯国的使团里，对郯君而言，就够了。"

"大王是说……让郯君认为，臣和轩尧阁已归顺……"

"诗稿留下，你的未婚妻寡人会好好照顾，毫发无伤，你去吧！"

韩离子见莒王如此坚决，也知道他不会轻易放了缙心，只要缙府不会与莒王成对立面，便不会影响到缙心的性命，只要鲁国和郯国再给莒国施压，他便可以假意为莒王效命，缙心自然可以借此要出来，然后缙府，便是他轩尧阁的囊中之物了。

韩离子行礼告退。

程仪和赵耳在宫外等着，远远地看见韩离子从宫里走了出来，赶紧上前打听，韩离子一见他们，故作沮丧地叹道：

"缙心姑娘应该无恙，可以放心了。"

程仪赵耳听着感觉韩离子跟没说一样，便跟问了一句："公子可见到姑娘了？"

"没有，不过在宫里的庇护下，想必不会有事。"

"那，"程仪见韩离子如此说话，有些气不打一处来，"大王可提到说，何时可让姑娘回府？"赵耳问道。

"这事，要好好谋划才好……"韩离子说着上了马。

赵耳见韩离子如此，便给程仪使了个眼色，三人一起上马回了府。

回到赵府，婉樱带着筱菊等人上前打听，韩离子没有理会，径直回了房间，赵耳和程仪将韩离子的话原样转诉给了她们了婉樱她们，一句"姑娘无恙"便已经让她们激动不已。

第四十六章
一汪池镜冰做影　影下繁枝落尘埃

昭儿一直待在角落里不爱说话，更不往上凑，却悄悄地将韩离子的匆匆离开和婉樱她们的欣喜雀跃冷冷地看在眼里，赵耳见她站在角落里发呆，笑着走了过去道：

"姑娘无恙，您也不必担心了。"

"可是，为何韩公子不快呢？"

"唉，可能是未能如愿接回姑娘而有几分失望吧，也好，毕竟，这个韩离子是仇家。"

"那，姑娘能接回来吗？"

"能吧……"

"我去见见他。"说罢，昭儿转身就要向韩离子的房间走去。

赵耳见状一把抓住她，道：

"你一闺阁中人，如何能去到他那里？"

"不妨，我现在是奴婢，倒杯茶进去就行了。"昭儿执拗地挣脱了赵耳的手，向韩离子的房间走去，留下赵耳愣在了那里。

韩离子一个人斜坐在里阁凝神，昭儿推门进来，径直来到了韩离子的面前敬茶：

"公子辛苦，喝口茶吧。"

韩离子知道这是缙心来到这里后收养的丫头，虽是原丞相府的千金，但如今已成了婢女。这种天上地下的变化，于韩离子来讲早已稀松平常，不像缙心当初见到她，多少还露出了几分介怀。

不管怎样，既然是缙心的人，韩离子一般还是礼遇有加，他随即将杯子拿过来，抿了一口才放下：

"好了，你下去吧。"

"公子心烦，昭儿或许能排解一二……"

韩离子抬眼仔细看了看她，清新可人中似乎暗含着复杂："不必问了，一时我带不回你家姑娘……"韩离子应付道。

"公子是叱咤风云的人物。豪门内院尚且深不可测，更何况是王室深宫，想必公子也知道只是一两次进宫，是不会将姑娘带回的。"

"那你的意思呢？"韩离子严肃了起来。

"要看公子到底为何要救姑娘了。"昭儿缓缓地说。

"本阁主的未婚妻，自然要救。"

"只因姑娘是嫡女，若公子娶了她，于轩尧阁来讲无非是加大了筹码，于韩公子而言也是门当户对。但敢问公子，是不是真的要娶嫡女才行，还是缙府之女即可？"

韩离子看着眼前的这个女子，微皱了一下眉头，道：

"什么意思？"

"昭儿的意思是，昭儿知道，公子为何接不出姑娘。"

"怎么说？"韩离子懒懒地说。

"轩尧阁与缙府联姻，对于任何一个觊觎缙府的诸侯都是制衡，这是江湖与朝堂的制衡，所以，莒王很快就将姑娘扣住，而不能让你们完婚。恕昭儿斗胆，无论缙心姑娘在您提出联姻之后去到哪，那里的君主都会将姑娘扣下的。"

"这个道理，你觉得我不懂？"韩离子对她没有新意的分析没有兴趣。

"韩公子自然懂得比昭儿多。"

"你有破解的办法？"

"回公子，昭儿认为，大王看重轩尧阁，所以才要安排公子出使郏国，虽说不是联姻，其实道理一样。倘若诸侯有如此实力的江湖势力暗中庇护，江山城池岂不是更加稳固？"

昭儿的话让韩离子有些后背发凉，到现在，他与缙府内院的人亲近，是因为这些人眼睛清澈，不懂江湖，所以这里有人气他怒他，对他冷脸，但是不会有人算计他。因此，即使婉樱她们冒犯自己，韩离子反而觉得很轻松，有时相互斗斗嘴，也挺好玩的。但是，这个昭儿明显与他们不同，这让韩离子感觉就像一池清湖里掺进了一股污浊，让他很不舒服。

但是，他并没有表现出来，冷冷地看着眼前的这个女子，昭儿相信自己没错，自然也就不紧张了，从容淡定。

韩离子问道：

"倘若，当初令尊没有出事，你这个丞相千金当是怎样的安排？"

"回公子话，昭儿将会被安排入宫，争宠，得宠，助我家族与奴家抗衡。"

韩离子这便明白，这个女孩从小是按照宫中姬妾的标准培养的，怪不得除了个人打扮与常人相同以外，言行举止上比常人多出了许多为人处事的冷静、乖巧、心机、含蓄，被这个女孩应用得十分娴熟。

"可惜，你还没有入宫，家里就出事了，否则我相信，以你的美貌和头脑，一定会在宫中立有一席之地的。"韩离子恭维道。

"世事难料，昭儿所学，深知此道。"

"明白了，你且先去吧。"韩离子的这份和蔼，让昭儿深信她与韩离子之间不同于缙府里的任何人。

"诺。"

昭儿像奴婢一样行了个礼便退了出去，留下了韩离子一人坐在那里，冷眼看着这个年龄不大的相府千金走远。

赵耳在外面远远地站着，直到看昭儿完好无损地出来，才长舒了口气，他刚要转身离开，恰看到茹梅已经站在了他的身边，赶紧欠身施礼：

"茹梅姑娘。"

"昭儿聪慧，赵公子不知在担心什么？"

"昭儿于在下来讲是主子，是家人，是妹妹，而我这位主子本是要有锦绣前程的，所以心高气傲。沦落后能有今日已是难得，我怕，她还是放不下曾经的志向。"

茹梅明白了，道："昭儿的心思我能理解，韩公子也是贵族之后，当初家中大难只因他不认命，所以才有了今天的轩尧阁。如今缙府危在旦夕，我家姑娘也是不甘心的。"

"可是，毕竟于左丞相府来讲早已大势已去，面目全非，昭儿她为何不想做个平凡女子，过上普通的日子？"

"她是丞相千金，怎么会知道什么样的生活是普通生活，而家族落魄，于她而言满眼看到的只有残酷贩卖，哪里会知道平凡日子的幸福？她想要回到当初，也是能理解的。"茹梅看着赵耳，心里其实替他无奈。

"其实，我们现在有赵府了，她可以在这里好好生活的。"

"赵耳，"茹梅语重心长地说，"你可知，赵府只是这么几间房子而已。但如果缙心姑娘没了，缙府没了，亦或者赵府的使命完成了，你们当如何安排？你还能说昭儿的平凡生活幸福吗？别说幸福，单说安全，你能给昭儿多少？"

茹梅的话，让赵耳心中一震，他明白这里不是缙府，而这些人在这里是基于利害，有利害所在就随时都可能会离开，或者消失。而现如今，昭儿即便与他一样是奴隶的身份，昭儿骨子里依然是他高不可攀的另一类人，这与别人给什么无关，是自己的骨子里有没有。

"赵耳谢过姑娘提醒。"

"你心里要过这一关才好。"

茹梅笑了笑，离开了。

不论怎么说，姑娘人在宫中安然无恙已经被证实，婉樱派人用信鸽告知到了缙府，缙府上下虽说下了严令不得声张，但字条一收到，府里人心中的石头终于放下了很多，府中的气氛也比过去好了很多。

这天，用过了早膳，良夫人来给缙老太太请安：

"这些日子，看老太太的气色好多了，食欲也好了许多。"

"唉，虽说这段时间缙府没有出现什么岔子，但是心里上总是沉甸甸的，尤其是心儿这孩子，自己出去想方设法地游说打探，也真是难为这孩子了。"

"心儿虽说是个姑娘，但性子里有些男儿的样子，缙府有这样的嫡女，是福气。"良夫人在一旁将茶给老太太递上。

"你说，我对心儿的安排是不是太过残酷了？"

良夫人顿时不知该如何回答，良久她轻轻答道："倘若这是缙韩两家注定的，心儿的确是最合适的人选，若换成蕊儿，只怕难以驾驭这要制衡的局面，更谈不上运筹帷幄了。”

“还是你看得明白！家也好，人也罢，活着最重要，人活是为了一日三餐，天伦之乐，而家活，是为了一份责任。心儿懂事，所以并未在这件事上说什么。但是很多人不明白的是，人活着靠的是筹码，经营的也是自己这手中的筹码如何更多，如何好。”

“老太太，心儿嫁过去，是不是就真的万事大吉了？”

“什么意思？”

“媳妇是想，缙府与轩尧阁联姻是不是太过于扎眼，而府中的美人已经没有了价值，可孩子，如果真要留在缙府，也得有个名，总不能永远这么藏着过日子……”

缙老太太听了轻轻地点了点头，但还是默不作声。良夫人见状不敢再往下说找了个由头行礼退了出来，一个人快快地漫步在廊上。

“弟妹好早！”

良夫人抬头看去，是姜夫人带着蕊儿从前面走来，良夫人走上前与姜夫人相互行了礼，蕊儿上前行礼：

“婶子，听说钰兄弟每天都待在书阁中，很是用功。”

“男孩子出去经历了些历练，如今知道上进了。”良夫人笑笑说。

“钰儿懂事儿。”姜夫人道，“不过弟妹，有个事儿可能是我乱操心了。”

“嫂子您说。”

“韩离子和程仪他们到莒国，虽说知道心儿在宫中平安，大家也都在想办法接心儿出来，但是我还是觉得在那有钰儿会更稳妥，毕竟心儿还没有出阁到韩家，不宜凡事都让韩离子拿主意。”

良夫人听了心中有些不安，毕竟韩离子当初掳走过钰儿，这次再让他去，不免让人有将“羊入虎口”的担忧，但此时又不好反驳，她想了想道：

“嫂子说得是，我回去跟钰儿商量商量。”

“好！那我去看看老太太。”

“嫂子慢走。”

良夫人看着姜夫人和女儿向老太太房间走去的背影，开始有了几分对钰儿的担忧，但又不得不说姜夫人说得有理。

第四十七章
谁家事故谁家笔　一梦惊醒点烛人

良夫人想着，不知不觉走到了书阁，擦拭竹简外皮的男仆见夫人过来，赶紧请安。

良夫人问道：

"公子呢？"

"公子，公子出去了。"

"去哪了？"

"这个，奴才不知道。"

"他身边的人呢？"

"都随他出去了。"

"你是说都出府了？"

"好，好像是……"

良夫人虽说有些失望但还是松了口气，如此也好，总不能老让他在府中憋着。

话说，缙钰带人下山来到了鸢栖台找这里的少主楚良。鸢栖台在郊国乡下，有着美丽的风光。而后院的这位在女子之中长大的少主却练就的是了高超的剑术，缙钰屏退了左右，自己独自在那欣赏。楚良挥剑转身，见钰公子吃着苹果站在一旁悠然自得便停了下来，佯作不高兴的样子道：

"每次都是你在旁边看热闹，也不见你拿出自己的真本事也让我欣赏一下。"

"得了，我一个文弱书生，身上挂剑是为了防身，但要像你一样挥剑潇洒，我可做不来。"

"如今时局变化，缙府暂时稳妥，你可以潇洒一些了。"

"妹妹尚且还在莒国宫中呢。"

"你觉得她是嫁给莒王好，还是韩离子好？"楚良收了剑，擦了擦汗道。

"我也想过这个问题，倘若嫁给莒王好，我那个郡主姐姐又何必消失？而韩离子，这个人城府极深，他说服奶奶的话似有几分可信，一个是虎穴龙潭，一个是灭族之仇，我这个妹妹……"

"所以呢，你就溜到我这儿来了？"

钰公子来到楚良身边，道："我一个男子，总不能老在家待着，特来找你商量一下，看看怎么办。"

楚良看看他，笑道："你想怎样？"

"我准备去莒国救妹妹。"

"那是下策。"

"现在妹妹就在莒国。"

"那你去莒国能干嘛呢？论智谋，你是能对付得了莒王，还是韩离子，还是直接对付他们俩？论武功，那里有程仪他们，你去了只能让他们再多保护个人罢了。"

"你说，我一堂堂男儿，就做不了什么事情不成？"

"你去哪不重要，重要的是你得知道为什么要过去，就是为了表现你是个好兄长？"

"当然不是，我总觉得少了些什么。现如今此事牵连到了各国利益，就算我家不在乎俗世的这些利害关系，但是将来不定什么时候又会卷土重来一遭，更何况，此时的安静是妹妹成为莒国人质换来的，凡事总要防患于未然，你说，我能袖手旁观吗？"

"哎呦，不易不易啊，贵府终于有个人能说出'防患于未然'的话了。"楚良一笑。

"什么意思？"

"缙老太太为了'防患于未然'而隐居杀山林，但等到了钰兄这一代便已不知何为'防患于未然'了。"楚良的话让缙钰有些羞愧，"所以众人都说缙府的后人，不是纨绔子弟，但却头脑简单。"

楚良派人收了剑与缙钰一起坐了下来，接着说："现如今，周天子欲将缙府收于囊中，但缙韩两家联姻，江湖与诸侯抗衡，莒王直接扣了缙心阻止了联姻，缙府有了他的孩子，他有了缙府的孩子，所以现在成了僵局，谁都不敢多动一步，这才有了这所谓短暂的安宁。"

听到这，缙钰明白了其实所有人都知道全局，只有他不知道。顿时，他开始觉得自己之前白认了楚良这个朋友。

"谁人告诉莒王，那人是心儿？"

楚良听了他的疑问，耸耸肩笑道："自然是有人告知他的。"

"是，山下之人……襄义将军？"缙钰打心里对这个一直窥探缙府的武夫就没有好感，他来，无人理会，走了，无人相送，"所以，其实一直有人跟踪心儿到莒国的？"

"否则襄义的人在那，是吃干饭的吗？尝尝，这果刚收过来的。"

二人来到水榭，小厮端来了茶水和干果，然后在水榭两端立好，以免有人打扰。

"那之前，心儿所到之处岂不都在莒王的意料之中，却为何不抓她？"

"老太太的眼里是缙府而不是天下，你呢，眼里只有你妹妹。可是你要知道，莒王是一方诸侯，做事是会劳师动众的，怎么会为了一个女孩子而唐突出现？"

"韩离子知道吗？"

"你应该问的是，韩离子明知你妹妹要救家族，却为何一开始就不对你妹妹下手。"

缙钰一听，手中的干果掉到了地上，楚良苦笑地看着他："否则何谈江湖凶险？"

缙钰想了想："我记得妹妹出了鲁国便脱离了韩离子的视线，虽说各国有他的势力，但并不容易得手，而韩离子也的确没有赶尽杀绝，这是为何？"缙钰想了想，突然恍然大悟道，"你是说，他早有察觉莒王派人在后面跟着？"

"凡事呢，做还是不做，如何选择，往往都是根据很多情况而定，没有人会武断到因为某一个情况而影响到抉择，既然选了有所为或有所不为，想必是当时大势所趋。但不管怎么样，你妹妹的确聪明，而莒王做事也更是低调，韩离子顺其自然以待观察的耐心和随时出击的轻松，会让一切变数不断，谁都知道可能会发生什么，但是谁都不知道将会什么时候发生，钰兄，缙府知道这一整件事情的始作俑者是周天子，却为何无人理会呢？"

"你接着说。"

楚良摇摇手："我之所以后面不说了，是因为我也没明白。表面上看，自从有了你缙府之危，鲁国的仁义就表现在谁委屈便委屈一下吧，一旁旁观此事；郯国为躲避战祸而要交出缙府作为牺牲品，不在话下；齐国一副尊师重长之道，却没有真的做些什么；莒王有没有主动向郯国提出牺牲缙府的条件，众人不知，但缙府的人出现了，反而事情似乎突然结束了？钰兄，缙府是不是真的要被灭，各诸侯似乎都觊觎缙府，却也似乎都不觊觎，到底这里面一个个的都是什么角色呢？"

楚良如此一说，缙钰差点栽倒下去半天说不出话来。"钰兄若有心，"楚良道，"此为僵局，当想好再破。"

第四十八章
堂前暗许无真假　宫内明窗有坦诚

一天清早的阳光明媚对于老百姓来讲，是新的劳作，而对于后宫来讲，是色彩的开始。

美人雏玑端着一盘水果屏退了众人，来到了莒王寝宫的最里间，一个丽人正对着菱花独坐，长发倾垂。

雏玑不禁笑出声来，她走上前放下盘子道：

"我最佩服姑娘了，每天不做梳洗，不见人，就是待着，这要是我，早就憋疯了，哪怕给自己跳支舞也好啊。"

"姐姐知道我是怎么进来的，换你会怎样？"

"妹妹能问出这话，就说明妹妹的命比我的好，"雏玑为她把青丝捋顺，"我从小的一切都是被安排的，被卖，被打，被训斥，被要求献舞，被送进宫来，哪次是我能说得算的？如今我被称为这宫里的'美人'，也不是我自己讨来的……"

"所以呢……"

"不是'所以'，是'但是'……"雏玑递过来了一个果子，"这个甜，你尝尝。但是呢，我开心。"雏玑的话，引起了这位姑娘的注意，她见她侧脸看着自己，雏玑不禁抿嘴一笑，她接着说：

"如果不是父母没办法，我也不会被卖了，你说我能怨自己那没任何办法的父母吗？虽远离亲情，但你瞧我反而没有受穷……"雏玑为姑娘簪上花，接着说"后来呢，我当了舞姬被教歌舞，虽遍体鳞伤，但总有一技傍身。之后，又被送进宫来以色侍奉大王，更有了荣华富贵。"

姑娘惊讶地看着这位美人，恨不得替她害臊，雏玑笑着将她的身子扶好："你是贵族之后，自然对我的想法匪夷所思，可是你要想想，如果你是我，倘若没有这样的遭遇，只怕也看不到这样一番精彩景象。"

姑娘抚摸着自己的那个手镯，笑着说："你是一个好说客。"

"我是不是说客不重要，只是劝劝妹妹，自己想的未必当真好，但事与愿违，却也往往能得份不错的'惊喜'。"

"所以，让你做别人的替换，你也开心？"

雏玑"扑哧"一笑："妹妹太痴了，做不做别人的替换，哪有那么重要的，我还过了人家的日子呢。你瞧，我在明处，一没耽误尽享荣华，二还有他们的各种服侍谄媚。所以说，你得看姐姐我之前是谁，今日是谁，这最重要。我给你梳了个当下莒国最流行的发式，喜欢吗？"说着。

姑娘看着一脸得意的雏玑，不知是该为她喜，还是为她忧。

"那你可想过以后怎么办？"

雏玑听了，凑近她认真地说："经历了这份精彩后，若有一天我要将这一切都退还给你，以大王的性格，必不会把我这个知道内情的人留在人世间，也算死而无憾了。"

菱花镜中的雏玑总是笑得那么甜，并没有很多舞姬常有的魅，相反多的是纯，这反而让人更喜欢她，更觉得她很神秘。

雏玑不以为然，仔细地选着各种首饰。姐俩儿正说着，外面一宫女隔着帘，轻声问道：

"大王差人过来问今天心儿姑娘精神如何。"

雒玑看了看菱镜里的她，见她扭过头去不予理会，便替心儿答道：

"今天姑娘还是胸口有点闷，我这伺候着呢。"

"诺！"宫女退去了。

第四十九章
千花自有芬芳香　泥泞乱舞各自来

楚良告知缙钰如今他的家族遇到的是僵局，而不是安全，这让缙钰不禁恍然大悟，轩尧阁依然是缙府的劲敌，阁主韩离子还是缙府的世仇，而韩离子却在缙府危难之时上门提亲要联姻，还好，僵局当下还不是死局，二人行礼拜别，缙钰离开了鸾栖台。

回府的路上，艳阳高照并没有使缙钰这个府中唯一的公子哥心旷神怡，反而多了几分神情恍惚，原本只是泛些波澜的心，彻底被做"解语花"生意的好友楚良说乱。

的确，从小到大，他的心里从来没有过灾难之说，似乎这就是他该有也会有的一生。即便从小就知道，论智慧自己的悟性远不及妹妹，但也都不放在心上。

缙钰，一个众星捧月出来的公子，有生以来，第一次明白了什么叫"差"，他这个哥哥，从心里的养尊处优上，就比妹妹差远了。缙钰的心像刀绞一样，阵阵的刺痛。

"公子，老太太请您过去。"小厮前来禀报。缙钰一听，赶紧转身向奶奶的院内走去。

这个时辰，老太太刚漱了口正宽衣在烛下看书，见孙子来了自然是眉开眼笑亲昵地跟他唠：

"你妹妹的亲生母亲要回来了，你是家中长子，由你去接，最合适不过了。"

"孙儿遵命，想必妹妹知道了一定十分开心。"

缙钰的话对老太太来讲在意料之中，但是却并不高兴，只是交代了一些要注意就让他回去了。

缙钰见状只以为是那位婶子长期不在身边不亲近而已，恭恭敬敬地请奶奶好生休养，快快地下去了。

待公子出了院，林妈便过来边伺候老太太入寝，边笑着说：

"老太太还是把咱家的缙公子当孩子了。"

“就这么一个独苗，全府上下都得护着他。”老太太掀起被子，侧卧在那。

“隔辈亲，所以老太太宠他很正常。”

“这么下去他撑不起这个家。”

“倘若缙府一直都在这偏远之地，于钰公子这个当家人来说，老太太做的也是恰到好处，咱们的心儿姑娘能干，识大体，将来嫁了不会吃亏，公子有自家妹妹比对着，将来讨个这样的老婆更会对府里有好处，钰公子的往后余生也就容易了。”

“可关键是我还没闭眼，他们就要对缙府动手了。哼，也好，他们没等我咽了气再来。”

“老太太带着全族走到现在不容易。这几天瞧他要么自己闷在书阁里，要么出出进进，看似还没有好的思绪，不像咱家三姑娘，不管想得对不对，总归有个思路去做。太太再等等吧，要他自己把事情想清楚了才好。”老太太听着，翻了个身，睡下了。

林妈见状，落了幔帐熄了灯，留下了月色在屋内，自己退了。

这天，莒王传来口信要在王妃宫里用午膳，这让妏王后兴奋不已，赶紧叫来了公子池在旁边伴驾。

“池儿看着又长个儿了。”莒王看着自己的儿子父爱暖暖地说。

“是呢！这些日子池儿习武，吃得可多了。”王后一席鹅黄的袍子，在阳光下更显温润。

“好啊，让他好好锻炼锻炼筋骨，回头再给他找个兵法老师，让我们的池儿有将帅之才。”

“谢父王。”公子池的嘴里还有菜，一听莒王这么说，赶紧起身拜谢，把莒王和王后都逗乐了，纷纷让孩子赶紧起来接着吃饭。

“多吃点，池儿！”妏王后让人给公子多布了些菜，转身对莒王道，“池儿是宫中唯一的公子，臣妾和诸位妹妹希望能给池儿多生几个弟弟，这样，男孩子们在一起，可以一同成长，将来也有兄弟照应。”

莒王品了口酒道：“王后贤惠了！”

“也正是因为大王身体康健，正当盛年，比如赵美人……”

“寡人新宠的美人雒玑，妏王后可见了？”莒王先下手为强。

妏王后见状忙答道：“奴家见了。”

“觉得寡人的眼光如何啊？”

妏王后脸上红一阵白一阵，一个花间柳巷出来的贱坯子，竟让她这个王妃来品评：“大王的眼光自然是好的，雒妹妹十分讨人喜欢，貌美而低调，难得的……懂事……只是，臣妾不明白，为何大王不单独给她一处宅院，别委屈了大王。”

“呵呵，看来寡人没有错看爱妃……”此时莒王对王妃的温柔，让妏王后既想留住，又五味杂陈，“这雒玑毕竟出身低微，混在你们众人中也不一定好，有些规矩她若不懂给冒犯了，反而徒生事端，没必要。回头找个机会让雏玑去母后宫中服侍，就算安排了。"莒王不在意地说。

妏王后听了心中窃喜：果然只是一时的新鲜。

第五十章
都盼当空皓月明　谁无私心只入情

大太太苏氏回府是坐着郯国王妃亲赐的凤辇回来的，本来安排了宫女陪同，但还是被苏夫人婉拒了。宫里的人将这位大太太送回来，并将郯君赏的钱物珠宝锦缎留下，便回去了。

老太太把府中最好的，都拨给了这位许久在外的媳妇，姜夫人和良夫人更不必说，主动的谦恭礼让不敢造次。府中上下就算不知道她之前的事，单就是人家大女儿是郡主，在莒国与郯国之间颇为轰轰烈烈，二女儿缙心在府中更是举足轻重，便都对这位从未露面的大太太心生敬意。

而当这个苏夫人站在银杏叶分落的院中看到从远处走来的丈夫时，一个女人的高贵，神秘和清冷，随着夺眶而出的热泪，一滴一滴地脱落了下来，直到缙琛本人已近在咫尺，苏夫人也没有去擦拭腮边泪水，任它们稀稀落落地留在面颊上。

缙琛看着自己日思夜想的女人就在眼前，心中一紧，可从小的家教，不可能因心中怜爱而马上将眼前的女人拥入怀中，深深地叹了口气，说：

"受苦了！"

"还好。"

"搬过来吗？"

"还是住在心儿院子里吧，对这个孩子，我心有愧疚。"

缙琛看了看她，良久，还是点了点头："随你吧！"

远在宫中的缙心，一个人将自己蜷缩在床上的角落里，都说母亲殁了，如今得知母亲还活着却十分想哭，可又不知道该哭谁。

母亲在自己的心里，是没有样子的，曾经一直探寻母亲是否还存活于世，如今突然听到她的真实存在，却让自己感觉少了一分好奇，而又多了一些迷茫，缙心甚至在想："母亲看我如今困于宫中，会不会觉得她这个女儿无能？"

第二天，随着缙琛的离开，他身后的夫人又重新"穿"上了那身高贵、神秘和清冷。而莒国的冷风也将她女儿的思绪拉回到了该想的地方：

"这个时候郏国将母亲送回，真的是郡主的事情已了？还是另有目的？"

缙心似乎忘记了那是自己期盼已久的亲生母亲，也忘记了自己作为"女儿"的角色，她抬起眼帘，看着关闭的门，陷入沉思：

"如果我是世仇韩离子，将此事告诉宫中的我，会希望我做什么呢？应该有什么样的反应……他让雎玑告诉我这个消息，为什么？"

雎玑没有擅自给韩离子任何回复，也怕对缙心的揣度有误而对韩离子不利。她轻轻地回到了自己的房间，重新成了"雎美人"。

缙钰接苏姑母回府比任何人都欣喜，一大早，便命人带了早餐在外候着，在檐下恭恭敬敬地等待这位伯母起床。

苏夫人住在女儿缙心的闺房中，身边有良夫人拨来的云儿伺候，她隔着窗子见钰公子早早地站在外面候着，身上清露潮湿。

云儿受命从里屋拿出来了一个斗篷给他披上道：

"公子，到客房休息吧。"

"无命不得登堂入室。"

"公子是为了姑娘的事来找太太商量的，太太是姑娘的生母，她也一定会体恤公子的。"云儿悄悄地说。

"云儿，这外面露重，你穿得太少，快进屋去吧。"

"这……"云儿虽然心疼公子，但想想自己在外陪着也无济于事，倒不如将太太早点唤起来洗漱更好，于是便来到里屋伺候。

苏夫人在屋内依然仔仔细细的梳洗打扮，即便云儿告诉她公子在外面已久候了。

待夫人洗漱齐整，下人将缙钰带来的早餐摆好，苏夫人这才将缙钰唤了进来。缙钰脱去斗篷，向自己的婶娘行礼，苏夫人像模像样地亲自将他扶起仔仔细细地端详着眼前的这位如玉般的公子。

"冷吗？"

"回婶子，还好。"

"嗯，为了让长辈放心说些谎话，是缙府的习俗。"苏夫人使劲捏了捏缙钰的胳膊，"太瘦了，算不得强壮。"

"侄儿大了，该有的礼，不敢马虎，否则便是侄儿的不孝了。"

苏夫人坐在那里一个人尝着钰儿送来的早膳。她早就听说这一代就这一个男孩，深得宠爱娇惯，不过，礼数周全倒算是他不枉是缙府里的公子。

"这么早来，可是有事儿？"

"为了妹妹而来，想跟婶子商量商量。"

苏夫人听后，淡淡一笑：

"难得你们兄妹俩有如此感情。"

苏夫人对缙钰的微笑让人感受不到这微笑背后真实的冷暖，站在身边的云儿心中不禁感叹，这母女俩面对别人"热情"的反应，简直太像了——都不会因对方的冷落而冷，也不会因对方的热情而太热。

苏夫人一个人吃完了早餐，便带缙钰来到了小客厅，刚坐下，缙钰急切地问道：

"妹妹如今在莒国宫中，婶娘可有考虑如何才能见到妹妹？"

苏夫人平静地品了口茶，道："你们都下去吧。"众下人纷纷退了出去。

"钰儿，你告诉婶娘，为什么府中出事，整个缙府操劳的只有心儿一人，其他人都在府中等消息？"苏夫人冷冷地看着缙钰，让这个公子哥有些束手无措。

"让妹妹辛苦，是侄儿无能。"

"缙府如今后辈人丁不旺，已无人可用了？"

"家父早逝，大伯父钟情婶娘，自有了妹妹之后就再没子嗣可依靠了。"

"你三叔呢？他在朝廷之中，为何不伸手相帮？"

"三叔委身天子，与老太太的信念不符，又做了一些让老太太不齿之事，缙府便与他断绝关系，从此不再往来了。"

苏夫人冷笑一下："自我回府之后，众人均安居乐业，却只有心儿在莒国宫中无人问津，你是第一个跟我谈及你妹妹的人。"

缙钰听罢，赶紧起身跪倒："缙府上下无不为妹妹担心。"

"派几个丫头和一个仇人去，也叫担心？你堂堂男儿，苟且在这深府之中，也是所谓的为你妹妹担心？"

"婶娘息怒，心儿在宫中，府外之人无人知晓，与轩尧阁阁主联姻，也是为了保护妹妹安全。老太太坐镇缙府，府内一片安静，外界不知其中深浅，方不敢觊觎缙府。而今日侄儿来此，便是为了与姑母一起商量后面对策。"

苏夫人看着眼前的缙钰，沉了一会儿，道："那你准备如何？"

"侄儿……侄儿……"缙钰原本想找苏夫人打听一下郯国对缙府的态度，如今却发现眼前的这位姑母并没有想象中的和蔼，便不敢唐突，只得硬着头皮说，"侄儿觉得妹妹如今在莒国凶多吉少，婶娘一定也不放心，故侄儿前来陪着婶娘。倘若婶娘有任何需要侄儿做的，侄儿定粉身碎骨，在所不惜。"

"所以，你也不知道该怎么做，对吗？"苏夫人冷冷地看着他。

"婶娘知道侄儿没有什么本事，但对妹妹绝对是真心实意，请婶娘明鉴。"缙钰道。

"起来吧，我何尝不想把她救出来。但你得把心儿的事儿给我好好讲一遍。"

缙钰一惊，莫非这位婶娘什么都不知道，顿时觉得自己太过唐突，吞吞吐吐地将他知道的前前后后，详详细细地讲了一遍，道：

"之前说周天子养大了缙府的财富和天下店铺的消息网，所以要收网为自己所用，各诸侯都想分一羹，一旦缙府被收，各诸侯国即便在缙府这里分不得利益，也会把目光放在同样生意遍布天下的轩尧阁，韩离子来府上提亲，众人皆知轩尧阁与缙府联手，外面都说，这是江湖与朝堂之间的制衡，莒王不让妹妹回来，也是为了不让缙府与轩尧阁联姻，所以，所以，如今成了僵局。侄儿的意思是，想与婶子一起筹谋去齐国，齐王与奶奶感情深厚，侄儿想以齐国之势让莒国放人，想必莒国不敢为难。"

苏夫人压制着自己的气，根本没有把缙钰的想法放在心上，冷冷说道："明白了，你下去吧。"

"侄儿……听婶娘的。"说罢，缙钰行礼离开了。

缙钰离开了后苏夫人强忍着怒气在那里坐着，云儿端了新茶进来，虽然不知两位主子都说了些什么，但想想也知道是为姑娘着急，便道：

"公子和姑娘兄妹情深，夫人不必担心。"

苏夫人恢复了先前的微笑："我知道，只要他听话，心儿回来，指日可待。"

"夫人是有办法了……"

只听外面有人喊："云姐姐，云姐姐！老太太叫你过去。"

"是老太太屋里的慧儿。"云儿道。

"你去吧。"

云儿福身出来，随慧儿一起向老太太的院中走去，苏夫人隔窗看着云儿的背影嘴角轻轻地翘了起来，轻松地舒了一口气。

第五十一章
仙境一岛为卿圈　可惜无奈在俗湾

莒王用完了膳回了书房，看了会儿奏章便觉得困了，他俯桌微睡之际，恍惚间感到有人进来，迷迷糊糊地觉得似是一个女子，再之后，不知是自己睡着了，还是那女子离开，许久没有了动静。直到莒王慢慢从梦中醒来，发现身边并无一人，案几的一旁放着一碗清茶。

莒王怎么也想不起来那个女子的样子，只觉得睡梦中那女子的衣服是清丽的粉紫色，便唤道：

"来人！"一名侍卫进来，但听莒王问道，"刚才谁来过？"

侍卫道："回禀大王，在下刚换班不久，并未有人进来。在下可以去问问刚才换班之前的人。"

"算了。"

"诺！"

莒王看了杯中的茶，茶水清亮，并无一物，用银针试了一下，没有毒，喝了一口，味道也是从未喝过的。莒王瞬间想起了缙心，自己后宫谁人的茶寡人没有喝过？可唯有缙心，自进宫以来，还从未为自己端茶倒水过，想必一定是她！莒王想到这儿，心中暗喜赶紧起身，摆驾寝宫。

宫中，众人皆知莒王会在妧王后宫中用膳，寝宫中只留下了一两个照顾美人的，重要的宫人都跟着莒王去了，剩下的几个小的不重要的，也都跑到别的地方去躲懒了，此时的寝宫，充斥着午休的慵懒。

雏玑一身翠色，悠然地在厅里欣赏着自己插好的花，没有发觉也或许是假装没发觉，大王已经入了自己的宫门。她故意背对着门，愣愣地在太阳底下看着花，一动不动。

莒王轻轻地往里走，两个宫女坐在地上靠着柱子打盹，莒王示意自己的宫人们都只管退下，不要打扰，而自己只身来到了最里面缙心的房间。

隔着屏风，缙心正侧卧在榻上看书，莒王悄悄地注视着她美丽的曲线，不由自主地想起当年美人离开之前，也是在这榻上，曾与自己翻云覆雨的情景。莒王不自主地手扶了一下旁边的木架，不小心发出了声音，本来已经快睡着了的缙心一听声响马上惊坐了起来，她回头一看是莒王，便赶紧起了身，也不顾一时恍惚地跪在了地上：

"大王万安。"

莒王回过神来，绕过屏风找了一个离榻远远的地方坐下，道：

"起来坐吧。"

"谢大王。"缙心坐定，就是不愿抬头见他。

"刚才，寡人想起你姐姐了。"

"那是姐姐的福气。"

"想必在她眼里，寡人是个无法保护自己心爱之人的无能之辈吧。"

"民女不知。"

莒王并不理会，接着说："倘若她真的相信寡人可以保护她和孩子，又何必随了他人的计，而不与我说呢？"

"大王对姐姐是动心了？"缙心虽然低着头，但莒王听得出她口吻中的几分轻蔑，他将身子前倾问道：

"你认为，自古君王多无情，是吗？"

"君王心中于天下而言，无非是'势'和'利'。平日朝上，前要平衡利弊，后要权衡利害，大王敢对人用情？"

一直以来，莒王最无奈的就是缙心的冷静，有的时候让他眼前一亮的就是这样一个女孩儿，虽说路走得不多，但颇有几分见识，甚至有时真真希望这个姑娘没有读过书。就像现在，这个缙心总能让他恍惚于自己是不是在跟一个小女孩儿说话：

"是啊，你姐姐也是后宫中的一个，她出生在鲁国，身后是郯国，嫁过来也是两国利益驱使。"莒王说着，心里乏味得很。

缙心抬眼看了看莒王，悄悄地摆了一眼，没有说话。

莒王知道，一直以来他在缙心面前永远都得不到热语，只得起身长叹了口气：

"事情还未过去，寡人不好把你推到人前，但是，如果你愿意与寡人一心，寡人随时都可以安排。"

"大王不是已经安排了雏玑来掩人耳目了吗？缙心谢大王！"

"那你的意思是，愿意留下来？"

"奴婢家有家训，男子不可入朝为官，女子不可嫁入后宫。请恕奴婢实难从命。"

"但你可知，即便你不愿意，你也同样是住在寡人宫中的，无非是你对外要么是个死人，要么是个活人，但其实没有什么不一样的。"

"奴婢知道……"

"……真是姐妹俩。"

莒王彻底明白了她的心思，再多说也无趣便起身要走：

"你起来吧！寡人都清楚了。"

"但大王，"莒王听缙心叫住了自己，转过身来，"大王，可清楚雏玑的心思？"

莒王心中已经沉闷，听罢俯下身来："你觉得寡人要去清楚所有人的心思吗？韩离子被寡人安排去郯国了，不管他愿不愿意……"

"……"

"哼！"莒王愤然走了出去。

雏玑见莒王进去之后便带着身边的宫女来到了御花园，一个心细的宫女道：

"今天大王来了，美人应该在宫中伴驾左右，总比在这大太阳底下晒着强。"

"傻丫头，出不出现在大王面前不重要，重要的是，此时大王希望我出现在哪。"

"婢子不懂，也不知道这冷冰冰的心儿姑娘是否值得美人信任。"

雒玑迎着日头向上看，微闭着眼睛待了一会儿，道：

"既然是听天由命的事儿，自然不那么重要了。"

主仆正说着，恰逢芝美人走过，芝美人知道之前雒玑对自己还算是热情，但因为身在宫中，自己早已习惯独善其身所以对她一向冷漠，可从心里面，她对这个初入宫的新人并无恶意。

今天她见雒玑站在日头下，芝美人主动走了过来打招呼：

"妹妹怎么站在这儿了，小心中暑！"

雒玑行礼道："姐姐好。"

"大王午休呢？"

雒玑微微一笑，没有说话，自然也不能提缙心的事，转开话题说道：

"姐姐的这身衣服真好看，粉紫色很是脱俗。"

"这衣服已经跟了我很多年了，是我第一次在宫中过生日的时候，大王赐我的，说我穿着合适。每逢生辰即便没有人看，我都会穿上，是份念想。"

"雒玑恭祝姐姐生辰万福。"说着雒玑更是恭恭敬敬。

"托妹妹的福了。"芝美人还礼道，"这日头底下你不去休息，在这愣什么神儿呢？"

"太阳刺眼睡不着。"

"那就听姐姐一句话，去给王妃请个安。你现在正是顺遂之时，但不可不管不顾，有些人和事还是要去理会的。"雒玑和芝美人慢慢地走着，芝美人嘱咐道。

雒玑应道："姐姐说得是，只是，妹妹从外面进来，出身低微，所以一直不敢唐突，从心底里怕啊！"

"自你入宫那天起，宫中就下旨说你不谙世事，不必按宫中规矩去行礼。可是，宠你是宠你，但这规矩养出来的习惯和世故，可就不是你想躲就躲得了的。"

"姐姐，所谓'事出有因'，未避免妹妹弄巧成拙，眼下，宫中可有什么时机，让妹妹可以与王后自然而然地来往的？"

芝美人见雒玑这么认真，苦笑道："这既不是逢年也不是过节，更不是贵人生辰的大日子，哪来的什么时机？不过，我冷眼瞧这宫中的人来往处事，越是这种平平的日子，越要能做到攻心，是最好的。"

"攻心？"

"这样，听说明日王妃要与大王送将军出使郯国，过了晌午用了膳才会回来，这便是你的机会。"随后，芝美人便与雒玑耳语了几句。

雒玑听罢，似乎茅塞顿开一般，行礼谢道：

"雒玑多谢姐姐指点！只是，当送些什么？"

"送礼，妹妹要是有诚意，还送些看不见的……"芝美人刚要细说，见大王从远处走来，便止住了，二人向莒王行礼问安后，芝美人主动说道，

"大王，奴婢在这太阳底下站久了，有点眩晕，想先行告退，回宫休息。"

"那你多休息，你们几个好生伺候芝美人。"莒王吩咐道。

"诺！"几个婢女便扶着芝夫人离开了。

"这宫中，只有她最贴心了。"大王看着芝美人的背影，对雒玑说。

"芝姐姐识大体，但往往会吃眼前亏，比如，今天是姐姐的生辰……大王当好好疼爱姐姐才好。"雒玑说。

"哦？吩咐下去，将寡人的玉枕赏给芝美人吧。"

"诺！"一宫人领命离开了。

莒王回过头来对雒玑叹道："人在名利场中，有些亏，只能给那些'懂事'之人，因为那些不懂事而又能活下来的人，往往是因为她们有着不懂事的本钱，而吃亏之人也有着吃亏人的生存之道。"

第五十二章
一番和气清风过　各自芬芳各自才

雒玑见莒王如此说，没有应话，心中对芝美人在这宫中的地位高低，有了新的衡量，她任由莒王拉着自己的手四处闲逛，却二人无话，各有各的思量。

莒王和美人走着走着，不知不觉中来到了池公子的宫前，莒王听得里面的读书朗朗入神，雒玑饶有几分稳重，轻轻地对莒王道：

"想必，公子是想念自己父王的。"

莒王松了雒玑的手，往前走了几步，突然停下来转身回头对雒玑说：

"你去告诉那个轩尧阁阁主韩离子，让他断了念想吧！"说罢，大王自行走进去了。

雒玑对莒王突如其来的话语毫无准备，傻愣愣地站在了那里。

"美人，"雒玑身后的小宫女上前提醒道，"大王已经进去了，咱们回宫吧！"

"刚刚，大王是什么意思？"雒玑魂不守舍地喃喃自问，小宫女环视了一下四周，没敢多嘴，搀扶着雒美人先回宫了。

回到了寝宫，雏玑暗中将莒王的话飞鸽传给了韩离子，无独有偶，婉樱手里恰拿着一个字条回到了后堂。

"看来有人理我们了。"

"大太太被公子从郏国接回缙府了。"

韩离子在一旁喃喃道："郏君将她放回来了……"

"大太太回来了，姑娘也就有指望了。"

韩离子将雏玑传来的字条交给婉樱看，婉樱原本欣喜的表情骤然严肃了下来，一时间不知该如何是好。

两人沉默了许久，昭儿突然端着茶水推门走了进来，韩离子没有太理会，而婉樱看着一脸平静的昭儿心里有种莫名的不舒服，便叫住了她：

"昭儿，没有叫你，怎么不敲门就进来了。"

昭儿转过身来，道："姐姐，水凉了就换热的，茶陈了就得换新的，昭儿只是算着时辰伺候。"

"你在外面偷听？"

"姐姐，"昭儿下跪，低头道，"现在姐姐是用人之际，何不让妹妹效尽犬马之劳？"

"昭儿想要进宫，将来可寻机会为其母家翻案。"韩离子道。

"这是两码事，"婉樱有些心烦，但还是尽量语重心长道，"昭儿，你小小年纪，何苦把自己终身幸福陷于权谋之中，更何况你的母家已经失势，没了背景。现如今在朝中无人能敌的恰就是与你族有仇的妏家，你就算进了宫，只怕里面的日子也不会好过，兴许连命都得丢了。"婉樱说着给韩离子使了个眼色，希望他也能帮着劝说劝说。

只听得昭儿不紧不慢地说："昭儿没有缙心小姐的聪慧，但也并非庸庸之辈，缙心小姐救得了缙府，昭儿又何尝不想为母家祖上求回曾经的安宁？但倘若与心儿姑娘联合，可成两全之策，岂不更好？"

昭儿的坚决和谋算，让屋子里的人无不叹气。

"你去吧，我们考虑一下。"韩离子道。

婉樱回头看了看韩离子："莒王不是让韩公子与将军一同出使郏国吗？为何公子还在这儿？"

"我不用去，轩尧阁在各处都有管事，哪里需要我亲自出马？"韩离子诡异一笑，"我说自己病了，愿承担本次将军出使郏国的一切费用，算是告了假了。"

昭儿看了看两个人，深深地施了礼，起身离开了。

婉樱看着女孩的背影，叹息道："缙府想尽办法脱离前庭后宫以求安逸。而这个已经一无所有的孩子，竟将入宫承宠变成了自己的毕生心愿。"

"如果为了完成你家姑娘的心愿而让她入宫，她也会飞蛾扑火的。"韩离子道，"这也是一份责任。"

"韩公子也是因为背负家族责任，所以才处心积虑要灭缙府于无形的吧。"

"是！"

婉樱看了看韩离子，没有说话，离开了。

韩离子示意身边的卫士过来："去，告诉宫里面，缙家大太太回府了。"

"诺！"

第五十三章
月圆当是欢喜夜　可惜天涯慰蓬莱

到了第二天，雒玑并没有按照芝美人的意思来到王后宫中，相反却悠然自得地跟缙心一起吃饭，旁边的宫女以为她忘了，便不断地给她使眼色，缙心在一旁实在无法假装看不到，笑了起来：

"要不，姐姐你还是去吧，她们也是为你好！"

雒玑摇摇头不屑道："不行，这点伎俩，不是上策。"

"那你说，怎样是上策？"缙心笑问道。

"既然要攻心，我就不能为了去拜见王妃而拜见她，对吗？"

"你不是要与奻王后搞好关系吗？就算有些蓄意，让王妃知道了你的心意也就行了。"

雒玑摇摇头："她不是三岁小孩子，这种事儿只怕她看得太多了，我一个刚入宫不久的，还是少用这些伎俩的好，免得太过'聪明'了，她反会把我当成了下一个'劲敌'，尤其是在我得宠的时候。"

"那，你岂不等于告诉芝美人，你比她还聪明？"

"芝美人在宫中身单力薄，独来独往，明哲保身，看着不像是那种会以做苦、求同情而谋生存的人。但是，她却给我出了这样的主意……我想，还是谨慎一些的好。"雒玑依然往嘴里放着菜，一点不为所动。

心儿给身边的宫女使了个眼色，让她退下了。

194

缙心故意上下打量着雏玑道："你说，韩离子把你送进宫来，是不是就是因为你的聪明啊，一来可以拴住大王，二来还可以监视我，让宫里的一切他都能了如指掌？"说着，缙心用手轻轻地捏着雏玑的脸蛋。

雏玑抓着心儿的手说："其实我心里是明白的，一切随便，大王，王妃，还有那个芝美人，都不重要。对于我的主子，只有心儿姑娘最重要。"

"我如今如人质一般，在你眼里还能做什么呢？"

"姑娘不需要做什么，你看啊，我对大王，王后，芝美人都是可有可无之人。既然是可有可无之人，与其上赶着去亲近，倒不如敬而远之，否则弄巧成拙，还会引来杀身之祸。但是你我息息相关呀，你、大王和韩公子下一步要如何做，会直接影响到我在宫中究竟是何角色、地位，甚至，还会决定我的生死。所以说，心儿姑娘，你也是我最重要的人。"

缙心笑了笑："所以你那天才把大王引了来让我们说话儿，今天，还给我做了这些家乡的小菜？到底还是跟芝美人学了些攻心术的，只是用到我身上了。"

"我心里知道只有你好好的，我才能好好的，大王和韩公子才会留着我。所以妹妹呀，你准备怎么做，我一定帮你。"

"我何时可以回去？"

"姑娘别担心，韩离子放出信息，所有人都知道你与他有婚约，这对你来讲是保护。以韩家的势力即便是朝廷也是要礼让三分的，所以你们的事尽人皆知，不是坏事。"雏玑说得透透彻彻。

"韩阁主，江湖中人，与各国朝廷，非友非敌，会大象无形，也会仁至义尽，如此，轩尧阁才会远在天外，却又近在咫尺。"

缙心微微冷笑一下，装作毫不在意地说：

"知道他很厉害。"

雏玑愣了一下，她以为缙心听了会对韩离子更感兴趣，却没想到，她竟感觉眼前这未来的阁主夫人似乎并无此意，她话锋一转：

"阁主心系于您，"雏玑降低声音说，"阁主派人传话进来说，姑娘的生母回缙府了。"

缙心听了手一抖，手边的碗筷掉到了地上，宫女闻声进来，雏玑把她挡了出去。缙心惊讶地看着雏玑，但让她自己更加惊讶的是，此时的她，在确信亲生母亲在世的时候，竟没有兴奋，没有眼泪，没有激动，就是很简单地看着，飞速地想着，甚至觉得当下，要如何应对眼前这个姑娘比知晓自己亲生母亲活着的事情，似乎更加重要。

自从缙心知道自己在宫中后，身边便出现了这个与自己亲昵的陌生女人，那时，她就认为要与身边这位十分照顾自己的姑娘保持距离，因为她实在不知道为什么这个雏玑要如此对自己关怀备至，而就在她说自己是韩离子的人的时候，缙心终于明白了，同时她也本能地下了决心，无论雏玑如何真诚，缙心只能伪装自己，而雏玑，若想做到她的使命，就自行努力吧。

雏玑的话和缙心落地的碗筷让这里的空气凝固了许久，缙心将目光从雏玑的身上离开，顺着往下轻声问道：

"你是说，我的母亲回府了？"

"是！"

"好啊，了却我一桩心事了。"缙心平静地说。

雏玑愣了一下，惊讶于缙心对这件事情的反应竟是如此的一般般，但她一个外人也不好说什么，只得迎合着："有朝一日姑娘与阁主回府了，也就一家团圆了。"无论缙心是高冷，还是神秘，雏玑对她只有坦诚和善意。

心儿莞尔一笑，让人进来把碗筷收拾了，道了句："我想一人待会儿……"便离开了。

云儿这个丫头是出生在缙府的家人子，让伺候哪个主子就伺候哪个主子，但都不算是跟前最近的，如今又让她伺候苏夫人，她也无所谓，对她来讲，缙府，就是她唯一的主子。

云儿来到了前厅，老太太正襟危坐在中间一脸严肃，身边的人各个肃穆，不敢有半点声响。问道：

"云丫头，今天钰儿走后，太太可说些什么了？"老太太身边的妈妈问道。

"回老太太，太太说：'只要公子听话，姑娘回来，便指日可待。'之后，云儿便被传来了。"云儿道。

"你先退到一边儿去。"老太太说。

"诺！"云儿起身站到了姜夫人的身后。

"唐突，冒失！"老太太生气地指着缙钰道，缙钰赶紧上前跪下，"你再着急你妹妹的事，也不该这么唐突地去找你婶娘，你怎么能够都不跟你娘说一声就自己去找你婶娘呢？"

老太太大怒，让原本已经战战兢兢的缙钰"扑腾"一声四体伏于地上不敢抬头，小心翼翼地说道：

"妹妹去后，韩离子在莒国至今没有进展，孙儿也想尽一份力去莒国或齐国游说都行，但母亲庇护孙儿，一直不赞同，又不告诉我该做什么，其他人便更不敢放我出去冒险。孙儿想，婶子舐犊心切定有妙计，孙儿愿为妹妹成为婶娘的马前卒，救妹妹于水火。"

"胡闹！你可知道，如此会给缙府带来灭顶之灾？"

"奶奶，孙儿，孙儿不明白……"

"老太太息怒，"良夫人赶紧上前道，"钰儿一直远离府中事务，外面之事也从不染指，眼界自然有限。如今他只看到心儿之事，自然全身心的都在他这个妹妹身上了，这，也怪不得他的。"

"他的眼界有限，但应该知道有什么想法先跟谁商量的道理，越是眼界有限，越不能我行我素，这一点，孩子不知道，你这个当娘的也不知道吗？"老太太怒斥着良夫人，"她此时回府是缙府的一大幸事。可是，她的两个女儿却都牵连着莒国和郯国的王室，后面全是齐国鲁国的利益，如此暗潮涌动之时，郯国国君准她回府，绝不是如表面那么简单，一切尚不明朗之际，她作为亲娘自己都冷漠行事，更何况你们这些人？我曾嘱咐过你们，只要共处即可，不可过于亲近，甚至不能冒然告诉她她两个女儿的下落，可见，她懂的道理你们却一点不懂。"

"为什么啊，奶奶？再怎么说，她也是她们的母亲，不会害她们的，自然也不会对缙府有所不利的。"缙钰委屈道。

"糊涂！"良夫人怕钰儿惹怒了老太太，赶紧反驳自己的儿子道，"你又怎知道她背后的郯君不会对缙府图谋不轨？"

"一个是她一手带大的郡主，一个是她未曾养育过的心儿，真让她选一个，你们说她会护着谁？"老太太一问，问得众人哑口无言，老太太接着说道，"你们怎么知道她不会为了那个郡主而舍了心儿？"

缙钰听了，顿时一身冷汗，更是俯在地上羞愧难当：

"奶奶息怒，钰儿知错了！"

"你们呀！好在你们都只是在这里活着而不是前庭后堂，否则这样的悟性，如何活得下去？"老太太叹了口气，"你们不想想，倘若没有他人出主意和帮忙，你姐姐一个孕妇如何可以从深似海的后宫逃出来，还那么准直接找到了这里？现在，你妹妹被扣在后宫，此情此景，不觉得似曾相识吗？"

老太太话一出，众人恍然大悟。姜夫人道：

"老太太的意思，这是一个局？"

第五十四章
前人浪里偷船渡　昨日翻书重新裁

"可是，如今这只眼睛已经入府，今后大太太再问起什么来，当如何说？"姜夫人轻轻地问道。

"大面上的事情可以说，但是不可细说。"老太太又嘱咐道，"云儿，如果大太太问你，你便说，不问你，就不要主动说。"

"诺！只是，"云儿道，"到现在夫人还没有问及郡主的情况，似乎有些奇怪。"

"不是她心中不想，是她知道，有些事不问只是自己难受，而问了，反而是让大家为难。大夫人不是寻常女子，经历过太多事情，她是有这番气度的。"良夫人解释道。

"奶奶，那依您所说，妹妹何时才能出宫？"缙钰在一旁憋不住了。

"她现在不适合出宫，除非莒王觉得她没用了，而有我在，她就不会没用，"老太太直接挡了下来，"如果她真的偷偷出了宫，就成了又一个郡主，有一个蠢的就够了，要是再来一个有血亲的，我们全家便死无葬身之地了。"

老太太的话一出，众人鸦雀无声，许久，姜夫人小心翼翼道：

"母亲坐了这么久了，早点回屋休息吧，儿孙知道该怎么办了。传我令，所有人未经允许，不得踏出缙家府宅。"

老太太看了看她便由人扶着离开了，众人皆行礼，之后便散去了。

云儿回来要给大夫人请安，外院的人说夫人去书阁看书去了，云儿便准备了些糕点来到书阁。

午后的阳光懒懒地照着楼上倚栏看书的苏夫人，云儿将各种糕点一一摆好，福身道：

"夫人，日头底下看书长了眼睛累，休息一下吧！"

"没事儿，"苏夫人悠然地翻着书继续看，"钰儿那，没事吧？"

云儿心中一震，但想起老太太嘱咐的意思，便佯装什么都不知道的样子，笑答：

"公子是老太太的亲孙子，哪里会有什么事儿。"

苏夫人没看她，摆摆手说："去吧，晚膳我在这里用。"

"老爷……想过来和夫人一起用膳。"

"不必了，让他不要与我太亲近就是了。"苏夫人冷冷地说道。

云儿一愣，又不敢多说什么，只得行礼告退。

云儿离开后，苏夫人悄悄地看着她的背影，冷冷一笑：

"到头来，还是得指着老太太呀！"

"嫂子一个人在这里闷着，对身体不好……"苏夫人闻声看去，是良夫人缓缓而来。

苏夫人虽说在缙府待的时间不多，但对这个良夫人这些年的情景也有所耳闻，听说她是个懂内敛的聪明女子，苏夫人在宫中的经验告诉自己，深宅之内，一个精致而又懂内敛的女人，绝不是一般角色，苏夫人看着良夫人朴素衣着下的风姿，深信此人值得她高看一眼。

苏夫人起身笑脸相迎：

"好不容易回了哪里会闷？只是刚来还需适应，怕有些地方莽撞了，让众人笑话。"

"怎么会，别说这缙府之中了，只怕整个天下，也没有谁能笑话得了嫂子的。嫂子太过小心了。"良夫人与苏夫人拉着手坐下，一同闲聊。

"我在宫中待久了，拘谨惯了。"

良夫人心思缜密，轻轻地安慰道："人本就活在是是非非之中，嫂子的难，是难在左右为难，弟妹猜得可对？"

良夫人的话，像箭一样冲破了苏夫人保持数日的冷静和神秘，可像苏夫人这样的宫中老人儿见如此场景只会让更多的清冷将自己包得更严实。她依然不改笑容，和蔼地说：

"我与弟妹许久不见，却没想，弟妹如此了解我心。"

"嫂子言重了，其实名门望族深似海的伎俩，无非就是那几样，"良夫人笑道，"聪慧者，懂得审时度势，择良木而栖；而像嫂子如此，被人置于内外矛盾之中的，聪慧之余，若想更胜一筹，就得比旁人更懂其内部关键，并懂得相时而主动的隐忍。妹妹相信这对嫂子来讲，还能驾驭。"

"这时候了，弟妹还笑话我。"

"妹妹只是说出了姐姐的不易，想让姐姐宽心，别把自己憋坏了。"

苏夫人心下欣喜，果然没有看错这个良夫人，怪不得她一个寡妇能把自己的儿子保护得那么好。

她沉默了一会儿，缓缓地说："你只说'主动的隐忍'，那是为了活着。可是最难受的是，不知隐忍之后该当如何……"

"这就要看嫂子是要向死而生，还是苟且偷生了。"良夫人的眼睛锐利得让人不敢看。

苏夫人没有说话，作为一个经历鲁郯两国后宫的大家闺秀，一定是宁可向死而生，

也不愿苟且偷生。但是，她也是一位母亲，只要这两个女儿能平安苟且偷生又当如何，何必向死而生一般地与命较劲儿？苏夫人不得不承认，这份纠结，其实就是向死而生与苟且偷生的彷徨。

她伸手握住了自己的弟妹，故意转移话题道：

"当初弟弟走后，身边只有钰儿，弟妹是怎么过来的？"

良夫人坦然一笑，几分半开玩笑道："孩子小的时候，我们娘儿俩就在这个府里'苟且偷生'，是为了将来有能力'向死而生'。"

苏夫人听着良夫人的话"扑哧"一笑，几分自嘲地说：

"如今我在这两难境地，却不知该如何照顾自己的孩子，这就是命，连苟且偷生的命，都没有，弟妹你说，我是不是还不如你呢。"

"嫂子所思是对的。郡主和心儿都是极聪明的孩子，儿孙自有儿孙的福气，放心吧！只是此时郯君将你放回，不知道会不会让你为难？"

苏夫人摇了摇头："他还好，没有让我做什么，只是一路过来，身后总是有人跟着，让人不喜欢。现在，那个跟踪之人想必还在府外，看着郯君的面子也懒得理会，这便是我自进了府便不与人亲近的原因，怕反而害了自己的骨肉。"

"府中早就知道了，不理会也好，如此，郯君也做不了什么。"

"可是，我的心儿呢？难道真的只有待在莒国或嫁给仇人这两条路吗？"

"其实，我倒希望心儿在外能得一心人来救助，哪怕远走天涯也好，可是，现在看来，心儿心中只有缙府，这份责任让她'入戏'太深了。"良夫人轻声道。

苏夫人听了，心里更是不舒服，皱了皱眉道："心儿岁数还小，却要经历这份家破人亡的风险，难为她了。"

"良夫人听出了苏夫人言语中对自己的几分不满，便佯装未觉察，起身道："哦，天色不早了，我去给钰儿准备一些吃的，先告退了。"

"弟妹慢走。"这姑娌俩相互行了礼良后，夫人便离开了，苏夫人许久没有这番与人深谈的感觉，这样的聊天对于她来说时间再长也不介意，于是打心里便对这个良夫人多了许多欣赏。

"云儿！"苏夫人看着良夫人的身影，恢复了冷笑，唤道。

"夫人。"

"天色不早咱们回去吧。"

"夫人，按时辰老爷快来看书了。"

"那就更不便打扰了。"说罢，苏夫人携云儿离开了。

主仆两人回到了住处，苏夫人便让云儿对外称病，说是水土不服，从此便足不出户，不再见人。

姜夫人掌管缙府，听说苏夫人病了，自是不敢怠慢便要着人去请大夫，却不想被老太太早已安排好的人给拦了回去，换成了老太太身边护理身子的随从去苏夫人那走了一圈，开了点补药，便吩咐众人无事不要去打扰，全都敷衍过去了。

良夫人心里明白苏夫人的意思，便甚少去走动，慢慢地苏夫人的病便在众人中坐实了。

而苏夫人生病的消息却不胫而走，传到了韩离子和郯国国君的耳朵里。

郯国国君有些愁眉不展，每逢和自己的王妃谈起，便生气其身子骨不争气，但其实，他心中多少对苏夫人的身体心存担忧，自然也是怕这根"线"断了。

而韩离子知道后，却无动于衷，一时也懒得判断真假，程仪想要韩离子想办法把此事告诉宫中的缙心姑娘以免留有遗憾，却被婉樱拦了下来，韩离子悠悠地说道：

"程仪考虑得也不无道理，只怕将来会让你们姑娘埋怨咱们，毕竟是自己亲娘，又从未在一起生活过，是装病还是真病，无人可知。"

"姑娘在宫中出不来，如此消息再刺激到了姑娘，姑娘在宫只怕会更难过。"婉樱的聪慧一次一次地刷新韩离子对她的判断，但她着急的口吻让韩离子又将对她的欣赏打回了几分折扣。

"我怎么觉得，你不像之前那么想让你家姑娘脱离苦海了？"

"出来就一定不是苦海吗？轩尧阁阁主不是在此候着呢吗？"婉樱不忿地说，"倘若姑娘在宫中按捺不住，一时性急惹怒了莒王，对姑娘毫无好处，也会让缙府得罪了莒国，又回到被动之地。姑娘这段时日的不易，岂不就浪费了？韩公子，就不要为难自己未来的新娘了吧！"当婉樱的聪慧变成自作聪明的时候，韩离子就觉得有点没意思了。

"好，那就听你的，不告诉你家主子她亲娘病了。不过，她若在宫中时间长了，莒王对她有了歹意……还不如赶紧出来呢。"

韩离子的话让众人有些不寒而栗，姑娘的生死多少还要求助于韩公子，无论如何也不好得罪了他，茹梅等众人便赶紧将婉樱拉走了。

韩离子身边的卫士见他们走远，靠近主子，道：

"公子息怒，咱不跟女孩儿吵架。"

"谁跟她吵啊？我，我不是顺着程仪的话说吗？"

"公子息怒，要是扰乱她在宫中的心智，恐怕真的会搅了公子的美事。"

"美事？娶缙心，是为了驾驭缙府，为了报仇。倘若她中计了，自然会有人灭了缙府，也可以报仇。于我来讲，都可以，哼……"

"阁主不是说，要是缙府被灭了，下一个便是轩尧阁，各诸侯国会争相效仿周天子对缙府的手段的吗？哪里会让缙府被灭……"

"你给我下去！"韩离子把自己人也轰了出去。

婉樱的几次出现让韩离子不得不重新认识这个丫头，这丫头的反应真快，既不急于让姑娘出宫，也不为俗世道理所困，是个脑子灵光的，就是怼人太厉害，而且最让自己郁闷的是，她总能怼到点儿上。所以，韩离子从没在婉樱这里赢过。缙府的规矩，贴身丫头都可共同陪自家主子学习诗书，这缙家的家教之"优"，便反衬出了韩离子的家教之"忧"。

正值此时，外面跑来了一个隐卫：

"阁主，齐国分舵来信了。"

"拿给我看。"

隐卫递上了飞鸽传书的字条，韩离子一看，露出了微笑：

"齐国使臣派人来莒国捣乱了。"

第五十五章
云来轻挑不见日　小风过隙引光来

"莫非，是缙府派人去游说了齐王？"韩离子身边的侍卫道。

"这事儿，还不至于如此。去年，莒国曾向齐国借兵，以三千石粮食为酬劳，想必齐王想起这事儿来了。"韩离子将字条烧了，"莒国虽说并不贫穷，但是三千石这么多的粮食，也是大数目了。"

"若如此，轩尧阁岂不可以高价卖粮给莒国？恭喜阁主。"

"哎呀，真是的什么样的门府出什么样的人，我轩尧阁里出商人啊……"韩离子冷笑道。便让人下去安排了。

雒玑在宫中见缙心将自己关进屋里闭门不出，几次悄悄去看却不见有任何喜怒哀乐，也不敢唐突，只得在外面小心伺候着。

莒王也听说了苏夫人回府的事，便故意躲在了芝美人宫内，不回寝宫。

如此一来，宫中的风向大变，众人对得宠的芝美人无不毕恭毕敬，芝美人倒不张扬，除了每日去拜见王妃，便时不时地去看看池公子，这让妏王后更是欢喜不已，所以在后宫之中，王妃为这位好不容易刚刚得宠的老人儿，挡了许多争风吃醋的风言风语。

202

就这样过了些日子，莒王实在有些不放心缙心的境况了，一天下朝后，退了左右，自己绕道来到了寝宫。雒玑听说大王来了，赶紧在外接驾，缙心依然被雪藏于屋内不得出来，也就不必接驾了。

莒王佯装对雒玑许久不见，十分想念似的，一把拉起了雒玑拦在怀里，用手捏了捏雒玑的腰，轻声道：

"许久不必在寡人面前装相，美人倒丰润起来了。"

雒玑听了，在大王怀中几分扭捏道：

"只思，不忧，便吃得多了。"

"不忧……看来寡人是来错了。"说罢，莒王便佯装要走，雒玑赶紧抓着衣袖拦下了，柔声地撒娇道：

"屋里的妹妹对我说，君王作为丈夫什么样子是英明的？就是他的后宫对大王日夜相思，但却诸事无忧。"

莒王听了雒玑的话仔细琢磨了一会儿面带喜色，便放开雒玑径直向里屋走去，脑海中猜想着此时的心儿是在看书，还是写字。

虽说同是宫中的楼阁，可总有这样的里屋内室，一天难见阳光，缙心的屋里常日里点着蜡烛，即便她睡了，蜡烛也要亮着，而她也不再像从前在家里一般，爱斜侧在榻上，却往往呆坐在菱花镜前久不离开。

莒王让雒玑退下，自己独自站在心儿身后，仔细端详道：

"这些日子，可好？"

缙心透着镜子看着身后这个君王的身影，微微一笑，不知是真的存在还是莒王自己的臆想，几日不见，总感觉镜子里的她眼睛里多了些莒王感觉似乎存在却又看不懂的东西。

缙心答道：

"母亲回府，自然一切都好。"

莒王坐在了她的身后："可有什么想跟寡人说的？"

"心儿虽然不愿留在宫中，但也不会思量如何逃出去，重蹈姐姐覆辙。"

莒王轻叹了口气，点了点头："嗯，我知道你比她聪明。"

"大王觉得姐姐欠下的，应该奴婢来偿还？"

"寡人若将自己拘泥于儿女之情的较量，岂不成了昏君？"

"莒国的国土在诸国中，不是最广阔的，但实力，天下却无人敢轻易非议，这是大王之英明。"

"哼，寡人知道你才不屑于这些。韩离子要寡人送你出宫与他完婚，寡人没同意。"

"这只能说明，韩离子提出的条件，大王不满意。"

缙心的现实，总在挑战莒王的耐心，打破莒王本觉得会有的浪漫："那你知道，怎样的条件能将你换回去吗？"

"缙府之利。"

"如果缙府舍了你，寡人怎么办？"

"杀了奴婢。"

"那倒不至于，毕竟，还是个美人嘛！"莒王故意挑逗地说。

"奴婢不知。"

"其实，相比起你们家，寡人更喜欢轩尧阁的韩离子的做派。他不那么守规矩，但却滴水不漏，不像你们缙府，虽说生意遍布天下，财富势力远高于轩尧阁。但是，全族皇家之后，上上下下傲气有余，谦恭不足，更少了几分随机应变的洒脱。曾经在一些野史的书中读过，朝廷上不方便解决的事，可放给江湖，而你们这样的做派，比我这个诸侯还似正统许多，还不如轩尧阁聊着有趣呢。"

"大王，韩离子与缙府是世仇，如果大王如此认为，奴婢在宫中，反倒没有在宫外有用。"

"你在这，是为了帮我制衡别人，所谓牵一发而动全身，这根'发'在我手上，更有保障。毕竟，莒国还是个小国嘛！"

"大王拿着奴婢，同时管制了缙府和轩尧阁的联姻，与朝廷，可谓一功。"

"雒玑……"莒王叫道。

"大王。"雒玑在外应道。

"你差人去请韩离子入宫品茶。"

"诺！"

旁人虽然听不出什么来，但自从缙心知道雒玑是韩离子的人，与韩离子之间有私下联系的方式，心儿不禁紧张了起来。

"她是韩离子的人，寡人知道。"

"大王和韩离子一手操办的？"

"寡人是有心藏你，但此人，却是韩离子趁寡人不注意的时候献上的。这小子，有时是有点机灵过头，不过美人嘛，寡人还是笑纳了。"

缙心抬眼看了看这个明显在假装风流的大王，问道："大王之后会如何处置雒玑？"

"那要看韩离子和他的人乖不乖了……"莒王兴致勃勃地说道，缙心看着眼前的这个人，不敢多说半句，只听话锋一转，"这些都与你无关，寡人找韩离子，无非就是做交易。怎么样，商贾之道，寡人有时也不那么差。"

说完，莒王笑着离开了寝宫。

雒玑见莒王走远，便像是什么都没有发生一样走了进来，见缙心呆呆地立在那里，好奇地问道：

"妹妹，怎么了？"

"我以为自己在夹缝中可以看透了很多人和事，结果却发现，只有自己被蒙在了'鼓'里。"

雏玑想了想，似乎明白了缙心的意思，笑道：

"其实很多事情，做了，是很难瞒得住的，与其我去考虑如何瞒谁，倒不如考虑如何让这个人知道我的价值所在，继续容我活命。"

"刚刚，我突然想起了一夜消失的赵公子。"

缙心不禁悲从心来，但冷静的头脑又让自己突然明白，赵公子的离开，其实是因为他没有价值，而且在奶奶眼里，他反而会拖累了自己。这时，墙外传来了飞雀的声音，缙心问道：

"你和你家主子联系，是靠信鸽吗？"

"之前是这样，现在就很少了，就在刚才，派个公公去就行了。"雏玑一旁燃起了香。

很快，韩离子便奉命由公公引路入宫，在御书房见到了莒王。韩离子对莒王行礼，而后被赐座赐茶。

"轩尧阁至今虽说年头不长，但势力可叱咤江湖，寡人在位多年，莒国却无所增，真是寡人之失啊！"

韩离子听了，自然知道这话中的轻重，道：

"大王说笑了，轩尧阁只是在各国之间，为百姓做些缝缝补补的生意。江湖中人无处为家，便谈不上土地家园，只是四海兄弟众多，大家关键时候捧个场罢了。"

"江湖倒也有江湖的好，你看雏玑入宫，虽说不是寡人的意思。但是自打她进宫之后，于你我之间的确方便了许多，倒也不是坏事。所以，你我一个堂上一个江湖，一起做事，没有什么事是不能迎刃而解的。"

"草民惶恐，若大王有用得上草民的，草民自当全力以赴。"

"听说你跟齐国的关系不错。"

"这……沾的是缙府的光。"

"当初齐国帮了我们一个很大的忙，曾有约定还他们五千石以作酬谢，现如今期限到了，为了不影响莒国百姓的生活，想向轩尧阁借粮，你看如何啊？"

韩离子听罢，笑了笑道："轩尧阁江湖中是做些生意，但这五千石粮食有些多了，即便可将一些宝贝拿来换粮……哪里会有人能有这么多的粮食可换与我呢？"

"以轩尧阁遍布全国的实力，阁主的格局，当是俯瞰整个周公之地，怎会如此拘泥于一处呢？寡人看中阁主的，就是阁主能审时度势，没有一国一城的拘谨。"莒王的准备十分充沛，韩离子知道，出使郑国他能躲过去，但这事儿他是躲不过去了，莒王不找机会把他拴住让外人皆知轩尧阁为他所用，是不会罢休的。

谦虚诉苦早已无用，韩离子索性拱手行礼道："不知大王什么时候需要这些粮食？韩某也好做些筹谋和准备。"

"寡人替你想了，这么多的粮食，要换好再加上运送，需要一个月的时间。毕竟粮食来自他国地界，寡人不便派兵，以免引起不必要的误会。所以，请阁主两个月将粮食集齐，可好？"

"两个月，"韩离子盘算了一下，时间虽紧，但不是不行，"那既然如此，韩某的'家人'就要请莒王多加照顾了。"

"哈哈，放心，只要阁主愿助寡人一臂之力，阁主心爱之人，寡人自然会照顾有加。只等阁主马到成功，到时轩尧阁上下要何赏赐，直接跟寡人说。"

"赏赐，"韩离子道，"草民倒不在乎，到时，还请大王赐给韩某一个殊荣便可。"

"殊荣？这天下能有什么殊荣是韩阁主如此在意的？"

"自然是想请大王给韩某与未婚妻缙心赐婚。"

"……"莒王心下想着，好你个韩离子，寡人故意不让你们联姻成功，你却让寡人赐婚，这不是让本君自己打自己脸吗？随即，莒王又恢复了表情，"哈哈哈，倘若韩公子真要寡人赐婚，那寡人自然要成人之美了！"

"韩某到时不胜荣幸！"

"寡人静候阁主佳音。"

莒王回坐了王位，目送韩离子渐行渐远。

离开莒王视线的韩离子却不想马上出宫，便找了个机会与雏玑在花园一角见面，莒王早已暗示下人悉听尊便，大家便心照不宣了。

韩离子只打听了雏玑和缙心在宫中好不好，雏玑报了平安后告诉韩离子，缙心似乎只是静待时机，但等的是什么却不得而知，看着似乎比莒王还沉得住气。

韩离子听了微微一笑，道：

"你只管在这里照顾好她便是，其他的不必打探，也不要试探她的心之所向。而我，也会为你做主的。"

雏玑没有想到韩离子会说最后一句话，心中一阵，躬身行礼道："婢子，全听阁主吩咐。"

两人几句话说完，便很快分开了，直到韩离子出宫，莒王派去的暗哨才回去向大王复命，不在话下。

第五十六章
他人只羡清净地　不知平凡苦当前

韩离子离开莒宫并没有直接回赵府，而是取道来到了莒国分舵。莒国分舵的舵主杨仲是最早跟随韩离子的轩尧阁元老，说话办事九曲回肠，他深知道上面的规矩：阁主住在哪里，他不能问；阁主没有派人与他联系，非急事不得主动去拜；阁主没有音讯，他在阁主那里也要如消失了一般。而今天阁主突然来访，他便从容接待。

韩离子坐在舵中，杨仲便静静地坐在一旁，听候差遣。

韩离子向他讲了莒王的意思，杨仲没有马上说话，想了一会儿道：

"莒王如今见阁主想必如见了救星一般。只是，这事儿如果干成了，轩尧阁便相当于干政了，而且不但干政，立场在天下各国眼中也有了体现，如此一来，轩尧阁不碰政治的规矩，便打破了。"

"因为我两个有用的棋子都在宫中，不得不向他示弱，不过他也很聪明，知道我的想法和立场。"

"只是老夫不明白，最后阁主为何要向莒王提赐婚之事？"

"他若信了，便等于是我一表忠心，强者示弱，既然答应要给他办事了，倒不如暧昧到底，没必要再逞一时尊严。"

"就算莒王没有信实，阁主已把意思传达，大王是打不了笑脸人的。"

"先不说这个了，这粮食怎么办？筹不到是一回事，筹到了真给了莒国，只怕以后这种事就都接踵而至了，我轩尧阁可不是哪个诸侯国的大粮仓。"

"阁主示好，这粮还得筹啊。"

韩离子斩钉截铁地说："筹，筹到了咱们才有筹码。"

"诺！那奴才就把齐、楚、宋、晋、秦五个大舵的舵主们请来，一起商量。"

韩离子点点头，紧接着又吩咐道，"你也替我想想，有没有什么办法把缙府也拉进来。"

"诺！"

程仪众人听说韩离子离宫后去了分舵，便知道这其中必有一些朝堂与江湖中的事需要处理，想他如此忙起来了，反让他们更加安心了许多。就在大家松了口气的时候，在一旁的昭儿冷冷地看着大家一如既往地生活，悄悄地将赵耳叫到一旁，道：

"你可知道轩尧阁的分舵在哪里？"

"你问这个干吗？"

"我想见韩公子。"

赵耳看着她，沉默了一会儿，道：

"小姐……您还是离这个人远点吧，他，真不是什么好人。"

"我找你是让你帮我，不是让你替我做主的。"

赵耳无奈，只得说道："还记得城西有一处深巷吗？那个你曾要去，却每次都不让你去的地方。"

"记得！"

"那里就是。"

"当初，你们为什么一直不让我去？"昭儿瞪大眼睛看着赵耳。

"小姐，"赵耳担心地看着她说，"因为，轩尧阁是个黑暗到深不可测的地方。您是丞相府小姐，与他们道不同自然不能去那。"

"韩离子在赵府为了缙心住了这么长时间，也没见你们男男女女都如此防备他啊？而且婉樱姐姐一个做奴婢的还经常顶撞他，又怎样呢？"

"她不一样，他们都不一样。"赵耳有种不安的感觉，便有些着急。

"就因为是缙府出来的，而我的家已经没了？"

"小姐，婉樱和程仪他们都不是一般的下人，不是因为缙府的背景，而是他们每一个人本身不但睿智精明，并经历过坎坷，所以一般的伎俩瞒不过他们。就凭他们自己的本事和见识，便可成为韩离子的左膀右臂，就算婉樱姑娘是救主心切，也与韩公子的目的相符，即便顶撞了也是因为忠心耿耿，而不会被韩离子怎么样的。其实，婉樱姑娘是个有分寸的人，即便上次把韩离子扔在了街上，也清楚不会触碰到他的底线，所以韩公子才没有怪罪。"

"为什么那不是他的底线，他的底线是什么？你给我讲讲。"

赵耳看着自家小姐期盼的目光，虽说她想知道是因为要去筹谋，而并非如赵耳所愿，但他还是勉强将话点明了：

"韩离子创了天下第一江湖势力，却从未听说过有谁要与他寻仇的，是，一般小辈儿的就算受欺负了也是敢怒而不敢言，但是以他能有江湖上的今天，就说明此人就不是个计较表面干系的人，他底下的舵主们或许会因有了点身家势力而任性为之，但是到了韩阁主这样的高度，其格局不会真的与人做无谓的争执，因为，不影响大局大利。"

"但是，婉樱她们……与他并不一心。"

"目标相同，立场不同没有关系。你知道为什么他们在莒国会在一起待这么久吗？韩离子不回分舵，婉樱姑娘再怎么怼韩公子，也从未说过让他走的话。这两边人在一块，既是相互合作，其实也是相互监督，他们之间有着心照不宣的规矩。"

"我也可以。"

"但你与韩公子目标不同。你连他的立场在哪都不知道，如何可与他详谈？"

"我不傻，只是我的目标是要入宫，光复我的家族。我可以与他达成交易，然后让他帮我完成心愿，其他的，我都可以和他站在一起。缙心可以入宫，那个叫雒玑的也入了宫，再入我一个，只会给他带来更大的胜算。"。

"这……"昭儿的固执让赵耳心中一紧。

"我比他们年轻，从当下开始，为时不晚，只要有韩离子帮忙，必可达成所愿。"

"昭儿……主子，这是一潭'浑水'。"

"我本该入主后宫的。"昭儿坚定地说，"你不觉得缙心的想法太过单纯了吗？想要保住家族，却不愿意委身于君王，难道这些君主们都是三岁小孩儿任她折腾吗？我只要在我年轻的时候，迈进了那个门槛，过上本该有的日子，到时候，你也就不必只是一个家奴了。带我去找他，让我在他身边当个使唤丫头，我有本事让他帮我！"

"昭儿！"赵耳赶紧叫住了她，见四下无人轻轻松了口气，"如果大家发现你的想法与众人志不同道不合，你不但不能得到他们的帮助，反而会被无视！昭儿，咱们如今是在缙府的屋檐下求活，就不要再节外生枝了。"

昭儿看着赵耳一个男人被她的几句话弄得如此着急，若有所思了一会儿，轻蔑地冷笑了一下："我听懂了赵耳。你放心，我会让我的计划与他们的计划相吻合的，这样，我便可借他们的力来做我要做的事儿。我懂得……"昭儿饶有自信的笑容，让赵耳不寒而栗。

"唉！"赵耳有些失望地叹了口气，如拜主子一般行礼道，"小姐若有吩咐，赵耳愿护小姐周全。"

"你是帮我，还是监督我呢？哈哈哈，你去吧。"昭儿不领情地背过身去，回了自己的房间。

韩离子住在分舵小心谋划，莒王说得不错，他轩尧阁的势力是可跨越周朝境内各国的，这是好事，但是在各地要粮真的就是上策吗？

韩离子的沙盘与周王无异，但是上面的并非兵马势力，而是自己在当地的财富和生意种类。

不日，轩尧阁的诸位舵主到达莒国，齐聚一堂，向韩阁主汇报了各分舵的情况，之后，韩离子便将莒王所托之事跟大家一说，堂上一片寂静。

秦国分舵的林舵主听罢先起身道：

"自秦王举兵灭了西方戎族的 12 个国家，开辟国土千余里，虽说粮草充足，但因战乱不断国中从上到下无不苦心经营。倘若此时让秦国知道我们运粮于齐国属国，只怕我秦国分舵在当地便难以生存了。"

"陈舵主，你楚国分舵应该没有林舵主的难题吧，"韩离子转而问陈舵主道，"楚国与晋国的邲之战，楚国可是威名远扬啊！"

"阁主说得是，"陈舵主起身行礼道，"楚国围缴郑国，晋国意欲解救郑国却在邲城被楚军打了个全军覆没，现如今楚国内部也是在通过自我治理，而巩固国力。"

"哼！你以为邲城会战，楚国国力就胜了晋国？如今晋国仍然称霸于中原，试问，谁可小觑？"旁边忿忿不服的便是晋国分舵的姚舵主。

"哎呀姚舵主，陈舵主只是说邲战之后楚国在休养生息，姚舵主何必多心，虽说郑国表面归顺了楚国，但是谁人不知以晋国之雄，郑国何时真心归顺过？"杨舵主忙出面劝和道。

"虽说轩尧阁身在江湖不参与政事，但是各位在各国求生计，与各国政事哪里会分得那么清楚？更何况，你们的一家老小都在当地，就算是客居也是希望天下太平，这能理解。只是这感情归感情，轩尧阁的事还得想办法去办才是。"

诸位舵主起身行礼道："诺！"

"冷舵主，如今只怕你是这里最轻松的吧！这些粮最后都是聚到你齐国的。"韩离子半开玩笑地说。

"阁主说笑了，老奴想着，倘若要各分舵筹粮然后将粮食聚在一起，只怕别说短期内未必能完成，就算是完成了，轩尧阁也会元气大伤，到时内忧外患，莒王佯装不知不管，不知又会上什么手段要轩尧阁就范也未尝可知。"

"那冷舵主说，我们该怎么办？"楚国的陈舵主问道。

"不知当初莒国是如何欠的齐国这么多的粮？"齐国的冷舵主问道。

莒国的杨舵主道："是这样，前些年莒国与鲁国边境摩擦不断，莒国本身就不大，为了留本国几分清净，便派人向齐国隔三岔五地借了许多粮草，好在后来纪国国君出面调和，莒子斡旋，才有了莒鲁会盟，莒国也才算有了休养生息之日。现如今莒国虽说版图不比诸位所在的大国大，但国力嘛，也还算过得去，于当下来讲，也算得上是一片净土了。"

"要不是最终会盟，齐国对莒国供粮便不知何时是个头，而如今齐王要粮，想必多少也是对莒国势力有所忌惮了。"秦国的林舵主道。

"阁主，那这事就好破了。"冷舵主道。

"怎么说？"韩离子问道。

"阁主可听说过'勿忘在莒'的话？"

"你是说齐桓公在莒避难之事？"韩离子道。

"正是！"

韩离子沉默了一会儿，道："我明白你的意思了，你是说如果民间出面表达莒国

210

对齐国国君有恩，从中斡旋，此事自然便解了。"

"老奴正是此意！"

"那此事，总不能光靠红口白牙地去说吧，若说不好的话，齐王的名誉往哪搁呢？总不能堂堂的一国之君，被江湖中人训了？"莒国的杨舵主有几分担忧道，毕竟莒国献粮，这重担如同压在他身上一样。

"所以，这想法是不能真的从民间传到齐王那里的，像什么童谣，或是刻个奇石什么的，都不妥。万一弄大了，反而会恶化齐莒两国的关系，其实，当下冷眼看着，齐国大有打压莒国的意思，可千万别弄巧成拙啊！"秦国的林舵主道。

众人又纷纷说了一些方法，碍着各国关系的变化万千，总不合适。

韩离子见这么待下去也不是个办法，便让众人先散了，各自回去再想想。

昭儿头戴幕离趁众人不备，跑出了赵府，凭记忆来到了那个曾经不让她接近的地方。她慢慢地走进，越往巷子深处走，心中越是忐忑，不知道在巷子深处会有一个怎样面目狰狞的人在等着她。院墙内的犬吠让这位曾经的相府千金，有点心惊胆战，但是，期望大于惊恐，对于她来说，赵府只是缙心施舍给她的避风港罢了，现在的那里，赵耳这个她曾经的奴才好像比她还重要一般……可是在这个神秘的地方，昭儿预感到的是自己的重生。她越走越慢走到了巷子的尽头，向右一拐，突然看到一个人站在门前看着她，本来就紧张的昭儿着实吓了一跳，她定睛一看站在自己面前的是一个鹤发童颜的老者。

老人在她面前微微一笑，问道：

"你找谁？"

"我是赵府来的，想见韩阁主。"

"小姑娘，回去吧，韩阁主若有事与赵府人相商，自然会派人去通禀的。"

"那如果赵府有事与韩阁主相商呢？"

"韩阁主也自会派人过去了解，姑娘放心，阁主虽然下榻到舵中，并未把赵府之事抛于脑后，权且回去吧。"

昭儿向老者欠了欠身，固执地说道："老人家，婢子有计可为韩阁主解忧。"

"哦？那你可知阁主之忧为何？"

"有仇，无以得报；有妻，不得团圆；有计，无人可施。"

昭儿的话，正中下怀，老者一惊仔细打量着眼前的小丫头，几分无奈地侧身道："那，就请姑娘随我来吧。"

"多谢！"昭儿彬彬有礼地紧随其后，进了分舵。

这轩尧阁的莒国分舵在巷子深处的一个不显眼的门里，昭儿随老人家通过一条蜿蜒小径进来，又过了一道小门，眼前突然豁然开朗……里面的气派，别说是现在的赵府，就是当初的丞相府也是不相上下。昭儿暗中用审视的目光看着里面的亭台楼阁以及细微处的摆设，不得不感慨，这满院奢侈，在没有冲破等级规格要求的前提下，绝对是佼佼者了。

昭儿被老人家带到在亭榭中喝茶的韩离子面前，老人家向韩离子耳语了几句，便拱身行礼离开了。韩离子将昭儿晾在那，闭目养神，渐渐地竟睡着了。

昭儿见韩离子在那里闭着眼睛一动不动，似乎心中早有预料，便也在那里不动声色，乖乖地等着。

良久，韩离子翻了个身，缓缓道：

"你有何计啊？"

"家父在时，也有江湖中人来往于府上，朝廷有朝廷的被动，江湖有江湖的规矩，虽说彼此应该井水不犯河水，但是有时明了暗了彼此互助一些，是为了办事好做些，但有时也有不方便的时候……"

"你想说什么？"

"昭儿愿意效力阁主以破大王之局。"

韩离子微微地睁开眼，而后又闭上了眼睛，问道："你是说，我应该管莒国的事儿，不但管，还缺人，得需要你来效力？"

"朝廷不方便的是因为有自己的尊贵，江湖不方便的是因为有自己的利益和立场，而两者皆可没有的，便是女子。昭儿是女子，可助阁主破局。"

韩离子看着她，问："是婉樱让你来的？"

"婢子来此，无人知晓。"

韩离子站起身来，想了想道："你要进宫是吗？"

"昭儿自知当下进宫服侍君王难以脱颖而出，但倘若昭儿入宫有所缘由，对韩阁主定大有作用。"昭儿埋头伏地。

"知道了，你去吧。"

昭儿不知韩离子究竟是何意，想了想，鼓起勇气地问道：

"阁主，不知让我去……去哪？"

"你的话我听进去了，我会好好想想……会成全你的。"

昭儿听到，心中欣喜万分，她知道以韩离子的今时今日，若愿意帮她，一定会事半功倍，便高兴地听话离开了。

回到赵府的昭儿感受到了从未有过的兴奋，这是一种即将肩负重任的兴奋。她打开菱镜，拿出了胭脂水粉，重新妆梳，看着镜中的自己，喃喃道：

"人生命数天注定，何必无聊羡青松？"

第五十七章
万里重山谁家事　一叶扁舟线自牵

转过天来，韩离子和诸位舵主又坐在了一起，韩离子还是那样的坐没坐相，他抿了口茶道：

"去齐国，以齐王曾避难莒国为由说服齐国减免那五千石的粮食，诸位可有人选推荐？"

众人想了想，来自秦国分舵的秦舵主道：

"此为齐国境内之事，自然当由齐国舵主冷舵主前往，冷舵主在当地时间久，应该不会是什么难事。"

冷舵主道："可如果齐王问我，我乃齐国之民，为国增粮是为齐民造福，为何反而阻止此事，我当如何作答？此事，是不是应该请杨舵主出面，毕竟这是你们大王的意思。"

杨仲笑道："倘若此事按谁家事谁来办的话，只怕就应该由莒王自己派大臣前去游说了，又何苦我们在这操这份心呢？陈舵主，姚舵主，你们说呢？"

"好了，"不等楚国和晋国的两位舵主说话，韩离子便叫停了他们，道，"若让一女子去说话，如何啊？"

韩离子这一问，让诸位舵主面面相觑，他们都知道，这位韩阁主虽说年轻，但从不近女色，也从未有过将美色作为筹码进献，要不是因为缙府之事于阁主来讲太过特殊，韩离子将计就计行了方便，否则也不会暗中安排将雏玑送到宫里去。如果单单等着他，主动用美人计去做事，他是一定不会往这方面想的……

韩离子见众人不说话，接着说：

"有个自告奋勇的小丫头，我看倒不妨让她试一试。"

这话让众人更是"丈二和尚摸不着头脑"，但又一时说不出什么更好的办法。

冷舵主道："那既然阁主心中已有了人选，可交与我，我可找人教她宫中礼数，安排她去见齐王，只是，这事儿一个女孩子家家的，若办不好……"

"那咱们就再想其他之法，凡事总不能是孤注一掷的，况且，我也并非想要把她留在那里，还是要将她带回来的。"韩离子道。

"阁主，"杨仲轻轻地在阁主身边道，"人家姑娘未必与公子想的一样，何不舍了她在那里，任由她在宫中悉听尊便呢？一切皆有命数呢。"

韩离子抬头看了看他，又想了想道："我知道她的想法，后面还有谋划呢。"

"哦，呵呵，老奴眼拙了。"

"不过，阁主，虽不知那位姑娘叫什么，但重要的是，她见齐王'师'出何因啊？"冷阁主问。

"她是莒王前丞相的千金，这位前丞相倒了，让她去齐国寻求避难，也不是说不通。"韩离子道。

"老奴遵命。"冷舵主道。

于是，韩离子派人去赵府接昭儿，轩尧阁的人来到赵府，在前厅说明来意后，程仪便将其中原委告诉了赵耳。赵耳听说韩离子要将昭儿纳入他的计谋之中，不由分说地便要抽刀去找韩离子算账，说什么也不让昭儿出屋。

此时的后院里，赵耳拔刀大骂韩离子混蛋，而昭儿却高兴地在里面收拾行李准备离府，婉樱众丫头一来阻止赵耳冲动，二来又劝着昭儿切莫一时兴起，一时之间，后院里纷纷扰扰乱做了一团。有的拉，有的拽，里里外外，好不热闹。

茹梅见大家实在忙活不开了，索性将婉樱拉到了旁边，也不让她叫停，只是与婉樱转身来到了前厅，对来的人说：

"现在天色已晚，昭儿还有要准备的，明日赵府亲自将人送过去。"

来的人见状，便施礼离开了。

婉樱和茹梅对视了一下，吩咐人关了府门，二人回到了后院。此时的众人聚在昭儿的房中，赵耳的刀依然在手，不管程仪在身边怎么劝，也不愿收回。昭儿在里屋气得脸色苍白，梨花带雨，芳竹等人坐在旁边，无可奈何。

几个丫头见婉樱过来了，留昭儿在里屋，都赶紧迎了出来，赵耳看着婉樱的眼色也老老实实地站了起来。婉樱看着他早已满头大汗，慢慢地说：

"我已经将人打发走了……"话未说完，昭儿跑了出来，大声喝道："姐姐！你怎么……"却又一时语塞，急得自己直跺脚。

婉樱接着说："我答应那边儿，明日将昭儿送过去。"

"什么？"赵耳眼睛直直地瞪着婉樱。

婉樱叹了口气，转头对昭儿说：

"你好好准备东西，早点休息，茹梅，昭儿要走了，你今天留在这里照顾一下昭儿，明日离府别落下了什么。"

茹梅会意，点了点头。

婉樱转过身来看着眉头紧锁的赵耳说：

"你有什么气，咱们去别处说吧。"然后她便带着程仪他们离开了昭儿的屋子，这场热闹才算结束。

婉樱和赵耳来到了赵耳的房间，程仪不放心，怕赵耳性急会误伤了婉樱，便站在婉樱身边寸步不离。

婉樱道："赵耳，我明白你的心思，也理解你的心思，可昭儿不愿意按照你的意思过，你还没看明白吗？"

"可，可韩离子那么深的人，机关算尽竟将昭儿也算了进去，这，这叫我怎么放心？"

"昭儿之前出府，你可知道？"

"出府……她问了我地址……"

"前几天，昭儿出了趟府，是我们的隐卫看到的，进了一次轩尧阁的分舵，后来又好好地出来了，之后这些日子她开开心心的，还对自己略施粉黛，你没有发现她的变化吗？"

"我，我以为是因为韩离子不在府中，或……"

婉樱一笑，道："你都清楚。赵耳，你再能干，昭儿的心思你也是猜不透的，当下的日子不是她想要的。昭儿毕竟是丞相千金出身，心高气傲，怎会对这份平淡感恩？即便我们都知道平淡是福，当下这心惊胆战的日子是我们都不想要的，可与她来讲，这样的日子却可以让她有回旋的余地。"

"难道说，我就明知那里是火坑，也要看着她跳吗？"

"是不是火坑，各有各的看法。缙府家训男子不得入朝为官，是因为缙府认为那里是火坑，而市井之中，多少人读书就是为了做官。就算有再多人说'伴君如伴虎'，也会有数不尽的人将'伴君幽独'视为光宗耀祖。很明显，这是昭儿自己与韩公子一起谋划的，你强留不了。"

"她在我身边，将来即便寻了人家嫁了，我这心里也有谱，也知道该如何保护她，可如此一来，你让我如何放心？"赵耳停了停，说，"昭儿身边需要随从，我可随她同去。"

"想必这事非同小可，你本身又一心只在昭儿身上，只怕你去了，牵扯了昭儿的精力不说，对做事也未必会起好作用，虽说我不知道他们在谋划什么，但是我不能让你去，以免误了大事。"

赵耳失望地难以落座，在屋里来回走着，一会儿又看看婉樱，他明白自己必须要听婉樱的，心中的怒火只得自己慢慢吞。

婉樱见他心中的怒火一时半会也不会消下去，但相信自己的话他已经听进去了，便要起身往外走，赵耳见状赶紧叫住了她：

"姑娘，万万不可让昭儿自己去到豺狼之地，总要有个自己人照顾才是！"

婉樱回头看着他的苦口婆心，实在不想再伤他，便说道：

"放心，轩尧阁那里也有我们的人，我这里会叮嘱好的。"

"真，真不让我去？"

"不必，目前这样的情况，明保不如暗护，你早些休息吧，程仪，照顾好赵耳。"

"诺！"程仪明白，昭儿有茹梅看着，他要看好赵耳，以免长夜漫漫，再生事端。

婉樱从赵耳那里出来后独自来到湖边，唤了声："培风！"

隐士培风，便从旁边的走廊跑了出来，单膝跪地道："婉樱姑娘。"

"自从你看见姑娘在乱坟岗被宫人打晕带走后，便回了府，可曾收到过当初姑娘安排在韩离子身边的上官蔚的消息？"

"上官蔚在韩离子身边做一个卫士，韩离子凡事喜欢自己思考，少与人商量，身边其实并无心腹，上官蔚在那里只是恪尽职守，不多行一步，也不敢擅自多言一句。"

"这样好，其实建不建功是小事，他在那里好好地活着，关键的时候有用，才是大事。"

"姑娘说得是，我与上官蔚甚少联系，也是不想有人怀疑他。"

"你这样，明天由你送昭儿去轩尧阁。你跟韩离子并未见过面，派一个陌生人送过去，倒也应他们私下商定的景儿，但上官蔚认识你，见你送她想必也会明白我的意思。昭儿的事，可以顺她的意，但也要保全她，若最终真成了一枚弃子，只要有机会能让她周全地回来，别让她客死他乡。"

"姑娘的心意若是昭儿姑娘知道了，定会感激不尽。"

"哼，也未见得。"婉樱冷笑一下，"早些休息吧！"

第二天天刚蒙蒙亮，赵府便安排好车让培风将昭儿带到了轩尧阁的莒国分舵。杨舵主安排人将昭儿迎到了前厅，韩离子坐在正中，其他舵主坐在两旁仔细打量着这个女子。韩离子身边的卫士一眼看出了昭儿身后的培风，虽面无表情，但眼神多少有了几分不同的反应，二人心中会意，便将目光收了回去，培风会意自知任务已达，便一切都顺其自然了。

第五十八章
双龙共浴云中雨　一曲轻笛两相安

韩离子指着昭儿问杨仲：

"杨舵主，你可认识此人？"

"老奴知道，上次她来便认出来了，这位是前右丞相邵丞相的千金，叫邵昭。"

昭儿惊讶地看着这位说话的老者，原来他早就知道自己是谁，怪不得上次那么容易就进来见到了他们的阁主。昭儿心中最崇拜的就是有城府的人。

"冷舵主，此女子，就交给你了。"韩离子道。

"诺！不过，"冷舵主看了看昭儿身后的培风，问道，"这位义士，莫非是要与邵小姐一同前往吗？"

"当然不能，一个落难小姐，本应变卖的，怎还会有侍卫在侧？"韩离子答道。

"阁主，"培风拱手道，"婉樱姑娘怕邵姑娘路上有闪失，方才派我送来。现在，既然轩尧阁已经接管，在下便可以回去复命了。"

"去吧！"韩离子点点头。于是，培风便由人引领，离开了轩尧阁回了赵府。

韩离子心中还有不放心，转身对众人道："那么多的粮食，齐国不会全免，所以诸位舵主还是要回去筹粮的。"

众人皆道明白，于是韩离子便以礼，亲自出来送诸位舵主离开，昭儿也坐上了冷舵主的车驾离开了。撩开车帘，昭儿对韩离子似有话要说，而韩离子没有理她，只得作罢，转头问冷舵主：

"我此去，会死吗？"

"君王之心不可猜，姑娘若是此时后悔了，还来得及。"

"倘若死了，我便没有了后悔的机会，但若是此时回赵府，只怕会后悔终身。"昭儿看了看车外，冷舵主没有搭话，"往后路上要请舵主照拂了。"

"不敢不敢，姑娘要成了贵人，只怕还要照拂轩尧阁的。"

待诸位舵主各自上了回家的路，韩离子回头问杨仲：

"你觉得，缙心还需多长时间出来？"杨仲笑而不语，韩离子见他不说话，怏怏地说，"看来，这时间还长啊！"

杨仲笑道："阁主，老奴只是不清楚一点，于阁主来讲，是家重要，还是仇重要，还是轩尧阁重要？"

"哈哈哈，跟聪明人说话就是舒服！"

"不敢当不敢当，老奴只是选其一而作，不及阁主下成了一盘棋。"

韩离子回头看了看他："那你说，我和那个缙家嫡女相比，谁更厉害一些？"

"回阁主，老奴看到的是，缙府危机之时，小姐人忠诚，也努力，但这聪明嘛，却没看出有什么成绩。"

韩离子插着腰，看着天空叹道："有的时候我就在想啊，之前她没有被禁在宫中的时候，我要报仇，她要解围，往往是我做到她的前面，而有时是她也想到了我的前面，我们二人是不相上下。但有一点我发现了，她从未中过我的计。"韩离子的眼睛瞬间亮了许多。

"那，阁主的意思是……"杨仲听着有点莫名其妙。

"我想再跟她较量几个回合……"韩离子面露坏笑道。

"哦，呵呵，那公子还是先让我们未来的女主人早些出来为好。"杨舵主道。

"可一旦出来了，是不是就得马上成婚啊？"韩离子问。

"哈哈哈，这就要看阁主的意思了。若想早日成婚，便施些压力，缙府不会不同意，要想再过些时日，就将小姐送回缙府，这是早还是晚的，还不全凭阁主的意思？"

"不是这样的，这婚结早了，齐鲁郯莒以及其他诸国会认为我江湖势力与皇室抗衡，他们那几个一直觊觎缙府的君王就会如要先斩掉臂膀一般视我为敌。可这婚要是结晚了，缙府被他们灭了，我只要几个人头做报仇之用，那还不如先前就杀了他们，与强盗无异。所以啊，这个婚，我得结得恰如其分，就算是结早了，也有不得已之处……"

"比如，阁主相当于替各诸侯代管缙府。眼下各诸侯谁都不让谁，是战是和，一念之间，如果有一个中间的势力代为管理，让各国都安心，便是最稳妥的事了。"

"那是周天子，凭什么是轩尧阁？"

"可轩尧阁与朝堂最大的不同是，咱们有镖师，却从来不养兵马，不占土地，于各国来讲，皆无威胁。"

"这个，我要好好想想，他们最忌惮的是缙府与轩尧阁联合会对他们有所制衡，但如果我要是能得取他们信任，便是另一番景象了……"

"阁主，是不是还要住到那温柔乡里去？在我这个小分舵里，不是我这个年迈的老奴，就是一帮舞刀弄枪却不敢说话的人，确实无聊了许多。"

韩离子知道他说的是赵府，笑道："这好端端地弄走了他们的一个人，我得回去给这几个丫头片子一个交代，不过说实在的，我还真是更喜欢跟他们住在一起，男男女女的，比你这里有趣多了。"

杨仲作揖笑道："那老奴就不虚留阁主了。"

说罢，韩离子带上上官蔚骑马回了赵府。

到了府里，婉樱见了他也只当没看见，借口说他有自己的侍卫在侧，便没有安排任何人伺候，韩离子心中明白他们的气性还没过，也不计较，便带着上官蔚回了自己之前的房间，一切恢复了平静。

昭儿随冷舵主来到了轩尧阁在齐国的分舵，冷舵主派了几个丫头给邵昭换上了齐国的服饰，又安排她学习礼仪。邵昭清楚，这是她用自己真实身份，完成之前使命的一次难得机会，倘若可能，之前的命运只是插曲，她的命数没有改变。于是她便格外用功，很快便学会了所有。

冷舵主在齐国人脉广泛，很快便疏通了宫里的人，准备安排昭儿入宫献玉，冷舵主亲自嘱咐昭儿道：

"只说一句，此乃你邵家的传世之宝。"

之后，舵主便让她换上了莒国奴婢的粗布衣服，却让人将她的妆容修饰得精致一些。邵昭作为宰相之女本身仪态就不同于一般女子，虽说穿着不起眼，但却难掩这曾经贵族千金的魅力。

邵昭从上到下打扮好后，冷舵主便差人将她送进了宫门。

进了宫门，所到之处的各位公公都已得了好处，昭儿被安排得十分顺利，待齐王与众人谈论完了朝政，众臣子都退下了，她便在公公的指引下来到了殿中，跪拜在了齐王面前。

"听说，你是来献宝的？"齐王道。

"是，婢子从莒国而来，特献宝于王上。"

"既然是莒国人，为何有宝不献于莒王，反而千里迢迢来齐国呢？"

"只因莒王杀了婢子的全家，婢子有宝不敢献。"

"哦？"齐王一惊。他身边的公公凑上前去，悄悄地将邵昭的身世大概地跟齐王说了一遍，齐王这才明白了邵昭的意思，问道，

"那你既然家道中落，应该留有宝物就近换成钱财度日才是，何必求远，来齐国给寡人呢？"

"只因婢子听说大王欲向莒国要粮五千石。婢子不懂国事，但婢子知道，这么多的粮食，不知会有多少百姓的日子还不如我这样一个落魄的婢子。婢子家中衷心为国，自己也是耳濡目染，自知'国为大，家为小'的道理，所以，婢子便带上这家传的宝物来宫中进献齐王，以求能抵扣些粮食，也算婢子不妄生于王侯将相之家了。"

"衷心可嘉，但此乃朝政，你一个小女子是不可参与朝政的。更何况，此事是我齐国与莒国两国国君之事，你们的国君既然答应了，想必也是想到了百姓之事，自不必你一个小女子操心。"

"莒王答应，是因为要有信于齐国，当初的约定自然要履行，否则今日失信于齐，之后便无人敢与莒国结盟，此为大局。但是大王，有句话，不知婢子当不当讲？"

"说吧！"

"当初大王落魄之时，避难于莒，养精蓄锐之后方有了今日齐国的威严，莒王尊敬大王，不敢居功，又有曾经的誓约，不可失信。然而，大王要粮只考虑曾经的誓约，却不曾想之前的恩义，如此看，还是莒王仁厚些……"

"大胆，小小婢女，敢在这里冒犯大王。"旁边的公公听不下去了，威吓道。

"唉，她若心中没有他们莒王，如何敢来齐国献宝以抵粮啊？"齐王几分假笑地阻止了他，"你说莒王仁厚，可他却杀了你的全家，而你一个相府千金，如今看看自

己的穿戴，不都是拜你们莒王所赐吗？"

"大王差矣，大王杀我全家，是国内之事，而如今换粮之事，是两国之事，对外来讲，婢子还是心系母国的。"昭儿依照冷舵主的吩咐将忠诚表达得有胆有识。

"嗯！是个忠义的女子，莒国难得有你这样的忠仆。"

"还望，成全婢子苦心。"邵昭说罢伏在地上十分诚恳。

"你，抬起头来。"

邵昭轻轻抬起头来，但是不看大王。齐王见邵昭虽说穿着普通，但相貌脱俗，心里一缩，想了想，道：

"好吧，寡人会好好地考虑你的要求，只是这粮，寡人是免不了的，否则以后其他的时候，各国都来个百姓做说客，寡人的话只怕就没有分量了。你的玉呢，寡人留下了，之后会差人告知莒国，就看在寡人曾避难于莒时获其照顾的份上，粮食减免一半，你看可好？"

"谢大王！"

"退下吧！"

"诺！"

邵昭行了礼由公公带出了宫。直到她见到了冷舵主派来的人，自己才深感浑身的汗全冒了出来。昭儿不由分说地赶紧上了车，外人没有再看出端倪。

齐王待邵昭走后，对身边的公公说："给莒王写封信，告诉他寡人念及旧日相助之义，粮食减半。"

"不过大王，这姑娘可真够忠心的，人说杀父之仇不共戴天，她却为莒王求情，莫非，献玉是一回事，重要的是'献人'？"

齐王细品了一会儿刚才的这个姑娘，露出了几分猥琐的笑容道："不是这个没有可能，更何况除了衣服，她的胭脂水粉的确很精致，谁安排进来的？"

"轩尧阁，冷舵主。"

"听说韩离子看上了缙府里的人，而莒国国王却将其扣在了自己宫中，这个女子是轩尧阁派来的，还是莒王派来的，想必都跟缙府之事有关。这样，寡人也给这丫头个机会，你派个妥当人把她送回去，并将今天的事当面说与莒王听，看莒王将如何处置此人，便明了了。之后，就悉听尊便吧！"齐王顿了顿，微皱眉头说，"一个粮食，用仁义道德来对我，真是用心了，哼！"

"那，奴才这就去办。"

公公领了旨，派人与冷舵主的人一同将邵昭送回到了莒国宫中。

因为公公有王令在身，自是不敢耽搁，但如此之急让冷舵主有点措手不及，私下里塞给了公公些钱道：

"大王的恩旨自会到莒国宫中，公公为何要一同去莒国呢？"

"哎呦，我说冷舵主，如此忠心的姑娘，万一有哪个歹徒让她死在齐国境内了，岂不就是挑拨大王和莒王之间的关系了吗？"

"哦，好好好，还是大王想得周到。"

第五十九章
一方功过不在表　全凭心中自衡量

不几日，莒王听说齐国来人，便和群臣一起见了齐国使者，听了邵昭在齐国的一番说辞，最终就粮食减免与使者说了些两国友邦的话，便将人体体面面地送走了。

邵昭在大殿上听着众人对自己的衷心大夸特夸，心中喜不自胜。只听莒王吩咐说让昭儿先回府，之后再另行安排，她便不敢多言，只得先离宫回了赵府。

赵耳听说邵昭回来了，赶紧出门去迎，仔细打量着昭儿，嘘寒问暖，生怕身上有伤，路遇委屈。昭儿无奈报了好长一会儿的平安，才带着赵耳一起进了府门，然后将自己如何自己去找的韩离子，又如何安排到了齐国种种，得意扬扬地全然说给了婉樱她们，听得众人半天没有说出话来。谁都不曾想，这个平时不爱说话的女子，这一去几天，竟是干如此大的一件事。

待她说完，大家半晌没有说出话来，直到婉樱打破了平静，道：

"去齐国之前，你没有见到莒王，也没有人收到莒王亲自下的令？"

昭儿没有明白其中的意思，还是沉浸在这一番大事的洋洋得意之中："回来后，我见到莒王了。而且我现在已经在齐王面前承认了自己是邵昭，想必以后也不必隐姓埋名了，你们说，是不是？"昭儿的兴奋丝毫未减，弄得大家不知其中是吉是凶。

茹梅扭头笑着说道："之前也是叫你的名啊，好了，你也车马劳顿的，先休息吧！"

众人便一起走了出来，远远地离开了昭儿的绣房，个个闷闷不乐。

梅茹看着面色沉重的赵耳，问道：

"你还好吧？"

可赵耳却不知在想什么，默不作声。程仪见状，用胳膊使劲捅了捅他："哎，问你呢。"赵耳这才回过神来，道："嗯？"

"昭儿有自己的志向，不可强求。"婉樱安慰道。

"我懂！是我想要的太多了！小姐她……终究是千金。只是，不知道这往后会如何……"赵耳说着，一旁的程仪也低下了头，不置可否。

"哎呦，都在呢。"韩离子从外面走了进来，笑呵呵地，"听说昭儿任务完成得不错。"

"下一个你准备用谁施以计谋啊？"婉樱冷笑道。

"哪敢，是昭儿自己要入宫，否则我怎会想出此计呢？"

"那韩公子也该跟我们商量商量。再说了，昭儿走后，你闭口不谈，直到昭儿回来我们才知道发生了什么事，这么大的事，韩公子是不是也应该跟我们说一声啊，毕竟昭儿是我们缙府的人。"筱菊不开心地说。

"此事，偏偏忘了嘱咐昭儿，就不该让她回来对你们这么和盘托出。"

"这事儿太危险了，后面会如何，你可有预测？"婉樱紧皱着眉头问道。

"要说跟你们在一起就是有意思呢，不错，此次说服齐王减粮的是仁义道德，所以齐王只好妥协，但是少了那么多的粮食他心里必不能舒服，邵昭的全族是莒王灭的，齐王不能不知道，将此女的忠心告诉莒王，之后莒王如何考虑，就不得而知了。"

"你是说，昭儿不一定会进宫为妃？"赵耳急急地问道。

"荣华富贵或命丧黄泉，都是一线之间，无论莒王如何考虑此事，都会见昭儿一次。到时候，是否能如她所愿，就只能看她自己，听天命了。"

"这么大的事，当记昭儿一大功的啊？"筱菊道。

"嗯，我轩尧阁，自然会给她计一大功，但是莒王，如何看待一个女子挥霍掉了他在齐王那里的恩义，便不得而知了。"

"你，你这是故意给昭儿下的套！"赵耳愤怒地一跃而起，便要拔刀冲韩离子而去。

"赵兄，你冷静冷静。"程仪赶紧拦住了他，上官蔚用身体将韩离子护住，韩离子淡定地让上官蔚退下，对赵耳说：

"赵耳，你先别急。凡事还没有定数。"

婉樱看着韩离子的样子感觉似乎里面还有内容，便让程仪拉走了赵耳并屏退了茹梅她们，堂中只剩下了韩离子和她二人。

婉樱问道："姑娘何时回来？"

"我以为你要问我后续要如何安排昭儿呢。"

"昭儿与我们并非同心，而我担心的自是我们家姑娘。"

"等粮筹齐了，要看你家姑娘要不要回来。我盘算着你家姑娘恐怕不一定那么想嫁给我。"

婉樱斜眼打量了一下韩离子：

"自然不想嫁，谁愿意与仇家一起过日子？"

韩离子微微一笑："到时候如果你也陪嫁过来，我是不是应该先盘算一下，自己的日子会不会好过啊？"

"我是说姑娘当下的处境……况且，休想用我伤了姑娘。"婉樱说道。。

"现如今，她在哪不重要，重要的是她安全就行，"韩离子道，"她一旦出来，哪个诸侯国愿意看着她与我联姻，只怕会更加危险。"韩离子的脸上带着几分坏笑。

"你替她着想？"婉樱冷笑道。

韩离子不理她，道："下辈子，等你当上个男人，你就知道了……"

但不管怎么说，婉樱承认韩离子有的话说得是对的——只要姑娘安全即可，而这次之事，虽然为众人所不齿，但的确让姑娘出宫有了更多谈判的筹码。

昭儿回屋后，心中盘算着下一步该如何来做，但是作为"棋子"，她感到自己的悲哀是，受局限的不是能力，而是对全局的无知限制了自己的判断，让她力不从心。

莒王退了众臣后，怒气冲冲地来到了寝宫，让所有人在寝宫外候着，一个人大步流星地进来问缙心道：

"那个邵昭是你留下的？"话音刚落，见雒玑在，便抬手也将她轰了出去。

缙心跪在那里纳闷，怎么牵出了昭儿？她小心答道，道："我借宿赵家，里面的确有个叫昭儿的奴婢。"

雒玑在外面听了几句感觉似乎出事了。

莒王知道缙心是在推脱，坐了下来：

"那个邵昭是前丞相之女，因为全家获罪，所以理应是贩卖为奴了的。但是，就在寡人让轩尧阁筹粮的时候，这个女子竟然出现在齐国的朝堂之上，还说服齐王减了我一半粮食。"

缙心一听"扑哧"笑了，打趣说道："此女不愧是丞相之后，若是个男儿身，应当重用啊！"

"重用？这样的人能重用？说，谁的主意？"

"我在这里何曾与外面联系过？自然是轩尧阁，但是，于大王来讲，不知损失了什么？"

"哼，如此一来寡人在齐王那里的筹码就大大地减少了！这避难之事，岂是能随便拿来说用就用的？"

缙心也听说过当初齐王登基之前避难于莒国的事，冷笑道：

"天下诸侯，如果真到了刀光剑影的城池之争，难道齐王真会顾惜昔日之情吗？自从桓公回齐，对莒国关爱有加，只是不擅自侵犯罢了。江湖中人，朝不保夕，自然是有了便用，以免没了明日。"缙心发现自己竟然会为轩尧阁说话，真真有些可笑。

莒王看着缙心的笑容，有些失望道：

"平日也不见你笑，如今寡人吃亏，姑娘却反而笑了，真是让我刮目相看啊！"莒王对外宣道，"来人，宣邵昭进宫。"

这边，邵昭接了圣旨自是喜不自胜，仔细地穿着打扮一番后，便随来接的公公一同进宫，赵耳本想上前说句话，但又不知道该说什么还是退回去了。在路上邵昭回想多年来家族的夙愿将靠自己的能力即将达成，将来在先祖面前也是功臣，心中得意万分。

过了一会儿，邵昭来到后宫的一处殿前，只听身边公公道：

"还不快拜见王妃？"

邵昭心中一惊，瞬间后背发凉，妏王后？难道不是大王吗？左右丞相两族向来水火不容，如今却直接相逢，邵昭心中毫无心理准备，"扑通"瘫跪到地，她按着自己胸口，轻声说："奴婢，拜见王后，王后万福！"

"听说，虽然你已成奴却还立了大功，大王要赏你，想要什么，说吧。"

"奴婢，奴婢不敢。"

"大王说了，将你蜕去奴隶的身份，改为庶人还你自由，如何？"

邵昭听了有些失望，但毕竟面前坐着的自己的家仇，拜道：

"奴婢感恩戴德，若王后不弃，奴婢愿在王后身边当牛做马，以谢天恩。"

妏王后一愣，冷冷一笑："你还真是个人物，你我两家乃杀父之仇，我留你在身边，岂不命丧黄泉于顷刻之间？莫非，你想着入宫成妃，靠得恩宠，好重起你邵家的势力？"

"王后息怒，奴婢已是浮萍之命，无家族靠山，更何况大王并不愿意见奴婢，何来恩宠一说？"

"还算有自知之明，不过大王对你还是有赏的⋯⋯"说着，妏王后便给身边的宫女使了个眼色，邵昭警觉地用余光一瞄，是白绫！赶紧抢先道：

"王后，邵昭已经万念俱灰，去了奴隶之身已经对得起祖上，但娘娘有所不知，昭儿有仇未报，请王后做主！"

王后让宫女退后，冷笑道："是找哀家寻仇吗？"

"奴婢不敢！父辈之罪乃是父辈之过，昭儿心中明了，但是，昭儿当初是缙府缙心买去的，赵府只是个幌子，自从进了赵府，缙心主仆对奴婢便是百般刁难，让昭儿身心俱疲，生不如死，同是落魄贵族之后，她却如此飞扬跋扈，昭儿不服！"

王后听此其中大有文章，挥手退了那个宫女，问道："你想怎样？"

"奴婢知道那缙心就在宫中。"

妏王后一听，差点站起身来，但是她的王妃身份不允许让她露出任何迹象，她定了定神，问道：

"你从哪里得知的？"

"府中众人似乎皆知……"

王后很讨厌邵昭这样说一半留一半的话，道：

"这是你们的事，哀家贵为王妃，又有世子，你还想在我这打算盘？"

"奴婢不敢，奴婢只想为王后效力，以免让外人扰了莒国的清净。"

"王后，王公公来了！"一个宫女过来，打断了她们的对话。

"请！"王后道。

话音刚落，一个年长的公公带着几个年轻的小碎步来到了跟前，跪在了王后的面前：

"咱家见过王后。"

"王公公来此有事？"

"大王有道口谕是给邵家的。"

"哦？那就请公公宣旨吧！"

王公公听令，来到邵昭面前笑道：

"您就是邵家千金？"

"奴婢不敢！奴婢邵昭。"

"大王说了，此次邵昭退粮有功，邵家功过相抵，全族无罪了，你也不是罪臣之女了。"

邵昭一听，激动万分！急忙叩谢圣恩。

王公公笑道："这么好的事儿，大王的意思还是让你去告诉你的父辈他们，替大王了桩心事。"

邵昭听了，没有明白："公公，这是何意？"

妓王后听了，微微一笑，对身边的宫女说：

"送邵姑娘上路吧！"

"啊？！"邵昭瞬间脸色惨白，刚要求饶，便被其他的公公控制在地，无法挣脱，宫女上来将白绫绕颈，这位邵小姐便被当场活活地勒死在了妓王妃面前。

"都收拾了！"王公公吩咐道。邵昭的尸体便被拖了出去，另有几个公公拿草席一裹，将其送回了赵府。

第六十章
一叶彩瓣风中去　功过笑谈意难平

邵昭一个没落的贵族之后，最终还是死于自己朝夕相盼的莒国后宫，尸体被送回到赵府之后，婉樱让人将邵昭的尸体安顿在后院。赵耳是唯一对邵昭不离不弃的仆人，看着冰冷的她静静地躺在那里，心里五味杂陈。婉樱上前对赵耳几番宽慰之后便让赵耳将邵昭的尸体送回老家安葬，并额外给了他些盘缠："赵耳，我只说一句，你若要驰骋天下，我众人心中遥祝；若愿勒马回家，缙家开门恭候。"赵耳听罢心中不胜感激，拜别了众人，带着自己唯一的主子离开了。

妏王妃回了自己的寝殿，她身边的陈姑姑端上茶来：

"娘娘，压压惊吧。如今，邵家算彻底没了。"

"这是韩离子给本宫送的礼物，往后在后宫要多照顾照顾他这未过门的媳妇了。"

"不过说实话，要不是这邵昭太过急功近利而少了些稳妥，也不会被人这么来用。"陈姑姑藐视地说。

"若真那样，将来只怕她的前途不可估量，恐怕连我都要提防她，后患无穷了。不过，缙心藏在宫里这么久，只怕后面的事就全然难控了。你去雏玑那瞧瞧。"

"诺！"

王后看着离开的陈姑姑不禁感叹：

"韩离子，你给我的是'先礼后兵'的忠告呀！"

第二天清早，陈姑姑打听雏玑不在宫中的时候，便故意端了几批针织来到寝宫，见到宫女琴儿从里面十分热情地迎了出来：

"陈姑姑怎么来了，有事吩咐琴儿过去就是了，哪能让姑姑走动？"

"王后得了几批料子，赐给雏美人两批。"

"美人不在，姑姑进来坐吧。"

"这宫中除了住着雏美人，可还有别人？"陈姑姑突然问。

琴儿被问愣了："没有啊！"

"没有？只住着大王和雏玑美人？"

"这里上下下下伺候的人数都是按照定规安排的，不多一个，如果真的有谁，我们还能不知道？"

"那、那些宫女呢？"

"都是从其他宫中拨过来的呀，说是大王宠爱美人，让新人来怕伺候不好，所以都调各处很好的宫女过来。"

"哦对，你看看我年纪大了，健忘了。"

陈姑姑见梦儿这么说，想想当初的确有此事，底下人也都登记在册，这么多各宫的耳目，要是真藏了人，怎会没人知道？

陈姑姑见呆下去无益，便趁雒玑还没回来，赶紧离开回来向王后复命。

奻王妃听了姑姑的话，想了想，冷笑道：

"看来真的在那里。"

"怎么说？奴婢糊涂。"

"若真的是宠爱，就应该给她挑她雒玑喜欢的，哪怕是从宫外招，哪里有从别处调过去的老人？这是给外人看了，越是表现得透明，里面就越是有秘密。你下去吧，让我好好想想。"奻王妃说着走进了里屋，宫女将帘放下，留下的只有王后的倩影。

雒玑回宫之后，梦儿将陈姑姑代王后赐纱之事说与了雒玑，雒玑只笑道：

"知道了。"

缙心依然在里阁内，一个人安安静静地看书，雒玑进来向姑娘行了礼，将刚才梦儿的话闲聊了一遍，刚坐下，闻了一下房中的脂粉味便开始犯呕，刚要向外跑，便被心儿拉了回来，按在了痰桶旁。

雒玑干呕了好一阵，用缙心端来的温水漱了漱口，才慢慢缓了过来，惨白的脸色逐渐恢复了一些。

缙心坐在身边，见她好些了才说道：

"要不要去外屋，请个太医给你看看？"

雒玑轻抚着自己胸："你今天用的什么胭脂，这么浓的味？"

"哪里是特殊的胭脂，还不是你的那些？我也没用，只是今天梳妆的时候撒了一些，就留下了味。"

雒玑揉了揉太阳穴："看来这宫中养尊处优不走动的日子，真能把身子废了⋯⋯"

心儿见雒玑可怜兮兮的，笑道："我给你把把脉吧，肯定不如宫中的太医、但可以先试试。"

雒玑听罢，只觉得好玩将卷起袖口伸到心儿面前：

"看看你还有多少我不知道的⋯⋯"

缙心将手搭在雒玑的腕部，三指反复按了好一会儿才抽了手，稍有眉蹙道：

"你有喜了？"

"什么？！"雒玑一惊。

"嗯！是滑脉。你若不信，可以找个太医再好好。"

雒玑马上摆起手来："不可，你没发现宫中夫人美人不少，却只有一个池儿？"

"你是说，这妓王妃会……"

"听说那些怀孕的美人，都会孕中自杀。"

"自杀？是被逼自杀吧！"

"原来我也以为如此，但听说，妓王妃曾经在后宫定下宫规，凡后宫妇人有孕者，皆不必去拜见王妃，所有所用之物，所啖之食都要有太医院把关，以免祸及王室血脉。"

"这么贤惠？"

雏玑摸摸自己的肚子，看看心儿道：

"我有些害怕。万一真的那么痛苦，想自杀怎么办？"

"如果只是怀孕，是不会让人自杀的……"

雏玑似乎明白了一些，想想道："要不，还是不要对外说了。"

"那你要是又呕了呢？"缙心笑问道。

"唉！真是的！看来只能在你这了躲着了。"

"可是她们到底为什么会自杀？"

"姐姐，你只要盼着我不会自杀就是了。"

"糊涂话！"

雏玑出去说自己有些中暑，要膳房以后多做些清淡小菜，也让人告知大王，说血信不调，建议晚上往芝美人那里去休息……待一切都安排好了，雏玑便将自己的卧室一锁，众人谁都不得进来伺候，她自己便躲到了里屋，与缙心彼此照应。

大王听说了雏玑身体不好，问是否请了太医，宫女摇头说美人只是觉得自己中暑要卧躺些时候，所以不让人打扰。莒王听了也没往心里去，便应了。

到了晚上，公公问是否要摆驾去看王后？莒王想着芝美人平时与世无争，便还是选择了芝美人那里，于是，御驾伴着月光来到了芝美人的寝宫。

却不想，此时妓王妃恰恰在里面与美人聊天。

二位夫人听说莒王来了，纷纷出来迎驾：

"大王！"

"王后也在此啊。"莒王有点诧异。

"臣妾平时闲了，就喜欢出来到妹妹宫里转转。既然大王来了，臣妾便不打扰大王清休了，就此告退！"

"王后贤德，来人，好生伺候王后回宫。"

"诺！"

送走了王后，莒王和芝美人屏退左右，莒王问：

"你们姐俩聊什么呢？寡人看，灯下你们二人促膝而谈的样子，甚美。"

"王后说，大王日理万机，身边一直没有一个贴心的人照顾，虽说雏玑貌美，但是至今肚子没有动静，王后跟奴婢商量着，是不是在宫中挑个会服侍人的又懂事的，跟大王说说贴心话。"

莒王听了，眉头微皱，半卧在榻上，问道："那你们准备先从哪里挑啊？"

莒王似乎这么痛快地答应了这事，芝美人心中一紧，但又不敢露出什么被大王看出来，道：

"如果能先从大王的寝宫里挑出好的来，自然省得从别宫找了。到时候，别人也吃不着醋。"

"嗯！贤惠，你告诉王后，这事寡人会留心，让她准备一个美人宫，等寡人选中了人，就把人送过去。"

"诺！"

芝美人便卸了妆，与大王一同入了罗帐。这天，韩离子带着三千石的粮食来觐见莒王，莒王本想在大殿之中见他，但又一想邵昭之事心中有些不快，道：

"传旨，摆驾御书房。"

韩离子依诏来到御书房，莒王听了礼单笑道：

"韩阁主进献了三千石，用一个女人抵了两千五百石，不愧是轩尧阁，会做生意。"

"属下不敢……要不是大王善行于天下，齐王不会如此珍爱齐莒两国之情，自然不好再为难大王。这多出的是奴才献给大王的，请大王笑纳。"

莒王心中暗想，好你个轩尧阁，你让我少收了这么多上来，还成了多给我些……莒王接着问："韩阁主如此，准备要何封赏啊？"

"奴才不敢，轩尧阁乃江湖帮派，韩某也只是一介白丁，只想与娇妻过自己的日子，其他的，便不敢奢求了。"

莒王小心地看了看身边的人，使了个眼色众人便退了下去。

他来到韩离子的身边，笑道："一个女人，寡人不是不想给你，但是把她放了，寡人以后岂不难以再见缙府和轩尧阁了？"

韩离子笑道：

"缙心是韩某仇家之女，生与死于在下来讲皆可，若要牵制韩某，她的分量还是轻的。"

"那这次你如何这么努力啊？"

"韩某做事为家，为民，哪怕是底下的奴才也是有过的，但是唯独一点，韩某还从没有为一个女人上心的，更何况她还是是自己仇家的女人。韩某只是不想让一众弟兄觉得他们的主子是个连老婆都讨不回来的人。"

"既然如此，我看那心儿也是个绝色美人，你若那么不在乎，寡人便收了，再重新赏你一个贵族之女，如何？"

"缙心虽尚未过门，但有婚约于身，若大王有意，可书信问问缙老太太，如果公主同意，韩某定听从大王安排。"

"好啊，那你的好意寡人就领了，若在此处看上谁了，寡人赐你！"

"谢大王。"韩离子明白莒王的意思，就着"台阶"告退了。

此时，陈公公见大王面色不好，又见韩离子离开时不卑不亢的样子，想必是惹到了大王，赶紧和颜道：

"大王，这好'马'都烈！"

"烈马不怕，就怕没有缰绳驾驭，倘若缰绳在手轩尧阁和缙府之争，轩尧阁若得了缙府之利，寡人得轩尧阁之利，岂不是一举两得？"

"好事多磨！这筹粮之事，虽说轩尧阁动了点小聪明，其实，还是听话的。"

"你说，缙心对于韩离子而言，是什么？"

陈公公端上茶水，笑着说：

"嗨呦，这轩尧阁只是低贱的商贾，民终不如官，于大王来讲，又算得了什么呢？"

莒王看了看陈公公，仔细琢磨着他的话，不禁呵呵呵地笑了起来，指着陈公公道：

"果然是寡人的御前'太监'！不懂男女，却懂事故。"

你去，给寡人拿笔和简来，寡人要书信给缙府。"

"诺！"陈公公赶紧忙着侍奉着，不敢多言。

莒王拿着笔，心中那种针尖对麦芒的纠结感觉越刺越深，让他久久喘不过气来，在乱世中从无税赋而又富甲天下的缙府和势力可丈量天下的轩尧阁，谁不想为己所用，这一环套一环的引蛇出洞，让莒王十分满意，可让莒王自己始料不及的是，这两个世仇之家，竟有种义无反顾且毫不相互怀疑的要合为一体的趋势，这让莒王顿感被动。

莒王思忖片刻，挥笔将信简写完，公公赶紧躬身轻轻地吹干了上面的墨字，慢慢卷起，放进了锦缎做的金色袋里，派人快马加鞭向缙府奔去。

雒玑每天偷偷地让缙心用帛将自己的肚子绑紧，不敢让任何人看出身体有异，小厨房呈上的菜酸甜苦辣咸各味均有，而为何宫中怀孕之女皆会莫名自杀，这让缙心有些担心雒玑的结局。

第六十一章
谁家没有秋家事　哪里秋风不伤兰

缙家老太太收到莒王书信的当天，无独有偶，郯国的书简竟也同时到了，缙家太太正和两个媳妇一起弄香，她看罢，冷笑了一下，将两国的书信都交给了大儿媳妇苏夫人：

"你这个当丈母娘的，给自己挑个女婿吧？"

苏夫人听得丈二和尚摸不着头脑，接过来一看，两国来的俱都是求亲的书信，都说遇缙心一见倾心，欲与缙府联姻……苏夫人无奈地笑了笑，道：

"这都是考虑如何引缙府入乱世之中的意思。"说着将竹简递给了下人。

"缙家即便来了灭顶之灾，也只是派出了孙女儿缙心，这避乱世之争的决心，天地可鉴了。"缙老太太脸上露出了几分满意的笑容。

苏夫人听缙老太太这一番话，想着自己女儿花季的年龄，却被安排出门在外经历坎坷九死一生，竟没有得到家中的半点垂怜，不免心中暗自替女儿愤愤不平。苏夫人整理了一下情绪，面不改色地说道：

"上次母亲已经应了轩尧阁的求亲，既然心儿已经被许，如何再改？"

"理，是一回事，但如何合于情面，咱们还得小心回复了他们才是。这么多年，缙府不向天下纳税到今天，已经让他们眼红咱们这座'金山''银山'了，若咱们不能小心守住，就是瞬间被他们撕咬吞噬的事儿了。"

"他们夺山，咱们守山。"

老太太听得出来她话里有话，但不好深谈，便继续着该有思路说："他们求娶的理由各不相同，就按他们求娶的理由驳回吧。这事儿，你是心儿的母亲，就由你来执笔吧……"说罢，老太太便起身由妾室姜夫人搀扶离开，留下了苏夫人手拿着两国来的竹简，独自思忖。

姜夫人扶着老太太出来，几分不解地问道：

"这求婚之事，往常不来，一来来两三个，也太巧了吧？"

"太巧的事儿，就是不巧了。"老太太缓缓道，"各国之中都有细作，就这点小事儿，一只信鸽，也就都知道了。"

"依儿媳看，得罪了一国，自有其他诸侯出面制衡，但可不能得罪了江湖第一势力轩尧阁。"

"嗯，你长进了，"老太太看了看她，"倘若这事儿搁在前些年，只怕你会处心积

231

虑地把新娘换成蕊儿吧？"

"媳妇不敢。现如今，缙府就像头上悬一利剑一般，做儿媳的自然要多学些。只是，咱家归隐，蕊儿这孩子的未来，还请老太太体谅，安排。"

"安排是自然的……"

姜夫人有点不敢相信自己的耳朵，"太太心中已有主意？"

"蕊儿，其实就是活着的'邵昭'！"

姜夫人一听"邵昭"二字，想到了她飞蛾扑火的结局，不禁身后直冒冷汗，赶紧跪下，道：

"太太，蕊儿决不能步那个邵昭的后尘啊！"

"那，她就得能过得了清单的日子了？"

"媳妇定好好教育蕊儿！太太平日疼蕊儿，谁都知道，我们娘儿俩自然相信太太对蕊儿的安排定是最好的。"

"不会亏待了她的。"老太太说着，从姜夫人的身边离开了。

姜夫人坐在地上，脸色煞白。所有人都说老太太最疼爱缙心，可关键时候又怎样呢，还不是抛出去了？如果她回来，纵然是好，但若不能回来，也只能是一颗弃子，更别说将她的终身大事定给了仇家轩尧阁。

但姜夫人慢慢地站了起来，几分失魂落魄地来到了蕊儿的别院。蕊儿正在给描样配线，阳光下，彩线配丽人，绝美的靓丽让姜夫人感到自己的女儿是那么地楚楚动人，而同时又不禁悲从中来：

"蕊儿……"

蕊儿抬头见母亲双眉紧促，似有伤意，连忙起身将母亲让了进来：

"母亲，怎么站在风口不进来？"蕊儿扶着姜夫人坐下，命人端来一盏热茶。

"为娘的，看我女儿出落得这么美丽动人，心里高兴！"

"母亲又多思什么了？女儿命好，虽是庶出，却是在是非俗世之外，少了许多烦心事儿……"

"嗯，为娘的，还是希望你能有个好人家早些嫁了，谁能料到将来这府里会是什么样，甚至……"姜夫人四下看了看，见无人在侧，便轻声急急地说道，"甚至以后有没有缙府都是说不定的事儿！我女儿如此貌美，早早嫁个好人家，对为娘来讲也算了了庄心事！"

蕊儿听了，不禁身上一抖："母亲这话也就是在女儿这里说说吧，如今苏母回来了，万一让人听到了，只怕会拿母亲立威呢！"

"哼，整个缙府文不觐良策，武不求战功，躲在这荒山野岭，如海中停船，没有方向，一船人只是周而复始地看着浪来浪去，与等死有何区别？而这乱世之中，现在波浪小，指不定什么时候就来个大浪头，哪还会有风平浪静的时候？咱们一船人在风浪中摇摆却又不停靠在任何一岸，如何能稳得住人心？久而久之，反倒辜负了你们这年轻一代的大好年华……"

蕊儿见母亲越说越来劲，赶紧打断道："母亲，小心让人听见。"

"你说，你奶奶对你的安排当是如何？"

蕊儿一愣，摇摇头说："奶奶，可有提起什么？"

"她说，如果你不想成为第二个邵昭，就要能接受清淡的生活。"

蕊儿听罢，突然起身跪在姜夫人脚下道：

"母亲，嫡出的妹妹已经被安排要嫁给韩离子那样的恶人，女儿只是庶出，只怕命运还不如妹妹。母亲，咱们离开这里吧，你我都有体己，出去了买个宅院，并非不能过活，再有缙府之后的名头，女儿可以挣出一番天地的。

什么是'清淡的生活'，无非是忍受山中清贫，或是百姓小家小户的日子……哪一样的清淡日子不是天天为吃穿冷暖发愁，还不如这府里的生活，就算满门抄斩也不枉一番忠烈。女儿宁可成为'邵昭'，至少死了，还有人论其功过。母亲，你就按你的意思给女儿挑个门当户对的人家嫁了吧。"

"唉，蕊儿啊，你要是个男儿身，哪怕没有缙钰的尊贵，让你出去闯一闯，我也不必这么操心了，"姜夫人将蕊儿扶起，道："你别急，让为娘去打听一下太太的安排，今儿个……就是母亲心中不畅快，找你诉诉罢了。"说着，自己慢慢地向门口走去。

"母亲，"蕊儿叫住了姜夫人，"如果缙府需要蕊儿尽责的，蕊儿也自当在所不辞。"

姜夫人回头看着蕊儿，顿时觉得自己的孩子长大了不少，曼妙的少女，去尽什么责呢？姜夫人不敢再想下去，只是轻轻地点点头，离开了。

苏夫人正拿着郊莒两国的竹简在那里思考，见姜夫人来了，正了正身，凝视着她。姜夫人知道苏夫人在宫中住的时间过长，身上还有些宫中的规矩，甚至是不看人不看事先看规矩到不到，姜夫人不小心翼翼地上前毕恭毕敬地行了礼，待苏夫人安排了座位，才在一旁落了座。

"你来此，有事？"众人皆知，苏夫人的声音很轻，说话缓，但饶有底气。

姜夫人没有抬头，轻声应道："哦，妹妹知道姐姐这里有难事，特来看看有什么可以为姐姐效劳的。"

苏夫人仔细审视着眼前这个与自己共侍一夫的女人，虽说自己一直在宫中，但此人在府中倒是一直安分守己，行事上虽说不像大家闺秀一样心系全族，但为人处世还算谦和有礼，只要有利益在，便会一心扑在自己女儿身上，对苏夫人这样在宫中看过太多为骨肉明争暗斗的人来讲，姜夫人的种种都可算是情有可原。

苏夫人微笑道：

"妹妹客气了，几次妹妹见我，都这么见外，日子长了，就是姐姐的不是了。"

"妹妹是个小家子气的，奴家知道，像奴家这样的女子只配找个平民小家过个小日子，能委身这缙府大族之中避风避雨，已是三世之福了！

"妹妹读书少，缙府之难妹妹与蕊儿愿意听从姐姐安排，肝脑徒涂地，在所不辞。"

苏夫人看着眼前的姜夫人，想起自己在宫中寄人篱下，空守着郡主女儿，平安时，不能相认，有难时想尽办法不让君主弃了自己和孩子，那是一种怎样的苟延残喘，如今听了姜夫人的话，心中不禁对姜夫人多了几分怜悯

这个可怜女人的身上，除了心中对女儿的不放心，其实也并非是个自私小人，反倒觉得这个真性情有几分可爱。

"妹妹对蕊儿的婚事可是有何想法了？"

姜夫人听罢，叹了口气："如今乱世，求品貌端庄，府中殷实，能保一世平安的夫家，只怕是难了。"

"家底殷实者，可不一定是名门望族。"

"哪敢想名门望族啊，缙府倒是名门望族，可如今，却危机四伏……"

苏夫人听了，似乎明白了一些，点头道："明白了！妹妹的心事，我会考虑周全的。"

姜夫人听了感激之情溢于言表，赶紧俯身在地，道："多谢姐姐！"苏夫人见状便莞尔一笑以报之，但听姜夫人接着说道，"妹妹什么都不懂，但只要把蕊儿安顿好了，妹妹也是个做事可担当之人，奴家明白，这府中奴家是个人微言轻的，府里离不开老太太和二位夫人，所以，倘若将来府中要舍了谁，奴家愿意以死保之，只要姐姐愿为妹妹照顾好蕊儿便可。"

苏夫人一愣，本以为姜夫人只是过来表诚意的，但没有想到竟然坦诚至此，看来心儿落得至今，直接威慑到这位姜夫人了。苏夫人安抚了姜夫人一番，只说：

"我这里的信快写完了，放心。"

姜夫人见状，也不好多说什么，便起身请安告辞了。

姜夫人前脚走，良夫人便从后面得屏风悄悄地走了出来，苏夫人回身道：

"也是个可怜人。"

"一个动荡的年代，一个静止的家族，姜夫人一个妾侍没有头脑，没有依靠，却有私欲软肋，怎能不可怜？"良夫人道。

"你们妯娌之间不好吗？"

"不是不好，是她对你有所求，所以欲投奔你，但如果见我与你关系甚好，只怕刚才的肺腑之言就说不出来了，姜氏自尊心强，是不会在众人面前示弱的。"

"嗯，有道理！"

"蕊儿的事儿，八九不离十了，那个女婿，虽说一开始不一定她会满意，但是总

有一天，她会领情的。"

苏夫人点点头，道："难。"

"还是先来想想咱家闺女吧！首富世仇，两国国君，都欲求娶，这……得好好想想怎么回信了，往往欲做这无比尊贵之事，恰是舌舐刀刃之时。""

妯娌俩一起商量到深夜，力求对症下药。中间缙钰差人过来请二夫人早点回去休息，良夫人头也不抬地说：

"让少爷好好歇了吧，我这里忙完就回去。"

下人没说什么，便退下了。

第二天一早，苏夫人便收拾好连夜写好的书简准备去见老太太，却见良夫人急匆匆地从外面赶了过来：

"钰儿一早派人留下口信说，他去了洛邑。"

"去京都洛邑？找周天子吗？"

"我也不知道,"良夫人着急说,"这孩子也是,怎么就不当面跟我这个为娘的说一声。"

"洛邑？"苏夫人心下盘算着，"郯国书信要求娶心儿，而郯国王后刚刚诞下一子，此时要娶……"

"嫂子，弟妹觉得，郯国大王是要招你回去。"

"既然要招我回去，直接跟我说就是了，哪里需要兜这一圈？"

"嫂子陪我去见老太太吧，老太太做事从没有个商量，我是怕这也是老太太的安排，你说说，现在把这帮孩子弄的……真是 ……"

"唉！老太太的脾气你又不是不知道。"

妯娌俩满肚狐疑地一同来到了老太太的屋里。

缙老太太用了早膳，见她们来了，也猜到了几分，从从容容道：

"给二位君上的书信，可拟好了？"

"回太太，两位君上信中都提及了对心儿的爱慕之情，也提及了聘礼，媳妇不才，和弟妹一同商量到半宿才写了这几字，请母亲过目。"苏夫人道。

缙老太太接过媳妇拟的书信，看了会儿，摇摇头道：

"不行。"她指着其中一个简说，"这是给郯国的？你说心儿已经婚配轩尧阁，用道义之事驳之，这是因为你觉得郯国国君崇尚儒道，可是百姓如此给君上论道理，不就是在告诉他不懂道理，强抢民女吗？"

"这……儿媳以为，郯国国君就是因为遵从圣贤之道，所以跟他讲德行道义之事，方好说服。"

"而他毕竟是国君，在你之上，对上讲道理，只会让他更加难以自处。一国国君对内崇尚圣贤，以身作则，但对外还是以国之利益为先，你见他何时停止过对邻国的征讨？利益为先，你尊不尊圣，与他何干？"

"那母亲的意思是？"

"你不明白他为什么要娶心儿？"

"儿媳愚钝，郯国莒国无论是谁，娶了心儿都会影响到与韩离子的关系。这样横刀夺爱，得罪了轩尧阁，难道，两位君主真的不考虑吗？"良夫人在一旁说道。

"唉！你们呀，真是妇人！他们娶心儿是为了以缙府之资，足以让他们充斥军饷而不必再委身于任何大国之下，他们之所以不直接灭了缙府，而是要与缙府联合，是要加上他们的智谋便可对轩尧阁既可拉拢，也可制约。"

苏夫人和良夫人对视一下，反复琢磨着老太太的话，苏夫人说：

"制约的话，儿媳明白，这拉拢……是何意？"

"只要可控制缙府，那么稍许牺牲我缙府的利益，便可拉拢他轩尧阁。"

缙老太太说得很轻松，但在座的媳妇们恍然大悟间面色苍白。许久，良夫人斗胆上前问道：

"老太太，那您看，我们该如何应对？"

"莒王那边好答复，美人刚刚病逝，尚在丧期，断不敢冒犯仙者。至于郯国那边，稍些棘手，但也还好。"

苏夫人谦逊道："请母亲示下。"

"心儿如今无贵族之名，一介白衣之后，母亲在宫中无非担宫女之职，亦无品级，其父一介商贾，登不得大雅之堂，就算心儿有福有大王青睐入宫为美人，在王后刚刚诞下麟儿之际新娶，难免让国君背上贪恋美色之名，毁贤王之品行，此为缙心之罪，为郯国国君名誉着想，不敢从命……你们信中如此说就是了。"

苏夫人的心，安了许多："母亲之智，媳妇望尘莫及。"

"儿媳妇儿，我让缙钰去了洛邑那，你可知道了？"老太太转过头问道。

"缙钰临走留下了信，可是太太，老三家与家里少有往来，为何让钰儿去天子脚下？"

"你这个儿子自己说府中大事，还是要他三伯知道一下的好，我就同意他去了，"老太太看着不放心却又不敢说话的良夫人，安慰道，"钰儿在家是呆不住的，倘若他呆住了，也就不是个可担当起一个家族的一家之主了！"

良夫人见老太太把话说到了这份上，便无话可说了。

说话间，缙钰连夜带着三两个隐卫已飞奔在了去往国都的路上，这次粮食和水都是自己带的，几乎一路无歇。

第六十二章
相时而动轻松过 一抹清色入宫门

赵耳带着邵昭的棺椁走了，韩离子在赵府继续打点着轩尧阁的事，婉樱众人和程仪在府中虽然没有了主子，但还是按照缙府的规矩习惯按时起床，用膳，读书，驯马，小憩，练字，安寝，对韩离子和其他轩尧阁的人只是尊敬，有吩咐，便行与方便，若无事，便敬而远之。摆明着，虽在同一屋檐下，与轩尧阁也要泾渭分明。韩离子也不在意，两家人各忙各的，可是，当雒玑许久在宫中没有消息之时，韩离子便有些生疑，不知宫中是不是出了什么意外？

这个疑虑也关乎到了缙府，所以韩离子也并不隐瞒其他众人，大家思量再三，筱菊上前几步道：

"姑娘在宫中未免有些凶多吉少，如若可以， 公子可否将筱菊以宫女身份送进宫去，与姑娘能有个照应。"

"不行，"程仪道，"姑娘还没救出来，又要再送进去一个，这回去之后，当如何交代？"

"你是说，这事还要请示缙家太太？"韩离子问道。

"不必，"婉樱在一旁打断了韩离子，"只要公子可以将筱菊送到姑娘身边，我这里便可以做主。"

韩离子玩弄着手中的棋子，眼中看着婉樱：

"你可想好筱菊进去做什么吗？"

"自然是照顾姑娘"筱菊快嘴道。

"那用不着你进去，你都不知道宫里的规矩，万一进去出了事儿，还说不准你们主仆俩谁照顾谁呢，岂不成做一对苦命姐妹？"韩离子摇摇头。

"那你的意思是？"婉樱问。

"如果派一个人进去，得带着任务进去才行。"韩离子道。

"哼，你们轩尧阁还真是谁都不放过。"婉樱冷笑道。

"如果没想清楚就不要动，否则就会损兵折将。轩尧阁这么做，就是为所有为轩尧阁效力的兄弟负责任。"韩离子稍有些严肃便会让众人有点不寒而栗。

"那如果我进宫去，你要我做什么？"

韩离子走进筱菊上下打量了一下，还未等说话，筱菊突然一仰头，道："你已经送进去一个雒玑，还不够啊！"

"嗦，你以为你做得了雒玑的事儿啊！你要做的，是让雒玑甚至心儿，与妏王妃结盟，这样后宫的那几位，就都安全了。"韩离子道。

婉樱看了看四周，心中冷笑一下，好深的城府，赵耳一走就开始弃了他们的立场拉拢妓王妃，真是谁在台上就认谁啊！她又不得不承认韩离子说得有道理，姑娘安全就是正道，其他的什么都不重要，婉樱便欣然同意。

韩离子见她同意了，便点头对筱菊说：

"你们等我消息吧！"

程仪等人退下之后，轩尧阁的莒国分舵舵主杨仲上前对自己的阁主道：

"雏玑入宫之顺，纯属侥幸，毕竟轩尧阁的确不做那美人生意，这筱菊姑娘入宫……公子要如何安排，我看让里面的人如果配合。"

"哎呀，只是让她们脑子里有根'弦'，别见天跟个'没头苍蝇'似的有点事儿就瞎忙乎，谁还正经要她们能做成什么样啊？再说了，能用金银摆平的事情就都不叫事儿，还能让她们心里有底，省得又烦我！"

"哦？"杨仲一愣，又转而笑道，"呵呵，老奴想多了！"杨仲说罢，便退下了。

没过几日，筱菊在杨仲的安排下随着一队女子进了宫，让她不曾想到的是，筱菊没有被安排到缙心的身边，而是在宫里姑姑的安排下，进了妓王妃的宫中。

"这韩离子还真让我做事情啊！"筱菊心中有些不快，但毕竟是进了宫，还是马上调整了状态，低调行事，与宫外的那个筱菊如同两人一般。

除了接待宫中夫人美人每日的朝拜之外，妓王妃自己在宫中几乎都是无所事事，不是做做女红，就是闭眼小憩，筱菊冷眼看着，私下里都替这位王后娘娘无聊。但苦于从来没有见过雏玑，大王又有令下雏玑不必天天朝拜王后，筱菊离自己家的姑娘是近在咫尺，却又远如天涯。

这天晚上，筱菊负责上夜，按理要睡在王后寝室外。几天下来，筱菊想着自己无非就是个宫女，即便临来之前，婉樱曾嘱咐过自己不要急功近利，凡事需稍安勿躁，但一切都没有什么进展，还是让她心事重重地睡不着。于是，她索性起来抱着被子找了一个靠窗的地方，对着月光好好考虑着后面的事。

和筱菊一起上夜的还有一个宫女叫童儿，一转身迷迷糊糊地看到墙上端坐的身影顿时吓醒了盹，仔细一看是筱菊才收了冷汗。

童儿悄悄地凑了过来仔细一看，筱菊在那像失了魂似的，便生气地把她一拉：

"小蹄子，大半夜的你在这儿思什么春呢，想吓死我了！"

筱菊这才回过神来："怎么了？"

"你这么一坐，看那个影子，惊了王后，咱俩的头都得'搬家'！"

筱菊顺着她的眼神望去，那硕大的身影在墙上好不魁梧，便赶紧也躺下来，轻轻地说："好姐姐，我睡不着，你快睡吧！"

"这话应该我说你呢！最近真是走霉运，姑姑那边老为难我不算，半夜还被你把魂儿吓没了一半。"

"姐姐，姑姑为啥欺负你？"

那个童儿躺在床上也睡不着，索性坐了起来：

"跟你说吧，姑姑可阴了，就因为我嘴笨不会讨她欢心，结果那些到各宫传话、送东西跑腿的事儿都交给我，但是逢年过节送东西可领到赏赐的时候，却又唤她喜欢的人去了，你说气不气人？平日里，其他人都闲在那，上次，我正忙着烧水呢，姑姑就让我马上给公子池送笔，你说一支笔而已，哪里有那么急的？结果她派自己喜欢的宫女去前面上茶，而我做的水竟无人照看烧干了，烧坏的壶，还是从我的月俸里扣出来赔上的。不让在王后面前伺候不算，最终还挨了骂！"

"每个宫里谁做什么事，都是有安排的，当初给你的安排是什么？"

"哎呀，你这里哪来的丫头，怎么一点儿人情世故都不懂？这宫中的规矩是一回事儿，但最重要的规矩是那些不写在书面上的……其实，只要保证不出大事就行了。这宫中主子们看中是该有什么的时候有什么，不该发生什么的时候就不要发生什么，就行了！那平日里边边角角的事情，管事姑姑就是规矩，主子们没人会在意？连你是谁都没人知道，还谈什么当初的安排啊！越是规矩大的地方，角落里就会越没规矩。就拿雒美人入宫之后说吧……"说到这，童儿悄悄地向里听听，压低了声音说，

"雒美人入宫身边没有带一个侍女，大王宠信她，便调了各宫伺候得好的去了大王寝宫，其他各宫再让内廷置办新人陆续补缺。如果按规矩来的话，本来每年都有老人要送出去的，即便有新娘娘进来，只要一个老人带新添置的宫女伺候便是了，其他各处也没什么影响。可这次一弄，就不是这么回事了，多少老人出不去宫不说，平日里除了雒美人那里无事，其他各宫因为尽是新人伺候都不得舒服，包括了咱们娘娘。"

"也从这里调人了？"

"那可不？这新人越多，姑姑的威风就更出来了。主子关注的是'诸事不乱'，主子渴了有人上茶便可，哪里有人会理会谁上的茶？只要能做到太平，那便是姑姑的功劳，所以说，这个时候，不是规矩最大，而是像姑姑这样最得王后信任的人最大，最有权力。"

筱菊心想着，在宫外得知雒玑进宫后与诸位美人不同，十分得宠，却没有想过，这么张扬，恨不得生怕各宫不知道新来了一个雒玑似的。但筱菊转身又一想，想必也有里面藏着姑娘的原因，雒玑越引人注目，姑娘反倒越是安全。

筱菊道："童儿姐姐，我是个闲不住的，要不姐姐跟姑姑说说，这种跑腿的事，就让我去吧！"

"别，我说了，倒成偷懒了。你要是不喜欢在王后面前做事，偏要干那跑腿之事，你自己去跟姑姑说吧。"那个童儿打了个哈欠，"求你了，快睡吧！"

童儿一席话把筱菊的心结打开了许多，这一放松，困意也起来了，也轻松地睡着了。

第二天上午，筱菊和童儿被允许回屋休息，下午再当值，于是，筱菊挑了个机会给王妃宫里的掌事姑姑端了杯茶，姑姑斜眼一看，眉头皱了起来：

"这是你倒的茶吗？胡闹！'茶七饭八酒斟满'，哪里能把茶倒这么满的？这要是端到王妃面前别说没洒在娘娘身上，就是洒在龙凤案上也了不得，那上面都已髹漆，要是汪了水，太阳一晒，浊了颜色，你有几个小命赔的？"

筱菊一听，惊慌地跪倒在地道：

"姑姑救我，筱菊是个粗笨丫头，想必在这宫中也没有什么前途，只求能活着捱到出宫的时候，其他的便无他求了。要不，姑姑让我做些粗笨的或跑腿的活计，省得在哪位娘娘面前犯错连累了姑姑，也算是姑姑保护筱菊了，筱菊感激不尽。"

掌事姑姑见筱菊和别人不同，一般刚进宫的宫女，哪个不是充满期望，想要在这宫里混出一番天地的？见天不是想方设法地扒着当前的主子以求站住脚跟，要么就是觉得自己有几分姿色一心想找机会求宠于大王。眼前这个孩子倒无欲无求，掌事姑姑心下越想越高兴，既然有自愿的，那就成全她吧！于是，姑姑便安排她干些粗笨跑腿的事儿，筱菊竟是乐此不疲。

按照宫中规定，宫女出入不得独自一人，以免出现贼子手段，所以别的宫女常会换换。筱菊不会变，其他人都以为她不得姑姑待见，也都不那么愿意与她同行，但没几日，筱菊便几乎熟悉了后宫的所有地方，也包括了雒玑住的寝宫，可是因为王妃娘娘与雒玑少有交集，所以筱菊只是知道了住处所在，却从未得机会进去过，筱菊知道自己只能再找机会了。

第六十三章
夜雨只顾各自语　咫尺天涯不相知

孕后的雒玑或将自己关在里屋吃饭休息，有时也会出门散步，有时莒王不在的时候，便故意任性地为难下人，甚至故意在宫中的那些老人们面前立威，各宫的夫人和美人都听说了她那个脾气难缠，可想着她在大王跟前得宠，纵然是自己拨过去的人受了委屈，也拿她没办法，各宫便更无人愿意与她来往了。就这样，雒玑一旦下令屏退了众人，底下人都求之不得地站得远远的，别无他想，让她省心了许多。

雒玑躲在缙心这里，每次害喜便害怕自己会自杀，缙心对她的自说自话是哭笑不得，宽慰她道：

"这百姓中谁家出了双身子，一家老小高兴都来不及，怎么能做那么晦气的事儿？"

"嗯嗯嗯，妹妹你要是看我有什么不对了，可一定要提醒我哈，你知道，自从知道有了这个孩子，我这冲劲儿和胆量一夜之间全没了！"

"嗯！这当了娘的人，果然不同了！小心一些总是好的，不过，过不了多久就要显怀了，你可想好怎么办了？"

"就说我长胖了呗？"

"姑娘，是你的肚子会大，哪里是浑身全变胖啊！"

"那你说怎么办？"

"这个最终还是要你自己拿主意，要么就这么用布紧裹住自己的肚子，穿衣肥一些，直至孩子出生，或许可以蒙混过去，要么直接告诉莒王，以求庇佑。这两者得权衡好才是。"

"这得看，自杀……是谁赐的！"

"你觉得会是谁赐的？"

"自然不会是大王，虎毒还不食子呢，谁家不要人丁兴旺啊？"

"你也觉得是妏王妃？"

"明知故问，平时那么聪明，这事总不会想在我之后吧！"雒玑道。

缙心一笑，轻抚着她的肚子，悠悠地笑道："那你说，她是怎么做到的呢？"缙心笑嘻嘻地看着雒玑。

雒玑捂着肚子道：

"干嘛，不带拿我去试探的。能让人自杀，这手腕可比直接杀人可高得不是一点半点呢！"

"嗯！这话说得对。"缙心点点头。

"你说，芝美人会不会知道一些，至少，知道那些自杀的都是谁吧。"

"你在宫中没个心腹之人，大王希望你不沾染宫中的污浊之气，但同时，也对你有些消息闭塞，还真是不方便啊！"缙心开始忧心雒玑的处境。

"眼下，大王已经被我拒了些日子了，再这么下去，失宠倒没什么，只是，怕引起他人猜疑，或者起了报复之心，如此一来会发生什么，就不可知了。"

"大王每次……都有所求吗？"

雏玑听了哭笑不得，用手捏着缙心的脸蛋说："你一个女儿家，怎么，怎么还问这个？"

缙心把雏玑的手拍了出去，没有说话。

雏玑红着脸道："其实，大王并不是个好近女色之人，只是他有所想了，我便伺候他，将若他无所想，我只静静陪伴，如此能让他觉得我更加贤惠。"

"那是你们二人的床第之事，后面的你自己处理便是了。"缙心把她送出了自己的暖阁。

"哎哎哎，死丫头，你哄我把闺阁之话都说了，然后就把我赶出去！"雏玑佯装生气道。

"我觉得啊，"缙心悄悄地凑在雏玑耳边，轻声道，"陪伴就不错！嘻嘻。"

打定了主意，雏玑便以害冷为由安排人给自己做了些大一号的裙袍，然后趁大王来此小憩的时候说自己的风寒已过，可以侍寝，但举止还是娇弱很多。莒王见状，便几日在寝宫中休息，几日留宿到到其他的宫中，按照宫规每逢初一、十五便在妏王妃寝宫留宿，后宫人都说，雏玑这个"新人"眼看就要成"旧人"了，那些各宫中眼红雏玑受宠的，心中憎恨的，便都有了些动向，雏玑冷眼看着宫人们在莒王不来时的怠慢，有了几分警觉。

这天，雏玑正在午休，迷迷糊糊中便觉得身边有人坐下，突然醒了过来：

"谁？"

"哎呦，妹妹呀，你吓我一跳！"

雏玑定睛一看：

"原来是芝姐姐。"

"嗯，我来看看妹妹，大王如今各宫都去，妹妹心要放宽些了。"

"唉！大王想要如何，哪里是你我这妇人敢说什么的？"雏玑故意表现得，醋意十足又佯装心宽懂事的样子。

"如今大王对各宫都有疼爱，各宫的美人呢，也都争相吃些补品，希望能借此怀上龙裔呢。"

雏玑一听，脸色骤变，愣在那里，芝美人以为说的话让雏玑心中不爽，也能理解，便接着安慰道：

"妹妹别往心里去，你也是有机会的，别着急，回头我安排人给你也送些补品，毕竟那次，是你让大王来我这里的，原先是姐姐对妹妹怠慢了些，妹妹不怪姐姐吧！"

"哦，姐姐别这么说，雏玑出身微贱，到了宫里只有姐姐不嫌弃，若有能报答的，自然要想着姐姐。"

"好，那你我姐妹以后在这宫里，便相互照应了，"芝美人拉着雏玑的说，接着说，

"但是有一点，在人前，彼此冷漠着来才好，不能让人看出你我的关系来。"

"为什么？"雒玑一愣，这关系还能做假？

"如果，众人都知道你我关系好，倘若一人有事，那么另外那个人纵是再怎么求情也会被认为是偏私，就算说的话再有理，也不会有人全信。倒不如你我姐妹私下关系好，他人不知，平时过好各自的日子，如果真有需要彼此帮衬的时候，谁出一言，在外人听来，也是公道之词。"

"明白了。但是我看着其他姐姐三三两两的，她们的关系是真是假？"

"真假要在遇到事的时候才能看出来，有人与你好，你便好，有人与你不好，你便敬而远之，你我要成姐妹，便是共同患难的姐妹，倘若只是面上的，也就没什么意思了。"

"好姐姐，雒玑自然是要找一个可彼此帮衬的在宫中存活。"

"那就听我的。"

"诺，姐姐！"

芝美人和雒玑又闲聊了几句便离开了，雒玑对着芝美人的背影轻轻地送了一个冷笑。之后，这二人除了在花园偶遇外，再也没有约见过，外人均不知道这两个人的真实关系，全靠芝美人身边的那个紫儿在两边的传话，但雒玑在身边不安排宫女对接，亲自和紫儿说话，一切滴水不漏。

第六十四章
西出阳光东方雨　心满皇城不言情

缙钰几人连夜飞奔到了周朝国都洛邑，各处写的都是金文。

"江赤子，咱们去前面找个客栈住下，然后再打听一下三伯家怎么走？"缙钰吩咐身边的侍卫道。

"……公子，在下看不懂这……这金文。"

"无妨，一会儿我写给你。"

"诺！"

缙钰一行人马找了个看得过眼的客栈住下了，虽说这里是京都，但比起他曾经与韩离子同去的齐国，这里只能看出曾经的讲究，可因为路上少了份繁华新颖，这蒙了尘的讲究反倒让年轻人只觉得陈旧，而不理解这其中的唯美。

江赤子环视了一下公子房间，对公子叹道：

"公子，这京都的客栈竟还不如郯国的。看这街道也没有齐鲁之都的繁华，可惜了帝王脚下的优越。"

"如今诸侯割据在外，周天子早已少了曾经的威严，财富和人才都纷纷去了别处，这都城经营到今日，已经不易了。"

"那您说，现如今，还有人在这周朝国度求前程吗？"

"再怎么说也是皇室正统，人，肯定还是有的，毕竟能入这天子朝中，于有些人来讲，也算是光宗耀祖了。"

"图什么呢？各地诸侯各有各的势力，在这里又能做什么呢？"

"呵呵，你我知道自己前来是为了什么就是了，这是金体的'缙'字，你去吧！"

"诺！"江赤子将写着"缙"字的布条揣在怀里，在街上打听，缙钰在屋里休息，直到过了晌午，江赤子才回来，将自己打听的事儿都告诉了缙钰：

"咱家的三老爷如今在朝廷中官拜宗伯，住在东城，小的已经找到了地址，公子准备何时过去，属下带着礼品护送公子。"

"赐衔为宗伯，掌管宗庙祭祀的？"

"是！"

"不像是有什么实权的。"

"公子，实权都在各国诸侯那呢。"江赤子笑声调侃道。

缙钰噗嗤一笑："那既这么着，我们今日休息，明日吃了早膳再去。"

第二日，主仆二人骑马来到了东城的宗伯府，缙钰抬头一看，虽说府邸谈不上气派，倒也中规中矩。江赤子向管家递了名帖，说明了来意，不一会儿缙钰主仆便被管家热情地迎进了二门的一个小厅之中，管家笑道：

"现在是大人喝茶小憩的时候，等用了水果，他便过来会客。"

"三伯最近身体可好？"

"好，好着呢！刚过了'祭地'之典，公子知道，这秋报是正祭，可把老爷忙坏了。不过，老爷还是心系家里的，还说等忙过这些时日，就去缙府给老太太请安。"

"我只记得家里还没迁入山中的时候见过一次三伯，之后就再也没有见过了。"缙钰说。

"唉！老爷也有老爷的无奈，一来是身不由己，二来……老太太那……公子想必也知道，一道家规，就把我们老爷给……"管家不好再说下去，缙钰也心知肚明，忙打岔道：

"不知三伯家中的是兄长还是姊妹？"

"哦，呵呵，老爷入朝为官后，又招为了驸马，膝下有三女两男，"

"三伯好福气啊，人丁兴旺。"

"三位小姐，一位入了后宫做了皇妃，一位嫁给了同朝的官宦人家，一位嫁给了在朝的将军，除了里面的娘娘，其余二位都是夫人。二位公子，大公子缙钟在老爷手下做一个文官历练着，如今已经娶妻。小公子入宫当上了御前护卫，在大统领下面守护皇帝周全。"

"都十分妥当。"缙钰心中一阵酸楚，如此看来，还是三伯家最好，女子好嫁，男儿各得其志，内外都可有些照应，稳妥度日。

在此之前，缙钰还觉得缙府隐居于世外，听人说着乱世中都是打打杀杀，苦不堪言全府上下便一片悠然自得，只笑他人没有可久存于世的本事。可如今一瞧，在这天子脚下，这为官为妃者的日子在彼此的相互帮衬下，也可过得如此安逸，不但如此，晚辈的前程也都有了保证，相比缙府一直来往于诸多势力的刀刃之间求生，这样一番家人鼎盛的惬意，竟是缙钰等人从来想都没想过得，而缙钰也清楚，就算是想，恐怕也是求之不得的。

"钰儿来了？"这时一个洪亮的声音打断了缙钰的思绪，想必是三伯缙瑢，缙钰赶紧起身相迎，只见这中年男子长相与自己父亲相近，身宽体胖，双目炯炯有神，身后还跟着一位与之年龄相仿的妇人，虽说稍有丰润但气度不凡，应该是三婶子没错的。

"老爷，公主！"管家起身请安。

缙钰用家中的礼节行礼："晚辈缙钰，拜见伯伯婶娘。"

"我的爱侄，如今都这么高了。大小伙子，可以挑大梁了，哈哈哈！"缙瑢一把将缙钰拉起来与他们一起坐了下来。

"伯父谬赞！刚听说兄弟姐妹各个都有麒麟之才，小侄更是羞愧难当了。"

"谦虚了，来来来，跟我说说咱家里的事？我这年龄越大，思乡之情越切！来来来……"

"你也太心急了，孩子远道而来，还没有休息过来呢，"三婶子姬氏温柔劝道，"贤侄这次来就在家里住下吧……管家，派人做好酒菜，给公子接风。"

"是，公主！"管家道。

"侄儿来后不敢贸然来访，就先住在西城边上的客栈里了。"

"住进来，住进来，来家了，哪有在外住的道理。管家，把公子的行李取过来，收拾好客房，跟来的人也一应安排妥帖了，吃穿用度都与我那两个犬子一样，不能让我哥的孩子受了委屈。"缙瑢吩咐道。

"老奴这就去安排。"

缙瑢不停地打量着缙钰，玉树临风，通体气派，真是有自家兄长的风采，便转头对姬氏说：

"你看，这孩子长得比我那两个儿子都像我。"

"亲侄子，当然会像，我没见过你那兄长，但曾经见过姑母的画像，气宇非凡。"公主道。

"她是说你奶奶。"缙瑢道。

就这样，几乎没有见过面的两代人因为血缘，反而在一起叙旧了许久。缙钰只将众人隐居之后安乐之状说给了缙瑢夫妇，对缙府在乱世之中的无奈，只字未提。缙瑢听说老太太身体安好，又得知缙钰此次来是缙老太太的意思，表现得更是欢喜得不得了。

正值此时，缙瑢的大公子回来了，姬氏让人将公子引了过来介绍说：

"这是犬子钟儿，现在朝中打理一些采买之事。钟儿快去见你兄长缙钰。"

缙钰看这缙钟，温文尔雅，眉清目秀，一副儒生气质，年龄虽小却饶有难得的几分成熟稳重的内敛，竟显得自己身上多了些山野村夫的简单，缙钰上前向弟弟回礼。

"我舍弟今天在宫中当值恐怕回不来了，钰兄别见怪。"缙钟坐在了一旁。

"客气了。"

管家安排了酒菜，侍女端来了清水和绵帕，缙钰随叔叔婶子侧身在桌外净了手，才算上桌先喝了两勺养生汤，虽说不算喝完，但已稍稍见底，侍女便将其撤下，倒满了酒。

缙瑢端杯与众人将这第一杯一饮而尽，之后便吃菜的吃菜，说话的说话，觥筹交错，不再拘礼。

酒过三巡，缙瑢感慨道：

"当初我入朝为官，虽然官阶不高，但在当时也算是可用的青年才俊。只是，因为当时父亲在朝中受了委屈，母亲一时赌气，便举家搬离了洛邑，跑到那荒山野岭之中不再问世事变迁，无论我这作儿子的如何劝阻，都无济于事，更是甚者，竟因我要在朝为官而要与我一家断绝了关系，连我这一支的孙子辈的都不曾看过……"

说着，缙瑢的眼眶开始有些红润，身边的夫人姬氏赶紧在一旁宽慰道：

"老爷，其实姑母还是心系于咱的，只是咱家一直以来风调雨顺，没有什么坎坷，所以姑母放心方才少了些慰问。这不，这孙子刚刚成人，便派他过来看您了？"

"唉！"缙瑢接着说，"就因为你奶奶那说一不二的脾气，几次我要登门探望，最终都望而却步了。"

伯父的话让缙钰有点云里雾里，听不太懂，但知道一定事出有因。他并不确定的是，此时的缙瑢是否真的了解缙府最近发生的事情？缙钰安慰了些如今祖母如今年岁已大，只知修身养性的话，又谎说老太太那早年间的执拗性格已经褪去了大半，府中大小事宜都交给了自家媳妇管理……一些鸡毛蒜皮的小事儿，让这个家宴温馨了不少。

酒足饭饱过后，侍女端来了茶水漱口，众人又闲话了几句，姬氏便建议让缙钰等人回房间休息去了。

江赤子将已有醉意的缙钰搀扶回屋，作为贴身护卫，他与自家公子同室不同屋，缙钰借着酒劲，回到屋里兴奋不已，连连称道：

"从小，奶奶一说起三伯父，便说他愚忠迂腐，今日看来，是再通达不过的了。"

江赤子将公子扶在床上，道：

"公子赶紧休息吧，属下冷眼看着，这府中的规矩比咱家有过之而无不及，若是明天起晚了，怕会让人家笑话。"

不觉中，缙钰已经睡着了。

第六十五章
本是京城闲散士　贵妃原形一棒回

江赤子在身边不敢睡深，打了个盹，听见外面鸡鸣，隔窗看天色已经开始泛青，便警觉地醒来凑到门口，外面已经 传来了小厮来往的脚步声，江赤子知道这家主人想必是快起了，便赶紧来到里屋叫醒了缙钰：

"公子，该起了，估计是因为三老爷要上早朝，所以全府上下都比咱家要早些。"

缙钰迷迷糊糊地听江赤子说得有道理，不得不起来穿衣戴冠，嘴里嘟囔着：

"现如今这周天子每天上朝，还有什么可议的。"

"这天下事，再少，只怕也是议不完的。"

"议来议去，恐怕议得都是如何将诸国的杀戮之罪，变得'名正言顺'罢了。"

"公子，小声点儿，这是国都。"赤江子示意外面有动静。

不一会儿，就听外面有一女子说话：

"钰公子可起了？"

"哦，起了，有事吗？"江赤子提公子应道。

"奴婢们伺候公子洗漱。"

"你看，我说吧，这里的人要比咱家早，规矩也大。"江赤子悄声说。

缙钰见状，顿时没了困意，酒劲也消了许多，赶紧整理了装束，将她们让了进来，不过，他还是让江赤子贴身伺候洗漱。

缙钰便洗漱便向她们随意聊道：

"今日伯父对我可有什么安排？"

其中一个领头的侍女说：

"回公子，老爷先去上朝，然后带公子去祠堂磕头，拜过祖宗牌位后用午膳，之后公主带公子进宫见皇妃娘娘。"

"要见皇妃？"

"是，公主说，您是皇家之后，去宫里转转也是应该的。"

"哦，知道了！"

缙钰整理好衣冠便赶紧来到了前厅，恰缙瑢已经穿戴好准备上朝，见缙钰过来请安，便草草应了，让他等自己回府再拜祠堂。

缙钰又给姊子请了安，便回屋安心用了早膳，他提笔在布条上写了几句系在信鸽身上，让他带回缙府报平安。

过了晌午，姬公主坐车带缙钰入宫去见自己的大女儿，在路上，缙钰左右不明白这里的辈份，便问道：

"姊子是公主，姐姐是皇妃？"

姬公主笑道："我是公主，当今大王的姑姑，与先皇是同父异母的姐弟，你祖母是先皇姑姑辈的。"

"哦！"缙钰还是有点理不清这里面的辈份，但已领略了这皇家与缙府的相关甚密，便没有再提。

进了宫，公主带着缙钰径直来到了缙家皇妃所住的"双阙宫"，缙钰按宫中礼仪拜见了自己的姐姐，缙皇妃请公主上座，自己坐在一旁，缙钰跪在纱帘之外，不敢多言。良久，皇妃斜眼对缙钰道：

"想缙府本家当初离开洛邑是怎样的决绝，不惜断了血缘关系，如今，怎么又派你来了？"

缙钰拱手行礼道："回娘娘，祖母此次派草民前来探亲，一是祖母年岁已高，想念自己骨肉。二来，祖母也想让草民出来长长见识。"

"哼，"皇妃冷笑一下，"你们隐居于世外，我们在朝堂，你们都已不问是非了，即便在这乱世之中他人有了贼心，只怕你们也没有能力与我们彼此照应。再说，那莒国美人虽说与你伯母苏夫人相关，但听说不是缙家骨肉，如果你这次来是为了让我们操劳去解缙家之困的，未免就欠考虑了。现如今，你和我母家彼此相认，便各自安好吧,只是你那个奶奶在走的时候与天子决绝到如此地步,你们就自己掂量着吧。"

缙钰听这位皇妃讲话不谈亲情,只讲绝情,细想想道:

"娘娘说得是,缙钰一介布衣,能与伯父相认,便算是晚辈之幸了。"

"瞧这孩子说的,"婶娘给皇妃使了个眼色,"毕竟还是一家子,缙府虽隐居山林但其地位谁敢轻就?"

皇妃虽说会意,但很不情愿道:"毕竟,咱们之间的血缘关系不比一般亲戚,我们做儿女的也知道父辈心中之苦,缙钰,你也是做晚辈的,就在家里好生住下,好好地代缙府宽慰一下父亲多年来的思念之心吧。"

"诺!"缙钰应道,不敢多言。

"起来吧。"

"谢皇妃。"缙钰退在了一旁。

之后,皇妃娘娘就当缙钰如无物一般,只与自己母亲说话,缙钰站在那里心中只盼着这娘俩赶紧聊完,好赶紧离开这让人窒息的地方。

过了好一阵,一宫女前来请安道:

"天子传旨晚上来双阙宫用膳。"

公主听了,赶紧起身对自己的女儿说道:

"为娘的,就不在这儿打扰女儿了,天子前来用膳,你要好好准备才是。"

"那女儿就不虚留母亲了,只是有句话女儿不放心想嘱咐母亲。"公主听了一愣道:

"娘娘且说。"

娘娘一指缙钰说道:"女儿也不怕这厮听了会恼。自从祖母隐居,偌大的压力都放在了父亲和母亲的身上而全然不顾,如今父亲母亲在朝中贵而无权,两位兄弟也只是安排个闲散差事,不问朝中事故,女儿我在后宫全靠大王怜惜,从不争抢。如此一家人能隐活于朝中,实属不易。

"当初祖母伯父一脉不曾帮过我们,如今请父亲母亲三思,切不可因那山野之亲而坏了如今得来不易的安静。请母亲务必告知父亲,所有纷争,切莫插手,安然度日,方为上策。"

公主听了,用余光看了一下缙钰,向女儿轻轻地点了点头,便带着缙钰在皇妃的安排下出宫了。

前一天伯父一家的热情和今天的"下马威"让缙钰有种天上地下的无所适从。

其实来之前,缙钰并不是对此没有准备,可一顿酒醉下肚,缙钰深感自己之前的戒备"对不住伯父一家的大气,心中早已备好的那份戒备早就随着那个突如其来的温馨消化掉了。如今,皇妃娘娘这冷冷的当头一棒,让缙钰顿时没了心气儿,在与公主的车上,两人一路无话。

回到屋里，缙钰像霜打了一般坐在那里唉声叹气，赤江子端上一杯热水：

"公子，这宫中一趟……"

"唉！别提了，先不说当初就不知道为什么要去，去之前也没做什么准备，只是这府中让干什么，就干什么罢了。去了之后，唉，被皇妃娘娘那叫一个冷嘲热讽，真是丢人。"

江赤子见状，也不知该说些什么，便默默地守在一旁。

晚上餐后，缙钰主仆听到屋外的院落里传来了一个年轻男子的叫声：

"钰兄可在里面？小弟前来看望！"

第六十六章
城中牡丹心随愿　不知岩外有梅香

听见外面的声音缙钰让江赤子打开门，只见一个十几岁男孩，身穿短袍站在院里，他见门打开了，便几步快跑来到了缙钰的跟前：

"是钰兄长？小弟缙铖铖，拜见兄长。"

"铖兄弟，幸会幸会，"缙钰将缙铖让了进来，江赤子默默地退了出去，"铖兄弟，听闻习武？"

"是！最近大王赐了我把好剑，可惜这后院内不得持剑，否则就拿过来给兄长看看了。兄长好文好武？"

"我天生资质一般，不是习武的料，只能靠几本书混日。"缙钰打心里喜欢这个爽朗的缙铖，眼睛里十分清透，与他的哥哥似有不同。

"听家父说，如今皇家之人与缙府比起来，也都如平民百姓一般了，倒不是说这吃穿用度上，而是天下的德品智慧之人都集中在了缙府。今天看兄长，果然是麒麟气质，我们这些世家子弟相比之下，更显庸俗了。"

"铖兄弟，谬赞了，为兄我是乡野的粗人，只怕让伯父失望了。"

"那咱家可有习武的兄弟？"

"缙府尚文，所以家中晚辈都习文。"

"也是，这种舞刀弄剑的都是打打杀杀，当初我要习武的时候，父亲还多少有些不满呢。"

缙钰看着眼前的这位弟弟，心中的不快少了大半，但是又想到这伯父家人都与自己亲近，但宫中的那位皇妃对自己却大相径庭，甚至有拒之门外之意，这两大反差，让缙钰有些怀疑这边的热情是不是真心所致？

想到这，缙钰赶紧将话岔开道：

"听说你年纪轻轻就成了御前侍卫，算是少年英雄了。"

"兄长说笑了，什么少年英雄，是父母见我在家里烦闷，不好管束，又会些拳脚，便给我谋了个差事罢了。平日里，我不读兵书，所以母亲便让我在宫中做个侍卫，如此安稳，她也不必天天对我太过操心。"

"但在御前做事，想必铖兄弟的的武功不一般呢。"

"唉，钰兄有所不知，现如今各国都有自己的势力，有的比这天子之家都强，哪里会有什么刺客要来这里？再说了，再好的武功，也就这么几个人，人多了，宫里哪里住得下，要是真有敌军过来了，必是如洪水猛兽一般入城，这大王的平安，可不是这么几个御前侍卫能保得了的，还得是外围的军队才行。"

听了缙铖一席话，缙钰顿时觉得自己从小读的忠孝之书真算是读迂腐了，缙钰不再忍心继续问下去，万一有更多出人意料的话出来扰乱了自己的心智，就更烦了，他便又打岔道：

"昨天晚上听说你当值，回来可休息好了？"

"休息好了，听说今天哥哥忙，没敢早来打扰，听母亲说明天你没什么安排了，我便请了些时日的假，带兄长在京城里好好玩玩？"

"请了些时日的假？专为我请的？"

"嘻嘻，一方面是为你，另一方面嘛，也是为我自己啦！"缙铖说着，懒懒一笑。

"怎么说？"缙钰没明白缙铖的表情，毕竟对他来讲，在缙府想出去玩便去玩，无人束过自己。

"不带你出去逛，我母亲怎会让我自己去逛？我那木讷的哥哥，丝毫不懂风情，虽说外面也有几个兄弟，说实话，去的地方，也的确太乌烟瘴气。不过我倒是发现了几个雅俗共赏而又不太闹腾的地方，还算有趣，想必哥哥会喜欢的！"

缙钰听着感觉俩人的性格和喜好似乎有点矛盾。

不过，不管怎么样，与其每天如今日一般地过日子，还不如跟着眼前的这位混，原本他以为自己骨子里已经够不守规矩了，但眼前这位着实比自己还不像是缙家后人，虽说举手投足间，规规矩矩，隐约有点三伯父的性格，但不出三句话缙钰就知道了，这个规矩的高门少年在长辈们面前，绝对比自己还能装，但又似乎比这府中的任何人都更会周到待客，这让缙钰开始感受到皇城子弟的与众不同了。

"好啊！那就说定了！"缙钰欣然答应，两人约好待明日二人用了早膳，拜过了公主，便一起出发。这一天，恰逢宫中按例安排宫人在宫门口与家人相聚的日子，筱菊悄悄地将自己的情况提前写在帛上，揣在怀中来到了宫门处，打开门一看，外面站的是茹梅，众人在宫门口彼此相认，但都要在宫人眼皮子底下才行，筱菊找了个机会将布条塞给了茹梅，俩姐妹紧紧相拥，筱菊悄悄地说：

"宫女不能识字，我用煤灰写的，回去再看。"

"可见到姑娘了？"

"没有，但是雏玑待遇十分特殊而又引人注目，所以姑娘安全，"筱菊轻声过后，又赶紧大声地诉说姐妹的思念之情"妹妹我可想死你了！"

"好姐姐，爹娘都好！"茹梅也不示弱地接道，而后又小声说，"婉樱姐姐说，见机行事，要稳住，别做冲动之事，姑娘能否出宫，也不在这次努力上，平安便好！"

"什么意思？娘又咳嗽了？"筱菊故意道。

茹梅听了是哭笑不得："没有，娘是怕你咳嗽！"而后，她一把搂着筱菊小声说，"婉樱姐姐只说姑娘安全比出宫更重要。"

筱菊被茹梅搂得脖子疼，却一时不知能说些什么，无奈地呆了良久，道：

"那我进宫来……娘安心便是。"

茹梅听了心想，婉樱这个娘还真得一直当下去了，折了寿可跟自己没关系，无奈道："是！还是要有人在宫中留心的，至于那韩离子让你做的，不必太上心，毕竟不是一家人，别赔了咱自己的人。"

筱菊点点头，道："我明白，如此，我在宫中的时间便长了。"

"长，但不一定久。这些时日，我会按时过来看你，你只管安分守己，保自己周全，一切顺其自然，在姑娘身边可照顾姑娘，不在姑娘身边，能在外面接应的，也是一种照应。"

"筱菊明白。"

半个时辰过后，宫人道：

"时辰已到，该回各宫当差了。"

众亲人被关在了城门外，宫人清点宫女无误后，便将她们带回了内宫中。

筱菊回来的路上心里思忖，自从自家姑娘进了宫，缙府之危慢慢缓了下来，然而，是将心儿姑娘名正言顺地嫁进帝王之家，还是赶紧救出宫去，怎么感觉势可通天的缙府，却在轩尧阁身后，不像急于解决的样子？但她又一想，难道这事就这么耗着？万一这一耗便是三年五载，岂不耽误了姑娘青春年华？姑娘在老太太心中，到底是何分量呢？

虽说这个缙铖弟弟如他所说没有带缙钰去那乌烟瘴气的地方，但是风花雪月的场所却也进了不少，远郊的旷达和闹市的嬉笑在缙钰的脑海中相得益彰。两个人一时间将京城和京郊都游历了一遍，好不快活。

时间久了，缙钰不禁想起了过去与楚良兄弟俩在一起的日子，茶香袅袅，琴艺悠长。

缙钰听着琴，对缙铖说：

"在郯国有一个鸾栖阁，里面的女子聪慧过人，不但善解人意甚至懂谋略权宜，不是这一般歌舞喝酒的风尘女子所能媲美的，不知在这京城可有这样的地方？"

"你说的是'解语花'？"

"你也知道？"

"京城中也有这样的地方，最好的叫'朱台'，不过要有熟人介绍才能进去，能进去的不是皇室宗亲，就是达官显贵。如果只是有些财富而没有势力实权，那也是进不去门的。"

"照么说，你也是进不去的？"

"我进不去，但是有一次路过书房，曾听父亲提起过，他似乎可以进。"

缙钰有些失望道："只是这种地方，只怕伯父是不会带自己的晚辈去的。"

"那是自然，不过我哥哥已经入仕，将来一定会借着父亲的东风在朝中运筹帷幄，想必他能去到那里的。"

"嗯，就这话像是你这个身份说出来的。"缙钰开着玩笑道。

缙铖先是一愣，随后便憨厚一笑，道：

"我胸无大志，若真有点要强的心，也早就去到别处闯荡了，哪里还被束在父母身边庇佑着？"

"哦？"缙钰清楚这里面的道理，但是伯父家能有多大的实权，他有点摸不清。

"咱们家论尊贵，世袭罔替；论富贵，可殷实几代；左右这天下已经如此动荡几年了，也不是我等能改变什么的。各国纵然各有各的强势，但是皇帝还是要有的，谁对皇帝不利便会天下失衡，所以，乱世是外面，唯独这京城可平平静静。多少诸侯公卿在外，所力求在自己势力范围内给百姓的安居乐业，在这里都有了，只要皇帝坐镇，那么在天子脚下活着，总要强于那些打打杀杀的诸侯。"缙铖言语中带着几分对缙钰的劝解。

缙钰第一次见这个小兄弟如此认真地说着自己的想法，而对他的论断，听着似乎有理，但又觉得很别扭，可一时还说不出是哪里不对，便只能这么认认真真地听着。

缙铖一旦开了话匣，便非要说个痛快，自我沉醉地接着说："我们无论是为商，为官或是种地，谁过日子不是为了乐业安康？你看现在，我们已经做到了！兄长和我虽说是世家子弟，但也算有了稳妥的安排，更可在父母身边相伴，与我们兄弟来

讲可算是做到了'忠孝'两全，这是多少人做不到的！这战乱纷纷的地方年代，咱家人就能做到多少人做不到的，多好？"

看着缙铖的得意洋洋，缙钰顿时觉得自己需要重新考虑一下自己的人生了，这倒不重要，关键是这么一说，那些在各国靠三寸不烂之舌谋取重用的才子们，每天过着所日思夜虑的日子，岂不都有问题？

"钰兄，"缙铖打断了缙钰的思绪道，"你若真喜欢那解语花，兄弟我就帮你想想办法，毕竟咱这个世家子弟，多少还是有些关系门路的！"缙铖见缙钰在旁边光听不说话，以为他脑子全是解语花里善解人意的美人儿，便稍稍缓和了一下。

缙钰听他这么一说，笑笑道："哦，我只是想开开眼随便一提罢了。天色不早，我们回去吧！"

"好！"

两个公子哥回到府上，缙钰在房中想着缙铖说的话，边想边在那里叹气，借着烛光，对江赤子说：

"奶奶说男子入朝堂，各种不好，不如隐居于山林自在。可是如今你看看，祖母退隐于山林之中，宁可将妹妹托付给江湖中的仇家，朝中连为自己说话的人都没有，否则心儿一个贵族嫡出千金哪里至于吃今日之苦？三伯父倒在朝中，却只是管些祭祀之事，与百姓疾苦无关，只是寄希望于上苍。两个公子青春年华，正是要好好读书上进的时候，却早早地安排了官职被庇护了起来，全府竟没个像咱家那样的书阁。依我看，这府里上上下下还算要强的，也就是那位宫里的皇妃娘娘了。这好好的贵族大家，怎么就如此不知进取了？"

"公子，依小的看，进取了也无非是锦衣玉食，这都已经有了，还进取什么呢？"江赤子道。

"蠢材，自然是可有一番作为！"

"公子，你又如何知道，那样反而稍有不慎便会招来杀身之祸？主子们如此，想必是各有各的筹谋罢了。"

"筹谋？是自暴自弃吧，"缙钰愤愤地说，"哦对了，你安排人出去，打听一下京都的'朱台'，据说做的是解语花的生意。"

"公子，你怎么就那么喜欢这种地方……"江赤子话还未说完，就见缙钰狠瞪了他一眼便赶紧躬身道，"诺，在下这就安排隐卫去办！"

第六十七章
各家有事身先采　自有他人往下编

筱菊性格开朗又出自王后宫中，和其他宫里的宫女宫人都逐渐熟络了起来，宫中的各种传闻有用的没用的，让筱菊听来了不少，可每次路过大王寝宫，她心中总是一紧，惦念着，姑娘在里面只怕连太阳都不好见。

莒王收到了缙府的回信，说因美人病逝，国孝家孝在身，所以不得不拒绝莒王美意，莒王看后将书信亲自递给了缙心。

缙心本来冷冷地跪在一边，听说家中来信了，按捺着心中的激动将其接过来打开一看，竟看不出是谁的字迹，直到看到落款才知道，原来写信的是自己的生母，缙心心中的悲喜如波涛翻滚，而她只能低头不语。

正值此时，雏玑从外面推门进来，行礼道：

"大王，王妃娘娘携各宫娘娘们来了。"

"来做什么？"莒王道。

"太妃的冥诞快到了，王妃说要与大王商量。"

莒王听罢，起身出去了，刚到门口，回身对雏玑说：

"找件宫女的衣服给她穿上，让她到前面来端茶倒水。"

"啊？诺。"雏玑不敢违命，只得照做。

此时，王妃及各宫美人和仪仗已在宫外待旨入内，见莒王出来了，喜不自胜，纷纷行礼道：

"大王，臣妾等叨扰大王了，请大王恕罪！"

"爱妃辛苦了！"

于是，莒王便携着王妃的手一起进了自己寝宫的前厅。雏玑被会意没有出面，单让缙心将茶水端了出来，凑巧的是，筱菊也随着王后仪仗过来了，她一眼就看到了姑娘，而缙心一直低着头，竟没有任何察觉。

"姑娘，还好！"筱菊的目光紧紧锁在了姑娘身上激动得几乎要扑出去一般，眼里早已湿润，却不想，这一切都被心细的莒王看在了眼里，于是随便附和了王妃的话，又嘱咐众美人务必帮衬好王妃娘娘，便将众人都打发走了。

待大王送走了王后众人，莒王来到了缙心身边，轻声道：

"宫中果然有你的内应！"

"什么？内应？"缙心一颤，"谁？"

"这难道不该是寡人问你吗？"

缙心眉头微皱，坐了下来，道："大王要是说有，就让人来，要是说没有，就只字不要提，又说有又说问我，算什么？"

"此人是王后宫里的。你知不知道，我无所谓，你只要知道，如果寡人想让你老死于宫中，将你缙府做个'牵线木偶'，还是可以做到的。"

"既然如此，大王便将那个'内应'调到奴婢的身边来吧，免得在别处生出事来，给大王添麻烦。"

"哼！"莒王冷笑一声，拂袖走了。

没过些日子，筱菊果然出现在了缙心的面前，心儿一惊，手中的茶杯滑落在了地上，筱菊见四下无人，跪在了地上，两眼泪汪汪地说：

"姑娘是千金中的凤凰，如今却被关在这不见天日的地方，穿的……"筱菊看着心儿身上的宫女衣服，没有说下去，哽咽了几声，道，"别说太太夫人这些平日把姑娘放在心尖上的，若钰公子见了姑娘这般情境，只怕也得心疼好久呢！"

"傻丫头，咱家虽然不算是帝王家的主脉，但是做事的种种，也算是有半个皇家的风格了。韩离子安排你来这虎狼深宫，你婉樱姐姐怎么就不拦着点儿？"

缙心要扶起她来，筱菊却伏在地上不动，哽咽地说：

"婉樱姐姐是同意的！筱菊在宫外再也受不了平日记挂姑娘却不得消息的日子了。姑娘，我只求都在您身边伺候着，无论后面咱好与不好，筱菊都陪着伴着，也算不寂寞了。"

"唉，我的筱菊啊！我尚且生死未卜，何苦再搭进一个人来？"

"筱菊进宫之后，不敢贪功，只求跑腿儿的事情做，这宫里上上下下除了前庭的地方没去过，筱菊都去过了，还攒了点儿人脉，姑娘在宫中要想做些什么吩咐了筱菊，筱菊去办。"

"傻丫头，你护主心切的那份'聪明'，都已在众人眼中了！我在这里，也具都在莒王的眼里了，切记，以后可千万不能这么八面玲珑的，保护不了我不算，恐怕也得把你搭进去。"

筱菊止了哭，抬头看着姑娘：

"姑娘宽心，这世间之大，之乱，只怕能有这几日的清净已经是不容易的了。只是众人百思不得其解的是，为何姑娘入宫之后，缙府之危似乎便解了，而姑娘却久被关在了这里，后面没有一点其他安排的样子。"

"莒王不是提过亲了吗？又被拒绝了。你起来吧……"

"哪件料子适合给我家池儿做骑衫？感觉……这个轻了点儿。"妗王妃面前摆了许多衣料，她拿起这个颠颠，拿起那个看看，对比着料子。

"娘娘，"妖王妃身边的掌事姑姑紧走了几步，来到了妖王妃的身边，"那个叫筱菊的丫头被大王钦点到雒美人那里去伺候了。"

"是去找那天从雒玑宫里出来端茶倒水的宫女了吧。"

"这，一个宫女，奴婢、奴婢当时，没、没注意！"掌事姑姑一愣。

"赵姑姑呀，你就是把眼睛长到脑袋顶上去了。那个筱菊的眼神都被大王注意到了，而你却还只往上看。"妖王妃让宫女将布料收了下去。

"奴婢眼里……自然是主子。"

"既然是为主子着想，没个眼观六路耳听八方的心思，也当不好差啊。"

"奴婢知罪。"赵姑姑见王后动怒，扑通一声跪了下去，"可是，这，这宫女，离娘娘甚远……"

"她就是缙心，那个贱人的妹妹，缙家的嫡女。"妖王妃眼中的平静更是让这个眼睛高在上的奴才毛骨悚然。

"可是，如果真是缙家那位小姐，为何如此藏着？直接封了美人，岂不……"赵姑姑见妖王妃一直瞪着自己，便没敢再说下去。

"说明她不从。只是，即便不从，还这么供养着，那个雒玑，好一个美人儿，其实就是用来掩人耳目的！我说怎么没见过大王这般对一个女子上心，免了她各种规矩，却又使劲地把她放在众人之前……原来这后面，其实是另有其人的难道，大王故意不让后宫知道……是在防我……"妖王妃边想边说，越说越紧张，慢慢地便变得语无伦次了许多。

掌事姑姑跪在地上缓了缓神，镇静了一些，道：

"不会的，娘娘与大王伉俪情深，再者，大王意不在女色，是个图大事的明君，雒玑也好，缙心也罢，都只是大王权谋的棋子，王后娘娘才是大王最看重的女人，她们比不了……"

妖王妃走到了赵姑姑的身边，俯下身轻声问道："你是说，大王一直没有近过她的身？"

"娘、娘娘，如果只是宫闱之事，大王怎么至于让那个外面的舞姬来掩人耳目？这样也好，那个雒玑，大王慢慢对她的热情降下来了，现如今真人现了身，她也没有留在那里的价值了，便是时候让她远离大王了……"

"雒玑，本宫就没放在眼里，关键是那个缙心，那个贱人的妹妹……缙家如果成了第二个邵家，站在了我母族的对立面……"

"那便与邵家一个下场。"

妖王妃想了想，看似愉悦地说："一路走到现在，什么样的事儿不得对付，为了母家，为了儿子，这不就是我该做的吗？那么多的妃嫔，还没到我出手的时候呢！"

随着王后的授意一夜之间，似有另一个美人在雏玑宫中的话传遍了各宫，更有甚者，她让各宫都觉得那个美人或许是缙心，诸位娘娘们便对这雏美人的宫里更是格外感兴趣了。

这天，宫女与亲人每月探望的日子又到了，茹梅按约来到宫门口，却等到宫门上锁还没有见到筱菊，她的心中开始七上八下，又不敢贸然去打听，只能赶紧回府，让韩离子与雏玑取得联系询问情况。

因为筱菊的出现，莒王加大了对雏玑、缙心和筱菊三人的留心，只是让雏玑飞鸽传书告诉韩离子，三人在一起都好，其他的，宫外的人无从知晓。

其他各宫只知道大王又有了新欢，都幸灾乐祸地等着看雏玑的好戏，而雏玑依然没有将自己有喜之事告诉大王。

芝美人听说大王的寝宫中像大变活人一般出来了两个得宠之人，以为雏玑宫里有人争宠想必她此时的处境一定十分委屈，芝美人的心里十分惦记，便让紫儿给雏玑送去了一包草药——当归，取当"归于从前"之意。

雏玑看了叹了口气，"啪"地将草药扔在了缙心面前：

"现在最不能做的就是这个了，'当归'，还能归哪去啊，除了将计就计，还能怎样，总不能露出任何不同之处，让大家有更多猜测吧。"

筱菊和缙心姑娘住在一起听说了雏美人的事，也了解了她的人品，所以一直以来，筱菊打心里对这位雏姑娘如此照顾自己家主子感激不尽，便与她也熟识了起来：

"美人勿恼，自个儿的身子重要。"筱菊将药包收了起来，

"我听宫里人说，那个芝美人不是个灵光人，美人干嘛要与她结盟？"筱菊不解地问道。

"因为只有她独善其身。"雏玑说道。"说得倒是。不过，敢与风头正劲者结盟，要么是依附，要么是势均力敌，倘若没个心眼，不知道什么时候就被对方吞掉了精气而不自知，这个芝美人，看似不简单。"筱菊道。

"芝美人在外面不了解里面的情况，但对你有这份关心，也是难得的，此时希望你得回宠爱，不管自己有什么目的，至少对你还算真诚。"缙心道。

雏玑点点头："我何尝不知，可是，我该怎么回复给她呢？"

"娘娘差人给她送去些'商陆'，她便知道您'已在路上'，给她宽个心不就行了？"筱菊笑道。

"这是什么？也是一种药吗？心儿姑娘，你的人怎么都跟你似的，尽说些我听都没听过的东西？"雏玑撅着嘴说。

"筱菊，别胡闹，那是泄水的，万一芝美人不懂当了补品喝了，后果不堪设想。"缙心半生气地说道。

258

筱菊笑着退在了一旁

"你说我该怎么办？"雏玑问缙心。

"其实也简单，你就让人把前些日子大王赐的那瓶桂花酿给她，她的生辰恰是桂花开放的日子，让她也替自己想想。"缙心道。

"还是你的主意好！"说罢，雏玑高高兴兴地安排人将桂花酿送了过去，芝美人一看，明白其中含义，心中对雏玑更是感激不尽。

缙心在宫中一切听其自然。

而与此同时，在京都大夫缙瑢的眼里，他这侄子缙钰就是一个无所事事的富贵子弟。自从住进了洛邑的缙宅，钰儿就与自己的小儿子缙铖每天黏在一起，未见他读一本书，写一幅字，丝毫没有上进的样子。久而久之，缙瑢心中不禁叹了口气道：

"我这本以为家母身边长大的公子得有怎样的出息，看来也不过如此！这样后继无人，兄长那支恐怕谈不上前程似锦了。"

公主陪缙瑢在书房整理书简，悠悠地笑道：

"人家隐居于乱世之外，而且不给任何人交供奉，只买卖不纳税，这样日积月累的家底，无前程又怎样？"

"商贾之家，乃是下下者，如何能与皇家血脉，仕途前程相提并论？"

"驸马怎么还没明白，人不上进但是人家留在了京城，可你看那些上进的人呢，岂不都去了诸侯国吃苦？你自己说到头来哪样好？驸马的心啊，还是操多了！"

"唉！如今怎么成如此风气了！"

"就是这样的风气，才有了如此的生活，你看那钰儿，是缺衣还是少穿了？反倒是省了许多朝堂的麻烦。铖儿为人聪明，不也没必要非走读书那一条路吗？驸马呀，你怎么就这么拎不清呢？"

"好好好，是我拎不清！真是……"

这天晚上，缙钰刚要就寝，江赤子便来禀报说：

"公子，那做'解语花'生意的朱台，在下打听清楚了。"

"哦，快，快跟我说说……"缙钰马上起了身，

"果然，能够做此生意的，在朝堂和官府中都有极深的人脉。这朱台的后台……只怕公子想不到是何人。"

"是谁？莫非我认识？"

"就是此府的主人，公子的三伯父，缙老爷。"

"什么？伯父？"

"正是！"

第六十八章
以为只是山外寺　何时烈酒已入沟

"你，你是说那做'解语花'生意的是……等等，是我伯父，还是伯父身后的姊子？"

"是三老爷的名。"

"可是，往往做此事者，要做到极深，应为女子才能方便，恐怕伯父之外……另有其人吧？"

江赤子单腿跪地，道：

"是，是老太太临走之前在京的产业，据说，当时是老太太让自己身边的一个宫女出宫之后运作成立的'朱台'，之后产业越来越大，在隐退于山林之后，老太太便将此处交给了三老爷家里打理，如今，那里变成了许多有几分才情姿色的宫女出宫后的归宿，凭借在宫中练就的成熟老道，以'解语花'为生，也或可嫁入京城之中王公贵族的府上，如此，众人有了安身之处，而这其中的复杂，也便更是让外人琢磨不透了。"

"和我奶奶有关系？"

"老人家，安排创建的。"

"所以，事到如今，朱台在朝中的根基越来越深，如今便是不可估量了。"

缙钰无法相信，无心于世事的奶奶竟有着一个心机如此之深的产业直通朝野，而所用的手段，更不是圣贤之道！缙钰始终无法将如此生意和自己心中高高在上受族人敬仰的祖母联系在一起，缙钰的房中陷入了一种死静。

许久，钰儿严肃问道：

"这事儿，有谁知道，或谁不知道，还是，只有我不知道？"他抬头看了看江赤子。

江赤子思忖半天，竟说不出话来，过了一会儿，江赤子低着头小心地说：

"想必，铖公子并不知道吧……而至于公主是否知道，就，就不清楚了……"

"姊子肯定知道，"缙钰坚定地说，"这样的地方，怎可能是伯父亲自己料理，而他只有两个侧室，看着都不是可在外打开场面的人，这种笼络朝廷命官的地方，如果朝廷将此处认定是收集情报的地方，那是灭门杀头的重罪，所以，公主是庇护伯父最合适的人选，只怕就是由公主经营的。可有办法探进那朱台吗？"

"咱们此次来，都是男丁，没带女眷，倘若心儿姑娘的人在，以她们的能干，进去当个……'解语花'什么的，应该不成问题……没准儿……没准还能找个好夫婿呢……"江赤子小心地说，可缙钰的脸色早已严肃了下来，瞪着胡说八道的他：

"你敢想着把妹妹的人给卖了？"

"不是，我，只是一计……"

"这事儿不要跟任何人说，更不能让人看出什么来。"

"诺！那请公子早些休息，明天铖公子还说要带公子去打猎呢！"

江赤子行礼告退，留下缙钰躺在床上，辗转反侧：

"奶奶，伯父，都是什么样的人？隐居，深藏不露，但这朱台，又为什么还经营着，伯父虽说位居六卿，其实做的也是个闲职，但是，如果二人并非真的要退隐，为什么奶奶要让我来调查郯莒两国为难缙府的事是否与三伯父有关……这到底是怎么回事，轩尧阁在其中又是怎么回事？"

缙钰夜不能寐，突然他坐起身来打定了主意："明日一早，便去拜见伯父大人！"

第二天，缙钰还没等江赤子来叫他，便穿好衣服，打开门唤道：

"来人，我要洗漱了！"

府中的侍女见他起得那么早，慌忙打水，将刷牙用的杨柳枝和茯苓水一并端了进来，缙钰洗漱完毕，端坐在椅子上让丫头们给自己的梳头带冠，一改往日的谦逊随和。

穿戴完毕，缙钰便径直来到了前庭，缙瑢和公主正在用餐，缙钰屈膝一跪道：

"小侄不才，还请伯父成全！"

缙钰这突如其来的大礼让缙瑢和公主顿时不知所措，缙瑢连忙让人将他拉了起来，关切地问道：

"我那小儿莫非欺负了你，让你受委屈了？"

"不不不，这些日子，铖兄弟带小侄在京城和郊外转了一番，也跟我讲了缙钟和缙铖两位兄弟的心中之志，小侄这才恍然大悟，便不想再回那山林之中白耗了自己的青春年华，想求得伯父举荐，容我入仕，小侄定全力以赴，为大王和伯父分忧，方不枉我是缙府之后。"

缙钰这突如其来的转变，让缙瑢感到有些莫名其妙，前些日子还一副玩物丧志的样子，怎么今天就如此自求上进了？想到之前收到消息说有人打听朱台的后台是谁，缙瑢不由地想到只怕这缙钰已经知道什么了，于是他挥手屏退了左右。

缙瑢几分和蔼地问道：

"说吧，你都打听到什么了？"

"小侄，知道那朱台便是咱家的产业。"

公主一听，立刻起了身："你胆敢派人……"被缙瑢拦了下来。

"婶子息怒，之前小侄打听朱台，是因为在郯国，小侄常去类似的地方玩，十分欣赏那里姑娘们的温柔多情，而又才思了得……原本想着，在这京中繁华之处，也必有与之类似的地方，却不想那朱台将小侄拒之门外，小侄这才派人打听如何才能

入内，竟不想意外得知，此台乃是咱自己家的产业。"

"你既然喜欢去找那解语花，我让你进去便是，为何要入仕呢？"缙瑢几分狐疑地问道。

"伯父，朱台可收集各种消息，咱自家有此生意是再好不过的事情了，有如此耳目之地，咱家人入朝为官如浩日当空一般不在话下，如果晚辈能得伯父庇佑，想必在朝中也可为伯父献一份力量 。"

"但是你奶奶可有家训，女子不可入后宫，男子不可进朝堂！"公主在一旁警觉地说。

"祖母的想法偏颇，总不能因为她老人家的一时之气，便挥霍了侄儿的大好年华，否则，从小在'书阁'读书识字，又为了什么呢？"缙钰一头磕在了地上，便不起来了。

缙瑢虽然对缙钰的话半信半疑，但一时之间也不知该如何反驳回去，毕竟这个侄子已经知道了一些，便和公主对视一下，缓缓道：

"让我与你婶子好好商量一下，如何？"

"侄儿听从伯父婶子安排！"

缙钰从地上爬起，又恭恭敬敬地行了礼，才乖乖地退回了自己的房间。

江赤子听了缙钰告诉他主动请官，不禁浑身冷汗，吓了一跳：

"公子，您这，这，这不跟老太太说一声，就真的要入仕吗？这是非同小可的！咱家的家训……"

"好了。"

还没等江赤子把话说完，缙钰早已将字条绑在信鸽的腿上放飞出去。

"可，可如果大老爷不同意怎么办？"江赤子紧张道。他眼中的公子一向乖顺，从不跃风池半步，甚至不多说一句话，可今天竟像要变了一个人似的，第一次自作主张便先推翻了家训，这可是非同小可的事情！

"家父若执意阻拦，我便继续作我的'纨绔子弟'，反正在这住着也不花钱。"

缙钰和江赤子的话被檐下的一个下人听了，回头转告给了缙瑢，缙瑢和公主听后不禁心中一沉。

公主道："虽然不知道缙钰这孩子在府中读过几本书，也无所谓他这次要入仕还是长住，但，既然他知道朱台的事后，想的是自己的利益……这样的孩子只要处置得当必会恭顺，他的见识浅，也是个好收买的。将来入了仕，给他找个宅院，让他搬出去。若惹了事，只要不严重的，他就牵连不到咱们。就算真获了什么罪，他还有自己的亲奶奶呢，咱们也可以撇干净。驸马，你觉得呢？"

"不过此时他来，恰恰是缙府还在郯莒两国夹缝之中的时候，虽然莒王没让缙心和韩离子两家联了姻，矛头当是莒王可这小子难免不是查咱们来的。我总觉得这里面有蹊跷。"缙瑢摇摇头道。

"你把他留在身边岂不更有问题，这才几天啊就查出了朱台……再说了，如今缙府想必那日子也不好过，缙钰还是个孩子不想回去也正常。再说了，"公主接着说。"当初咱们应天子之意与人做了这个局，不就是为了逼那隐退的重新回来，缙钰是独子，如果能在咱们手里为质，的确是个好事儿。再说了，真想让他在府中呆久了，没个'绳'抻着，恐怕也不妥，总不能让铖儿久而久之成了他的'质子'永远都陪着他玩吧？！"

缙瑢觉得公主的话在理，问道，"那，你说给他谋个什么位置呢？"

"干嘛要你给他谋划啊？"公主道，"这是他自己的事儿，让他自己想办法，便是他选的了。再说了，后面还有周天子呢。"

"他一个小孩子家家的，平时就知道吃喝玩乐，如何能就这样把他送到天子面前？"

公主听了，一时间竟无可奈何地无言以对："驸马啊，他做什么不重要，重要的是让他听话！咱这样，跟他定个约，他呢自己想办法给自己谋个官职，但如果要见什么人，哪怕是天子，咱们也可以安排。再一路把他给吹捧过去，让他感咱们的恩情。"

缙瑢怎能不明白公主的意思？但毕竟血浓于水，总不能任由一个孩子在京中乱闯最终毁了自己，毕竟这是自己哥哥的独子。但这千丝万缕的亲情公主是听不进去的，他也只能佯装地点点头，道："公主说得有道理，如果他没有成功，便将他送回到他奶奶那里去，只说让他回去好好读书，也名正言顺了。"

公主见他这么说，想必还念着亲情，应承道："驸马说得是！"

俩人商量好，便跟缙钰做了约定，缙钰知道，若想了解这缙家之深，必须要先在这洛邑存活下来，于是便感恩戴德地欣然答应了，并告诉叔叔婶子，自己将先回去谋划一番，五日后便来听二位尊长的教导。

缙钰和江赤子回到屋里，江赤子打开窗子，望着窗外的天空说：

"公子啊，您说，老太太要是收到了那鸽子的信，得多生气啊！"

"谁说那鸽子是飞向缙府的？"

"什么？公子，您说那鸽子，不是飞回缙府的？"

"那是飞向鸾栖阁的。"缙钰一脸坏笑道。

江赤子惊讶得半天没说出话来，顿时觉得眼前的公子是如此陌生，竟似乎全然不认识一般。

"此时，公子找楚良做甚？"

"自然是请他来京啊，他最擅长消息灵通，做的又是与我伯父一样的生意，这要是斗起来，你说，他们俩谁能赢？"缙钰调皮的样子让江赤子完全怀疑自己是不是真的认识公子。

"……公子，江赤子从武，不懂这些道道。"

"那哪行，你以为我只是缺个护卫？更何况你的武功也不是最高的？"

"那，那就是公子的护卫要可信任？"

缙钰听了无奈地在屋里踱了几步："信任，我在外买几个背景干净的奴才，也可以信任呀。"

"那，那为什么？"

"我现在也不知道为什么了，"缙钰瞪着江赤子，赌气地说，"之前看你还是要比那些死木疙瘩要灵光一些的，怎么今天一看，全然不在'道'上。"

江赤子站在一旁不敢应声，生怕再说错什么惹公子生气，就在此时，只听外面一个侍女敲门道：

"公子，该用水果了。"

"端进来吧！"

待几个侍女将水果端了进来后，缙钰吩咐道：

"以后我就在自己房中用膳了。"

"诺。"众人便去了。

第六十九章
一片祥和无所过　只是人为藏因源

筱菊在缙心的身边，一来是为了照顾姑娘，可以为她做些家乡的菜食；二来也要照顾雏玑，毕竟雏美人在孕中，只有她们几个知道。

虽说自己从小跟姑娘读书，知道妖艳女子难贤良，但心中还是不免羡慕雏玑的美丽动人。

这天，筱菊将雏玑送出缙心的房间后，便赶紧回来伺候姑娘宽衣，想到自家姑娘如今宫内无名，想出宫却无人敢言，一个皇族之后的千金如今沦落到四处都没个合适的归宿，她的心中不禁十分悲凉，眼泪轻轻地掉了下来。

"筱菊，怎么了？"缙心看筱菊的眼圈红了，问道。

"没事儿……"筱菊含着泪不敢抬头。

"瞧瞧，我们家最爱笑的筱菊姑娘来这里没几天，就吃不得这里的苦了？"缙心开玩笑地说。

"哪有，都这个时候了，姑娘还是喜欢捉弄人。筱菊是觉得姑娘苦。要不是缙府的家规，老太太的安排，就凭姑娘这毛嫱般的倾国容貌，在哪里不会有尊贵之至的一席之地啊。更何况，姑娘与一般的富贵小姐不一样，14 岁便打理缙府，读的书比公子都多，论才学别说在府中，恐怕在这莒国中也没有几个青年才俊人能赶得上姑娘的。说句犯上的话，姑娘这样的才貌人品，母仪天下都有余。"

"越来越胡说了，这是宫里，哪能说这种话。"

筱菊撅着嘴回应道：

"筱菊知错了。"

"那丝线久了没人打理，咱们一起捋一捋吧。"

"诺！"

筱菊将各色的丝线都拿了过来，和缙心一起细细地捋着线。只听姑娘悠悠地讲起了过去：

"小的时候我帮着奶奶打理着府中大小事宜，看婶娘和兄长的院里花草打理得很不精细，角落里也尽是灰尘，我怕底下人是看二伯父不在，欺负他们孤儿寡母，便要给他们院里管事的安排个心细些的副手，却没想到被奶奶挡住了。她说，有时'过度'不会比'合适'更优，而'合适'在特定的环境下，其实不如'稍有逊色'来得稳妥。"

"姑娘说的那院里管事姑姑我知道，其实不是做事不尽心，而是咱府上的人手少，打扫庭院的人是单独的一拨人，二夫人又吩咐底下人务必低调，凡事要忍让，所以打扫的人有没顾及到的，她也没有追究。"筱菊捻起了一根丝，一点点地轻缠在了自己的手上。

"我心中明白，就是因为人手少，所以才要她仔细安排，也是我的一番诚意，可奶奶就是不同意。后来，庶母要掌管缙府，将我替了下来。在那之后我静下心了，才仔细想明白，当初奶奶不让我给婶娘更好的安排，就是怕我扰了婶娘的'低调'。"

"那现在姑娘的终身大事，总不能这么，这么'低调'地将就过去吧。"

"唉！你说，有些境遇冥冥之中是不是也有'继承'？"

"继承，继承什么……"

"我生母就在郏国的宫中呆了大半辈子，如今，你说我会不会也会重蹈母亲的覆辙……"

"呸呸呸，不会的，姑娘不会在这里耗尽青春的。"缙心看筱菊如此紧张"噗嗤"一声笑了起来，只听筱菊辩解道，"大夫人在宫中那么久……是为了孩子……"筱菊小心地说，既想宽慰姑娘，又怕伤了姑娘，毕竟，缙心也是她的女儿。

"难道，雒玑的孩子，将来就不需要我这个她唯一信任的人来服侍吗？"缙心几分伤感地问筱菊。

筱菊不禁心中一颤："姑娘，姑娘，不会的姑娘，这可是半辈子的事儿，要等孩子长大成家之后才可出宫，那姑娘的青春年华岂不……不会的姑娘……"筱菊的头摇得跟拨浪鼓似的。

"所以我说，或许这命运境遇，也会是家族'承袭'呢……"

"姑娘，您别多想了，世事无常，如果这命数要是真能让人预知预言出来，只怕就谈不上什么'世事无常'的话了……姑娘想的，一定不会发生。"

"好了，我累了，你也去吧！"缙心将捋好的丝线递给了筱菊。

"是，姑娘。"筱菊见状赶紧收了话，轻轻地退下了。

宫里的深夜与民间不同，宫中的寂静就像是一块包裹着各种故事的纱布，不漏一点内容，而唯独能漏出来的，只有风的声音。

之后的日子，缙钰闭门不出，只有江赤子以买东西为由进进出出，缙瑢和公主也不在意，只等着缙钰来找他们。

五日后，缙钰果然出现在缙瑢夫妇面前，跪地行礼道：

"侄儿想要拜见当今天子，还请伯父引荐。"

"什么？！你个黄口小儿，一张嘴，就要见天子？当今天子岂是你说见就见的？"缙瑢喝道。

"你先别急，"公主拉住缙瑢，"钰儿，你要见我皇弟，是要投其所好？"

"不是！"

"那是有什么权谋妙计要赠予天子？"

"没有！"

"那你找他做甚？"

"侄儿找当今天子，是为了伯父。"

"怎么说？"缙瑢问。

"钰儿冷眼旁观，伯父全家能有今日，是因有皇家庇佑，朝中之人均是老年的世家当权，皇帝年轻，后宫辅助，如此状况下，伯父一家只能做个富贵闲人，但是，朱台之所以运营是因为伯父婶子其实还是心有不甘，如果只是保全自己，未免有些小题大做，所以侄儿想，如果能为叔叔一家在朝中拓出一番天地，也不枉叔叔婶子的再造之恩。"

"钰儿，你可知道在这京中，最不缺的就是油嘴滑舌，心机算计，明白吗？"公主严肃地说。

"钰儿明白！"

"那你说，你要怎么做？"缙瑢问道。

"侄儿不懂朝堂之故事，不敢擅入，想想自己也是个没什么本事的，但可做伯父在权贵之中的马前卒，做些一展伯父政见之事，侄儿定会肝脑涂地。"缙钰低着头，不想伯父看出什么，小心地说。

缙瑢转身看看缙钰摇了摇头："看座吧！"

"谢伯父！"缙钰乖乖地坐在一旁，将之前的公子洒脱全都收敛了起来，特虚心听教。

"你知道，任何一个朝堂，都需要什么样的人吗？"

"侄儿不知。"

"如果你不懂这个，就不要考虑入仕，"缙瑢几分语重心长地说，"在任何一个朝堂上，是有些人你看着木讷无言，似乎没什么用似的，那是因为你没有看到他们有用时候的样子。钰儿啊，你若新入一处，必须要寻几件京中的要事参与进去，有能耐的展露了头角也能让人看到，没有能耐的，只要跟对了人也错不到哪去，只要谦逊些……对，就是你现在这样，便不会有人故意作坏，也就先活下来了。"

缙钰顿时如醍醐灌顶一般，原来谦逊不一定是品行，也可能是手段。要说谦逊，这世上哪里还有如缙府这般谦逊的？自从大家隐退出去后，跟谁都不敢出大气，遇事退让，和伯父所提的相比，缙家没有做的就是去"参与要事"了，这恐怕就是谦逊背后"隐"与"不隐"的区别吧。

缙瑢见钰儿没有说什么，继续说道：

"钰儿，所以你得想清楚当下有哪些要事可去做，而你，又能做什么。"

钰儿想了想，站起身来，躬身行礼道："当今天子有两子，一位是长子姬胡齐，二位是与姚妃所生的姬颎。两位公子都与侄儿的年龄相仿，如果伯父不嫌侄儿蠢笨，请伯父引荐侄儿到一为公子身边做个伴读，再从长计议。"

"钰儿，你是说'储君'的事儿？"公主问道。

缙钰私下冷笑，如此摆设似的天子，储君又当如何呢，想着自己想去伺候自己都看不起的人，不禁叹了口气。

"侄儿是想，假若侄儿在一位公子身边侍候，与伯父可各辅佐其中一位公子，将来无论哪位公子登基，于伯父而言，皆可立于不败之地。"

缙钰的话一出，缙瑢差点摔坐在地上，缙瑢公主顿时脸色惨白，半天说不出话来。

"混帐东西！你奶奶叫你来，到底是来做什么的？"

缙钰见缙瑢动怒，赶紧跪倒在地上："祖母让侄儿来，是因奶奶年岁已高，让侄儿来看看伯父，以求心安。"

"心安？哼，将陈年旧事都翻出来了，是安得什么心？缙家刚刚恢复了平静不到几年，难道你奶奶忘了？"

缙钰跪在地上原本想着自己直接选了个赌注最大的，可能会影响道伯父的利益，

伯父考虑自己可能会利益受损，必会训斥自己，钰儿便只从容地跪在那里，不让说话时不说，也不央求起身。

但什么"陈年旧事"的话，他竟一句都听不懂，只听着缙瑢这风霆之怒，几乎到了失态的程度。

缙瑢急火攻心，只觉得一股热血涌到了头上，当时便觉得天旋地转，晕倒在地。公主见状更是吓坏了，大喊道：

"来人，快请太医。"

瞬间，众人涌了进来，搀扶着缙瑢进了屋。

缙钰料到缙瑢会生气，哪想到会生这么大的气，竟是真动了肝火，着实让钰儿在那有些匪夷所思，刚才又听伯父说什么"缙家刚平静了几年……又过来重提"的话，更是百思不得其解，而伯父这样着，自己又不好入卧室，只得跪在外面小心伺候。

不一会儿，一个太医在几个奴才的簇拥下奔进来，院子里才算恢复了平静。

江赤子赶来，见缙钰一脸的平静地跪在那，自己只得跪在主子身边轻声地问道："主子，这，这是怎么了？"

"伯父被我气病了。"

"啊？！您从小是最听话的，怎么，还有把人气病的本事呢？"

"嗯！我也刚知道自己貌似还有这本事。"

"这，怎么办？"

"我也不知道怎么就气到他了，不同意就算呗，听不下去骂几句也成，说清楚不就得了，哪里至于成这样？"缙钰一脸的莫名其妙，反而觉得自己在众目睽睽下感到有些委屈。

正在此时，缙钟从宫中赶来，和缙钰见面行了礼，便进屋去看父亲，母亲跟他说了几句后，他面色十分不好地走了出来，冷冷地说：

"母亲说，请兄长自便。"

缙钰一听，这是逐客令，却又不知该说什么，只得拱手行礼道：

"那，那就请伯父安心养病吧！"说罢，带着江赤子收拾东西，牵了马，离开了缙家。

待缙家将大门紧闭，缙钰回头看着匾额，眉头紧锁道：

"奶奶定还有事儿没有跟我说。"

第七十章
一张星盘天下辩　独我天生无奈何

筱菊在屋外打了个地铺上夜，却辗转反侧地睡不着，她悄悄地起身来到了缙心的床边，往里探探头，看姑娘睡得很沉才放了心。

她轻轻地披上披风，掌了个灯笼，独自一人借月光来到了外面的花园里。

再沉寂的风景遇到月光，坚硬的外壳也瞬间熔化了，剩下的只有清丽。筱菊坐在廊上，看着月下的景致，喃喃道：

"这是王家的深沉，白天的热闹真是辱没了宫中的威严。"

筱菊在廊下愣神，身边早已站了人也没有察觉出来，直到一阵风吹来，随着光影的流动，一个人的人影在墙上晃动了一下才被筱菊发觉。筱菊"噌"地站了起来，迅速地转过身又后退了几步，警觉地问道：

"谁？做什么的？"

"你会武功？"一个站在阴暗处的男子问道。

筱菊仔细瞧着竟还是看不清那人的脸：

"若是坦荡之人，又何必站在暗处不敢让人认出来？"说着，筱菊提高灯笼，接着烛光一瞧，原来是皇帝身边的掌事太监齐公公。筱菊知道这位公公，据说，在这宫中，只有他把别人看透的，却没有人能看透他，这便是这位公公的厉害。

筱菊见状赶紧收了刚才的放肆，毕恭毕敬地行礼道：

"齐公公好！"

"筱菊姑娘，洛邑这地方潮湿，像这般皓月当空，繁星密布，只有微风轻徐，却无风雨之迹的，是最难得的了！姑娘怎么要在此叹气呢？"

"回公公，奴婢只觉得屋里有些闷，所以出来转转。"

齐公公笑着往前走了几步，语重心长道："筱菊姑娘是个聪明人，这伺候的姑娘也是个聪慧冷静的主，如此好事将近却还未到之时，姑娘和里面的主子，不必太着急提前呼吸这新鲜的空气……"

筱菊一愣"好事将近却还未到之时"，莫非大王在运筹帷幄着什么？还是说外面的韩离子在做什么？

筱菊勉强笑道："齐公公，您是说，筱菊以后是不是可以与家人见面了？"

"可以啊，唉，你也别怨我们做事不讲道理，大王要对你们有所管束，但又不能严禁了你们，所以，在那风口浪尖的时候，便只能委屈姑娘你了。"

"筱菊明白，公公也是怕筱菊不懂宫里的规矩犯了忌讳，这也是保护筱菊。"

"嗯！姑娘果然是个聪明人，得了，回头我跟孩子们说一声，几天后到了日子，你就可以去宫门口跟家人叙叙话儿了！"

"谢公公！"筱菊颔首行礼，极为乖巧。

"好了，"齐公公摆摆手，"这好景啊，看久了难免会让人给它着上什么美啊丑啊的词儿，的再把书里的'触景生情'放进来，好好的一个景致便被看成了各种样子，其实就是看景的人看太久啦，便过犹不及了。行了姑娘，快暖阁里歇着吧！"齐公公说罢，自个也转身走了。

筱菊欠了欠身"诺！"，静静地目送公公的身影消失在黑暗之中。

筱菊悄悄地提灯回了屋里，心下想着：

"明儿个得跟姑娘合计合计，是继续等着，还是干脆先下手为强。"一躺下便睡着了。

第二天清晨，筱菊一感受到有阳光照进，便赶紧早早地来到缙心这里候着，缙心隐约觉得有人在侧，迷迷糊糊地问：

"筱菊，一夜未睡？"

"啊？怎么会姑娘，筱菊睡得挺好的。"

缙心睁开眼坐起身来，撩开帘子看了看她没多说什么，任由筱菊伺候梳洗。

"雒玑还没起？"

"孕中之人贪睡，那位美人娘娘多睡一会儿，便少些时候来打扰姑娘了。"筱菊笑道。

缙心随着一笑，没再说话。

筱菊将姑娘的洗漱水拿出去倒了，回来对着菱花为姑娘梳妆，看缙心的精神似真的醒了，便轻轻地将前一晚和齐公公的对话说给了缙心，缙心认真听后莞尔笑道：

"好啊，看来我这奴婢不必当了，终于可以当主子了。你说，这样的境况是不是会比我想象的好，至少应该说，比我母亲当初在郯国的处境好。"

"姑娘……"筱菊见缙心这么说，急得直跺脚，"您别老拿您自己跟大夫人比好不好，怪吓人的！"

"嗯？"缙心回头看了看筱菊，"行了，有点事儿就愁眉苦脸，这哪是我的丫头。"

"那姑娘，咱还要这么坐以待毙下去吗？"

"筱菊啊！"缙心把筱菊拉在身边，道，"我知道你心里考虑的都是我的终身大事，但你别忘了，我来这里不能轻举妄动，作为缙家的嫡女，我真正要考虑的是缙府的安危，这才是我当初离开府坻的缘由。"

"可是姑娘，缙府之危已经过了。"

"不是过了，只是稍有些消停而已。"缙心指了指鬓边，筱菊赶紧用梳子拢了拢，又上了些头油。

"筱菊，"缙心接着说，"现在缙府就像这秤杆上的定盘星，有了这定盘星，这秤杆才算平衡，但是，将缙府放在这定盘星上的是谁我不知道，而要将它拿下的一定有莒国、郏国……我在这里安安分分，便是缙府的温润而泽，莒国对咱们使不上力，便会师出无名，缙府就会有时间来筹谋后面的事情，明白吗？"

筱菊使劲理解着主子的话，许久，她才慢慢地说道：

"所以，姑娘便是这缙府和莒国的定盘星，对吗？"

缙心看着镜子里的筱菊，会心一笑："算是吧。"

"但是姑娘，树挪死人挪活，这么下去，总不是长久之计啊！"

"是不是长久之计，这不是你我当下有能力判断的。这是宫里不是外面，在这儿，只有你我两个人还得被软禁，消息被封闭。所以在势单力薄的情况下，就不能随便起'抢占先机'的念头，棋盘上行棋，要夺'先手'不假，也得先学会'保护自己的地盘'。这就是我来之后从不与人下棋的原因。"

"那这时，我们在此处，又不能先发制人，该怎么办？"

"借力打力！"

"借，咱们借谁的力？"

"如今后宫已经知道了我们，那么，咱们就谁给咱们力，就借谁的力……"

恰在此时，缙心的门打开了，二人以为是雒玑，赶紧恢复了平时的轻松，可回头一看，竟是一个宫女一副若无其事的样子走进来了，轻轻地放下果盘便旁若无人似的要离开，刚走到门口恰碰到遇雒玑进来。雒玑见这里多出了个宫女，不由一惊，喝道：

"慢着！谁让你进来的？"

宫女一听，慌了神，赶紧跪倒在地道：

"回美人，是掌事姑姑说，姑娘这边也要伺候，否则便是我们的罪责。"

"什么时候安排的？"

"刚刚的事儿！今天齐公公还跟姑姑说，筱菊姑娘也可恢复按例宫门外见亲人的恩典。"宫女跪在地上瑟瑟发抖。

雒玑跟缙心对视了一下，道：

"那你是安排在这里伺候的？"

"不光是奴婢自己，还有五个姐妹，姑姑说缙心姑娘身边有贴身的伺候，就让我们分内院外院伺候着，奴婢是分管内饰和瓜果的。"

"知道了，你去吧，我在这里，没有命令谁都不许进来。"缙心道。

"诺！"

宫女听罢便赶紧像刚松绑的兔子，"嗖"地逃了出去。

雏玑关上门，一转身刚要说话，却被缙心抢了先：

"咱们去花园里转转吧？"

"啊？哦，好！"雏玑想着缙心或许对自己有话要说，便随了缙心的意。

两个人伴着晨晖走在御花园中，缙心拉着雏玑的手关切地问道：

"你肚子里的孩子怎么样了？"

雏玑慢慢地找了个亭子坐下道："孩子挺好，不过今天起床的时候，一歪身子，就吐了出来，刚刚让宫女收拾了半天才来。"

"那她们……"心儿一惊。

"她们惊慌了一团，我故意呵斥了她们一通，让她们以后晚上不得再准备什么鸡汤之类的弄得我犯恶心。"雏玑安了安缙心的心道。

"那她们没起疑？"

"我在镜前故意跳了跳舞，她们都看着了！"

"嚯，瞧我们家的雏美人，什么时候都得美啊！"缙心笑道。

"否则怎么办啊，总不能老那么刁钻吧，都是爹生妈养的。"雏玑抚摸着自己的肚子说。

"做母亲的人，果然不一样了。"

"那是！"雏玑几分娇羞而又骄傲地说，"哦，，刚才的宫女说，齐公公特地对你们做了安排，他是最懂大王的，筱菊恢复了宫女该有的恩宠，你说，大王这是什么意思啊？"雏玑说。

"你看呢？"

"我想着，这是冲着你来的，想必你是要封妃封美人了吧！"雏玑道。

缙心看着雏玑，心中不知道此时在雏玑的心中是否有失望，或是失落之类的种种，但是雏玑始终低着头摸着自己的肚子，无人能看到她的表情，缙心想了想，缓缓地说：

"所以，我有事需要你帮忙。"

雏玑一听，好奇地抬起头来问："什么事，你说。"

"你能不能想办法帮我联系到韩离子，我需要他帮我做件事。"

恰在这时，莒王带着安公公恰在远处经过，见她们在那私语莒王好奇想过去，但又迟疑了一下，便只远远地看着。

雏玑听了缙心这话觉得有趣，平日里缙心对韩离子避而不谈，都是雏玑得到消息了奉命跟她说韩公子让说的话，其他的时候若想让这位缙心姑娘提及韩离子三个字，姑娘能直接把天聊死。想到这儿，雏玑笑嘻嘻地说：

"是不是觉得我们阁主比皇帝都好啊？"

"去不去？"

"诺,我去安排。"雏玑走了几步突然又停了下来,转身又走了回来,"心儿,你亲笔写个布条吧,你们之间还没有亲自写过书信呢。"

缙心一愣,而后大大方方地说:

"好啊,借你的笔墨,我亲自给你们阁主写信!"

"嗯嗯嗯,我准备。"雏玑高兴地应承下来。说罢,二人便向寝宫的方向走去。

莒王见她们去了,笑道:

"你说,她们又盘算着什么事儿呢?"

安公公稳稳地说:"两位都是贵人,大王要是喜欢,宫里多些人热闹。"

"那要是再来场美人逃宫的闹剧,寡人岂不惹天下人笑了?"

"大王说不会再发生,就不会有人再出宫。况且,雏美人出身一般又没那翱翔的能耐,自然知道能随王伴驾是自己的福分,而缙姑娘虽说有点性子,但缙府可是知道其中利害的,还能再给自己找事儿不成?"

"那寡人也不能成了贪财好色之徒啊。你吩咐下去,对她们那几个管松点儿了,不松,她们不做事儿啊。"莒王转过身来吩咐道。

"诺,筱菊姑娘已经可以跟宫外联系了。"安公公应道。

这主仆俩说着话儿,也离开了花园。

第七十一章
身怀六甲吉星起　却因无功成弃子

缙心来到雏玑的房中,大大方方地当着雏玑的面,在布条上写下了两句:

"鸾鸟自歌,凤鸟自舞;凤皇卵,　食之。心"

"'心',心儿,少写了一个字。况且,这,这是什么意思啊?"雏玑在旁边不解道。

缙心笑道:"我就是要看看你们阁主读没读过书。"她指着"凤鸟"二字,悄悄地对雏玑道,"这是指你。"

"我?"雏玑仔仔细细又看了一遍,恍然大悟,又皱起眉头道,"合着,你让我帮你递信,是递我的事儿,不是你的?"

"给你主子写信,自然要写你的事了?我有什么可告诉他的。"缙心从容地把写好的布条捻起来,交给雏玑道,"拜托你了。"

"好，"雏玑深知，一提到韩离子，这位缙心姑娘是一身的傲气。雏玑小心地装好布条，找了个机会将藏好的信鸽放了出去，与缙心一同静待回音。

信鸽带着缙心的信被递到了韩离子的手里，韩离子看了字条后直接递给婉樱：

"你们姑娘的亲笔信，看看吧！"

婉樱早就等不及了，赶紧接了过来，其他丫头们赶紧都围了过来看：

"果然是姑娘的笔迹，真的是姑娘的笔记！缙府出来的丫头们争相看着姑娘的信，激动万分。

"你们没看到她快成人中龙凤了吗？"韩离子道。

"这凤鸟是指雏美人吧，可这少了个'民'字，是什么意思？"婉樱道。

"重要是'凤皇卵'，怕是雏玑怀孕了。"韩离子严肃地说。

"那要恭喜你了，你安排的雏美人在宫中终于可以扎根了！"婉樱道。

"如果是这样，你们姑娘就不会亲自告诉我了，这个孩子……在宫中恐怕会影响了全局。"韩离子严肃地说道。

"可别再少一个有孩子的美人了，故伎重演，我们缙府如何安生？"茹梅瞪大了眼睛说。

韩离子看着如此警觉的丫头好笑，缓缓地说：

"听说宫中的孩子少，只有池公子，如果现在雏玑怀孕，冷不防出；额个孩子，你们说会怎样？后宫中最大的波澜往往是孩子，这王后是否贤德，就是看，在其他妃嫔怀有子嗣的时候，这王后怎么当了。"韩离子说，"不过话说又回来了，这女人怎么就这么有了孩子了？"

"切，以后你若有了我们姑娘作夫人，不许拿孩子来难为我们姑娘啊！"

韩离子被婉樱这么一说，扑哧笑了，指了指说：

"好！到时候一定不难为你家姑娘，行了吧。"

"这信是雏玑的事，与我们无关，我们告退了。"说罢，婉樱便带着程仪众人离开了书房，把韩离子一个人晾在了那里。

韩离子见他们真的头也不回地走了，赶紧追了出来，喊道："不是，你们姑娘的事儿我一直帮着忙，哦，雏玑的事你们就跟我分得这么清楚了？"

程仪听了忍不住偷着笑了起来。

"雏美人怀孕，我们几个能帮你什么啊？"婉樱转身道。

"哎呀，你们先回来，回来回来一起商量商量，这男人的事情我好办，后宫全是女子，我哪里懂得那些娘们的心思，更何况还怀孕了。几位姑娘，来来来，一起想办法。"说着，韩离子将婉樱，茹梅她们都让了回去。

"从信中看，雏美人的孩子似乎会不保，却又不知会是谁来威胁。韩公子，雏美人就此便要安顿在后宫之中了，所以，韩公子，您这个主子要帮雒美人生存于其中了。"茹梅有些幸灾乐祸地说。

"当初莒王让她在宫中封为美人，却不赐宫宇而住在大王寝宫，无非是为了给缪心作替身，前些日子宫中特地透漏给我说缪心已经以宫女的身份出现在后宫面前，其实就是在逼我韩某就范，如果我不臣服，莒王便可以借收了缪心来收缪府，以缪府之力制我轩尧阁，如此雒玑所处的环境便更危险了。"

"那你就臣服了呗"芳竹道。

"可如果我臣服，莒王便可将缪心'还给我'，我们两家联姻，对莒王来讲好处更大，可是那样，轩尧阁和缪府，一边是江湖势力，一边是富可敌国，便都要被迫受制于朝堂，而后就是被各国诸侯所牵制，只不过，对于雒玑而言，她在宫中会有喘息的机会。"

"如果姑娘真的被莒王收了，按公子之前的计划，您这个做主人的，对雒玑会如何安排？"茹梅等人从未这么轻松地与韩离子聊过天。

"宫中有你们姑娘在，她们会彼此照应……"韩离子几分吞吞吐吐道。

"我们姑娘……"茹梅一听见韩离子的算计里有姑娘，马上就严肃了起来，被婉樱一把拉着，道："其实，雒玑早就是个弃子了。"婉樱冷笑道，"如果姑娘成了美人留在了后宫，雒玑在宫中便再无天日了，因为从莒王对她的安排来看，她就是个替身而已，最终的生死，就全凭大王仁慈了。"

"难道，就不能有两位美人？"茹梅道。

"让雒玑示人，是因为当时我韩某听话，后来还答应给他筹粮，雒玑名正言顺没有什么问题，但是如果他要收了缪心，以你们姑娘的身家背景，至少美人地位是没有问题的，可短短数月，一个大王寝宫中冒出两个美人，还是美人新丧的时候破格出的，我想莒王自己都怕背上贪恋女色，藐视皇家亲贵的骂名！"韩离子说。

"那，雒玑有孩子，这是喜事儿啊？"茹梅道。

"她在宫中会过得更难，"韩离子道，"否则，你们家那曾经的郡主——莒国的美人——为何要怀孕出逃，而现如今这宫中只有一位池公子？"

"所以说，这个王后有问题？"程仪道。

"上次和筱菊相见的时候，她也说，王后对宫中怀有子嗣的人夫人美人都十分地好，以至于怀孕的宫娥在得知自己的孩子或许有事的时候，自知愧对莒王王后厚恩，便带着没出世的孩子自杀了。"茹梅道。

"这自杀的理由，也太过牵强了吧，"程仪道，"不过这么说来，这莒王和王后还真是一对儿，一个在前朝阴损，一个在后宫算计。"

"这明面的话，当然要冠冕堂皇地说了，只是这人没了的事儿，可别落在我们姑娘身上。"茹梅道。

"想必雏玑有孕之事还没有被莒王知道，莒王势必会第一时间告诉我以示诚意，那样，雏玑和你们姑娘就真的浮出水面，并会成为众矢之的，我们轩尧阁和你们缙府就都被动了。"韩离子若有所思道。

"还是要问一下韩公子，你想让雏玑成为第二个逃出莒宫的美人吗？"婉樱道。

"这个自然不能，毕竟莒王知道她背后是我轩尧阁。不过，我在考虑如何借力打力，稳妥了雏玑在宫中的处境事小，扭转我轩尧阁的局面是大。"

"那姑娘呢？"婉樱道。

"与我们生生相惜！"韩离子对婉樱道，转脸吩咐茹梅，"茹梅，我写个回信，过些日子你见筱菊的时候送过去。"这天，又到了宫女可以在宫门与家人相见的日子，筱菊早早地穿戴整齐在门内等着门开，外面依然是茹梅穿着百姓的衣服等着，等到时辰，宫门打开。

"我的妹妹，你受苦了！"茹梅一把搂过筱菊，两个人如三秋未见一般，佯装哭了起来。

"好姐姐，"筱菊哽咽道，"府里的娘儿们可还好啊？"

"娘们都好，就是'爹'有话说！"

"'爹'？"

"刚帮你认的，"茹梅悄悄地说，然后将韩离子的字条塞给了筱菊，"钰公子去了京都洛邑，别怕，啊！"

"嗯，姑娘倒还好，只是雏玑有了孩子之后，姑娘该如何自处？"

"我们都猜到了，那莒王知道吗？"

"因为宫中子嗣过少，雏美人和姑娘都不敢将消息外泄。"

茹梅点点头："这样最好，韩公子曾说，缙府的富可敌国对莒王来讲是最有用的，如果韩离子听话，莒王便有的是办法暗中得了缙府和轩尧阁，由此有外财和势力，对莒国扩大领土最为有利，但是，如果韩离子不愿意受制于莒王的话，莒王就会把姑娘常留于后宫，一来挟制了缙府，二来世人皆知韩离子未来的夫人是姑娘，到头来迟迟不放人出宫，对轩尧阁来讲，也是一份耻辱。"

"那韩公子可说怎么办了？"

"他，只说，他会想办法。"

"姐姐，"筱菊轻轻地说，"韩公子和缙府，不会舍了我们姑娘不管了吧？"

"别瞎说！有婉樱姐姐在那坐镇，韩离子不敢不顾姑娘。听说太太派钰公子去洛邑了……"

"好了好了，时间到了，各宫的都回来回来，清点名册了。"只听旁边的公公一声喝，众人依依不舍却又不得不分站在了宫门内外，看着大门慢慢地关闭后才散了去。

缙心正在宫中从容地做着女红，见筱菊进来了，莞尔一笑道：

"失望了？"

"姑娘，"筱菊快快地跪在缙心面前，"众人心中只有雏玑，却没有姑娘，韩公子总是嘴上说说，却根本没有任何法子，我怕最终被弃了的不是雏玑，而是姑娘您！"

缙心转过身来看着她："你先起来。"

"姑娘，想想办法吧，咱只能靠自己了！"

"我曾几何时要靠过别人？"缙心苦笑道，"这下，你死心了吧。"

"姑娘？"

缙心端坐在那里，拿起杯抿了口茶：

"莒王宫中是帝王之家，缙府算是半个帝王血脉，而韩离子则是江湖商人本色，你要让他们帮你达成目的，得先想清楚，他们为什么要帮你。"

"因为姑娘是缙府太太的嫡亲孙女……"

"皇家之脉，贵族之后？傻丫头，你以为在这乱世之中，这些虚有的名头是管用的？莒国的利益，缙府的盛衰，轩尧阁的世仇利害，哪件事不比我大？"

"那，那姑娘……为什么？"筱菊刚要说什么亲情长情，却似乎明白了什么，好奇地问。

"因为，莒王可以用我拉拢和牵制缙府，缙府可以用我趟出一条可让缙府安宁一时甚至一世的路，而轩尧阁，是因为他们想要驾驭缙府，而且他们认为缙府只被他们驾驭。这就是我还活着的原因，我是他们所有人的'棋子'，而且还是谁都没法动的'棋子'。"

"那姑娘呢？这在外面久了，尤其就这么被人拘着，什么都做不了，慢慢的，就连'棋子'的作用都没了？"

"什么叫弃与不弃？如果有一日我平安回缙府了，缙府自然有人认我，亦或者把我嫁了，是一份生活。如果我不能回去，一个人只身在外面呆着，只要没有杀身之祸，也是一番平安。至于路上的人是不是认得我，愿不愿意与我说上几句话，谈上几件事儿，重要吗？"

"可雏玑有孕，姑娘难道真的就这么不明不白地在宫中呆着？就算是当了夫人，与莒王好了便好，冷了便会被丢在一边，就算没有莒王的善变，单纯这后宫中也不乏蛇蝎心肠之人……"

"筱菊，让众人的眼睛都放在雏玑的孩子身上，是我的意思，'力'要来了，我得能静下心来，好好地考虑如何借这个'力'。"

"姑娘说的借力打力，是要'借'韩离子的力'打'莒王？"

"当然不是，干嘛要打莒王啊？轩尧阁还不如这里自在呢。"

"姑娘的底线好低啊！"

"至少，莒王这边的手段我心里有数，轩尧阁一副江湖做派，我还真未必明白其中的道道。所以，这个莒宫就是个'避风港'，我的傻丫头。"缙心用书敲了一下筱菊的头，笑道。

"所以，姑娘其实，并不着急出去还自己那自由之身？"筱菊这才恍然大悟。

"如果我之前就早早地离宫了，也不是不行，莒国更是可以借题发挥，再加上，莒国手里没个人攥着，你不知道又会闹出什么，现在我在这儿，莒国已经占了便宜，他再想做什么，别人也得考虑一下要不要帮他。"

"所以，姑娘说您自己也是个'定盘星'，就是这个意思？"

缙心一笑，站起身来："韩离子有回复吗？"

"哦，有。"筱菊将茹梅之前塞给自己的布条递了过去。

缙心将布条捻开一看，笑了：

"我写的是'鸾鸟自歌，凤鸟自舞；凤皇卵，食之。心'，他倒会偷懒，回的是同一本书的话：'有神十人，名曰女娲之肠，化为神，处栗广之野，横道而处。'，好了，你去把这个字条给雏玑送去吧。"

"她读过书吗，能看懂这个？"筱菊不屑地问。

"就算没读过，上次看了我的，她想必也把书找出来了，去吧！"缙心侧倒在榻上，闭目养神。

筱菊出来将字条悄悄地给了雏玑，并告诉她她怀孕的事韩离子十分重视，并愿意保她母子平安，让她好好将养身子就行了。

雏玑听了摸着自己的肚子心中舒畅了不少，笑道：

"你们姑娘有你这个丫头真是福气，我要是有你这样信得过的人儿就好了。"

"我是一直跟着我家姑娘的。"

"我知道，"雏玑故意撅着嘴说，"羡慕一下不行啊？！天色不早了，你去伺候你家姑娘吧。"

"诺！"筱菊低头行礼，恭顺地退下了。

而这边，缙心望着窗外自言自语道：

"哥哥出门在外，一切可好？"

278

第七十二章
朱台不把文章唱 凤栖东方做冤家

将自己的三伯气病的缙钰笃定祖辈中一定有着不可告人的秘密，江赤子不好说什么，不得不转移话题道："公子，楚良公子已经进京，他已将自己安排妥当，只等公子过去了。"

"好，走！"

缙钰和江赤子主仆二人调转马头来到了城东边的一个院落。

这个院落所在之处于京都来讲十分偏僻，即便到了附近，也要辗转几个小巷才能看到一个小门，要不是上面挂着匾额"楚府"，真不知道这竟然是个正门。这所谓的正门的宽度，比缙瑢家的偏门还要小得多，缙钰"噗嗤"一声笑了出来：

"这郯国的富甲一方，到了京都怎么就成这样了？"

"楚公子这是真人不露相人家已经将前面的昭音阁都买下了。"

"走，咱们进去瞧瞧。"

缙钰带着江赤子和几个隐卫大大方方地叩开门，由里面人引路绕了两条小路走到里面才发现，虽说院落不算太大，却精致得耐得住考究。几人走到了正厅，恰见楚良正在吩咐下人：

"这名单上的人，务必让人留意着，去吧。"

"诺！"下人领命出去了。

缙钰笑着走进来，道：

"楚兄，小弟我可是无家可归了！"

"装都不会装，无家可归还乐成这样。"楚良，噗嗤一笑，"住官宦人家哪有与兄弟同住来得自由，这院落就是为兄弟准备的。来人，把酒菜备好！"

"诺！"外面的小厮领命跑走了。

"等喝完了，我领你去看前面的昭音阁玩儿。"楚良搂着缙钰的肩旁说。

"楚兄的动作也太快了，如今的昭音阁，对外姓什么？"

"姓赵。"

"姓赵？"

"赵耳，你可认识？"

"赵耳，好熟的名字。"

"你妹妹在莒国救下那个邵丞相的千金和她的侍卫，而那个侍卫被赐名为'赵耳'，就是被你妹妹赐的名呢。"

"哦，我想起来了，那个千金就是那个到齐国去游说齐王的邵昭？后来，这个赵耳如何了，我没有听说。"

"想必是你妹妹不觉得这是什么大事，便没有跟家里说罢！后来，邵昭被赐死，赵耳便负责护送棺椁回到了邵家祖籍，将其入殓下葬了。"

"那你又是怎么认识的？"

"赵耳将差事办完了，回程路上去了一趟缙府。"

"哦，去了我家？什么时候的事儿？"

"你不奇怪我怎么会来得这么快？要不是他，只怕即便我来了京都，现在也还在客栈里住着呢，"楚良笑着说，"这个赵耳去缙府拜见了缙老太太，一来是为了详述你妹妹和韩离子他们在莒国都发生了什么，二来，也是为表忠心，感念缙心姑娘的收留赐名，相当于再造之恩啦！"

"可是他之前的主子，邵昭……"缙钰几分惋惜道。

"那也是莒王杀的，你妹妹当时已在宫里，况且赵耳自己都说，当时婉樱众人都不很支持她那么做。"

"那，你又是怎么认识他的？"缙钰示意江赤子出去，楚良也屏退了左右。

"因为令堂吧啊，楚良道，想必是良夫人知道我与你有联系，姜夫人让赵耳来找我，引荐的人说此人见过世面，又是个文武全才，便让我收留了他或许日后能帮到你我。我寻思着，你们缙府的哥哥妹妹在外面没少折腾，也想看看有什么可掺和掺和的……帮帮忙的。"

"然后呢？"

"所以我早就关注京都这边了，你又飞鸽传信让我过来先有一番经营好立足的，于是，我便先派那个赵耳来此处打点了。"

"那现在，你准备怎么做？"

"学你妹妹那套就行喽，用他的姓，立自己的足。"楚良笑道。

缙钰苦笑了一下，私下望了望，问道："那他人呢？我还没见过他呢。"

"在前面忙着呢，还真别说，是个外场人，见人说人话，见鬼说鬼话，该不说话的时候，真是嘴比谁都严。有时候我都在想，你说我鸢栖台要是有这么个善于经营之人，那我得省多少功夫啊。"

"还是我家妹妹有眼光吧！"缙钰几分得意地说。

哥俩正聊着，底下人端来了酒菜，缙钰的下人已被安排到偏厅喝酒吃肉去了，留下了这哥俩在一起是讲不完的话。缙钰来之前对自己伯父的种种不惑，很快被自己的兄弟一扫而光，全都抛到了脑后。

饭后，楚良带缙钰穿堂抄小路来到了前面的一个院落里，从后门进了昭音阁。赵耳听小厮来报，说东家和主家都来了，赶紧过来扣手行礼，一旁小心伺候。

缙钰游览了一番，同样的美丽，同样的轻柔，同样的聪慧，同样的才情，缙钰问楚良：

"你这生意与朱台无甚区别，可人家在京是已经营了许多年的，况且那里的解语花可都是宫里头精挑细选一番才能留下的一等一的宫女，你个初来乍到的，小心还没立足便先树敌了。"

楚良听了笑了笑："那个朱台，我知道，在京城之深，深不可测，都是一些世袭王公聚集的地方，那些宫女出身之人，之所以为他们所喜爱，主要靠得是'迎合'，皇家天子身边的王公贵族个个居高自傲，所以让那些宫女跟着这群老头儿无非就做两件事，一是'听'，听他们曾经的青春辉煌，二就是'崇拜'，崇拜他们今日的'不败之地'……其实大多数有用的信息，无非是来自少数的那几个姑娘罢了。"

"哦？为何多数的信息，却来自少数的几个姑娘？"

"一般的女子所受的培训，无非只是要求会听，所做的无非是迎合，这一点，那些宫女是最擅长的了，所以会让她们来。而真正有用的信息，可不是光靠听就行的，得会'问'，用问把有用的话给引出来，这可不是一般宫女能做到的。朱台的那几个会问的，都被我用重金撬过来了，其他的庸脂俗粉无非是想借此求个好归宿，不要也罢！"

"我伯父能这么容易地让你撬过来？"缙钰私下想，但不确定楚良知道其中多少，便没有直问。

"楚兄，朱台那边怎么可能会放人呢？"

"有道是'四两拨千斤'，朱台百名姑娘，而我赎过来的不过是几个老练年纪大的，他们树大根深怎么会在意呢？"

"呵呵，到底是亲自料理过这种买卖的，真是行家。"缙钰轻松了许多。

"钰兄，你看这装潢如何？"楚良和缙钰随意走着，随意看着。

"要我说实话？"

"你说呗。"

"比你的鸾栖阁多了点儿俗，好在不算艳，将就吧。在缙钰眼里，这里其实差远了，但不好多说。

"知道为什么吗？"楚良问道。

"这也有学问？"缙钰越来越觉得这个楚良似乎有"拿着不是当理说"的趋势。

"俗呢，是因为来这里的人其实都是俗人，不艳，是因为来这里的人都要低调。"

"难道……不是你楚良兄……喜欢？"

"那你看我住的府邸的品格如何啊？"

"嗯！倒是十分清雅。"

"这就是了，其实我也不喜欢这个样子，但是客人喜欢，这便是生意……"楚良道。

缙钰一笑和楚良一同回了后堂，赵耳安排了这里所有的美女来后面向缙楚二位公子行礼，并特意将几个手腕高明的姑娘单叫过来介绍给了缙钰。缙钰坐在前面仔细看着，却发现这些女子远没有缙府丫头的明眸爽利，但此时能用的也就只能是她们了。

缙钰正想着，心中开始有点牵挂自己的妹妹不由得喜色全收。赵耳在一旁意识到了，便安排下人上了酒菜瓜果后尽数退下，自己也行礼离开好留下了二位公子叙话。楚良刚退到门口，缙钰叫住了他。

"赵耳。"

"你我虽说是头一次见，但你是妹妹留下的，我也会当你是自己人的。"

"谢公子，姑娘对赵耳有再造之恩。"

"邵昭的事儿，你节哀顺变吧，完后这里还要你多费心。"

赵耳愿为缙府肝脑涂地。"说到邵昭，赵耳的心隐隐作痛。

缙钰示意赵耳退下吧。楚良给缙钰酙了杯酒，说道：

"怎么，不想跟我讲讲你那三伯的事儿？否则，我怎么帮你啊。"

"唉，你能相信就我这样的，竟然能差点把我那伯父给气死过去，现在怕是还在床上呢。"

"气死过去？哈哈哈哈，缙钰啊缙钰，你个文弱书生，平日十分乖顺，连句重话都不会说一句的，怎么可能半句话就把人给弄躺下了？怕是你言重了吧……"

"这是真的，话还未说完，我那伯父就被下人拥抬进了屋里，之后还请了太医……唉，现在有没有醒过来还未尝可知呢。再怎么说也是我亲伯父，现在我这心里还愧疚难当呢！"缙钰快快地拿起酒杯自干了一杯。

"好好好，别急别急，我，我不笑了……那你到底说了什么啊？"

"我想借储君之事入皇宫。"

"哦？这没什么稀奇的啊，天子两个公子如今都是储君人选，你伯父位列六卿，后宫还有个女儿呢，不可能置身事外，你只管随他之愿看路前行就是，怎么会气病呢？"

"说得也是，要是不让我参与驳了我就是，哪里至于成这样，如今倒好，我成了千古罪人'，终究被赶出来了。"

"只怕另有隐情……之后呢，你准备怎么办？"

"继续查呗！估计我这个伯父，还是要见我的。"

"唉，那我问你，一个是皇帝的嫡皇子，一个是他更加疼爱的幼子，让你来选一个辅佐，你会站在谁那边啊？"

"不能冷眼旁观吗？"

"开玩笑，是你自己要以此为捷径的。"

缙钰想了想，轻轻地说："我知道，这拥护谁，都是一场赌博。"

"嗯！那咱俩就假装赌一次试试，反正现在你我只是两个白衣，又在这风花之地，不算数的！"楚良自斟自饮了一杯。

缙钰沉思了一会儿："如果是我，我还是会偏向嫡皇子，毕竟这是国之根本，不当以皇帝宠爱于谁来定夺，相反那宠爱有加的皇子，只怕会更加娇惯，并非是治国安邦之才。"缙钰斩钉截铁地说。

"虽说缙府后辈表面上看还没有能建起一番丰功伟业的，现在看起来，以你和你妹妹之才若能给些机会历练，出将入相未必比你父辈或你祖辈差。"

"没用的。现在的这点墨水，不过是用来明哲保身罢了，"缙钰苦笑道，"你说我后面该怎么办？"

"你心如浑水，还想明哲保身，干嘛，好事儿都让你占了？"

"既蹚浑水又保身，如此才能把事儿办好呢。"

楚良听了顿时感到自己的脑袋似乎大了两圈儿，对外吩咐道：

"来人，上歌舞！"

"诺！"

楚良转身端起酒杯敬了敬缙钰道："来来来，先喝酒！让我的脑子缓缓。"

缙钰一笑便转移话题只谈奇闻趣事，没再提及本家之事。

从此缙钰便住在了赵府，大部分时间将自己关在屋里，没有再到街上走动，而楚良则在背后给赵耳出主意如何经营这番生意，大家各忙各的，互不打扰。而楚良其实很清楚，缙钰枕边的书只翻了一页。

这天，江赤子在外面为缙钰公子守院，偷瞄自家主子在这里踱步不安，他想了想还是鼓起勇气走了进去，也不管公子让不让他说话，抱拳作揖道：

"公子，要不，还是让奴才去缙家看看大人的身体是否好转，总这么僵着于大局无益。"

缙钰看了看他，虽说这份莽撞不该是他这个府中老人儿该有的，但毕竟是为了自己，长叹了口气，道：

"我何尝不想让你去看看，可是，可是我都不知道让伯父病倒的真正原因到底是什么？"

正在这时，赵耳急匆匆过来，对缙钰行礼道：

"楚公子特让小的过来跟主子说一声，这两天公子别想着去缙家了。只因这些日子咱前面的生意越来越好，抢了朱台不少客户，朱台那边来人闹事儿，咱们这边跟他们正是紧张的时候。"

"哦，那严重吗？"

"楚公子虽说不出面，但也是这方面的老手，公子不必担心，只是请主子这段时间忍忍，免得出去了反而闹出尴尬，影响了主子和族中亲戚的关系。"

"知道了，你去吧。"缙钰无奈地坐了下来，即便感到有些口渴看到桌上的茶盏，也懒得拿起。

江赤子见状上前向赵耳作揖道：

"赵兄，那前面可知道我们家缙大人身体如何了？"

"哦，听说已经可以上朝了。"赵耳微笑道。

"多谢赵兄。"江赤子看了看缙钰，"公子，要不，就派小的去送个礼，只当咱们不知道有这事儿就是了……"

"这做事是有进有退的，过份求'进'，别人也会被你逼得紧，反而会被你吓退了。更何况，人之所想，往往是最不可控的，所以，要想让别人不去想那不该想的，就得知道什么时候可退一退，冷一冷。"众人听闻外面有人说话，寻声望去，是楚良走过来了来。

"可冷下来了，别人该吃饭吃饭，该睡觉睡觉，我远方的缙府怎么办？你说我能不急吗？"缙钰待楚良走到跟前，不高兴地说。

"哎呀，你伯父倒在床上，难道真是因为你气的？"楚良大步流星地走了进来，"水水水，可热死我了。"赵耳见状赶紧给楚良倒了杯茶奉上。

"想必，是我的话碰了长辈得顾忌。"

"那是被吓的……你们缙府突然隐退，你伯父的实权也被削了许多，还不也是因为那件事！"楚良神秘地给缙钰使了个眼色。

缙钰看着楚良这不清澈的眼睛发愣，完全没明白这位楚兄是什么意思，道："那件事，哪件事？"

楚良不理会他，只是自顾自地喝水。

缙钰想了想，道："莫不是，伯父因为被削了权而心中不甘心？"

楚良听了直愣愣地看着缙钰："你是真傻，还是装的？你以为，'富贵荣华'是缙家一族保永世官宦的家风吗？你伯父可不是这种务虚之人。"楚良笑道，"要知道，你这个伯父可是十分有才干的，即便你缙府犯了那么大的罪，他依然还能独立于朝堂六卿之中，这份才干可不是一般人能有的，倘若真是个无能之人，这每天的心中之鬼，早就把自己吓死了。"

"只是因为隐退之事，算得上什么大错？"

"看来你还真不知道！ 要说你考虑储君之事，恐怕也算是得你们缙家的真传了。"

楚良一副坏笑道。

正在这时，楚良的男丁前来禀报说宗伯府来人，请缙钰公子前去续话。

"你看，我说吧！你不用着急，自然有人比你急！"楚良笑道。

"你还没跟我说什么事儿呢……这样，我先去看看他们的虚实，回来你与我详说。"缙钰急于要走，被楚良拦了一下：

"这倒不必，你伯父是个有格局之人，不必把他当作蝇营狗苟之人应付。"

"嗯！"

"唉，"缙钰刚欲走，楚良给他使了个眼色嘱咐道，"从我的赵府大门过去。"

"知道，你家的'大'门。"缙钰刚走出去几步，回来问楚良，"你说的得我家真传，是什么意思？"

"你这次去，他会告诉你的！"

缙钰见一时也问不出什么来，便干脆作罢，在院里走了几圈，本想换身精致衣服去，又一想那样与伯父病倒在床的情况不合，毕竟自己是晚辈，"孝"的态度还是要有，便换了一套单薄一点儿的素服，带着江赤子到了伯父家。

缙瑢让长子缙钟将缙钰引到书房，之后便留下了这叔侄俩在房中秘话。缙钰看伯父坐在正位，脸色焦黄，唇色发白，便知道缙瑢实则病得不轻，将将能去朝上走动罢了。

"'公子克之乱'，你奶奶告诉过你吗？"缙瑢虚弱地问道。

"听说过，先帝登基三年，王爷克起事，欲弑君以夺取王位，奶奶说，是先皇桓帝的遗嘱。"

缙瑢点点头，道：

"当初当今皇帝还是太子的时候，先王就几次要废太子而立自己爱妃所生的皇子克为太子，因满潮文武阻拦，所以没有成行，可在临终前却将其托付给了咱们家。"

"咱们家？"

"是，所以此事败落后，皇子克逃到了燕国。"

"伯父，您是说，祖母隐退是因为子克之乱？而伯父如今可依然留于朝堂之上，官拜九卿。缙钰终于明白为什么临行前楚良会对伯父有这么高的评价，能做到如此的，的确不是一般人。

"那你奶奶可告诉你，你父亲是怎么死的，缙府又为什么没有被灭门吗？"

"我父亲？！"缙钰浑身抖了一下。

"看来你奶奶和你母亲都没有告诉过你。"

"伯父，我父亲，我父亲是怎么死的，没告诉我什么？"

"那就我来告诉你吧，是你奶奶，我的母亲，欲手刃了你的祖父，却误杀了你的父亲。"

"什么？！"缙钰大惊失色，"你是说，奶奶，奶奶亲自杀死了，杀了爷爷，和，和我……？"

缙钰听说是自己的祖母手刃了自己的祖父和父亲，不禁大惊失色，只听缙瑢虚弱中轻轻道来：

"……在御前，我二哥以孝为先，母亲将剑刺过去的时候，他为救父亲用身体挡了母亲的剑。而那时，母亲的剑已出鞘，为了全家的周全，也为了给你祖父留全尸，所以当时不能停下来，就这样，你祖父和你父亲，便同时倒在朝堂之上了……"

缙瑢使劲按耐着心中的激动以保持自己在晚辈面前的风范，而缙钰顿时感五培风轰顶，只觉得一片眩晕。

"就是为了什么呢？"

"因为坐在皇位上的不是皇子子克，论罪当满门抄斩。可因为母亲是皇家血脉，父亲在朝中也是威望极高，为了表达从此缙家不再涉足政事的决心，在大王要定罪之时，母亲率先拔剑而起，在朝上手刃了自己的丈夫和儿子，换来了缙家全族人的平安。"

"奶奶，杀了，我爹……"

两个人没有再说话，屋里一片寂静。缙钰定了定神，缓缓地站了起来，向缙瑢恭恭敬敬地作了个揖，道：

"伯父身体刚有好转，还要多加休息，小侄，暂回楚宅了。"

缙瑢没有看他，只是木讷地点了点头，没有说话。

缙钰脸色苍白地走了出来，只觉得天旋地转，江赤子在外面看钰公子脸色不对赶紧过来搀扶，两人跌跌撞撞地走回到了楚宅。

此时，赵耳恰伺候楚良在书房谈事，小厮过来通报说见缙钰脸色惨白地回来了，甚至还有些六神无主，赵耳赶忙出来相迎，可缙钰却并不理会他，直接回了自己的房间，将自己紧关在屋里不出来。

第七十三章
几世重影屏风后 拨云见日另一番

缙府曾身陷"子克之乱"而欲起兵谋反，为了全族，祖母亲手杀了祖父和亲生父亲，这让缙钰完全将自己陷入了"泥沼"之中，不知当恨、当悔，这完全颠覆了奶奶在他心中的样子。

他将自己关在屋里待了两日，楚良便让江赤子去叫，只说，事没办完，还是要打起精神的。

按说，作为奴才，没有召唤是入不得主子的房间的，江赤子斗胆轻轻地敲了几下门听了听，里面没有动静，江赤子在院子里转了一圈，鼓了鼓勇气回来一脚将缙钰的房门踹开，把缙钰吓了一跳。

"大胆奴才，你是要弑主吗？"

江赤子听缙钰突然如此一喝，赶紧伏在地上，连称自己有罪：

"奴才不敢，奴才不敢，只是公子这样不吃不喝的，这，这也太吓人了，万一有个好歹，先不说府里交代的事情办不了，公子您的身体也受不了啊！"江赤子趴在地上不敢抬头，同时也好奇，公子这两天没怎么吃东西，怎么还有这么大的力气发这么大的脾气。

"所以你的胆子就大到敢踹我的门了？"

"奴才不敢，是，是楚公子让奴才来叫公子不……不……"

"不什么？"

"不要再睡觉了。"

"你们认为我在睡觉？"

"不不不，是，是请，请公子出房门，好，好做事情。"

"知道了，起来吧。"

"诺！"江赤子站起身来，以为要为公子穿戴，抬头一看，发现站在面前的钰公子竟然已是穿戴整齐，精精神神地站在他面前。

"走，去昭音阁。"

江赤子不敢多说，乖乖地跟着主子来到了前面，心下还想着：

"找女人……这病，是算好，还是没好啊？"

到了昭音阁，缙钰并没有让人去找楚良，只是让赵耳将他安排在一间颇为幽雅的茶室中，一整面墙的壁柜展现在缙钰面前，上面是画满各国或各族图腾图案的抽屉，

小厮端来茶果，说：

"主人说，请公子在这里休息。"

"这些带锁的抽屉是什么？"

"这是鸾栖台那边带过来的，过些日子，其他屋里也会有，客人如果喜欢'雅谈'，便可从这一半上锁，一半未上锁的抽屉里挑两个，里面便存着图腾所对应国家的各种故事，高客们便可借此畅聊了，此中无俗事，故为'雅谈'。"

"那我是不是也可以打开一两个抽屉看看？"

"这……只怕不行。"

"为什么？放在我面前，还不准我碰？"缙钰的眉头微皱。

"主人说，公子原本自由于天际，如今已身陷在细尘之中，其实偶尔超脱出来会更加海阔天空，主人说公子何苦总将自己的目光放在细枝末节之中，扰了自己的心智。"

"好吧，你去吧！"

小厮为公子焚上来自波弋国的"荃芜之香"后，行礼出去了。屋内的缙钰独自看着这满墙的格子出神，久而久之，伴着这让人心旷神怡的香气，缙钰自言自语道：

"这些，便是天下了，而我到底看还是不看呢？"

第七十四章
世上本无清净地　从此公子要入泥

就这样，缙钰在这个茶室里，面对着载满天下的橱柜，浑浑噩噩地又过了不知多少个日夜。

这天，正当缙钰自斟自饮的时候，楚良轻轻地敲门走了进来，半开玩笑道：

"这几天看钰兄的心情好多了，想必也睡饱了吧。"

缙钰并不起身，那眼睛示意："天下就在我面前，你不让我看。"

"嗯，"楚良调皮似的点了点头，"你们家那点儿小事儿都不够你发愁的，这天下的事儿，还管他干嘛？"

缙钰明白楚良是故意要点醒他的，随手给他倒了一杯酒长叹了一口气："祖母弑夫，误杀了我的亲生父亲……我最仰慕的祖母……竟是我的杀父之人……"缙钰低头悄悄地拭了眼泪，苦笑道，"自从我来到这里，初衷尚未实现，对自己家里的事儿倒先了解了一一番，妹妹母亲衣冠冢，祖母的看破世俗不与世俗争……好一番的体面……体面的，我信了，深信不疑……现在明白了，原来清高自傲的祖母是参与过皇位之争的……失败了，所以才躲到山林里的……"缙钰有点说不下去了。

"哪个高门贵族不做上几件惊世骇俗违反伦理的事，又哪会没点儿大风大浪的？你这……差不多就行了！"

"我……你，你让我如何接受？"

"你们缙府生意可在各国不纳税，所以让你们全族经营到如今富可敌国天下人都眼红的程度，这得多少人不得不接受啊？你们这些做后辈的没有想到的多了……从老太太那开始，诸位前辈早就在风雨中历练出一般人所不能够的果敢，靠的是什么，还不是一个又一个不能接受的事？容我劝一句，钰兄啊，这贵族的公子哥可不比小家小户，你是有责任加身的，有时心中起伏半日就行了，想要更长时间地回味难受和苦恼，只怕家族也不会允许。"楚良冷冷地说。

缙钰心中有些惆怅，但又不得不承认这是个现实，便强忍着起身向楚良拱手道："让楚兄费心了！"

楚良摇了摇扇子："我倒没什么，只是后面你想好了怎么继续往前走了吗？"

"原来我想入朝拜官，其实是不想在伯父家中那么久而久之地待着，还可以在宫中或官场上多些消息，后面好办事儿……"

"那现在呢，你还这么想？"

"不，我不要入朝，"缙钰固执地说，"我要入的是宫。"

楚良一愣，直愣愣地往缙钰的下身看。缙钰顺着楚良的眼睛往自己的下面看，瞬间脸红了扭过身去：

"去，想什么呢！"

"缙府还指着你传宗接代，你不至于要牺牲这么多吧。"

"我没打算当公公……说正事儿！我这次来就是为了调查莒国美人逃跑之事后，怎么就让人把矛头直对缙府了？这明显就是个局嘛，可到底是谁有这个能力，能让鲁国，齐国，莒国，郯国，还有轩尧阁这江湖势力都在第一时间有所反应，这其中便是大有文章了。更何况，我的这位所谓的'姐姐'其实并没有缙府的血脉，只因为姑母后来嫁给了我伯父，就因此把缙府牵扯了进来，未免太过勉强！"缙钰皱着眉头紧攥着拳头。

"所以你奶奶认为是你三伯父借周天子之手干的？"楚良看着楚良问道。

缙钰没有马上接话，想了想道："周天子将缙府'养肥'了要收网，郯国不占只是自保，莒国拿下了我的妹妹，对缙府虎视眈眈，到现在韩离子还在莒国。齐国表面对奶奶尊重有加，但几番对莒国施压示威，想必是没有太大的耐心了。只有鲁国……没有头绪……"

"鲁王在等周天子动手……我直接告诉你就行了。"楚良看着无所适从的缙钰，知道这一切对于一个从来不出家门的公子哥来讲，的确是有点沉重。

"我还得想办法让伯父帮我，不管套用什么理由一定得进到朝堂，最好是宫里。"缙钰突然像清醒了一样对楚良说道。

"你不会真的要去保太子或者去保另一个你伯父不保的公子吧？"

"这朝中之事我哪有什么政见，谁是王储，与我何干？不过我想，如果我表现得与他政见一致，那么我看到的王储仁德，一定是他想让我看到的。但是，如果你站在他的对立面，那就不一样了，你可以在另一股势力中得到更多的信息。"酒醒后的缙钰，的确有些不一样。

"反正你要的不是功名利禄，有些人敢在你面前露马脚，那恰是你想要的。"

"楚兄说得没错。"缙钰看着他。

楚良给自己倒了杯茶，咽了一口，道："可是，你要他愿意帮你成为他的对立面，而且还信任你是他的人……太难了吧？"

"你以为，将来谁当了最后的天子，对缙府来讲真的很重要吗？"缙钰认真地看着楚良。

"对你这个在朝中的伯父，难道不重要吗？"楚良反问道。

"楚兄，这段时间我想得很清楚，要血家族前耻，可不是旁人那些'光宗耀祖'的法了就可以解决的，只要缙府富可敌国，消息可尽传天下，这事儿就过不去，明天我就去伯父家，相信他会答应我的。"

楚良见缙钰完全听不进去又如此坚定，也不好再说什么，便不再说了。

第二天，缙钰将自己最好的衣服拿了出来，吃了早饭，又喝了杯茶，提着精神来到了缙瑢的宗伯府，缙瑢坐在正厅，身边依然有公主在侧，缙钰用家中晚辈对长辈的礼仪请安道：

"伯伯，婶子，小侄缙钰请安。"

"起来吧！"缙瑢道。

"你可想好要做什么了？"此时的公主，拿出了公主当有的威仪。

"为皇子伴读。"缙钰悄悄地看了看缙瑢。

缙瑢和公主对视一下，将自己的儿子缙钟和缙铖以及其他人都屏退了，厅堂的大门紧闭。缙铖出来后刚要回房，缙钟上前一把拉住了他：

"贤弟，咱们许久没去喝酒了，为兄我订了个桌，一起去喝点儿。"

缙钟微皱了一下眉头：

"又说是你替皇帝尝酒，结果不给钱？"

"不会不会，给钱的，走吧！"

就这样，兄弟俩一起来到了一个热闹的酒肆。

缙钟给弟弟斟上了酒：

"贤弟，你和缙钰关系最近，这个缙钰的葫芦里卖得什么药？怎么跟你分开几日后变得怪怪的了，之前还是个纨绔子弟，现在怎么突然要做事了？"

"他是奶奶家缙府主枝过来的，自然要与咱们这种闲云野鹤不同。"缙铖道。

"哼，就说你是个没心眼的，一不留神便被人家利用啦！"

"莫非，他干了对不起你的事儿？"

"那倒没有。"

缙铖两手一摊，道："那不得了。"

缙钟一拉缙铖的手道："你也想想，他一旦入宫成了皇子伴读，会不会影响到你我啊？"

"为什么会影响到你我？"

"你想啊，咱父亲是掌管祠礼的太宗，官爵世袭，如果缙钰入朝，万一得了皇帝的信任，影响父亲的仕途可能性不大，但是，等到了咱们这一辈恐怕就不一样了，万一到时候缙钰混得比咱好，他在上，咱们在下，你我岂不要看他的脸色做事了？到那时外人眼里的缙家可就是指他，不是你我兄弟了。"

缙铖转过身来看着缙钟，冷笑一下道：

"你怕这世袭的爵位尊贵和一切礼遇都被缙钰承袭了去？"

"这……这不是没有可能啊？爹的爵位怎么来的，他若不想要回去，为什么要入朝为官，还要接近皇子啊？你以为就因你带他出去玩过几天，你们之间便有情义在了？"

"情不情义的我无所谓，反正从小闲散惯了，要不是被母亲送到宫中做个侍卫，我早就不知去哪个诸侯国闯荡江湖了。"

"可是，只有你哥哥，我，世袭了官爵，才可以保你继续做这个富贵闲人呀！我的弟弟！"

缙铖看着缙钟，又看了看外面，觉得这酒真是喝着没味，缙钟不死心，又继续说道：

"回头啊，你去看看你夫人姐姐。我呢，也去转转。"缙铖应承着陪着哥哥喝了酒，果不其然，兄长还是说为宫里办事，将来有宫里的生意可以想着店家一类的话不给钱，便悄悄地在身后付了酒钱。缙钰从房中走了出来，恰看见兄弟俩回来。缙铖故意在自家哥哥面前如见陌生人一般对缙钰拱手行礼。

第七十五章
臣子心中愚家计　入宫直跪荒唐人

缙钰的眼睛里还是十分清澈：

"铖贤弟！"

"钰兄，父亲可同意兄长的请求了？"

"是！"

"但不知要前往哪位皇子身边？"

"是宠妃姚姬之子，公子颓。"

缙铖一愣，沉默了一会儿，道："是兄长选的？"

"是伯父替我选的。"

缙铖松了口气，微微一笑道：

"宫中规矩多，兄长入宫之后，若有需要，弟，愿全力相帮。"

"不，贤弟，从今以后，我与你父亲便是政敌，这也是以你父亲为首的缙府之爵，要借此翻身的开始。"

"只是……哎！最终皇位如何，谁能料定？天下世子最后不得善终的，也是比比皆是啊！"

缙钰和缙铖相互行礼，各自离开了。

送走了缙钰，缙铖心中很不是滋味，来到了书房找缙瑢：

"既然曾经因此而吃了亏，弄得几乎家破人亡，如今又何必再倒覆辙？孩儿还请父亲三思。"

缙瑢猜到缙钰已经告诉了缙铖便不隐瞒，直接道："当初是缙府选的，自然要自食其果。如今既然再选，对与错，自然也是要做好准备的！"

"你父亲这么做，是为了能够在原处立起身来，一旦成功，缙府曾经之痛才算能就此抚平。"公主说道。

"那你和缙钰将来总要有一个会败，对缙府还是个'疤'。"缙铖几分心痛地说。

"但咱们家可始终立于朝中，将家族发扬光大，明白吗？"

"天子都越来越弱了……"缙铖小声嘟囔道。

公主拉了拉孩子说道，"明日我与缙钰入宫，若一切顺利，你兄长便要常在宫中了，现在皇帝壮年，我们之间的利害是不会那么快显现出来的，只是，你和缙钰还是不要显得那么亲近的好。"

"缙铖，明白了。"

第二天，公主如约带了缙钰来到宫中，与皇妃几经周旋才将缙钰安排到了公子颓的身边。

公子颓与缙钰年龄相仿，见到缙钰一袭白衣，面容清秀，不屑地问道：

"听说你是乡野中人，不过家里还算殷实所以想到朝廷里混个体面，算你有眼光，知道来我麾下。以后，你就好好地臣服于我和母妃，必然少不了你的好处。"

缙钰低着头，听着颓公子的话不由得皱了皱眉头，但还是恭恭敬敬地说：

"草民，谢殿下。"

"殿下，殿下……"此时一个公公突然跑了进来，在公子颓的身边耳语了几句，竟让皇子颓马上兴奋不已：

"真有那么好？"

"正是！"

"走走走，若真如此，本皇子必然要了它！"公子颓转身对缙钰说，"你先去吧，本公子要去喂牛了。"说罢，公子颓便带着那个太监匆匆出去了。

缙钰跪着回头看着皇子走远了，自己站了起来，抖了抖身上的衣服长叹了口气，这个皇子怎么可能会是对储君有威胁之人？缙钰自己心里也不知道应该是放心还是失望。但有一点缙钰只能告诉自己，今后的日子只怕要忍下去了。

第七十六章
一家兄妹两家命　只是进进与出出

莒国太后的冥诞之日，阖宫上下无不素装素颜，不可耳语说笑，更禁了歌舞丝弦。莒王带着王亲贵族祭祖，然后夫人妏王后率后宫在太后灵前打扫，行礼祭祀，好一番的肃静仪式。

晚上是王室的家宴，桌上全是清淡素菜，虽说没有歌舞，但众人来得很齐，觥筹交错间，还算热闹。

缙钰的妹妹缙心还在莒王的宫中，因为无名无分，和丫头筱菊等其他宫女一同留在大王的寝宫中，一片难得的轻松。

筱菊在缙心的身边整理衣物说道：

"等有一天咱出去了，这些衣裳用品全留下来，咱一件都不要。"

"雏玑此去赴宴，只怕诸位夫人们的嘴里是饶不了她的。"

"这不更好吗？她们不把唇齿放在雏玑身上，岂不就放到咱们这儿了？"或许是觉得自己的主子太苦了，但凡有谁能为主子做些什么，她都会觉得无所谓，而不会对别人心生怜悯。

"她已经身怀六甲了！"缙心提醒筱菊道。

王室家宴，虽说是因为冥诞，但对所有女眷来讲，也却是一次比美的机会，尤其是各宫的夫人美人们，即便不穿金戴银，但在同一桌上，也要素得美丽才可。雏玑按缙心的意思挑了一件白底飘蓝的长裙：

"我可以再加个头钗吗？素就是了，干嘛那么单薄？"

"她们会明着欺负你，不会是因为你比她们漂亮，而往往是因为她们觉得你不如她们，这身衣服素雅而高贵，不单薄，也不会俗。"

"哦……"

雏玑在席上边回味着缙心的话，边抚摸着身上的玉兰花。

"雏美人，今天看着丰润了很多。"妖王后的话打断了雏玑的思绪。

"嗯！看着是胖了。"苣王喝得迷迷糊糊地看着雏玑，笑着吟道，"硕人其颀，衣锦褧衣。巧笑倩兮，美目盼兮。"

"大王吟的诗是赞美那嫁与卫国的齐国公主之美的，岂是奴婢所能及的？"雏玑红着脸欠身道。

"我看我的雏美人，比那卫姜更美！"苣王借着酒劲十分兴奋，各宫人的脸色都变得十分难看。

"谢大王！"雏玑几分调皮地悄悄看了看其他人。

"雏玑妹妹纵然是美，听说却不及自己身边的宫女更美的！雏美人，难道没有带她来？"赵夫人在一旁道。

"雏妹妹还是年轻，"还未等雏玑说话，妖王后便语重心长地把话接了下来，"做王宫中的女人是要懂事的，为大王延绵子嗣才是大任，妹妹还是要大度一些的！"

雏玑刚要起身："奴婢……"

"来人，"只听赵夫人吩咐下人，"去将大王宫中的那个姑娘请来，姐妹们好都认识认识，将来做了姐妹也能熟识一些。"

"夫人！"雏玑赶紧叫住了下人，起身上前行礼道，"这里都是大王身边有品级的贵人，她一个并未受过恩宠的小小宫女，怎能荣登此大雅之堂？"

"妹妹这就不懂事了，"赵夫人道，"你一个小小的舞姬，在宫外搔首弄姿，低贱得很，要不是大王宽仁，你以为你就能与我们同登这大雅之堂啊？"

各宫的贵妇们都附和了起来，言辞中对雏玑充满着"谆谆教导"式的嘲讽。

雏玑悄悄抬头看了看莒王，莒王一脸的冷漠，像是看戏一样听着他们杂七杂八地说着，而雏玑的这一个小眼神倒让他提起了兴趣，想想平日里，雏玑明知自己是个替身，但也十分懂事，更不会吃心儿的醋。可是今天的雏玑在莒王看来却是有点儿反常，似乎忘却了自己作为美人该出演吃醋的样子，反而急切地表现出了对缙心的保护，这不像是她平日的机敏。

莒王看着雏玑，没有替她说话，反而干脆顺水推舟看看后面到底藏着什么，决定佯装什么都没有看见，只是在那里酒醉。

只听雏玑娇滴滴道：

"大王，今夜可愿意留宿寝宫之中？"

此话一出，其他夫人的脸色顿时有变，齐刷刷地望着莒王，不论莒王看中的是她还是那个宫女，于众人而言都不是好事。

莒王感觉有趣，应道：

"嗯！今夜寡人自然是要回去的，怎么，爱姬有话要对寡人说吗？"

"大王……自然有话，只是悄悄话，哪里能在这里说？"雏玑将话说得十分娇媚，让其他众夫人更是怒火中烧。

"雏妹妹，妹妹眼里没有我们几个做姐姐的也就罢了，可王后在此，又是这么重要的日子，当然应该是成全大王与王后伉俪情深，哪容得了你在这里狐媚放肆！"赵夫人急急地说道。

"大王……"雏玑更是撒起娇来，连莒王都开始觉得越来越有趣。

"我看，是刚才说起雏妹妹宫中的宫女，让妹妹不舒服了吧？我们也想看看，这个宫女之美，如何能让这艳压群芳的雏美人也可以如此紧张的。"芝美人道。

"算了！今天是好日子，雏妹妹生气了，你们就不要'火上浇油'了！"姣王后道。

"芝美人深知寡人啊！寡人也想见她……"莒王满满的坏意，"来人，把那个宫女叫过来陪寡人喝酒。"

众人一听，个个脸色惨白，本来是只为了气雏玑平时受独宠，结果却惹来了另一个新宠，但大王发话，悔也没用。而这大殿之中雏玑却在暗喜，这条线终于是给缙心搭上了。

不一会儿，缙心随着宫女来到了厅上，行了宫礼，用余光看了一下在一旁窃笑的雏玑，她便知道这姑娘想必已经成功地把这帮夫人们气得差不多了。

"抬起头来。"莒王见雏玑这么帮她，干脆顺着来。

缙心一抬头，诸位贵人们都倒吸了一口凉气，这不是之前跑了的那个"己美人"吗？当初在最荣宠的时候怀了大王的胎，后来据说回来了，却没有孩子，入宫当天晚上便暴毙了……此人……

"大王是性情中人，如今见了与之前的己美人一般无二的女子，便留在身边，也是情理之中的事。"大殿上的妖王后，从不会让自己的大度和贤惠缺席。

"是啊，大王钟情，若是己美人泉下有知，想必也心安了。"芝美人道。

"一个小小的宫女能成为宠姬的影子，也算是三生之福了，奴婢虽没见过曾经的己美人是如何宠冠六宫的，但如今看来，似有可以较量一下的了，看看这个丫头是不是也有这样的福气怀上大王的骨肉？"雏玑故意饶有挑衅意味地说。

"奴婢能与曾经宠冠后宫之人面容相仿已是万幸，又怎敢妄想怀大王子嗣？"缙心娇滴滴一张口，让莒王大吃一惊，竟酒醒了一半……这是缙心说的话？雏玑缙心的一唱一和，将后宫中其他的夫人美人紧张得脸色发白。

和莒王一样吃惊到有些不淡定的，还有那位芝美人，今天堂上雏玑的唯唯诺诺，争风吃醋，与曾经的爽朗大方更是判若两人。

"寡人也是看着这丫头有当年郯国郡主的品貌，便先留在身边了，夫人，你不会介意吧？"莒王直勾勾地看着缙心。

"那，既然如此，"妖王后稳了稳神，"就把这个丫头收入后宫……"

"难道她没在寡人的后宫吗？"莒王知道她要说什么，便直接强势地打断了她，众人瞬间匍匐在地：

"大王息怒！"

"今晚，真是一片大好啊！散了吧……"莒王故意撂下了话起身离开了，留下了一屋子惊慌失措的各宫夫人伏在地上哑然无声，一片尴尬。

夫人待大王走后，缓了缓神，被下人扶了起来，转而恶狠狠地看着下面的缙心，莒王身边的齐公公怕夫人会对缙心不利，便在门口对缙心喝道：

"大王都回宫了，你还不赶紧伺候雏美人回寝宫准备侍寝？"

"诺！"缙心毕恭毕敬地扶着得意扬扬的雏玑回了宫，其他众人面面相觑，不知道是怎么成了现在这个样子，一顿饭的工夫像变了天似的。大家沉默了一会儿，也都快快散去了。

第七十七章
暗火只求为卿起　可惜有缘无分人

两位姑娘唱完了"戏"携手回了宫，此时大王已经在里面正襟危坐，二人对视一下，今晚的事儿少不了要被莒王骂了，便收了笑脸，低头走进了去。

"雏玑，你一人在外屋休息！"莒王喝道，还没等雏玑来得及应和，他便上前抓着缙心的手腕进了内室，一把将缙心扔到了一角，把门一摔，借着酒劲扑了过去，轻声在缙心的耳畔道，

"你以为寡人不敢碰你吗？"

缙心把脸一扭没有说话。

莒王慢慢地松开了她，道：

"是，因为你是缙府出身，娶他国公主，娶的是与他国几年的和平安好，而若要收了你，则收的是各种财富势力和遍布天下的信息网，你自然更贵重些。而且，你与轩尧阁还有婚约，权衡利弊下寡人从不曾碰你，可是你今天在干什么？是给寡人看吗，怪寡人没有宠了你吗？"

缙心借机跪在地上："大王息怒！"

"息怒，你不必拿这种背好了的话来搪塞寡人，今天寡人便就此宠幸了你，管他什么轩尧阁，等今夜过完，寡人自会备上厚礼到缙府提亲，到那时，木已成舟，看你那公主奶奶还有何话说！"

说罢，莒王便要过去拉扯缙心的衣服，缙心见状起身向后一个转身便从袖中取出尖刀对着自己的白颈，喝道：

"大王！奴婢今日之戏也是迫不得已！"

因为手太快，缙心的刀划到了脖上，一缕红血流了出来。

莒王见状，刚才的醉意瞬间消失，本想借着酒劲糊涂一次的想法也便随之烟消云散，一个人怔在了那里，但又因为刚才的怒气还在那里，顿觉得有些下不来台，坐在一旁，喝道：

"到……到底怎么回事？"

缙心站在那里一动不动，泪水和血一同流了下来。莒王见了，无奈道，"哎呀！你先放下刀，寡人，寡人，不会对你怎样的！"说着一把抢下缙心的剪刀，用衣袖给缙心止血。

缙心知道莒王为人，没有反抗，轻轻地说道：

"大王可知，缙心不能再在这宫中这么住下去了。"

"为，为何？"

"大王软禁奴婢，并非为了结仇，而是为了结盟，可是大王，这盟当如何来结，当与谁结？"

"你说呢？"莒王瞟了一眼缙心，看着脖子上一抹红色，心中一紧，从身上掏出手帕带着几分紧张地递与缙心，还是用命令的口吻说，"你先把血止了！"

缙心双手接过手帕，回到了一个角落里，侧对着莒王坐下，轻轻地说：

"大王的后宫与前庭相连，后宫举动无不影响着前庭的势力，也包括了对他国的用兵决策。雏玑在宫中可对外说为大王解心中烦忧，那是己美人'去世'之后的事，可如今雏玑看似独宠，也是大王权衡利弊，而并非沉迷女色之君。"

"那为何又留不得你了？"

"大王，我曾经被留下，是因为大王要轩尧阁臣服，奴婢自然是最理想的筹码，可是大王，如今看来，轩尧阁的韩离子在女人与轩尧阁的利益来讲，女人于他来讲并不能算得了什么，否则为齐国筹粮之事，那韩离子也就早与大王谈好的条件将奴婢接出去了，曾经奴婢是大王可进可退的砝码，但是因为韩离子的软硬不吃，缙府的冷漠以待，如今奴婢难道不是大王前后两难的关键吗？"

"哼，寡人倒是不曾想过你是寡人前后两难的关键，而是觉得现在雏玑让寡人有些进退两难。"

"雏玑已被封为美人，便是大王的女人，还望大王不可负她。"

"可寡人的己美人却义无反顾地负了寡人，这个账怎么算？"

"缙心被大王杀过一次，又在此软禁了这么久，当是为姐姐还了欠大王的债了。"

"你若走了，寡人还有什么可以将轩尧阁收在麾下的？"

"大王，轩尧阁本身就是江湖帮派，非池中之物，大王本身是不能也不该收进来的，周天子要收了缙府尚且牵动齐鲁莒郯觊觎，其他暗中窥视的更是不知多少。缙府之后便是轩尧阁，谁不想仿效天子把轩尧阁收了呢？大王没有让我们成功，可时间久了，大王的野心天下知，就成众矢之的了。"

"你可知齐国，郯国与轩尧阁的关系早已非同一般。"

"其实，大王在一开始与郯国开战虽有私心但也有一半是做给别人看的，为的是就此把事儿甩给别人，而后再从中得利。所以，向郯国开出的条件便是借力灭了缙府，好收其产业和民间势力，不是吗？只不过，大王发现轩尧阁反而捷足先登逼着缙府与轩尧阁联姻，而我又在众目睽睽之下出现在了大王面前，大王自知一旦联姻便不能独享缙府，而我与姐姐长得极像让大王有了'台阶'可下，所以大王之前的计谋才算作罢。可现在很显然，轩尧阁不会因为我这个女人而有所变，可奴婢在这里时间久了，反而造成了大王与缙府和轩尧阁的僵局！"

"所以，你就借此机会将了寡人一军？"

"若奴婢是普通宫女，也就罢了，雏玑身边的宫女全是老人，大王一开始便是将奴婢在众目睽睽之下藏起来的，时间久了外人便怀疑里面大有文章，大王清楚，我不能入宫，否则给莒国带来的则是更大的灾祸。"

"你真的要面对韩离子，不怕他与你世仇而杀了你？"

"那再如此下去，又有什么好处呢？"

"缙心，寡人不是不能放了你，但是不能由寡人来说，你要考虑清楚，你在这里无外人对缙府有所打扰，但是如果你出去了，缙府和轩尧阁联手，就是最为引人注目的势力，到那时，这份清静你们想有都难了。毕竟，寡人只是想与你们联合，却不会灭了你们。如果你自己执意要走，那就，看自己的本事吧。"

"奴婢会借妧王后之手在她不知不觉的情况下将奴婢送出去的。到时，大王不会被人说亲自送出了一个宫女，也不会有人说大王始乱终弃，所有这一切，王后心向大王，会给大王找台阶下的。"

莒王看着已经计划好的缙心，心中不免一紧，不知是该承认自己的一番心血无人明白，还是不想承认自己在这件事情上的"输"，总之，现在的他只剩下了生气的力气，却又不知该用什么样的言语可以反驳眼前的她。

莒王没有继续往下说，也没有问缙心的肚子里在怀揣着什么主意，一个人静静地走出了寝宫，齐公公小心地跟在后面，不敢多言。

莒王从寝宫走了出来，走了许久他叹了口气道。

"刚才还有些雨露，如今，这么快就停了。"

"有雨露湿润，是一番热闹，停了，便是雨过天晴。"齐公公道。

"热闹的时候，寡人忧心，这一停，寡人为何感受不到天晴了呢？"

"大王是太全神贯注了，为国事操劳，把自己的后宫都想进去了。其实啊，大王还是要在后宫安家的。"

"你当初侍奉先皇的时候，可有看他也这样过？"

"先皇，是深明大义，大王，您是英明仁义。"

"一切虽因己美人起，但轩尧阁，雏玑，皆与缙心相关，她走了，寡人似乎丢了全盘棋子。"

"哪能啊，如果这事本身就没有输赢，也就谈不上会有赢家和输家了。大王对外的威严依旧，轩尧阁和缙府依然是仇家，其实啊，这宫里有没有这位缙美人，全看这丫头命中有没有那份造化而已。就算有了这份造化，也不过是儿女情长之事，大王的大局还是掌握在大王的手里。"

"那寡人的大局是什么？"

"大王，这么晚了……，您当下的大局就是告诉老奴去哪位夫人的宫里好好休息，保重龙体，呵呵呵……"

莒王回头看了看齐公公，微微一笑："去芝美人那里吧，她事儿少，是个懂事儿的。"

"诺！"

第七十八章
人说自由勤求索　不知蓬莱已无门

莒王离开后，缙心一个人坐在那里，雏玑悄悄地走了进来，坐在缙心的身后，慢慢将心儿的青丝松了下来，问：

"还好吗？"

"他答应了。"

"所以，姑娘就要一去不回了……"雏玑用手绢轻按了按心儿脖子上的刀痕，"大王……刚刚，为难姐姐了？"

"莒国行的是仁德之政，不会为难我。"

"原来我以为阁主最有魅力，如今看莒王，也有一番不同呢。"雏玑小心地看着缙心。

"好啊！知足就好！"心儿莞尔一笑。

一晚上的戏，所有人都累了，但包括莒王在内，阖宫上下却无人入眠，但对于莒王来讲似乎感受到了一种莫名的"透气"。

缙钰在洛邑作为公子颊的伴读，一开始还来往于赵府和宫中，之后，便在城中靠西的地方买了一处宅院搬了出来，只与楚良相见，而不见昭音阁的其他人。

楚良是个聪明人，让赵耳将昭音阁的客人只定为一些朝中新贵或各宗族中的子弟，那些朝中的老臣虽说也有去的，但并非故意招揽，更多老臣还是常去"朱台"，所以两边倒没有什么冲突，便在一个城中共生共存了。

时间久了，缙钰在宫中算是安安静静地待了下来，每天守着公子颊不是玩猫，就是喂牛，时间久了，身边的江赤子有些按捺不住。

这天，趁缙钰在自己的府中看书，江赤子端茶进来，小心地问：

"公子，不知我们后面当做些什么，我好去准备准备。"

"没什么事儿，你忙你的。"

"那……那这……岂不……就是混了？"

缙钰抬头看了看他，心中明白他的意思，笑道：

"怎么，我在这里做个富贵闲人难道不好吗？能平安地混下去，反倒好了。"

"只觉得公子在这里伺候如此毫无前途的庸碌之辈，简直就是浪费时间。与其如此，还不如回了缙府帮助老爷料理外面的生意，也算得上是一番事业呀。公子将来是要继承缙府的，哪里应该在这里消磨时光？"江赤子将自己心中的不满都嘟囔了出来。

缙钰笑着摊开了手，道："那你说，缙府谁来把我替回去？"他低头翻看着公子颏在学的书。

"唉，缙府但凡再有个男子，也不至于让大公子亲自前来，倘若那公子颏是个极有慧根的也还算罢了，可如此看，不过是一个有身份无深度的王子，还有浊气在心，生在这权力纷争的帝王之家，将来能不能得善终都是个问题，恐怕还会牵连到公子身上，公子要不再想个上策？"

"何为上策？光耀门楣是上策？如今世风日下，所谓才子志士都引路到各个有几分势力的国家去求得一官半职，看似是个机会，但是你可知道，凡是手中握有实权的朝中砥柱，有几个会得有善终的？族人可靠着一个有出息的人扬眉吐气一时，却不知道有多少祸事可能会重来，要我看来，可在这乱世之中长久生存，保一族平安便是上策。"

江赤子似懂非懂，却又觉得似乎有点理，便不再说什么迷迷糊糊地走了出来，留缙钰在屋里一个人看书。恰巧此时，楚良从院子里走了进来，江赤子几步过去行了礼：

"楚公子来了，莫非朝中有什么风向在变？"

"嗨，一个几乎失了大部分江山的周朝，哪里谈得上什么风向不风向的？"

"那公子今天来……"

"闲的。"

"……闲的？"

"啊！"楚良说着就要往前走，被江赤子拦了下来。

"公子，您看咱能借一步说话吗？"江赤子边说，边将楚良拉到了一边。

江赤子刚要开口，楚良抢了先："哎，咱俩别在这大太阳下晒着行吗？找个背点光的。"

"哦，好好好，楚公子这边请，呵呵。"

两个人在旁边找了个树荫，道：

"你想问什么，就说吧！"

"奴才，奴才是想问公子，我家公子莫非就这么在这洛邑待下去了？"

"啊！"楚良看着江赤子。

"不回缙府了？"

"要是宫里准了假，应该还是可以回去探个亲吧！"

"这，不是，这也就是说，这里就是我家公子的归宿了？我家公子和那位缙大夫一样，得把这儿当家了？"

"不然，你还想去哪啊？"楚良故意装作一切很正常的样子道。

"不是奴才想去哪，是公子在这里……他，没前途，还有可能有生命危险，他，他是我们家的独子。倘若真的要在这里长留下去了……那，是不是就该考虑着在这里给我家公子寻门亲事，也好身边有个夫人照顾了……"

楚良一愣："嘿，你这个奴才还真是忠诚，这刚安顿下来，就考虑给你家公子成家的事儿了？"

"这都准备要在这里立业了，不该考虑给他成个家吗？"江赤子直愣愣地说。

"那你想想，万一他支持的颊公子将来有所不测，你给你家主子操持的这个所谓的'家'，岂不是徒增冤魂啊？"楚良故作严肃地说。

"那，那也不能就这么在这儿待着啊，误了我家公子的前程和终身，我家缙府到这一辈就这么一个男子了，还指着他传宗接代呢！"江赤子心中完全没别人。

楚良看这傻愣愣的奴才，"扑哧"一声乐了起来，而后正了正身，道：

"好奴才！这样，你家公子其实住不了多长时间的。所谓把问题解决了，就是将该归位的归位。你家公子非这里的池中之物，怎么会在这里长久，这种事情也是讲缘分的，总有缘灭的时候。"

江赤子看着楚良，摇了摇头："不明白！会有走那一天，对吗？"

"你看啊，你家姑娘缙心在莒王宫，不是池中物，终将会离开，当然也包括会命丧其中，这个也是一种缘尽的表现。你家公子呢，一样啊。所谓物以类聚，人以群分，不是该在一起的，总是会有个最终了结的时候的。"

"还，还会丧命？！这……"

"关键不是会不会丧命，而是，如何在对的时候，全身而退，才是上策。"

"那，那我家公子如何预知？"

"这好办啊，等太子的力量稳固，他便可以退出去了，很多事只要求得大势所趋即可，不必真要等到有了结果才行，要是等到有结果才意识过来，就退不了了，也就只剩下等死了。"

“啊？！这么危险？”

“那当然了，你家姑娘在宫中，你家公子在朝堂，祸福往往都是上面一念之间的事，你以为还是在缙府，出了错训斥几句就罢了？你呀，就是在那宅心仁厚的温柔乡里待的时间太长了，竟忘了世道艰险的道理。”楚良笑着摇摇头，留下江赤子在那急得直跺脚。

“这，这家里的两位贵人，造的是什么孽啊！”

第七十九章 以为风景终将尽 总有无知身边勤

此时的筱菊得知姑娘出宫有望，走到各处都是满脸的开心，对外只说雒美人恩赏了很多，只字不提自己家姑娘终于有机会可以回家。无论缙心如何提醒她不可如此反常，而她实在无法抑制内心的喜悦。

雒玑吃着水果，看着筱菊勤快的身影，轻轻地问缙心：

“那位妏王后真的会助你出宫吗？”

“如果她能容人，己美人又怎么可能怀着公子还要离宫呢？”缙心翻着竹简道。

“可毕竟有莒王相护，其他宫的夫人们也都似乎安于在此，己美人有些格格不入了。”

“夫人在人前自然要有夫人应有的笑容，但更重要的是，她是一个有儿子的母亲，那天在堂上每当提到己美人有孕之事，夫人眼里便是害怕，可想孩子的事情是唯一触动这位夫人神经的事儿。”

“所以，你会借她这一点来帮你出宫？万一她不这样呢……”

“她不会帮我，只会杀我。”缙心平静而严肃地说，“我赌的是，我是否能够让她在杀了我的时候，能让她给我一条活路，把我送走。“

“啊？！”雒玑浑身一震。

“邵昭死的过程，就足以看透这帝后二人了。”

一直以来，雒玑想的都是缙心利用妏王后女人的嫉妒心，让她赶自己出宫，却完全没有想过妏王后会有杀缙心的可能：

“当初邵昭之死虽说是莒王授意，但是借妏王后之手想必也是知道妏王后的秉性，所以才借刀杀人。只是，因为邵昭这个孩子聪明得太过表面，懂得利用别人腹黑之处以求生存，所以莒王才让自己的公公在后面看着，一旦妓王后为了一己之私要收了邵昭，便当机立断，了结了那个丫头。"

想到这里，雒玑顿时背后发凉，这夫妻俩……

缙心看着雒玑发呆，回头捏了捏她僵硬的脸蛋笑道：

"自己吓自己呢？"

雒玑这才回了神儿："啊？没有！只是有点……不好接受。"

缙心还未听进去，便站起身来，打断了她的话：

"孩子满月的肚兜我做好了，一会儿给孩子做半岁大的。"

"姐姐辛苦了。"

"上次听筱菊说，我哥哥缙钰在洛邑入了宫，成了公子颟的伴读。"

"是这么说，可是，听说那个公子颟其实就是个宠妃的孩子，不学无术，你们如果掺和储君之事，不该保太子吗？"

缙心皱了皱眉头叹了口气：

"他一个初来乍到的，只怕没有那份选择的资格吧！筱菊。"

"姑娘，怎么了？"

"这几块颜色不好，"缙心看着布料，"你去找芝美人要几块好的，就说雒美人要自己做针线活了。"

"诺！"筱菊下去了。

"阁主说这其实就是一种赌注，不让姑娘多问，我真不明白，姑娘的哥哥为什么要去趟这个浑水。"

"一个人的隐忍，可以被人无视而换得一世清净，几个人的隐忍或许也可以换来一时的平安，但总会有人虎视眈眈，可是，自从我出府到现在明白了一个道理，一个家族想通过隐忍做到万无一失，是不可能的，弱了强了，都会被人所灭。"

"如果足够强呢？"雒玑傻傻地问。

心儿笑道："傻丫头，隐忍很久之后只有能力更强，才能是足够强。所以，还要在众目睽睽之下历练。"正值此时，一队宫女带着几个锦盒来到了寝宫，打头的宫女说："夫人口谕，这些是赏给上次的那个宫女的。"言语中带着几分高傲。

雒玑带着自己的宫女出来，将宫女们都让了进去把锦盒都留下了。

那个宫女接着说："夫人说了，让那个宫女去谢恩。"

雒玑侧头想了想对宫女道：

"等大王恩准了，我便带她去。"

"大王兔的是您的行礼，可没兔一个宫女的，莫不是，雒美人的人也可以没规矩

304

了……”

“放肆！”一声力喝打断了宫女的傲慢，众人回头一看，是赵夫人，谁都知道赵夫人是妖王后的“马前卒”。

众宫女赶紧行礼，赵夫人看着雏玑笑脸盈盈地过来，直接一扬手便给了那个傲慢的宫女一个嘴巴，吓得宫女们赶紧下跪。赵夫人却转过来温柔地对雏玑说：

“妹妹，真是越来越漂亮了，人也丰润了。”

“姐姐玩笑了，姐姐是贵人，还是头一次来吧？里面请。”

赵夫人上坐，一双丹凤眼十分有神：

“王后说，如果只是宫女来唤那个宫女，只怕请不动。所以还是让我来了，”随后她对里面叫道，“缙姑娘，好稳当啊！”

缙心低头了出来，下跪行礼，小心回道：

“乡野中人，自不敢造次，王后有命，定当顺从。”

“你就是靠这份温顺帮你的家族的？”赵夫人看着她，缙心抬头看了看她，没有说话，赵夫人接着说，“走吧，妖王后等着你这个妹妹呢！”

“诺！”缙心乖乖地随赵夫人离开了。留下了雏玑只能独自担心。

第八十章
一曲平川花渐色　只是旁人论短长

妖王后刚刚将公子哄睡，见赵夫人带着缙心过来刚要行礼，摆了摆手，亲手给池儿又扇了一会儿，才带着她们轻手轻脚地来到了外厅。

外厅已经被浓郁的阳光烘得暖暖的，妖王后的笑容更是温暖，几个人坐定，妖王后说：

“大王总说我太惯着池儿，可这么热的天儿，又是个男孩子，难免燥热。”

“王后说得是，别说一个男孩了，就是咱们好静的，也受不了。王后母仪天下，更何况这舐犊之情呢，大王也是喜欢王后如此的。”赵夫人说。

“哎，男孩子太好动了，有的时候我是既想让池儿常去见大王，又害怕孩子顽皮让大王厌恶。所以啊，每次那父子俩见面的时候，我那个紧张啊……”缙心仔细地听着王后和赵夫人的闲聊，妖王后悄悄地享受着午后的安详。

"你府上的公子儿时是不是也是个淘的？"妖王后问缙心。

"回王后，奴婢的家中哥哥不爱刀剑，家中人总说他太过文弱，将来娶了媳妇会被欺负。"

"哈哈哈哈……"众人都笑起来了

就这样，几个女人在暖阳下聊着孩子，聊着儿时的过往，聊着女红，没有钩心斗角只有善良，缙心给夫人们讲述着山里的春夏秋冬，讲着窗外的瀑布，好不惬意，一直聊到池公子赤着脚跑出来，追在后面的宫女们的恐惧打破了这超脱世俗的温馨。

"母后……"池公子爬到了妖王后的腿上。

赵夫人见状起身道：

"池公子醒了，我们娘儿几个就不打扰了。"

"好啊，你们去吧，这丫头是个心中爽朗的人儿……以后就要做妹妹了，将来，也常来聊聊天，啊！"妖王后搂着自己的孩子，微笑地说。

"诺！"缙心好久没有这么舒服过了，脸上的微笑由心中而生，随赵夫人各回各的宫，路上两相无事。

可谁都没想到，此时的赵府可以称得上是"悲喜交加"，只有韩离子在那里自己读书，一脸平静。

公子颓的书房是缙钰最不想去的地方，唯一落满灰尘的一定是书，不但主子无所谓，洒扫的奴才们也完全忽视了这里是书房。

这天，缙钰刚要迈进去，一个公公突然小步快跑地从缙钰的后面挤了过来，抢先跑了进去。缙钰已是司空见惯，不慌不忙地在后面跟了进来，只听那小公公跪在公子颓面前道：

"殿下，太子说，公子给那牛犊做的衣裳太过华丽，颜色上犯了咱皇家的忌，报到大王哪去了。主子，您得，提前拿个主意。"

"什么？"公子颓一听，紧张地只在房中踱步，缙钰在一旁看着，有些哭笑不得：这王室中的人还真是没事干了，就算是咬来咬去的，也来点儿有水平的事儿，拿牛做文章，还真是一家子。

公子颓转了一圈，突然看见缙钰在旁边站着，走上前道：

"喂，你……"

"哦，草民缙钰，拜见……"

"对对对，你给我出个主意，我该怎么办？"

缙钰愣在了那里略微想了想，说道："不知……这牛的衣服犯了哪条忌讳？"

公公爬过来，急急地说：

"是牛衣服领子上的颜色用了皇家色。"

"哦，"缙钰十分认真地说，"那也就是说太子觉得我们公子颓的钟爱之物非皇家之物喽？"

缙钰说着，自己都觉得自己在干一件"生怕事情不大"的事儿。

"嗯，你提醒本王了！"公子颓异常严肃地说。

"什么？"缙钰懵了。

"如果本王将这牛封为本王的干儿子，看他还说什么。"

"还是殿下英明。"跪在地上的小太监道。

缙钰听了差点没背过气去，皇子认牛作儿子，这要是传出去，岂不叫人笑掉大牙，他这个在身边待过的人到时候都没脸跟别人说自己是辅佐这位荒唐皇子的。

"殿下且慢！"缙钰赶紧叫住了这位皇子，却又不敢露出半点声色。

"怎么说？"

缙钰心想，这公子颓无非是想保护这牛，就凭他这点儿脑子即便心中记恨太子，也想不出什么好法子来，便道：

"既然太子殿下觉得那领子扎眼，没必要与之计较，拿下来便是，这牛不比人，想必也不愿意在宫中为这么多的规矩拘着，殿下如果当真为这牛好，倒不如将它精心赡养于宫中偏一些的地方，派人好吃好喝招待着，太子便不会再因此而为难殿下，殿下心爱之物也便自由许多。"

"但是，给它做衣服，是我的一番心意啊？离我远了，我若想念了，当如何是好？"

"这牛在宫中待久了，还是要有自己的一席之地的，公子总要给它找门亲事，将来还要生几个小牛犊子呢！那个时候，公子有多少衣服做不得，只要不犯忌讳，想必大王也会喜欢的。"缙钰说着，心里特想抽自己几个嘴巴子，这么说来，这位王子跟牛是父子之情，周天子喜欢那些个小牛犊子，这里面还有隔辈亲呐？

"嗯！说得对，"公子颓的话，将缙钰的思绪拉了回来，"去，给本王的牛打扫块地方去，好好款待。"

"诺，那领子的事儿……"

"唉，缙钰，"公子颓转过身问缙钰，"你看，改成绿色，还是蓝色的？"

"殿下，"缙钰实在想不出来那会是什么样子，一狠心，道，"要不，还是棕色吧，如那千里马一般的颜色，如何？"

"千里马，好好好，就这么办！去，给本王的牛做个千里马那样的领子，好好伺候着。"公子颓命令道。

"诺！"小太监领命退了出去。

"哎呀，"公子颓一搭缙钰的肩膀，"还是你小子的脑瓜灵活！"

按缙府的规矩，即便是下人也不可如此勾肩搭背，更何况主子，而这位殿下的举动让缙钰浑身不自在，但无奈只能忍了。

缙钰垂头丧气地从宫中回来，见楚良已经在里面喝上茶了，他苦笑了一下，道："你来了。"

"看看你这些日子过得如何？"

"唉，这万人敬仰的皇家宗室，如今竟是一族的酒囊饭袋，天天和这些人混在一起，着实是憋屈。"

"入不了你缙大公子的眼？"

"我现在知道投胎到哪里有多重要了，这么一个没有任何可圈可点的人，一旦是皇子，过得是真舒服啊！可那位公子颓堂堂一皇家之子，喜欢什么不好，非喜欢养牛，就对喂牛感兴趣，我在他眼里都没有牛重要。"缙钰沮丧地说，却笑得楚良弯不起腰来。

"钰兄，你个书生真的迂腐了。你看看那些公公们，哪里会跟牛吃醋，牛是牛，你是你。"

"你，你竟拿我跟那些公公们比？我是说这堂堂公子兴趣竟如此……"缙钰故意生气地说。

"如果他喜欢女人，就正常了？都是不务正业罢了，你只是完成你自己的事，莫非你真要辅佐他成为太子，登王位不成？"

"那倒不是。"

"这便罢了，你要记住，这是京城，只有利害关系，没有感情仁义之说，切莫入戏！"

"在这样的皇子身上浪费时间……"

"哈哈哈，怪不得江赤子那一介武夫，都想在这给你娶房夫人了！看来，真的是把我们的缙公子整苦了。"

"啊？呵呵，这小子，怎么什么不靠谱的主意都有。"

"人家也是一份忠心嘛！别人我不认识，你倒是跟我说说你叔伯嫁入宫中的女儿，她怎么样？"

"什么怎么样，你在想什么？"

"什么我在想什么，在你看来，她可是酒囊饭袋啊？"

缙钰想了想："她不是，虽说对我发的是小女子的脾气，但是个透彻的人，也让我是无言以对。"

"对嘛！这聪明人都在宫里。"

"可是……唉……这……宫中女人过于聪明，而宫外男子如此平庸……反倒不是好事。"缙钰一着急竟说不出话来。

楚良一副惋惜的样子看着缙钰，缙钰感觉楚良似乎想要说什么，想了想深叹了口气：

"我明白，缙府何尝不是如此，奶奶、母亲，甚至妹妹都不是一般女流之辈，而我这个公子哥却才不及人。"

"你现在不就在历练中吗？"楚良淡定地把话接了过来。

虽说楚良是在安慰缙钰，可缙钰的心中如针扎一样，似乎骤然间自己是世界上唯一的盲人，世上的人和事儿全然不认识。

第八十一章
各家自有各家事　只身富贵泪双流

缙钰安排人换了便装出来，拉起楚良便要往外走，说，"走走走，咱们去你那个昭音阁喝几杯去……"

"嘿，我这让你头脑清醒，结果你却要与我一醉方休？"楚良打趣地说。

"一醉之后，方是再清醒不过了！"缙钰笑道。

两个人在昭音阁不谈国事家事，便只是闲聊斗酒，好不畅快。

过了两个时辰，这二位贵人便都把自己灌得不省人事，赵耳听人如此禀报，便着人安排了房间，随他们睡去，无人打扰。

同样是这个晚上，缙府的三位夫人也醉在了一起，老太太回了闻水阁，没有老太太在府里的几位夫人，蜕去了平日里的拘谨，开心地吃着，喝着，说心里话，慢慢地都上了醉意。

姜夫人抓着苏夫人的手说："姐姐啊，你知道吗？你把我害苦了。"

"哦？为什么？"苏夫人迷迷糊糊地说。

"你说你当初什么时候走不好，非得是老爷和你刚有了孩子，老爷对你正在兴头上的时候你突然离开，还搞得跟诀别似的，弄了个衣冠冢。你走那天，老爷那叫一个哭啊，哭的个昏天黑地，之后，他便把谁都不放在心上了，"姜夫人的嘴飘忽忽地埋怨道，"要不是搞得那么隆重，没准儿，我还能给老爷生个儿子呢。"

姜夫人的话一出，大家都大笑了起来，良夫人端着酒壶跄跄踉踉地给姜氏倒酒道：

"你现在也生啊，正好，给我家儿子做个伴儿，将来有事儿啊，哥俩一起干！"

姜夫人软绵绵地趴在桌子上摇摇手说:"不生了,让我生我都不生了。做这家的孩子,太难,太累,担子太重!我呀,就让我们家的姑娘嫁个好人家,就行了,其他的,才不管呢。"姜夫人任性地嘟囔着的样子,十分可爱。

苏夫人早已两颊红晕,用手指轻轻地刮了刮姜夫人的脸蛋儿:

"妹妹啊,你不知道,我有多羡慕你的漂亮,温婉的时候,活泼的时候,惆怅的时候,都那么漂亮,连我都喜欢。"

姜夫人用手将苏夫人的手轰走:"别闹!"她凑近苏夫人说,"你说,我闺女将来会找一个什么样的夫家啊?王宫,官宦……你说呢?"

苏夫人摇了摇头道:"都不是,咱家闺女,不许有那么好的命。"

"去,我家蕊儿那么好,当然要……嫁得好。"

"咱家是商贾,门当户对,自然也是商贾。"良夫人斜靠在那接道。

"商贾,切,"姜夫人道,"你以为世上还有个轩尧阁啊,还有什么商贾之家,需要用蕊儿去联姻吗?"

姜夫人的话顿时刺痛了苏夫人,良夫人也顿时酒醒了一半,不放心地看着苏夫人。只见苏夫人端起酒杯自饮了一杯,几分不悦上了眉梢。

"你的女婿啊,也在京都呢。"苏夫人几分醉意地说。

"啊?"姜夫人低沉的头轻轻地抬了起来,"女婿,京都?谁啊?皇帝啊,太子比蕊儿小。"

苏氏和良氏对视了一下,苏夫人将身子倾在姜夫人的身上,轻轻地耳语说,"都不是,就是个商人,一个美人环绕生意的商人。"此时,姜夫人已经趴在桌子上,脸朝外闭着眼睛,怎么推都不动如睡着了一般,可悄悄地,眼角悄悄地流下了泪水。

晌午的阳光最是刺眼,缙钰早已大汗淋漓,与其说是阳光把自己照醒,倒不如说是这一身的汗臭,让自己着实地想要逃离这潮湿的地方。

缙钰睡眼惺忪地起来,看着外面阳光灿烂入神,下人见状便赶紧进来伺候更衣洗漱,而后备了车马将缙钰送到了宫里,例行公子伴读之职。

如此,公子颓成日里并不考虑什么读书习字,满腔热情扑在了他的牛身上,缙钰倒是落得清闲。有时,他见皇子这边也没什么事儿,便欣然抽身回府待命。久而久之,缙钰凭着自己的一表人才,逐渐成了宫娥们议论的焦点,更是有人开始对他暗相心许,而在缙钰心中,这些人比起缙府的女子来讲,都是些要攀龙附凤的庸脂俗粉,便皆不理会。

这天,缙钰与公子颓上完早课,身边的小公公便跑来传达今天的安排,先是公子颓上午要随王伴驾去狩猎,中午回来在宫里用午膳,下午要与太子一起去给太后请安……公子颓知道,这些安排都是宫里的规矩,但一想到要跟太子一同去请安,心中有些别扭，不知道这位太子人前又要如何"欺负"他了。

公子颧让人给他换上去狩猎的衣服，转身看了看缙钰，吩咐道：

"你且先别走，等本王狩猎回来去给太后请安的时候，你也同去，万一出了状况，你负责给本王解围。"说罢，便走了。

缙钰只得领了旨意，送走了公子颧，一人留了下来。

现下缙钰闲来无事，便在御花园里溜达着，看着园里的鸟语花香，景色很美，却禁不住走近观摩，无论是花开还是叶茂，在缙钰的眼里似乎都少了该有的灵气和活力。

缙钰无精打采地溜达着，迎面走来了一位妇人，看穿着朴实无华却又不像宫中的奴隶，银发高盘，显出了几分与年龄并不相符的精神，身边无他人伺候，孤身一人走到了缙钰的面前，缙钰本想让路，但见妇人已走到跟前，便拱手行礼道：

"夫人万安。"

"嗯，我见你时常在这宫中走动，却又不与任何人说话，听说，你是公子颧身边的伴读？"

"在下缙钰，见过夫人！"

"免了！你这年纪轻轻的，就孤身一人在宫里闲散溜达？我怎么听说宫外许多才子志士都是日夜苦读，盼望自己将来能有一番作为，小伙子，你可知自己在做着一件多么奢侈的事吗？"

"夫人说得是，时光荏苒，晚辈心中岂能不知，只是这宫中书籍断不是我这一小小伴读所都能有幸一览的，而宫中规矩，入宫者不可夹带外面的东西，所以这中间片刻，晚辈也只好在此消磨时光了。"

"借口！你攀上了大王最宠爱的公子，又仿若是世家出身，倘若真的有心，只求读几本书还能让你犯难了不成？孩子，还是要图一个仕途的，也不枉你如今这么高的起点。"老妇人的语重心长让缙钰愣住了。

他仔细看了看眼前的这位妇人，听言谈，看举止，的确不像是一般人，赶紧谦逊地拱手道：

"不知晚辈该如何称呼夫人？"

"你就称呼我一声越夫人吧！"

"越夫人好！"

"嗯！你要记着，切莫荒度了年华！"说着，这位越夫人便离开了。

"谢夫人！"

缙钰看着她的背影，心中十分诧异，在这个让人看不到生机的宫中竟然有这样一位不一般的人物，他便开始觉得有了些趣味。

到了晌午，殿下狩猎回来了，缙钰如约陪同去拜见了太后，祖孙几个唠着家常。

"太子比上次来，看着长高了，也壮了。"太后看着太子开心。

"谢皇祖母，父皇要求儿臣要勤学武，如此才可保护皇祖母。"太子的嘴十分乖巧，公子颓悄悄地撇了太子一眼，心里十分不服：保护皇奶奶还用得着你？

"颓儿也要多习武才是，哀家看着，怎么瘦了。"

"回皇祖母"，太子不等公子颓说话，抢先说道，"皇弟是心中有事挂念，常日操劳，才不顾自己身体。"

"哦？什么事儿，还用得着堂堂皇子费心的？"太后听了觉得有趣，和蔼地看着公子颓。

公子颓身上开始抖了起来，太子一脸窃喜地说：

"皇弟对牛颇为照顾，如今那头牛新做的衣服比之前的大了一倍。"

太后听了十分失望却也十分满意，既然他的母亲已经拥有独宠，孩子没有出息也是好事儿，怎么能什么好事儿都让他们占呢？

祖孙几个又聊了几句便都散了。

回来后，公子颓高高兴兴地换了衣服到牛棚里去看他的牛，对于缙钰而言，让他去看一头畜生，如杀了他一般，所以，他每次只是在后面跟着，但从不进去，只是在外面等着。

公子颓自上次缙钰提出牛领用什么颜色的建议之后，便把他当成了自己人，他相信，缙钰无论进不进牛棚都会对自己的牛好，所以对他毫无计较。

缙钰在外面等着，艳阳伴着牲畜的气味让他怎么也打不起精神来。这时，远处过来了一个宫女，这个宫女瘦瘦弱弱，到了跟前见到缙钰后，她俏丽的小脸红润了起来。

宫女低头对缙钰福了福身道：

"我家夫人想请殿下过去。"

"哦，殿下在里面看牛呢，你若着急就进去找他吧！"缙钰毫不理会地说。

宫女一愣，几分尴尬地上前说道：

"奴婢不敢，只想借公子一方地，在此等候。"

"哦，那你就旁边等会儿吧。"缙钰随便应道，便背对着她，只自顾愣神。

过了好一会儿，缙钰的脑子里还是想着刚才那个气度不凡，却又不像是宫中贵人的越夫人。

他转头见宫女自己在那安安静静地站着，此时也没有其他人，缙钰便想向她打听。可他又一想，万一这个女孩把他打听别人的事说给其他人听，不知道的，还以为他缙钰是个多事好事之人。他转念一想，如果那位夫人真是个人物，楚良的昭音阁应该会知道。

那宫女注意到了他的神色，似乎有几分欲言又止的样子，心里暗喜，上前道：

"公子在此处久了，若有吩咐，直接吩咐渺儿就是了。"

"哦，没事了！"

"渺儿虽说入宫不敢说太久，但得宫中姐妹照顾，或许能为公子稍作排忧，公子有事便吩咐渺儿，不必客气！"

缙钰虽说犹豫，但还是有些憋不住了，道：

"是这样，我口渴了，麻烦姑娘跟殿下说一声，我先回宫喝点儿水去，如果他有事儿，等他先去见了夫人回去之后，再商量不迟。"

渺儿抬头看了看缙钰，有些失望，但还是毕恭毕敬地应道："诺。"

缙钰刚离开了几步，便听见公子颓在后面叫道：

"既然是渴了，就吩咐她去给你找碗茶来便是，哪里还要自己走回去喝？"

缙钰听了赶忙转身行礼："殿下！"

"嗯，渺儿……"

"奴婢在！"

"母妃找我？"

"殿下随大王出去辛苦了大半日，王妃十分牵挂，怕殿下在外面磕着碰着了，便让奴婢来请殿下过去一起去用膳。"

"本王已不是小孩子了，哪里就那么娇气？"

"殿下神武，在咱们王妃面前终究是个孩子！"

"缙钰，你随本王同去。"公子颓问道。

"殿下，我一个外臣哪能随便出入王妃宫中？"缙钰赶紧说道。

"哦，也是。"公子颓说罢，便自己带着宫人要去找母妃，殿下刚走了几步，便突然转过身来，看了看站在那里的缙钰，又看了看停下来的渺儿，笑道：

"渺儿，你送缙公子回去吧，给他上杯茶。"

"诺！"渺儿虽然表面上没有显露出来，但其实早已心花怒放，目送走了殿下之后，便赶紧转身回到了缙钰身边，说明了是公子颓的吩咐，引缙钰与她回了公子宫。

第八十二章
昏天黑地谁作伴　其实云外有晴天

回到了公子颏的书房，缙钰自顾取来书简看书，渺儿倒也安静乖巧，默默地在旁边煮水烹茶。缙钰心下早已打定了主意，这偌大的皇宫中，无任何人可入我法眼，更懒得理会她了。

过了一会儿，缙钰的书看乏了，便向案台走去，渺儿似乎早知道缙钰要干什么，便十分娴熟地将窗上的竹帘拉下了一半，恰好将耀眼的阳光遮成了柔光。

缙钰的本性就不是个高高在上的人，竟有些不好意思了，想着这宫娥不比自家的奴婢，便有几分客气地与她聊道：

"果然是宫中的，这举手投足间，能看得出来是受过调教的。"

渺儿听了微微一笑：

"我们这些做奴婢的，既然进了宫墙便要在这宫墙之中求得一时的苟且生存，所思所想自然要都在诸位主子前面。"

"我算不上什么主子，你也不必有什么事需想在我的前面了。"

渺儿听了赶紧退后几步，跪道：

"渺儿不敢，公子在宫中并非寻常人物，当初公子刚来，原以为公子会在宫中尽散钱财，广求关系，为自己求一名禄。但这么长时间过去了，却觉得公子似是这宫中最清高的，人说公子平日对殿下也只是毕恭毕敬，不见谄媚。所以，所以渺儿对公子十分尊敬，却也不解……"

"那你既然知道我不合群，便应该远离了我，不要将这大好年华荒废在我这个头脑不清醒的人身上才是。"缙钰眼中的严肃，让渺儿后脊发凉：

"公子息怒！奴婢失言，请公子降罪。"

缙钰见她知趣，坐在那里正了正身，看着地上不敢抬头的渺儿道：

"在我这里还好，毕竟如你所说，我并非'池中物'，若品评了其他主子，就不同了。"

"奴婢知罪！"

"起来吧！"

"渺儿，渺儿不敢。"

"怎么，你还有委屈？"

"渺儿有事想求教公子。"

缙钰本就不喜欢宫中女子，见她不退下便更是有些厌烦了，但又有些无可奈何："你又想说什么？"

"如果，渺儿有难，"渺儿拧着自己的衣裙，鼓起勇气地说，"可否请公子相帮？"

缙钰听了觉得好笑，进宫里之后他就给牛的领子出过主意，还有什么需要找他帮忙的？渺儿一直将自己的脸藏着两臂之中，不敢抬头。

缙钰无奈，只得说道：

"那要看你是何难了，我一文弱书生，能在这里做的可是极为有限，你起来说吧。"

渺儿乖乖地站了起来，轻轻地娓娓道来：

"渺儿是姚妃宫中的婢女，按理说姚妃得宠，是我们这些做婢女的福气，可是其实不然……"

"那也是你们宫里的事儿，大王和姚妃是你的主子，你个做奴才的对外人不可多说。宫女调配皆有掌事安排，你若有什么事，去找她们就是了，不必在这里跟我说。"

"可有些事情，若让掌事知道了，必会乱杖打死的。"

"那就烂到你的肚子里吧。"缙钰冷冷地看着渺儿。

"公子，奴婢们在这宫中度日，尽心做事只希望或凤凰飞上枝头以求富贵，或依附权贵以求平安，或唯唯诺诺以求苟且偷生到出宫，无非是想能苟活罢了。"

缙钰虽说没有在宫中成长，但是曾经在府中听这宫墙里的故事也不少，她心中深知，主子们有自己的晋升之路，底层的婢子们也有自己的生存之道，最难的，便是这在主子下面又在普通婢子之上的奴婢了。这些人没有主子们的权势，办事中又在风口浪尖，表面上借着主子十分威风，但却不知，这些人上要替主子承担，下要管好下人不可出了纰漏，再加上倘若这些人有些姿色，又是大好年华，有的时候真说不准是因这天生姿色而活，还是因这天生姿色而死。"渺儿斗胆……"渺儿的话打断了缙钰的思绪，却又吞吞吐吐起来。

"你说吧。"

"渺儿知道公子并非阿谀奉迎之辈，恰是渺儿斗胆欣赏公子之处，公子在宫中不求利禄功名，远离是非，便必知如何可以明哲保身，渺儿在宫中从不考虑要得前途于大王恩宠，只想在这宫中安稳度日，倘若渺儿能依附公子，在公子身边作一个安静的婢女，公子便是渺儿的救命恩人，渺儿誓死追随。"

缙钰坐在那里，想了想，苦笑道：

"你在姚妃那里尚且不知是死是活，我一个伴读，在这宫中无权无势，岂不更是不知死活了？你怎么知道我不是自身难保呢？"

"只因一点，在渺儿看来，因公子智慧，所以才身边较少是非，便足够了。"

缙钰看着渺儿一愣：好有胆识的丫头，真是什么都敢说，但这……是真是假啊？

俩人正在这里僵着，只听一声"殿下驾到！"不一会儿公子颀便走了进来。

公子颀进屋一看，一个正襟危坐，一个唯唯诺诺地站在旁边，气氛似乎不太对，便以为是渺儿得罪了缙钰，怒喝道：

"大胆奴才，让你过来是为了尽心伺候，如何能得罪了公子。"

"殿下息怒……渺儿的墨磨得不好，让公子不高兴了，渺儿知罪……"渺儿头也不抬，只是磕头，慌张说道。

"殿下！"缙钰上前行礼，"算了，你下去吧！"他趁机将渺儿打发了。

"去吧去吧！"公子一甩袖子让渺儿领命退下了，公子颀看着渺儿的背影，转过身看了看缙钰道，

"我原来看这个渺儿是个心细的妙人儿，又似乎对你有那意思，本想看看你的想法，若是同意，我就找母亲把她给你讨来，你这身边老没个照顾你的人总是不好的。"

"谢殿下，是臣不喜儿女之情，身边有江赤子足矣。"

"一介武夫，如何知道照顾人啊？怎么，她真得罪你了？"

缙钰看着颀清澈眼睛中的认真，哭笑不得道：

"算不上，臣谢过殿下了。"

"明白，本王也是，偌大的宫里那么多女子，本宫就独爱牛。有了牛，其他的本王都无所谓。"

缙钰环视了一周，看没旁人，斗胆上前悄悄地问：

"其他的，于殿下都无所谓？"

"无所谓啊。"

"别人都在乎的，在殿下这也无所谓？"

"你是说……"颀没有说出来，但是看嘴唇便知道他要说的是"皇位"，缙钰会意点了点头，公子颀笑道，

"那是我太子哥哥的事儿，与我无关，当初先王不也是最终将皇位给了父皇，而不是他所爱的庶子克王吗？这皇位与我何干？"

钰公子听了哭笑不得，合着闹半天这位殿下并不想要王位，是他身边的人替他想要。

"殿下，您是只是玩心重，还是真的连……都没有？"缙钰不太放心地问。

"嘘！"颀公子摆了摆手，道，"别猜测我，你只知道就行。你若愿意陪我玩，便进宫跟我玩玩，不愿意，便自行在宫中做些什么都可，或者干脆不要进宫来也无所谓，但是有一点我得跟你说明白，你在我这里并无仕途前程，只是你不能对外这么说。"

"哦。"缙钰一愣。

"否则，我就只能杀了你了。"当公子颀用最亲切的语气说出杀人的话的时候，

316

缙钰真真愣在那了。

公子颀接着说：

"其实，有多少投奔而来的人，我虽说贵为皇子也是难以都一一回绝。"

"为什么？"

"我冷眼看着，你虽不故意与我亲近，但也不是个搬弄是非之人，我便与你明说了吧……"缙钰第一次在公子颀的眼里看到了对"人"的认真，往往他的认真都是对着"牛"的，只听公子颀继续说，"本宫生于皇家，上有兄长，母妃在后宫又十分得宠，我没有野心，应该可得一世闲散的富贵。但是，很多人都不明白，我争不争王位并不取决于我的想法，而是取决于我是父皇和母妃的孩子。所以，父王和母妃会不会认为我有想法，或者说那些人会不会有认为我有想法，这其中利害我不是不懂。我不拒绝你们投靠，不是因为我有心登上皇位，而是我得保护自己，好有一'剑'防身，只不过，来不拒，去不留罢了。"

缙钰看着这个平日玩物丧志的皇家公子，竟能把自己怎么活着想得这么透彻，开始对他有些刮目相看。

颀公子看看他，一反刚才的严肃，突然恢复了原有的样子，拍着肩膀道：

"哎呀，其他的呢你就不必多想啦，安排好自己的性命前途便是，本公子呢，最好的前途，便是悠然自得，善始善终。"

"透彻！"缙钰苦笑地感叹道。

"你想想是否还要在我身边，亦或是我为你谋个差事，让你体面地离开？"

"你这么想？"

"否则你这一身青衣，来我身边，难道就是为了清高啊？"

缙钰"扑哧"一笑："容在下想想。"

"好！想好了，回头告诉我。"

"诺！天色不早了……"

"哦，退了吧退下吧。"

"谢殿下！"缙钰施礼退下，而他的这次施礼却是比往常要认真许多。

第八十三章
以为悬崖独君在 不知身后他在林

缙钰从宫中出来，车辇路过了伯父的门口，他想了想便喝令停了下来。

府上的小厮见了，知道这位钰公子在宫中早就今非昔比，是红人跟前的红人，自然也比过去殷勤许多。小厮赶紧过来牵马坠凳，也没有去禀报便赶紧将缙钰引到了大堂。

缙钰见自己的婶子和伯父正在堂中看锦，上前行礼问安。

"钰儿来了，不必多礼。"公主温柔道。

"钰儿几日不见，见大，也见沉稳了。"缙瑢笑道。

"钰儿不才，因忙于宫中之事，今日才可脱身出来给长辈们请安，望伯父，婶子勿怪！"

"怎么会！"缙瑢摆摆手，"听说你在殿下身边处事低调，但是深得殿下信任，因为你去了，殿下竟然在那书房中的时间比过去长了？虽说于太子来讲不是什么好事，但还是说明你做得不错。殿下对你多有依赖，有你这样的人在身边看着那个庶子，老夫自然放心了！"

"缙钰不敢想其他的，只是觉得若可以来日方长，长长久久地留下，便可对伯父尽孝了。"

"钰儿，来，你看看这些锦是从宫中出来的，你身边有没有个心仪的人？拿些过去赏她。"公主把缙钰拉到了身边。

"侄儿……身边还没有。"

"你呀，真是一妇人，"缙瑢有些埋怨道，"怎么刚见到侄儿就是这些小儿女之事？"

"这些都是咱家皇妃那里赏出来的，你怎么知道皇妃没有给他的意思？"公主冲缙瑢使了个眼神，"知女莫若母，咱家女儿的心是细的。来来来，钰儿，挑一匹，回头我也给你挑几个聪明伶俐的女孩儿送去，身边没个知冷暖的哪行。"

缙钰心中无奈，伯父家如此热情，又与他纠缠于小儿女情长之事，刚才想说的话便一个字都说不来了。缙瑢看缙钰在那愣神，又看了看公主，索性帮钰儿挑了一匹鹅黄的差人给他拿了下去。然后他屏退了左右，问道：

"钰儿，你今天来，是有什么事吗？"

缙钰见状便将自己在后花园见到那个看似高贵，却衣着朴素的妇人的事说了出来：

"侄儿觉得奇怪，看衣着等级不像是有地位的，而看气质谈吐又似乎不是一般人，对侄儿的指点虽说免不了俗但也是有些见识，侄儿一时不知道下次见了该怎样的礼数，便过来请教伯父。"

"前朝后宫，品级高低与自身气度，哪里会有真正的匹配？"缙瑢坐了下来。

"他说的，恐怕是越夫人吧！"公主在一旁道。

"她说她是越夫人，但此人到底是谁？"缙钰有点摸不着头脑。

"越夫人是先皇的遗孀，和她的姐姐一同入宫，她姐姐得宠，生下了之前与当今大王争夺王位的克公子，后来事败，越夫人也被牵连，打入了冷宫，日子久了，也就没人记得她了。"缙瑢道。

"本来，她应该被株连的，只因为，在当今大王小的时候顽皮爬到树上，跌下来的时候越夫人接住他，却折了自己的一个胳膊，也就是因为胳膊残了便在之后失了圣宠，但对当今皇帝而言，是救命之恩，所以后来便将她留了下来。不过如今看来，这个女人倘若当初荣获圣宠，以她本来的心机，定能生出更多事端来。"公主道。

"她只是提点侄儿不要白浪费了年华，没谈及其他。"缙钰在旁边道。

"走一步算一步吧，只是少和聪明的女人打交道。有的人心中想用你的时候，便会一门心思地让你爬上顶峰，心思不在你身上了，便会把你推下万丈深渊，就跟看戏的似的，她这种女人即便对你好，也只是个伪装罢了。"缙瑢沉浸在自己的语重心长当中，丝毫没有意识到公主在身边看他的眼神。

"侄儿受教了，谢叔叔婶子。"缙钰在府上又闲聊了几句便离开了，但他没有回家，直接来到了昭音阁。

昭音阁的小厮将缙钰引到了楼中的一个角落，但见楚良正在和一个政客闲聊，二人见缙钰进来，彼此寒暄了一番才坐了下来，只听楚良说道：

"听说当今大王要将自己的妹妹周王姬嫁到齐国去，真是英明之举。"

"可不，听说是鲁国保的媒。"那位政客津津有味地说。

"周天子有这样的姿态，难得啊......"楚良随手给那位政客和缙钰倒满了酒。

缙钰在宫中也听说了，为了拉拢齐国，天子特安排了这样的联姻。往年都是各国将本国的掌上明珠进献于皇家，或是皇家与外族他国联姻以求和平，像这次皇帝主动嫁妹到诸侯国，还要另一国保媒，却并不常见，有人说，这是周天子世风日下的表现，但更多都城之人则说这是天子智慧。

几人聊了一会儿，那个政客说还有事便行礼离开了，留下了缙钰和楚良对饮。

楚良看了看缙钰，道：

"钰兄重新光临我昭音阁，看来心情不错，不忙了？"

"何时真的忙过？"缙钰将自己的杯中酒一饮而尽，"只是心中一直紧张，又不习惯宫中的生活，所以一直没有心情。"

"可有什么趣闻，说来听听？"楚良不紧不慢地又给他斟上。

"那公子颀对皇位并无兴趣，这下好办了，彻底不必为所谓的争位而费神了。"

"你这只能说才刚刚开始。是想，眼前之事若可预料，尚且可信。但是那未来之事，若能如此笃定，是必不会如你所想所言的。"

"他若无心，我又何苦有意？"缟钰反驳道，"不过，眼前我有个想法，想要与你商量一下。"

"想法？看上谁的女子了？"

"最近怎么人人都与我说女子之事？"

"不在你身边放个女子，怎么能看着你啊？"楚良笑道，缟钰不耐烦地摇摇头。

"那你说的……是什么？"

"庄王嫁妹，我想可借此立功。"

楚良看了看缟钰，问道："你要达到什么目的？"

"为什么不问我要做什么？"

"那不重要，咱们得先知道最后要变成什么样，然后我们再谈怎么来做。"楚良说道。

"联姻的齐国，本就与莒国相关，做媒的鲁国一直影响着郯国。周天子一件事情将两件事情都串在了一起，对我可是一次大好机会。我想咱们是不是可以始于足下，借齐国之力将妹妹从莒国接出来，再借力鲁国，让郯国对我们敬而远之，从此缟府相安无事……"缟钰越说越兴奋。

"周天子想这样吗？"

"这么长时间天子没有动，其实天子也清楚，一旦真的动手，齐鲁莒郯四国'忠仆'只怕也会在前面把缟府先啃干净，天子自己未必会是那个最受益的。如此，岂不反而养肥了其他人。"

"你实话实说，你缟府到底多大的势力，竟让这几个诸侯国对你们觊觎至此？"

缟钰沉默了许久，说："只是财富，他们不会迟迟不出手，让他们无法出手的，一定是他们认为缟府的消息网。所以韩离子刚求了亲，妹妹便被扣在了莒国宫中。他们如此忌惮的，偏偏就是因为他们不知道，却又相信自己的猜测感觉。"

说到这里，缟钰突然觉得缟府其实很像那个公子颀，没有人知道这个宠妃之子的深浅，只有人认为他势力应该遍布全国，而他在宫中深不可测，可谁会知道他本无心于朝政，无非是想做个富贵闲人罢了。公子颀也说了，这些都是不能为外人道的，否则便连保护自己的能力都没有了。

缟钰明白了公子颀的个中道理，在那样的位置上，能说清楚什么呢？

楚良看缙钰愣神，轻轻地碰了碰他：

"唉！ 你没事吧？"

"我准备明天进宫找公子颓，让他荐我为官，你看如何？"

"入朝为官？你奶奶可同意？"

"离她那么远，便不必顾那么多了。"

"呦！"楚良笑道，"钰公子好魄力。看来这次没白出来。好，兄弟支持你。来人，上好酒好菜！"

"诺！"门外一女子声音应道。

第八十四章
热血用出青年志　条件开于坦途前

第二日，缙钰如期来到了公子颓的书房，公子颓在画牛，缙钰上前行礼拜见，开门见山道：

"殿下，在下有个不情之请。"

"什么事，不用客气。"

"天子嫁妹，普天同庆，在下想借此为公子效劳。看殿下想让我做什么吗？"

"什么……本王让你做什么？"颓被缙钰问懵了，"不是你有不情之请吗？"

"草民想去齐国，如今妹妹在莒国，而莒国恰受齐国庇护。"

"这事儿，至于非得去齐国吗？你若需要，我让父皇宣道旨，叫莒国国君把你妹妹送来给你见见再回去，不得了？"

"啊？不是见见再回去……"

"不是……"公子颓十分严肃地说，"缙钰，你家的事，本王听说了，这不让人家回去，只怕莒王不干！"

缙钰被公子颓说得哭笑不得，但心里知道他也是一番好心，道："草民知道，这里面关乎缙府的利益，又有轩尧阁参与其中，我与妹妹出来是为我缙府在这乱世之中寻求一条出路。"

公子颓只听进去了他说的后半句，便开始操心缙府的生存之道："我明白你的意思，多少王公贵族在乱世之中沦陷，但这几方势力均衡，也或许是你们缙府可赖以生存的条件。如果，你们能足够强大，强大到你们对谁都有价值，又对谁都没有威胁，就没问题了。"

缙钰心想，只有价值，没有威胁……这得啥样啊？但又不得不说：

"额，呵呵，殿下英明！"

"颀儿！"公子颀话音未落，外面一个女子的声音打断了他们的对话。

"是母妃！"颀和缙钰赶紧整理衣冠，一同出来迎接姚妃。

"孩儿拜见母妃，今天母妃怎么来了？"公子颀小步快跑来到姚妃面前行礼道。

"听说，自从缙公子来后，我儿越发地在书房用功，母亲怕你太累，特地做了些点心，来看看你。"

姚王妃一双丹凤明眸瞟了一眼缙钰，之前见过一次，但一个伺候人的小子没有什么可需用心的，所以姚妃从不关心。

后来，她听说此人来后，不请赏，不请官，更不近女色，难得的是，自己的孩子明显更依赖于他，却还是素衫一身，和其他的官家世子不同，这让姚妃对此人便有了兴趣。

姚王妃坐在正堂之上，屏退了众人，问缙钰：

"论辈分，缙大人的女儿嫣妃，与你怎么称呼啊？"

"回王妃，缙大人是草民的三伯，嫣王妃如今是草民的主子。"

"乖巧。上次听妹妹说，你虽经常来宫中，但是很少去她那里坐，今天我和颀儿有事商量，你挑些糕点去看看她吧。"

"诺！"

缙钰领命拿了一个食盒离开了。

姚妃见他走远，一把把颀儿拉到身边，嘱咐道：

"你不能就这么放走他，除非他对你忠诚才可以。"

"母妃，为什么呀？"

"傻小子，这些皇亲国戚手中有的无非是声望和朝政兵权，但是，缙府手里富裕的可是这些人手里没有的。"

"这些人没有的……什么啊？"

"那就是钱财宝藏。轩尧阁在江湖之中，富可敌国，江湖势力屈指可数，缙府的生意广遍天下，从不纳税，在江湖上一直藏而不露，让轩尧阁十分忌惮。你想想，倘若不是缙府比他更胜一筹，于轩尧阁而言怎会至今不敢动其一下？他们可是世仇！"

"但是，倘若缙府有如此实力，缙钰何须入宫做个伴读呢？"

"他什么样子不重要，但他的家族的对手不一般，那就是不一般，我问你，缙钰对你可有所求？"

"求，求随和亲队伍去齐国，这算吗？"

"其他的呢？他可为他自己求过什么？"

"没有！"公子颓摇摇头说。

"这就是了，那是因为他没必要。"姚妃道。

"那，儿臣也只能对他礼遇有加，却不可生生将其扣在宫中，更何况，他一直是随意出入宫中，总不好，不好就地软禁吧！"公子颓心中有些不忍。

"当然不能软禁了他，但可以用差事儿恩典锁住他，对症下药。我的儿啊，缙府一直是你父皇的心头事儿，缙府的地儿是先皇给他们选的，说是隐居山林，但其实，他们一直都在天子的眼睛里呢，你若能够让缙府臣服于你，那可是天大的头功，兴许这天下，都得臣服于你呢！"姚妃兴奋地拉着公子颓说。

"母妃母妃，您先说说怎么对眼前的缙钰吧……您说给他什么差事儿能锁住他？"

"对，锁住他，得给他与他才情相符的差事儿，他是名门出身，但也不是个不负责任的纨绔子弟，此人品行端正，你若在尊重他的基础上有求于他，必可将他握于手中一时，甚至，一世！"

"可，可母亲，抓住他，还不如直接抓他三伯呢！"

"他可比缙瑢好用多了，听说，缙瑢与缙府联系甚少，可不像这个，那是缙府有里有面儿的正根。让缙府为我们所用，就算是不为我们所用，对敌人也是威胁警示，对支持咱们的大臣们也可增其一份信心。"姚妃道。

公子颓眉头微皱，心中明白，如此的话，缙钰便在神不知鬼不觉之中也卷进来了。公子颓沉默了许久，拱手作揖道：

"儿臣但凭母妃吩咐。"

姚妃见状以为孩子懂事了，心中踏实了许多，她与颓儿叙了几句家常，便离开了。

这边，缙钰已到嫣妃宫中，宫女们禀报说嫣妃在御花园散心，一会儿便回，请公子少坐。缙钰想着，上次皇妃的态度冰冷，不见也罢，刚欲离去，却不想宫女用各种理由不让他离开，缙钰无奈，便只得在偏厅忐忑地等待。

过了好一会儿，只听外面几个女子欢声笑语地走了进来，缙钰回头一看，领头的便是自家姐姐嫣王妃：

"给王妃请安！"缙钰上前行礼。

"这位就是世家公子缙钰啊？"只听，人群中一个美人在旁边似乎耳语似的问道。

"哦，正是我家弟弟。"嫣皇妃笑道，"随我们进来吧！"

"诺！"缙钰在原地不敢抬头，生怕犯了忌讳。

一众红颜说说笑笑地入了嫣皇妃宫中，宫女放下了珠帘，缙钰站在外面，虽说还是无所适从，隔着珠帘，倒是轻松了许多。

"听说，现在人家钰公子是公子颎跟前的红人，自从他进了宫，公子颎在书房中的很是用功，还是姐姐会引荐人，让大王更加喜欢姐姐了！"

"那当然！姐姐世家出身，平日里行事低调，任凭那姚夫人怎么恃宠而骄地对待姐姐，姐姐不但不恼，还挑了这么一个会办事的人入宫伺候，姚夫人对姐姐也是大大嘉奖呢！如今姐姐在宫中，谁人敢说个'不'字？"

众妃嫔美人七嘴八舌地奉承着，缙钰在外面只觉得聒噪。

"我也是替大王分忧，咱们是没福的，但眼光还是要放长远，有时顺势而为，也可求一世平安。"嫣皇妃笑着说。

"妹妹们受教了！这位钰公子如今如此得宠，还不忘姐姐的恩德，也是姐姐有福气了！"

缙钰站在旁边，听着这些女人的品头论足，不得不庆幸妹妹没有入宫，就凭心儿的性子，别说是断然说不出这些奉承的话来，只怕白眼早就翻上天了。

"缙钰，你今天过来，是有什么事请？"

"回王妃……"

"还如以往一样叫我姐姐吧，这都不是外人。"嫣夫人笑道。

缙钰轻轻地抬抬眼，便也顺着亲昵地叫道："姐姐，姚王妃去看颎公子也让我送些点心过来。"

"代我谢谢姐姐吧！"嫣妃示意身边的宫女将点心收下，"还有，父亲位为太宗，你回去要多帮我提醒他注意身子！"

"诺！"缙钰拱手应了，然后作揖退了出来，身后瞬间出了一身的冷汗，私下喃喃道："我是断然不能让自家妹妹和这样的一帮女人在一起的！"

"公子这话可千万别再说了！"只听身后一个女子的声音，清脆中带着几分关切。

缙钰转身一见是她："渺儿，你怎么在这？"

"娘娘让我过来迎公子。"

"哦，食盒送到了，你替我去复命吧！"

"诺！不过，公子这是要去哪里？"

缙钰心不在焉地说："回府！"说罢，便转身走了，留下渺儿身后有话难说。

出宫后的缙钰没有骑马，也没有乘车，形单影只地在路上边走边暗自思忖：

"此次如果能去齐国，当想办法请齐王下恩旨，要妹妹来齐，方是上策，齐王与祖母同宗，让妹妹直接从齐国回缙府，妹妹必然无恙，但是，之后，莒国当如何待我们呢，这取决于轩尧阁会站在哪里，而轩尧阁与妹妹联姻，为了其中利益，不会不管不顾的……"

缙钰越是想着，越对自己的聪明高兴，径直来到了自己的伯父缙瑢的府前，刚要进去，只听有人在后面叫他：

"你去干嘛？"

缙钰一看，是楚良，转身地跑了过去，道：

"今天我与公子颀说明一切，他会助我，这不，我正要去跟伯父商量一下后面当如何……"

楚良一脸地严肃，直接将他拉到车上，车驾快速地离开了缙家府邸：

"昨天你只说你要去请官，却没有说你会将你的想法对宫中和盘托出，只怕如今，你求官可以，这齐国，要想去，就不知道会附加多少条件了！"楚良道。

"什么意思？"

"今天昭音阁中都是对你缙府实力强大的消息，并说你得公子宠爱，之后便是各种猜测，甚至有人断言，你缙府是公子颀一党的后台，你想想，如此一来，公子颀怎么会轻易让你离开？"

"可是，他并不想要那个王位。"

"哎呀，你不想想，这不是他想不想的问题，是别人要不要让他想的问题。一个被架上去的人，是不会很容易下来的，除非自己摔下来，粉身碎骨。你呀，人家跟你交了几次心，你就对人推心置腹，却不想想，那宫中岂是推心置腹的地方？"

"这，公子颀……真的不是城府甚厚之人……"缙钰像犯了错的孩子，小声咕哝着。

"你只记住，有的时候，你说的话，不是只说给你面前这一个人，而是他后面的一个势力。有的人，只是放在前面的一个帘子而已！"

楚良的话，让缙钰如梦初醒，刚刚还是一副为之得意的小聪明的样子，现在一下子又悔青了肠子。

第八十五章
千里平川涛压颈　我只与天各一方

车马停在了昭音阁，赵耳亲自过来牵马铺凳，扶下了两位公子。如果是平时，缙钰必与赵耳打声招呼，可今天，毫无心情了。

缙楚二人径直进了里面，赵耳顺水推舟将二位引到了一个极偏僻的雅室，说：

"外面属下亲自服侍，二位公子不必担心。"

"行了行了行了，你去吧！"楚良直接让他退下，转而对缙钰道，"你说你，着得什么急！"

"我怎能不心急，缙府早已不是当初隐居的样子，我来了这么久，伯父从来没有说如何要帮助缙府，妹妹更是艰难，外面有世仇等待，宫里无名无分。你没见到那些进了宫的女子，各个口蜜腹剑，简直失去了一个女子最起码的善良，我妹妹在莒国后宫，久而久之，如何自保？她又是个直性子，心中自有定力，不会与那些女人为伍，却难免不会被她们算计，那莒王就算碍于缙府面子不会对妹妹做什么，要是他的姬妾对妹妹不利，只怕他也会大事化小……"

缙钰一激动，说了一车担心的话，楚良半天插不进嘴，最后实在不耐烦了，直接喝住了他：

"现在说这个有什么用，你想干什么太阳光下谁都知道，然后呢？"

缙钰瞬间停住了话。

楚良从心里喜欢缙钰，一来缙钰不是个纨绔子弟，不因自己的身世而有些莫名其妙的优越感，再者，因为少在世间走动，几乎没有沾染什么江湖是非，双眼是清澈无比。

可就是这样的一个带着正人君子的潜质，却少些历练的少年，有时在关键的时候，真真少了几分江湖男儿该有的城府，这让楚良既着急又惋惜：如此一个一尘不染的公子哥，怎可就生在了一个不可能会让他退隐的乱世中的隐居之家？

楚良缓了缓，语重心长地说：

"如果你这样，只是一味地回味自己有多有理，是没有什么用的。"

"那，我……"

"我明白，你需要发泄出来，但你毕竟不是缺胳膊少腿，凡事总有办法的。"

缙钰静了下来。

"我错了。"许久，缙钰道，"我的小聪明把自己暴露了。"

"是的。"

"我主动地让人知道了我是谁，我要干什么。"

"是的！"

"唉！"缙钰敲了敲自己的脑袋，"我以为自己的坦诚，可以换来别人帮我。"

"如果他真的没有城府，你就不要妄想他有能力让他的势力帮你。正如你所说，你刚进宫几天，便有人给你要赏女子伺候，他一个皇子难道不会吗？可为什么没有，他有他的心机。"

缙钰抬头看着楚良，楚良接着说，"他是喜欢牛，他也让牛帮了他……"

缙钰顿时觉得自己愚蠢至极心中懊恼不已，可还是用最大的努力让自己冷静了下来：

"我想让莒国将我妹妹平平安安地送到齐国，脱离开莒王，否则，这总是一盘死局。毕竟我们最终都需要回家，继续我们的生活。"

楚良扑哧一笑："还行，还算没乱了阵脚。可是莒国和齐国于你妹妹而言有什么区别吗？"

"自然有区别！"缙钰斩钉截铁地说，"齐国对于缙府和轩尧阁的需要，没有莒国那么大，因为齐国本身就很强。"

"似乎有点道理，但是你别忘了，谁跟钱都没仇，谁不是要发展壮大？只不过，齐国一个大国毕竟干不出小家子气的事儿。但是你妹妹去了齐国之后，你准备怎么办？连夜逃了？"楚良仔细地看着缙钰。

"……请齐王下道恩旨。"缙钰几分犹豫地说。

"也就是说，你们想让缙府在齐国的庇佑下平安，这样别人就不敢再冒犯于你们一族了……既然来了，你应该知道缙府这个局是周天子布下的，这几个诸侯国，其实是一回事儿。"

"你光把那位公子颀搞得那么用功，外面相时而动的人蜂拥而至到了公子颀的门下，你觉得太子一党，你的三伯缙瑢，将来地位稳固吗？"

"那个公子颀在书房里真的没怎么看书写字。"

"真相不重要，重要的是大家信什么！你若这么走了，将来是否还打算回来？"

"若能保妹妹回去，我去哪里，真的不重要，自然要看奶奶的安排。"

楚良听了深叹了口气。

缙钰支支吾吾的，他不得不承认，自己的确没有想清楚，一切的变化比他的预想都要快。

就在缙钰烦恼的时候，缙心反而更加从容一些，每天和筱菊悄悄地拿来料子给雒玑未出生的孩子做布兜。

雒玑吃着瓜果，看着她们做女红，几分狐疑地说：

"奻王后每次叫你去就是小女人之间的聊家常？"

"对啊。"缙心道。

"没有敌意？"雒玑问道。

"没有，没有敌意，没有威逼，没有利诱，十分亲昵。"缙心抬头看着雒玑。

"那奇怪了！"雒玑依旧边吃边聊。

"这个不奇怪啊，要看我是什么样的人，她肯定要随和着，让我舒舒服服地把自己展现出来，才是最真实的。再说了，如果真如宫中传的，大王要册封我，她干嘛

这个时候触霉头啊。"缙心一脸的平静。

"雒美人，韩公子对莒王允准姑娘出宫的事儿，可有说准备做什么吗？"筱菊抬头问道。

雒玑有些不太好意思地说："韩公子那边来信只说要好好照顾姑娘，没说其他的。"

筱菊看了看缙心，缙心没有理她，只是做着手里的活，筱菊见状觉得没有意思，便只得收了嘴。

"你可想好，"缙心抬头问雒玑，"让宫里知道你怀孕了？"

"韩阁主并未阻拦，久而久之，总是要让所有人知道的。"

"如果想好了，就传太医吧。"缙心道。雒玑停了嘴，将剩下的果子扔回了盘子里雒玑兴奋地问道：

"你真的觉得我可以叫太医了？"

"这几天看把你憋的……这人遇了喜事不跟别人说，想必也是挺难受的。"

"嗯嗯嗯，"雒玑像个孩子，"明明是个喜事，还不能说给人听，不但不能说，你怕我出门被人陷害了，连门都不让我出，时间久了真的好难受。"

"我怕宫中虽无人敢动我，但是会动了你这个没背景，少恩宠的……"缙心道。

"我知道……"雒玑像个犯了错的孩子一样噘着嘴。

"也就爱热闹的人才这样。"缙心扑哧一笑，吩咐筱菊道，"去，跟外面人说雒美人要太医来把脉。"

不一会儿，太医便奉旨来给雒玑请脉，结果自然是滑脉，太医恭喜了雒玑领了赏，便去给莒王和夫人们报信去了。

筱菊看着匆匆离开的太医，打趣道："宫中又一番热闹要开始了吧。"

缙心悄悄地跟雒玑耳语了几句，雒玑听了看着缙心全是感激。

第八十六章
都说棋子独人影　其实一发动全身

楚良看着似乎几分彷徨的缙钰笑了笑："你那个伯父有你这颗棋子，心中还有些底，毕竟你在其中，如今你随队去齐国走了，这样的局面，你伯父岂不被动了？让他如何帮助太子巩固地位啊？本来那个太子就不得宠。你这时候走了，你伯父恐怕第一个就不答应。"

"我走了，公子颓可能就回到过去了呢？"

"他身后的人会允许他又回到过去吗？"楚良端起杯抿了一口。

"可是，你上次怎么就那么支持我？"

"是啊，当时是你去求官，就算堂而皇之地被派出去也无事，但是在此之前也可得见圣面，事情总是有所进展，这样于你伯父来讲也能接受，毕竟你还他安插在王子颓身边的人。现在呢，你觉得还有这个可能吗？那就只能偷着走，如果真的偷着离开的话，你非但没有求得一处力量保护缙府，相反，倒得罪了一方势力，对于缙府来讲，不至于有个灭顶之灾，但也恐怕差不多了。"

"我明白你的意思。"

缙钰在府中穿着便衣，坐在月下独自喝着酒，想着刚刚楚良对自己说的话：

"在你愿意成为一个棋子的时候，你就应该知道什么叫牵一发而动全身，除非执棋之人先弃了你，所以你伯父就会第一个不答应。这就是我为什么要把你叫走的原因，姚王妃觉得你有用，也不会马上放你走，毕竟缙府对天子有用，你想谋个差事便带着你妹妹回去了，那怎么可能……"缙钰在院中想着妹妹，想着奶奶，想着自己母亲，深觉得前两个是自己的责任，只有母亲，让他找到了自己做孩子的感觉。

这次他没有烦躁起来，只是想静静地待在那里。

缙钰想着想着，慢慢地抬头看着江赤子，让江赤子浑身好不自在：

"公子，您，干嘛这么看着我？"

"你怎么知道他们就一定不会让我走？"缙钰醉眼朦胧将江赤子看成了楚良。

"什，什么？"

"他们不是怕我不受掌控吗？我让他们认为我回来就是了，我就是去当个使者，莫非所有出使他国的都一走了之，不再回国了？"

"那，那您自己要不要回来？"江赤子瞪大了眼睛看着他。

"回来啊？不回来，我伯父怎么办？奶奶怎么办，缙府，缙府的谜谁解啊？我没有理由不回来。"

"那小姐呢？"

"交给韩离子……送回缙府，然后家里再把她交给韩离子？"

"啊？！"江赤子瞪大了眼睛，"那岂不出了'狼窝'又入'虎口'？"

缙钰凝神想了想，低沉地说："这个'虎口'，妹妹总有一天是要面对的，我也得面对！"随后，缙钰借着酒劲，对着空气大喊道，"谁，都要面对自己'虎口'，可为什么，我就不是别人的'虎口'……"

江赤子看着眼前醉眼惺忪的缙钰，实在是摸不着头脑，但"路"是公子选的，也不算有错，随了他也未必不好。缙钰在家休息了两天，缙钰就明显感觉宫中安排的眼线在增多，他只是称病在家，足不出户。

这天清晨，缙钰打开窗户，看外面姹紫嫣红，心情大好，深吸了一口新鲜空气，神清气爽：

"该进宫了！"

缙钰坐着车马进了宫，走到公子颓面前行了个大礼。

"爱卿身体怎么样了？母妃与本王十分挂念。"几日不见，公子颓的官话倒是多了不少。

缙钰微微一笑道："劳烦殿下挂念，虽说身体有些虚弱，但已无大碍。"

"哈哈哈，你看看，爱卿身边没个体己的人，就是不好。"

缙钰一听便跪倒在地，道：

"草民，草民想请殿下和王妃为草民赐婚！"

"啊？"公子颓一愣，缙钰这从不看后宫一眼的公子哥，今日突然这么主动，这让他着实有些措手不及，问道，

"赐婚啊？"公子颓觉得有意思，不是讨个人就行了，直接就是要娶正室夫人，心中大喜，问道，"那你看上哪位千金了？本王给你做主。"

"此女不是别人，恰恰是王妃身边的渺儿姑娘，只因自己无官无职，总觉得耽误了人家姑娘，如今想来，若有殿下做媒，想必也不至于太委屈了渺儿姑娘。"

王子颓对缙钰这么大的转变吃惊不已，又一想，早就听说缙钰府上别说妾侍了，连个做粗活的丫头都没有，这些天生病，看来是真的醒悟过来了，更何况他看上的不是别人，恰恰是自己母妃的人，如此正好可以顺水推舟，两边都好交代，母妃和自己也可高枕无忧，大家皆大欢喜，真是桩好事。

公子颓几步来到缙钰面前，将他扶起连连应道：

"好说好说，本王这就去跟母妃把她讨来赐给你，赐给你。"

"谢殿下！"

公子颓没有多想，便马上派人去回母妃，姚夫人听了心中自是大喜，叫来了渺儿上下打量越看越喜欢，自己调教出来的丫头，果然不错。她拉着渺儿几分嘱咐，一说这是天作之合，钰公子是贵人，要好好伺候，又说别忘了自己是谁的人之类的话，种种意思都交代给了渺儿，渺儿是个聪明姑娘，自然每句都顺从，在主子面前表现得感恩戴德之余，还表达了几句不舍王妃的话，梨花带雨，让旁人看了着实为渺儿又是高兴又是感叹她有良心。

缙钰的这个想法跟谁都没有商量，包括他的近卫江赤子，不日，姚王妃宫里的宫人便到了缙钰府邸，这时江赤子才知道自家公子突然要给自己娶个夫人，一时不

知所措，再回屋看看自己家主子，却只是十分淡定地吩咐他别忘了知会缙府一声：

"知会？"江赤子打一冷战，"公子啊，这婚姻大事，岂能知会一声就行的？"

"旨意已经下了，你要我悔婚啊？"

"不是……这……这个要告诉府中老太太，太太她们的……这事儿，真的大了！"

"前些日子你不是还要让我找个吗？怎么你现在反而比我紧张了？"缙钰来到院子里，"这边是不是得布置点儿红色……"

"公子啊，你随便找个侍妾无所谓，只要不是正室夫人，您要几个傍身都无所谓。"

"我就是主动让他们给我放个人，怎么着也得放个重要的位置上吧，否则不给人家面子。"他来到府邸大门口，"到时候花轿过来，得停在这里，你还得去买几个丫头才行……"

"您，您主动让他们在您身边放个人……"

"对啊，否则如何让他们对我放心啊？"

"那，公子啊，您，您娶个宫女做夫人，也太委屈自己了。"

"难不成把某个贵族势力娶进来？府里更热闹了。"缙钰直接怼了回去。

江赤子见缙钰如此坚持，也不好说什么，便只好听主子的，放飞鸽传书到缙府。

缙府老太太和几位太太见了字条，却并没有显出太多的惊讶之色。

"钰儿长大了！"老太太道。

"平安就好，随他吧，想必他有他的道理。只是，在国都之中，我真怕孩子越陷越深，未必能全身而退，我这做娘的……"良夫人几分忧心忡忡地说。

"钰儿身边有楚良，没事的……"老太太道。

"那咱们缙府要派人去吗？"姜夫人问道。

"让程老去吧！"缙心的母亲苏夫人在一旁道，偷偷地看了看老太太。

老太太原本的凝眉，瞬时舒展了许多，淡然一笑道：

"他去，我放心，只是，不放心他的身体……"

苏夫人微笑道：

"他在山中养马，上山下山都不在话下，这点儿路途难不住他老人家的。更何况，他也喜欢出去走走。"

"嗯，"老太太面露些许娇色道，"他是个圈不住的人！"

姜夫人看了看苏夫人，苏夫人佯做没看到，顺水推舟道：

"那这事儿就定下来了，多叫些家丁照顾着，毕竟外面难免风大，没个林子挡着。"

缙老太太听了感觉十分妥当，便让良夫人安排了程老车马，又给他带了足够的盘缠在身上，在路上不受委屈。

江赤子收到书信说程老代缙府来京，心中十分不快，在缙钰的面前多了些抱怨，

缙钰听了，哈哈大笑：

"程老来后，务必妥帖伺候，把我房中所有好的都安排到他的客房中去，吃穿用度只能比我好，不可比我差！明白吗？"

江赤子一听，摸不着头脑道："一个守灵喂马的，如何到了京都这么尊贵了？如此这样，对他的阳寿和福报也没有好处，只怕还会有所折损呢。"

"他不比其他人，别说与我缙府度过了多少难关，只要他说话，奶奶自己对他也是百依百顺，虽说在府中他自称奴才，但这些晚辈的都不敢对他不敬。你且按我说得安排就是，只怕在缙府，爷爷在世，便是爷爷为上，爷爷不在，他便是我们半个祖辈长者了！"缙钰缓缓地说道。

江赤子一听，心中一震，在缙府这么长时间，从没见过这个守墓人，也从未在意过，却不想竟是个在府中最举足轻重的人，江赤子不敢再说什么，恭恭敬敬地将所有上乘的东西都准备了出来。

缙钰算着日子，周王派到鲁国请鲁王做媒的使者已经往回走三天了，程老爷子路上怎么也得有些时日，他要在公主去鲁国之前先完婚，然后才能随公主仪仗先去鲁国，然后再送亲去齐国。

缙钰看着园中枝头的花，不由得悲从心来，为了妹妹的平安归来，就这样利用了一个女子的一生幸福，将来该如何安顿渺儿呢，送回缙府，还是随身漂泊？缙钰想着长叹一声，却不想有人已经在自己身后，笑道：

"听府里人说，这阵子新郎官心情大好，凡是置办婚事的都给了赏钱，怎么背地里却反而在叹息呢？是叹那女子从此委身于你，多了个累赘？"

缙钰一听是楚良，笑着转身，刚要说话，却惊讶地发现渺儿竟也娇羞地站在那里。

"渺儿？"缙钰一惊。

"渺儿拜见公子！"渺儿福了福身。

"你怎么来了？"缙钰问道。

"王妃让我给公子送些布匹。"

"江赤子，收了。"缙钰吩咐道，江赤子赶紧将布匹从渺儿手中接了过来。

"你看，我是在这儿待着呢？还是给你们这两口子腾个地？"楚良打趣地说。

"公子说笑了，渺儿不能出宫太长时间，先行告退了。"说罢，渺儿便要行礼离开。

"哎，你等等……"缙钰叫住了她。

"你看看，让你等等呢！"楚良转身对她说，说得渺儿更是粉红了双颊，不敢抬头了。

缙钰对楚良使了个眼色，楚良会意便不再逗她了，只是远远地站着。缙钰走近渺儿道：

"其实你应该知道，我对官职前程并无想法，只是富贵闲来找些事情做做，这京都我也只是初来乍到的，听说你是从小在宫中长大，这宫外的漂泊无定，你当真习惯吗？"

渺儿抬头期许地看着缙钰，又见身边有人，虽说不甚认识，但还是谨慎为上，低头道："公子是世家贵胄之后，怎会漂泊无定？"

"你不知道我家，男子游在外，女子府中囚，你若安定在家只怕府中几个月无法见我一面，而若要伴我身边，便是难有定所了。"

"渺儿愿意随公子身边伺候！"她渺儿抬头看了看缙钰，可缙钰却不敢看她。

缙钰接着说："将来，我也还会有其他的夫人，你虽先入府中，也不可以先来者自居，即便未来为我府中添丁进口，也未必会母凭子贵，你可明白？"

"奴家明白，公子说渺儿是什么身份，就是什么身份，不敢有非分之想。"

楚良在一旁有些听不下去了，上前道："哎哎哎，人家姑娘家还没有过门，怎么就先立了规矩？"

"楚公子，奴家知道，即便是夫人赐婚，奴家也是公子的奴婢，出身低贱，渺儿出嫁可以不穿正红，不住东屋，若公子没有其他的千金夫人，奴家愿悉心伺候公子，若公子有了心中所爱之人作夫人，奴家便伺候公子和夫人，将来如果能为公子府上添得一男半女，也是渺儿的福气，公子愿意收了奴家，便是奴家比其他宫娥强出百倍了！其他的，不敢奢望！"

这丫头的一席斩钉截铁，让楚良一时也不知该说什么，看着眼前这十几岁的小姑娘骨子里的懂事，着实让人有些心疼。

缙钰看着渺儿站在花下，头上落上了几片花瓣儿，便忍不住上前轻轻地拿了下来，喃喃道：

"以后要苦了你了！"

"渺儿不苦，是公子救了渺儿！"

缙钰没有再说什么，示意她离开了。渺儿看了看楚良，面上有些尴尬，但还是大方一笑道：

"渺儿回宫了！"然后福身离开了。

楚良想着平时缙钰也不是个如此公子哥儿范十足的人，今天怎么对人家姑娘如此高高在上的，便跟了上去，对缙钰道：

"行了行了，这莫非天下男人一要娶妻纳妾，便要如此威风一番不成？人家也没有因为皇家赐婚而觉得自己如何啊？多懂事的姑娘。"

"将来，她必然是被我放在家中，老此一生了！"

"那你想想，她如此姿色在那个姚妃身边，难道会得善终？倒不如出来随了你，将来是非功过，也不至于将自己的命搭进去。"

"楚兄，我要与她在一个月内完婚。"

"好啊！我没意见。"

"然后她要有孕最好！"

"啊？！你，你也太心急了吧。"楚良乐滋滋地看了看缙钰的下面，"这么急着传宗接代啊？"

缙钰对楚良的眼神有些反感，转过身去："只有这样，王子颓和姚妃对我才会放心，他们也不会为难渺儿。"

"哦！"楚良恍然大悟看着缙钰，"这样，你对渺儿却有些为难了。"

"所以你知道，渺儿越识大体，我便越是于心不忍。"

"唉！这，这一大家子的事，怎么总放在了一个小女子身上……"

第八十七章
五彩缤纷芳菲渐 一方伶俐作新娘

转眼过了半月，估计着程老爷子的车马该到城外了，缙钰让江赤子用自己入宫的车驾到城外去接。江赤子在城门口等了两三日才见到缙府的车驾过来，他赶紧上前拱手行礼道：

"程老，在下钰公子侍卫江赤子，特来恭迎程老。"

"既然是侍卫，就不应该离开主子，你如此大费周章过来，于理不合。"程老并没有因为江赤子的客气而跟他客气。

"是是是，是钰公子的一番尊敬态度。"

"走吧！"

程老换了车马随江赤子来到了缙钰的府邸，程老下车打量了一下外门点点头，江赤子明白了程老的意思，道：

"公子来后，一直低调。"

"缙府后人，应当如此。"

程老被江赤子一路引领到自己的房间安顿下来，院中远处的几撇红色，让本来宁静的宅子里多了喜庆，但并未影响到整体的素雅。

"咱们家的公子就是'中毒'太深，一个年轻公子哥，竟让自己的府宅里这么安静，毫无年轻人的活泼。"

"公子毕竟是身负使命而来，哪有心情玩乐？"江赤子赔笑道，心下想着：楚良公子现在可千万别来。

"唉！一个家族的使命，岂是他一个公子哥能肩负得了的？切，大话。"

程老说罢，屏退了江赤子，自己独自进了里屋。

江赤子回到缙钰身边，心中不快，尤其想到自己家公子背井离乡出来，每天过得殚精竭虑，为了使命还搭进去了自己的幸福，如今被这老头子一句轻描淡写就像什么都没做，也什么都做不了一样，心里十分不舒服。

缙钰和楚良正坐在书房里，一起算着日子，使者再有一个月便到了，如果十日内完婚，时间便可富裕，只要时间从容，那么一切的促就，便是一番"大势所趋"。

两个人商量定好，缙钰便送走了楚良，换了件干净衣裳独自来给程老请安话家常。

本来没太想告诉他自己的想法，缙钰只是想找个缙府的人来帮自己演完这场戏即可，却不承想，程老在那里淡淡地说：

"公子是主子，您让老夫做什么老夫是必要照办，那个女孩儿，回头老夫也安排回去，不会给公子添麻烦。"

"多谢！"

"公子此事做得不错，与其藏着掖着，不如就将自己放在他们的眼皮底下反而是最安全的，只是公子，你如何在你还有用的时候脱身呢？"

"什么意思？"

"所谓善始善终，因为彼此有利用价值，所以联手，有了善始，但是可得善终很难，因为，要想得善终，是一方若想离开，为长远计，还是出于情分，得需对方尊重你的选择方可。现在你在他们眼里是对天子表忠心的一个理由罢了，若不是天子想着缙府，他们也不会故意体现出对你的重视，只有利用，没有情分。一旦他们觉得有件事情会对他们不利，甚至觉得您的死是对他们最好的事儿，公子，那时你在外面，就不会有好下场了。"

"现在，我考虑的是先如何开始。"

"那如何收场，就交给老夫吧！"

缙钰点点头，又问了些家中的事，听说一切都好，便离开了。

离开后，缙钰觉得如鲠在喉，虽说心中明白他说得有道理，却还是觉得十分不快。

"大喜日子，老太太怎么派了他来？"江赤子悄悄地问道。

缙钰淡淡一笑："这不很好吗，谁身边不得有个骨鲠之臣时刻提点着？"

江赤子听罢便不再说话了。

缙钰进宫"请期"定了完婚之日，并告知了缙瑢一家，不日便将渺儿娶了回来，毕竟缙钰举家不在京都，但很多因缙钰是公子颓的红人，各方臣子们纷纷登门道贺，还是热闹了一番，还好并未太过张扬，姚妃和嫣妃借故赏了许多金银，缙瑢派了缙铖前来，程老爷子低调坐在众宾客之中，留意着里面的每一个人。楚良一直跟着缙钰，一脸坏笑地问道：

"这里面你认识几个？"

"应该没你们昭音阁认识的多。"

"那不一样，对你而言，你不必认识他们，他们认识你就行了。而我昭音阁做生意，他们不必认识我，但我得认识他们。"

"哈哈，那咱俩呢？"

"是你认识我重要，还是我认识你重要，就得看我能入你法眼多少，或者说，你需要我多少了？"

"哈哈！这样的世俗关系，还是不要套在你我之间的好！"

"哈哈哈……"

一天下来的热闹过去了，缙钰早已筋疲力尽。几个小厮将缙钰扶回到里屋，新娘子的几个陪嫁丫头便知趣地退出去了。

按照礼数，缙钰与渺儿之间行了"合牢而食，合卺而饮"之后，缙钰借着醉意对渺儿说道：

"好了，以后，你的日子便可由你说得算了。"

缙钰的无意之言，却让渺儿赶紧跪倒在地：

"公子……公子这意思……莫不是……不要渺儿了？"

缙钰见状，几分无奈，纠结于渺儿的价值和她自己的幸福之间，说道：

"我我我，我不是这个意思，我的意思是说，你有你自己的选择，喜欢去哪玩，喜欢玩什么或想要什么，每天早晨何时起都行，我不会管你，随你的意就是了。"

渺儿听缙钰如此说，赶紧拜谢："哦，谢公子！"渺儿自觉虚惊了一场，赶紧又拜了拜，便要起身伺候缙钰宽衣。

缙钰本来很不习惯女子近身，但想到楚良临走的时候曾嘱咐他说：

"以后，你就不能把此事当成'戏'了，因为戏是一定会有假在其中，你必须要与她真圆房，甚至让她诞子，才可保大家一时平安。"便随着酒劲醉意，将自己身边的可人儿抱起，一同入了幔帐，行了夫妻之礼。

第二天，缙钰醒来的时候，渺儿已经梳洗打扮好了自己，并安排了丫头上了早膳糕点。

就这仅仅一夜，渺儿比宫中的宫娥多了些许的微笑和活泼，也没有了前一日婚服下的庄重，挽起的发髻让这个年轻的女子多了几分温婉，娇柔中还依然带着些许俏皮的痕迹。

缙钰看着她在那里打点家务的样子正出神，被渺儿身边的一个丫头看了出来，她上前对渺儿轻语了几句使了个眼色，渺儿侧身看了一眼缙钰，那一笑，甜得恰到好处：

"公子醒了？"

"嗯！"缙钰收回了目光。

"想着公子宿醉，今天奴婢特地做了清淡的粥菜，好给公子净净口中的浊味。"

"夫人费心了！"

渺儿听缙钰唤了自己一句"夫人"激动之情溢于言表，自从自己对缙钰一见钟情，便常幻想着他对自己如此称呼，然而，她也知道其实缙钰对自己的感情并没有自己期许的那么多，哪怕一次就好，却不想，入门第二日便听到了。

渺儿明眸含泪道：

"来吃点吧，先暖暖胃，别让昨天的酒伤了公子……相公的身子。"

缙钰顺从地听着渺儿的安排，用完膳换了衣服，夫妻二人进宫叩谢姚妃、嫣妃和公子颡。

两人出宫后，又登门拜见了缙瑢和公主一家，待回来后，程老爷子给二位主子行了礼，便只坐在一旁默不作声。

江赤子将家中所有大小事宜交给了渺儿，虽说是缙钰正室，但渺儿还是收拾出了一间正屋，自己自觉地住在了偏室。

宫中出来的宫娥规矩惯了，在府中也将上下大小事宜安排得妥妥当当，这新入门的夫人为人勤俭不辱缙钰的品格，缙钰和程老十分满意，于是，全家人只待使臣回朝，谈论王女下嫁齐国之事。

缙钰要去齐国而姚妃又不准，渺儿在宫中便知道，也猜到了缙钰和姚妃促成了这桩婚事的各自缘由，便暗下决心帮助夫婿达成心愿。

这天，缙钰从宫中回来，渺儿来到他身边伺候道：

"公子今晚要看书？"

"不叫相公了？"

"有外人在，当是相公，但是规矩……渺儿不敢忘，更不敢逾越。"

缙钰抬起头看了看她，将原本已经拿起的书又放下，一把将她拉到了自己的怀中，问道：

"你埋怨我对你说话少了？"

渺儿见四下无人，轻弱地坐在缙钰的腿上，依偎在那里娇羞地说：

"怎么会，是渺儿想跟公子多说几句话。"

"想说什么？"

"你给我讲故事吧！"

"什么故事？"

"天下的故事，人说乱世之中的故事比太平盛世多。"

"哦，那你想听谁的故事？"

"齐国的？"

"齐国，讲什么呢？只怕有些故事我知道的还没有你们女子多呢！"缙钰拨了一下渺儿的鼻尖。

"渺儿想知道，齐国为什么那么厉害，连天子都要将王女嫁过去，还要大费周章地请鲁国国君做媒？"

缙钰身子向后仰了仰，让渺儿蜷在怀中可更舒服些，悠悠地道：

"齐国盛产渔盐，这些年在东边富甲一方与精兵强将共长，难得是个先强于自身再强于兵的诸侯大国。"

"本就应该如此啊，没有钱，何来精兵强将？"

缙钰摇摇头，笑道："不是所有人都会做到这样的，太多好战的君王将赋税抬高来养军队，便以为万事大吉了。"

"这……"

"有的人心系一国，便有治理一国的办法；有的人心系战功，那么想出来的办法必然也是面向一战。所以，道理有时抗不过现实，现实有时也要临时给诸侯们的想法让路。你看这么多的诸侯，过段时间，到了一定时候，现实就会灭了一些人的那点儿想法。"

"公子的话说得深奥，渺儿听不大懂，但是渺儿当初进宫的时候，宫中的前辈嘱咐奴家说，在宫中主子面前，要言听计从，更不可妄想左右他人和事儿，是这个道理吗？"

缙钰扑哧一笑，刮了刮她的鼻子，道："你说的是宫中的生存之道。"

"渺儿本就是一个宫娥，哪里懂得主子们的天下之道，只是希望能活着，便算有了一切了。"

缙钰苦笑一下："你这样挺好，没那么多事儿。"

"只是以后渺儿的生死要让公子费心了，奴家明白自己成了公子的累赘。"

缙钰没有说话。

渺儿见缙钰眉头微蹙，想了想，几分耍赖地在缙钰怀中道：

"公子，奴家有件事儿想请公子示下，好不好？"

"什么事？你说吧。"

"奴家渺儿在府中待了一段时间，按说不该请命出去的，但是，在府中久了，人总是懒懒的，所以奴家想着还是想到宫中去伺候，晚上回来陪公子，好不好？"

缙钰一听，突然直了身子，渺儿也赶紧站了起来，恭敬地站在了一旁。

"你刚出了'火坑'，怎么又要到那是非之地去？"缙钰严肃地说。

"公子，渺儿请命去到姚妃身边，其实……与曾经……曾经姚妃让我来公子身边，是一个道理的。"渺儿小心翼翼地说。

缙钰看了看她，紧皱着眉头，半天没有说话。

许久，渺儿上前一步边给缙钰倒茶边缓缓地说：

"公子来到此处，自然要人尽其才，悉尽其用，渺儿也是公子可用的'棋子'。"

缙钰惊讶地看着她："我可从没有把你当过'棋子'。"

"可是，公子应该这样把渺儿当'棋子'，否则，渺儿如何帮公子成事？公子手中，几乎没有'棋子'可用，而公子自己也不是那种会把人人都算计到其中的人……"

缙钰看着眼前的渺儿心中一紧，看着桌上的文墨典籍，瞬间觉得这书上所说与他的境地竟大相径庭，与身边之人相比，这各种书简中的内容简直是隔世之物，竟让人不再想看了。

"你去吧，你想怎样就怎样吧。"

渺儿听罢没有说什么便退出去了。

正值这时，江赤子将信鸽抱了进来，见渺儿正出去，问了好便先让渺儿走了，转头看缙钰一脸的不悦，小心道：

"府中来信了，说程老年龄大了，可以在咱们府上多住些日子再说。"

"那是自然。"

"公子，怎么了？"

"渺儿还要回宫伺候。"

"啊！这倒是好事，省得总在公子身边，怪不方便的……不是，她是觉得咱们怠慢她了，不习惯咱这儿？别跑宫中诉苦去！"

缙钰抬头看了他一眼，道：

"她是想回去为我办事！"

江赤子想了想，谨慎地说：

"她，到底哪边的啊？"

缙钰瞪了他一眼，江赤子从没有见过如此温如玉的公子会有这样恶狠狠的眼神，吓了一跳，轻声道：

"奴才说错了，公子莫生气！"

缙钰稍稍收了收，道：

"以后不得议论夫人，无论她为谁做事，我自有一番判断，夫人要去哪，随她便是，府中不得阻拦！"

"诺！"

第八十八章
多情女子心中事　以后公子是主人

这天，渺儿梳妆打扮了一番，让人安排了车驾进了宫，来到了姚妃宫行礼拜见，姚妃正在调香，悠悠地说：

"这杜衡闻久了，就不觉得味道绝妙了，现在，我更喜欢芳馨了。"

"王妃之高雅，这天下女子在您面前都如庸脂俗粉一般。"渺儿熟练地伺候着。

"一旁坐吧！都是闲来无事，自己琢磨的。"姚妃轻磕了磕香勺。

渺儿坐到一旁，道："王妃盛宠，天下人无人不知，若王妃都这样说，只怕后宫的其他女子，更没什么指望了！"

"哈哈哈……你呀，都嫁作人妇了，说话还这么直，怎么样……"姚妃边用帕子擦手，边上下打量渺儿，"不用说，缙钰对你很好。"

渺儿羞答答地说："有王妃和殿下做主，公子哪里敢对渺儿不好？渺儿托了王妃和殿下的福！"

"我看你是胖了点儿了，这新婚的女子就是不一样。想当初，本宫刚刚入宫的时候，看着宫中的各种颜色，我是又欣喜又胆怯，就是能吃。那个时候，我也胖了好多呢！"姚妃掩面而笑。

"想必就是因为王妃的这份潇洒，所以很快就有了公子了。"

"嗯！那个时候，大王就是喜欢我的傻笑，那叫'傻人有傻福'，先养好了身子把孩子生了，再说。"姚妃得意地说。

"奴婢没有王妃的福气，如今在府中闲来无事，就越来越想念王妃了。"

"你是有福气的，你走之后，你的那些姐妹啊，各种羡慕！"

"王妃，渺儿想请王妃个恩准，让奴婢回来伺候您吧，公子也要忙于公子之事，渺儿离了夫人还是不习惯。"

姚妃听了瞬间严肃了起来，她低声问道："渺儿你告诉我，缙钰对你到底如何？"

"公子对渺儿很好啊……"

"那你……"

"是渺儿，每天起来不能伺候王妃您，心中总不自在……而且，公子白天，不也在宫里当差吗？"渺儿没说完，便害羞似的低下了头。

"哈哈哈哈，死丫头，明明是想在宫里也能见着自家相公，还谎称是想本宫了，你不就是对他在宫中不放心，所以借故进宫来可以看着他吗？"姚妃眯着丹凤眼笑道。

渺儿悬着的心终于可以落下了：

"还是什么事都瞒不过王妃。还请王妃恕罪，这女儿情怀……实在不敢说出来怕辱了您的耳朵。"

"行了行了，女人嘛，谁还没有点小伎俩！"姚妃轻蔑地得意道，她看着这个丫头想了想道：

"你且回去，我想想，等安排好了，再派人告诉你。"

"诺，谢王妃！"

姚妃打发了渺儿，转而便将这个丫头安排给了嫣妃，而不是自己身边。

渺儿接了旨，明白了姚妃的心思，便将计就计，入宫成了嫣妃宫中的女官。

第八十九章
心中所愿他人许　只是夹缝说心声

雒玑身怀有孕的消息很快就传到了各宫上下，众妃嫔都说这个孩子在关键的时候救了她，一些想看雒玑与缙心之间好戏的人，便更觉得她们之间的关系一定有戏可看。

这天，妩王后和赵夫人一起来见莒王，莒王正在和池儿投壶。

"夫人来了？"

"大王！"

"父王，你看，我投进去了！"池儿在一旁高兴地叫道。

"嗯不错，来，看寡人的……"只见莒王抬手，瞄准了壶，将箭"嗖"地扔了出去，"哎呀，力气大了。"

“哈哈哈，父王，看儿臣的。”池儿不甘示弱，又投进去了一个。

“嗯！不错，不错！”莒王指着孩子对妏王后说，“人说这么大的孩子一天一个样，你瞧瞧，我们的池儿，明显大多了，有的啊，寡人都玩不过他了，哈哈哈。”

妏王后见大王比之前更加喜欢池儿，自然是喜不自胜，递了杯茶劝大王道：

“大王都累半天了，喝口茶吧！”

“不累不累！”莒王推开了她。

妏王后见莒王如此开心，趁机上前谏道：

“大王，听说雒妹妹怀有身孕，本宫想替她请个旨，赐她单独的宫殿，让她更加注意休息，寝宫，人太多了。”

莒王听了犹豫了一下，道：

“不必了，寡人的寝宫又不小，就不让她挪了，免得去到了外面娇生惯养的，更无人敢管了。”

妏王后本想下意识地说她可代劳，但又一想她一个王后要说去管一个出身低贱的孕中美人，岂不有损自己的体面？妏王后生生地将话咽了下去：

“那，会不会委屈心儿妹妹？”

妏王后的话，恰恰戳了莒王的心思，他在那冷了一下，转头对妏王后说：

“前些日子，韩离子送了个玉雕摆件，寡人看品相甚好，很配池儿，回头你让人把它给儿子搬到宫里来吧。”

“谢大王！”妏王后开心道。

“儿臣谢父王，谢母后。”

赵夫人在后面轻轻地拉了拉妏王后的衣角，向她示意不要再说了，妏王后也只得作罢。

赵府中的韩离子打发了来汇报的侍卫，拿着剑来到了院中，见程仪恰巧通过，他立马叫住了他：

“程仪，来来来，陪我比画两下。”

程仪迟疑了一下，手扶着剑走了过来：“一直以来，还没请教韩阁主的剑法呢。”

韩离子伸伸腰，抖抖肩：

“来，咱兄弟俩松松筋骨。”

“你就不怕我杀了你。”程仪的眼睛里冲出了几分杀气。

“杀了我，你家姑娘也就顺理成章地在宫中作夫人了。”韩离子说着摆起了架势。程仪腾空一起，便与韩离子纠打起来。

茹梅拿着一篮子菜恰巧经过，见两个人刀光剑影不知发生了什么，赶紧驻足在那。韩离子见了，用剑将程仪一挡，问茹梅说：

"有鸡蛋吗？"

"啊？"茹梅一愣，转而一哼，"做什么吃什么。"

韩离子手上与程仪比画着，脸上一笑："那就多来点肉吧。"

程仪应付着韩离子，冷笑道："韩公子不是要节俭度日吗？"

韩离子笑着应道："节俭度日，本公子也不吃素。"

茹梅见状一撇嘴："公子在外面各种送礼好不大方，却在家里舞刀弄枪……外人还不知怎么说轩尧阁的威风呢。"

韩离子与程仪之间过招了好一会儿才停下，韩离子手下的侍卫将准备好的汗巾递给到了二位，韩离子边擦汗边问程仪道：

"你的武功跟谁学的，没有一招至要害，只是在旁边打打闹闹……"

"难道要伤你？"

"所以说，你是让着我，这可是一种侮辱。"

程仪直愣愣地看着他，沉默了许久，说道：

"爷爷从小便说，与人过招，打退便好，不必非要伤人。我不能伤你，便只会考虑如何不伤你，我的武功是不是好，就在于我不让你伤我便是了。"说罢，程仪离开了。

韩离子愣愣地看着程仪离开，对婉樱几分哭笑不得地说：

"这，这要是上了战场可怎么活？他倒是个君子，但对方不一定啊，更何况是打架的时候。对方的武功比他强，他不就必死无疑了！喂，"韩离子叫住程仪，"别忘了，兵不厌诈！"

婉樱看了看茹梅手中的篮子没什么问题，便让她拿后厨去了，靠着廊上的柱子感慨道：

"程仪的爷爷是武功大家，自然有大家风度，像你这样招招逼人，将来姑娘嫁过来，不定怎么欺负姑娘呢。"

韩离子听了笑道："这过日子，和比武切磋如何能相比？"

婉樱摇摇头："公子是自己习惯了的，只怕没有杀气是装的……如果将来有一天缙府与轩尧阁不必考虑过往约定之时，恐怕公子便会拔剑见血了。"

婉樱的话提醒了韩离子，韩离子出身乡野，靠打拼成就一方势力，缙府是皇家贵族之后，隐退于乡野，这完全相反的经历，练就了他们截然不同的处理方式，韩离子顿时觉得自己今天的所作所为，着实唐突得很。

婉樱也忧心忡忡地离开了。

渺儿和缙钰在宫中允准的情况下，当值的时候便在宫中当差，之后便一同回府彼此照顾，府里宫中，众人无不知道这对夫妻恩爱备至。

随着周王嫁妹的日子慢慢临近，这天，宫中前朝商量其中的要事，缙钰自然也里里外外地打点希望能如愿随队取道齐国面见齐王。

渺儿在宫中借着嫣皇妃为公主准备礼物之际，找了个机会来到了准新娘周王姬处：

"奴婢，拜见公主殿下！"

"她们禀报我说，你是嫣妃派来的？"公主头也不抬地绣着花。

"公主即将为国远嫁，王妃心中不放心，让奴婢过来看看可有什么缺的。"

"这么大的事，众卿家自然不会怠慢，我也懒得理会，相信会有人安排妥当的。你回去回你家主子，让她放心吧。"公主无精打采地说。渺儿听了，心下有些不情愿，站在原地没有动，公主抬眼看了看眼前一副少妇模样的渺儿，停了手中的活，问道，"听说，你是缙钰的人？"

"是，公主。"

"那你还来宫中做事，莫非，那位世家因为你是个奴婢出身，而公子在府中冷落了你？"

渺儿稍顿了一下，道：

"公子待渺儿很好。"

公主冷笑了一下："给你锦衣玉食便是好，至于你一个人在那开不开心，有什么重要的？"公主懒懒而又轻蔑地说，"那个钰公子，待你如何我不知道，我看他，婚后来宫中的次数没有减少……"

渺儿想了想，干脆轻声应和：

"什么事都瞒不住公主，渺儿能伴公子左右已是万幸，不敢有任何奢求。"

"我说嘛，"公主骄傲地说，"别人上心思有什么用，过得好不好得看之后的日子怎么样，那个钰公子我见过，是个玉一般的人物，你说得对，能侍奉他，对于一个小宫娥来讲的确是万幸。"

"是，公子在家说，此次公主下嫁齐王，是大王英明，公主大义，难得的一双皇家风范的兄妹。"公主半卧在那里闭目养神不说话，渺儿见状接着说，"而公子在家中也曾顿足说，可惜他人微言轻，不能在此事上为公主尽忠，实在可惜！"

"真的？"公主睁开了眼睛，想了想又闭上了眼睛，道，"你去复命吧，回府，好好照顾你们家相公！"

"诺！"

渺儿行了礼，退下了。

离开了公主的宫院，渺儿心中有些莫名的失落，她一个人魂不守舍地在宫中溜达，不自觉中泪水已经滑落在面颊，这样的悲从中来连自己都惊讶不已。

好奇怪，曾几何时自己这么娇气了，当初在宫中受教，所有喜怒哀乐都要藏在心中不能露出来，更不能流泪了，渺儿边骂自己的不争气，边委屈地止不住掉眼泪。

走着走着，渺儿的"梨花带雨"被迎面的缙钰见到了，缙钰不知道出了什么事，以为渺儿是在宫中受了责罚，便赶紧走上前问个究竟。

渺儿一见是他，眼里充满着期望，却因在宫中不敢扑入君怀，只能控制着自己，而缙钰感觉到渺儿的心早已扑过来了。

"怎么了，受委屈了？"缙钰用手轻拭着自己夫人的泪。

"是，也不是。"

"这话怎么说？"缙钰温和地说。

"奴家猜想着，公子会心想事成的。"

第九十章
新人只求君命好　君护我来我侍君

"心想事成？"缙钰想了想，问道："你去见谁了？"

"公主殿下。"

缙钰一愣，叹了口气，道：

"其实我若要请命，或找大王，或找殿下，他们可以我安排，没必要让你去找公主。"

"奴家旁观着，公主对公子心有爱慕，其实奴当初在宫中的时候就听说过，只是姚妃和殿下的动作更快……公子若想完成心愿，当用，则用。"

渺儿的话让缙钰心中一疼，"别胡说，公主即将出嫁，我也从未有非分之想，更何况，这哪里是你这个夫人该说的话。"

渺儿期盼而又失落的眼神从未离开过自己的相公：

"公子，在宫中，礼崩乐坏不可活，可是中规中矩也未必能活。在这中间游离，往往不但是生存之理，更是攀之以求发展。"

缙钰轻轻将黏贴在渺儿面颊的青丝撩下，看着渺儿道：

"丫头啊，有的真不必，你也没必要搞得自己如此委屈。"

"顺其自然吧。"缙钰牵起了渺儿的手，带她离开了。

程老爷子在缙钰的府中每天就是叫着小厮，侍卫，隐卫一个一个地跟他练拳脚，

但除了隐卫之外，其他人几乎都被程老爷子打得不轻，倒不是隐卫有多强，而是程老爷子考虑他们还要保护主子，关键时候还是手下留情了。

但是，程老爷子从来不跟江赤子过招，如果江赤子没跟着公子，程老爷子让江赤子做的也无非是给他倒茶，递毛巾。这让江赤子不但技痒，更感觉十分憋屈。有几次他主动请缨要与老爷子切磋，都被老爷子因他要照顾公子不可受伤为由给拒绝了。

果不其然，不日，公子颓便在宫中将缙钰找到书房，说：

"本王刚从公主那来，你猜，姑姑找本王什么事？"

缙钰问道："何事？"

"姑姑跟本王说，她出嫁之事里里外外的情形她都不知道，虽说齐国只是一方诸侯，但想必当地也有些自己的礼仪习惯，不懂不好。按说这事儿应该去问缙瑢，但想着他年纪大了，说话跟背书似的，实在乏味，所以问本王有没有人在她身边可以给她提点一二的？"

"那殿下怎么说？"

"这事儿没别人呀，除了你小子，还能有谁？更何况你们是一家子，别的世家子弟万一弄混淆了岂不更麻烦？说真的，宫外那些想效命的我都看不上眼，也就你稳妥些。"公子颓拍着缙钰的肩说。

缙钰躬身向公子颓行礼道：

"谢殿下，只是我也不是什么都懂的……"

"你不懂问你伯父啊，你又知道宫中的礼节，到底比别人方便些，又不是让你去考官。本王跟你说哈，这机会怎么简直像是为你天上掉下来的，现在我姑姑如今是宫中重中之重的人物，父皇对她现在是百依百顺，谁敢让她受半点委屈，"缙钰听着私下想着，看来渺儿真的做到了，"哎，别愣神了，你抓紧时间准备，本王去看牛了哈！"公子颓说完，便满意地离开了。

这天，缙钰正在和渺儿一起整理衣物，宫中便传来旨意让缙钰入宫觐见公主。

"去吧，咱们不一直等着呢吗？"渺儿温柔地说。

缙钰默默地点了点头，奉命去了公主的宫中。

公主雅兴，见到了缙钰，并没有询问联姻之事，反倒安排了歌舞与缙钰共赏，缙钰侍奉过公子颓，这皇家子女要如何，他便听之任之吧。

歌舞已起，公主对缙钰说："本来应该与公子一同饮酒，但毕竟是公子第一次来，怕准备了素酒会让公子误会本宫的心思，所以我们就以茶代酒，委屈上宾了。"公主抬起茶杯以敬缙钰。

"公主抬爱了！"缙钰只低着头，回敬公主。

"今天的歌姬，我选的都是素雅的，乐曲稍显宁静，不知公子是不是喜欢？"

"公主雅兴，此等品质更显公主风范。"

公主莞尔一笑，侧卧着看着歌舞，时而偷看缙钰，美目流情。可是，缙钰坐在右侧只是看歌舞品茶，并未抬眼看她，于是，公主便不自觉地将明眸全然落在了这个温润如玉的公子身上。

一番歌舞之后，便到了用晚膳的时候，公主示意宫女传膳，缙钰见状便起身行礼道：

"公主，天色已晚，在下久留在公主宫中怕辱了公主的清誉，草民请先行告退。"

公主看看外面的天色，轻叹一下道：

"好，让公子替我费心了，只是本宫在自己殿中所呆的时日不多，有太多外面的事不懂，以后要常请教公子，还望公子不要推脱。"

"此乃在下之福，不敢辜负了公主……"缙钰突然意识到自己的话或有些歧义，悄然抬头看了看公主，见公主目中温情脉脉，便没有再说下去。

公主身边的侍女见两个人突然都不说话只冷在那里，便悄悄地要将失神的公主叫醒："公主，公主！"可这位公主却无动于衷。

"哦，"公主突然一惊，还过神来，"那就辛苦公子了，我案头有个鹿瑶镫，送与公子晚上掌灯看书用吧！"

"多谢公主。"

宫女奉命拿了镫，引缙钰离了宫。

缙钰回府后直接进了书房，并亲自将公主赐的鹿瑶镫放在了自己的书房案头，点上蜡烛，看着眼前这精致的慵懒，不由得脑海中全是今日公主的一颦一笑。

渺儿走到门前，见缙钰看着那镫出神便没有进去，她转身对侍女说自己最近有月信不便伺候公子，这几日就请公子屈尊在书房休息吧。

而深夜的公主却毫无困意地在窗前绣着荷花，贴身的宫女端来水盆，轻声道：

"公主，小心累着眼。"

"瑄儿，你说，今天公子会不会嘲笑我的失礼？"

"失礼？今天公主没有失礼啊？"

"没有失礼，还让你叫了我？"

"哦，当时公子远远地坐在下面，哪里会听到奴婢叫公主啊，声音小着呢！"

"是吗，那就好。"

"公主，洗漱睡吧！"

"不急，我今天高兴，还不困呢，再绣一会儿！"

"公主，您这久未动针了，这幅荷花，怕是已经绣了快四个月了。"

公主一笑："是啊，下针都不稳了，你说，这要是缝起衣服来，那针脚是不是也要不得啊？"

瑁儿一愣，笑道："公主将来是要贵为夫人的，怎需要自己做衣服，公主折煞我们这些做奴才的了？"

"你们做是你们的，我做是我的。"公主放下针，捶了捶自己的腰，道，"先皇在的时候，着实把我宠坏了，现在想想，自己竟拿不出一样女红可送人的。"

"您是贵人，"瑁儿见状，赶紧过来帮公主捶背，"贵人，只要不失皇家风范，便是正统，这小女人的活计尽管交给我们，就说是自己亲手做的，便是一番心意。"

"所以你是说，那些亲自绣的罗帕，做的饭，其实都是安排人做的？"

"将来公主也要这样，给大王的罗帕，膳食，出于稳妥都是主子选样子，选味道，奴才们在主子眼皮底下做，到时候贵人们问起来，也可以说出个过程来，更显诚意。公主，您在宫中呆的日子也不短了，只是将来要做夫人了，这面向夫君的小心思，还是要学学的。"

周王姬含着羞地笑了笑："瞧你说的……"

"公主大了，要嫁人了。"瑁儿几分深情地说。

公主周王姬作为先皇最小的女儿，第一次感受到自己长大，是先皇去世，上面的长辈没有了，便无权再做晚辈了。

今天和瑁儿的一席话，让这位妙龄的公主第二次感受到了自己的长大，如今该轮到她要像后宫女子一样为了男女情长而费心了。瑁儿见公主不说话了，呆呆地看着眼前的荷花，轻叹了口气，道：

"公主，休息吧，距离宫还有些日子，不必先为此而伤神。"

公主没有说话，虽说瑁儿的话总是那么的温顺有礼让她无从挑剔，但同时也总能让这位周王姬像服从命令一下服从着她的温润，亦或是，这本身就是一种被雕饰的命令。

公主顺从地回了屋。

第二天，公主没有召见缙钰，缙钰和渺儿一同驾车入宫各当各自的差，而等待缙钰的，便是他可随公主车驾一同前往鲁国和齐国的旨意。

外面雨打芭蕉，嫣妃和渺儿边缕着彩线，边聊着天：

"如此，钰儿便随了心了。"

"谢嫣妃提携。"渺儿低头道。

"你呢？"

"可要跟着去？"

"这去的人有多少都是有定数的，什么人可去，什么人不能去，奴婢也不知道渺儿能不能去。"

"你既有本事让钰儿去，怎么会没有办法让你自己去……"嫣妃看着渺儿。

"唉。"

"我明白你是怕……"嫣妃将手指指向了公主住的方向。

渺儿抬头看着嫣妃，又收了目光：

"主子，奴婢，奴婢的使命想必是完成了。"

"可你毕竟是他的新娘。再说，你怎么知道，缙钰那个未曾被尘世污染的公子，在这乱世，就真的不需要你吗？"渺儿惊讶地看着嫣妃，嫣妃握着丫头的手接着说，"本宫入宫又何尝不是因为一番使命？为了家族，为了父亲，当初缙府与宫中闹成了那样，虽说因为老太太而没有被灭了全族，但是当初想真的活下来，后世子孙可以同其他世家子弟一样为君王所信任而有所建树，还是要懂些人情世故的，本宫和我那两个弟弟，又何尝不是家族要绝地逢生的'棋子'。渺儿，钰儿身边没有什么人能帮他的，他自己又不是个将自己前途放心上的人，所以啊，他得要你教他，关键的时候，甚至他瞻前顾尾的时候，没准还得要你踹他一脚呢。"

渺儿知道，嫣妃虽说平日里冷漠，但对自己并无恶意，对相公多少也是心存一线善良。

第九十一章
自诩天资花独秀　天下何人不聪明

雨后的花园总是明媚的，嫣妃雪白的肌肤在被清洗过的空气中更显得温润，渺儿不禁私下感慨，这样的妙人只要有姚妃的些许手段，只怕早就宠惯后宫了。

"王妃是个无欲无求的人，在这里倒不如说闹中取静，也不枉说是个好的归宿。"渺儿看着嫣皇妃，心中不知是该安慰，还是该羡慕。

"年纪轻轻的时候既要站稳脚跟，又要无欲无求，都是因为无奈。你可听说莒国逃走了一个夫人？"

"后来说回来了，然后就死了。"

嫣妃冷笑了一下接着说："本宫曾想，如果是本宫，我一定不会回来，因为该做的事情做完了……"

渺儿机警地打断了她：

"王妃，我先让人给您续杯茶。"

嫣妃会意不说话了，渺儿借故将人退下，扶着嫣妃从后门来到了一个小亭。

嫣妃看着树上的喜鹊接着说：

"皇帝仁义，虽说对我没有那样的百般宠爱，但也交代了宫里管事不得对我饮食起居用度有所怠慢，对缙家也借故网开了一面，有了父亲和家族后来的富贵地位和体面。"

"皇帝是看重王妃和王妃的母家的。"

"后来我也觉得自己的使命完成了，又不屑于各种争风吃醋，只求安稳度日，直到我听说了莒国的那个出逃的夫人，心中不得不佩服她的那份勇气，再看看自己，简直一无是处地可怜。"嫣妃轻轻地对自己摇了摇头，渺儿没有说话，那位夫人的出逃岂止只有嫣妃一人羡慕？嫣妃叹了口气继续说道，"可是，后来听说，她走了，缙府夹在郯国和莒国之间各种挣扎，在挣扎中'苟延残喘'……"

嫣妃把最后四个字说得有力，而又充满无奈，渺儿听不出她在说这四个字的时候是生气，憎恨还是叹息。嫣妃停下了，平静地看着眼前的花，这时，一个宫娥端来了茶，渺儿见状接了过来，让她下去了。

渺儿道："王妃，听说她还是回去了。"

"是啊，听说回来了个人，当晚便暴毙了，你知道说明了什么吗？"

"奴婢不知。"

"当我听说，莒王厚葬了那个美人，我就明白了，有的时候你在的时候看不出来，可你不在，一切就会大变样。"嫣妃拉着渺儿的手。

"渺儿，渺儿身上的关系太多，或许不再出现在公子旁边，对他来讲，兴许更好。"

"你离开了，难道公子和姚妃那边就不会在钰儿那里再放一个人吗？到时候他身边的那个人，是女子，还是杀手，就不一定了。"

"为什么？"

"你存在的使命，就是巩固住这样的关系。"

渺儿听罢，赶紧跪了下来，道：

"王妃，奴婢对公子、对王妃您并无其他阴谋之事……"

"你要乖乖地留在我身边的使命是，让姚妃不会认为我参与其中。"嫣妃用手捧起渺儿的脸，冷冷地说道，"渺儿，你是个聪明人，我也不瞒你说。你存在的价值就是你是唯一被安排在钰儿身边的人，如果你让他离开了，你在宫中就没有任何价值了，没价值而又知道一些事情的人，也自然没有生存的必要，所以你应该跟着去。但是，本宫不会帮你的。因为，本宫是缙府的人，是家父唯一在宫中的女儿，本宫要置身事外。"

"那王妃，我……"

"赶紧怀孕。"嫣妃道。

"怀孕？倘若奴婢有了身孕，又如何可以车马劳顿，岂不伤了孩子？"

"孩子，可以加大缙钰和你的筹码，明白吗？"

嫣妃的话，渺儿听明白了，每一步都有目的，都是要将一切看懂之后才可往下走，原来只知道女人入宫是为了家族荣誉，生儿育女无非是母凭子贵。渺儿曾以为，她可以像嫣妃一样，即便她嫁给缙钰的背后并不那么纯粹，但是只要自己聪明一些，便可顷刻之间让自己拥有一个干干净净的家。

但是，今天嫣妃的话，让渺儿瞬间觉得自己的生活非但无法恢复平静，还要把孩子也放在这一番"聪明"之中……渺儿顿时觉得有些头重脚轻。

嫣妃向前走了几步，看了看这个年龄不到20的孩子，还是冷冷地补了一句："有使命在身的人都聪明，也要聪明。"便头都不回地回了宫。没有人明白她为什么这么冷，而嫣妃觉得自己就应该这么冷，因为当初众人就是对她这样冷的，那天，孩子的尸体是冷的，当时的房间也是冷的。

正午时分的太阳很毒，嫣妃身边有其他宫娥伺候，渺儿便退了出来。她站在院中央昂头冲着太阳，闭着眼睛任由阳光直射在脸上。

"小心中了暑！"

渺儿睁开眼睛一看，是一位老妇，渺儿行礼道：

"越夫人万福！"

"都是做了夫人的人了，举止投足哪能如此不收敛？"

"是奴婢冒失了。"渺儿低头道。

"行了，快回去吧，你如今嫁入了贵族世家，要你忙的事多了去了，就这么让自己在太阳底下晒着，这晒习惯了，就把自己晒焦了。"

渺儿看着越夫人，赶紧转移了话题：

"之前听夫君说过，越夫人曾经对夫君有所提醒，渺儿代夫君谢夫人。"

"提醒他的人恐怕很多，有的是要他发财，有的是要他求权，本宫也不能免俗，没什么好谢的。"

"别人提醒他，自有别人的目的，夫人在宫中对夫君有所提醒……"

"也有本宫的目的。"越夫人直接打断了她，"本宫说了，本宫也不能免俗。"

"夫人希望夫君为夫人做什么？"

"本宫年迈，哪里还需要他为本宫做什么。只是，凭你家夫君的能力将颓儿扶上未来的皇位，是有胜算的。"

渺儿听了，微微一笑，心想，这岂是他们现在所关心的？渺儿说道：

"夫君在朝中没有一官半职，只是在公子身边打打杂，这不，公主要出嫁齐国，夫君便要随车驾远行了。"

"嗯，那你得让他回来，否则，这路途遥远，如果人们的视线里没有了他，只怕会对有些人不利，而如果他在人的视线里，也可能会对他有所不利，你如此将自己放在这阳光之下，只怕对他没有好处。"

渺儿一惊，问道："渺儿愚笨，请夫人明示！"

"既然连我这个在后宫不问世事的人都对他有所了解，也知道他在公子颓那里的分量，你觉得太子那边会不知道吗？他和他的势力会愿意你家夫君在公子身边吗？"越夫人走近她，"既然天子对缙府要收网，如果缙钰这根正苗恰让天子心里的皇储成了太子，那不就说明缙府投诚吗？缙府之困也就自然解了。"

越夫人的话，让渺儿如梦初醒，所有人都在想怎么让夫君随了自己的意，但是却无人注意到，身后还有人在看着自己，甚至是光天化日下的夫君和自己。渺儿缓了缓神，问道：

"那刚才夫人说对夫君也有所图，不知能否告诉渺儿，图什么？"

越夫人笑了笑道："你比那个缙钰聪明，当初我鼓励缙钰的时候，他只是一番谦和，完全不明白我的言外之意，自然也没有多问，更不知道本宫这个老太婆可以为他做什么，是真真地把我当成了前辈，还是一个好为人师的前辈，哈哈哈，这里是后宫，不是私塾。"越夫人摇摇头说。

"是夫君疏忽了。"渺儿忙解释道。

"本宫要的，是你家夫君回来，送走了公主之后便回到宫中，辅佐颓公子上位。"

"这对夫人有什么好处呢？"

"只要他上位了，后面的事，便是本宫的事了。"

"那，刚才夫人说，可以为夫君做什么？"

"我做的，是一把'双刃剑'。"

"什么？"

"在你家夫君要回宫的时候，我可保他平安，但是，在你夫君要从此离开了洛邑从此不归的时候，我可让他命丧黄泉。"

渺儿心中一惊，但故作镇静道："夫君一介白衣，如果已无心在此，便将其放了便是，何苦要灭了他的性命？"

越夫人摇摇头，道："不，我不会这么想，皇后太子也不会这么想，因为你家夫君他一个孩子虽说读书用功，但是也没有强到世外高人的地步，所以，是迎他，还是灭了他，对的都是缙府。"

渺儿明白了，自始至终都是她想简单了，以为她的存在便是给王妃吃了定心丸，在这个基础上尽力维护住夫君便好。可是如今，其实所有人的眼睛都在跃过他们看缙府，缙家的公主和皇妃加在一起其实都不及自己的夫君重要，渺儿瞬间感到自己进入了一个漩涡，或者说，是缙钰，自己的夫君在漩涡之中就根本没出来。

越夫人笑了笑："行了，我的话说得也算透彻了，你回去跟你家夫君好好地商量商量，我知道他不是个图官图财的人，因为缙府中的人不缺这个，但是，既然进了乱世，有人图，他就得面对，而对一个不图权利的人来讲，想把他管住的办法，就是寻找他在乎的。"

"您觉得我家夫君在乎的是自家性命？"

"哈哈哈，他的性命在其次，可是你想想，缙府到他这一辈便只有他一个独苗，为了家族，他不该好好地留着自己的一条小命吗？这些本应该是天子，姚妃他们说的话，到现在没说，想必是给自己留着体面呢，本宫无所谓了，哈哈哈哈！"

越夫人的话直白而有分量，渺儿这个小丫头有些彻底接不住了，只能面部惨白地站在那里，无言以对。

越夫人看了看太阳，道："阳光没有那么强了，本宫也该回去了。"

"恭送夫人！"

"乖！"

渺儿目送越夫人慢慢地离开了。

第九十二章
假戏已成真心贵　低贱从此人上人

莒国宫里的美人雒玑害喜害得厉害，每逢孕吐就会让她对自己更担忧一分：

"怎么回事儿，太医说我的胎都稳了，怎么还吐？"

"别担心，不同的人有不同的样子，我府上一个婆娘怀胎十月，吐了十月，最后也没影响了生孩子。大王把你留在寝宫，就是为了保你安全，放宽心啊。"缙心在旁边服侍着。

"这要是在外面，我不知道怎么疑神疑鬼呢。"雒玑喝了口水压了压，"不过，自从我怀了孕，大王反倒更喜欢公子池了，你说这是什么意思，告诉我不要妄想吗？"

缙心听了哭笑不得："你真是孕中多思，之前大王那么宠你，让你被后宫非议成了什么样，现在，大王有意不让你在那'风口浪尖'上，还不领情？"

雒玑见缙心如此说，想想也的确是这个道理，几分娇羞地抚摸着自己的肚子说："这不有了娃了，知道害怕了嘛！"

缙心一笑，让筱菊拿来了已经做好的孩子的肚兜给雒玑看，各种各样，都是吉祥如意的绣样，还有各种小衣服：

"这几件是大些时候的，"缙心拿出了一条裤子，用手比画着，"估计穿上这件，这孩子想必能有这么高了。"

雒玑看着缙心，鼻子一阵酸涩：

"如有一别，以后就难见了。"

缙心看着雒玑，十分平静地说道："是啊，这一别，要么是王室江湖之别，要么就是生死之别了……"

京都的晚上往往总会比别处多热闹些，缙钰兴高采烈地回到府上，差人请来了楚良来府上吃酒，渺儿只是干练地里外安排，却面无喜色。

"今儿个颜公子跟我一说那安排，我心中甚是欢喜，可是又不能当着面显得太过，所以一直憋到现在。"缙钰和楚良干了一杯后，开心地说道，"到时候，我可随公主一行共同觐见鲁王和齐王。"

楚良四下看了看，悄悄地道："你这一去，嫂夫人也随你同去？"

缙钰向外望望："这得看宫里的安排，不过也得听她意愿吧，若愿意一直跟着我，便留在我身边。但这里毕竟是她一直生活的地方，浪迹天涯车马劳顿的辛苦……我不知道……"

"一个痴情的女人不会在乎这份辛苦的。"楚良每天与"解语花"这些姑娘待在一起时间久了，便越来越懂得女子的一颦一笑了。

"渺儿不是一个怕辛苦的女人，但是她很享受自己在宫中的游刃有余，我担心，离了那里常在我身边，一无人帮她打个下手，二是无人奉迎叫她'姐姐'，那份清冷，不知她是否愿意承受。"

"区区一个女子而已。更何况她有自己的经历和能力，你不必太为她着想了。"

"随她吧。"

楚良喝了口酒，道："我再多说一句，后面就是你们夫妻之间的事了。"

"什么？"

"你要不要带她，不在于她愿不愿意，而是取决于她跟你去会不会有助于你救出你妹妹心儿，或者说，她能不能成为你的左膀右臂。如果她有用，那么她不想跟着走，你也得带上她。但是如果她只会成为你的累赘，那么即便她苦苦哀求，你也得把她留下。女人嘛，事成之后都是好补偿的。钰兄，所以我要问，你要不要把她带在身边，"

楚良看着一脸愁思的缙钰，叹了口气，"大家都是为了你，你若是因为旁事搅扰了自己的决定，你让我们这些帮你的人，如何不自乱章法啊？"

缙钰对楚良的一番良言十分感动，端起杯恭恭敬敬地敬了楚良一杯。

渺儿一个人在房中看着烛光愣神，情不自禁地眼泪一滴一滴地往下掉，原本以为自己嫁给了自己想要的人，用自己的聪明机智便可保丈夫平安，却没有想到，这不但是个"漩涡"，更重要的是，她感到自己非但没有真的帮到自己的心上人，却似乎让更多的声音通过她来到了丈夫身边，这让他和她自己在这个混乱中越陷越深。

缙钰和楚良一番促膝长谈到了半夜后，楚良直接住到了客房，缙钰跟跟跄跄地来到了渺儿房中，渺儿赶紧过来把缙钰搀扶在床上，缙钰迷迷糊糊地看着丫头道：

"受苦了！"

渺儿心中一紧，道："奴家不辛苦，却生怕拖累了公子。"

缙钰无力地摆摆手，便迷迷糊糊地睡着了。

渺儿为自己的爱人宽衣，在腰带处看到了一块山水玉玦，是宫中的上品，上面刻着"姬"字。

渺儿从怀中掏出绢帕，和着一滴不小心落在玉玦上的酸涩眼泪，一起将其包在了绢中，放在了缙钰的枕下。

第二天，渺儿为缙钰整理好衣衫送他出府，回来拜访程老。

"程老早。"

程老略欠了欠身，道："贵人在府中，虽说自谦没有少'夫人'之贵，但却有少'夫人'之实，老夫在府中深感贵人之聪慧，不辱缙府女眷之尊啊。"

渺儿见程老虽说是缙府的家奴，其风范丝毫不比这京都中的皇亲贵胄逊色，便估摸出了其中利害，十分恭敬道：

"程老过誉了，渺儿见识少，有一事还要请教程老。"

"夫人请讲。"

"不知程老为何要将府中有能力之人都放在了一边，是有什么打算吗？"

"老夫所做的安排并不明显，但还是逃脱不了贵人的心思缜密。您是聪颖之人，难道不明白风口浪尖上的生存之道，是退隐之法吗？公子一心将自己扑在前面的路上，各个精英都展露人前，如何将自己的'当下'匹配着'曾经'一同安排妥当？所以，只能是老夫代劳了。"

老人家一说，渺儿立刻明白了他的用意，公子一副与世无争的样子，却在府中有太多能干之人，让人看了，的确不妥，带着几分歉意道：

"程老一番苦心，渺儿感激不尽，若有渺儿未到之处，还请程老指教。"

程老问道："指教不敢当，老夫只是想请夫人先考虑一下如何安排自己。"

"安排自己？"

"对啊，如果夫人连自己应当如何安排都不知道，如何能安排得了一个府呢？"

"渺儿自然是时刻跟着公子。"

"好啊。那夫人留在公子身边侍候，自当安分守己才是。"

"程老，王妃派我来，实则是……"

程老笑笑摆摆手道："你想说的我都知道了，为了嫁给公子，便同意做你家王妃在这府上的细作，但是你自入府以来，明里暗里地从中间调和，没有让缙钰这个毛小子因为年轻而在宫中吃亏……这些我都知道。"

渺儿看着程老的不屑一顾，心里一颤：

"程老……都，都知道……"

"所有人都知道。"

渺儿一听，赶紧慌张跪下：

"奴家对公子，是一片赤诚。"

"这我们也知道。所以缙府没有追究你是个细作。"程老请渺儿起来。

渺儿见面前是个明白人，倒不如明明白白地说，省些麻烦也不是坏事，于是，渺儿反倒跟程老娓娓地说了起来：

"渺儿从小生长在宫中，早些时候被随意安排伺候过几个主子，之后跟了刚入宫的姚美人，姚美人不但貌美，而且聪慧，我既伴着她，也帮着她为她出谋划策，所以奴婢自视宫中各种人情世故，眉眼手腕不在话下，就算宫中再是一个战场，奴家自信也能为公子做些什么。"

"那你现在慌的是什么？"

"是因为……这次的公子的'战场'不在宫中，是在宫外，甚至在京都之外，奴家不了解。"渺儿说着低下了头，声音也越来越小。

程老看着她，笑着叹了口气道：

"夫人错了，真正的困惑不是因为公子的战场在外面，而是公子自己在犹豫，要不要上战场一搏，否则，他对公子颊，早就投诚了。"

"你就跟着他一起同行，就别把自己压给宫廷做质子了，也自然不必做善后的事儿了。"程老轻松地说。

"奴家我如何能让王妃同意我离开？宫中善后之事……"

"有老夫在这里啊，就是替你们几个孩子分担的。"

渺儿听了，转悲为喜，站起身行礼道："渺儿叩谢程老。"

"去吧！"

渺儿听命起身，如释重负地回房了。

关上门，将刚才的对话想了一遍，对着镜子给自己又插一个花钗，深呼了一口气说道：

"我要跟着公子，让公主也羡慕，能够永远出现在公子身边的人就是我。"渺儿喃喃道。

第九十三章
谁家姑娘乘风去　几经回转踏青来

若干天后，公主下嫁的日子定在了下月初六，鲁国使臣已到达京都，之后会一同前往齐国，缙钰受命随行，而渺儿也出其不意地得到了宫中的旨意，作为侍婢随行侍候公主。渺儿心中虽然不知道程老是如何做到的，但是她清楚，凭借公主的本意，她一定不能成行。

这天，公主的房间进来了一队喜气洋洋的宫女，齐齐地给公主行礼道贺，渺儿上前将公主请到里间，为其换上喜服，远离了外面的喧闹。

"车马都准备好了？"公主问道。

"回公主，已万事俱备了。"

公主看了看她，动了动嘴唇却没有说什么，渺儿会意，静静地说：

"公子也准备好随行了，公子心细又博学多计，出行后，会被安排在公主身边侍奉。"

"是吗？"公主转过身面对着渺儿，却藏起了自己的表情。

"公子……公子也会好好侍奉公主的。"渺儿轻轻地补了一句。

公主轻声问道：

"渺儿，你比我想象的聪明，自己心里不好受吧。"

渺儿心中一紧，道：

"关乎公子家族的体统和公子的心中所属，渺儿能在公子身边相守已是幸运。"

公主瞬间感到刚刚她对渺儿的喜欢是那么的可笑，真正可以相守的是眼前的宫女，而自己凭一国公主之身其实还不如她，能够与缙钰相随的几日，却是在自己嫁与他人的路上。

公主摆摆手，渺儿便行礼退下去了，一个奴婢第一次在公主面前有了几分骄傲和优越——公主如何，能与这个男人更长时间在一起的，还不是自己这个奴婢？

拜了宗庙，行了大礼，公主的车队浩浩荡荡地离开了宫城，所过之处周公百姓夹道拜送，万里众人，听着吱吱的马车声诉出了皇家的威严，气势和寂寥。

此时的昭音阁内没有一位客人，只有程老和楚良坐在一处自斟自饮。

"程老此时，不该进宫去见见贵人？"楚良问道。

"这个时候，老夫去凑什么热闹。"程老呵呵一笑。

"我说老爷子，你到底是谁啊？从你进府邸的那一刻起，我就觉得您可不是一般人，更不会是一般的马夫。这里没别人，您就跟我讲讲呗？"楚良跟程老撒起娇来。

"哈哈哈，你在这里有昭音阁，在郯国有鸾栖台，能打听不出我是谁？"

"说来惭愧，这乱世之中纷纷要将自己暴露于世人眼前的，层出不穷，我们哪里还有精力去那深山老林找您这样的世外高人？"

"哈哈哈哈，"程老看着眼前的小伙子，笑道，"小伙子，谁说这人群只是就这么一层一层排列整齐的？那是假象，如果你参不透缙府，你就不会真的明白为什么有我这样的人存在。"

楚良拱拱手道："晚辈是个俗人，这乱世，众人皆说不好，战乱纷纷，但是您仔细看看当下，出了多少才俊，多了多少大道智谋？这岂不比曾经大周强盛而诸侯势力羸弱的时候，强多了？"

"你这话呀，也就是说给我这个退隐之士听听罢了，要是出去说……"程老用手在自己的脖子前面比画了几下，楚良自然明白是什么意思。

"不知程老眼里，我楚良这个晚辈，算不算得上是个隐于闹市中的青年才俊？"

"哈哈哈，你小子的确是个商贾之人，果然会套近乎。不过，你家中虽然殷实却没有把你养成一个纨绔子弟，倒也不错。"

"我要是有那么不堪，何来缙钰这样的朋友。虽说这缙大公子在您面前谈不上智勇双全，但是在这年轻一辈中，也算是翘楚了，这个得看放在人群中看。程老，您对我们这些晚辈，不要太过严苛了。"

楚良与缙钰的不同让这位程老打心里喜欢上了楚良的机灵："他能成为你嘴中的'翘楚'，只怕是因为他占了年龄小的光吧。"

"也与他在府中所受的教导非世间常规有关，这另辟蹊径的世外之子，来到世俗之中，自然显出了他的不同。"

"还是太嫩了！好了，"程老道，"你听，外面的声音恢复到了从前，时辰差不多了，老夫要进宫走一趟了。"楚良听罢赶紧扶着程老起身："来人，准备车马。"

程老的车四下被帘子遮得严严实实，来到了宫外，宫门卫兵上前刚欲问话，一个鎏金精致的手牌从车内递了出来，卫兵拿过来一看，便回头招手将车驾放行了。

入了宫，马车停到了一处偏僻的小巷，程老被车夫搀扶了下来，不需任何人指引，老人家独自径直来到了后宫的一个不起眼的小院。

小院一洗宫廷的繁华只留下了清静而精致，程老见四下无人，便只身走进了小院，随手关了院门，撩帘进了堂屋。

屋中坐着一位白衣老妇，与宫中的贵妇不同，老妇穿着一般的粗布，发髻十分简单，但落座的姿势，却彰显着她与众不同的气场。

"你来了？"

"老夫，如约而来了。"

"你确定孩子们这么顺利地随行，是好事？"

"对你是好事不就行了？"

"有的时候，我真的不明白，你对缙府到底是不是忠诚。"

"哈哈，是不是忠诚，那要看结果，而不是过程。老夫再忠诚，也改变不了他们该经历的命数。"

"那你可信守承诺于我？"

"自然，老夫会让他们回来。"

"几个孩子，本宫不稀罕。"

"现在当政的，又何尝不是曾经的孩子？"程老自己坐了下来。

老妇转过头来，眼里带着几分妩媚道："所以，你还会在这里多待些日子的。"

"你后面要经历的，也不是我能保证得了的。"

"公主临行的时候就已经表现出来对你家公子的爱慕之情，为了不发展成丑事，我也便顺水推舟了一把，让事情反而更加容易了一些。"

"你一个无儿无女的老宫人，却要参与这样的俗事，岂不可笑？"

"俗事似在宫中每天都会发生，倘若不闻不问，那叫'顺其自然'，而可从中获益，那叫'顺势而为'。"

"这么长时间了，我以为你已安分了。"

老妇走近程老，用手将他拉了起来，撩拨着程老的衣带，程老从容地站在那里，任她妩媚，"今日天色已晚，缙钰一家也已在路上，你就在这里留宿吧。"越夫人散掉了一身的气场，一身的温柔与窗外的鎏金夕阳交相辉映，暖了整个小院，不散的烈热熔化了所有带着寒气的东西，包括二人身上御寒的外衣……

第九十四章
无脑之人无人念　能干之子无人亲

缙老太太大清早就搬回到了闻水阁，柳婆婆上前问道：

"要不要见见郡主？小公子爬起来可快了！"

缙老太太看着院子里的花，假装生气道："你瞧瞧，我不在，都犯懒了！"

"没有，老奴们都勤快着呢！"

"那就是这些花，她们不喜欢我了。"缙老太太假装生气道。

"哈哈哈，哪能呢，是这些日子老太太不来看她们，她们不开心了。"

"那个丫头，论才学没有我们家缙心的一半好，给她个诱饵她就上当，就这么个不长心的，生出个再聪明的孩子又能怎样？入不得眼的人，我见了心烦。不见。"

"诺！"

老太太回到了房中，往榻上一卧，嘟囔着：

"行了，缙钰他们上去齐国的路，我也歇歇吧，这娘儿几个见天的在我面前哭丧个脸，让她们自己去闷吧，我懒得理。"

柳婆婆听了，笑呵呵地说道：

"谁不知道老太太是'刀子嘴，豆腐心'，哪里舍得真就这么料下了？"

"这几个啊，要都有大儿媳的成熟，我就彻底省心了。我累了，留给她们几个忙吧，"柳婆婆给老太太盖上了个小夹被，只听老太太吩咐道，"只要把路都给她们铺好了，她们爱怎么折腾怎么折腾吧，当心那个姜姨娘，她有别的想法。"

"老太太补个觉吧，奴婢看着呢。"说罢，她便退下了。

缙府中，良夫人反反复复地看着手中的布条，叹了口气，担心着自己的孩子缙钰出远门，不知道东西有没有带齐，这途中会不会遇上歹人……

姜夫人听说缙钰那边来信了，也赶紧过来了解情况，两个夫人相互寒暄了一下，良夫人便将钰儿娶了渺儿而后又去齐国的事儿一一念叨给了姜夫人。

"这成家立业了是好事儿，夫人别总把钰儿当孩子看。"姜夫人笑道。

"我就怕路上有危险。"

"公主下嫁齐国，鲁国做媒，这是天下太平之意，于周天子来讲更是好事，这莒国，郯国分别是这两个大国的附属国，哪里敢造次？"姜夫人在一旁安慰道。

"妹妹有所不知，凡是大计都必有反对者，其中便会产生杀意。"良夫人将茶亲自递给了姜夫人，"凡是好事，必有势力因此而获益，但也必会有人因此而有所失，如此，便是危险之处了。"

"天子让鲁国做媒必有其深意，由他们护送公主车驾到齐国，如果有人想从中作梗，岂不是同时得罪了天下？嫂子这么聪慧的人一到孩子身上，怎么就变了。除非周天子自己那出了问题，否则不会有事儿的。"姜夫人道。

良夫人让姜夫人这么一说，突然觉得自己有些失态了，几分羞涩地说：

"真是，钰儿就是我的软肋，让妹妹见笑了。"

"对于哪个娘来讲，孩子不是软肋啊？姐姐别往心里去，妹妹开玩笑的。"姜夫人见屋内无人，转移了话题，"老太太回闻水阁之前，可有说程老爷子什么时候回来？"

"说是会多住一段时间。"

"老太太可说，蕊儿的婚事？"

良夫人停顿了一下，几乎所有人都知道蕊儿将许配给一个书生，但也都知道姜夫人一心要让孩子锦衣玉食，所以都没有告诉她，怕她有其他的想法。良夫人说：

"老太太没提这事儿，如今府里面就剩这个孩子了，老太太舍不得。"

姜夫人有些失望："如今，心儿和钰儿都与宫廷有了联系，唯独蕊儿在府中不知出路，我这心啊……"

"他们面对的危险，你是知道的，蕊儿是你唯一的女儿，你舍得？"

"唉……"良夫人哪里知道，姜夫人的心里有多羡慕。

正在这时，一队丫头进来，领头的请安道：

"二位太太，该用膳了。"

"摆那吧。"良夫人吩咐道。

"今儿个老太太不在府里，叫上苏姐姐，咱们娘儿几个喝点酒吧，钰儿新婚，就当在这给他庆贺了。"姜夫人道。

良夫人听了，刚才所有的结都化开了，着人请来了苏夫人，烫了几壶好酒，准备好好地热闹一番。

逃离莒国的己美人在闻水阁听见外面有声音，撩帘一看，是婆娘们把老太太的东西都搬回来了，料想老太太也已回来，便赶紧让人将孩子抱去，亲自带人过来请安，柳婆婆让她在旁厅等着，并嘱咐她把孩子照顾好，切不可出了哭声。己美人，应了，小心地哄着孩子，生怕扰了里面主子的安静。

过了许久，老太太才起了身，听说己美人在偏厅小心伺候，不曾让娃娃有半点哭声，便让她进来请安了。

"孩子好动，未必喜欢我这个迂腐的，把他带下去玩儿吧。"

"诺。"柳婆婆见状便直接把孩子抱下去了，留下己美人待在了那里。

"钰儿离开京都了。"老太太正了正身。

"辛苦弟弟了。"

老太太瞥了她一眼，懒懒地说："可他还得回洛邑方可。"

"弟弟还要回洛邑？不是说将心儿带回来就行了？"

"天子不放心，他在洛邑该办的事情就是没办完。"老太太让己美人把茶递过来说，"头上的刀就不知道何时还会落下来。"

己美人听了，脸上红一阵白一阵的，轻轻地说：

"是孙女连累了祖母一家。"

"你我并没有什么血缘，只是跟我孙女同辈罢了。你母亲如今回了府，既然你跟了你那同母异父的妹妹这么叫了，我也便接了。但是你毕竟没有缙府血脉，却还是把缙府牵连之中，个中厉害我们都知道。既然是蓄谋让心儿顶罪，便怪不得你这里了。"

"祖母垂爱，是孙女之福。"

"要想让整个家族活下来，如果不是靠攀龙附凤，那就是自己有能力在这乱世中活下去，亦或者，干脆藏于众人视野之外，无人想起，自己悠然自得到百年。"

"缙府已经在这深山之中，久而久之，想必会淡出众人视线。"

缙老太太抬头看了看她，与其说是看，倒不如说是瞪。

"我说的藏，并非你我住在哪里，而是众人无印象于我们，即便看到我们在那里，也会因为不甚了解，而不敢伺机而动。这方是隐者之族。"

"祖母，变成这样又如何？"

"倘若外面惦记缙府的人，猜不到缙府深浅，而后又觉得，为难缙府会有些得不偿失，如此岂不最好？"

己美人听后似懂非懂，但见老人家说得认真，不敢插话。缙老太太看了看她，有些不悦，道：

"如果你妹妹在，只怕会与我讨论一番。"

己美人听罢，赶紧上前福身道：

"孙女惶恐！缙府虽不比皇家，但祖母威严，孙女不敢妄论。"

"缙府的规矩是我定的，这家法也是我定的，但我可没有堵住你们的嘴，这一点，心儿也是最懂的。"缙老夫人认真地问她，"你对我说的，就没有一点儿疑问？或是疑惑？"

己美人半蹲着身子，想了想，小心翼翼地说：

"孙女，孙女觉得奶奶说得有道理……"

"哼！女不可入宫，男不可入朝，是我定下的，你不觉得这和如今钰儿、心儿的处境，相互矛盾吗？"

己美人这才恍然大悟，恭敬道："孙女看来，并无矛盾，祖母的家训，女不可入宫，男不可为官，其实是说缙府远于'利'，如今一个世外之族被外界叨扰，如果略施

362

小……利……与他们，也是一方平安……"

"那你说，我缙府如果已经无'利'可施于人，当如何？"

"这……祖母，孙女愚钝。"

"唉，起来吧！孩子康健就好。"

"今儿个，孩子自己还跟跟跄跄地走了几步呢。"

"能走了？"

"有点像！"

"那，离读书的日子不远了，你，也该准备准备了！"

"诺！谢老太太！"

老太太让己美人退下了，自己拿起了床边的书看。

柳婆婆进来，顺手关了门，遣散了下面的婢女，伺候太太喝药：

"己美人在宫中哪里经历过那么多？即便是宫中养大的贵人也不会如太太对姑娘的教导，毕竟不是缙家血脉，天赋秉性总有不同。"

"哎！我是打心里喜欢苏夫人。"

柳婆婆见状转移了话题："老太太料得不错，如今咱府上还有一桩事应该也算是头等大事，那就是莒国大王的小公子，离懂事不远了！"柳婆婆道。

"你可问过己丫头怎么考虑的？"

"己美人为人母，心中考虑的自然是母子情深，要在一起的。"

"所以，她当初才差点死于宫中，甚至一尸两命。"缙老太太轻蔑地一哼。

"美人的事，难免还得太太操心，就当是自家后辈吧。"

"哎！"老太太长叹了口气，"总是要认祖归宗的。"

"那还得让莒王继续找这个孩子？"

"嗯，问问心儿吧，同是女子，心儿倒更让我省心些。"

"可是……"柳婆婆想了想，没敢再往下说。

"说吧，想说不能说，只怕你今晚又睡不着了，这样的年龄，本来想睡好就难。"

柳婆婆不好意思地笑了笑，道："心儿姑娘是奴从小看大的，做事得体，也懂得身份厉害，是个巾帼里的智者。可是，她毕竟一个女儿身，这总是在宫中待着，难免对姑娘清誉有损，自古容易得助者其实并非能者，而能者却往往是被忽略的。"

"你是说我偏心眼给钰儿甚至是己丫头，却忽略了我的宝贝孙女？"

"太太啊，我看着您这是快了，您孙女都已经被撂下多久了？"柳婆婆半开玩笑道。

主仆两个人又闲叙了一会儿，柳婆婆便退了出来，悄悄地来到院中，放飞了一只信鸽。

第九十五章
蛇未出洞毒已至　体弱之时隐求生

这天，雏玑的宫中来了几个陌生人，缙心和筱菊在后面静静地听着，雏玑在厅中一脸不悦隔帘对旁边的几个宫人骂道：

"本宫是怎么长大的，你们倒是摸得清楚。"

"玑儿，"一个布衣老翁说道，"你能有今日，我们真的十分高兴，如今看你心宽体胖也没有了过去的羸弱，我们的心里就有欣慰了。"

雏玑下意识地摸了摸自己的肚子，显怀了，不但宫里的人都知道，眼前的这几个人也知道得那么多。雏玑没有将自己沉浸在这几个人在她面前愧疚和激动中，冷笑了一下——奴王后看来是"登场"了。

雏玑端端正正地坐了下来："是啊，托福了，我还好。"

"孩子，"那个穿着破破烂烂的老头子赔笑地接着说，"你如今尊贵，也不能忘了你娘，她虽然是妓籍，但也毕竟是因为生了你才走的……"说着，老头自己故意哭了起来。

雏玑侧脸看了看缙心，缙心示意她孩子最重要，雏玑小心地保护着自己的孩子。

老人家余光看着雏玑无动于衷，接着说："虽说你娘已经走了，但是这样于你来讲也不是什么好事儿，要不，你跟大王求个恩典，让你娘脱去妓籍，这样，你娘的在天之灵也会欣慰的。"

说着，又用衣角佯装去擦泪。

"胡说，我母亲是民，连奴籍都不是，岂容你如此玷污她的清誉？"雏玑怒道。

后面的缙心有些担心雏玑的胎儿，给筱菊使了个眼色，筱菊会意端了杯新茶到了前面。

"夫人，请用茶。"

雏玑明白了筱菊的意思，平了平心中的气，问道：

"谁让你们进来的？"

"夫人如此金贵，身边自然要多些自己人，过去的身世夫人觉得脸上挂不住，那就算了，不提，不提了啊。"另一个老妇人故意给刚才的老头子使了个眼色。

"这不行啊，"老头说，"玑儿是我姑娘，虽说不是什么光彩的事儿，但还是生下她了，我这，也得给孩子妈，讨个说法。"

雏玑的脸色瞬间惨白，一句话说不出来。那个老头接着说：

"孩儿啊……"

"大胆，这里岂是你叫的？"筱菊喝道。

"哦，夫人，夫人……"

"行了，"雒玑让筱菊扶着站起来，冷冷地说，"你的戏我看累了，回去给你们的夫人复命吧。"说罢，离开了，留下了那几个人在身后彼此对视。

回了里屋，雒玑刚要发作被缙心一把抓住：

"明知道是妖王后的计，还往里面钻？"

"太卑鄙了，真的太卑鄙了……"雒玑在屋里踱步，筱菊和心儿在旁边小心护着她，看她已经怒到了连自己有身子都不管不顾的程度，让这些身边人更加担心。

"雒玑，雒玑，玑儿！你先坐下来，你现在就在上她的当，"缙心搂着她，使劲地让雒玑冷静，"现在你孩子在肚子里还不知道有多害怕呢，要是孩子有个三长两短的，她们的目的就达到了！"缙心不放心地看着雒玑的肚子。

"真真真是……"雒玑被缙心扶到了座位上，话未出口，眼泪先流了出来，"真是无耻卑鄙到令人发指的程度！"

"为什么会有那么多人自杀，难道你要成为下一个吗？妖王后就是拿每个人不为人知的短处而逼人就范的……"缙心道。

"我母亲出身是不好，为人奴，但是……并不是什么妓籍呀，姐姐！"雒玑说着又激动了起来。

"玑儿，你先冷静下来，真相并不重要，重要的是你要能承受得住。他们就是故意让你选择，你是看中逝者的名声而让自己生气到了没了孩子，还是心一横先把孩子生下来再说？"缙心搂着她，瞪圆了眼睛看着雒玑。

雒玑瞬间如凝固了一样一个人笔直地坐在那里，眼睛从缙心身上滑落回前方。整个屋子里如冰封一样，定格了下来。

缙心把她扶到菱花镜前，拿了一把梳子来到雒玑的身后，轻轻地为她顺着青丝，随着梳子在发间从上而下地游走，雒玑闭上了眼睛，两行泪如泉涌一样流了下来。

"他们也是在告诉我，如果我孩子从出生的那一天起，他就会被人说他母亲身份低贱，而且，这一说，便是一辈子。"雒玑向后一仰，靠在了缙心的身上，却不想，缙心突然将雒玑推开，让雒玑依然笔直地坐在那里没有一点歪斜，雒玑被缙心这一推突然明白了什么。

缙心依旧为雒玑梳着头，说："就因为怕孩子被人说，所以你就从此不做母亲了？让他们回去复了命，领了赏，置办田地，其乐融融，你被人抛弃在冷宫，从此不光彩地等死？"

"可是，孩子，孩子会不会因为我……"

"我们家还皇族之后呢，如今又如何呢？还不是苟延残喘。战败了，没人会因为你尊贵而不杀你，你赢了，无人会因为你的出身不好而不对你行礼。"缙心站在雒玑面前，轻轻地抚摸着她的脸，"我缙府的例子就在眼前，说富贵做着别人的'监下囚'，无权无势却被人忌惮，难道你还信什么出身的道理吗？我都不信了。"

缙心从容地说着，像是在讲别人的事情。她脸上带着冷笑，让雒玑平静了许多，许久才深吸了一口气，但声音依然很颤抖，雒玑说道：

"妖王后，就是用这种手段，别人在乎什么，不惜捏造去逼人，把人逼到崩溃，孩子没了，人就没了再活着的意义了……"

"倘若不是戳人心骨的方式，如何能让人滑胎？"缙心道。

"那个女人就是要让我成了后宫的笑柄，没人相信我。"雒玑抚摸着自己的孩子。

"所以，你必须要让自己尊贵，尊贵到他们生气。"缙心冷冷地说。

雒玑竖着手指算着后面的日子："还有三四个月。"

"不就三四个月嘛，"筱菊端来瓜果，"夫人，不就这三四个月嘛，您还保护不了自己的孩子？！"一时间，身后的缙心瞬间感受到了雒玑身上的一股狠劲，她笑了笑，继续为雒玑梳着头。

之后，雒玑派人找莒王讨了旨意，因病静修，索性将宫门紧闭，无论是谁来看望，还是妖王后下旨，大门一概不开。看门的只说是莒王的意思，无论外面怎样的风言风语，雒玑更是不闻不问，静心待产。个中饮食，谨慎的标准与大王同。

第九十六章
心有爱慕身未嫁　近在咫尺是路人

缙钰随出嫁的队伍来到鲁国，公主被安排在鲁王宫里的一处别院中，渺儿伺候在身边不敢怠慢。公主身边有渺儿伺候，而她心中却总是惦记着渺儿的丈夫缙钰，一路上，不是车马奔波就是旅店驿站，不像宫中尚有宫墙遮着。公主和缙钰因男女有别只可远远地看着，竟不能如在宫中说上一说。

公主一行先到了鲁国，公主一队人马被安排到了宫外的驿站中，每日看着心中人的妻子渺儿在自己面前来来回回，公主心中十分不快，想想之后到了齐国，只怕缙钰连见都见不上，公主心中的想念反而更深。

这天，公主看渺儿在自己面前立着，越看越烦，道：

"渺儿，去把缙钰请来叙话。"

渺儿一愣，这一路上，公主一直没见自家夫君，她以为公主之前的意思随着自己的出嫁远行慢慢地消了，如今怎么又提了起来？

渺儿心下里有些犹豫……

"怎么了，我在京都的时候可以见的人，出了宫就不能见了？"

渺儿见公主有些不快，赶紧解释道："公主息怒，奴婢这就把他请来。"

"好，再准备些酒菜，本宫要犒劳他一路辛苦。"

"公主，倘若只是与他一人，只怕寒了其他的臣子，还需请谁，渺儿去准备。"

公主看着她出宫后的不卑不亢，一个冷笑："怎么，出了宫，就没有了过去的恭敬了？"

"奴婢不敢。"

公主不得不承认她说得也有道理，便让她将几个贴身的臣子都请来，宴请众人。

渺儿领了命出来了，心中十分不快，但还是来找缙钰。缙钰正和人商量入宫之后的事情，见她一脸愁容进来，缙钰将下人打发了将渺儿拉到自己的身边，问道：

"出什么事了，这驿站中有人为难你？"

"唉！公主今晚要宴请你们这几个随队过来的，犒劳你们的辛苦。"

"就这事儿？"缙钰松了口气。

"她本来只想犒劳你一人，其他人的恩赏，是我给他们讨的。"渺儿不悦地说。

缙钰听明白了几分，手里握着渺儿的手道："她是待嫁公主，不日就去到齐国了，本就没有几日，你又在这里，还不放心什么？"

"不是不放心，是……"渺儿说到半截深谈了口气。

"是什么？"缙钰有些糊涂。

"只是觉得，公主在宫里任性些便罢了，怎么，怎么出了宫，到了别人的地盘上也如此不知轻重？这次是我在场，挡了你们之间的独处，这要是别人呢？孤男寡女在一起万一有个风言风语的让别人知道了，不知道会有怎样的祸事等着呢！"渺儿越说越气，缙钰第一次发现平时唯唯诺诺的渺儿，今天竟生气得一发不可收拾。

缙钰赶紧紧抱了一下渺儿，示意她小点声音，劝道："公主从小在怎样的环境下长大你又不是不知道，想必这次有你的提醒，她也会注意一些的，只是……"缙钰顿了顿，渺儿有些不放心地直盯着他的眼睛看：

"只是什么？"

"只是，这一味地躲着她，怕日子久了反而会让她作出更出格的事情，"缙钰担心地说道，"我总是要跟她谈谈的。"

渺儿听了刚要说什么，但还是将话咽了回去。再一万个不同意，她心里也知道有的时候躲是躲不过去的，缙钰是自己的丈夫，这平添的麻烦着实让她心中犯堵。

"那你……"渺儿长叹了一口气，便不再说什么了。

果不其然，晚上公主与众人共饮，宴请之后便要悄悄地让自己的贴身宫女去让缙钰留下来，缙钰故意一副醉态将酒洒在自己的身上，宫女见状赶紧去扶他，只见缙钰对宫女道：

"娘子，我去你屋睡……明日，我和你去找公主……"

宫女见缙钰都这样了，此时入了公主的房间着实不妥，赶紧对渺儿说："渺儿，你快扶公子回去吧。"

于是渺儿便借机将缙钰扶着回了房间。

第二天，缙钰穿戴整齐，按时来请安，公主已经正襟危坐在那里，见他远远走来，脸上泛起了红润："昨日，我听说公子有事找我，不知何事？"

缙钰作揖道："禀公主，鲁王已经知道公主到了，不日便会将公主接进宫中，男子不方便入后宫，我们可能多会住在驿站中。"

公主一听，心下犯了难："我一人入他国之宫，身边倘若没有自己人保护，如有三长两短，谁会为我做主？"

"公主，您有侍卫在侧，但我们这样的文官怎可住在其中？"

"不行……"

"公主，鲁国冯夫人来接公主入宫了，正在外候旨。"一个宫女匆匆过来禀报说。

公主无奈，含泪看了看缙钰："之后去齐国路上，还可再见吧？"

缙钰见状，起身拱手道："臣在宫外，静候公主，望公主以大局为重，不失皇室威仪。"

公主十分失望："请吧！"

宫女将鲁夫人冯氏一队人请了进来，公主周氏一见这位鲁国夫人果然是大国诸侯的夫人，先不说这通身的气派，就这纤纤几步，公主便能看出这一国夫人的不俗。

冯夫人进来与公主一番行礼寒暄后，在一旁落座，叙了几句家常，公主携随从便收拾了东西与鲁国夫人进了鲁国宫中，缙钰等一众男子则被安排在了宫外，每日白天非旨不得入内。

渺儿虽说进了宫，但心中明白缙钰真正着急还是缙府的事儿，鲁国的附属国郯国对缙府也有觊觎，虽说当初没有太过为难，但若将缙府化险为夷，郯国也是举足轻重的。

傍晚时分，借着阳光留下的几分昏黄，鲁夫人宴请公主众人。与洛邑京中的风情不同，鲁国宴席上的贵族妇人笑谈中无不多了几分爽朗，直到月上梢头，宫外的烛光与星光点点相称，宴席才入了尾声。各家夫人们有了醉意，但毕竟上面坐的是天子公主，即便觥筹交错也都留着几分清醒，以免失仪。

渺儿伺候公主到了后宫歇下，抬头看着它乡的明月不知此时的缙钰可有人照顾，一切可好？

第二天，公主还是让人传缙钰在跟前伺候，虽说知道如此可让渺儿解了相思之苦，但心下还是接受了。

"钰公子，本宫的婚嫁之仪就让士大夫们去说话吧，你留在本宫这里，以后这样的日子想必就没有多少了。"

"诺！"缙钰面无表情地行礼道。

"公主，鲁王前来拜见公主。"一个小宫女急匆匆地进来道。

只见鲁王携夫人众人来到了公主面前，行了个日常礼便坐下与公主嘘寒问暖，时不时地看了看屋里的其他人，言语中一来表达对周天子的祝福，二来则是关注公主及众人是否过得安好，好不热情。

雒玑紧闭宫门，对外称病谢绝了所有人，独自的时候时不时地跟肚子里的孩子说说话，好不幸福，缙心看了心里也踏实了许多，所有的饮食都有筱菊看着，无人能做手脚。

这下妗王后有些坐不住了，她开始在自己的宫里气得直踱步：

"这贱人竟然一步不出，一人不见，简直是，简直是无法无天！"

夫人身边的宫女明白夫人的意思不敢多言，心中无计也无从劝起，只得在身边悄悄地待着，生怕妗王后问到自己有没有主意。

"头三个月，她秘而不宣，就连那些宫中的老人竟都无一人知道，该有红的时候就会有红色的裤子送出来，竟瞒过了所有人。如今显怀了，成型了，她又不见人了……"妗王后在那里急得团团转，想了想，突然说，"哦对了，来人，给她送补品，多多地送，使劲送。"

宫女听了彼此对视了一下，一人鼓了鼓勇气说：

"禀夫人，那雒美人的宫中，谁人也送不进东西去，那里的吃穿用度，都是一个叫筱菊的新进小宫女出去领份子，其他的一概不要。"

妗王后瞪了那个宫女，恨不得当场就吞了她一样："一个小宫女你们都搞不定……"

"夫人，"一个大宫女上前道，"那个雒美人身后无背景，就算诞下个一儿半女的，如何能与世子相比？雒美人如此，倒是对夫人有好处。"

"什么好处？"

"大王，大王早就不住在寝宫里了。"

妗王后经这个大宫女的一提醒，刚才的怒气一下子就少了许多，她想了想，嘴角微微一翘："对啊，本宫怎能因小失大呢？"

"夫人英明，池公子将来必能得偿所愿。"宫女奉承道。

一个月过去了，一个雨过天晴的早晨，缙心推开窗户，看着外面被清洗过得天空，她轻轻地问筱菊：

"外面安静了吧？"

"姑娘，雏玑的孩子眼看没几个月就呱呱坠地了。"

"嗯，妖王后想必也快被憋疯了。"缙心幸灾乐祸地说。

"姑娘有什么主意了？"

"这里尽是其他宫调来的宫女，这么长时间没有给各自的主人有交代，恐怕心里都是忐忑不安的。"

"主子的意思是咱们可以出去了？"筱菊的眼睛里泛着光。

缙心微皱着眉头："你想好，怎么出去对付韩离子了？"

"啊？"筱菊一愣。

"如果没有想好，就不要动这个念头。"

"姑娘……"筱菊有点心灰意冷。

"咱们宫里有一个叫梦儿的，跟妖王后宫中的陈姑姑走得十分近，虽说在外面干活，但一直想往里面挤，有这个人可好办多了。"

"姑娘吩咐。"筱菊低着头，顺从道。

"你多给那个梦儿点差事让她做，让她越来越勤快些。"

"诺。"

自从有了缙心的嘱咐，筱菊便开始故意与那个梦儿走得近了许多，梦儿见筱菊是个好说话的，十分兴奋，天天绕在筱菊身边姐姐长，姐姐短，恨不得三炷香把筱菊供起来，让筱菊反而浑身不自在，心下里想：

"这丫头这要是没点目的谁信啊，真是装都不会装。"

梦儿自以为是自己的聪明伶俐入了筱菊的眼，便觉得自己已经攀上了雏玑，从此在主子眼里会不一样，更是殷勤了很多。

恰是筱菊给的机会，梦儿与妖王后身边的陈姑姑来往得更加密切，这让无计可施刚刚静下心来的妖王后又有躁动。

筱菊逢人就夸梦儿有多好，只要有人稍犯点儿错便把梦儿有多好拿出来说事儿，梦儿一下子在宫中扬眉吐气了起来，再想着有陈姑姑在妖王后身边，心中更是得意，想当然地认为自己有了前程似锦。

"你是说，雏美人宫里重用了一个妖王后的宫女？"芝美人听自己的宫女禀报后，表面上没有动声色，但嘴边的点心说什么也送不进嘴里。

"是，是个叫梦儿的，听说之前受过妖王后身边陈姑姑的恩惠，自己也是一个聪明伶俐的。"宫女道。

"知道了，下去吧。"

芝美人把人都清了出去，心下想着："宫门紧闭是明智之举，怎么又用上了妖王后的人，这不引狼入室吗？"

芝美人开始忧心忡忡，虽说心里放心不下但一时间又无计可施，夜半无眠。

第九十七章
辗转以为天注定　不知戒律已惘然

当初公主离开京都的时候便有朝中大夫对她嘱咐过，鲁国乃为强国，如何安排千万不可挑其短，"隐忍"也是皇族的大家风范。

公主隔帘与鲁王只是简单的客套，心中不得不佩服这大国诸侯说话的言简意赅，一句一个意思，明明不把这个公主放在眼里，却让谁都说不出他的任何怠慢，公主凝神看着鲁王和夫人的恭敬，也不多说一句，心中却有种想让这位鲁王在她面前多"演"一会儿的夙愿，好让她多开开眼界。所以，公主对鲁王的表演，竟没有那份厌恶，反而觉得好玩了许多。

时间不长，鲁王以不打扰公主休息为由便要起身离开了，他回到了书房，拿着一个名单让人宣旨召见缙钰。

"什么，鲁王要单独见缙公子？"公主听宫女前来回禀，一惊道。

"是。"

"是会有什么事儿吗？"公主暗自思忖。

缙钰接到圣旨后心中明白，鲁王找他只是因为他是缙府的人，便随宫人走向御书房。可车辇刚走到半道，一个宫人小步快跑截住了他们：

"公子，大王此时要与士大夫们议事，让公子在国都中好好逛逛，待大王有时间了再和公子说话。"

"谢大王。"

缙钰回到了驿站，一个小厮跑来对缙钰耳语了几句，缙钰便赶紧上了楼，房间里坐着一位长者，穿戴不俗，儒雅地站在窗前。

"晚辈缙钰，不知前辈如何称呼。"缙钰谦恭地行礼道。

只见那人将缙钰上下打量一番，道："缙老太太的嫡孙，果然与一般世家子弟不同。"

"您，认识我祖母？"

"公主殿下当初在宫中的时候，老夫曾为她诊过脉，鄙人，姓石。"

"石夫子，晚生有礼了。"缙钰赶紧拱手作揖，并请老人家上座。

问候了缙府家人之后，老人家道：

"当初你全族本是死罪，若不是公主，只怕早已没有了你们，更轮不上你那个三伯去做了六卿大夫。"

缙钰知道这是说祖母为了祖父有了全尸，自己父亲替父挡剑救了全族，他心中的不舒服被老人家看出了端倪：

"此次公子效力于周天子，莫不是公主她想通了，准备要缓和与自己母家的关系？"

缙钰看得出此人对自己的家事十分了解，赔笑道：

"本是去拜见伯父，但因伯父见晚辈成日里无所事事很是芥蒂，便给晚辈寻了个闲差，无官无职的，不算入朝为官。"

石大夫用手捋着须髯，边听边点头，而后道：

"你可知道，上次你妹妹来过，还见了鲁王。"

"哦？"缙钰想了想，隐约记得妹妹是飞鸽传书道平安，那时，她好像是在鲁国，道，"似有此事，但是具体为了什么，晚辈就不清楚了。"

"当初你妹妹来，是为了给嫡太妃上坟，好像也是为了郡主之事，但似乎，没待几天就走了。"

"莒国为难郯国，郯国要用缙府一族换自己平安，郯国是鲁国的附属国，妹妹想必是想借鲁王之意而救我缙府无忧吧。"

"这么说来，令妹真乃智者，别说一个小女子，就是一般的朝臣也只是会哪里事哪里解罢了，却往往不知道再往上找一层或许帮助更大一些。"

"妹妹勇敢，晚辈已很久没有见过妹妹了。"缙钰说起来有些伤感。

"你妹妹得了公主真传，来鲁国后，便与轩尧阁阁主结了缘分，如此……诸侯便不敢躁动了，果然是皇家之后，这朝堂手段应用于江湖可保家族无事……"石大夫捋着自己的美髯笑着看着缙钰，却让缙钰说不出一句话来。

良久，缙钰转移了话题："不知前辈找在下所谓何事？"

"哈哈哈，我一个医者，哪里有病人便去到哪里，这走着走着便来到了这里。"

"那，前辈是觉得晚辈有恙？"

"哈哈哈哈，好了，天色不早了，老夫也该回去了，以后，我们再叙话吧。"

"前辈，莫非，是祖母让您来的？"缙钰不解道。

老人转过身来，笑笑说："明日晌午，你若愿意陪我这个老头子到西郊外钓钓鱼，我再与你细细聊，如何啊？"

"啊？ 这毒日头下，钓鱼……"

"怎么？我一个老人家都不怕的事儿，你个年轻人就不行了？"老人家的声音浑厚。

缙钰赶紧行礼说："诺！"

第二天，缙钰打听大王没有要见他的意思，便与随行的大夫告了假，晌午准时来到了西郊一个小河畔处，老人家早已在那里静心垂钓，等着他了。

"石前辈，晚辈缙钰……"

"坐旁边吧，你的东西我也一齐都准备好了，在那呢。"

缙钰顺着老人家指着的方向看去，果然在旁边准备了好了鱼竿和鱼饵。缙钰对此人充满了好奇心，哪里有什么心思钓鱼，但见老人家如此态度只得坐下来陪着。

许久，老人钓上了一条鱼，将鱼从鱼钩摘下后又扔进了河里，缙钰见状不以为然，只是觉得毒日头底下口干舌燥，衣服早已被汗水浸透。

"前面呢，是个湖，"老人家指了指远方，"这里，是条河。你说，哪里的鱼会更加肥美啊？"

"那湖里的鱼也是从这河里游过去的，哪里会有什么区别。"缙钰对这位老者的好奇心随着这燥热的天气慢慢地蒸发着。

"嗯，有道理。如果让你选，你会喜欢在湖边钓鱼，还是河边呢？"老人将一个水壶递给了缙钰。

缙钰拿来狂饮一番，才冷静地想了想老人的问题：

"在湖里钓鱼想必容易，这河里水流湍急，鱼钩不稳，鱼一路前行，也未必会注意到鱼饵，只怕会难上一些。"缙钰说完，想到了老人递过来的水，赶紧补了一句，"往往高手，都会择难而上。"

"哈哈哈哈，你小子还真会说话，只是老夫可不是什么高手，只是看这不同地方的鱼久了，也会想，自己会是哪里的鱼，而那鱼饵又是谁给的呢？"

缙钰看着老人家，似乎明白了老人家叫他过来的用意：

"老人家的意思是……"

"你缙府就是那一片湖，各国不纳税，财富便流水般地注入进去，这湖越来越大，便会有越多的人希望在你缙府旁边可蹭得一番山清水秀，这湖也就慢慢地越来越出名了……出了名便会招来越来越多的人来此处钓水里的鱼……你说，缙府这一潭清湖落得如此抢眼，会不会就是因为你们自己呢？"

"如今莒王已经不怎么追究了。"缙钰故意不屑地说。

"那既然公子一身轻松，不如公子就留在鲁国，一展宏图，如何啊？"

缙钰看着老人家，问道："老人家不是一位医者吗？"

"不错，如今我在鲁国就是做一位医者的。"

"在宫中行医。"

老人家将了将胡须，道："老夫给公子引荐一下如何？"

"这是鲁王的意思？"

"你姐姐郡主殿下向大王求助后，被大王救出，大王也算是宅心仁厚之君了。"

听到此，缙钰突然愤起，喝道："哼，她算是我什么姐姐，半点我缙家的血统都没有，如今将我缙家弄得如此不得安生，还想让我感念鲁王宅心仁厚？哼！"说罢，缙钰大步离开了。

回到驿站，缙钰脑子里老人家说的"缙府这一潭清湖落得如此抢眼，会不会就是因为你们自己呢？"这句话让他一直无法平静。

第二日，缙钰被鲁王唤进了宫。他被引到鲁王的书房中，缙钰便见到那位老医者正在一旁站着，缙钰明白鲁王已经知道他前一日说得每一个字，于是他私下打定主意：随便怎么样，我缙钰也不会被如此道貌岸然之人利用……

"公子，大王在此，还不行礼？"一个宫人的小声地打断了缙钰的思绪。

"使臣缙钰拜见鲁王。"缙钰行礼道。

"起来吧。"鲁王声音很轻，很柔和道。

"谢大王。"

"听说送亲的队伍中有你，寡人便知道你此行的目的了。"鲁王微笑地瞟了一眼缙钰，鲁王又看了看站在旁边的医者，老人家会意，退下了。

"……上次你妹妹来此，寡人见过。她和寡人说起过缙府之困，只可惜她未曾久留，便离开了。"

"禀大王，如今吾妹便在莒国宫中。"

"莒国依附齐国，鲁国与齐国之间实力不相上下，倘若你愿意为本王效力，本王愿意为你施压齐国，救出你的妹妹如何？"

缙钰一脸严肃，拱手道："大王，臣此次前来……"他犹豫了一下，但还是坚定地说了下去，"并非要为自己在此处谋个一官半职的，郯国乃是鲁国的附属国，在莒国刁难之际只因缙府落于郯国边境，便要被献出去以求一方平安。臣来此，是想求大王下旨郯国，缙府早已隐居于山林之中三代人，还望齐鲁各国如遇任何事情，切莫再将一无所用的隐居一族拉出来，请大王顾念祖上之好，保全缙府上下平安。"缙钰说着，跪了下来。

鲁王的脸早已由温转冷，想了想，道：

"昨日你说，你缙府如此是寡人造成的了？"

"大王，缙府一事究竟都牵扯到谁，臣不知，只是希望能息事宁人，容我们一族在那隐山中，了此一生，不再过问这世间种种。"

"你觉得可能吗？"鲁王平静地说道，"你们以为那山中的水，林中的树就可以将你们藏得平平安安了，既如此，大家都搬进去算了。寡人也想图个清静，在你缙府旁边修个行宫就那么住着，如何啊？"

缙钰被鲁王这么一说，刚才理直气壮顿时消了一半，坐在那里不知该说些什么。

"人可以各有各的选择，你祖母能带着全族隐居，寡人佩服她有全身而退的本事。可是，在你做出选择的时候，你也得想想你是否也有如此选择的本事？"

缙钰低着头对鲁王的话有些百思不得其解，拱手接道：

"禀大王，族中有家规……"

"家规？男子不能上朝堂当官，女子不能入宫做妃？好啊，我且问你，若你妹妹没有入那莒国宫中，莒王为何停了施压，让你家有了喘息的机会？再说你，你是没有当官，但你在周天子宫中做那伴读不也是卷进了朝中之事吗？你祖母定的家规，到了第三代人这里，不还是不能免俗吗，也恰是这份不能免俗才让缙府有了这样的平静！你说，是与不是？"

鲁王没有对缙钰施压，话说到了，便让他离开了。

离宫的缙钰一个人在街上慢慢地走着，脑子里反反复复地想着鲁王的话，第三代人，不错，他和妹妹就是第三代人，祖母这一辈不但让全族全身而退，还让全族上下平安度日。自己的父亲这一代为族中人的吃喝奔波，不求旧部，不乞贵人，但离不开祖上换来的恩惠。

可是，到了缙钰这一代呢？有何本事求生，又凭借什么养族呢？

渺儿听说缙钰进宫见了鲁王，她心中不放心，便向公主告假出宫来寻他，可谁知，刚到驿站门口，便见缙钰站在院子中一动不动地愣神。

渺儿赶紧过来将缙钰拉进了屋：

"公子，要起风了，咱们进屋吧。"回到屋里，缙钰像一个空壳一样飘忽忽地倒在了渺儿的怀中，渺儿在宫中听说过鲁王的厉害，虽表面温和，但颇具威严，安慰道：

"鲁国是天下的几个大诸侯国之一，不比那些小家子出来的主儿，势必威严一些。更何况鲁国当初'封土不过百里'，而如今变得如此之强，自然是难说话的，公子不必往心里去。一次不行，咱们再试，之前公子不是说缙心姑娘也来过此处一无所获吗？"

缙钰深叹了一口气，将身体正了正，他紧握着渺儿的手说道："我是个错误，缙府是个错误，我们所有人都是个错误。"

渺儿听了一愣："错误？公子学识过人，缙府皇家之后，身边人也都是贵人，如何说是错的？"

缙钰摇了摇头："家中之事一出，我本以为自己走的每一步都十分聪明，可大王的一句'不能免俗'让我开始怀疑当初祖母缙府隐居，是不是对的。而我也无非如台上的戏子一般罢了……"说着缙钰趴在了桌子上，渺儿见状不知如何是好，也不知如何宽慰他。渺儿见缙钰如此，一时间不知所措，她眼珠转了一圈，想起之前程老爷子曾经嘱咐自己——缙钰年轻，无论出现什么事儿，都要提醒他自己去那里是有目的的，要让他想方设法达到目的便可！渺儿轻轻地把头凑到缙钰耳边：

"公子，你可想好后面要如何对付鲁王了吗？"缙钰侧脸看着她，渺儿继续轻声地说，"或者，咱们就这么走？"

缙钰被渺儿的话一激，立即坐了一来。渺儿恭敬地说道：

"奴婢去给公子备膳。"说罢，她便离开了。

缙钰坐在那里定了定神，突然拍了一下自己的额头：

"该打该打，竟忘了正事，差点被鲁王套了进去。"

第九十八章
完美天下尊贵梦 恩爱只需一烛台

鲁国宫中，随行的老宫人随时在公主身边提醒着各种出嫁事宜，还有专门的宫人教公主学习齐国的语言，而公主却有些心不在焉。

要说这公主有什么可牵挂的，其实也没有，母后没了，父皇没了，如今在王位上的那个大王与自己也只是逢年过节见上一面，其他的便再没有什么了。别人所说的"思乡之情"，又该思乡中的什么呢？公主冷笑了一下，无非是对异国他乡的恐惧罢了。

公主小的时候在宫中不知多想出来逛逛，如今出宫了，才开始明白，曾经心之所向的景色，其实只是说明新的家还没到，也是离自己的母家越来越远了。

缙钰踌躇满志地来拜见公主，公主发呆的眼神多了几分灵活，她屏退了左右，问道：

"听说鲁王大王见你，可好？"

缙钰想了想，道："大王仁道之君，说让臣留在鲁国以修与天子之好，"公主冷笑一下，缙钰接着说："鲁王只是看在公主的面子上跟臣客气罢了。"

"那你呢？"

"公主能将臣带出来已是让臣开了眼界，如何还敢有其他奢望，更何况，鲁王也是因为公主之事才给臣这样的抬举，臣如果应了，只怕更是天理不容了。"

公主听了松了口气，缙钰此来有别的目的，于她自己来讲并不重要，重要的是，他在，没有离开她，就够了。

缙钰将鲁王之事说了出来，让渺儿在旁边有些心有不安，总觉得有些事情搪塞一下即可，何必说得如此详细，再生枝节？她小心翼翼地看着公主的脸色，却不敢吭声。

"公主殿下，臣此次来是为了缙府之事，鲁国是郏国的主国，草民想请鲁国出面让郏国从此奉旨保护缙府，如过往。"

"本宫听说了，你想让鲁国给郏国施压？"

公主见缙钰似乎有求于自己，瞬间让自己兴奋了起来，这可比刚才士大夫的谆谆教导有趣多了，即便此事与自己的无关。

"倘若鲁王能让郏国放过缙府一马，缙府在郏国边境便能侥幸得一番平安。"缙钰说道。

公主想了想，笑道："公子，倘若施压可以解决问题，又何必有公主出嫁和亲之说？我贵为天子之妹，这样鲜活的例子摆在面前，难道都没有让公子明白如此的道理吗？"说着，公主示意缙钰一旁赐座。

缙钰刚刚有的几分心气儿瞬间被打散了，他本以为自己可以躲在公主身后，借周天子的些许威严和与齐国联姻之事，让鲁国给郏国提个醒便可，如此缙府便可以侥幸得活，但是如今看来，周天子即便有天威也脱离不了利益互换，彼此制约。

缙钰深叹了口气："凡世间之往来为了个'利'字，无不用其术，然而，缙府乃是退隐之族，早不理时间过往，如何参与各种'利害'？"

公主微皱了一下眉头，让缙钰和渺儿都有些读不懂，只听公主轻声道：

"你是……怕一旦露出来你这里有'利'，就会不断有人找上门来要你让'利'？"

"是的，缙钰也好，妹妹也好，说到底手中没有筹码，只有自己的性命，在这个利益之争的世道中，没有筹码如何交换，而最要命的是，所有人都认为我们是有筹码的，否则，出来做什么呢？只是看谁舍得给予更多罢了。至少对于皇家来讲，我们有老太太姬公主这个筹码。"

"倘若缙府之利与天子同享，天子还是可以以朝中之利，保缙府平安的。"公主几分含情脉脉地看着缙钰，"当初，我以为兄长会将我下嫁给你，让缙府有所保障。可是，自从缙府接了轩尧阁的提亲，皇兄就没有再提这事儿，缙府的利也只能自己去想着怎么换了……"

缙钰一愣，什么时候还有这事儿呢？

"要不，你带我回宫吧，我下嫁于你，缙府也有救了。"公主的两眼放光。

缙钰一听赶紧跪倒在地："公主赎罪，臣不敢有抗旨之心。"

公主失望地叹了口气："那鲁国这边，我该如何帮你呢？"

缙钰又一次垂头丧气地走了回来，躺在床上觉得自己简直一无是处，一个鲁国都如此难弄，等回头去了齐国可如何是好，齐国国君据说比鲁国国君要强势更多。

缙钰计算着五日后公主便要启程去往齐国，时间如此之紧，手中竟然无任何可与鲁国谈判的筹码，缙钰情急之下便飞鸽传书到缙府，同时，也给楚良传了一封。但是他心中清楚，已没有时间了，此时只能靠自己。

渺儿晚上在回来路上买了些酒菜，刚进驿站大门，几个随行卫士正往外走，打招呼道：

"嫂子给缙大哥买了那么多好吃的啊？"

"啊，是，你们吃了吗？"

"我们也正出去吃，就不打扰大哥嫂子了。"

"好，你们去忙。"

渺儿将酒菜备好到桌上，道："公子，吃饭吧。"

"渺儿，今天公主的话，你听到了吗？"

"公子，"渺儿没有停下手中的活，眼睛也不抬，道，"公子长期居于山林之中，自然不知道这世间俗事，什么王侯将相，今日得宠明日便有名无实的多了去了，就连后宫的夫人失宠之后，有的只能看奴婢的脸色，论地位，亲贵的确可以'以上制下'，但有时……也不是……"

"那你说，我手里有什么可以互利的？"缙钰坐到桌前。

渺儿抬头看了看公子，笑道：

"我给公子讲个故事，公子听听是不是有用？"

说罢，便与缙钰耳语了几句，缙钰听罢哈哈大笑，渺儿赶紧拉住公子神秘地嘱咐道：

"公子可别出去说，这可是会死人的。"

"明白明白，我能说给谁听。"

"公子后面可想好怎么做了？"

缙钰收起了笑容："公主的话提醒了我，我和妹妹出来，手中竟一无所有。"缙钰将自己的手摊开，深叹了口气，"不知妹妹如今如何了？"

渺儿停了筷子："公子，公子是缙府的嫡子嫡孙，莫非就真的没有什么吗？天子王侯认准公子有的，公子没有也有。"渺儿认真地说。

"可是，这缙府的事情也并非听我的……"

"唉，公子不与人知便可，他们不认识公子，才不敢不理公子。"渺儿温柔地握着缙钰手，眼里充满着关切和担心，让缙钰瞬间融化了许多。

缙钰看了看渺儿，又看了看渺儿的肚子，心中顿感责任重大："当初若知道你已身怀有孕，就不让你来了。"

"那个时候，奴家也不知道啊？不过其实即便知道了，奴家跟来总比在宫中要安全得多。"

缙钰明白渺儿的意思，没有再说话。

渺儿轻轻地将手缩回，为自己的丈夫又夹了点儿菜，道：

"在鲁国的时间不长了，如果公子有所打算，当早日定论，千万别耽误了时辰啊！"

"我明白，让我家渺儿劳心了。"缙钰抚摸着渺儿的肚子，几分心疼地说。

第九十九章
子女几分心头扰 自有爹娘做先锋

夜晚的山林，威严伴着幽静，天边的几颗星星只能远远地展示着自己的俏皮，缙府大半个院子都黑了下来，只允许几个主屋和旁边的下人屋里有光，众人皆认为这是隐居的规矩，与阳光相映。

柳婆婆俯下身子为老太太换了脚布，众丫头将剩下的水都端了出去，留下了缙老太太主仆两个人。

老人家抿了口水："来陪我下会儿棋。"

"诺！"

于是主仆俩便开始边对弈边聊。

"听说，那姐儿仨那天晚上喝得可好了，都是抬出去的，呵呵。"柳婆婆笑着拉着家常。

"嗯，我再在那边住，估计她们几个就崩溃了。那天看着老二房里的，表情都木了。"

"哎，老太太总不给她个安心丸，她可不就对自己闺女忐忑不安呗？"柳婆婆将旁边的灯稍微调亮了一点儿。

"老程给我来信说，钰儿做事还是不得法，话里话外好像有点埋怨我让他出去锻炼得太晚了。"缙老太太噘着嘴说。

"哎呀，咱家本来就在别的路上，哪能还拿宫中市井的那些规矩评？"

"如今缙钰这孩子，终于知道往家里吐苦水了，之前……全是报平安，出门在外哪那么多的平安顺利的，这我还能不知道？现下到了鲁国才知道自己没想好，当初让他在家好好想想，他却急得跟猴似的，非得出去，真是的！"缙老太太侧坐在榻上。

"孩子还小！再说，钰儿还不是因为孝心才会能不打扰则不打扰的……"柳婆婆刚落了子。

"别动！我吃你，"老太太啪啪几下，就把柳婆婆的子给打掉了，"还是心儿能干，早早地在韩离子身边放了个人，要不是她的人在里面，我都不知道，那么多的店背后都是轩尧阁，如今，缙府需从轩尧阁进货的生意，该清的赶紧清，别到时候受制于韩离子了。那几个王侯将相路数我都清楚，就是这轩尧阁，是个六亲不认不服管教的野路子，不好对付。"老太太拿起了茶杯。

"那些生意都清得差不多了，大部分改了别处进货，咱家姑娘在宫里，派出去办这事儿的都是生面孔的隐卫，有的是连生意一起卖给了别人，但不关门不换招牌，所以，轩尧阁那边不会有感觉的，更不会想到咱家的头上来。"柳婆婆笑道，"可是，太太您别嫌我这个做奴婢的多管闲事，毕竟钰儿是我看着长大的，您说，后面钰儿该怎么办啊，这历练归历练，也不能不管不顾了啊。"

缙老太太仔细地看着棋盘："死老婆子，你这只守不攻，让我怎么下手啊！不下了，不下了，明天再接着下。"说罢，老太太回床上躺下了。

柳婆婆笑着过去铺床叠被。

老太太躺下翻了个身，说："有些事儿，他动动脑子就行了，还用得着我？"说罢，便闭上眼睛，摆摆手让柳婆婆放下了幔帐，熄灯睡了。

柳婆婆灭了屋里的灯，只留了外屋的几个，而后轻手轻脚地走了出来，此时良夫人恰在院子里，看发梢的湿度便知道，她已经在这里站了许久了。

"婆婆？"良夫人见老人家出来了，赶紧走上前去。

"二夫人好！二夫人怎么来闻水阁了？"柳婆婆行了个礼。

"老太太她，怎么说？"良夫人关切地问。

"……老太太说，她让公子自己动动脑筋。"柳婆婆无奈地看着良夫人道。

"这，就没有点儿，提个醒什么的？"

柳婆婆摇摇头："夫人，老夫人是不会不管公子的，既然她这么说了，想必是相信公子能解决的。"

"可是，可是他一人只身在外，本来就性情温良，不懂得那些小人之道，如何能自己解眼前之急？"良夫人急得差点没哭出来。

"夫人，老太太已经睡下了，老奴给您收拾个客房让您休息。"

良夫人心中准备了千言万语被柳婆婆这么一挡，全然无所出，只得深叹口气转身走了。

第二天，良夫人只是让柳婆婆代她给太太请安，便独自出了老太太的院子。

回来的路上，良夫人想了许多，此时能帮她的也就是苏夫人了，便转身去了老大苏夫人的房中。

良夫人也不管通不通禀便自己走了进来，苏夫人看她的脸色，便知道是在缙老太太那吃了闭门羹，赶紧让座上茶。良夫人伸手一把拉住苏夫人，话未出口便泪如雨下：

"都怨我，都是我不好，只想着钰儿在家里好好过日子，退隐山林便不必再让世间的俗事去叨扰他，便对他在那方面毫无提醒，如今可好，这么大的事情，放给了这么一个没见过世面的孩子身上，这，这叫我如何放心得下啊！"

苏夫人握住良夫人的手，一边任她哭喊，一边用帕子帮她拭泪。

良夫人接着说："他在府里还不如心儿呢，不管怎么说心儿一直在老太太身边，多少见识了些俗事手段，可钰儿他别说见了，只怕连听都没有听说过，如今这一出去，能保住小命就算好了，那么实心肠的一个人哪里能分得清忠奸？"说罢，便呜呜地哭了起来。

自从苏夫人回了府，心中最喜欢的就是这个良夫人，不是个俗人，大气懂事儿，所以她与她最为交好。自从缙钰离府，良夫人心中的苦闷她心知肚明，这次，终于发泄出来了。

良夫人哭了一会儿便稍微轻了一些，苏夫人缓缓地说："钰儿是个实心眼儿的好孩子，他一出门，回来的便都是顺利平安，我这心里也是着急，这不让人担心，可如何让人帮他呢？这孩子，就是太把咱们当长辈敬着了！"

"我原本以为程老爷子去了，便在钰儿身边可以帮着他，可是，可是钰儿去鲁国齐国，他竟然不跟着去？楚良的眼里也只有他自己的生意，竟也让钰儿自个走了，钰儿不但要照顾好自己，身边还有个孕妇……这，你让他，如何照顾得过来啊！"

苏夫人看得出来，良夫人对老太太在这件事情上的不满已经到顶点，只是竭尽全力地控制着自己的言辞罢了。她的手没有离开良夫人的手，又紧握了几下让良夫人再平静下来几分：

"钰儿这次借和亲之事，争取机会接近鲁王和齐王，这份精明已是尽了心的，至于具体要怎么做，还是经验的事儿，这既然知道求助了，咱们帮他便是，以他的聪明定会举一反三，也就更有经验了。"

苏夫人的话总能让良夫人听着舒服，给人宽心，还能带着智慧，让人继续往前走。她早就打心里对这个在宫中摸爬滚打过的苏夫人钦佩不已了。

　　良夫人挺起身来擦擦泪道："嫂子说得是，咱们，咱们得好好替钰儿斟酌着。"

　　苏夫人莞尔一笑，对外面说："今日良夫人就在我这里用膳，我们妯娌俩好好聊聊天，你们去准备我们的换洗，同时也到那边院里说一声，所有找良夫人的，就都挡了吧。"

　　"诺！"屋外的一个小奴婢应着，跑了出去。

　　不一会儿，苏夫人和良夫人便入了里屋，留下这妯娌俩在幔纱中。

　　"钰儿此次去鲁国，到底要做什么，他可想好了？"苏夫人直接问道。

　　良夫人想了想："当初心儿去鲁国虽说是想知道是怎么回事儿，其实也是希望鲁王能让郯国放弃对付缙府，钰儿这个想法只怕更甚。"

　　"缙府一遇着事儿，俩孩子便脑袋一热就出去了，可到底怎么做，只怕还是盘算不够。"苏夫人摇头道。

　　"心儿还好，有个随机应变的脑子，可是钰儿木讷……"良夫人长叹了口气，"好姐姐，咱们姐俩给这不争气的孩子筹谋筹谋，有需要的，也好跟老太太张口。"

　　苏夫人也觉得这是正理，便在床上和良夫人商量了起来。

　　再一天，良夫人和苏夫人梳妆齐整来到闻水阁给缙老太太请安，缙老太太眼睛也不抬放下了手里的筷子，由柳婆婆扶着走到了旁厅：

　　"你们姐俩儿，商量得怎么样了？"

　　苏夫人和良夫人对视一笑，良夫人上前道："凡事都逃不过老太太的眼睛。"

　　"哼！"缙老太太冷笑了一下，"说吧，你们俩怎么替孩子盘算的？"

　　"母亲，"良夫人又上前一步行礼说道，"钰儿在鲁国无非是想要的请鲁王让郯国对我们有所庇护，其实也不想用他一兵一卒，还请祖母用用咱们在鲁国内部的生意关系，给钰儿铺个路。"

　　"你们两位夫人想了半天，就想出这么个主意来？"

　　苏夫人见状，紧跟一步道："母亲，钰儿在外，总得有个帮手人脉，至于后面怎么做，自然有钰儿锻炼的余地。"

　　"那我让他们照料钰儿，该如何照料呢？钰儿得有自己的主心骨啊。"

　　良夫人的脸色瞬间就下来了，低头道："鲁王无非是躲在郯国背后瓜分缙府的财富，但是倘若缙府妥协了一次，觊觎缙府的齐国莒国一派也会上来抢，所以，所以……所以老太太要钰儿出去，其实，也是对各国的……示弱。"良夫人的话说得十分艰难，哪个当娘的愿意如此在大庭广众之下承认自己家孩子不好，更如何愿意让人利用自己孩子还未成熟的地方做事？

苏夫人听着心疼不已，上前握住了良夫人的手，缙老太太见良夫人如此说，也深感母亲的不易，也不好再逼她，叹了口气道：

"我心里也知道这一遭要难为钰儿了，但男孩子若想撑起一个府总是要面对这些的，里面的事儿自有女眷们打理，可外面的事儿，还得靠钰儿才行。"

良夫人听罢，心里多少舒畅了许多，毕竟这么长时间将钰儿扔在外，老太太没有说过一句体己话，今日能这么提，已经不容易了。

良夫人跪下说道："缙府在鲁国的生意过半数是通向王宫的，更有达官贵人与咱们的人交往，将当地的生意让利给鲁王换缙府一时的安心，未尝不可。"

缙老太太听了，意味深长地问道：

"然后呢？"

良夫人听了，回头看了看苏夫人，鼓起勇气继续说道：

"再让三弟缙瑢在周天子身边为鲁王争取一定利益，这样，钰儿在前面说的话，便多了些分量了。"

缙老太太的脸上露出了些许的笑容：

"那其他诸侯国都用这样的办法把缙府的生意收了去不得了，咱们的一日三餐也都交给郑国给不更轻松？起来吧！"

"谢母亲。"苏夫人赶紧上前将良夫人扶了起来。

"柳婆婆，你将这个字条给这两个夫人看看，要是没什么问题了，就派人送到洛邑吧。"

"诺！"

柳婆婆从袖间拿出了字条，是写给周天子的，大概的意思是，缙府在鲁国的生意已断。

两个夫人见了，没明白其是什么意思，疑惑地看着缙老太太，缙老太太道：

"停了鲁国的生意，谁会着急？"

二位夫人想了想，苏夫人说："鲁王没了咱们的供奉，想必也会有其他的，自然不会急。可如此，一定不是天子想看到的……莫非一直以来咱们缙府……"

"生意人，开个店养活自己，过过小日子懂市井之道即可；想把生意做大，要懂当地的世态炎凉；若想把生意做到天涯海角，与当地有所有交涉固然重要，但更重要的是，得懂得利用和平衡天下的利害关系几方势力；天下人皆说我缙府富可敌国，但是，咱们得知道自己最贵重的是什么。"

"天下的消息。"良夫人问道。

老太太摇摇头："是各种消息，否则如何利用天下的几方势力，在其中求生呢？我断了鲁国的生意，紧张的不是一个缙府，而是，想要从其中得到鲁国消息的人。"

"原来，缙府果然在给天子当天下的细作。"苏夫人暗自思忖。

"即便我本来无此意，但是，生意之间往来，其实就是各种消息的互换，有了消息，才知道这生意该怎么做才行，生意多了，星罗棋布，有人看的是表面的财富，但其实，这些金银财富背后的消息网，才是最重要的。"缙老太太道。

"那，如今天子为何要将缙府……如此一直下去不更好吗？"良夫人看着苏夫人说道。

"生意做大了，自然会有这个网，重要的是，这个消息网要控制好，否则被他人利用了，就是死无葬身之地。"缙老太太看着苏夫人。

"母亲如此，岂不是在逼周天子？"苏夫人道。

"这个皇帝也该长大一些了。"缙老太太的话让良夫人和苏夫人都不敢说话，将字条交给柳婆婆，任她退出去去处理了。

第一百章
平风起浪总不适　后院女子做春风

公主由鲁国保媒嫁去齐国的日子越来越近，鲁王对缙钰的态度冷淡，而私底下却常有大臣过来对缙钰十分热情，缙钰听烦了便托词说"公主之事繁杂"都婉拒了，对他人的态度也是不温不火。

公主看在眼里虽说心里十分踏实，但是多少也有些好奇，这天，她趁着渺儿过来更衣，悄悄地问道：

"缙钰此来是有目的，怎么，不着急了？还是，他收到了什么信札之类的，变了心思？"

渺儿仔细想了想道："奴婢一直在他身边伺候，也常常为他收拾衣物，并没见他收到什么。"

"那，怎么看他不着急了？"公主喃喃道。

"或许，或许是找他的人太多了，他就不急了吧。"渺儿道。

公主走到渺儿前面，温柔地撩了一下渺儿前额的细丝："渺儿，你可是从小就在京都的皇宫里长大的……"

"奴婢至死不忘诸位主子的恩情。"

"那就把他看好了！"公主的气场顺势泄了出来。

"诺！奴婢自当尽心尽力。"渺儿带着沉重的身子行了个半蹲礼，低着头出去了。

渺儿走在街上，索性买了些缙钰爱吃的酒菜带回驿站，缙钰正在忙着看礼单，见渺儿带着菜香进来了，笑呵呵地放下了手中的竹简，不请自来地坐到了桌前。

"香吧？"渺儿尽情地展示着自己的可爱。

"嗯！出门在外，还是你们娘儿俩对我好！"缙钰颇为感动地说。

"公子是奴家的主心骨，照顾好你，就是照顾我和宝宝了。"渺儿殷勤地倒上了酒，"公子这么操劳，先喝一杯解解乏。"

"渺儿乖。"缙钰端起酒杯满饮了一盅。

"不日咱们就要启程去齐国了，公子可想好下一步怎么打算了？"

"没有。"缙钰毫不过脑子地回答道。

"没有，那，那缙府……公子如何交代啊？"

"不回了呗！"缙钰边吃边回答道。

"不，不回，不回，去哪啊？"

"跟你回宫，你做你的差事，我回池公子身边去。"

渺儿缓缓地放下了筷子，无所适从。

"吃啊？"缙钰嘴里的还没有咽下，便不停地催渺儿多吃。

渺儿被整得稀里糊涂的，直愣愣地看着眼前这个貌似没心没肺的公子。

"公子，公子啊……公子心系国家自然是好，可这缙府……"

"嗯，这个好吃，你多吃点。"缙钰给渺儿夹着菜。

渺儿知趣儿地闭上了嘴，不再说话了。

晚上，躺在床上的渺儿睁开了眼睛，悄悄地看了看身边睡熟的缙钰，蹑手蹑脚地离开了，江赤子在门口守护着自己的主子，刚昏昏欲睡，见渺儿走了出来，赶紧清醒了起来：

"少夫人。"

"还没睡啊！"

"主子未睡，奴才不敢。"

"江赤子啊，你一直守护着你的公子，我待公子也是真心实意地，可如今公子在鲁国一改往日的态度，过去还心系缙府，现在却丝毫不着急了，江赤子，这样下去，只怕我也没脸随公子回缙府了。"

江赤子见渺儿这么说，知道她说的意思，低着头道："少夫人，亦或是，公子有了别的想法……"

"什么想法？"渺儿突然强势地问。

"这，主子的想法，奴，奴才怎能得知。"

"可，你毕竟是公子的贴身侍卫，与他人不同……"

"少夫人，主子的事儿，不是小的能揣摩的……"

"谁也不能揣摩……"就在此时，缙钰突然打断了他们的对话。

"公子，公子我……"江赤子有些不知所措。

缙钰摆摆手，一把把渺儿拉走了："外面凉，走，跟我回屋，冻着儿子怎么办。"

渺儿被缙钰如此弄得更是莫名其妙，乖乖地回了屋。

回到屋里，缙钰严肃地坐在床边，渺儿小心地坐在对面，只听缙钰到："鲁王和他的朝臣们对我忽冷忽热，无非是想看看我的反应，我有反应了不管是怎样的，都会被他用来大做文章，有的文章他可以做，但是有的就不能让他做。我和你是来自周天子宫中，不管要做什么都会被他想复杂了，所以，我再三考虑，先看看再说，也就不那么着急了。"

"可，可如果，公子这次一无所获……该怎么办？"渺儿不放心地问。

缙钰笑着把渺儿小心地拉到身边：

"睡吧，我虽资质平平，但也未必是个酒囊饭袋，睡吧！"缙钰说完，便一翻身倒在床上休息了。

渺儿看着翻身过去的缙钰，心中的疑惑并没有解开，但也没有办法只得躺在相公的身边休息了。

这天一大清早，鲁国夫人冯夫人来向公主请安：

"公主，明日公主就要过鲁国去往齐国了，一切都已准备就绪，这里有一个玉盘，特进献给公主，愿公主与驸马百年好合！"

说着便让身边的奴婢将一个晶莹剔透的玉盘呈了上来，公主拿来一看，混沌醇厚，道：

"好美的玉，听说王侯将相都喜欢用这个在书房里，厚重而温润。"

"公主好眼力。"冯夫人在一旁坐下，想了想道，"公主下嫁齐国，周天子深谋远虑，能辅佐这样的明君，是鲁国之福。只是……"

"夫人有话，但说无妨。"

"公主这次来，有个人鲁王见了十分投缘，想多留他住几天，不知公主可否割爱……"

"你们说的，是缙钰？"

"正是！"

"他就是我皇侄的一个伴读，因为资质平庸实在提不起来，就让他跟我出来长长见识罢了。"

"天子身边人才济济，自然不多他这一个，但是鲁王见他十分亲近，既然这个缙钰不是什么重要的人物，就请公主割爱了吧。"

公主看了看她，又看了看渺儿，笑问道："缙钰是你的夫君，你怎么看啊？"

渺儿一愣，但公主和鲁国夫人的眼睛都在她身上，又不得不说话，便硬着头皮小心说道：

"嗯……我家夫君是奉旨送嫁，这，这要是半路上离开公主了，岂不，岂不是公子欺君？将是家族之祸……"

公主回过头看了看冯夫人，冯夫人一时语塞，这的确是她和鲁王没有想到的，见公主看着自己，勉强一笑：

"说得是，几个月大了？"

渺儿意识到夫人说的是自己的肚子，答道："哦，刚三个月了。"

"好生照顾，将来想必又是人中龙凤。"

渺儿听罢赶紧行礼："借夫人吉言。"

冯夫人与公主又续了会儿旧，便离开了。望着夫人的身影，公主回头问渺儿：

"缙钰的妹妹是不是还在莒国王宫里呢？"

"是！"

"你去看看缙钰在忙什么吧。"

"诺！"

第一百零一章
聪明自显聪明俏　不知吾是过来人

渺儿奉命赶紧出来找缙钰，恰巧缙钰正在和士大夫一起准备和盘点公主启程的行李。缙钰见她过来，与大人打了个招呼，来到了渺儿了身边，于是渺儿便在一旁将刚才冯夫人要将缙钰留在鲁国的事情告诉了自己的夫君。缙钰听了一笑，只叫渺儿宽心便没再说什么，自己又去忙自己的去了。

鲁国，雨天来临之前的风是很硬的，这最后一晚，渺儿在屋里听着外面如鬼哭狼嚎一般的声音感觉十分不适，可缙钰总不回来，让渺儿更是心烦意乱。

过了一会儿，门外有了脚步声，只见门一开缙钰和江赤子一同进来，而后又

赶紧关了门。

缙钰一脸严肃地坐在那里，渺儿不知是什么事儿，只觉得莫名其妙：

"渺儿，你今晚就跟江赤子离开这里，但不离开鲁国，等我从齐国回来接你。"

"什么？为，为什么公子，你是要丢下我吗？"

"齐国接亲的使者来信，孕妇在迎亲的队伍里不吉利，鲁王势必要把你和孩子留下，所以你必须要离开这里。"

"那，那公子既然要把我藏起来，却为什么不让我沿途藏着，奴婢不在队伍中就好，至少，至少还能远远地看一下公子，可好？"渺儿一听自己要离开缙钰了，一时便慌了起来。

"渺儿，你在我身边，虽说有你伺候很好，但是我也无法专心。"

渺儿一听哭了起来："想必是公子嫌渺儿碍事儿了，便不想理会我们娘俩了。"

"胡说，不要你娘俩怎么行。"缙钰尽力去安抚渺儿，"渺儿，奶奶的信用天子牵制了鲁王，但是鲁王势必会有所动作，你怎么知道鲁王就不会用你和孩子牵制于我？"

缙钰的一句话点醒了渺儿，让她突然想到了白天里冯夫人的眼神。

"可，可公子，不让我离开鲁国？"

"是，鲁王他们无非是要我做筹码，与莒王的那点伎俩无二，到时候我在外面连个接应的人都没有，所以我不能将你送入了虎口，我自己，自然也不能。"缙钰语重心长地说。

"少夫人，公子也是为了您和缙府之后着想，还请夫人跟奴才走吧。"

"去哪？你走了，谁来保护公子？"渺儿问江赤子道。

"我不会有事的，"缙钰说，"现在他们见了我跟见了钱似的，谁都不会把我怎么样的，对我好的人有企图，对我不好的人也没有把我逼上绝路的必要，所以，好与不好我都知道怎么办。但是你在我身边就会分散我太多注意力，即便你事事为我考虑，我要考虑的却是他们会如何对你，所以我不能让你成为我的保护墙，墙是会倒的。"

渺儿听明白了缙钰的话，她是缙钰的一道防备，别人不会把缙钰怎么样，但不是不能对渺儿母子下手，如果已经成为一个牵绊，她就算怎么央求留下都没有用。

渺儿又看了看江赤子，她会一直在江赤子的手里，这样也好，缙钰让自己身边人把她带走，不论自己是自愿的还是被动的，都好说。

渺儿缓和了一下，问道：

"公子，你是说你还会回来接渺儿，对吗？还是等你走了，他会带我去到别处。"

"你有身子了，实在不宜再四处奔波，就在鲁国住下来吧，缙府在鲁国当地也有自己的生意，管事儿的会给你安排一处别院，你也不必考虑那些待人接物的，我会让卫士护你周全。"

渺儿见缙钰都已经安排得如此滴水不漏，也不好再说什么，便认下人收拾了行李，与江赤子一同走到门口，渺儿突然转身，含泪望着缙钰，说道：

"公子，此一别，不知何日再见，也不知是否能见，渺儿习惯了身边有公子，如今也只有腹中孩儿相伴了。公子，今日一别后，渺儿宁愿公子身边加些粉黛侍奉，多些酒肉相醉，只求公子日日少劳累，岁岁不操心，纵是公子一事无成，混沌度日，渺儿不求富贵名利，只愿伴公子一生，从不离弃。"

说罢，渺儿跪了下来给缙钰磕了个头。缙钰本来就是细腻的人儿，哪里经得起渺儿如此动情，便含泪一挥手，让江赤子把她带走了。他自己独自面对空落落的房间，想着渺儿从一开始对自己的爱慕到后来的懂事儿，即便怀孕对自己的侍奉也从未有过疏忽，种种的好，历历在目，不由得悲伤起来。

渺儿在江赤子的护送下刚走不久，鲁国宫中便来人要唤渺儿入宫，宫人进屋一看只有缙钰一人，稍有一怔，问道：

"缙公子，公主宣渺儿姑娘进宫侍驾。"

"她今日身体不适，我差人把她送走了。"

"送，送走了？今天晚上她还在这驿站中……"

"就是吃了饭身体觉得不适，我便让人将她送回京都了，齐国使臣不是刚刚进宫说，孕妇送嫁怕会冲了喜吗？就让她去吧，免得在鲁国碍了大事儿。"

宫人四下看看，相信这么简陋的屋子藏不了人，便也不多说赶紧出来安排鲁国士兵到各个城门处去寻人。可他们哪知，江赤子带着渺儿哪个门也没去，只是在城中的一个深巷由人安排了一个小院落，做了安身之所。

江赤子用口哨唤来了一个隐卫，对渺儿说："少夫人，我是公子身边的人，出入不方便，此人是公子的隐卫，生面孔无人认识，出入可助夫人周全。一应吃食，会有人给您送的。这房子的主家是掌柜，给缙府做生意的，她媳妇姓陆，您只说是这个陆氏娘家的，就行了。"

"辛苦了。"渺儿看了看旁边这个面无表情的新人，叹了口气，对他道，

"你去吧，我一个人到屋里休息即可。"

"诺！"新人应道。

渺儿便再无心思多看他一眼，只身进了屋。

第二天天朝公主即将启程齐国，在鲁国的国都之中可谓家喻户晓，周边的百姓无不过来凑热闹。周天子的士大夫按礼数拜见鲁王，并将周天子赐予鲁王的谢礼一并交给了鲁王，鲁王安排使臣他前去齐国行媒人之事，自己和冯夫人一同来到宫门口送嫁，缙钰代公主来谢礼，鲁王面带笑容，轻声地对缙钰说：

"都说你是个纨绔子弟，以为你得着急见我，却不想，这么耐得住性子，藏老婆的动作倒挺快的。"

"大王说笑了。"

"当初你姐……不是，郡主，她找我办事儿救她出宫，多少还知道与我有些来往，你倒好，想白用我啊？"

"草民不敢，郡主贵为莒国美人，自然有可与大王相交往的，而草民只是一白衣，哪里敢有所妄想？"

"所以，天子的面子我自然会给，郯国那边不动就是了，但我怎么听说，郯国还未派人去，贵府里就多了几个莒国的士兵尸体呢？你们还需郯国的保护？"

缙钰一愣，院中多出的4俱尸体是莒国的，不是郯国杀的，也不是缙府人杀的，那会是谁？

"此次草民收获满满，谢大王赏赐。"

"赏，我赏什么了？"

"大王让底下的臣子私下对草民各种试好，草民把那些赏赐消息都给到郯国国君了，郯国国君知道您如此宠信草民，还要跟草民结拜为兄弟呢。"缙钰缓缓地说。

"哼，寡人一封书信，就可以把你这点小聪明全部都推翻了。"鲁王不屑地说。

"大王，您与草民和，不就是不让草民成为齐国那边的人吗？"缙钰谦恭地说着，轻抬起了眼皮看着鲁王。

鲁王明白了缙钰的意思："所以说，郯王这个兄弟，你是认他了？"

"认啊，怎么说也是一国诸侯，多个兄弟多条路啊？"缙钰故作认真道。

"哦，那我不认呢？"

"大王不会。"缙钰不温不火地提醒鲁王。

鲁王看着缙钰，心里那个气啊，却半天没说出话来，良久，突然哈哈大笑，两手一拍缙钰的肩膀，大声道：

"好兄弟，到时候别忘了替我多喝杯喜酒才好，哈哈哈！"

"诺！"

缙钰行了拱手礼，大大方方地回到队伍中，与送亲大队一起向齐国开拔。

莒国的王宫在夕阳金色的温度笼罩着，雏玑在宫中却浑身冰凉，宫女手中的托盘虽说被布盖着，但依然有红色隐约映了出来，筱菊令她退下，雏玑强按住自己浑身的颤抖一动不动。

"够狠！"雏玑狠狠地说。

"夫人您得息怒……你这样对孩子可不好！"筱菊想将雏玑扶进里屋，但雏玑纹丝不动，就像一尊冰做的雕像，不是搬不动，是一碰就不知会崩塌到何种程度。

"每天，就这样拿着带血的东西来恶心我，这个死了，那个没了……"雏玑的声音低沉而颤抖，筱菊在旁边轻轻地抚摸着雏玑的背，轻轻地说：

"夫人冷静，您接连几天如此激动，是会滑胎的，孩子都这么大了要是滑掉了，再想有，可就难了！"

"我就应该早就料到，先找到对我知晓的恶人来到我面前，就是告诉我她可以找到我恨的人来到我面前，也可以找到我在意的人杀掉，如此，就是要折磨我。"

"夫人，你要考虑，万一孩子受不了这份折磨而没了，就彻底把您击垮了，所以，夫人……"

"所以，该走的人就随他走吧，否则如何让该来的孩子来呢？"一个人的声音打断了筱菊话，筱菊一看，走进来的是芝美人。

自从雏玑怀孕后，大王虽说对雏玑十分照顾，但是多了王后和芝美人的侍寝次数，芝美人自己明白，雏玑在其中帮了不少忙。

雏玑见芝美人走进来了，正了正身，用衣袖将面颊上的泪痕拭去：

"姐姐来了。"

芝美人来到雏玑跟前，四下瞧去，问道：

"哎？那个藏在你宫里的美人呢？"

雏玑故意十分不快地说："我总放她那么一个美人儿在身边，还是不太方便的。"说着，她向筱菊使了个眼色，筱菊会意，退下了。

筱菊退出来后来找自家姑娘，将刚才宫女拿了一个怎样恐怖腌臜的东西给雏玑，雏玑又生气到了什么程度一一向缙心说了一通，而后又将芝美人来访，她便退出来的话也告诉了姑娘。最后，她加了一句：

"今天的东西，估计稍晚一些就能得手拿来了。"

"王后给雏玑看的东西也不少了，咱们也攒得差不多了。"

"姑娘准备什么时候动手？"筱菊睁大眼睛道，"只是，那王后鬼得很，每次都是大王不在的时候来，很难跟大王说。"

缙心将手中的茶倒进了花盆中："那就让王后把大王请来吧。"

筱菊听了，她相信只要是自己主子说的，一定都能做到，没有多问。

第一百零二章
真真假假悠悠日　生死突然一夕间

在前厅，芝美人握着雏玑的手，看着她的肚子又看看这个即将成为母亲的人，五味杂陈，不禁叹了口气：

"哎，若是小家小户，甭管是谁家，但凡有了身孕的，哪个不是被当个宝一样护着捧着，生怕胎儿有个闪失，少了一脉香火。可偏偏这孩子要降生在这后宫之中，真是与生俱来的命苦，除了你这个当妈的，还有谁能补偿这孩子呀？"

雏玑摸了摸自己的肚子，紧锁着眉头挤出了几句话："如今这宫中平静，是不是都等着我一尸两命呢？"她看了看芝美人，似乎在她的脸上可以找到几分答案。

芝美人低下头，轻轻地说："古往今来，总会有妃子贵人怀有身孕却不被看重的，妹妹不是她们，不必介意。"

"真的会有人羡慕吗？"雏玑歪着头，含泪问芝美人。

芝美人看着雏玑，心中的酸楚此起彼伏，她没有说话，用手轻轻地抚摸着雏玑的肚子：

"羡慕，哪个女人不希望自己能够当一回母亲，哪怕抱一次也行啊。"

芝美人的话，像一道阳光钻进了雏玑的心里，是啊，孩子，不是自己多了个孩子，也不是因为孩子让自己多了这么多的痛苦，而是……而是自己即将成了一个有孩子的女人了。对于雏玑来讲，大王，韩公子，都不是自己的，自己只能是他们的。但是现在不同了，她拥有了孩子，孩子是她的，这是最大的不同，是宫中多少美人所没有的，所以她们会嫉妒，因为孩子是她的，可以让她变强，变得和她们不一样，大王和韩离子不能让她变强的，孩子可以，可以让她想她不敢想，让她做她不敢做的，这是多重要的事情，多重要的今非昔比……

雏玑边想着，两只手不经意地紧紧护着自己的肚子，她慢慢地站了起来，而后又转身看了看芝美人，看着这位宫中老人惊异的眼神和纤细的腰身：哼，这样的腰身，我又何尝没有，但是，我此时怀孕的样子，可不是谁都可以享受到的。想到这里，雏玑的脸上滑过了一丝得意。

芝美人看着雏玑眉头微蹙，怒中有笑，心中一震：

"妹妹，你，你还好吗？"

"我挺好的，"雏玑整理了一下自己的情绪，突然轻松地边笑边说，"哦，刚才被那些腌臜的东西真是吓着了，唔，现在缓过来了，就没事儿了，姐姐，你看，我这衣服，是不是又小了？”

雒玑将双臂张开，毫无防备地肆意向芝美人展示着自己发福的体型，那份轻松反而让芝美人不寒而栗。

芝美人很快地调整了一下自己，随声附和着雒玑，陪她说笑了一会儿便借故离开了。

对于芝美人来说，她第一次发现雒玑是这么的陌生：

“她怎么会……她能笑出来，她，她真的笑了。”

宫女扶着芝美人在宫中慢慢走着，听见主子在那喃喃自语，斗胆道：

“那夫人，以后咱还常来吗？”

宫女的一句话让芝美人停住了脚，她回头看了看雒玑住的地方叹了口气道：

“唉，只怕，如果不常来她这儿，王后那咱也就去不了了，久而久之，咱们就又把大王丢了。”

“委屈夫人了。”

“委屈算什么，能感受到委屈的，说明还不是‘行尸走肉’……”芝美人说到后面四个字的时候便说不下去了。

“那，雒美人的孩子……”

“一定要生下来。至少，雒玑得给我活着，只有她活着，我才能活得更好。”

“诺！”

如往常一样，芝美人去给王后复命，说雒美人还是那个样子，不惊不喜，只是好好地养胎，其他王后没跟她说的，她便佯装不知道。

雒玑来到缙心屋里直接靠在了榻上，闭上了眼睛只对筱菊道：

“筱菊，我渴了，给我倒杯水来。”

筱菊一愣，平日里因为她是缙心的人，美人从未把自己当过使唤丫头，更何况在缙心面前呢？筱菊看了看缙心，姑娘笑着给她使了个眼色，筱菊便赶紧去准备了。

待筱菊出去，雒玑翻了个身舒舒服服地平躺在那，手指头一二三……似乎盘算着什么。

“数什么呢？”缙心笑着问道。

“多少件了？”雒玑歪头调皮地看着缙心。

“七件了。”

“折磨了我七天，唉宝啊，咱娘儿俩是真不易啊……”雒玑偷瞄了一下缙心，缙心看着她没有说话，雒玑无奈地直起身来，严肃地说道，“我不想再这样下去了，我要保护我的孩子。”

缙心走过来，亲自扶雒玑重新躺在了榻上，搭上一条短巾道：“等一会儿今天的

东西拿过来了，就请王后把大王请来吧，好不好？"

"是你请啊，还是我请啊？"

"这个咱俩商量商量，我请呢，请来的是王后，因美色和与我那姐姐相仿的容颜所至；你请呢，请来的是大王，为担心这孩子和你的性命而来。你看，咱们谁出面？"

雏玑躺在那里仔细想了一会儿："如果王后来，大王不一定会来，但如果大王来了，夫人不敢不来，那就我出马吧？"雏玑鬼魅一笑。

"行，听你的！"

"啊——"雏玑打了个哈欠，"我小寐一会儿，等时辰差不多了，本宫再出场。"说罢，雏玑将身翻了过去，睡下了。恰巧筱菊端着水碗进来，见美人将脸遮了过去，便悄悄地把水杯放在了榻旁的案几上。她和缙心耳语几句，便退下了。

到了晚上，莒王留宿王后宫晓谕后宫众人，雏玑脱去外衣，对着镜子捏了捏自己的脸：

"是不是又胖了？"

"怀胎生子自然是更加圆润的。"缙心笑道。

"哼，就好像你多有经验似的。"雏玑不服气地说，"唉，你说，咱们什么时候去叫大王啊？"

"等他们睡着了吧。"

"嗯，对，等他睡得死死的，再把他叫醒。"

"不，应该是他刚刚睡熟，然后扰得不让他睡，你说是不是更好？"缙心忍着笑，狠狠地说。

"哈哈哈，按你说得来！"雏玑想着大王的表情，十分畅快。

就这样，姐俩又聊了好一会儿才散去，雏玑回到了自己的房间，房门紧闭，只留下了筱菊在侧，其他宫女都不让进。

平日休息的时辰很快就到了，外面当值的宫女见雏美人房中依然亮着，便过来隔门催促，请美人尽早就寝，里面没有声音，宫女们便每隔半个时辰带着洗漱用品来催一次，筱菊数着，到了第五遍，筱菊出来了一趟，和宫女们说了几句话，便又离开了她们。

过了一会儿，只听筱菊在里面一声尖叫：

"夫人！"

众人在外面一惊，只听筱菊在里面撕心裂肺地狂嚎：

"来人啊，来人啊，快请御医，快去叫请大王，夫人，咱们夫人自尽了！"

394

第一百零三章
波澜自从平静起　只是番悟已枉然

外面的宫女一听雒美人自尽了，顿时慌了起来，有几个当值的直接腿就软了，一时乱做了一团，怎么偏偏自己当值的时候寻短见？有几个见筱菊得宠，平日里依附筱菊的小宫女见状十分听话地去请大夫，还有两个伶俐的听说要去请大王更是跑得尽力，梦儿悄悄地跑到夫人宫里报信。

自从雒玑有孕，在宫里时间长的老人儿便开始活动着要离开这里，因为宫里孕中自杀的主子早不止一两个，谁知道这位得宠的美人什么时候去步她们的后尘？众宫人留下的一时六神无主，便干脆全听了筱菊的安排。

果然如缳心和雒玑所料，莒王刚刚睡熟，外面的声音刺耳，身体一抖便被惊醒了，王后也赶紧坐起身来。莒王派人将人拿来一问，说是雒美人自尽，他回头便给了妓王后一巴掌，披上衣服匆匆向雒玑宫中走去。

王后的脸上火辣辣地疼，但见大王去了也不管那么多，赶紧整装尾随而去，在路上她轻轻地问身边的心腹：

"东西呢？"

"都处理了。"

"宫女呢？"

"安安全全地在宫里，王后放心。"

王后轻松地吐了口气，大摇大摆地随莒王来到了雒玑的房中。

进屋一看，只见梁上吊着白绫，下面的凳子倒着，地上散落着之前夫人送来的各种私人的赃物，血淋淋的十分恐怖，雒玑直直地躺在床上，筱菊和众宫女在床前哭得十分痛苦，缳心在旁边一脸难过，但面颊上并没有泪痕。

莒王三步并作两步地来到床前，看着雒玑凸起的肚子，更是十分紧张：

"玑儿，玑儿，你醒醒，醒醒！"莒王将手指放在雒玑的鼻前一试，还有气，"玑儿，玑儿你醒醒！"因为雒玑有孕，莒王不敢太过使劲地晃动自己的雒美人。

而此时王后众人进来，王后见到地上的东西脸色瞬间惨白，这一变化，让缳心看得十分清楚，缳心来到大王身后，说道：

"大王节哀，雒美人没死。"

这句话，将王后和她的人更是吓了一跳。

莒王听缳心这么一说便恢复了理智，随着雒玑的一声轻咳，她轻轻地睁开眼将手放到了大王的脸上，还未说话，泪已先行：

"大王，奴婢，奴婢真的，真的受不了这，这孕中的折磨……"随后她一指地上的一片腌臢，道，"奴婢伺候大王，为大王延绵子嗣，当为家乡中人谋取福利才是，如今，如今却让他们用自己的生命换来这孩子的福气，这，这样的日子，奴婢真的，真的过不下去了！"说罢，雏玑在床上呜呜地哭了起来，哭得莒王更是怒气冲天。

"这些，这些是什么？"他看着王后。

"王后，这些都是奴婢的亲人。"雏玑对莒王道。

"是，是谁干的。"

"回大王，这事儿，只有一个小宫女知道。"缙心在一旁道。

"把她带来。"莒王怒喝道，"即便是死的，也得给我拖来。"

王后一听，瞬间身体凉了，由身边的宫女搀扶着。过了一会儿，那个平日里给雏玑送来东西的小宫女被带了来，跪在莒王面前不敢抬头。

"大王，"雏玑慢慢地起了身，松散的头发披在肩上，"大王，不管宫女做错了什么，只要道出实情，大王就算她将功折罪可好？"

莒王会意，点了点头道："那是自然，只要说了实话，寡人便以万钱将你送出宫去，且不为难你的家人。"

宫女一听，跪在那里使劲磕头，于是将王后身边的姑姑每天让她送什么来，要怎么说，一五一十地和莒王说了，并证实了那些东西恰恰是地上的这些东西。

莒王一听，抬眼看着王后，恨不得还未拔剑便要将其刺死，王后身边的姑姑听了腿一软也跪了下来，只喊冤枉，只听莒王说：

"王后，你的人喊冤枉，只怕即便是你自己说的冤枉加在一起，也抵不上你手里的冤魂多吧？"

"大王，妾冤枉，大王试想，雏美人身怀六甲，如果真的自尽，凭这一宫女之力如何能将雏玑搬到床上，待到众人进来，只怕雏美人早就归西了。如果宫女们都在场，又怎么能让这雏玑去寻此短见？大王，雏美人欺君之罪啊，大王！"

缙心在一旁，知道王后在顾左右而言他，便赶紧说道：

"这小宫女说的话和满地的东西，是真的吧？"

王后恶狠狠抬头看着缙心："你是个什么东西，堂堂缙府，还名门之后，却接二连三地把女儿往宫里塞，宫中谁人不是堂堂正正地进宫册封，偏就你们家会用下作手段狐媚惑主，这里没你说话的份儿！"

"你给我闭嘴！"莒王高声喝道，"自从寡人后宫有了你的主持人，宫中女人有孕本是喜事，跟来的竟全是丧事，寡人本还奇怪，如今，终于明白了，我这个王后啊，何等的手段高明，不用一兵一卒便可以置人于死地！ 雏玑就算是假自尽，那也是被你逼的，最起码她是为了保全了寡人的孩子，这是大功一件！来人，将这个恶妇和她身边之人尽数监禁起来，没有寡人的旨意，谁都不准探望。"

"诺！"只见一群兵卒跑了进来，将王后和身边的亲信宫女全都带了出去，只留下刚才低头说了实话的宫女哆哆嗦嗦地还跪在那里。

"你虽说是王后宫里的，"莒王俯视着她，"但告发有功，寡人赏你钱财，放你出宫。"

"谢大王，谢大王。"早已吓得半死的宫女听了谢了恩便连滚带爬地逃了出去。

莒王回身看了看雒玑，又用手抚摸了一下雒玑的肚子，深叹了口气，刚想要说什么，却还是将话咽了回去，他看了看缙心，又看了看雒玑，起身吩咐道：

"摆驾……去芝美人那……"而后莒王扬长而去。

第一百零四章
一朝反手锋落第　夫人从此在冷宫

莒国王宫这一夜无人入睡，芝美人躺在看似熟睡的大王旁边更是胆战心惊，妓王后真的就这么被关入牢房了？白日，自己还去过王后宫，晚上到底发生了什么，大家说过什么，或者，是不是有人提过她吗？她心中忐忑不已，却不敢辗转反侧，生怕被身边的大王感觉到什么。芝美人越想越害怕，刚刚觉得自己终于活得不像个行尸走肉了，现下却似乎快成了刀下肉，竟还不如之前做个无人问津的人睡得着……正想着，大王的一个翻身将这身边人的思绪拉了回来，便赶紧闭眼装睡。

之后的朝堂全是围绕王后入狱之事的争议，宫中调查王后果然与之前夫人、美人自尽都有关系，但毕竟公子池无过，更何况又是大王唯一的儿子，于是朝臣们便谏言道，池公子不该被母亲之失而连累，于是没过多久，前朝便传来的旨意——废黜王后，便再无其他词句。

芝美人定了定神，庆幸大王将事情处理得果断决绝，自己也并没有牵扯进去，其他各宫夫人们虽说私下对王后颇有微词，但真有事情发生了，后宫还是震动不小，纷纷传言这雒玑的不好惹，已经到了非人的程度。更有甚者，有人猜测，这位雒美人会不会对她们的曾经怠慢而算账报仇，后宫之中，人人自危。

而缙心和雒玑在当天忙活到了大半夜，第二天是宫中最晚起的，即便起来了，

雏玑也是终日里懒洋洋的。

没过几天，她听了旨意也不惊讶，只顾自己的精神不振和孩子是否安好，全然没把别的放在心上。

而她的淡然，更是让宫中上下的宫女猜不出来，给其他宫里主子悄悄报信的宫人也在各自主子面前说得模棱两可，让这个雏美人更显得十分神秘，甚至让人畏惧。但不管是人是妖，有一点是肯定的，从此无人再敢惹她，可以安全保胎了。

可谁都没想到，宫外的韩离子听了这个消息却是一惊，回头问婉樱：

"我，有说让雏玑把王后给废了吗？"

"没有啊。"婉樱和其他众丫头边吃饭便说。

"那，你家姑娘可说过这事儿？"

"也没有啊。"婉樱不理会，只是埋头吃。

"这事儿，她们自己就办了？"韩离子不动筷子，只是盯着婉樱看。

"公子，"茹梅看不过去了，"我们姑娘做什么事儿，莫非还要找公子您说一下不成？还没过门儿呢。"茹梅小声嘟囔着。

韩离子看了看认真吃饭的婉樱，和不给自己好脸色的其他人，十分无奈，但也没办法，只得自己硬着头皮继续往下说：

"如果你家姑娘在宫中做什么事儿都不让我知道，我该怎么帮你们把你家姑娘救出来啊？"

婉樱一听这话，"啪"地将筷子放在了桌子上：

"您救，您准备怎么救，什么时候救出来？想让我家姑娘给你什么消息，那您先把她救出来啊？"

婉樱的质问中带有轻蔑，韩离子即便有着轩尧阁的强大，在缙府这些人面前也没什么价值，甚至他和他的人丢失了了解对方信息的资格，这让他感觉很不爽，再往深处想，这几个在他眼皮底下的人反倒让他自己成了听二手消息的人，而他对他们能知道多少全凭他们喜好，这几乎犯了韩离子这个轩尧阁阁主的大忌——就是让他几乎丢失了颜面。

但是，多少年的江湖历练，韩离子最大的成功就是在他身上生生地没有了这个年龄该有的锐气，这是他区别于任何一个诸侯王上最大的不同，因为他在计算，算后果，算这个生意是不是合适，而很显然，冲婉樱他们展威风，绝对不是他今时今日在清醒的时候该做的事儿，即便他们是奴婢，别说让他们低头，就算是要了他们命，也是小事一桩，但是，他们这些不值钱的命会让他在后面的局势中付出更多，这是不值当的。

韩离子微微一笑，即便是屈尊，但是看在不让自己亏本的份儿上，他还是继续装扮着自己的洒脱：

"去了王后这心头大患，想必也该是你家姑娘出来的时候了，否则后宫争夺后位，莒王再一意孤行将你家姑娘扶上了位，我们就白忙活一场了。"

"公子终于说了一句可心的话，上次公子入宫不愿意委身于莒王麾下，想必就想到莒王会将我家姑娘再禁在宫中一段时间了，再不济莒王还有缙府可以要挟，公子啊，上次你为了轩尧阁如此对我家姑娘是不是有点不仗义？"丫头特有的俏皮可以让她们用恰当的方式说出实话，也让任何一个男人都无可奈何，不好计较什么，似乎高门大院的丫头们越是上层的反而越有着这样的"放肆"，却无人能否定她们的这份优秀。

"好吧，明日我便进宫去见莒王。"韩离子几分赌气地说道。

婉樱与其他人对视一笑，让韩离子除了叹气，别无他法，其实他很明白，后宫不稳，前朝会出现诸多问题，这些话，真没法跟这群丫头们讲。

第二天，韩离子一副儒生的装扮入宫，莒王在大殿中召见了他。韩离子按宫中规矩行叩拜礼后，说道：

"草民与缙心本有婚约，今日特来求娶草民的未婚妻，回府完婚，望大王恩准。"

"缙心？"莒王几分装傻道。

"正是，时下是侍奉雒美人的一个婢女。"

"哈哈哈，韩离子乃是轩尧阁的阁主，势可敌国，却要娶一个婢女为妻？"

"当初与她的家族有此约定，便当履约，还望大王成全。"

莒王明白，废王后之事让韩离子对自己更是十分地不放心，此时此刻，当将他稳一下才好，以免出现不必要的祸端，他想了片刻，道：

"这样，雒玑再过些日子便要临盆，你算是她的娘家人了，再有缙心这个嫂子在她身边照顾，可以省去寡人大部分的烦恼，等孩子满月了，寡人论功行赏成全了你们的美事，如何啊？"

韩离子想都没想便磕头谢恩，而高高在上的莒王却心中隐隐作痛，草草地将其应付过去，自行回了后宫。

缙心的事情有了定论，韩离子便轻轻松松地回去告诉那些在赵府里的"冤家"们。

这边莒王一脸苍白，自行走在路上，将随行的车驾远远地留在后面。就在他路过一片清湖的时候，莒王看着湖水涟漪，心中早已波澜起伏，只是理智在有意地抑制因为心痛而产生的那份冲动。莒王没有随着自己的性子往前走一步，只是立在湖边，风吹湖面可以让自己冷静再冷静。

他不得不承认，缙心在宫中的这段时间，他只是在与她置气。其实置气，是因为他在这里，她在那里不过来。而他们又不是置气，因为他在这里，她在那里，无法过来。

莒王在自己的寝宫中，却没有真的享受与她在一起的时光，即便没有拥有她，却连与她湖边闲叙的美妙也没有，竟白白地浪费至今。当初何苦那么逼她，又那么逼自己，莒王顿时觉得自己后悔得无路可寻。

莒王静了静，上了车驾，取道来到了雒玑宫中。

众人接驾，莒王让雒玑等人退下，只留下了缟心，心儿想着，当是与自己出宫之事有关，便默默地在那里听莒王讲韩离子如何在他面前要求娶自己离宫。

莒王将缟心扶了起来，一直以来的王者威严和逼迫感消失殆尽，只有几分温柔流露，道：

"寡人知道，如今王后入了冷宫，前朝诸事动荡，所以不能横生枝节，终究是留不住你的，寡人有意于你，却不能因为一个女子而破了莒国的大局，更何况缟府身份复杂也不是一般大家。"

"谢大王！"

"离他将你接走还有些时日，寡人，寡人竟不知该如何待你。"莒王笑起来憨憨的。

缟心抬头看了看莒王，在他流动的眼中，她能看到莒王对自己有情，但她自己也知道，一个小小的莒王或许可以刁难缟府，却未必能保得了自己，在诸多诸侯之中也没有能力保住缟府一个家族。缟心抬头看着满是柔情而又有几分不舍的莒王，心中亦是紧了又紧，轻轻地放下了一直以来的防备，道：

"这些日子，奴婢一直因一己之私顶撞大王，但终得大王不弃才能苟活于宫中，如今奴婢即将离宫，倒有不情之请，不知可否？"

"你说。"

"如果大王不嫌，这些日子心儿想请大王带奴婢好好在宫中四处游玩一下，长长世面，可好？"

"好，寡人将尽地主之谊，与心儿畅游。"

缟心的一番柔情似水，让莒王的心放下了之前的紧张，他们都知道，这一切是注定的，既然不允许强迫彼此，倒不如双双放下，反倒换来一番坦诚和信任，两人对视一笑，从未有过的善意，竟在将要离别之时，两个人不约而同地成了彼此目光中的主题。

之后的日子，每天莒王下朝，便会来与缟心一起下棋、聊天，或是在宫内宫外带心儿一览莒国美景，每逢日落，两人避嫌各归各处，再见面，两人多了些许的坦诚。宫中内外不知情者，便都以为莒王又有了新宠，而在冷宫中的王后以为，缟心很有可能会是抚养池公子的养母，甚至是下一任夫人，因此而惴惴不安。

韩离子在宫外得知莒王和缟心毫无避讳地每天在一起游乐，甚至是微服出宫在闹市中玩乐，心中十分不爽。这一天，韩离子在外面溜达，恰看见程仪在那里刷马，便走过去问道：

"这马可是当初你家姑娘的坐骑？"

"即将是了。"程仪边干边说。

"听说你家姑娘的骑术了得，是因为缙府地处山中道路崎岖难行，而练就的一番本事？"

"是！"

"哦，那她经常和谁一同出游，总不能身边只是这几个丫头吧，要是真的在山中出点事，只怕她们是帮不上什么忙的。"韩离子闲聊道。

程仪看看韩离子，并不理解他到底想要知道什么，只是如实答道：

"缙府中安排有隐卫，自会保护我家姑娘。"

韩离子听了向四下乃至空中张望了一番，道：

"那，现在那些隐卫们，都在哪呢？"

"在宫中。"程仪冷静地答道。

"啊？哦！宫中，宫中都进得去啊？！"韩离子一惊，怎么他竟一点儿都不知道。

"是。"

"那，那些隐卫应该对你家姑娘的事，了如指掌呀。后宫的那点事儿……唉，是不是你们都能知道啊？"韩离子故意走进程仪，神秘地说。

"他们眼观六路，耳听八方，是为了保护姑娘，其他的事情，他们不会留意，这便是他们所受训练后的能力。"

"切，如果有人说你们私闯宫苑，盗取机密，你们如何洗刷清白啊？"

"可有证据？"

"证……那几个隐卫便是证据。"

"抓到了吗？"

"抓……没有。"

"那不得了。"程仪一直认认真真地刷着马，从容淡定地答着韩离子的话。

韩离子觉得越说越无趣了，但却又不甘心，继续说道：

"不是，我其实想说，你看你对你家姑娘一直是很上心的……啊，我是觉得你是个忠仆……觉得挺好。"

"姑娘是大家闺秀，皇家之后，尊贵之身，万事当然是小心翼翼，遇事也会洁身自好。"茹梅走过来道。

"啊！挺好，挺好！"韩离子转身见一向没有城府的茹梅似乎也敏感起来，便知趣地离开了。

程仪看着韩离子离开的背影，叹了口气，道：

"姑娘也是命苦，宫中虎豹，宫外豺狼，怎么就不能像其他的小姐一样，安排一个好归宿，却要受如此'风吹雨打'之苦。"

"唉！关键是谁知道会有如此一番经历，也不知道何时能换来几天消停的日子。"茹梅给程仪打下手。

"只怕，这辈子也没有了。缙府尚且谈不上长久安全，姑娘哪里谈得上将来的一帆风顺？"

这些日子，缙心的衣食住行都提高了标准，甚至高出了雏玑，后宫美人们虽然不知道这个缙心为何如此不同，但是没有了王后主持后宫，众人也不敢如过去一般抱团商讨要对哪个受宠的女子造次，更何况，雏玑在宫中受宠最甚，但每逢见缙心每日与莒王一起，也只是走开均无二话，不敢争宠。

过了些日子，韩离子再次请命入宫，宫人将此事报到了莒王这里，莒王仅是让下人退下，却久久没有回应，此时缙心恰在莒王身边，以为是莒王忙忘了，刚欲上前说话，莒王给她使了个眼色，她便不再作声了。

过了好一会儿，莒王派人出去传令，但是究竟传了什么，传给谁，缙心虽在他的身边却不得而知，只是知道莒王让她回寝宫去看看雏玑，其他便没有再提及。

缙心已经是准备要出宫的人了，想想，自己更是要离开莒国的人，所以她对这些宫中哪怕是朝中的零零总总之事早已不感兴趣，懒得理会。所以。她见莒王如此对待韩离子，便乐得顺从，福身退了出来。

回了寝宫，缙心去找雏玑，见芝美人独自一人坐在那里为雏玑未出生的孩子整理肚兜，便赶紧上前行礼：

"芝美人！"

"啊，是缙心姑娘。"芝美人起身，扶起了缙心。

"雏玑不在吗？为何只有芝美人在此？"

芝美人笑道："你不知道雏玑去哪了吗？"

"哪？"

"去见废王后了。"

"什么？好端端地去见她干嘛？"缙心一惊。

"具体的我也不知道，雏玑去之前特嘱咐我过来守候在这里，以免她走之后，这里出了什么事。"

"她如今竟然如此谨慎了？"缙心笑道。

"还不是赵夫人。听说赵夫人去见过废王后，废王后便让她给大王书信了一封，现在又差人要见雏玑。"

"王后，这，这是想干什么？"

"不知道。"芝美人摇摇头道。

"废王后可以如此随意联系所有人？"

"有赵美人从中运作就可以。你要不要去看看雏玑？"

"我随您在这里等吧。"

缙心和芝美人坐在一起，侍女上了茶便退出去了，芝美人小声道：

"唉，这宫里啊，有时想来也无趣，猜着这个，又猜着那个，大王之心不敢揣测，但他的一举一动却又有谁敢不留心的？这其他的女人吧，远不得，怕被人琢磨了；近不得，怕被人了解了。不能不得宠，怕被人欺负了；又不能太得宠，怕被人算计了。如此种种，却只能想着有个孩子，能得有一番情景和放松。因为，孩子康健，就是最安全的。"

"美人在宫中就要这样'隐居'下去？"缙心问道。

"否则呢？我入宫十余年，只得宠了一年，之后我那里便是门可罗雀了。当初得宠的时候啊，真是暗箭难防，可是我年轻，什么都说给大王听，结果，'箭'并不见少，可大王却烦了。"

"所以，美人如今是最少言寡语的了。"

"是啊，可这份寂寞却漫漫无期。其实你我都知道，废王后还会回到从前的，只是我和雏玑都回不去了，只有在大王康健的时候苟且偷生罢了。"

"您是说，池公子一旦即位，便是性命攸关之时？"缙心突然明白芝美人为何在这里。

"难道不是？所以实不相瞒，即便王后有千种错处，我也并不想让王后就这么被废着，否则将来便是一片杀戮。"

第一百零五章

无风三尺浪难进　只有大树自荫凉

"可是，这时废王后让雏玑去，要做什么呢？"缙心喃喃道，不由得一身冷汗。

"雏玑还是年轻！在后宫自保便可，千万不可用力过度，否则就不知道后面等待的是什么了。"芝美人语重心长地说。

"夫人，您说，废王后此时会如何自救？"缙心试探地问道。

"她为什么要自救？只要不死便可。或者说，只要她能保住池公子成为世子，那废黜她的冷宫反而是她收去锋芒的地方，她也不会做错事，这于她来讲可不是坏事。大王生，久而久之就会有念旧之情；大王去了，公子有尽孝之心，与她来讲也会重见天日。"

缙心此时这才恍然大悟，如此这般非但不是救了雏玑，相反很有可能是害了她，这么一闹只是为了她的孩子出生争取时间罢了。如果将来池公子登基，只怕连这襁褓中的小公主都会受到牵连。

缙心正想着，雏玑已经走了进来，愁眉不展，缙心和芝美人关切似的看着她，可她全没理会，只是径直来到案旁斜卧着。少许一会儿，只听雏玑道：

"废王后对我说，她要请大王赐她死。"

"怎么说的？"缙心问。

"我问她为何就死？她说有朝一日她出来了，便是我的死期。"

"这谁都知道，但是她自己……"芝美人说。

"我说，那你准备如何求死呢？她说，要全尸。"

"她到底要干什么？"缙心问。

"心儿啊，缙府又要多一位美人，哦不，恐怕是王后了。"雏玑看着她。

"什么？莒王已经答应我和韩离子……"

"不是你，是你姐姐。你二姐。"雏玑伸出两个手指头比画道。

"蕊儿缙蕊？"缙心心里一颤。

"是的……你二姐马上就要接到旨意了。"

"这不可能！家中有训……"

"是你二娘写信请的旨。"雏玑看着一脸惊愕的缙心觉得好笑。

"什么意思？这事儿奶奶一定不知道，否则奶奶一定不会不管的。"

"你奶奶准了。"雏玑轻松地接过话来，"你这个二姐蕊儿，为了入莒宫，据说曾要与家里断绝了关系，难道，没有人飞鸽传书告诉你吗？"雏玑鄙视地看了一眼缙心，将缙心冷在那里不知该说些什么。

而对于缙心自己，这是她始料未及的，缙府从来都是不论外面发生什么，都是面不改色的，怎么会有这种大事发生连她自己都不知道？此时此刻，她是应该先劝慰雏玑，还是应该先怀疑这件事情的真实，缙心顿时觉得有些眩晕。

"我会把这件事情查清楚的，这样的下下策，奶奶怎么会同意？但是，"缙心缓了缓神，道，"这与废王后有何关系？她又从何处知晓这些的？"

"因为这是王后的主意。放了你，是给缙府面子，但是缙府的势力如此之强，莒王不会甘心放手，而即便是蕊儿与缙府断绝了关系你的二娘还在缙府之中，闲着没事儿被大王抻一抻，托一托，久而久之，缙府也就没那么固执了。"

"缙府远在朝堂之外，莒王旨意，未必会受。"缙心坚定地说。

"缙府所在的地方，已经是莒国之土了，因为郑国败了。"雒玑冷冷道。

"这与王后求死何干？"芝美人对缙府的事情毫不关心，最关心的还是王后的生死，因为她知道，这也关乎她的生死。

"我问了，她笑而不答。"

"她让你去，就是为了让你告诉我这些我不可能相信的事情？"缙心问道。

"今天韩离子来接你，大王可恩准他入宫见你了？"雒玑冷冷地提醒道。

缙心不禁身上打了个冷战：

"大王在哪？"

"要不，你去前面问问？"

缙心听罢头也不回来到了莒王批阅奏折的前殿，虽说按宫规，缙心不得来此出入，但是眼下已是傍晚，后宫夫人美人有时也会来此为大王送些糕点或是米粥，便也就无太多所谓了。

刚到了殿里，两名侍卫便欲关上殿门，缙心走上前，只见莒王坐在正中低头看着竹简，头也不抬任凭缙心在那里福身行礼：

"大王……"

随着殿门关闭声在身后传来，缙心突然意识到，妖王后的话似乎有真实的成分，可是，她始终也想不明白，奶奶为何会让此事发生？

莒王和缙心在殿中的话无人知晓，只知道，缙心出来的时候如丢了魂一般，行尸走肉似的慢慢地独自往回走，之后便将自己一个人关在屋里，不与任何一个人说话。

缙心其实很少如此，不论遇到什么，在有人的时候多少还会装得一切都好，如今毫不顾众人异样的眼神走了回来，这让身边的筱菊不免有些担心，她赶紧让厨房煮了碗素粥，屏退了其他人独自端到了缙心的房间：

"姑娘，二小姐嫁入莒宫的事儿，是真的？"

"是真的……真是免不了俗了……"缙心冷笑了一下。

这一冷笑，让筱菊更是有点毛骨悚然："二太太，她的确一直为二小姐的婚事操心，出此下策也不是全无可能。"

"姐姐嫁人，这无可厚非，可是，可是为什么要让她卷进来？我忙了半天，好不容易忍到了现在，努力将一切都变得顺理成章，姐姐一来，我的努力全白费了，天下那么多的王侯将相，她嫁谁不好，非要跟这件事情牵扯在一起吗？早知如此，当初直接换她来不就行了，那样在宫里早就是什么美人、夫人之类的了……"

缙心的突然暴怒让筱菊吓了一跳，在一旁不敢说话。只见缙心越说越气，眼泪掉了下来，

"奶奶，奶奶为什么，我就要出去了，我出去了也不会让莒国刁难缙府的，为什么要这样，

是不相信我吗，所以才放下了家规……奶奶的那份脱俗的高傲呢？她怎么可能允许这种事情发生？如此低俗的手段，缙府怎么可能任由它发生呢？"说着，缙心一腔的委屈爆发了出来。

筱菊悄悄地探了探外面，见四下无人，轻轻地来到缙心的耳畔，道：

"姑娘，要不派隐卫跑一趟缙府去问问，二来也给老太太和太太报份平安？"

缙心伸出手让筱菊打消了念头："如果有了闪失，被莒王发现有隐卫随意出入宫中，我们便会前功尽弃。"

"可这事儿，很奇怪。"筱菊小心地说，"如果是废王后故意乱了姑娘的心思，为何莒王又突然变脸？"

"不能用隐卫，"缙心皱着眉头摇着头说，"让我想想。"缙府是心儿的软肋，能让心儿虚弱地抽泣的只能是自己身后的那个家。

而就在此时，一个黑影离了屋顶，迅速巧妙地躲过了宫中的巡宫侍卫来到了莒王面前，将刚才听到的全盘说与了莒王，莒王冷笑了一下，道：

"果然。那就静待佳音吧。"

"诺！"

这个隐卫"嗖"地一下消失了。

第一百零六章
曾经转身无音信　再见无人念旧情

齐国国君亲自带队来到宫外边境迎亲，公主的车队便随着齐国习俗入了齐国的王宫，并举行了盛大的仪式，虽然是天子公主，下嫁齐国，也要遵循礼仪而来。

公主与桓公依照礼数行了所有礼仪，单纯为了迎亲之事，宫里宫外连续忙活了四天方罢，直到黄道吉日已是黄昏末，婚礼才算告一段落，齐国国主与大臣们宴请来使，缙钰因为没有官衔，便被安排在了最靠外的一桌，新郎长什么样子都看不清楚。

缙钰在座位上与众人一样觥筹交错，时不时看看上面的大王，心中无比忐忑，似乎妹妹不是在莒国宫中，而是在齐国宫中一样，心心念念的全是妹妹缙心，不由地心情低落了起来。

齐王被众人灌得已经站不稳了，踉踉跄跄地来到了众人跟前，身边的阿谀奉承之言更是不绝于耳，他抬起胳膊一把将一个臣子搂了过来悄悄地说：

"听说，缙府也来人了？"

"啊？是，是，臣听说……"

齐王边跟身边众人招呼着，便对他说："给我好吃好喝招待着，不必见我。"

"诺，臣，这就去办。"臣子刚要离开，大王的胳膊却不放开，又将他搂了回来：

"如果他问，就跟他说，让他什么事儿都去找莒王，别……来烦寡人。"

"诺！大王……"臣子被齐王的胳膊压着后面的脖子不透气，见大王好像没有什么别的吩咐了，便轻轻地将大王的胳膊拿了下来，抽身跑了。

到了时间，由宫人提醒，众人无论如何酒醉，都整装束服地依率对齐王行叩拜之礼而后静静地离开了。

缙钰尾随众人之后，众臣子刚才还醉酒一般跟跟跄跄，可转身顷刻间便都如没喝过酒似的毫无腿软的样子，维护着——莫非刚才众人都是装的？

直到众臣子都出了宫门见到了自己的家奴，大家才算有了自己刚才一半的样子。这便是大臣，不论是喜怒哀乐，总有一份警醒在那里，不在话下。

第二天齐王下了早朝，独自在书房批阅奏章，听一个小宫人来报说臣子廖客求见，便放下手头的事务宣他进来。

"臣，廖客，叩见大王。"这个廖客，是个文官，二十多岁，在朝中无背景无家室，走在哪里都算不是个显贵之人，在齐王面前也并不出彩，是个可有可无之人。

"爱卿今日前来，何事要议啊？"

"大王，臣来此，是为了缙府长孙缙钰之事。"

大王听了正了正身子，想此人与缙府应该没有什么关系，便摆摆手说道：

"听说那个缙钰无官无品，是个游手好闲的世家子弟，他的妹妹身居莒宫这么长时间了却也没有得到什么封赏，这样的人家，不足爱卿挂齿。"

"启禀大王，如今天下可说得上富可敌国的，缙府首屈一指，轩尧阁虽说富甲一方又有几分村野势力，但缙府血脉高贵，所以成了郯国和莒国两处争抢的对象，听说缙钰在鲁国的时候因为鲁王的厚待与郯国国君结成良友，放眼当前齐鲁两国势力相当，请大王三思，切不可将如此壮大他人之族的机会，拱手相送。"

齐王看了看他，倒是个有心的臣子，比那些让干什么才干什么的人强多了，道：

"廖客，缙府的事情与寡人无关，寡人也不想与他们有关，你，明白吗？"

"大王，这样，会让鲁国那边有了可乘之机。"

齐王将手一摊："缙府愿意了吗？"

齐王轻描淡写的一问，让廖客原先准备好的话瞬间堵在了喉中："大王……"

"鲁王乃周天子之后，与缙府同宗，天子想要做什么事儿，让自家人去做便是，

407

与寡人何干？"

"可天子似乎……更有意亲近大王……"

"缙府就隐居在郯国边境，关键时候郯国开始对缙府发难，为什么？缙府那么富有，为什么郯国一个有军队的国家，不趁早一把把缙府给灭了，至少据为己有总可以吧？却非要在关键时刻把缙府给献出去，你想过没有？"

廖客被齐王问得一句话都说不出来，的确，似乎没有人想过这个问题，所有人都想着如何用一种优雅含蓄，或者说似乎自然而然地将缙府占有，但是郯国，从一开始就是忍让，把自己说得是那么地弱小，却一直活在当下。

齐王见廖客在入神，稍有得意地笑了笑，拍了一下廖客的肩膀，悄悄地说道：

"郯国这么做，是因为有人让他们这么做，他们并无贪心，寡人，也没有，天子有肉吃，寡人自会有汤喝的，况且比起塞牙的肉，有的时候反倒汤更美味一些。"

廖客惊讶地看着大王，而后又似乎想起什么似的，拱手道："可缙府只有一个。"

"天子靠什么牵制缙府，让缙府乖乖听话？交税，总不能收了天下的铺店吧。"齐王笑着说。

"可大王，莒王，似乎十分看重那个叫缙心的。"

"他是看重，他也看重缙府，他还看重轩尧阁，"齐王为自己倒了杯酒饮下，道，"寡人跟他说过，不论他能得到什么，都是他的，寡人不要分毫。"

"大王有如此气魄，下官钦佩。"

"因为他占不到便宜，他的能力比鲁国小，胃口却比鲁国强大，怎么可能会占到便宜呢？"

"这……臣愚钝。"

"没有寡人的吩咐，莒国不敢放了那个缙心。"齐王拿起笔便要批奏折。

廖客的脸色有些不舒服，站在那里一动不动。

齐王抬头看着他，说："你总是进谏要寡人把缙心接到齐国来，怎么，是因为那是个美人？"

廖客愣愣地在那里，没敢说话。

"那个美人，既然出来了，就只会和狼在一起，而不是羊，因为弱肉强食。"齐王耐人寻味地看着他，"下去吧。"

廖客彻底无言以对了，此时，一个宫人跑来道：

"缙府缙公子在宫外，想要求见大王。"

"你猜猜，这个缙钰来干什么，让寡人把他妹妹要出来？"

"如果臣是他，便不会将这样一次宝贵的机会放到这样一个小家子气的要求上。"

"你们俩最大的区别就是，你永远都想的是你能不能活着，所以，一切在你看来都要抓。但是他最不担心的就是自己活着，因为，他肯定能活着。让他进来吧。"

不一会儿，缙钰由宫人引着来到了齐王面前："草民缙钰参见大王。"

"起来吧。"

"谢大王。"缙钰起身后，廖客故意将自己的身子向别处侧身而站，不去见他。

"姬公主可好？听说，缙府如今又恢复平常了？"齐王半开玩笑地说。

"听说大王将祖母的诗抄录成册传于天下，晚辈感激不尽。"

"举手之劳罢了，你来见寡人就是这事儿？"

缙钰看了看身边站着的廖客，齐王道："但说无妨，他是寡人的近臣。"

廖客听了瞬时受宠若惊，面向齐王更是谦恭不已。

"大王，"缙钰道，"草民妹妹即将嫁与韩离子，草民斗胆特来求些大王之美意。"
廖客一惊。

"哦，这么说，岂不把寡人当成了你的娘家人？按理说，鲁国国君缙府颇进，他当如是啊？"

"当初郯国如此对待缙府，郡主之事也与鲁国有关，自然不能说是娘家人。"缙钰笑道。

齐王扭头看了看廖客，廖客嘴角微动，有几分尴尬和凝重。

"既然这么说，好啊，到时候寡人收了这个妹妹，要备份厚礼了。"

"谢大王，草民告退。"缙钰恭恭敬敬地行了礼退下了。

廖客待他走后，转身行礼道："臣，告退。"

齐王点点头，示意他去吧。

出来后，廖客急匆匆地叫住缙钰，又收了收自己的情绪道：

"公子此来，就是为了……令妹出嫁……之事？"

"不然呢？妹妹嫁人如此喜事，自然要广请亲朋才是。"

廖客看了看缙钰，严肃地说："大王不是心中在意缙府安危之人。"

"我知道，只是，此话不该由公子来说，公子，不是已经死了吗？。"

"为什么这样说？"廖客惊讶地问。

缙钰看着廖客，道："赵公子，在你们举家离开的时候，我妹妹的婚事就与你无关了，而且，不管你们的离开是主动的，还是不得已，我想让你记住，既然当初离开了，就永远离缙府和我妹妹远点。"

廖客惊讶地看着缙钰："钰公子，你……"

说罢，缙钰扬长而去，留下这位昔日的赵公子一个人呆呆地站在那里，直到缙钰转了个弯，才轻轻地说道：

"还是过去的样子，临面之近，亦如天地之远一般。"廖客深叹了口气。

第一百零七章
峰回路转景已尽 回眸一笑有计来

自从莒国在那一日的清晨迎来了小公主，莒王又重新有了当父王的开心，所有哭声都会让人悲哀，唯独襁褓中的婴儿除外。婴儿的一颦一笑总能换来众人的喜悦。

雏玑每天疲惫地躺在床上任性地睡去，对外面的事情一概不管不顾，这份放心是对自己之前努力最好的犒劳。而此时，莒王已经将睡梦中的她连升三级，无人再敢因为她的出身对她有所非议了，一个月最虚弱的时光，雏玑着实想一辈子都在床榻上惬意下去。

这天，襁褓中的小公主躺在雏玑的身边熟睡，圆润的小脸蛋像个肉包，雏玑认真地看了又看，笑着说：

"这孩子的模样真像大王，就这小嘴儿像我而已。"

缙心悄悄地说："我倒觉得，这像谁的面容，应该倒过来，眼睛像你，小嘴像大王可能更好看一些，你的眼睛多美。"

雏玑莞尔一笑："你在宫中这么长时间，怎么说话还这样没头没脑的，这不会讨巧的舌头能活到现在，简直就是奇迹。"

"是啊，你们大王容我，自然就不由自主地放肆了。"缙心与雏玑会心一笑。

"听说，你家里来信了？"雏玑示意奶娘将孩子抱走，"是不是，外面都准备好了吗？"

"你现在还在考虑我？王后入了冷宫，你这孩子得以保全，如今多有说你会成为王后的传言。这样风口浪尖的日子，你该好好想想怎么办才对，我倒有点儿不太放心你。"缙心拉着雏玑的手道。

"嗨，你知道我的，自小贫贱，入宫之后只是自保，如今聪明的入了冷宫，而我这个傻人反而有了自己的孩子，我这么有福气，你还担心什么。"

"我也替你庆幸，其实……"缙心顿了顿，"我并不希望你生下的是个男娃。"

"我明白，如果是个男孩儿，只怕这福气，我和孩子都会没命来消受了。好在上天庇佑是个女娃，我算是命好的。当初妓王后求死，要不是你提醒，我真不知道这是个局。"

"世子是有个有王后般体面离世的母亲好，还是有个入冷宫的母亲好，她选择了前者。"

"当初你让我闭门不出，不参与这事儿，自然也不会让大王对我有各种猜想，那时起，我便明白什么与我有关，什么与我无关。"

"这后宫的第一夫人，你不打算当？"

"王后生有公子尚且被软禁冷宫，我这里一个女儿，如何保全？"

"雒美人，英明。"心儿笑着福身道。

"虽然有传言说你姐姐入宫之日，便是你出宫之时，但你还是赶紧想着怎么出宫吧。大王上次说要给池公子找个好母亲，赵美人曾试图去争取过，但是被拒回来了，说是，池公子要有个无私心的环境，将来才谈得上格局。这后宫只有你心系家族却没有投心于争宠当中，想必你才是最合适的人选。如此，这风口浪尖的人，没准是你呢。"雒玑关切地说。

"多虑了，我是要出宫的人……"

"夫人，芝美人来看小公主。"雒玑的侍女进来禀道。

"请她去公主那里，我这就过来。"雒玑吩咐道。

侍女退了下去，缙心回身道：

"芝美人是知道得最多的，王后被打入冷宫后，芝美人只来你这里，上次还……算是缓过劲来了吗？"

"芝美人心中过不了关的是要推倒王后，我从未与她商量过，她是太聪明而没想到，我会给她一个惊喜，让她有些不认识我了。"雒玑神秘地看了看缙心道。

"不必弄僵。"

"我知道！"雒玑说罢，便整整妆，离开了。

心儿送走了雒玑，将筱菊叫了过来，道：

"去告诉宫外的那个韩离子，就说，雒玑已稳，哥哥已经入齐国，而我，要嫁他了。"

筱菊一惊，身上一抖，上前问道：

"姑娘想好了？"

"不是想好了，是哥哥接替了我在虎口之中，我在这里便无事可做了，你尽管去吧，我自有安排。"

"诺！"

这边，雒玑在身后看到芝美人搂着小公主，个中怜爱全在芝美人对公主的一举一动中。

"姐姐！"雒玑打断了芝美人对小公主的喃喃自语。

"妹妹来了，我看着小公主是随了大王和你的优点。"

"姐姐之前身体一直不好，别让孩子累着了姐姐。"雒玑说着，示意奶娘将孩子抱了下去。

芝美人转过身去，道："是姐姐我没有那么坚强，就像之前无从下得去那决心一样。"

"妹妹明白，也理解。"雏玑亲昵拉着芝美人坐了下来，还是当初那个在宫门口要认芝美人为姐姐的那个宫中新人。

"你打算怎么处置王后。"芝美人关切地问。

"她不是求死吗？随了她的意就是了。"雏玑几分认真又几分半开玩笑道。

"既然你当初知道她会怎么做，自己保护好自己便好，何苦要将她一同拔起，如今她的整个家族都受到牵连，而池公子将来必然会继承王位，这一切的一切都会在若干年后有所偿还的！王后会被废，在我朝竟然会废了王后，我，过了许久才觉得这是真的……"芝美人担心道。

雏玑知道了芝美人的意思，松开了手，这更是让芝美人颤抖了一下："姐姐是个很懂得后宫生存之道之人，此事与姐姐无关，姐姐无须担心的。姐姐，你我在一起只谈儿女之事，不论后宫之争，可好？"

"……好吧……"芝美人勉强一笑，不放心地看着雏玑。

雏玑仔细端详着眼前的姐姐，有所不解地问：

"姐姐，到底担心的是什么？"

"王后是一个怎样的人我知道，她最敏感的是什么我也知道，所以不管她如何残忍，我都不怕，因为，只要我没有家世，没有子嗣，屈就顺从就不会出任何事。但是，不瞒妹妹，你与她不同，你敏感的点我不知道，你什么时候会下手我也不知道，但是你却能够把王后扳倒了，所以我怕的是……妹妹……你。"芝美人看着雏玑，说出了久积于心的话。

雏玑刚想说话，但突然又将话咽了进去，淡淡地说道：

"姐姐只要真心待我，我便愿护姐姐周全。而且，妹妹有一个女儿已经知足，池公子那，还请姐姐多辛劳吧。"芝美人没有想到对面的雏玑竟然如此慷慨，心中感激不尽，便故作轻松地与雏玑谈笑了一会儿才出来。

离开了雏玑的住所，芝美人恢复了表情严肃。

筱菊奉命将心儿即将出宫的消息告诉了宫外，住在赵府的众丫头得知后自然心中高兴，但是也并没有喜出望外，私下商量了一番，最后还是婉樱找来了韩离子。

"你家姑娘，终于想到我了？"韩离子道。

芳竹偷偷撇了撇嘴，道："看来韩公子对我家姑娘是置之不理呀。"

"置之不理肯定不行，但是像你姑娘这样把本来没有的，说得这么有情有爱的，我怎么觉得这么别扭呢？"

"那就请公子做些准备吧！"

"妖王后如今已经在冷宫里，你们姑娘也算为我做了番事情，好吧，你们主仆团聚的钱，算我的。"

"切，明明是互惠之事，非要把自己说得那么高人一等，有损公子的大家之气了吧！"说罢，婉樱一转身，冷冷地离开了。

第一百零八章
本是姐妹同家女　姐姐求贵妹妹离

莒王的旨意到了缙府，小丫头来报请二小姐的生母姜氏接旨。姜氏本来和老太太，苏氏，良氏在一处说话，见如此，她几分心情复杂地看了看众人，众人沉默，任她自己走到了前厅。

姜氏听了旨意，谢过宫人，宫人上前道：

"大王说了，去了之后先从八子做起，等适应了，再封赏。"

姜夫人一惊："我女儿处处不比人差，为何如此委屈我的蕊儿？"

"夫人啊，缙府家的小姐自然个个都是好的，只是凡事都要有个前来后到，嫡庶尊卑。虽说宫中的那位也是缙府出来的，但做事有勇有谋，说真的，真真帮了大王不少忙。要不是她，大王如何应对那鲁国和齐国啊？在天子面前，更不得脸。"

"蕊儿也可以，她也是缙府的血脉。"

"她是血脉不假，但是，这上赶的事儿……不还是有差别吗？"

说罢，宫人放下了旨意转身离开了。

莒宫的各种彩礼纷纷被搬进了蕊儿的绣房，莲儿拿着笔和简盘点个中礼品：

"小姐，莒国果然是礼仪之邦，所送之物皆为宫中精品，无不体现莒国之威仪富饶，却又没有一件体现奢靡过分的。恭喜小姐找到了一个好归宿。"说罢，莲儿与其他丫头婆子皆跪地道喜。

"都起来吧，我不比妹妹的才貌双全，一身清傲之骨。"

"小姐如此，并没有错，即使皇家也终究要靠柴米油盐活着，小姐女流之辈，本就应该与男子不同，所以如今在府中锦绣荣华的是小姐，心儿姑娘才貌双全，至今还未回府，渺无着落。可见，小姐与姑娘，智慧不同，亦不同命。"

莲儿的一番话让蕊儿突然有些无所适从，如此看似顺理成章的婚事，但府中人没有让莒国将她带走，而母亲的请旨和府中的不放人，全都是在无人与她商量的情况下发生的。府中都说因为有二夫人姜夫人这样的母亲，她才有了这样的金玉良缘，而母亲却对她不提一字，甚至避而不见。

缙心在宫中得到了缙府的来信证实，说蕊儿将奉旨入宫，心乱如麻，奶奶不是那种人，无论是家规，还是局面这些都不应该发生，因为，着实没有必要。更何况，奶奶一直喜欢的是悄无声息地改变，而不是大动干戈。

"姑娘，韩离子在外不能入宫，而且为了轩尧阁的利益，他是不会屈从于皇家王室的，这个台阶，咱们还得靠自己。"筱菊在心儿身边，轻轻地说。

"你下次与茹梅相见是什么时候？"

"按宫里规矩，是四天后。"

"告诉婉樱，远离韩离子。"

"姑娘的意思是？"

心儿与筱菊耳语几句，筱菊的脸上越发的严肃。

"如此，怕韩离子会怪罪姑娘。"

"轩尧阁有的顾虑，咱们缙府也会有。"

缙心说得十分冷静，而筱菊感受到的只有冷。往往姑娘开始有了与她的年龄毫不匹配的成熟、严肃和冷静的气场，便是无人可以忤逆她的时候，所有人必须服从，而且不得有失，无论之前有谁与她关系好，此时已经无从远近之说了。

若干天后，宫女在宫门口面见家人的日子到了，筱菊作为宫女授命来见茹梅：

"宫中规矩，不得将宫中一草一木带出宫去，我只得在此跟你说着，你可得记好。"

"好，你说，我用脑子记着。"

"轩尧阁与缙府在江湖中的生意都有八项，但是现在仅剩的茶生意慢慢与轩尧阁的交叉渐少，只是还有。"

"交叉？谁买谁卖？"

"咱们的茶楼买轩尧阁的。"

茹梅身上一晃："不能换了别家的？"

"姑娘当初临出来的时候，就在韩离子身边放了一个人，了解其中生意的往来情况。"

"可是上官蔚？"

"就是他。他也算不负所望，不但在韩离子身边呆了下去，而且还悄无声息地拿到了姑娘想要的所有信息，所以姑娘要你转告婉樱姐姐，找个理由，所有人远离韩离子，说是缙府的意思亦可。另外，姑娘当初选的五个隐士，只有培风在身边与程仪作为马夫一暗一明保护着众人周全，除了上官蔚，其他还有两个人，姑娘都把他们安排在各处。"

"那现在要如何？"

"姑娘曾安排一人包下上百亩良田种茶，而且是上上等的品种，姑娘曾经调包给缙府送过去尝过，个个都说是极品，姑娘说如此足矣，在实施后，将轩尧阁给缙府内外所用之茶都换了。"

"那轩尧阁会不会察觉出是缙府安排的。"

"姑娘当初选的人都是身边无他人的，而且全都改名换了姓，此人只身去了那里，底下的人都是当地请的，身边没有第二个缙府之人，放心，轩尧阁不会察觉此人是来自缙府。"

"那然后呢？"

"为了不让轩尧阁觉得那是缙府人的生意，所以先让他断了轩尧阁对其他各都城的名门望族大户和酒楼茶室的茶叶供应，最后再断了与缙府相关生意的供应。记得，要不惜一切代价，哪怕是送，也要尽可能断了所有轩尧阁对外的茶供应。"

茹梅听了一惊，道："那这样，先不说咱们会亏多少，轩尧阁恐怕后院不保，没准会会狗急跳墙。"

"咬死与缙府无关，他一个乡野突然出现的养茶大户，谁人都不认识，凡事能用钱解决的便不叫事儿。尽管散财，人心贪婪，有眼前的便宜，便是理所当然。"

"然后呢？"

"姑娘没再说，只说，她要在宫中等待品茗。"

筱菊的话说完，茹梅丈二和尚摸不着头脑，本来说好是要商议姑娘出宫之事，这说了半天怎么就全成了生意场的事了，对付的还是轩尧阁。但时辰已到，筱菊似乎也没有什么可要说的，便只得将今天的事说与婉樱，不敢遗漏。

婉樱听了，想了想也猜不出后面姑娘要有什么安排，但所提及的茶庄主人是当初她自己选择的五人之一，自然一直都有往来以备不时之需。于是便按照姑娘的意思都吩咐了过去，所需钱财也悉数给他贴补亏空。

之后，赵府中又新买了一个丫头专门住在韩离子的偏园中，伺候起居等所有事宜，并在韩离子所住的院落后面新辟一门，专用于韩离子等人出入。久而久之，与前厅相通的门便不怎么开启，婉樱领缙府的一众人便悄无声息地与韩离子少有往来，慢慢地，几乎断了来往。

韩离子自然对此有所察觉，但是见众人只是不露面，吃穿习惯并没有受到影响，只是观察，并不发话。

婉樱一众悉数将所需用度给了伺候他的丫头，毫不吝啬。

久而久之，这样的日子开始让韩离子觉得了别扭，偶尔差人将婉樱叫来，询问她在做什么，婉樱每次都不温不火地回答说，为接姑娘出宫做准备，添置东西，再加上缙心并未出阁，与韩离子住在一处也着实不妥，中间立个门，也是做给别人看，护自家清誉的。一番话下来，让韩离子问也问不得，说也说不得，竟不知道该从哪里说起，只得作罢。他见自己在赵府呆得无趣，只得吩咐杨仲安排，搬去了轩尧阁的莒国分舵。

"阁主，如今已到雨季，上次您住的那间屋子有些受潮，所以给您开得这间，您看可还满意？"韩离子回到分舵，杨仲依然还是那番心思缜密。

"唉！现如今，在我看来，哪都比冷宫强。"韩离子自嘲道。

"冷宫？阁主说笑了，只有后宫等待的夫人宫女们才谈得上入冷宫，阁主富可敌国，势在天下，谁能给您设冷宫呢？"

"嗯，那是你这么认为，我就是刚从'冷宫'出来的。"韩离子无奈地说道。

"这，普天之下……"

"我那个'妻子'啊，她还没过门，我就先被送进'冷宫'了。"

杨仲笑问道："那，阁主您这是……"

"回娘家啊！"

"回，回，回……哦，原来我这个分舵，是阁主您的娘家啊。哎呀阁主，在下荣幸之至，荣幸之至！"杨仲忍着笑只是低头作揖。

"行行行，周天子的信你又不是没看见，下去吧，把周天子催的事情处理一下，让我在这待会儿，想想我那个……那个未婚妻……"

"诺！"韩离子的话音还未落，杨仲一个行礼，匆匆退下了。

韩离子走到案台，随手拿起上面的一个书简，掂量了一下，又摔在了案上，口中念道：

"缙心，你没过门就敢跟我闹脾气，还把我闹回了轩尧阁，看我怎么消你的锐气！来人！"

"阁主！"他身边的卫士站了出来

"告诉轩尧阁上下，不必再考虑缙心出宫之事。"

"诺！不过，之前也没人想过这事儿啊，阁主？"

"缙府那边可有人提及过此事，让我轩尧阁帮他家姑娘出宫的？"

"没有。"

"没……"韩离子后半口气直接噎了回去，遂喝道，"退下退下退下！"

"诺！"

韩离子自己坐在正位，被气得不行，但又无法，只能自己在那里运气，慢慢地，又"扑哧"笑了出来：

"别说，挺有性格的，都挺厉害的，好啊，我全包了！"

可此时的韩离子殊不知，这几个丫头的厉害，还在后头。

过了几月，韩离子便接到了各地分舵汇集来的报告，均是说茶叶生意被一个名不转经转的茶庄所侵，韩离子一开始没有在意，但事情越来越大，杨仲有些紧张地提醒道：

"阁主，这茶叶供应是咱们八大生意中前三的，如今可是失了几座城池了。"

"谁家的茶庄，打探清楚了吗？"

"不是这几个大家族的，而且这家只做茶叶，无其他生意。"

"那就买下来就是了。"

"人家不卖！"

"不卖？"

"他拿这么多的茶叶不是半价就是赠送，听说为了可进贡到宫中，还不惜血本打开通天之路，按理说，没有这么做生意的。"

"没事儿，过些日子他就没钱了，到时候再把那茶庄买下来，让他及家人再继续管理茶园。他们有些积蓄之余，还不必远离故土，到那时，众人对我又是一番欣赏……"韩离子洒脱地说了几句话，但杨仲并没有马上迎合。

可没过几天，韩离子得到信说，缙府的生意也断了轩尧阁的茶叶，韩离子便差人将茶叶弄了些来，亲自品尝：

"果然不同，如此极品还这么便宜？"

"只是，这么长时间了，丝毫没有要涨价的意思，这家老板，哪有那么多的钱造出去？"杨仲疑虑道。

"茶的利润有多少，难道你不知道？查查背后是谁在资助他们。"

"这个在下查过，没有背景，但是，在下如今担心的不在茶叶，而是，如果此事出现在粮食生意。阁主想，倘若粮食市场上来了这么一位有钱又让利的，只怕，就直通咱们软肋了。"

"嗯！"

"阁主，"正在这时，一个下人来报，"那茶庄的主人来莒国了。"

"哦？"杨仲眼睛一亮。

"是，奴才探听到，这茶庄已将茶叶生意做进了莒王宫中，他这次来就是亲自送来进贡的。"

"可探听到，他叫什么？"

"听客栈的人说，姓黎，叫黎鹭。"

"名字倒是高雅，兴许祖上也是读书人呢。"韩离子笑道。

这边，黎鹭文人模样一身白衣奉旨入宫，让人完全看不出此人是隐卫出身，走

路姿势更是隐去了武功的样式，无人对其有所觉察。

宫里的缙心知道黎鹭要来，便更是人前显得十分喜爱这所谓黎家的茶叶，让雒玑安排黎鹭入后宫讲茶，莒王没有多想，便让人照雒玑的意思安排了。

这天，雒玑众人在后花园中，亭子前落下青纱，缙心和筱菊一副宫女打扮站在帘外，黎鹭恭恭敬敬地来到青纱前面，按吩咐向雒玑将茶叶的历史和品类细细讲着，并演示着如何烹茶，正在兴起之时，只听身后有人来报说大王来了，众人赶紧起身接驾。

"寡人是不是扫了爱妃的兴致了？"

"没有大王来，奴家才觉得无趣呢！"雒玑娇媚地说道。

莒王免了众人的礼，向一旁一看，缙心穿着宫女的衣服略施粉黛，在阳光下十分美丽，心中一紧，便不敢再看。然后莒王和雒玑一起继续听黎鹭的说讲。

第一百零九章
待到门开花香进　一别从此不见卿

待到黎鹭的烹茶结束，雒玑极力表达对黎鹭所讲之茶的欣赏：

"大王，臣妾本来不喜茶的，可见这位黎公子如此一讲，以后臣妾也要学学烹茶，献给大王尝尝。"

"美人喜欢便好，黎庄主进献了这么多上好的茶叶，本王也不好让你空手回去，来人赐黎庄主……"

"大王，"黎鹭下跪道，"草民一片忠心是草民的本分，大王怎可因草民的本分而封赏？"

莒王一愣，一直以来各种衷心可表的都与功名利禄分不开，而这一个轻描淡写的"本分"便将多少高尚之人狠摔了下来。

莒王与雒玑对视了一下，雒玑道：

"我莒国尚礼，倘若就让你这样出宫去，岂不让天下人笑莒王贪了你家的茶叶，辱了大王的气量。"

"草民不敢，倘若大王关爱草民，草民，有一不情之请，请大王成全。"

"你说吧。"莒王应道。

"莒国人杰地灵，更是才子佳人辈出让草民折服，草民如今孑然一身，家中之事无人照料，望大王将莒国女子赐予草民，草民愿为大王肝脑涂地，在所不辞。"

"哦？哈哈哈哈！"莒王大笑，"看来黎庄主在我莒国有意中之人了，哪位姑娘，本王直接赐予你便是。"

黎鹭听罢，俯身在地，感激道："大王之恩，草民感激涕零，草民只求娘娘身边的那位宫女与草民为妻，草民定终身守护姑娘，不让姑娘受一丝委屈，以报大王娘娘恩情。"

"你是说……"雏玑用眼睛瞥了一下站在一旁的心儿，又看看莒王，莒王的面色骤变阴沉，一时间，空气如凝固一般，似乎都能听见莒王和黎鹭的心跳声一般。

"你大胆！"莒王怒喝起身便要起身离开。

突然，伏地的黎鹭将大王叫住：

"大王，君王之言，不可失信于民，还望大王恩准。"

莒王弯腰悄悄地说："你此来就是有目的的。"

"草民之乡与莒国相差万里，但此处之人喜欢草民的茶，草民也想如轩尧阁一般，将生意开在天下。"

"你只有一个茶庄，便可如此挥金如土，虽说是为了更好的茶叶生意，但没有强大的靠山，只怕，还没等生意起来，你早就赔得衣不附体了吧？"

"众人皆这么说。草民身后并无靠山，只是家中世代种茶，承家乡父老不弃有了今天，到了草民这一辈靠着家中殷实，要广阔市场。"

雏玑听着悄悄地看了看旁边的缙心，这心儿一脸平静。

"你所看上的女子已有婚约……"莒王刚欲说，又想了想，没有将缙心说出口，转而道，"好了，寡人累了，黎庄主先回客栈吧，等有时间了，再请庄主来为寡人和夫人们讲茶。"

"诺！"黎鹭起身，由宫人引路离开了。

雏玑由宫女扶着起身，悄悄瞟了一眼身边的缙心，缙心始终面无表情，随队了回宫。

筱菊在后宫拿出衣服给心儿换上，道：

"听这情形，大王会信吗？"

"他会将计就计。"缙心道。

"您是说大王就根本不会信？"

"这个不重要，因为他信，不能拿轩尧阁如何，他不信，也不能拿缙府如何。所以他怎么想不重要。"

"那，他将计就计，当怎样？"

很快，黎鹭求婚缙心之事传到了大街小巷，在莒国分舵小住的韩离子自然也知道了。

"我的女人，这小子也敢要？"韩离子冷笑道。

"很显然，他家主子是缙府，兴许就是缙心本人。"杨仲道。

"这手段有些玩笑了，自己奴才当众要迎娶自家主子，如此犯上，他不想活了？"韩离子摆摆手说。

"要不要把黎鹭抓来一问？"

"不用，他又没有对我们做什么不好的事情，而且这个时候如果轩尧阁有人与他往来，只怕更是授人以柄了。"

"但是，莒王其实并不愿意让缙姑娘就这么嫁给阁主，除非阁主对大王有所承诺。而黎鹭势头极猛，若莒王借此将缙姑娘给了他，恰破坏了韩缙两家的联合，只怕会更加棘手。"

"那就让他把她接出来吧，接出来之后再说。"韩离子道。

"啊？这，这缙心姑娘的清誉……哦，诺！我已经安排人在那个黎鹭身边监视，但不会轻举妄动。"

"有一点，不得让缙心以下嫁黎鹭的理由出宫，明白吗？"

"呵呵，自然，自然！"杨仲拱身退下了。

韩离子坐在那里，左手斜拖着头，心中想道：

"缙心，难道对我就这么没有信心，非要自己想这么一个决绝的办法让自己出宫？哼，真是小女人！"

后宫的莒王躺在卧榻上，半搂着芝美人，芝美人上身衣服半松，依偎在旁，只是微笑，默而不言。

良久，莒王道：

"你说，心儿当如何处置？"

"缙心姑娘，是犯了什么罪吗？"

"欺君之罪，算吗？"

芝美人身上一颤："欺，欺君之罪？"

"算是吧！"莒王换了个姿势，一条腿搭在了芝美人的身上。

芝美人躺在那里一动不敢动，只是转过头来，看着莒王：

"大王会治她的罪？"

"我岂会那么傻，只是想……唉，算了，起来给寡人更衣。"

"大王今天不在这里休息了？"

"不了，今晚寡人一人休息。"

芝美人一向温顺，也从不善妒，即便莒王离开去了别处，她也并不往心里去，平淡如水，这是她不讨大王喜欢，也是让大王喜欢的地方。

莒王穿衣完毕，刚欲走，芝美人道：

"既然心儿姑娘一心想回家，大王又喜欢这个妹妹，何不体面地将妹妹送出去，也省得一会儿韩离子，一会儿黎鹭的，来叨扰大王。"

莒王听了放下一句道："寡人想想吧。"

过了几天，韩离子被传入宫，莒王端坐正中道：

"缊心在宫中伺候雒美人有功，如今雒美人的孩子已经满月，寡人想着，该赏她点什么。"

"凡能活着出宫墙的女子，除了准许出宫的宫女以外，便是公主下嫁，宫女出宫让大王无法向天子和齐国交代，说大王怠慢了公主之后。"

"你知道那个黎鹭的事吧？"

"是。"

"他要娶缊心，而且以他茶叶生意势如破竹之力，你轩尧阁不合作的，他可以为寡人做事，收揽天下之事，召集天下财富，寡人也可以资助于他。"

韩离子一惊，莒王一旦退而求其次，黎鹭就是他轩尧阁的竞争对手，到时候缊府有天子在后，不会有所伤及，而轩尧阁一个纯纯粹粹的江湖生意，势必会伤筋动骨。

韩离子开始有些忐忑，好在只是莒国，如果是齐鲁两国对黎鹭青睐有加，那么，这个事情就大了。

但此时，韩离子不能抛出顺从，否则就会被莒王一步步拉下水，所以他不得不装傻充愣，转移话题道：

"大王，草民听说这个黎鹭觊觎草民的未婚妻……"

"人家是不是你的未婚妻，还不一定呢。"

"大王，这个黎鹭，恃才放旷，桀骜不驯，暂且不说他认不认识缊心，就算是巧合，听说是第一次入宫拜见大王，却对大王身边女子有了非分之想，真乃有失检点。"

莒王看着韩离子，道："你怎么骂得这么好听呢？"

"没有没有，草民十分不喜欢这个人。"

"哦，那你的意思是，寡人替你把他杀了？"

"大王英明！"

"还是问问缊心？"

"……"坏了，缊心是不是也觉得黎鹭有用？韩离子接着说，"禀大王，黎鹭之事，草民责无旁贷。"莒王这么一激，韩离子当机立断。

"哦，你们夫妻俩自己商量着来吧。寡人将缊心封为义妹……不过，寡人的人，赐给一个江湖之人……这么说来，还是黎鹭吧，安安分分的茶庄主，要比你强些。"莒王很认真地说。

韩离子是哭笑不得："大王……"

"草民非莒国人，但是我轩尧阁势可达天下，与缙府在这俗世中的势力相当，不辱心儿姑娘的身份。"韩离子故作委屈地说。

"可她有皇室血统，你是罪臣之后啊！"莒王故意把话戳进了韩离子的心窝里，让他对缙府之仇在心中深深地钻了一圈又一圈。

从前，他会经常重复地告诉自己，家族是冤枉的，他不是罪臣之后。

但是如今，当他看到缙府所想的时候变了，轩尧阁阁主足以踏平天下，就算是罪臣之子又奈我何？

韩离子闭眼定了定神，道：

"既然注定是御妹下嫁，这下嫁于哪里，你情我愿便定，既定下了，便不必再为一些繁文缛节之事叨扰了。"

莒王见韩离子几分怒气出来，想来也不好太过，自觉无趣，也就只好作罢，便许他三天之后盛装接人——莒王的义妹。

韩离子出了宫来，双眉微蹙，刚刚的刺痛并未散尽，虽说他心中也知晓其中轻重，但似乎到了如今的地位，可上可下，可进可退，却在可硬可软之时，他生生地选择让强势更快一些。

平时在江湖之中，他有轩尧阁之势，血气一些，江湖中也无人敢说，多出的几分温文尔雅倒让旁人对他更是多些敬畏。而如今在王室之中有今日之怒，倒还是第一次。韩离子觉得自己可笑，可笑的是他完全分不清这一怒，是因为成熟淡然后仍旧保留的血气方刚，还是原本的幼稚根本没有消去？

夜黑风高，渺儿的宝贝在烛光下熟睡，看这鼻眼像跟缙钰一个模子刻出来的似的。

"夫人……"窗外的人影轻声地打断了平静。

"都准备好了，马车就在外面。"

"进来吧。"

江赤子轻声推门进来："夫人，我先把行李都整理好，再回来接您。"

"好。"

渺儿抱着孩子没有动。

江赤子把所有的包裹都拿到车上整理好，才返回来接渺儿母子。渺儿尚在月中，从头到脚被裹得严严实实的，走起路来也有些脚下无根，怀里的孩子更不必说，江赤子在旁边小心伺候，生怕夫人脚下没跟摔着。

等渺儿上了马车，毡子将腿盖好，江赤子才放心地回到外面赶车

"夫人，咱们走西门绕道回缙府，别人猜不着的。"

里面沉默了一会儿，只听一缕声音轻轻地飘了出来：

"公子在哪呢？"

"公子送亲到了齐国，说是快回去了。"

"回哪？"

"他说，回国都去……"

里面没有再说话，江赤子想了想还是补了一句："可能是程老爷子在那，公子不放心，去那接他吧。"

只听里面轻声叹了口气，说道："江赤子，你，可能听我一回？"

"啊？哦，夫人您吩咐。"

"我们回都城等与公子在一起吧。没了你我，公子身边就没人伺候了。"

江赤子心头一紧，夫人的话恰中他这段时间一直以来不敢说出的不放心。

"奴才，"江赤子努了努劲，"奴才听夫人吩咐。"

说罢，驾车出了城门。

第一百一十章
吉日已到天下喜　同是姑娘不同门

莒王择日如从前说好，因缙心伺候雒美人诞下王子有功，将缙心收为义妹，求旨于天子封为"郡主"，并传信给到了缙府。缙府借机派人前往莒国接人，缙蕊也将同时被送入莒宫。当天，是缙心的出宫之日，也是由缙府做主嫁入韩离子之时。

莒王安排了司星大夫，测算吉日，缙府两个姑娘同时嫁人。吉日这天，筱菊将郡主的仪服伺候姑娘穿上：

"老太太让良夫人进的宫，大夫人和二小姐的母亲姜夫人都没来，但一切安好。还听说钰公子娶进来的那个渺儿是个能吃苦的，没给公子惹出什么麻烦，十分得体，如今生了个小公子，咱们缙府有后了。姑娘这时出宫，想必团圆之日指日可待。"

"今日出宫之后，我便是于卧榻之侧，今晚……只怕无人可入睡了。"缙心透过菱花看了看站在一旁雒玑。

"你这一去，以后就只有我自己在宫中了，"雒玑在旁边几分神伤道，"就像，当

423

初我一人留在嫣红之所，如今又是我一人留在这殿中了，刚习惯了与人相处，却又要从此不相见……"雏玑的鼻子一酸，眼泪流了下来。

缪心转过身来握住雏玑："你还有孩子，芝美人……是个能驾驭的……过去咱们一起是陪伴，从今日起，我们跟谁在一起都是责任，别让任何人给你平添了负担。"缪心安慰道。

"就没有陪伴了。"雏玑的眼泪掉了下来。

"陪伴是对孩子，你我如今各有职责，所谓陪伴往往是在共苦之时，而非同甘之日。"

"同甘，如今算是可同享甘甜了？"

"比起以往命悬于废王后之手时，如今便是了。"缪心含着泪，强挤出几分微笑看着雏玑，接着说，"从你入宫开始，你我陪伴，可知大王为护你我周全拦了这份责任，现在，你暂不必在这后宫唯大王庇护而苟活，自然要回报于大王。"

"出宫之后，你比我的处境难。"雏玑的手紧紧地握着心儿不放。

缪心摇摇头："会有很多事情要做，但只要不贪心，便可睡得安稳。"

"你何时贪过，别人又何时放过你？"

"妏王后被废，但她的一生还未走完，你要想的事情还是很多的。"缪心对雏玑是几分担忧，又是几分肯定。

时间到了，缪心随宫人的安排先拜祠堂，再跪拜后宫长辈，最后来到莒王面前叩谢王恩，缪心一身盛装惊艳了莒王：

莒王深吸口气，叹道："好美。"

"姐姐比心儿更美。"

莒王摇了摇头，让宫人将她带下去了。

良夫人已在殿外恭候，缪心出来见到自己的婶娘悲喜交加，良夫人紧走几步赶紧上前扶住了心儿，道：

"郡主，这心中的几分清闷，权且出宫之后再散不迟。"

缪心心领神会，由婶娘扶着一同入了车驾。

第一百一十一章
仇人相语洞房夜　落子收关叹芳华

424　缪心和良夫人娘儿俩握着手在车驾中四目相对，良久，心儿拭干了婶娘的眼泪道：

"蕊儿，入宫了？"

"入了。"

"为何？"

"挡不住。"

"奶奶同意？"

"是放弃。"

"因为姜姨娘？"

"唉……她们选得路，老太太说，随她去就是了。"

"那姨娘呢？"

"还在府中。"

"如她所愿，从此放心了……"

"是，她终于走出了妾室的阴影，姑娘嫁得不错。"

"那她为何不来？"

"她怕让蕊儿被人瞧不起。"

缙心沉默了，良夫人握着眼前这个许久未见的孩子的手，眼泪在眼眶里打转。

"母亲呢？她为什么不来？"缙心突然问道。

"她很好，但她的身上早就有了郏国的眼睛，不方便。在府中，她也几乎是闭门不出，府里之事一概不管，如软禁一般，这是她的宿命，没办法。"

"听说，哥哥得了一个儿子。"

"是。"

"恭喜婶娘有孙子了。"

"心儿，为何……不问问你祖母？"良夫人看着眼前的缙心，而缙心的眼里充满了复杂。

"祖母想必很好吧，否则，程老爷子早就赶回去了。"缙心的目光躲到了车外，良夫人没有再说什么。

良久，缙心看着良夫人，突然一笑："哥哥此次回到天子身边，想必难免做一朝之官了，奶奶应该看开了。"

良夫人想了想缓缓地说道："咱家到了你们这一辈，只剩下你们几个女孩和钰儿一个男子，应该说人丁不旺，虽说很多事情并非与此有必然的联系，但是维和一些关系总对以后好许多。那个渺儿给钰儿做妾，我允了，并不是因为她来自谁，或因来自哪里而不许她做正室，只是觉得，缙府那股傲劲该消消了，相时而动罢了！"

"奶奶可有为难婶娘？"

"没有，我没有说太多，只是给我儿找个伺候他的，老太太便没提什么。"

缙心先入了赵府稍作休息，由婉樱等人为她披上了喜服，韩离子早已到宫中拜了莒王，安排了车驾在赵府外等候。

新娘子换了车驾，车旁有婉樱，茹梅还有程仪等众人跟随。缙心作为新娘子放下了缦帷，忍了许久，眼泪还是落了下来，婉樱，茹梅，筱菊等众丫头在车外边走边低头悄悄地拭着眼泪，心中为团圆喜，又为姑娘这一去生死不知而难过，诸多意难平。

良夫人见车外都是缙府的人，便将一个竹筒塞到缙心的手中：

"这是你哥哥给你的书信，我没有打开看，说是给你贺喜的。"

缙心刚欲将竹筒打开，便听见外有人道：

"姑娘，前面就是轩尧阁了。"

心儿赶紧将竹筒放在袖口，不敢再提。

车驾一路来到了轩尧阁的莒国分舵，分舵里里外外早已安排得红火热闹，舵主杨仲知道缙府是书香大家，不比一般人家，便嘱咐下人热闹要有热闹的分寸，且不可在众缙府姑娘们面前太过无理，而一应礼节十分周到，生怕让缙府的人笑话了。

缙心与韩离子在莒国的分舵中行了礼，缙心入了内室在卧房的席上。婉樱和茹梅站在姑娘的身边，看着自己家姑娘，要不是一直使劲克制着，几个人早就抱在了一起。

缙心问道：

"婶娘呢？"

婉樱回禀："夫人和女眷们都安排在内院吃席，府中的车驾在外面候着，席罢，她们就走了，来的丫头和隐卫都上好的，姑娘不必挂怀。"

"那就好，我们都好。"

"可是……最终还是姑娘受了委屈。"茹梅的眼圈又红了起来，

"我们怕，姑娘从此如被软禁一般，无一事可露笑颜，一个好好的才貌双全的佳人，只能如履薄冰地过活了。"茹梅忍着泪。

"我以为与你们相见，会一起嬉笑一番，却不想竟是这样的情景。"缙心强笑道，"缙府的外面风云变幻，我们谁都无从预想，更何况未来什么样子你我怎么知道，兴许，你猜的，反倒是错的。"

"姑娘是见过世面的，姐姐们不必太过忧心，将来遇着'结'了，便想着把'结'解了就是。"筱菊宽慰众人道。

正在此时，韩离子安排好了前面的众宾客，几轮酒过后，便抽身来到了洞房，婉樱众人皆知，洞房礼数由新郎新娘自己完成，下人均需退去，便无奈将两个世仇之后留在了洞房之中。

第一百一十二章
乱世之中无一定　仇者求生联姻人

韩离子进屋与缙心一番繁文缛节，两人彼此举案齐眉将酒喝罢，对坐良久，彼此不语。烛光将整屋的红色交相辉映在两个人的席上，也映在缙心的脸颊上，韩离子心生醉意，醉在自有的那份气度带来的神秘和眼前这娇羞女孩在红色之下的妩媚中。

缙心抬头看了看韩离子，韩离子立马回过神来，道：

"不想你我竟是在他乡这样的地方结婚，这样的婚礼，让姑娘受委屈了。"

"哦，那，就请阁主待回到轩尧阁的时候，再去缙府接一次亲，再办一场不让我受委屈的婚礼，如何？"

韩离子被缙心的"不客气"逗得扑哧一乐，道：

"郡主，还是一如既往的'好性格'啊。"

"需要我对公子客气一些吗？"

"哦，那倒不必，在下，对姑娘的坦诚还是欣慰的，总比上次放下行李直接跑了的强。"

缙心想起那是在鲁国的事，自己也笑了起来。

"呃，姑娘，哦不，夫人……那个黎鹭……"韩离子小心地看着缙心，缙心看着别处，也不应话，韩离子接着说，"哦，其实也没什么，夫人貌美天下能及者几人？多有爱慕者，正常，正常。"韩离子给自己圆了个场，继续找话说。

良久，缙心依旧不语，韩离子发现自己的腿已麻得没有了知觉，干脆换了个坐姿，道："夫人，今夜，可否……"

"君欲何如？"

"既然已是夫妻，自当行夫妻之事……吧？"韩离子看着缙心，却看不透心儿到底是何主意。

"阁主是想听我的想法？"

"哦，自然是要听夫人的想法。"

"哦，我的想法是，合房之事，推后为好。"

"啊？哦……"缙心直愣愣的拒绝，韩离子虽说有些手足无措，但还是嘴硬道，"像是你说的话。"

"但这并不妨碍轩尧阁和缙府已经联姻，夫君已是缙府嫡女的夫婿了，对吗？"

缙心补了一句。

　　韩离子看了看眼前的女子，请走了一帮不省油的，娶了个最不省油的，韩离子说道："只是，一般女子嫁入夫家，都是百般寻得恩宠，期待有朝一日母凭子贵。夫人若总是如此，万一夫君我孤独难耐寻花问柳一番，让旁人有了一席之地，夫人就算母家显贵，也难免受了委屈嘛……"

　　缙心看着韩离子，这堂堂一阁之主，说起话来还是多了些许江湖中的胡搅蛮缠，这让自己这个大家千金有点哭笑不得，便干脆模仿韩离子的语气道：

　　"那就只能那样了呗？"

　　"……哪样啊？"

　　"寻花问柳那个样呗？"

　　"……"韩离子被缙心噎的语塞了半天，"夫人说笑了，那些都是庸脂俗粉……庸脂俗粉……"

　　"以你今日之势，想要多少女子相伴不能，总不能是忍到现在的吧？"缙心几分挑逗道，"倘若真的是忍到了现在，说明，韩大阁主的眼光，也是挺高的！"

　　"那是自然，所以才对夫人念念不忘嘛！"韩离子嬉皮笑脸地说，他悄悄地看了看缙心，没想到心儿嘴角微翘，故意不作声。

　　韩离子见状，继续说道：

　　"自从夫人在鲁国将东西留下便走，韩某便对夫人刮目相看，一直心向往之！"韩离子又看了看缙心，缙心微微对韩离子笑了一下，说道：

　　"妾与夫君两族世仇，夫君当真睡得踏实？"

　　韩离子大笑：

　　"自古联姻者，都有共同目的，两国联姻为了以修好而休战，两族联姻是为了彼此提携更为壮大。像你我联姻，即便恨之入骨，也没有真当面打起来的。当初要不是我韩某，只怕莒国的兵就已经让你们缙府血流成河了。"

　　"什么？"

　　"你们第二天没有发现贵府的院子里多了四具尸体吗？"

　　缙心突然想起了那天清早，正是莒郯两国交战刚刚结束，管家告诉她，院中多了四具尸体，全府上下竟无一人知晓是怎么回事。也就是那天，缙心去看祖母，祖母将她指给了韩离子。

　　"原来那天潜入府的是你？"

　　"救了贵府的，恰是在下。"韩离子强调道，"的确，当初是我到府上求亲，是因为缙府如果于危难之际，我轩尧阁也不会有好下场……哎呀夫人，今天咱们大喜日子，干嘛非得谈如此灰暗之事呢？"

"妾只是想知道，夫君今日之喜，之得意，到底从哪来的？"

"真想听我韩某的实话？"

"想听！"

"成。也不瞒夫人，你我联姻，对我轩尧阁确有帮助。"

"说来听听。"

"缙府出于皇家，虽说已经淡出朝野，但是人情世故还在，即便老太太在族中有规定，男不登朝堂，女不入后宫，可事到如今你看看，你姐姐入了莒宫，你哥哥进了周王朝堂，可见，所谓退隐，心退了就是了，人嘛，退不了，也隐不了。如此，曾经没有出现的各种人情世故就会浮现出来，少不得影响到谁。更何况缙府的各种生意，在各处都是由当地饶有人脉之人主事，即便缙老太太和你们女眷在府中不问世事，这外面信息网，还是不敢小觑。

而我轩尧阁，武家出身，开始于走镖，走一镖得一镖的钱，然后发现这兄弟们走镖苦，到了各处却还无可安身之所，于是便拿出钱财让兄弟们有了新的生意，有了安身之所，兄弟们自己出去难免被当地的龙蛇欺负，又便拿了前两样的'存粮'保得他们安全，如此，慢慢地，做的事便多了，生意也多了起来，但是，轩尧阁的东西却怎么也入不了四面八方高门府第诸位贵人的法眼。

"你看，郯国的鸾栖台，还有洛邑的朱台，那些高雅之人所去之处皆不是我轩尧阁经营的……"

"这又与缙府何干？"缙心终于说话了。

"直接的干系在于，缙府需拿出夫人以绝轩尧阁的报仇之心，而轩尧阁需通过与缙府的结合，保自己在诸侯间的安宁。"

"你觉得，这些能达成？"

"夫人虽说是深闺之人，安排黎鹭经营茶庄，从王宫贵族入手，通过打开宫廷贵族大门的方法让缙府脱离轩尧阁的货源，这手段之娴熟，毫无生涩之感，不得不说，是缙府后辈的手段，这手段的确不是轩尧阁这只做市井生意的人能学得来的。"

缙心一惊，她看着一脸狡黠的韩离子想了想，道："我知道，这事儿瞒不过你。"

"你安排黎鹭是为了不让缙府受我的威胁，也的的确确给了莒王一个台阶，让他放了我。只是我轩尧阁因此失去了莒国对我的需要，但比起受制于人，这点儿损失，的确是值了。"

缙心扑哧一笑：

"韩公子，心里这个疼啊。"

"如今我直接娶了夫人，还在乎个黎鹭吗？"韩离子一脸坏笑地将头伸向缙心，缙心将身子一躲。"仇家在此，不报仇了？"

"我倒有这个心。"韩离子起身回头将被褥铺好，"我若灭了缙府，自然报仇雪恨，但想必各国朝野的个中势力不会善罢甘休，看看你们缙府尚且多人忌惮，换作毫无背景的轩尧阁，一定不会活到明天，白白让一帮兄弟们命丧黄泉，如今的我，看这个世道清楚，怎还会有如此的匹夫之勇？缙府虽不为我控，但有缙府在前，轩尧阁就不会是那风口浪尖的势力，等于是你缙府保护了我，还不用我寄人篱下。利用你们护我周全，也算对得起自家祖宗了。"

缙心冷笑了一下，转而又失落了起来：

"我想奶奶了。"

韩离子刚脱下一只鞋，听她这么一说，愣在了那里，停了下来。

"你若想家了，明天我就带你回缙府，好好在家住一住。"韩离子的温柔，恰恰对上了缙心的失落。出于尊重他没有去抱她，可眼睛里已全是这个每天都惦念的人了。

"缙府，还能回到从前吗？"

"隐居？只是不想让人看到你们罢了。如果你们越来越弱了，无人会帮你们，都会装不认识。但是如果你在别人的视线外悄悄地强大了，迟早会引起别人的注意。夫人啊，这是乱世，只有生死，哪有什么世外的安逸生活？隐居是奢侈的。你看那些难民，有为了免受其苦而直接隐居的吗？"

韩离子的话让缙心开始心烦意乱，韩离子接着说：

"缙府，轩尧阁，都是天子散养在林子里的鹿啊，兔子啊什么的，谁长得大，目标就大，就会容易被猎到，成了别人在游戏中的战利品作为自己英明的表现。"

"齐鲁郯莒也都会把缙府和轩尧阁当猎物对吗？"缙心沉浸在自己的思绪中。

"是，无论是应该有隐居生活无忧无虑的你，还是应该广踏天下的我，所有的抱负，在那些大王的眼里，无非是能不能入不入其法眼罢了。"说着韩离子将手放在了缙心的肩上，"其实，不是咱们重不重要，是他们觉得咱们是否重要。"

缙心转身看着他，道：

"奶奶可知道这些？"

"你奶奶是最明白这些道理的，知道为什么缙府就派你和你哥哥两个从没出过门的人出来吗？"缙心抬头看着韩离子，韩离子接着说，"其实，你奶奶早就与我商议联姻之事，而在我们商定之时，周天子的这个局就已经被你奶奶把持在那了。你我之所以联姻，只是不想天子总想着对缙府觊觎，这样的事情总是发生，扰她老人家清净。现在你明白，郯国只守不攻，莒国只是边境做做戏，有了台阶就下，鲁国事不关己，齐国呢，藏在后面装傻充愣，毕竟，如今的天子已经不像从前了。后面的，只要派你们晚辈收收尾给些台阶，让台上的人下来便是……"韩离子走到屋子中央，看着一屋子的喜气，转移话题道，"原以为，如果我与缙府之间有红色，只会发生在自己的剑上，但是你看看，这满屋的红色，恰是出现在我韩离子和缙府千金的洞房之中，真是有趣……"

未等韩离子说完，缙心若有所思起身走到窗前，对月远眺，心中的五味杂陈无从言起，突然，她想起袖口中还藏有哥哥的书信，便不顾身边有韩离子，对月拿了出来。

"是什么？"

"哥哥写给我的信，"缙心看着韩离子，"你要看吗？"

韩离子一愣，一笑，一个人坐到了床边，看夫人在烛光中看信。

缙钰的信开头是平常问候，而后便是他说自己一切顺利：

"……为兄此次出府已经数月，也思忖了数月，你我祖辈出于皇家之后隐于山林，祖母，人中龙凤，可叱咤朝堂也可退隐后保子孙无恙，叔父位列人臣可安排钟铖兄弟此生富贵无忧。为兄每每遇事狼狈，心中无数次悔恨，当早日出来历练方是上策。而同时，为兄又不禁多想一步，你我此生有长辈庇佑，将来你我后辈，吾等拿何庇佑？

"为兄心下已明白，族之长久，并非要靠那深山高崖，也并非院起高墙可保，族之长久当视艰险于历练以迎之，方可保吾族长久。倘若韩离子当初无此遭遇，只怕今日也只是庸碌子弟，难有当下之势。韩离子虽吾族世仇，然为兄也听说，此人于市井之中，只心念众兄弟性命，豪情一方，少与人计较，凭生意起家，并非十恶不赦之人，为兄心下为妹妹之婚而喜。

如今，为兄已悟，当希望妹妹亦可醒悟，为兄事后将去天子身边历练，育子于世俗，妹妹入轩尧阁后不可自弃，专心辅佐韩阁主以助他成就事业，将来生儿育女，必又是人间一代龙凤……

缙心看完将信慢慢折好，抬头顿时觉得神清气爽，她转过身，韩离子原本落在她身上的目光赶紧躲闪起来。

缙心没有说话，走到韩离子面前跪拜在韩离子脚下，韩离子吃了一惊，赶紧站了起来，缙心跪在那里说道：

"奴家缙氏今日嫁入韩府，奴家深知，缙韩世仇，无从谈及信任，只是公子容与不容。"

韩离子听了赶紧上前要扶："夫人这是做什么？"

缙心没有起身，欲要接着说，韩离子无奈，赶紧屈腿也跪了下来，让缙心跪坐在那里，舒服些，缙心接着说：

"公子往后若容心儿在侧，缙府无恙，心儿自当以夫君为先，着浅薄之识尽全力帮辅，与君相伴此一生为己之毕生求索；夫君不容心儿，也不必隐瞒，心儿能活多久，只是自己能力几何，对公子定无怨无恨。"

韩离子听罢，已有几分动容，看着眼前这个女孩的不易，心中心疼不已。而如

431

今能有如此慷慨，心下无比钦佩。他赶紧上前将缙心扶起：

"韩某一粗人，能有夫人此乃为福，哪里有不容夫人之说，天下之乱，不知他人在乱时会想出什么主意，乱世之中保族人兄弟太平，只怕于你我而言，将来要背起缙韩两府之重，欲走的，便是寒噤之路了。"

远处的独月在云影中时隐时现，独善其身易，难保全族后世子孙永得善待，月明，月独美，云遮月，意境美。